Grandes Expectativas

por Charles Dickens

Derechos de autor © 2024 por Autri Books

Todos los derechos reservados. Ninguna parte de esta publicación puede ser reproducida, fotocopiada, grabada u otros métodos electrónicos o mecánicos, sin el permiso previo por escrito del editor, excepto en el caso de citas breves incluidas en reseñas críticas y ciertos otros usos no comerciales permitidos por la ley de derechos de autor.

Esta edición forma parte de la "Colección de Literatura Clásica de Autri Books" e incluye traducciones, contenido editorial y elementos de diseño que son originales de esta publicación y están protegidos por la ley de derechos de autor. El texto subyacente es de dominio público y no está sujeto a derechos de autor, pero todas las adiciones y modificaciones están protegidas por derechos de autor de Autri Books.

Las publicaciones de Autri Books se pueden comprar para uso educativo, comercial o promocional.

Para obtener más información, contact:
autribooks.com | support@autribooks.com

ISBN: 979-8-3305-1964-4

Primera edición publicada por Autri Books en 2024.

Tabla de Contenidos

Introducción	*1*
Capítulo I - *El Encuentro en el Cementerio*	*2-6*
Capítulo II - *Un Favor Secreto*	*7-14*
Capítulo III - *Un Encuentro Escalofriante*	*15-19*
Capítulo IV - *El Temor de Navidad*	*20-27*
Capítulo V - *La Captura del Convicto*	*28-37*
Capítulo VI - *El Regreso a Casa*	*38-39*
Capítulo VII - *Lecciones y Anhelos*	*40-49*
Capítulo VIII - *Entra Miss Havisham*	*50-60*
Capítulo IX - *Grandes Confusiones*	*61-67*
Capítulo X - *Un Encuentro en el Jolly Bargemen*	*68-73*
Capítulo XI - *Juegos del Corazón*	*74-86*
Capítulo XII - *Las Intenciones de Miss Havisham*	*87-91*
Capítulo XIII - *Un Nuevo Oficio*	*92-98*
Capítulo XIV - *Ambiciones Despertadas*	*99-100*
Capítulo XV - *La Furia de Orlick*	*101-110*
Capítulo XVI - *Un Incidente Oscuro*	*111-114*
Capítulo XVII - *Aspiraciones Confusas*	*115-122*
Capítulo XVIII - *El Extraño Benefactor*	*123-134*

Capítulo XIX - *El Llamado de Londres* 134   *135-147*

Capítulo XX - *Hacia la Niebla*   *148-155*

Capítulo XXI - *El Mundo de Mr. Wemmick*   *156-160*

Capítulo XXII - *La Historia de Herbert*   *161-172*

Capítulo XXIII - *Jaggers al Descubierto*   *173-179*

Capítulo XXIV - *Walworth de Wemmick*   *180-185*

Capítulo XXV - *Los Finches de la Casa de Aves*   *186-192*

Capítulo XXVI - *Cena con Jaggers*   *193-199*

Capítulo XXVII - *La Visita de Joe*   *200-206*

Capítulo XXVIII - *El Viaje de Regreso*   *207-212*

Capítulo XXIX - *El Reto de Estella*   *213-224*

Capítulo XXX - *Desilusiones*   *225-232*

Capítulo XXXI - *El Teatro de los Sueños*   *233-237*

Capítulo XXXII - *Un Viaje con Wemmick*   *238-243*

Capítulo XXXIII - *Las Palabras de Estella*   *244-250*

Capítulo XXXIV - *Espirales de Deuda*   *251-256*

Capítulo XXXV - *Lamentos de Luto*   *257-263*

Capítulo XXXVI - *¿Expectativas Cumplidas?*   *264-269*

Capítulo XXXVII - *El Castillo de Wemmick*   *270-276*

Capítulo XXXVIII - *La Frialdad de Estella*   *277-291*

Capítulo XXXIX - *El Visitante Oscuro*   *292-302*

Capítulo XL - *Secretos del Pasado*   *303-314*

Capítulo XLI - *Una Revelación Impactante*   *315-320*

Capítulo XLII - *La Historia de Magwitch*   *321-327*

Capítulo XLIII - *La Confrontación de Pip*   *328-332*

Capítulo XLIV - *Diciendo Adiós*   *333-339*

Capítulo XLV - *El Hombre Oculto*   *340-346*

Capítulo XLVI - *Planes y Escape*   *347-353*

Capítulo XLVII - *Sombras de Sospecha*   *354-359*

Capítulo XLVIII - *La Telaraña del Araña*   *360-366*

Capítulo XLIX - *La Redención de Miss Havisham*   *367-374*

Capítulo L - *Un Pasado Destrozado*   *375-378*

Capítulo LI - *Las Últimas Conexiones*   *379-385*

Capítulo LII - *Complot y Persecución*   *386-390*

Capítulo LIII - *Un Asalto Nocturno*   *391-401*

Capítulo LIV - *Huida en la Niebla*   *402-414*

Capítulo LV - *Un Destino Resignado*   *415-421*

Capítulo LVI - *El Final de un Prisionero*   *422-426*

Capítulo LVII - *Enfermedad y Reflexión*   *427-437*

Capítulo LVIII - *Retorno a las Raíces*   *438-444*

Capítulo LIX - *La Última Esperanza*   *445-448*

Introducción

Escrita entre 1860 y 1861, Grandes esperanzas es una de las obras más personales y magistrales de Charles Dickens. Narra la historia de Pip, un huérfano criado en la pobreza, cuyo inesperado ascenso a la riqueza a través de un misterioso benefactor le impulsa a un mundo de privilegios. A medida que Pip navega por su nueva vida, se enfrenta a las duras realidades de la ambición, las ilusiones del ascenso social y los desafíos morales que acompañan a sus deseos.

Con el telón de fondo de la Inglaterra victoriana, donde la clase y la riqueza dictaban el destino de cada uno, la novela ofrece una profunda crítica de la movilidad social y sus costes emocionales. Dickens explora hábilmente los temas de la identidad, la traición y la lealtad, basándose en sus propias experiencias y observaciones. Personajes memorables como la amargada señorita Havisham, la enigmática Estella y el convicto Magwitch reflejan las complejas intersecciones entre riqueza, moralidad y conexión humana.

Más que una historia de transformación personal, Grandes esperanzas se adentra en las luchas internas de Pip, examinando cómo los deseos personales chocan con las grandes fuerzas sociales en juego. Por su rica profundidad emocional y el incisivo comentario social de Dickens, la novela sigue siendo considerada una de sus mejores obras y una de las más leídas.

Esta edición invita a los lectores a experimentar una novela que explora las ambiciones, los remordimientos y las consideraciones morales que dan forma al viaje humano, a través del intrincado retrato que hace Dickens del carácter y la sociedad.

CAPÍTULO I.

Siendo el apellido de mi padre Pirrip, y mi nombre de pila Felipe, mi lengua infantil no podía hacer de ambos nombres nada más largo o más explícito que Pip. Así que me llamé a mí mismo Pip, y llegué a llamarme Pip.

Doy Pirrip como apellido de mi padre, por la autoridad de su lápida y de mi hermana, la señora Joe Gargery, que se casó con el herrero. Como nunca vi a mi padre ni a mi madre, y nunca vi ninguna semejanza de ninguno de ellos (porque sus días fueron mucho antes de los días de las fotografías), mis primeras fantasías acerca de cómo eran se derivaron irracionalmente de sus lápidas. La forma de las letras de la de mi padre me dio la extraña idea de que era un hombre cuadrado, robusto y moreno, con el pelo negro y rizado. A juzgar por el carácter y el giro de la inscripción: «*También Georgiana, esposa de los de arriba*», saqué la conclusión infantil de que mi madre era pecosa y enfermiza. A cinco pequeños rombos de piedra, cada uno de aproximadamente un pie y medio de largo, que estaban dispuestos en una fila ordenada junto a su tumba, y que estaban consagrados a la memoria de cinco hermanitos míos, que renunciaron a tratar de ganarse la vida, muy pronto en esa lucha universal, estoy en deuda por una creencia que albergaba religiosamente de que todos habían nacido de espaldas con las manos en los bolsillos de los pantalones. y nunca los había sacado en este estado de existencia.

La nuestra era la región pantanosa, junto al río, dentro, a medida que el río serpenteaba, a veinte millas del mar. Mi primera impresión, más vívida y amplia, de la identidad de las cosas, me parece haber sido obtenida en una memorable tarde cruda hacia la noche. En ese momento me enteré con certeza de que aquel lugar sombrío cubierto de ortigas era el cementerio; y que Philip Pirrip, difunto de esta parroquia, y también Georgiana, esposa del anterior, estaban muertos y sepultados; y que Alejandro, Bartolomé, Abraham, Tobías y Roger, hijos pequeños de los susodichos, también estaban muertos y sepultados; y que el desierto oscuro y llano más allá del cementerio, intersectado con diques, montículos y puertas, con ganado disperso alimentándose de él, eran los pantanos; y que la línea baja de plomo más allá era el río; y que la lejana guarida salvaje de la que corría el viento era el mar; y que el pequeño manojo de escalofríos, asustado de todo y empezando a llorar, era Pip.

—¡Aguanta el ruido! —gritó una voz terrible, cuando un hombre se levantó de entre las tumbas a un lado del pórtico de la iglesia. "¡Quédate quieto, pequeño diablo, o te cortaré la garganta!"

Un hombre temeroso, todo vestido de gris tosco, con una gran plancha en la pierna. Un hombre sin sombrero, con zapatos rotos y con un trapo viejo atado alrededor de la cabeza. Un hombre que había sido empapado en agua, y cubierto de lodo, y encallado por las piedras, y cortado por los pedernales, y picado por las ortigas, y desgarrado por las zarzas; que cojeaba, y temblaba, y miraba, y gruñía; y cuyos dientes castañeteaban en su cabeza mientras me agarraba por la barbilla.

—¡Oh! No me corte la garganta, señor —supliqué aterrorizado—. —Por favor, no lo haga, señor.

—¡Dinos tu nombre! —dijo el hombre—. ¡Rápido!

—Pip, señor.

—Una vez más —dijo el hombre, mirándome—. "¡Dale boca!"

"Pip. Pip, señor.

—Muéstranos dónde vives —dijo el hombre—. ¡Pinta el lugar!

Señalé el lugar donde se encontraba nuestro pueblo, en la llanura de la costa, entre los alisos y los desmoches, a una milla o más de la iglesia.

El hombre, después de mirarme un momento, me puso boca abajo y vació mis bolsillos. No había en ellos más que un pedazo de pan. Cuando la iglesia volvió en sí, porque él era tan repentino y fuerte que la hizo caer de cabeza delante de mí, y vi el campanario bajo mis pies, cuando la iglesia volvió en sí, digo, yo estaba sentado en una lápida alta, temblando mientras él comía el pan vorazmente.

—Perro joven —dijo el hombre, lamiéndose los labios—, ¡qué mejillas tan gordas tienes!

Creo que eran gordos, aunque en ese momento yo era pequeño para mis años, y no fuerte.

—¡Maldito sea si no puedo comérmelos —dijo el hombre, con un movimiento amenazador de la cabeza—, ¡y si no tengo ni la mitad de la mente para hacerlo!

Le expresé sinceramente mi esperanza de que no lo hiciera, y me aferré con más fuerza a la lápida en la que me había puesto; en parte, para mantenerme en ella; En parte, para no llorar.

-¡Mira! -dijo el hombre-. ¿Dónde está tu madre?

-¡Ahí, señor! -dije yo-.

Se sobresaltó, corrió un poco, se detuvo y miró por encima del hombro.

—¡Ahí, señor! Le expliqué tímidamente. - También Georgiana. Esa es mi madre".

—¡Oh! —exclamó él, volviendo—. —¿Y ese es tu padre y tu madre?

-Sí, señor -dije yo-; "Él también; tarde de esta parroquia".

—¡Ja! —murmuró entonces, pensativo—. —¿Con quién vives, suponiendo que te dejen vivir, cosa que no he decidido?

—Mi hermana, señor, la señora Joe Gargery, esposa de Joe Gargery, el herrero, señor.

—Herrero, ¿eh? —dijo—. Y bajó la vista hacia su pierna.

Después de mirarnos oscuramente a su pierna y a mí varias veces, se acercó a mi lápida, me tomó por ambos brazos y me inclinó hacia atrás tanto como pudo sostenerme; de modo que sus ojos miraban con la mayor fuerza a los míos, y los míos miraban con la mayor impotencia a los suyos.

—Mira aquí —dijo—, la cuestión es si te van a dejar vivir. ¿Sabes lo que es un archivo?

—Sí, señor.

—¿Y sabes lo que es el ingenio?

—Sí, señor.

Después de cada pregunta, me inclinaba un poco más, para darme una mayor sensación de impotencia y peligro.

- Tráeme un archivo. Me inclinó de nuevo. —Y tú me das las ganas. Me inclinó de nuevo. —Me los traes a los dos. Me inclinó de nuevo. "O te sacaré el corazón y el hígado". Me inclinó de nuevo.

Estaba terriblemente asustado, y tan mareado que me aferré a él con ambas manos y le dije: "Si tuviera la bondad de permitirme mantenerme erguido, señor, tal vez no estaría enfermo, y tal vez podría asistir más".

Me dio un tremendo chapuzón y rodar, de modo que la iglesia saltó sobre su propia veleta. Luego, me tomó por los brazos, en posición vertical en la cima de la piedra, y continuó en estos términos terribles:

-Mañana por la mañana, muy temprano, me traes ese expediente y esos chistes. Tú me traes el lote a mí, en esa vieja batería de allá. Lo haces, y nunca te atreves a decir una palabra o a hacer una señal de que has visto a una persona como yo, o a cualquier otra persona, y se te dejará vivir. Fracasas, o te vas de mis palabras en cualquier parche, no importa cuán pequeño sea, y tu corazón y tu hígado serán arrancados, asados y comidos. Ahora, no estoy solo, como puedes pensar que estoy. Hay un joven escondido conmigo, en comparación con el cual yo soy un ángel. Ese joven oye las palabras que yo hablo. Ese joven tiene una manera secreta de llegar a un niño, y a su corazón, y a su hígado. Es un fracaso que un muchacho intente esconderse de ese joven. Un muchacho puede cerrar la puerta con llave, puede estar caliente en la cama, puede arroparse, puede cubrirse la cabeza con la ropa, puede pensar que está cómodo y seguro, pero ese joven se arrastrará suavemente y se arrastrará hacia él y lo abrirá. Yo soy un imponente para que ese joven no te haga daño en el momento presente, con gran dificultad. Me resulta muy difícil mantener a ese joven alejado de tu interior. Y ahora, ¿qué dices?

Le dije que le conseguiría el expediente, y que le conseguiría los pedazos de comida rotos que pudiera, y que iría a verlo a la Batería, temprano en la mañana.

—¡Dime, Señor, mátate si no lo haces! —dijo el hombre—.

Se lo dije y me bajó.

—Ahora —prosiguió—, te acuerdas de lo que has emprendido, y te acuerdas de ese joven, ¡y vuelves a casa!

—Buenas noches, señor —titubeé—.

—¡Mucho de eso! —dijo él, mirando a su alrededor por encima de la fría y húmeda llanura—. "Ojalá fuera una rana. ¡O una anguila!"

Al mismo tiempo, abrazó su cuerpo tembloroso con ambos brazos, agarrándose a sí mismo, como para mantenerse unido, y cojeó hacia la pared baja de la iglesia. Al verlo irse, abriéndose paso entre las ortigas y entre las zarzas que cubrían los verdes montículos, miró a mis jóvenes ojos como si estuviera eludiendo las manos de los muertos, estirándose cautelosamente fuera de sus tumbas, para torcerse el tobillo y tirar de él.

Cuando llegó a la pared baja de la iglesia, la saltó, como un hombre con las piernas entumecidas y rígidas, y luego se volvió para buscarme. Cuando vi que se volvía, volví la cara hacia casa y aproveché al máximo mis piernas. Pero de pronto miré por encima del hombro y lo vi seguir de nuevo hacia el río, todavía abrazándose a sí mismo con ambos brazos, y abriéndose camino con los pies doloridos entre las grandes piedras que caían en los pantanos aquí y allá, en busca de lugares donde lloviera o la marea subiera.

Las marismas no eran más que una larga línea horizontal negra, cuando me detuve a mirarlo; y el río no era más que otra línea horizontal, ni tan ancha ni todavía tan negra; Y el cielo no era más que una hilera de largas líneas rojas furiosas y densas líneas negras entremezcladas. A la orilla del río pude distinguir débilmente las dos únicas cosas negras en todo el horizonte que parecían estar erguidas; Uno de ellos era el faro por el que se dirigían los marineros, como un tonel desatado sobre un palo, una cosa fea cuando estabas cerca de él; el otro, un patíbulo, con algunas cadenas colgando de él que una vez había sostenido a un pirata. El hombre avanzaba cojeando hacia este último, como si fuera el pirata que vuelve a la vida, y baja, y vuelve a engancharse de nuevo. Me daba un giro terrible cuando pensaba así; y al ver que el ganado levantaba la cabeza para mirarle, me pregunté si ellos también pensarían lo mismo. Miré a mi alrededor en busca del horrible joven, y no pude ver señales de él. Pero ahora volví a asustarme y corrí a casa sin parar.

CAPÍTULO II.

Mi hermana, la señora Joe Gargery, era más de veinte años mayor que yo, y se había labrado una gran reputación entre ella y entre los vecinos porque me había criado "a mano". Teniendo en ese momento por mí mismo la forma en que significaba la expresión, y sabiendo que ella tenía una mano dura y pesada, y que tenía la costumbre de dársela tanto a su marido como a mí, supuse que Joe Gargery y yo fuimos criados a mano.

No era una mujer guapa, hermana mía; y tuve la impresión general de que debía de haber hecho que Joe Gargery se casara con ella a mano. Joe era un hombre rubio, con rizos de pelo rubio a cada lado de su cara tersa, y con unos ojos de un azul tan indeciso que parecían haberse mezclado de algún modo con sus propios blancos. Era un hombre apacible, de buen carácter, de temperamento dulce, tranquilo, tonto, querido, una especie de Hércules en fuerza y también en debilidad.

Mi hermana, la señora Joe, de pelo y ojos negros, tenía la piel tan rojez que a veces me preguntaba si era posible que se lavara con un rallador de nuez moscada en lugar de jabón. Era alta y huesuda, y casi siempre llevaba un delantal tosco, sujeto a la espalda con dos trabillas, y con un babero cuadrado e inexpugnable por delante, que estaba lleno de alfileres y agujas. Hizo de ella un poderoso mérito en sí misma, y un fuerte reproche contra Joe, el haber usado tanto este delantal. Aunque realmente no veo ninguna razón por la que debería haberlo usado; O por qué, si se lo ponía, no debería habérselo quitado todos los días de su vida.

La fragua de Joe contigua a nuestra casa, que era una casa de madera, como lo eran muchas de las viviendas de nuestro país, la mayoría de ellas, en aquella época. Cuando corrí a casa desde el cementerio, la fragua estaba cerrada y Joe estaba sentado solo en la cocina. Siendo Joe y yo compañeros de sufrimiento, y teniendo confidencias como tales, Joe me transmitió una confidencia en el momento en que levanté el pestillo de la puerta y lo miré frente a ella, sentado en el rincón de la chimenea.

—La señora Joe ha salido una docena de veces a buscarte, Pip. Y ahora está fuera, convirtiéndolo en una docena de panaderos".

—¿Lo es ella?

—Sí, Pip —dijo Joe—; Y lo que es peor, tiene a Tickler con ella.

Ante esta lúgubre noticia, giré el único botón de mi chaleco una y otra vez, y miré con gran depresión el fuego. Tickler era un pedazo de caña con punta de cera, desgastado por el choque con mi cuerpo cosquilleado.

—Se sentó —dijo Joe—, y se levantó, y agarró a Tickler, y se marchó. Eso es lo que hizo -dijo Joe, limpiando lentamente el fuego entre los barrotes inferiores con el atizador, y mirándolo-; —Se marchó, Pip.

—¿Ha estado ausente mucho tiempo, Joe? Siempre lo traté como a una especie más grande de niño, y no más que como mi igual.

—Bueno —dijo Joe, mirando el reloj holandés—, ha estado en el Carnero en este último período unos cinco minutos, Pip. ¡Está por llegar! Ponte detrás de la puerta, viejo, y toma la toalla entre ti.

Seguí el consejo. Mi hermana, la señora Joe, abrió la puerta de par en par y encontró un obstáculo detrás de ella, adivinó inmediatamente la causa y aplicó Tickler a su investigación posterior. Concluyó lanzándome —a menudo servía como proyectil conyugal— a Joe, quien, contento de apoderarse de mí bajo cualquier condición, me pasó a la chimenea y me cercó silenciosamente allí con su gran pierna.

—¿Dónde has estado, joven mono? —preguntó la señora Joe, pateando. Dime directamente qué has estado haciendo para desgastarme con inquietud, miedo y turbación, o te sacaría de ese rincón si tú tuvieras cincuenta pips y él quinientos gargerys.

—Sólo he ido al cementerio —dije desde mi taburete, llorando y frotándome—.

—¡Cementerio! —repitió mi hermana—. Si no fuera por mí, habrías ido al cementerio hace mucho tiempo y te habrías quedado allí. ¿Quién te crió de la mano?

—Lo has hecho —dije—.

—¿Y por qué lo hice, me gustaría saberlo? —exclamó mi hermana—.

—gimí: "No lo sé".

—¡*No lo sé*! —dijo mi hermana—. "¡Nunca lo volvería a hacer! Lo sé. Puedo decir con verdad que nunca me he quitado este delantal mío desde que naciste. Ya es bastante malo ser la esposa de un herrero (y él una garrera) sin ser tu madre.

Mis pensamientos se desviaron de esa pregunta mientras miraba desconsolado el fuego. Porque el fugitivo en los pantanos con la pierna planchada, el misterioso joven, la lima, la comida y la terrible promesa que tenía de cometer un robo en aquellos refugios, se alzaron ante mí en las brasas vengadoras.

—¡Ja! —exclamó la señora Joe, devolviendo a Tickler a su puesto—. —¡Cementerio, en efecto! Bien podríais decir cementerio, vosotros dos. Uno de nosotros, por cierto, no lo había dicho en absoluto. —Me llevarás al cementerio entre tú, un día de estos, y ¡oh, una pareja de amigos estarías sin mí!

Mientras ella se dedicaba a preparar las cosas del té, Joe me miró por encima de la pierna, como si nos estuviera levantando mentalmente a mí y a sí mismo, y calculando qué clase de pareja deberíamos hacer en la práctica, dadas las penosas circunstancias presagiadas. Después de eso, se sentó a palpar los rizos y los bigotes de lino de su lado derecho, y siguió a la señora Joe con sus ojos azules, como siempre era su actitud en los momentos de borrascos.

Mi hermana tenía una forma mordaz de cortarnos el pan y la mantequilla, que nunca variaba. Primero, con la mano izquierda, apretaba el pan con fuerza y rapidez contra su babero, donde a veces se le metía un alfiler, y a veces una aguja, que luego nos metíamos en la boca. Luego tomó un poco de mantequilla (no demasiada) en un cuchillo y la extendió sobre el pan, como si fuera una botica, como si estuviera haciendo un emplasto, usando ambos lados del cuchillo con destreza para golpear, y recortando y moldeando la mantequilla alrededor de la corteza. A continuación, pasó el cuchillo por última vez con el borde del yeso y cortó un trozo muy grueso de la hogaza, que finalmente, antes de separar de la hogaza, cortó en dos mitades, de las cuales Joe cogió una y yo la otra.

En esta ocasión, aunque tenía hambre, no me atreví a comer mi rebanada. Sentí que debía tener algo reservado para mi terrible conocido, y su aliado, el aún más terrible joven. Sabía que la limpieza de la señora Joe era de la clase más estricta, y que mis investigaciones minuciosas podrían no encontrar nada disponible en la caja fuerte. Por lo tanto, resolví poner mi trozo de pan y mantequilla en la pernera de mis pantalones.

El esfuerzo de resolución necesario para el logro de este propósito me pareció bastante terrible. Era como si tuviera que decidirme a saltar desde lo alto de una casa alta o sumergirme en una gran profundidad de agua. Y se hizo aún más difícil por el inconsciente Joe. En nuestra ya mencionada masonería como compañeros de sufrimiento, y en su amable compañía conmigo, era nuestra costumbre nocturna comparar la forma en que mordíamos nuestras rebanadas, sosteniéndolas silenciosamente ante la admiración de los demás de vez en cuando, lo que nos estimulaba a nuevos esfuerzos. Esta noche, Joe me invitó varias veces, con la exhibición de su rebanada que disminuía rápidamente, a participar en nuestra habitual competencia amistosa; Pero me encontraba, cada vez, con mi taza de té amarilla en una rodilla y mi pan y mantequilla intactos en la otra. Al final, consideré desesperadamente que lo que pensaba debía hacerse, y que era mejor que se hiciera de la manera menos improbable que fuera compatible con las circunstancias. Aproveché un momento en el que Joe acababa de mirarme y me bajé el pan con mantequilla por la pierna.

Evidentemente, Joe se sintió incómodo por lo que supuso que era mi pérdida de apetito, y le dio un mordisco pensativo a su rebanada, que no pareció disfrutar. Le dio vueltas en la boca mucho más tiempo de lo habitual, meditando mucho sobre ello, y al fin y al cabo se lo tragó como una pastilla. Estaba a punto de dar otro bocado, y acababa de inclinar la cabeza para comprarlo bien, cuando su mirada se posó en mí y vio que mi pan y mi mantequilla se habían ido.

El asombro y la consternación con que Joe se detuvo en el umbral de su mordedura y me miró fijamente, eran demasiado evidentes para escapar a la observación de mi hermana.

—¿Qué pasa *ahora*? —dijo ella, astutamente, mientras dejaba la taza.

—¡Digo, ya sabes! —murmuró Joe, sacudiendo la cabeza hacia mí en un tono de protesta muy serio—. —¡Pip, viejo! Te harás una travesura a ti mismo. Se pegará en alguna parte. No puedes haberlo destrozado, Pip.

—¿Qué pasa ahora? —repitió mi hermana, más bruscamente que antes.

—Si puedes soltar cualquier nimiedad, Pip, te recomiendo que lo hagas —dijo Joe, todo horrorizado—. "Los modales son los modales, pero aún así tu elth es tu elth".

En ese momento, mi hermana estaba bastante desesperada, así que se abalanzó sobre Joe y, tomándolo por los dos bigotes, golpeó su cabeza durante un rato contra la pared detrás de él, mientras yo me sentaba en la esquina, mirando culpable.

—Ahora, tal vez menciones qué te pasa —dijo mi hermana, sin aliento—, eres un gran cerdo atascado.

Joe la miró de una manera impotente, luego le dio un mordisco impotente y me miró de nuevo.

—Sabes, Pip —dijo Joe solemnemente, con su último mordisco en la mejilla y hablando con voz confidencial, como si los dos estuviéramos completamente solos—, tú y yo siempre somos amigos, y yo sería el último en decírtelo en cualquier momento. Pero tal... —movió su silla y miró a nuestro alrededor en el suelo, y luego de nuevo a mí—, ¡un Bolt tan vulgar como ese!

—¿Ha estado tirando de su comida, verdad? —exclamó mi hermana—.

—Sabes, viejo —dijo Joe, mirándome a mí, y no a la señora Joe, con la mordida todavía en la mejilla—, yo mismo me escapé cuando tenía tu edad, frecuente, y de niño he estado entre muchos Bolters; pero nunca he visto a tu Bolting igual, Pip, y es una suerte que no estés muerto.

Mi hermana se abalanzó sobre mí y me agarró por el pelo, sin decir nada más que las horribles palabras: "Ven y recibe la dosis".

Alguna bestia medicinal había revivido el agua de alquitrán en aquellos días como una buena medicina, y la señora Joe siempre guardaba un suministro de ella en el armario; tener una creencia en sus virtudes correspondiente a su maldad. En el mejor de los casos, se me administraba tal cantidad de este elixir como un reconstituyente selectivo, que era consciente de ir de un lado a otro, oliendo como una cerca nueva. En esa noche en particular, la urgencia de mi caso exigía una pinta de esta mezcla, que se vertió en mi garganta, para mi mayor comodidad, mientras la señora Joe sostenía mi cabeza bajo su brazo, como se sostendría una bota en un gato de botas. Joe se bajó con media pinta; pero se vio obligado a tragar eso (para su gran perturbación, mientras se sentaba a masticar lentamente y meditar frente al fuego), "porque le había tocado un turno". A juzgar por mí mismo, debo decir que sin duda tuvo un turno después, si es que no lo había tenido antes.

La conciencia es una cosa terrible cuando acusa a un hombre o a un niño; pero cuando, en el caso de un niño, esa carga secreta coopera con otra carga secreta en la pierna de sus pantalones, es (como puedo atestiguar) un gran castigo. El culpable conocimiento de que iba a robar a la señora Joe —nunca pensé que iba a robarle a Joe, porque nunca pensé que ninguna de las propiedades domésticas fueran suyas— unido a la necesidad de mantener siempre una mano sobre mi pan y mantequilla mientras me sentaba, o cuando me ordenaban ir a la cocina a hacer cualquier pequeño recado, casi me saca de quicio. Entonces, cuando los vientos de la marisma hicieron que el fuego brillara y se encendiera en ella, me pareció oír la voz del hombre con el hierro en la pierna que me había jurado guardar el secreto, declarando que no podía ni moriría de hambre hasta mañana, pero que debía ser alimentado ahora. Otras veces, pensaba: ¿Qué pasaría si el joven, que con tanta dificultad se refrenaba para imborrar sus manos en mí, cediera a una impaciencia constitucional, o se equivocara de tiempo, y se creyera acreditado a mi corazón y a mi hígado esta noche, en lugar de mañana? Si alguna vez a alguien se le erizaron los pelos de terror, el mío debe haberlo hecho entonces. Pero, tal vez, ¿nadie lo ha hecho nunca?

Era Nochebuena, y tuve que remover el pudín para el día siguiente, con un palo de cobre, de siete a ocho según el reloj holandés. Lo intenté con la carga en la pierna (y eso me hizo pensar de nuevo en el hombre con la carga en la pierna), y descubrí que la tendencia del ejercicio a sacar el pan y la mantequilla de mi tobillo era bastante inmanejable. Felizmente me escabullí y deposité esa parte de mi conciencia en mi dormitorio de la buhardilla.

-¡Eh! -dije yo, cuando terminé de remover y me calentaba por última vez en el rincón de la chimenea antes de que me enviaran a la cama-. —¿Eran esas grandes armas, Joe?

—¡Ah! —exclamó Joe—. Hay otro problema.

—¿Qué significa eso, Joe? —pregunté.

La señora Joe, que siempre aceptaba las explicaciones, dijo bruscamente: —Escapé. Escapó". Administrando la definición como agua de alquitrán.

Mientras la señora Joe estaba sentada con la cabeza inclinada sobre su bordado, puse mi boca en la forma de decirle a Joe: "¿Qué es un convicto?" Joe puso *su* boca en las formas de devolver una respuesta tan elaborada, que no pude distinguir nada de ella, excepto la sola palabra «Pip».

—Anoche hubo un estallido —dijo Joe en voz alta—, después del cañón del atardecer. Y dispararon advirtiendo de él. Y ahora parece que están disparando advirtiendo de otro".

—¿*Quién* dispara? —pregunté.

—Maldito sea ese chico —intervino mi hermana, frunciendo el ceño por su trabajo—, qué interrogador es. No hagas preguntas y no te dirán mentiras".

No era muy cortés con ella misma, pensé, insinuar que ella debía decirme mentiras incluso si yo hacía preguntas. Pero nunca era educada a menos que hubiera compañía.

En este punto, Joe aumentó enormemente mi curiosidad al esforzarse al máximo por abrir la boca de par en par y ponerla en la forma de una palabra que me pareció «enfurruñado». Por lo tanto, naturalmente señalé a la Sra. Joe y puse mi boca en la forma de decir: "¿ella?" Pero Joe no quiso oír hablar de eso, en absoluto, y de nuevo abrió la boca de par en par y sacudió la forma de una palabra muy enfática. Pero yo no podía entender la palabra.

—Señora Joe —dije, como último recurso—, me gustaría saber, si no le importa mucho, de dónde vienen los disparos.

—¡Dios bendiga al niño! —exclamó mi hermana, como si no quisiera decir eso, sino todo lo contrario. —¡De los Hulks!

—¡Oh, eh! —dije, mirando a Joe—. ¡Hulks!

Joe soltó una tos de reproche, como si dijera: "Bueno, ya te lo dije".

—Y, por favor, ¿qué es Hulks? —pregunté.

-¡Así es este muchacho! -exclamó mi hermana, señalándome con la aguja y el hilo, y meneando la cabeza-. "Respóndele una pregunta y él te hará una docena directamente. Los cascos son naves prisión, a la derecha 'cruza las mallas'. Siempre usamos ese nombre para los pantanos, en nuestro país.

-Me pregunto quiénes han sido metidos en los barcos-prisión, y por qué están allí. -dije yo, en tono general y con tranquila desesperación.

Fue demasiado para la señora Joe, que se levantó de inmediato. —Te diré una cosa, joven —dijo ella—, yo no te he traído a mano para que le saques la vida a la gente. Sería una culpa para mí y no un elogio, si lo hubiera hecho. La gente es puesta en los Hulks porque asesinan, y porque roban, y falsifican, y hacen todo tipo de mal; Y siempre comienzan haciendo preguntas. ¡Ahora, te llevas bien a la cama!"

Nunca me permitieron que una vela me llevara a la cama, y, mientras subía las escaleras en la oscuridad, con el hormigueo en la cabeza —porque el dedal de la señora Joe había tocado la pandereta sobre él para acompañar sus últimas palabras—, me sentí terriblemente consciente de la gran comodidad de que los cascos me fueran útiles. Claramente estaba en camino hacia allí. Había empezado por hacer preguntas, e iba a robarle a la señora Joe.

Desde entonces, que ya está bastante lejos, he pensado a menudo que pocas personas saben el secreto que hay en los jóvenes bajo terror. No importa cuán irracional sea el terror, para que sea terror. Tenía un terror mortal por el joven que quería mi corazón y mi hígado; Tenía un terror mortal de mi interlocutor con la pierna de hierro; Tenía un terror mortal de mí mismo, de quien se había extraído una terrible promesa; No tenía esperanza de ser liberado a través de mi hermana todopoderosa, que me rechazaba a cada paso; Me da miedo pensar en lo que podría haber hecho por requerimiento, en el secreto de mi terror.

Si dormí toda la noche, fue sólo para imaginarme a mí mismo a la deriva río abajo en una fuerte marea primaveral, hacia los Hulks; un pirata fantasmal me gritaba a través de una trompeta parlante, al pasar por la estación del patíbulo, que era mejor que bajara a tierra y me colgaran allí de inmediato, y que no lo pospusiera. Tenía miedo de dormir, aunque me hubiera dado ganas, porque sabía que al primer amanecer de la mañana tendría que robar la despensa. No se podía hacer por la noche, porque entonces no se podía obtener una luz por una fricción fácil; para tener uno, debí haberlo golpeado con pedernal y acero, y haber hecho un ruido como el mismo pirata haciendo sonar sus cadenas.

Tan pronto como el gran manto de terciopelo negro que había fuera de mi pequeña ventana se tiñó de gris, me levanté y bajé las escaleras; cada tabla en el camino, y cada grieta en cada tabla que me llamaba: «¡Detente ladrón!' y

«¡Levántate, señora Joe!» En la despensa, que estaba mucho más abundante que de costumbre debido a la estación, me alarmó mucho una liebre que colgaba de los talones, a la que creí atrapar, cuando estaba medio vuelta, guiñando un ojo. No tenía tiempo para la verificación, ni para la selección, ni para nada, porque no tenía tiempo de sobra. Robé un poco de pan, un poco de cáscara de queso, aproximadamente medio frasco de carne picada (que até en mi pañuelo de bolsillo con mi rebanada de la noche anterior), un poco de brandy de una botella de piedra (que decanté en una botella de vidrio que había usado secretamente para hacer ese líquido embriagador, el agua de regaliz español, en mi habitación: diluyendo la botella de piedra de una jarra en el armario de la cocina), un hueso de carne con muy poco y un hermoso pastel de cerdo redondo y compacto. Estuve a punto de irme sin la tarta, pero tuve la tentación de subirme a una estantería para mirar qué era lo que estaba guardado con tanto cuidado en una cazuela de barro tapada en un rincón, y descubrí que era la tarta, y la tomé con la esperanza de que no estuviera destinada a un uso temprano. y no se echaría de menos durante algún tiempo.

Había una puerta en la cocina, que comunicaba con la fragua; Abrí y eché el cerrojo a la puerta, y saqué una lima de entre las herramientas de Joe. Luego puse los cierres tal como los había encontrado, abrí la puerta por la que había entrado cuando corrí a casa la noche anterior, la cerré y corrí hacia los pantanos brumosos.

CAPÍTULO III.

Era una mañana húmeda y muy húmeda. Había visto la humedad tendida en el exterior de mi pequeña ventana, como si un duende hubiera estado llorando allí toda la noche, y usando la ventana como un pañuelo de bolsillo. Ahora veía la humedad tendida sobre los setos desnudos y la hierba escasa, como una especie de telas de araña más toscas; colgando de ramita en ramita y de hoja en hoja. En todas las barandillas y puertas había una capa húmeda y húmeda, y la niebla del pantano era tan espesa, que el dedo de madera del poste que dirigía a la gente a nuestro pueblo —una dirección que nunca aceptaron, porque nunca llegaron allí— fue invisible para mí hasta que estuve bastante cerca de él. Luego, mientras lo miraba, mientras goteaba, a mi conciencia oprimida le pareció un fantasma que me dedicaba a los Hulks.

La niebla era aún más densa cuando salí a las marismas, de modo que en lugar de correr hacia todo, todo parecía correr hacia mí. Esto era muy desagradable para una mente culpable. Las puertas, los diques y los bancos se abalanzaron sobre mí a través de la niebla, como si gritaran tan claramente como podía serlo: «¡Un niño con el pastel de cerdo de otra persona! ¡Detente!" El ganado se abalanzó sobre mí con la misma brusquedad, mirándome a los ojos y saliendo humeantes de sus fosas nasales: "¡Hola, joven ladrón!" Un buey negro, con una corbata blanca, que incluso tenía para mi conciencia despierta algo de aire clerical, me miró tan obstinadamente con sus ojos, y movió su cabeza roma de una manera tan acusadora mientras yo me movía, que le grité: —¡No pude evitarlo, señor! ¡No fue por mí, lo tomé!" Ante lo cual bajó la cabeza, expulsó una nube de humo por la nariz y desapareció con una patada en las patas traseras y un movimiento de la cola.

Durante todo este tiempo, me dirigía hacia el río; pero por muy rápido que fuera, no podía calentar mis pies, a los que el frío húmedo parecía clavado, como la plancha estaba remachada en la pierna del hombre al que corría a encontrarme. Conocía el camino hasta la Batería, bastante recto, porque había ido allí un domingo con Joe, y Joe, sentado sobre una vieja escopeta, me había dicho que cuando yo fuera su aprendiz, atado regularmente, ¡tendríamos allí tales Alondras! Sin embargo, en la confusión de la niebla, me encontré al final demasiado a la derecha, y en consecuencia tuve que intentar retroceder a lo largo de la orilla del río, en la orilla de piedras sueltas sobre el barro y las estacas que estacaban la marea. Avanzando hacia aquí con toda rapidez, acababa de cruzar una zanja que sabía que estaba muy cerca de la batería, y acababa de trepar por el montículo más allá de la zanja, cuando vi al hombre sentado frente a mí. Estaba de espaldas a mí, tenía los brazos cruzados y cabeceaba hacia adelante, agobiado por el sueño.

Pensé que se alegraría más si me encontraba con él con su desayuno, de esa manera inesperada, así que me acerqué suavemente y lo toqué en el hombro. Instantáneamente se levantó de un salto, y no era el mismo hombre, ¡sino otro hombre!

Y, sin embargo, este hombre también estaba vestido de un gris tosco, y tenía un gran hierro en la pierna, y era cojo, ronco y frío, y era todo lo que el otro hombre era; excepto que no tenía la misma cara, y llevaba puesto un sombrero de fieltro plano, de ala ancha y copa baja. Todo esto lo vi en un momento, porque sólo tenía un momento para verlo: me juró, me dio un golpe, fue un golpe redondo y débil que me falló y casi se derribó, porque lo hizo tropezar, y luego corrió hacia la niebla, tropezando dos veces mientras caminaba. y lo perdí.

"¡Es el joven!" Pensé, sintiendo que mi corazón se disparaba al identificarlo. Me atrevo a decir que también habría sentido un dolor en el hígado si hubiera sabido dónde estaba.

Poco después de eso, estuve en la Batería, y allí estaba el hombre adecuado, abrazándose a sí mismo y cojeando de un lado a otro, como si nunca en toda la noche hubiera dejado de abrazarme y cojear, esperándome. Tenía un frío terrible, sin duda. Casi esperaba verlo caer ante mi cara y morir de un frío mortal. Sus ojos también parecían tan hambrientos, que cuando le entregué la carpeta y la dejó sobre la hierba, se me ocurrió que habría intentado comérsela si no hubiera visto mi paquete. Esta vez no me puso boca abajo para coger lo que tenía, sino que me dejó boca arriba mientras abría el paquete y vaciaba los bolsillos.

—¿Qué hay en la botella, muchacho? —preguntó.

—Brandy —dije yo—.

Ya se estaba metiendo la carne picada en la garganta de la manera más curiosa, más como un hombre que la guarda en algún lugar con mucha prisa que como un hombre que la está comiendo, pero dejó de tomar un poco del licor. Al mismo tiempo, se estremeció tan violentamente que pudo hacer todo lo que pudo hacer para mantener el cuello de la botella entre los dientes, sin morderla.

—Creo que tienes el aguijón —dije—.

—Soy de tu opinión, muchacho —dijo—.

"Es malo lo de aquí", le dije. "Has estado acostado en las mallas, y son terribles adoloridas. Reumático también".

—Desayunaré antes de que me mueran —dijo—. "Yo haría eso, si me fuera a colgar de esa horca como la hay allí, justo después. Venceré los escalofríos hasta ahora, te apuesto".

Estaba engullendo carne picada, huesos de carne, pan, queso y pastel de cerdo, todo a la vez: miraba con desconfianza mientras lo hacía a la niebla que nos rodeaba, y a menudo se detenía, incluso detenía sus mandíbulas, para escuchar. Algún sonido real o imaginario, algún tintineo en el río o la respiración de una bestia en el pantano, le dieron un sobresalto, y dijo de repente:

"¿No eres un diablillo engañoso? ¿No trajiste a nadie contigo?

—¡No, señor! ¡No!"

—¿Ni le das a nadie el cargo para que te siga?

—¡No!

—Bueno —dijo él—, yo te creo. ¡No serías más que un joven y feroz sabueso si en el momento de tu vida pudieras ayudar a cazar a un miserable abrigo tan cerca de la muerte y del estercolero como lo está este pobre y desdichado tiburón!

Algo chasqueó en su garganta como si tuviera obras en él como un reloj, y fuera a sonar. Y se untó los ojos con su manga raída y áspera.

Compadeciéndome de su desolación, y observándolo mientras se acomodaba gradualmente sobre el pastel, me atreví a decir: "Me alegro de que lo disfrutes".

—¿Hablaste?

- Le dije que me alegraba de que lo disfrutaras.

"Gracias, mi niño. Yo sí".

A menudo había visto a un gran perro nuestro comiendo su comida; y ahora noté una decidida similitud entre la forma de comer del perro y la del hombre. El hombre dio mordiscos fuertes y repentinos, al igual que el perro. Tragó, o más bien tragó, cada bocado, demasiado pronto y demasiado rápido; Y miraba de reojo aquí y allá mientras comía, como si pensara que había peligro en todas direcciones de que alguien viniera a llevarse el pastel. Estaba demasiado inquieto en su mente por ello, para apreciarlo cómodamente, pensé, o para tener a alguien que cenara con él, sin hacer un corte con las mandíbulas al visitante. En todos estos detalles se parecía mucho al perro.

—Me temo que no le dejarás nada —dije tímidamente—; después de un silencio durante el cual había dudado en cuanto a la cortesía de hacer la observación. "No hay más que conseguir de dónde vino eso". Fue la certeza de este hecho lo que me impulsó a dar la pista.

—¿Dejarle algo? ¿Quién es él? -preguntó mi amigo, deteniéndose en su crujido de masa de pastel.

"El joven. De eso hablaste. Eso se te escondió.

"¡Oh, ah!", replicó, con algo parecido a una risa ronca. —¿Él? ¡Sí, sí! *No* quiere tonterías.

—Me pareció que lo hacía —dije—.

El hombre dejó de comer y me miró con el mayor escrutinio y la mayor sorpresa.

"¿Buscado? ¿Cuándo?

"Justo ahora."

—¿Dónde?

-Allá -dije señalando-; "Allí, donde lo encontré cabeceando dormido, y pensé que eras tú".

Me sujetó por el cuello y me miró fijamente de tal manera que empecé a pensar que su primera idea de cortarme la garganta había revivido.

—Vestido como tú, ya sabes, sólo que con sombrero —expliqué, temblando—; —Y... y... —estaba muy ansioso por decirlo con delicadeza—, y con... la misma razón para querer pedir prestado un archivo. ¿No oíste el cañón anoche?

«¡Entonces hubo disparos!», se dijo a sí mismo.

—Me extraña que no hubieras estado seguro de eso —repliqué—, porque lo oímos en casa, y eso está más lejos, y además estábamos encerrados.

-¡Vaya, mira ahora! -exclamó-. "Cuando un hombre está solo en estas llanuras, con la cabeza y el estómago ligeros, pereciendo de frío y necesidad, no oye nada en toda la noche, excepto disparos de armas y voces que llaman. ¿Oye? Ve a los soldados, con sus casacas rojas iluminadas por las antorchas que llevaban delante, acercándose a él. Oye que llaman a su número, oye que se desafía, oye el traqueteo de los mosquetes, oye las órdenes: «¡Prepárense! ¡Presente! ¡Cúbralo firmemente, hombres!', y se le imponen las manos... ¡y no hay nada! Pues, si yo veo a un grupo de persecución anoche, que viene en orden, malditos sean, con su vagabundo, vagabundo, veo a cien. ¡Y en cuanto a los disparos! Pues, veo que la niebla se agita con el cañón, como si fuera de día, ... Pero este hombre"; Había dicho todo lo demás, como si se hubiera olvidado de que yo estaba allí; —¿Notaste algo en él?

—Tenía la cara muy magullada —dije, recordando lo que apenas sabía que sabía—.

—¿Aquí no? —exclamó el hombre, golpeándose la mejilla izquierda sin piedad, con la palma de la mano.

—¡Sí, ahí!

—¿Dónde está? Metió la poca comida que le quedaba en el pecho de su chaqueta gris. "Muéstrame el camino por el que fue. Lo derribaré, como un sabueso. ¡Maldita sea esta plancha en mi pierna dolorida! Danos el archivo, muchacho.

Le indiqué en qué dirección la niebla había envuelto al otro hombre, y él la miró por un instante. Pero él estaba tendido sobre la hierba mojada, limando su hierro como un loco, y sin importarle a mí ni a su propia pierna, que tenía una vieja rozadura y estaba ensangrentada, pero que manejaba con tanta rudeza como si no tuviera más sensibilidad que la lima. Volví a tenerle mucho miedo, ahora que se había metido en esta feroz prisa, y también tenía mucho miedo de quedarme fuera de casa por más tiempo. Le dije que debía irme, pero no le hizo caso, así que pensé que lo mejor que podía hacer era escabullirme. La última vez que lo vi, tenía la cabeza inclinada sobre la rodilla y se esforzaba por poner el grillete, murmurando imprecaciones impacientes contra él y contra la pierna. La última vez que supe de él, me detuve en la niebla para escuchar, y el archivo seguía en marcha.

CAPÍTULO IV.

Esperaba encontrar a un alguacil en la cocina, esperando para recogerme. Pero no sólo no había ningún alguacil allí, sino que aún no se había descubierto el robo. La señora Joe estaba prodigiosamente ocupada en preparar la casa para las festividades del día, y Joe había sido colocado en el umbral de la cocina para mantenerlo alejado del recogedor, un artículo al que siempre le llevaba su destino, tarde o temprano, cuando mi hermana estaba cosechando vigorosamente los suelos de su establecimiento.

—¿Y dónde diablos has estado? —fue el saludo navideño de la señora Joe, cuando mi conciencia y yo nos mostramos.

Le dije que había ido a escuchar los villancicos. —¡Ah! ¡Bien! -observó la señora Joe-. Es posible que lo hayas hecho peor. De eso no tengo ninguna duda, pensé.

—Quizá si no advierto a la mujer de un herrero, y (lo que es lo mismo) a una esclava que nunca se quita el delantal, debería haber ido a oír los villancicos —dijo la señora Joe—. Yo misma soy bastante partidaria de los villancicos, y ésa es la mejor de las razones por las que nunca he oído ninguno.

Joe, que se había aventurado a entrar en la cocina después de mí cuando el recogedor se había retirado antes que nosotros, se pasó el dorso de la mano por la nariz con aire conciliador, cuando la señora Joe le lanzó una mirada y, cuando sus ojos se retiraron, cruzó secretamente sus dos dedos índices y me los mostró, como prueba de que la señora Joe estaba de mal humor. Este era su estado normal, que Joe y yo a menudo, durante semanas juntos, nos mostrábamos, en cuanto a nuestros dedos, como cruzados monumentales en cuanto a sus piernas.

Íbamos a tener una cena excelente, que consistía en una pierna de cerdo en escabeche y verduras, y un par de aves rellenas asadas. Ayer por la mañana se había hecho un hermoso pastel de carne picada (lo que explicaba que no se echara de menos la carne picada), y el pudín ya estaba hirviendo. Estos extensos arreglos ocasionaron que nos interrumpieran sin ceremonias con respecto al desayuno; —Porque no lo voy a hacer —dijo la señora Joe—, no voy a tener que abarrotarme, reventar y lavar los platos ahora, con lo que tengo por delante, ¡se lo prometo!

De modo que nos sirvieron nuestras porciones, como si fuéramos dos mil soldados en una marcha forzada en lugar de un hombre y un niño en casa; Y tomamos tragos de leche y agua, con semblantes de disculpa, de una jarra que había en el tocador. Mientras tanto, la señora Joe colocó cortinas blancas y limpias, y clavó un nuevo volante de flores en la ancha chimenea para reemplazar el viejo, y descubrió el pequeño salón estatal al otro lado del pasillo, que nunca se destapó en ningún otro momento, sino que pasó el resto del año en una fresca neblina de papel plateado. que incluso se extendía a los cuatro caniches blancos de vajilla en el estante de la chimenea, cada uno con una nariz negra y una canasta de flores en la boca, y cada uno de ellos la contraparte del otro. La señora Joe era una ama de llaves muy limpia, pero tenía un exquisito arte para hacer que su limpieza fuera más incómoda e inaceptable que la suciedad misma. La limpieza está al lado de la piedad, y algunas personas hacen lo mismo por su religión.

Mi hermana, que tenía tanto que hacer, iba a la iglesia indirectamente, es decir, Joe y yo íbamos. Con su ropa de trabajo, Joe era un herrero bien formado y de aspecto característico; Con su ropa de fiesta, se parecía más a un espantapájaros en buenas circunstancias, que a cualquier otra cosa. Nada de lo que llevaba entonces le quedaba bien o parecía pertenecerle; y todo lo que llevaba puesto entonces le rozaba. En esta ocasión festiva, salió de su habitación, cuando sonaban las campanas alegres, la imagen de la miseria, con un traje completo de penitenciales dominicales. En cuanto a mí, creo que mi hermana debió de tener alguna idea general de que yo era un joven delincuente a quien un policía había recogido (el día de mi cumpleaños) y le había entregado, para que lo tratara de acuerdo con la majestad ultrajada de la ley. Siempre me trataron como si hubiera insistido en haber nacido en oposición a los dictados de la razón, la religión y la moral, y en contra de los argumentos disuasorios de mis mejores amigos. Incluso cuando me llevaron a comprar un traje nuevo, el sastre tenía órdenes de hacerlos como una especie de reformatorio, y de ninguna manera me dejaran el libre uso de mis miembros.

Por lo tanto, el hecho de que Joe y yo fuéramos a la iglesia debe haber sido un espectáculo conmovedor para las mentes compasivas. Sin embargo, lo que sufrí afuera no fue nada comparado con lo que sufrí adentro. Los terrores que me asaltaban cada vez que la señora Joe se acercaba a la despensa o salía de la habitación, sólo podían ser igualados por el remordimiento con que mi mente se detenía en lo que mis manos habían hecho. Bajo el peso de mi malvado secreto, reflexioné sobre si la Iglesia sería lo suficientemente poderosa como para protegerme de la venganza del terrible joven, si lo divulgaba a ese establecimiento. Concebí la idea de que el momento en que se leyeran las prohibiciones y cuando el clérigo dijera: "¡Ahora debéis declararlo!", sería el momento para que yo me levantara y propusiera una conferencia privada en la sacristía. Estoy lejos de estar seguro de que no hubiera asombrado a nuestra pequeña congregación recurriendo a esta medida extrema, si no fuera por ser el día de Navidad y no el domingo.

El señor Wopsle, el secretario de la iglesia, iba a cenar con nosotros; y el Sr. Hubble, el carretero y la Sra. Hubble; y el tío Pumblechook (tío de Joe, pero la señora Joe se lo apropió), que era un acomodado artesano de la ciudad más cercana y conducía su propio cochecito. La hora de la cena era la una y media. Cuando Joe y yo llegamos a casa, encontramos la mesa puesta, y a la señora Joe vestida, y el aderezo de la cena, y la puerta de entrada abierta (nunca lo estuvo en ningún otro momento) para que entrara la compañía, y todo lo más espléndido. Y aún así, ni una palabra del robo.

Llegó el momento, sin que ello trajera consigo ningún alivio a mis sentimientos, y llegó la compañía. El señor Wopsle, unido a una nariz romana y a una gran frente calva y brillante, tenía una voz grave de la que se enorgullecía extraordinariamente; De hecho, se entendía entre sus conocidos que si le dabasculaba su cabeza, le daría al clérigo un arrebato; él mismo confesó que si la Iglesia se "abría de par en par", es decir, a la competencia, no perdería la esperanza de dejar su huella en ella. Al no estar la Iglesia "abierta", él era, como ya he dicho, nuestro secretario. Pero castigó tremendamente a los Amén; y cuando recitó el salmo, siempre dando el versículo entero, miró primero a toda la congregación, como para decir: "Habéis oído a mi amigo en lo alto; ¡Hazme el favor de dar tu opinión sobre este estilo!"

Abrí la puerta de la compañía, fingiendo que era nuestra costumbre abrir esa puerta, y la abrí primero al señor Wopsle, al lado del señor y la señora Hubble, y por último al tío Pumblechook. *No me* permitían llamarlo tío, bajo las penas más severas.

—Señora Joe —dijo el tío Pumblechook, un hombre corpulento, de mediana edad, de respiración agitada, con la boca de un pez, ojos apagados y el pelo arenoso erizado sobre la cabeza, de modo que parecía como si acabara de ser asfixiado, y si ese momento hubiera llegado—, le he traído como el cumplido de la temporada... Mamá, una botella de vino de Jerez... y te he traído, mamá, una botella de vino de Oporto.

Todos los días de Navidad se presentaba, como una profunda novedad, con exactamente las mismas palabras, y llevando las dos botellas como mancuernas. Todos los días de Navidad, la señora Joe respondía, como ahora respondía: «¡Oh, Un... cle Pum-ble, chook! ¡Esto *es* amable!" Cada día de Navidad, replicaba, como ahora replicaba: "No es más que tus méritos. ¿Y ahora sois todos bobbish, y cómo está Sixpennorth de medio penique?", refiriéndose a mí.

Cenábamos en estas ocasiones en la cocina, y levantábamos la sesión, para que las nueces, las naranjas y las manzanas fueran a la sala; que fue un cambio muy parecido al cambio de Joe de su ropa de trabajo a su vestido de domingo. Mi hermana se mostró extraordinariamente animada en esta ocasión, y de hecho fue generalmente más amable en compañía de la señora Hubble que en cualquier otra compañía. Recuerdo a la señora Hubble como una personita rizada y afilada vestida de azul celeste, que ocupaba una posición convencionalmente juvenil, porque se había casado con el señor Hubble, no sé en qué época remota, cuando era mucho más joven que él. Recuerdo al señor Hubble como un anciano duro, de hombros altos, encorvado, de fragancia a aserrín, con las piernas extraordinariamente separadas, de modo que en mis cortos días siempre veía entre ellos algunos kilómetros de campo abierto cuando lo encontraba subiendo por el camino.

En medio de esta buena compañía me habría sentido, aunque no hubiera robado la despensa, en una posición falsa. No porque estuviera apretujado en un ángulo agudo del mantel, con la mesa en el pecho y el codo de Pumblechookian en el ojo, ni porque no se me permitiera hablar (no quería hablar), ni porque me agasajaran con las puntas escamosas de los muslos de las aves, y con esos oscuros rincones de cerdo de los que el cerdo, en vida, había tenido la menor razón para ser vanidoso. No; No me habría importado, si me hubieran dejado en paz. Pero no me dejaban en paz. Parecían pensar que la oportunidad estaba perdida si no me dirigían la conversación, de vez en cuando, y me clavaban el punto. Podría haber sido un desafortunado toro en un ruedo español, me tocó tan astutamente estos aguijones morales.

Comenzó en el momento en que nos sentamos a cenar. El señor Wopsle dio las gracias con una declamación teatral —como ahora me parece a mí, algo así como una cruz religiosa del Fantasma en Hamlet con Ricardo III—, y terminó con la muy apropiada aspiración de que pudiéramos estar verdaderamente agradecidos. A lo cual mi hermana me miró con la mirada y me dijo en voz baja y de reproche: -¿Oyes eso? Sé agradecido".

—Sobre todo —dijo el señor Pumblechook—, sé agradecido, muchacho, a los que te criaron de la mano.

La señora Hubble meneó la cabeza y, contemplándome con el triste presentimiento de que no llegaría a nada bueno, preguntó: —¿Por qué los jóvenes nunca son agradecidos? Este misterio moral parecía demasiado para la compañía hasta que el Sr. Hubble lo resolvió lacónicamente diciendo: "Naturalmente ingenioso". Entonces todos murmuraron: «¡Cierto!», y me miraron de una manera particularmente desagradable y personal.

La posición y la influencia de Joe eran algo más débiles (si cabe) cuando había compañía que cuando no la había. Pero siempre me ayudaba y me consolaba cuando podía, de alguna manera suya, y siempre lo hacía a la hora de la cena dándome salsa, si la había. Habiendo mucha salsa hoy, Joe metió en mi plato, en este punto, alrededor de media pinta.

Un poco más tarde en la cena, el Sr. Wopsle repasó el sermón con cierta severidad, e insinuó —en el caso hipotético habitual de que la Iglesia fuera "abierta"— qué tipo de sermón les habría dado. Después de favorecerlos con algunos encabezamientos de ese discurso, comentó que consideraba el tema de la homilía del día, mal elegido; lo cual era menos excusable, añadió, cuando había tantos temas "dando vueltas".

—Otra vez —dijo tío Pumblechook—. —¡Lo ha conseguido, señor! Un montón de temas dando vueltas, para los que saben ponerse sal en la cola. Eso es lo que se quiere. Un hombre no necesita ir muy lejos para encontrar un tema, si está listo con su caja de sal. -El señor Pumblechook añadió, después de un breve intervalo de reflexión-: Fíjate solo en el cerdo. ¡Hay un tema! ¡Si quieres un tema, mira a Pork!"

—Es cierto, señor. Muchas moralejas para los jóvenes -replicó el señor Wopsle-, y supe que me iba a arrastrar antes de que lo dijera; "podría deducirse de ese texto".

("Escucha esto yo", me dijo mi hermana, entre paréntesis severos.)

Joe me dio un poco más de salsa.

—Cerdos —prosiguió el señor Wopsle, con su voz más grave, y apuntando con su tenedor a mis rubores, como si mencionara mi nombre de pila—, los cerdos eran los compañeros del hijo pródigo. La gula de los cerdos se nos pone delante, como ejemplo para los jóvenes". (Pensé esto bastante bien en él que había estado elogiando la carne de cerdo por ser tan regordeta y jugosa). "Lo que es detestable en un cerdo es más detestable en un niño".

—O niña —sugirió el señor Hubble—.

—Por supuesto, o muchacha, señor Hubble —asintió el señor Wopsle, bastante irritado—, pero no hay ninguna chica presente.

—Además —dijo el señor Pumblechook, volviéndose bruscamente hacia mí—, piensa en lo que tienes que estar agradecido. Si hubieras nacido un Squeaker...

—Lo *era*, si es que alguna vez lo fue un niño —dijo mi hermana con el mayor énfasis—.

Joe me dio un poco más de salsa.

—Bueno, pero me refiero a un chirriador de cuatro patas —dijo el señor Pumblechook—. "Si hubieras nacido así, ¿habrías estado aquí ahora? Tú no...

—A menos que sea de esa forma —dijo el señor Wopsle, señalando con la cabeza el plato—.

—Pero no me refiero a eso, señor —replicó el señor Pumblechook, que tenía alguna objeción a que lo interrumpieran—; Quiero decir, que se divierta con sus mayores y superiores, y que se mejore con su conversación, y que se revuelque en el regazo del lujo. ¿Habría estado haciendo eso? No, no lo haría. ¿Y cuál habría sido tu destino?", volviéndose hacia mí de nuevo. Te habrían vendido por tantos chelines, según el precio de mercado del artículo, y Dunstable, el carnicero, se habría acercado a ti mientras yacías en la paja, y te habría azotado bajo el brazo izquierdo, y con el derecho se habría recogido el vestido para sacar una navaja del bolsillo de su chaleco. Y él habría derramado tu sangre y se habría quedado con tu vida. Entonces no hay que sacarlo a mano. ¡Ni una pizca de eso!"

Joe me ofreció más salsa, que tenía miedo de tomar.

—Era un mundo de problemas para usted, señora —dijo la señora Hubble, compadeciéndose de mi hermana—.

—¿Problemas? —repitió mi hermana—. Y luego entró en un catálogo espantoso de todas las enfermedades de las que había sido culpable, y de todos los actos de insomnio que había cometido, y de todos los lugares altos de los que había caído, y de todos los lugares bajos en los que había caído, y de todas las injurias que me había hecho a mí mismo, y de todas las veces que ella me había deseado en mi tumba, y yo me había negado contumazmente a ir allí.

Creo que los romanos deben haberse irritado mucho unos a otros, con sus narices. Tal vez, en consecuencia, se convirtieron en las personas inquietas que eran. De todos modos, la nariz romana del señor Wopsle me irritó tanto, durante el relato de mis fechorías, que me hubiera gustado tirarla hasta que aullara. Pero todo lo que había soportado hasta ese momento no era nada en comparación con los terribles sentimientos que se apoderaron de mí cuando se rompió la pausa que siguió al relato de mi hermana, y en cuya pausa todos me habían mirado (como me sentía dolorosamente consciente) con indignación y aborrecimiento.

—Sin embargo —dijo el señor Pumblechook, conduciendo a la concurrencia suavemente de vuelta al tema del que se habían desviado—, el cerdo, considerado como biled, también es rico; ¿No es así?

—Tómate un poco de brandy, tío —dijo mi hermana—.

¡Oh cielos, por fin había llegado! Descubriría que era débil, diría que era débil, ¡y yo estaba perdido! Me aferré a la pata de la mesa bajo el mantel, con ambas manos, y esperé mi destino.

Mi hermana fue a por la botella de piedra, volvió con la botella de piedra y sirvió su brandy: nadie más tomó ninguno. El desdichado jugueteó con su vaso, lo tomó, lo miró a través de la luz, lo dejó en el suelo, prolongó mi desdicha. Durante todo este tiempo, la señora Joe y Joe estuvieron limpiando rápidamente la mesa para el pastel y el pudín.

No podía apartar los ojos de él. Siempre agarrado a la pata de la mesa con las manos y los pies, vi a la miserable criatura tocar juguetonamente su vaso, tomarlo, sonreír, echar la cabeza hacia atrás y beber el brandy. Inmediatamente después, la concurrencia se apoderó de una consternación indescriptible, debido a que se puso en pie de un salto, se dio varias vueltas en un espantoso baile espasmódico de tos ferina y salió corriendo a la puerta; Luego se hizo visible a través de la ventana, lanzándose violentamente y expectorando, haciendo las caras más horribles y, aparentemente, fuera de sí.

Me aferré con fuerza, mientras la señora Joe y Joe corrían hacia él. No sabía cómo lo había hecho, pero no tenía ninguna duda de que lo había asesinado de alguna manera. En mi terrible situación, fue un alivio cuando lo trajeron de vuelta, y examinando a la compañía como si no estuvieran de acuerdo con él, se hundió en su silla con un jadeo significativo: «¡Alquitrán!»

Había llenado la botella de la jarra de agua alquitranada. Sabía que poco a poco iría empeorando. Moví la mesa, como un médium de hoy en día, por el vigor de mi agarre invisible sobre ella.

—¡Alquitrán! —exclamó mi hermana, asombrada—. —¿Por qué, cómo pudo Tar llegar allí?

Pero el tío Pumblechook, que era omnipotente en esa cocina, no quiso oír la palabra, no quiso oír hablar del tema, lo apartó todo imperiosamente con la mano y pidió ginebra caliente y agua. Mi hermana, que había empezado a ser alarmantemente meditativa, tuvo que emplearse activamente en conseguir la ginebra, el agua caliente, el azúcar y la cáscara de limón, y mezclarlos. Al menos por el momento, me salvé. Todavía me aferraba a la pata de la mesa, pero ahora la agarraba con el fervor de la gratitud.

Poco a poco, me calmé lo suficiente como para soltar mi agarre y comer budín. El señor Pumblechook comió pudín. Todos comieron pudín. El curso terminó, y el señor Pumblechook había comenzado a sonreír bajo la agradable influencia de la ginebra y el agua. Empecé a pensar que debía superar el día, cuando mi hermana le dijo a Joe: "Platos limpios, fríos".

Volví a agarrar la pata de la mesa y la apreté contra mi pecho como si hubiera sido la compañera de mi juventud y amiga de mi alma. Preví lo que vendría, y sentí que esta vez realmente me había ido.

—Tenéis que probar —dijo mi hermana, dirigiéndose a los invitados con su mejor gracia—, tenéis que probar, para terminar, un regalo tan delicioso y delicioso del tío Pumblechook.

¡Deben! ¡Que no esperen probarlo!

—Debes saber —dijo mi hermana, levantándose—, que es un pastel; un sabroso pastel de cerdo".

La compañía murmuró sus cumplidos. El tío Pumblechook, consciente de haber merecido el bien de sus semejantes, dijo, con bastante vivacidad, a fin de cuentas: —Bien, señora Joe, haremos todo lo que podamos; Vamos a tener una tajada de este mismo pastel".

Mi hermana salió a buscarlo. Oí sus pasos dirigirse a la despensa. Vi al señor Pumblechook equilibrar su cuchillo. Vi que se despertaba el apetito en las narices romanas del señor Wopsle. Escuché al Sr. Hubble comentar que "un poco de sabroso pastel de cerdo se colocaría encima de cualquier cosa que pudieras mencionar, y no haría daño", y escuché a Joe decir: "Tendrás un poco, Pip". Nunca he estado absolutamente seguro de si proferí un grito agudo de terror, sólo en espíritu, o en el oído corporal de la compañía. Sentí que no podía soportar más y que debía huir. Solté la pata de la mesa y corrí para salvar mi vida.

Pero no corrí más allá de la puerta de la casa, porque allí me topé de cabeza con un grupo de soldados con sus mosquetes, uno de los cuales me tendió un par de esposas, diciendo: «¡Aquí estás, mira bien, vamos!»

CAPÍTULO V.

La aparición de una fila de soldados que resonaban en los extremos de sus mosquetes cargados en el umbral de nuestra puerta, hizo que la comitiva se levantara de la mesa en confusión, y que la señora Joe, que volvía a entrar en la cocina con las manos vacías, se detuviera en seco y se quedara mirando, en su lamento asombrado de «¡Dios mío, qué se ha ido...con el...?»

El sargento y yo estábamos en la cocina cuando la señora Joe se quedó mirando; en cuya crisis recobré parcialmente el uso de mis sentidos. Era el sargento quien me había hablado, y ahora miraba a su alrededor, a la compañía, con las esposas extendidas hacia ellos en la mano derecha y la izquierda en mi hombro.

-Disculpadme, señoras y caballeros -dijo el sargento-, pero como ya he mencionado en la puerta de este joven y elegante afeitador (cosa que no había hecho), estoy en una persecución en nombre del rey, y quiero al herrero.

—¿Y qué es lo que quieres de *él*? —replicó mi hermana, que no tardaba en resentirse de que lo quisieran.

-Señorita -replicó el gallardo sargento-, hablando por mí mismo, debo replicar que el honor y el placer de conocer a su hermosa esposa; Hablando en nombre del rey, respondo, un poco de trabajo hecho.

Esto fue recibido como bastante pulcro en el sargento; hasta el punto de que el señor Pumblechook exclamó audiblemente: «¡Bien otra vez!»

—Ya ve, herrero —dijo el sargento, que ya había distinguido a Joe con el ojo—, hemos tenido un accidente con éstos, y he descubierto que la cerradura de uno de ellos se ha estropeado, y el acoplamiento no se comporta bien. Puesto que se les necesita para el servicio inmediato, ¿les echarás un vistazo?

Joe echó un vistazo sobre ellos y declaró que el trabajo requeriría encender el fuego de su fragua, y que llevaría cerca de dos horas que una. —¿Lo hará? ¿Y entonces os pondréis manos a la obra de inmediato, herrero? -dijo el sargento improvisado-, ya que está al servicio de Su Majestad. Y si mis hombres pueden echar una mano en cualquier parte, se harán útiles. Dicho esto, llamó a sus hombres, que entraron en tropel en la cocina uno tras otro, y amontonaron sus brazos en un rincón. Y entonces se quedaron de pie, como hacen los soldados;

ahora, con las manos entrelazadas delante de ellos; Ahora, descansando una rodilla o un hombro; ahora, aflojando un cinturón o una bolsa; ahora, abriendo la puerta para escupir rígidamente sobre sus altas existencias, hacia el patio.

Todas estas cosas las vi sin saber entonces que las veía, porque estaba en una agonía de aprensión. Pero al empezar a darme cuenta de que las esposas no eran para mí, y que los militares habían sacado lo mejor del pastel hasta el punto de ponerlo en un segundo plano, reuní un poco más de mi desperdigado ingenio.

—¿Podría darme la hora? —dijo el sargento, dirigiéndose al señor Pumblechook, como a un hombre cuyas facultades apreciativas justificaban la inferencia de que estaba a la altura del tiempo.

"Son las dos y media".

—Eso no es tan malo —dijo el sargento, pensativo—; Incluso si me viera obligado a detenerme aquí cerca de dos horas, eso sería suficiente. ¿A qué distancia podríais estaros de los pantanos de aquí? ¿No más de una milla, creo?

—Sólo una milla —dijo la señora Joe—.

"Con eso basta. Comenzamos a acercarnos a ellos alrededor del anochecer. Un poco antes del anochecer, mis órdenes son. Con eso basta.

—¿Convictos, sargento? —preguntó el señor Wopsle con naturalidad.

—¡Ay! —replicó el sargento—, dos. Es bastante conocido por estar todavía en las marismas, y no intentarán alejarse de ellos antes del anochecer. ¿Alguien ha visto aquí algo de semejante juego?

Todos, excepto yo, dijimos que no, con confianza. Nadie pensaba en mí.

—Bueno —dijo el sargento—, supongo que se encontrarán atrapados en un círculo antes de lo que cuentan. ¡Ahora, herrero! Si estás listo, Su Majestad el Rey lo está".

Joe se había quitado el abrigo, el chaleco y la corbata, y se había puesto el delantal de cuero, y pasó a la fragua. Uno de los soldados abrió las ventanas de madera, otro encendió el fuego, otro se volvió hacia el fuelle, el resto se quedó de pie alrededor de la llama, que pronto comenzó a rugir. Entonces Joe empezó a martillar y a tintinear, a martillar y a tintinear, y todos nos quedamos mirando.

El interés de la inminente búsqueda no sólo absorbió la atención general, sino que incluso hizo que mi hermana se volviera liberal. Sacó una jarra de cerveza del barril para los soldados e invitó al sargento a tomar un vaso de brandy. Pero el señor Pumblechook dijo bruscamente: —Dale vino, mamá. Voy a decir que no hay alquitrán en eso", así que el sargento le dio las gracias y le dijo que, como prefería su bebida sin alquitrán, tomaría vino, si le convenía igualmente. Cuando se lo dieron, bebió la salud de Su Majestad y los cumplidos de la temporada, lo tomó todo de un bocado y chasqueó los labios.

—Bien, ¿eh, sargento? —dijo el señor Pumblechook—.

-Os diré una cosa -replicó el sargento-; - Sospecho que esas cosas son de *tu* parte.

El señor Pumblechook, con una especie de risa gorda, dijo: —¿Ay, ay? ¿Por qué?

—Porque —replicó el sargento, dándole una palmada en el hombro—, usted es un hombre que sabe lo que es qué.

—¿Lo creéis? —dijo el señor Pumblechook, con su antigua risa—. "¡Tómate otro vaso!"

"Contigo. Hob y nob -replicó el sargento-. "La cima de la mía al pie del tuyo, el pie del tuyo a la cima del mío, ¡Toca una vez, suena dos veces, la mejor melodía de las Gafas Musicales! Su salud. ¡Que vivas mil años y que nunca seas peor juez de la clase correcta de lo que eres en el momento presente de tu vida!"

El sargento volvió a tirar el vaso y pareció dispuesto a tomar otro vaso. Me di cuenta de que el señor Pumblechook, en su hospitalidad, parecía olvidar que había hecho un regalo con el vino, pero tomó la botella de manos de la señora Joe y tuvo todo el mérito de haberla repartido a borbotones de jovialidad. Incluso yo conseguí algunos. Y estaba tan libre del vino que incluso llamó a la otra botella, y la repartió con la misma liberalidad cuando se acabó la primera.

Mientras los observaba, mientras todos se agrupaban alrededor de la fragua, divirtiéndose tanto, pensé en lo terriblemente buena que sería la salsa para una cena de mi amigo fugitivo en las marismas. No habían disfrutado ni un cuarto de lo que él proporcionaba, cuando el entretenimiento se iluminó con la emoción que él proporcionaba. Y ahora, cuando todos esperaban vivamente que «los dos villanos» fueran capturados, y cuando los fuelles parecían rugir para los fugitivos, el fuego arder para ellos, el humo alejarse apresuradamente en su persecución, Joe martillar y tintinear por ellos, y todas las sombras tenebrosas de la pared temblar amenazadoramente mientras las llamas subían y bajaban, Y las chispas al rojo vivo cayeron y se extinguieron, la pálida tarde afuera casi parecía haberse vuelto pálida por su culpa, pobres desgraciados.

Por fin, el trabajo de Joe estaba hecho, y el zumbido y el rugido cesaron. Cuando Joe se puso el abrigo, se armó de valor para proponer que algunos de nosotros fuéramos con los soldados y viéramos qué resultaba de la caza. El señor Pumblechook y el señor Hubble se negaron, alegando una sociedad de pipas y damas; pero el señor Wopsle dijo que iría, si Joe quería. Joe dijo que estaba de acuerdo y que me aceptaría si la señora Joe lo aprobaba. Estoy seguro de que nunca habríamos tenido permiso para irnos, de no ser por la curiosidad de la señora Joe de saberlo todo y cómo terminó. Así las cosas, se limitó a estipular: "Si traes al niño con la cabeza hecha pedazos por un mosquete, no esperes que yo la vuelva a armar".

El sargento se despidió cortésmente de las damas y se separó del señor Pumblechook como de un camarada; aunque dudo que fuera tan consciente de los méritos de aquel caballero en condiciones áridas como cuando pasaba algo húmedo. Sus hombres volvieron a sus mosquetes y cayeron. El señor Wopsle, Joe y yo recibimos órdenes estrictas de mantenernos en la retaguardia y de no decir una palabra después de que llegáramos a las marismas. Cuando todos estábamos al aire libre y nos dirigíamos con paso firme a nuestros asuntos, le susurré a Joe: «Espero, Joe, que no los encontremos», y Joe me susurró: «Daría un chelín si hubieran cortado y huido, Pip».

No se nos unió ningún rezagado de la aldea, porque el tiempo era frío y amenazador, el camino lúgubre, el pie malo, la oscuridad se acercaba, y la gente tenía buenas hogueras en el interior y pasaba el día. Algunos rostros se apresuraron a acercarse a las ventanas incandescentes y nos cuidaron, pero ninguno salió. Pasamos el poste y nos aferramos directamente al cementerio. Allí nos detuvimos unos minutos por una señal de la mano del sargento, mientras dos o tres de sus hombres se dispersaban entre las tumbas y también examinaban el porche. Volvieron a entrar sin encontrar nada, y entonces nos adentramos en los pantanos abiertos, a través de la puerta que había al lado del cementerio. Un aguanieve amarga vino a repiquetear contra nosotros aquí con el viento del este, y Joe me cargó en su espalda.

Ahora que nos encontrábamos en el lúgubre desierto, donde apenas pensaban que yo había estado en ocho o nueve horas y que había visto a los dos hombres escondidos, pensé por primera vez, con gran temor, si nos encontrábamos con ellos, ¿supondría mi convicto particular que había sido yo quien había traído a los soldados allí? Me había preguntado si yo era un diablillo engañoso, y me había dicho que sería un joven sabueso feroz si me uniera a la caza contra él. ¿Creería que yo era a la vez un diablillo y un sabueso a traición, y que lo había traicionado?

De nada servía hacerme esta pregunta ahora. Allí estaba yo, a espaldas de Joe, y allí estaba Joe debajo de mí, cargando contra las zanjas como un cazador, y estimulando al señor Wopsle para que no cayera sobre su nariz romana y para que nos siguiera el paso. Los soldados estaban frente a nosotros, extendiéndose en una línea bastante ancha con un intervalo entre hombre y hombre. Estábamos tomando el rumbo con el que yo había comenzado, y del que me había desviado en la niebla. O bien la niebla aún no había vuelto a salir, o bien el viento la había disipado. Bajo el resplandor rojizo del crepúsculo, el faro, el patíbulo, el montículo de la Batería y la orilla opuesta del río eran lisos, aunque todos de un color acuoso y plomizo.

Con el corazón latiendo como un herrero en el ancho hombro de Joe, miré a mi alrededor en busca de alguna señal de los convictos. No podía ver nada, no podía oír nada. El señor Wopsle me había alarmado mucho más de una vez, con sus soplidos y su respiración agitada; pero ya conocía los sonidos y podía disociarlos del objeto de la persecución. Tuve un sobresalto espantoso, cuando creí oír que el archivo seguía en marcha; pero no era más que un cencerro. Las ovejas se detuvieron en su comida y nos miraron tímidamente; y el ganado, con la cabeza vuelta por el viento y el aguanieve, miraba con rabia, como si nos hicieran responsables de ambas molestias; Pero, aparte de estas cosas, y del estremecimiento del día moribundo en cada brizna de hierba, no había tregua en la sombría quietud de los pantanos.

Los soldados avanzaban en dirección a la vieja batería, y nosotros avanzamos un poco detrás de ellos, cuando, de repente, todos nos detuvimos. Porque nos había llegado en las alas del viento y de la lluvia, un largo grito. Se repitió. Estaba a cierta distancia hacia el este, pero era largo y ruidoso. Es más, parecía que se oían dos o más gritos a la vez, a juzgar por la confusión en el sonido.

A este efecto, el sargento y los hombres más cercanos estaban hablando en voz baja, cuando Joe y yo nos acercamos. Después de otro momento de escucha, Joe (que era un buen juez) estuvo de acuerdo, y el Sr. Wopsle (que era un mal juez) estuvo de acuerdo. El sargento, un hombre decidido, ordenó que no se respondiera al sonido, sino que se cambiara el rumbo, y que sus hombres se dirigieran hacia él "al doble". Así que nos inclinamos hacia la derecha (donde estaba el Este), y Joe se alejó tan maravillosamente, que tuve que agarrarme con fuerza para mantener mi asiento.

Ahora era una verdadera carrera, y lo que Joe llamaba, en las dos únicas palabras que pronunciaba todo el tiempo, «un Winder». Bajando por las orillas y subiendo por las orillas, y por encima de las puertas, y chapoteando en los diques, y rompiendo entre los juncos toscos: a nadie le importaba a dónde iba. A medida que nos acercábamos a los gritos, se hacía cada vez más evidente que eran hechos por más de una voz. A veces, parecía detenerse por completo, y luego los soldados se detenían. Cuando estalló de nuevo, los soldados se dirigieron hacia él a mayor velocidad que nunca, y nosotros los perseguimos. Al cabo de un rato, lo habíamos agotado de tal manera que podíamos oír una voz que gritaba: "¡Asesinato!" y otra voz: "¡Convictos! ¡Fugitivos! ¡Guardia! ¡De esta manera para los convictos fugitivos!" Entonces ambas voces parecían ser sofocadas en una lucha, y luego estallaban de nuevo. Y cuando llegó el momento, los soldados corrieron como ciervos, y Joe también.

El sargento corrió primero, cuando ya habíamos bajado bastante el ruido, y dos de sus hombres corrieron hacia él. Sus piezas estaban amartilladas y niveladas cuando todos entramos corriendo.

—¡Aquí están los dos hombres! —jadeó el sargento, forcejeando en el fondo de una zanja—. "¡Ríndanse, ustedes dos! y te confundirá por dos bestias salvajes! ¡Ven en pedazos!"

El agua chapoteaba, el barro volaba, se hacían juramentos y se daban golpes, cuando algunos hombres más bajaron a la zanja para ayudar al sargento, y sacaron, por separado, a mi convicto y al otro. Ambos sangraban y jadeaban y execraban y luchaban; pero, por supuesto, los conocía a ambos directamente.

—¡Cuidado! —dijo mi convicto, secándose la sangre de la cara con las mangas andrajosas y sacudiéndose el pelo arrancado de los dedos—. *¡Te* lo entrego! ¡Cuidado con eso!"

—No hay mucho que ver —dijo el sargento—; —Te hará un pequeño bien, hombre mío, estar tú mismo en la misma situación. ¡Esposas ahí!"

"No espero que me haga ningún bien. No quiero que me haga más bien del que me hace ahora —dijo mi convicto, con una risa codiciosa—. "Lo llevé. Él lo sabe. Eso es suficiente para mí".

El otro convicto estaba lívido a la vista y, además del viejo lado izquierdo de su cara magullado, parecía estar magullado y desgarrado por todas partes. No pudo ni siquiera respirar para hablar, hasta que ambos fueron esposados por separado, pero se apoyó en un soldado para evitar caer.

"Fíjate, guardia, intentó asesinarme", fueron sus primeras palabras.

—¿Ha intentado asesinarlo? —dijo mi convicto con desdén. "¿Intentarlo y no hacerlo? Lo tomé y le entregué; eso es lo que hice. No solo le impidié salir de los pantanos, sino que lo arrastré hasta aquí, lo arrastré hasta aquí en su camino de regreso. Es un caballero, por favor, este villano. Ahora, Hulks ha vuelto a tener a su caballero, a través de mí. ¿Asesinarlo? ¡Valió la pena, también, asesinarlo, cuando podría hacer algo peor y arrastrarlo de vuelta!

El otro todavía jadeaba: "Intentó, intentó, asesinarme. Llevad, day testimonio".

—¡Mira aquí! —le dijo mi convicto al sargento—. "Con una sola mano de mano logré salir del barco-prisión; Hice una carrera y lo hice. De la misma manera, podría haberme librado de estos fríos pisos —mira mi pierna: no encontrarás mucho hierro en ella— si no hubiera descubierto que *él* estaba aquí. ¿Dejarlo libre? ¿Dejar que *se* beneficie de los medios, como descubrí? ¿Dejar *que* haga de mí una herramienta de nuevo y otra vez? ¿Una vez más? No, no, no. Si yo hubiera muerto en el fondo —e hizo un enfático golpe en la zanja con sus manos esposadas—, me habría aferrado a él con ese agarre, que habría estado seguro de encontrarlo en mi bodega.

El otro fugitivo, que evidentemente estaba extremadamente horrorizado por su compañero, repitió: "Trató de asesinarme. Habría sido un hombre muerto si no hubieras subido.

—¡Miente! —dijo mi convicto con feroz energía—. "Es un mentiroso que nació, y morirá como un mentiroso. Míralo a la cara; ¿No está escrito allí? Que vuelva esos ojos suyos hacia mí. Lo desafío a que lo haga".

El otro, con un esfuerzo por esbozar una sonrisa desdeñosa que, sin embargo, no podía expresar la expresión nerviosa de su boca, miró a los soldados, miró a su alrededor a los pantanos y al cielo, pero ciertamente no miró al que hablaba.

—¿Lo ves? —prosiguió mi convicto. "¿Ves qué villano es? ¿Ves esos ojos rastreros y errantes? Así es como se veía cuando nos juzgaron juntos. Nunca me miró".

El otro, que siempre trabajaba y movía sus labios secos y volvía inquietos los ojos a su alrededor de lejos y de cerca, al fin los volvió por un momento hacia el orador, con las palabras: «No es usted mucho para mirar», y con una mirada medio burlona a las manos atadas. En ese momento, mi convicto se exasperó tan frenéticamente, que se habría abalanzado sobre él de no ser por la intervención de los soldados. —¿No te dije —dijo entonces el otro convicto— que me asesinaría si pudiera? Y cualquiera podía ver que temblaba de miedo, y que brotaban de sus labios curiosos copos blancos, como nieve fina.

—Basta ya de parlamentar —dijo el sargento—. "Enciende esas antorchas".

Cuando uno de los soldados, que llevaba una cesta en lugar de una pistola, se arrodilló para abrirla, mi convicto miró a su alrededor por primera vez y me vio. Yo me había bajado de la espalda de Joe al borde de la zanja cuando subimos, y no me había movido desde entonces. Lo miré ansiosamente cuando él me miró, moví ligeramente las manos y negué con la cabeza. Había estado esperando a que me viera para tratar de asegurarle mi inocencia. No se me dijo en absoluto que él comprendiera mi intención, porque me dirigió una mirada que no entendí, y todo pasó en un momento. Pero si me hubiera mirado durante una hora o durante un día, no habría podido recordar su rostro nunca después, como si hubiera estado más atento.

El soldado con la cesta no tardó en encender una luz, encendió tres o cuatro antorchas, tomó una y distribuyó las demás. Antes había oscurecido casi todo, pero ahora parecía bastante oscuro, y poco después muy oscuro. Antes de que partiéramos de ese lugar, cuatro soldados, parados en un anillo, dispararon dos veces al aire. Pronto vimos otras antorchas encendidas a cierta distancia detrás de nosotros, y otras en los pantanos de la orilla opuesta del río. —Está bien —dijo el sargento—. "Marcha".

No habíamos ido muy lejos cuando tres cañonazos fueron disparados delante de nosotros con un sonido que pareció reventar algo dentro de mi oído. —Se le espera a bordo —dijo el sargento a mi convicto—; "Saben que vienes. No te entretengas, mi hombre. Acércate aquí.

Los dos se mantuvieron separados, y cada uno caminó rodeado por un guardia separado. Ahora yo había agarrado la mano de Joe, y Joe llevaba una de las antorchas. El señor Wopsle había sido partidario de volver, pero Joe estaba decidido a llevarlo a cabo, así que seguimos con la fiesta. Ahora había un camino razonablemente bueno, en su mayor parte a la orilla del río, con una divergencia aquí y allá donde llegaba un dique, con un molino de viento en miniatura y una compuerta fangosa. Cuando miré a mi alrededor, pude ver las otras luces que venían detrás de nosotros. Las antorchas que llevábamos arrojaban grandes manchas de fuego sobre la vía, y pude ver también a aquéllas humeantes y encendidas. No podía ver nada más que oscuridad negra. Nuestras luces calentaban el aire a nuestro alrededor con su llamarada de brea, y a los dos prisioneros parecía gustarles bastante, mientras cojeaban en medio de los mosquetes. No podíamos ir deprisa, a causa de su cojera; y estaban tan gastados, que dos o tres veces tuvimos que detenernos mientras ellos descansaban.

Después de una hora más o menos de viaje, llegamos a una tosca choza de madera y a un embarcadero. Había un guardia en la choza, y lo desafiaron, y el sargento respondió. Luego entramos en la choza, donde olía a tabaco y a cal, y un fuego brillante, y una lámpara, y un soporte de mosquetes, y un tambor, y una cama baja de madera, como un mangle cubierto de maleza sin la maquinaria, capaz de contener a una docena de soldados a la vez. Tres o cuatro soldados que yacían sobre ella con sus abrigos no se interesaron mucho por nosotros, sino que se limitaron a levantar la cabeza, mirarlos soñolientos y luego volver a acostarse. El sargento hizo una especie de informe, y una anotación en un libro, y entonces el convicto al que llamo el otro convicto fue reclutado con su guardia, para subir a bordo primero.

Mi convicto nunca me miró, excepto una vez. Mientras nosotros permanecíamos en la choza, él se quedó de pie ante el fuego, mirándolo pensativo, o levantando los pies por turnos sobre la encimera, y mirándolos pensativo como si les tuviera lástima por sus recientes aventuras. De repente, se volvió hacia el sargento y comentó:

"Quiero decir algo con respecto a esta fuga. Puede evitar que algunas personas se pongan bajo sospecha de mí.

—Puede usted decir lo que quiera —replicó el sargento, quedándose fríamente mirándole con los brazos cruzados—, pero aquí no tiene derecho a decirlo. Tendrás la oportunidad suficiente de hablar de ello, y de oír hablar de ello, antes de que termine, ¿sabes?

"Lo sé, pero esto es otra pinta, un asunto aparte. Un hombre no puede morir de hambre; al menos *yo* no puedo. Eché algunas ocurrencias en el arroyo de allá, donde la iglesia se alza casi sobre los pantanos.

—Quiere decir que robó —dijo el sargento—.

"Y te diré de dónde. De la herrería.

—¡Hola! —exclamó el sargento, mirando fijamente a Joe—.

—¡Hola, Pip! —exclamó Joe, mirándome fijamente—.

"Eran unos pedazos rotos, eso es lo que era, y un trago de licor, y un pastel".

—¿Ha echado usted de menos un artículo como un pastel, herrero? —preguntó el sargento en tono confidencial.

—Mi mujer lo hizo, en el mismo momento en que tú entraste. ¿No lo sabes, Pip?

—De modo que —dijo mi convicto, volviendo los ojos hacia Joe de un modo malhumorado y sin mirarme a mí—, ¿así que usted es el herrero, verdad? Que lamento decirlo, me he comido tu pastel.

—Dios sabe que eres bienvenido, en la medida en que siempre fue mío —replicó Joe, con un recuerdo salvador de la señora Joe—. No sabemos lo que has hecho, pero no queremos que te mueras de hambre por ello, pobre y miserable compañero creatur.

Algo que había notado antes, volvió a hacer clic en la garganta del hombre, y él le dio la espalda. El bote había regresado y su guardia estaba lista, así que lo seguimos hasta el lugar de desembarco hecho de estacas y piedras, y lo vimos subir al bote, que era remado por una tripulación de convictos como él. Nadie pareció sorprendido de verlo, ni interesado en verlo, ni contento de verlo, ni apenado de verlo, ni dijo una palabra, excepto que alguien en el bote gruñó como si fuera a los perros: «¡Ceda el paso, usted!», que era la señal para el hundimiento de los remos. A la luz de las antorchas, vimos al Hulk negro tendido a poca distancia del barro de la orilla, como un arca de Noé malvada. Carrozado, enrejado y amarrado por enormes cadenas oxidadas, el barco-prisión parecía estar planchado como los prisioneros. Vimos que el bote iba al costado, y vimos que lo llevaban por el costado y desaparecían. Entonces, los extremos de las antorchas fueron arrojados silbando al agua, y se apagaron, como si todo hubiera terminado con él.

CAPÍTULO VI.

Mi estado de ánimo con respecto al robo del que había sido tan inesperadamente exonerado no me impulsó a una franca revelación; pero espero que tuviera algo de bueno en el fondo.

No recuerdo haber sentido ninguna ternura de conciencia en referencia a la señora Joe, cuando se me quitó de encima el miedo a ser descubierto. Pero yo amaba a Joe, tal vez por la única razón de que en aquellos primeros días era porque el querido hombre me permitía amarlo, y, en cuanto a él, mi yo interior no se componía tan fácilmente. Tenía muy presente (sobre todo cuando lo vi por primera vez buscando su expediente) que debía decirle a Joe toda la verdad. Sin embargo, no lo hice, y por la razón de que desconfiaba de que, si lo hacía, él pensaría que era peor de lo que era. El miedo de perder la confianza de Joe, y de a partir de entonces sentarme en el rincón de la chimenea por la noche a mirar con tristeza a mi compañero y amigo perdido para siempre, me ató la lengua. Me represente morbosamente que, si Joe lo supiera, nunca más podría verlo junto a la chimenea palpando su hermoso bigote, sin pensar que estaba meditando sobre ello. Que, si Joe lo sabía, nunca más pude verlo mirar, ni siquiera casualmente, la carne o el pudín de ayer cuando llegaba a la mesa de hoy, sin pensar que estaba debatiendo si yo había estado en la despensa. Que, si Joe lo supiera, y en cualquier período posterior de nuestra vida doméstica conjunta comentara que su cerveza era plana o espesa, la convicción de que sospechaba que contenía alquitrán me haría correr la sangre en la cara. En una palabra, era demasiado cobarde para hacer lo que sabía que era correcto, como había sido demasiado cobarde para evitar hacer lo que sabía que estaba mal. Yo no había tenido ninguna relación con el mundo en ese momento, y no imité a ninguno de sus muchos habitantes que actúan de esta manera. Siendo un genio inculto, descubrí la línea de acción por mí mismo.

Como yo tenía sueño antes de que nos alejáramos del barco-prisión, Joe me cargó de nuevo sobre su espalda y me llevó a casa. Debió de haber tenido un viaje agotador, porque el señor Wopsle, al ser golpeado, estaba de tan mal humor que, si la iglesia hubiera sido abierta de par en par, probablemente habría excomulgado a toda la expedición, empezando por Joe y por mí. En su capacidad de laico, persistió en sentarse en la humedad hasta un punto tan insensato, que cuando le quitaron el abrigo para secarlo en el fuego de la cocina, la evidencia circunstancial de sus pantalones lo habría ahorcado, si hubiera sido un delito capital.

En ese momento, yo me tambaleaba en el suelo de la cocina como un pequeño borracho, por haberme puesto de pie recientemente, por haber estado profundamente dormido, y por despertarme con el calor, las luces y el ruido de las lenguas. Al volver en mí (con la ayuda de un fuerte golpe entre los hombros y la exclamación reparadora "¡Yah! ¡Ha habido alguna vez un chico así!", dijo mi hermana), y encontré a Joe contándoles sobre la confesión del convicto, y a todos los visitantes sugiriendo diferentes formas por las que había entrado en la despensa. El señor Pumblechook se dio cuenta, después de inspeccionar detenidamente el lugar, de que primero había subido al tejado de la fragua, y luego al tejado de la casa, y luego se había dejado caer por la chimenea de la cocina por una cuerda hecha con su ropa de cama cortada en tiras; y como el señor Pumblechook era muy positivo y conducía su propio coche de calesa por encima de todo el mundo, se acordó que así debía ser. El señor Wopsle, en efecto, exclamó salvajemente: «¡No!», con la débil malicia de un hombre cansado; Pero, como no tenía ninguna teoría ni abrigo, se quedó irrepetiblemente en desuso, por no hablar de que fumaba mucho por detrás, mientras permanecía de espaldas al fuego de la cocina para sacar la humedad, lo que no estaba calculado para inspirar confianza.

Esto fue todo lo que oí aquella noche antes de que mi hermana me abrazara, como una ofensa adormecida a la vista de la compañía, y me ayudara a subir a la cama con una mano tan fuerte que parecía tener puestas cincuenta botas, y estar colgándolas todas contra los bordes de la escalera. Mi estado de ánimo, tal como lo he descrito, comenzaba antes de que me levantara por la mañana, y duraba mucho después de que el tema se hubiera extinguido, y había dejado de mencionarse salvo en ocasiones excepcionales.

CAPÍTULO VII.

En el momento en que estaba en el cementerio leyendo las lápidas familiares, había aprendido lo suficiente como para poder deletrearlas. Mi interpretación, incluso de su simple significado, no era muy correcta, porque leí "esposa de lo Alto" como una referencia elogiosa a la exaltación de mi padre a un mundo mejor; y si a alguno de mis parientes difuntos se le hubiera llamado "Abajo", no me cabe duda de que me habría formado la peor opinión de ese miembro de la familia. Tampoco eran del todo exactas mis nociones de las posiciones teológicas a las que me obligaba mi Catecismo; porque tengo un vivo recuerdo de que supuse que mi declaración de que iba a "andar en lo mismo todos los días de mi vida", me imponía la obligación de atravesar siempre el pueblo desde nuestra casa en una dirección determinada, y nunca variarla doblando por el carretero o subiendo por el molino.

Cuando tuviera la edad suficiente, iba a ser aprendiz de Joe, y hasta que no pudiera asumir esa dignidad, no iba a ser lo que la señora Joe llamaba «Pompeyed» o (como yo lo interpreto) mimado. Por lo tanto, no sólo era un chico raro en la fragua, sino que si algún vecino quería un chico extra para asustar pájaros, o recoger piedras, o hacer cualquier trabajo semejante, era favorecido con el empleo. Sin embargo, a fin de que nuestra posición superior no se viera comprometida por ello, se guardó una hucha en el estante de la repisa de la chimenea de la cocina, en la que se dio a conocer públicamente que todas mis ganancias habían sido arrojadas. Tengo la impresión de que iban a ser contribuidos eventualmente a la liquidación de la Deuda Nacional, pero sé que no tenía ninguna esperanza de participar personalmente en el tesoro.

La tía abuela del señor Wopsle tenía una escuela nocturna en el pueblo; Es decir, era una vieja ridícula, de escasos recursos y de una enfermedad ilimitada, que solía irse a dormir de seis a siete de la tarde, en la sociedad de los jóvenes que pagaban dos peniques a la semana cada uno, por tener la oportunidad de verla hacerlo. Alquiló una casita de campo, y el señor Wopsle tenía la habitación del piso de arriba, donde nosotros, los estudiantes, solíamos oírle leer en voz alta de la manera más digna y terrible, y de vez en cuando tropezar con el techo. Había una ficción que decía que el Sr. Wopsle "examinaba" a los eruditos una vez al trimestre. Lo que hizo en esas ocasiones fue subirse los puños, recogerse el pelo y darnos el discurso de Marco Antonio sobre el cuerpo de César. A esto le seguía siempre la Oda a las Pasiones de Collins, en la que veneraba especialmente al señor Wopsle como venganza, arrojando su espada manchada de sangre en un trueno, y tomando la trompeta de denuncia de la guerra con una mirada fulminante. No fue conmigo entonces, como lo fue más tarde en mi vida, cuando caí en la sociedad de las Pasiones, y las comparé con Collins y Wopsle, más bien en detrimento de ambos caballeros.

La tía abuela del señor Wopsle, además de mantener esta institución educativa, tenía en la misma habitación una pequeña tienda de ramos generales. No tenía ni idea de las existencias que tenía, ni del precio de nada de lo que había en ellas; pero en un cajón había un pequeño cuaderno de notas grasoso, que servía de catálogo de precios, y por medio de este oráculo Biddy organizaba todas las transacciones de la tienda. Biddy era la nieta de la tía abuela del señor Wopsle; Reconozco que no estoy a la altura de la solución del problema, de la relación que tenía con el señor Wopsle. Era huérfana como yo; Al igual que yo, también había sido criado a mano. Se notaba más, pensé, en lo que respecta a sus extremidades; Porque su cabello siempre quiso ser cepillado, sus manos siempre quisieron lavarse, y sus zapatos siempre quisieron ser remendados y levantados en el talón. Esta descripción debe recibirse con un límite de días de la semana. Los domingos, iba a la iglesia elaborada.

Gran parte de mi vida sin ayuda, y más con la ayuda de Biddy que de la tía abuela del señor Wopsle, luché por recorrer el alfabeto como si hubiera sido una zarza; preocupándose considerablemente y rascándose con cada letra. Después de eso caí en manos de aquellos ladrones, las nueve figuras, que cada noche parecían hacer algo nuevo para disfrazarse y desconcertar su reconocimiento. Pero, al fin empecé, a tientas a ciegas, a leer, escribir y cifrar en la más pequeña escala.

Una noche estaba sentado en el rincón de la chimenea con mi pizarra, haciendo grandes esfuerzos en la producción de una carta para Joe. Creo que debió de ser un año entero después de nuestra caza en las marismas, porque había pasado mucho tiempo, y era invierno y había una fuerte helada. Con un alfabeto en la chimenea a mis pies como referencia, me las arreglé en una o dos horas para imprimir y untar esta epístola:

"MI DEER JO i OPE U R KRWITE WELL i
OPE i SHALSON B HABELL 4 2 TEEDGE U
JO AN THEN WE SHORL BSO GLODD AN
WEN i M PRENGTD 2 U JO WOT LARX
ANBLEVE ME INF XN PIP."

No había ninguna necesidad indispensable para que me comunicara con Joe por carta, ya que él se sentaba a mi lado y estábamos solos. Pero entregué esta comunicación escrita (pizarra y todo) con mi propia mano, y Joe la recibió como un milagro de erudición.

—¡Digo, Pip, viejo muchacho! —exclamó Joe, abriendo de par en par sus ojos azules—, ¡qué erudito eres! ¿Y tú?

—Me gustaría serlo —dije, echando una ojeada a la pizarra que él sostenía—; con el recelo de que la escritura era bastante accidentada.

—¡Vaya, aquí hay una J —dijo Joe—, y una O igual a cualquier pensamiento! Aquí hay una J y una O, Pip, y una J-O, Joe.

Nunca había oído a Joe leer en voz alta un tono mayor que este monosílabo, y había observado en la iglesia el domingo pasado, cuando accidentalmente sostuve nuestro libro de oraciones al revés, que parecía adaptarse a su conveniencia tan bien como si hubiera estado bien. Deseando aprovechar la presente ocasión de averiguar si al enseñar a Joe tendría que empezar por el principio, dije: "¡Ah! Pero lee el resto, Jo.

—El resto, ¿eh, Pip? —dijo Joe, mirándolo con una mirada lenta y escrutadora—. Uno, dos, tres. ¡Vaya, aquí hay tres Js, y tres Os, y tres J-O, Joes en él, Pip!

Me incliné sobre Joe y, con la ayuda de mi dedo índice, le leí la carta completa.

—¡Asombroso! —exclamó Joe cuando terminé—. "Eres un erudito".

—¿Cómo se escribe Gargery, Joe? —le pregunté, con un modesto patrocinio.

—No lo deletreo en absoluto —dijo Joe—.

—¿Pero suponiendo que lo hicieras?

—No se *puede* suponer —dijo Joe—, aunque yo también soy muy aficionado a la lectura.

—¿Lo eres, Joe?

"En común. Dame -dijo Joe- un buen libro, o un buen periódico, y siéntame frente a un buen fuego, y no te pido nada mejor. ¡Señor!", continuó, después de frotarse un poco las rodillas, "cuando llegas a una J y una O, y dices: 'Aquí, por fin, hay una J-O, Joe', ¡qué interesante es la lectura!"

De esto deduje que la educación de Joe, al igual que el vapor, estaba todavía en pañales. Prosiguiendo con el tema, pregunté:

—¿No fuiste nunca a la escuela, Joe, cuando eras tan pequeño como yo?

—No, Pip.

—¿Por qué nunca fuiste a la escuela, Joe, cuando eras tan pequeño como yo?

—Bien, Pip —dijo Joe, tomando el atizador y dedicándose a su ocupación habitual cuando estaba pensativo, de rastrillar lentamente el fuego entre las barras inferiores—. "Te lo diré. A mi padre, Pip, le daban de beber, y cuando se vio sorprendido por la bebida, golpeó a mi madre, de la manera más misericordiosa. De hecho, fue casi el único martilleo que hizo, excepto contra mí mismo. Y me golpeó con un pelucón, solo para ser igualado por el pelucón con el que no martilló su anwil.—¿Eres un oyente y comprensivo, Pip?

—Sí, Joe.

"En consecuencia, mi madre y yo nos escapamos de mi padre varias veces; y luego mi madre salía a trabajar, y decía: "Joe", decía: "Ahora, por favor Dios, tendrás algo de educación, niña", y me ponía a mí en la escuela. Pero mi padre era tan bueno en su corazón que no podía soportar estar sin nosotros. De modo que venía con una muchedumbre de lo más temible y armaba tal alboroto a las puertas de las casas donde estábamos, que solían verse obligados a no tener más que ver con nosotros y a entregarnos a él. Y luego nos llevó a casa y nos golpeó. Lo cual, ya ves, Pip -dijo Joe, haciendo una pausa en su meditativo rastrillo del fuego y mirándome-, fueron un obstáculo para mi aprendizaje.

—¡Ciertamente, pobre Joe!

—Aunque, fíjate, Pip —dijo Joe, con un par de toques judiciales del atizador de la barra superior—, rindiendo a todos su doo, y manteniendo la misma justicia entre hombre y hombre, mi padre era tan bueno en su corazón, ¿no lo ves?

Yo no lo vi; pero no lo dije.

"¡Bueno!" Joe prosiguió: "Alguien tiene que quedarse con la olla bilingüe, Pip, o la olla no se biliará, ¿no lo sabes?"

Lo vi y lo dije.

"En consecuencia, mi padre no puso objeciones a que yo fuera a trabajar; así que me puse a trabajar en mi actual vocación, que también era la suya, si él la hubiera seguido, y trabajé tolerablemente duro, te lo aseguro, Pip. Con el tiempo pude conservarlo, y lo mantuve hasta que se fue en un ataque de lepsia púrpura. Y fue mi intención haber puesto en su lápida que, cualesquiera que fueran los defectos de su parte, recuerde lector, que era tan bueno en su corazón.

Joe recitó este pareado con tan manifiesto orgullo y cuidadosa perspicuidad, que le pregunté si él mismo lo había hecho.

—Lo logré —dijo Joe—, yo mismo. Lo logré en un momento. Era como golpear una herradura de un solo golpe. Nunca me había sorprendido tanto en toda mi vida, no podía dar crédito a mi propia educación, a decir verdad, apenas creía que fuera mi propia educación. Como te decía, Pip, mi intención era que se la cortaran encima; Pero la poesía cuesta dinero, córtalo como quieras, pequeño o grande, y no se hace. Por no hablar de los portadores, todo el dinero que se podía ahorrar era necesario para mi madre. Estaba en un estado de pobreza y estaba bastante arruinada. No tardó mucho en seguirla, pobre alma, y por fin llegó su parte de paz.

Los ojos azules de Joe se volvieron un poco llorosos; Frotó primero uno de ellos, y luego el otro, de la manera más desagradable e incómoda, con el pomo redondo de la parte superior del atizador.

—Entonces no era más que un solitario —dijo Joe—, vivir aquí solo, y conocí a tu hermana. Y ahora, Pip —Joe me miró fijamente, como si supiera que yo no iba a estar de acuerdo con él—, tu hermana es una mujer de hermosa figura.

No pude evitar mirar el fuego, en un evidente estado de duda.

—Cualesquiera que sean las opiniones de la familia, o las opiniones del mundo, sobre ese tema, Pip, tu hermana es —Joe golpeó la barra superior con el atizador después de cada palabra que siguiera—, ¡una-fina-figura... de... una... mujer!

No se me ocurrió nada mejor que decir que: "Me alegro de que pienses así, Joe".

—Yo también —replicó Joe, alcanzándome—. —*Me* alegro de pensar así, Pip. Un poco de enrojecimiento o un poco de hueso, aquí o allá, ¿qué significa para mí?"

Observé sagazmente, si no significaba para él, ¿para quién significaba?

—¡Por supuesto! —asintió Joe—. Eso es todo. ¡Tienes razón, viejo! Cuando conocí a tu hermana, fue la charla de cómo ella te estaba criando a mano. Muy amable de su parte también, dijo toda la gente, y yo dije, junto con toda la gente. En cuanto a ti -prosiguió Joe con un semblante que expresaba estar viendo algo muy desagradable-, si te hubieras dado cuenta de lo pequeño, flácido y mezquino que eras, querida mía, te habrías formado la más despreciable opinión de ti mismo.

Como no me gustaba mucho esto, le dije: "No te preocupes por mí, Joe".

—Pero sí que me importaste, Pip —replicó con tierna sencillez—. "Cuando le ofrecí a tu hermana que me hiciera compañía, y que me invitara en la iglesia en los momentos en que ella estuviera dispuesta y lista para ir a la fragua, le dije: 'Y trae a la pobre niña. ¡Que Dios bendiga al pobre niño —le dije a tu hermana—, ¡hay sitio para *él* en la fragua!

Prorrumpí en llanto y en suplicar perdón, y abracé a Joe por el cuello, quien soltó el atizador para abrazarme y decirme: «Siempre el mejor de los amigos; ¿Y nosotros, Pip? ¡No llores, viejo!

Cuando terminó esta pequeña interrupción, Joe prosiguió:

—Bueno, ya ves, Pip, ¡y aquí estamos! Ahí es donde se enciende; ¡Aquí estamos! Ahora bien, cuando me tomes en cuenta en mi aprendizaje, Pip (y te digo de antemano que soy terriblemente aburrido, muy terriblemente aburrido), la señora Joe no debe ver demasiado de lo que estamos tramando. Hay que hacerlo, por así decirlo, a escondidas. ¿Y por qué a escondidas? Te diré por qué, Pip.

Había vuelto a tomar el atizador; sin el cual, dudo que hubiera podido proceder en su demostración.

"Tu hermana está entregada al gobierno".

—¿Entregado al gobierno, Joe? Me sobresalté, porque tenía una vaga idea (y me temo que debo añadir, espero) de que Joe se había divorciado de ella en favor de los Lores del Almirantazgo, o del Tesoro.

—Dado al gobierno —dijo Joe—, que quiero decir el gobierno de ti y mío.

—¡Vaya!

—Y ella no es demasiado partidaria de tener eruditos en el recinto —continuó Joe—, y en partickler no sería demasiado partidaria de que yo sea un erudito, por miedo a que yo pueda ascender. Como una especie de rebelde, ¿no lo ves?

Iba a replicar con una pregunta, y había llegado hasta «¿Por qué...?» cuando Joe me detuvo.

"Quédate un poco. Sé lo que vas a decir, Pip; ¡Quédate un poco! No niego que tu hermana se venga con nosotros el Mo-gul, de vez en cuando. No niego que ella nos arroja hacia atrás, y que cae sobre nosotros pesadamente. En esos momentos, como cuando tu hermana está en el Carnero, Pip —Joe bajó la voz hasta convertirse en un susurro y miró hacia la puerta—, la franqueza obliga a las pieles a admitir que es una Buster.

Joe pronunció esta palabra, como si comenzara con al menos doce B mayúsculas.

"¿Por qué no me levanto? ¿Ésa fue tu observación cuando lo interrumpí, Pip?

—Sí, Joe.

—Bueno —dijo Joe, pasándose el atizador a la mano izquierda, para poder palparse el bigote—; y yo no tenía esperanzas de él cuando se dedicaba a aquella plácida ocupación; "Tu hermana es una mente maestra. Una mente maestra".

—¿Qué es eso? —pregunté, con la esperanza de que se detuviera. Pero Joe estaba más listo con su definición de lo que yo había esperado, y me detuvo por completo discutiendo circularmente y respondiendo con una mirada fija: «Ella».

—Y yo no soy un genio —prosiguió Joe, cuando hubo desfijado su mirada y volvió a sus bigotes—. "Y por último, Pip, y esto quiero decirte muy seriamente, viejo amigo, veo tanto en mi pobre madre, de una mujer que se esfuerza y se esclaviza y se rompe el corazón honesto y nunca obtiene paz en sus días mortales, que estoy muerto de estar mal en el camino de no hacer lo que es correcto por una mujer. y preferiría que las dos salieran mal por el otro lado, y que yo mismo me sintiera un poco mal. Desearía que solo yo fuera expulsado, Pip; Desearía que no hubiera ningún Tickler para ti, viejo amigo; Desearía poder asumirlo todo por mí mismo; pero esto es lo que hay que decir, Pip, y espero que pases por alto las deficiencias.

A pesar de mi juventud, creo que esa noche salí con una nueva admiración por Joe. Fuimos iguales después, como lo habíamos sido antes; pero, después, en momentos tranquilos, cuando me sentaba a mirar a Joe y pensaba en él, tenía una nueva sensación de sentirme consciente de que estaba admirando a Joe en mi corazón.

—Sin embargo —dijo Joe, levantándose para reponer el fuego—; Aquí está el reloj holandés poniéndose a la altura de las ocho campanadas, ¡y aún no ha vuelto a casa! Espero que la yegua del tío Pumblechuff no haya puesto una pata delantera en un trozo de hielo y se haya hundido.

La señora Joe hacía viajes ocasionales con el tío Pumblechook en los días de mercado, para ayudarlo a comprar los artículos y artículos domésticos que requerían el juicio de una mujer; El tío Pumblechook era soltero y no confiaba en su criado. Era día de mercado, y la señora Joe había salido a una de esas expediciones.

Joe encendió el fuego y barrió la chimenea, y luego fuimos a la puerta para escuchar el carro de la calesa. Era una noche seca y fría, y el viento soplaba con fuerza, y la escarcha era blanca y dura. Un hombre moriría esta noche de estar tendido en los pantanos, pensé. Y entonces miré las estrellas, y pensé en lo horrible que sería para un hombre volver su rostro hacia ellas mientras se congelaba hasta morir, y no ver ayuda ni lástima en toda la multitud resplandeciente.

-¡Ahí viene la yegua -dijo Joe-, repicando como un repique de campanillas!

El sonido de sus zapatos de hierro en el duro camino era bastante musical, ya que ella llegaba a un trote mucho más brioso de lo habitual. Sacamos una silla, lista para que la señora Joe se apeara, y encendimos el fuego para que pudieran ver una ventana brillante, e hicimos un último recorrido por la cocina para que nada quedara fuera de su lugar. Cuando terminamos estos preparativos, se acercaron, envueltos hasta los ojos. La señora Joe no tardó en desembarcar, y el tío Pumblechook no tardó en bajar, cubriendo a la yegua con un paño, y pronto estuvimos todos en la cocina, llevando tanto aire frío que parecía expulsar todo el calor del fuego.

—Ahora —dijo la señora Joe, desenvolviéndose con prisa y excitación, y echándose el sombrero sobre los hombros, donde colgaba de las cuerdas—, si este chico no está agradecido esta noche, ¡nunca lo estará!

Parecía tan agradecido como cualquier chico que pudiera estarlo, que no sabía por qué debía asumir esa expresión.

—Es de esperar —dijo mi hermana— que no sea Pompeyed. Pero tengo mis miedos".

—Ella no está en esa línea, mamá —dijo el señor Pumblechook—. "Ella sabe que no es así".

¿Ella? Miré a Joe, haciendo el movimiento con mis labios y cejas, "¿Ella?" Joe me miró, haciendo el movimiento con los labios y las cejas, "¿Ella?" Mi hermana, al verlo en el acto, se pasó el dorso de la mano por la nariz con su habitual aire conciliador en tales ocasiones, y la miró.

—¿Y bien? —dijo mi hermana, con su estilo brusco—. "¿Qué estás mirando? ¿Está la casa en llamas?

—Que algún individuo —insinuó cortésmente Joe— mencionó... a ella.

—¿Y es una ella, supongo? —dijo mi hermana. —A menos que llames a la señorita Havisham un él. Y dudo que incluso tú llegues tan lejos como eso.

—Señorita Havisham, ¿en la parte alta de la ciudad? —preguntó Joe.

—¿Hay alguna señorita Havisham en el centro de la ciudad? —replicó mi hermana.

"Ella quiere que este niño vaya a jugar allí. Y, por supuesto, va. Y será mejor que juegue allí -dijo mi hermana, sacudiendo la cabeza hacia mí como estímulo para ser extremadamente ligero y deportista-, o lo haré trabajar.

Había oído hablar de la señorita Havisham en la parte alta de la ciudad —todo el mundo en kilómetros a la redonda había oído hablar de la señorita Havisham en la ciudad—, como una dama inmensamente rica y sombría que vivía en una casa grande y lúgubre atrincherada contra los ladrones, y que llevaba una vida de reclusión.

—¡Claro que sí! —dijo Joe, asombrado—. —¡Me pregunto cómo llegó a conocer a Pip!

—¡Fideo! —exclamó mi hermana—. —¿Quién dijo que lo conocía?

—A lo que una persona —volvió a insinuar Joe cortésmente— mencionó que ella quería que él fuera a jugar allí.

—¿Y no podía preguntarle al tío Pumblechook si conocía a un niño que pudiera ir a jugar allí? ¿No es apenas posible que el tío Pumblechook sea un inquilino suyo, y que a veces, no digamos trimestral o semestralmente, porque eso requeriría demasiado de usted, pero a veces, vaya allí para pagar el alquiler? ¿Y no podía entonces preguntarle al tío Pumblechook si conocía a un chico que fuera a jugar allí? ¿Y no podría el tío Pumblechook, que siempre ha sido considerado y atento con nosotros, aunque usted no lo crea, Joseph —en un tono del más profundo reproche, como si fuera el más cruel de los sobrinos—, mencionar entonces a este muchacho, que está aquí Saltando —cosa que declaro solemnemente que no estaba haciendo—, del que siempre he sido un esclavo voluntario?

—¡Bien otra vez! —exclamó tío Pumblechook—. "¡Bien dicho! ¡Bonitamente puntiagudo! ¡Muy bien! Ahora, José, tú conoces el caso.

—No, Joseph —dijo mi hermana, todavía en tono de reproche, mientras Joe se pasaba el dorso de la mano por la nariz en tono de disculpa—, todavía no conoces el caso, aunque no lo creas. Puede que consideres que sí, pero no es así, José. Porque usted no sabe que el tío Pumblechook, consciente de que, por lo que podemos decir, la fortuna de este muchacho puede lograrse yendo a casa de la señorita Havisham, se ha ofrecido a llevarlo a la ciudad esta noche en su propio cochecito, y a cuidarlo esta noche, y a llevarlo con sus propias manos a la casa de la señorita Havisham mañana por la mañana. ¡Y yo maldita sea! -exclamó mi hermana, quitándose el sombrero con súbita desesperación-, aquí estoy hablando con simples becerros de luna, con el tío Pumblechook esperando, y la yegua resfriándose en la puerta, y el muchacho sucio de barro y suciedad desde el pelo de la cabeza hasta la planta del pie.

Con eso, se abalanzó sobre mí, como un águila sobre un cordero, y mi cara quedó aplastada en cuencos de madera en los fregaderos, y mi cabeza fue metida bajo los grifos de las colillas de agua, y me enjabonaron, y amasaron, y secaron con toalla, y golpearon, y rastrillaron, y rasparon, hasta que realmente estuve completamente fuera de mí. (Debo hacer notar aquí que supongo que estoy mejor familiarizado que cualquier autoridad viviente, con el efecto ridículo de un anillo de boda, que pasa antipáticamente sobre el semblante humano.)

Cuando terminé mis abluciones, me vistieron con un lino limpio del carácter más rígido, como un joven penitente envuelto en cilicio, y me ataron con mi traje más ajustado y temible. Entonces me entregaron al señor Pumblechook, quien me recibió formalmente como si fuera el sheriff, y me soltó el discurso que sabía que se había estado muriendo por hacer todo el tiempo: «¡Muchacho, sé eternamente agradecido a todos los amigos, pero especialmente a aquellos que te criaron de la mano!»

—¡Adiós, Joe!

—¡Que Dios te bendiga, Pip, viejo!

Nunca antes me había separado de él, y a pesar de mis sentimientos y de la espuma de jabón, al principio no pude ver ninguna estrella desde el cochecito. Pero fueron apareciendo uno por uno, sin arrojar ninguna luz sobre las preguntas de por qué demonios iba a jugar en casa de la señorita Havisham, y a qué demonios se esperaba que jugara.

CAPÍTULO VIII.

El local del señor Pumblechook, en la calle principal de la ciudad comercial, era de un carácter picante y farináceo, como debe ser el local de un comerciante de maíz y de semillas. Me pareció que debía de ser un hombre muy feliz de tener tantos cajones en su tienda; y me pregunté, cuando me asomé a uno o dos en los niveles inferiores y vi los paquetes de papel marrón atados en el interior, si las semillas de flores y los bulbos querían alguna vez que un buen día saliera de esas cárceles y florecieran.

Fue en la madrugada después de mi llegada cuando entretuve esta especulación. La noche anterior, me habían enviado directamente a la cama en un desván con un techo inclinado, que era tan bajo en la esquina donde estaba la cama, que calculé que las baldosas estaban a un pie de mis cejas. En la misma madrugada, descubrí una singular afinidad entre las semillas y la pana. El señor Pumblechook vestía de pana, al igual que su tendero; y de alguna manera, había un aire y un sabor general en las panas, tan parecido a las semillas, y un aire y sabor general en las semillas, tan parecido a las panas, que apenas sabía cuál era cuál. La misma oportunidad me sirvió para darme cuenta de que el señor Pumblechook parecía llevar a cabo sus negocios mirando al talabartero, que parecía hacer *sus* negocios sin perder de vista al cochero, que parecía seguir adelante en la vida metiéndose las manos en los bolsillos y contemplando al panadero, que a su vez se cruzaba de brazos y miraba al tendero. que se paró en su puerta y bostezó a la farmacia. El relojero, siempre mirando un pequeño escritorio con una lupa en el ojo, y siempre inspeccionado por un grupo de vestidos que lo examinaban a través del cristal de su escaparate, parecía ser la única persona en la calle principal cuyo oficio atraía su atención.

El señor Pumblechook y yo desayunamos a las ocho en el salón de detrás de la tienda, mientras el tendero tomaba su taza de té y su trozo de pan y mantequilla en un saco de guisantes del local de enfrente. Consideré al señor Pumblechook una compañía miserable. Además de estar poseído por la idea de mi hermana de que debía impartirse a mi dieta un carácter mortificante y penitencial, además de darme la mayor cantidad posible de migajas en combinación con la menor cantidad de mantequilla, y poner tal cantidad de agua tibia en mi leche que habría sido más sincero haber omitido la leche por completo, Su conversación no consistía más que en aritmética. Al darle cortésmente los buenos días, me dijo pomposamente: —¿Siete veces nueve, muchacho? ¡Y cómo iba a ser capaz de responder, esquivado de esa manera, en un lugar extraño, con el estómago vacío! Tenía hambre, pero antes de que me hubiera tragado un bocado, comenzó a correr una suma que duró todo el desayuno. —¿Siete? —¿Y cuatro? —¿Y ocho? —¿Y seis? —¿Y dos? —¿Y diez? Y así sucesivamente. Y después de deshacerme de cada figura, era todo lo que podía hacer para conseguir un bocado o una cena, antes de que llegara la siguiente; mientras él permanecía sentado a sus anchas sin adivinar nada, y comiendo tocino y panecillos calientes, de una manera (si se me permite la expresión) de una manera atiborrada y devoradora.

Por estas razones, me alegré mucho cuando llegaron las diez y partimos para casa de la señorita Havisham; aunque yo no estaba del todo tranquilo en cuanto a la manera en que debía desenvolverme bajo el techo de aquella señora. Al cabo de un cuarto de hora llegamos a la casa de la señorita Havisham, que era de ladrillo viejo y lúgubre, y tenía muchas rejas de hierro. Algunas de las ventanas habían sido tapiadas; De los que quedaban, todos los inferiores estaban oxidadamente bloqueados. Había un patio al frente, y estaba enrejado; Así que tuvimos que esperar, después de tocar la campanilla, hasta que alguien viniera a abrirla. Mientras esperábamos en la puerta, me asomé (incluso entonces el señor Pumblechook dijo: «¿Y catorce?», pero fingí no oírle) y vi que al lado de la casa había una gran cervecería. No se estaba elaborando cerveza en él, y no parecía haber continuado durante mucho, mucho tiempo.

Se levantó una ventana y una voz clara preguntó: "¿Qué nombre?" A lo que mi conductor respondió: "Pumblechook". La voz regresó: «Muy bien», y la ventana se cerró de nuevo, y una joven entró en el patio, con las llaves en la mano.

—Éste —dijo el señor Pumblechook— es Pip.

-Éste es Pip, ¿verdad? -replicó la joven, que era muy bonita y parecía muy orgullosa-. —Entra, Pip.

El señor Pumblechook también iba a entrar, cuando ella lo detuvo con la puerta.

—¡Oh! —exclamó ella—. —¿Deseaba ver a la señorita Havisham?

—Si la señorita Havisham quisiera verme —replicó el señor Pumblechook, desconcertado—.

-¡Ah! -exclamó la muchacha-; "Pero ya ves que ella no lo hace".

Lo dijo tan finalmente, y de una manera tan indiscutible, que el señor Pumblechook, aunque en una condición de dignidad irritada, no pudo protestar. Pero él me miró severamente, ¡como si *yo* le hubiera hecho algo!, y se marchó con las palabras pronunciadas en tono de reproche: —¡Muchacho! ¡Que tu comportamiento aquí sea un honor para aquellos que te criaron de la mano!" No estaba libre de la aprensión de que volviera a proponerme a través de la puerta: —¿Y dieciséis? Pero no lo hizo.

Mi joven conductora cerró la puerta y cruzamos el patio. Estaba pavimentada y limpia, pero la hierba crecía en cada grieta. Los edificios de la cervecería tenían un pequeño camino de comunicación con él, y las puertas de madera de ese camino estaban abiertas, y toda la cervecería más allá estaba abierta, lejos del alto muro de cierre; y todo estaba vacío y en desuso. El viento frío parecía soplar más frío allí que fuera de la puerta; Y hacía un ruido agudo al aullar dentro y fuera de los lados abiertos de la cervecería, como el ruido del viento en el aparejo de un barco en el mar.

Ella me vio mirándolo, y me dijo: "Podrías beber sin daño toda la cerveza fuerte que se elabora allí ahora, muchacho".

—Creo que podría, señorita —dije con timidez—.

—Mejor no intentes hacer cerveza allí ahora, o resultaría agria, muchacho; ¿No lo crees?

—Lo parece, señorita.

—No es que nadie tenga la intención de intentarlo —añadió—, porque todo eso está hecho, y el lugar permanecerá tan inactivo como está hasta que se caiga. En cuanto a la cerveza fuerte, ya hay suficiente en las bodegas como para ahogar la casa solariega.

—¿Es ése el nombre de esta casa, señorita?

—Uno de sus nombres, muchacho.

—¿Tiene más de uno, entonces, señorita?

"Una más. Su otro nombre era Satis; que es griego, o latín, o hebreo, o los tres, o todos uno para mí, para que sea suficiente".

-Basta de casa -dije yo-; —Es un nombre curioso, señorita.

—Sí —contestó ella—; "Pero significaba más de lo que decía. Significaba, cuando se daba, que quien tuviera esta casa no podía querer nada más. Debieron de quedar fácilmente satisfechos en aquellos días, creo. Pero no te entretengas, muchacho.

A pesar de que me llamaba "niño" tan a menudo, y con un descuido que estaba lejos de ser halagador, ella tenía más o menos mi misma edad. Parecía mucho mayor que yo, por supuesto, siendo una niña, hermosa y dueña de sí misma; Y me despreciaba tanto como si tuviera veintiún años y fuera una reina.

Entramos en la casa por una puerta lateral, la gran entrada principal tenía dos cadenas que la atravesaban por fuera, y lo primero que noté fue que los pasillos estaban todos oscuros, y que ella había dejado una vela encendida allí. Lo recogió, y atravesamos más pasillos y subimos una escalera, y todavía estaba todo a oscuras, y sólo la vela nos iluminaba.

Por fin llegamos a la puerta de una habitación, y ella dijo: "Entra".

Le respondí, más con timidez que con cortesía: "Después de usted, señorita".

A lo que ella respondió: "No seas ridículo, muchacho; No voy a entrar". Y se alejó con desdén, y lo que era peor, se llevó la vela consigo.

Esto era muy incómodo y tenía medio miedo. Sin embargo, lo único que había que hacer era llamar a la puerta, llamé, y me dijeron desde dentro que entrara. Entré, pues, y me encontré en una habitación bastante grande, bien iluminada con velas de cera. No se veía en ella ningún atisbo de luz del día. Era un vestidor, como supuse por los muebles, aunque gran parte de él era de formas y usos completamente desconocidos para mí. Pero en ella destacaba una mesa cubierta con un espejo dorado, que a primera vista supuse que era el tocador de una buena dama.

No puedo decir si habría distinguido este objeto tan pronto si no hubiera habido una hermosa dama sentada frente a él. En un sillón, con el codo apoyado en la mesa y la cabeza apoyada en la mano, estaba sentada la dama más extraña que he visto o veré jamás.

Iba vestida con ricos materiales: rasos, encajes y sedas, todo blanco. Sus zapatos eran blancos. Y ella tenía un largo velo blanco que colgaba de su cabello, y tenía flores de novia en su cabello, pero su cabello era blanco. Algunas joyas brillantes brillaban en su cuello y en sus manos, y algunas otras joyas yacían brillantes sobre la mesa. Vestidos, menos espléndidos que el vestido que ella llevaba, y baúles a medio llenar, estaban esparcidos por todas partes. No había terminado de vestirse, porque no tenía puesto más que un zapato, el otro estaba sobre la mesa, cerca de su mano, el velo estaba a medio arreglar, el reloj y la cadena no se habían puesto, y había un poco de encaje para su pecho con aquellas baratijas, y con su pañuelo, guantes, algunas flores y un libro de oraciones, todo confusamente amontonado alrededor del espejo.

No fue en los primeros momentos cuando vi todas estas cosas, aunque vi más de ellas en los primeros momentos de lo que podría suponerse. Pero vi que todo lo que había dentro de mi vista que debería ser blanco, había sido blanco hace mucho tiempo, y había perdido su brillo y estaba descolorido y amarillo. Vi que la novia dentro del vestido de novia se había marchitado como el vestido y como las flores, y no le quedaba más brillo que el brillo de sus ojos hundidos. Vi que el vestido había sido colocado sobre la figura redondeada de una mujer joven, y que la figura sobre la que ahora colgaba se había reducido a piel y huesos. Una vez, me llevaron a ver una espantosa obra de cera en la Feria, que representaba no sé qué personaje imposible yacía en el estado. Una vez, me llevaron a una de nuestras viejas iglesias pantanosas para ver un esqueleto en las cenizas de un rico vestido que había sido excavado de una bóveda bajo el pavimento de la iglesia. Ahora, la cera y el esqueleto parecían tener ojos oscuros que se movían y me miraban. Debería haber gritado, si hubiera podido.

—¿Quién es? —preguntó la señora de la mesa.

—Pip, señora.

—¿Pip?

—El hijo del señor Pumblechook, señora. Ven, a jugar.

"Acércate; Déjame mirarte. Acércate".

Fue cuando estuve frente a ella, evitando sus ojos, cuando tomé nota de los objetos que me rodeaban en detalle, y vi que su reloj se había detenido a las nueve menos veinte, y que un reloj de la habitación se había detenido a las nueve menos veinte.

—Míreme —dijo la señorita Havisham—. "¿No le tienes miedo a una mujer que nunca ha visto el sol desde que naciste?"

Lamento decir que no tuve miedo de decir la enorme mentira comprendida en la respuesta "No".

—¿Sabes lo que toco aquí? —dijo ella, colocando las manos, una sobre otra, en su lado izquierdo.

—Sí, señora. (Me hizo pensar en el joven.)

—¿Qué es lo que toco?

"Tu corazón".

"¡Roto!"

Pronunció la palabra con una mirada ansiosa, y con fuerte énfasis, y con una extraña sonrisa que tenía una especie de jactancia. Después mantuvo las manos allí durante un rato y las retiró lentamente como si fueran pesadas.

—Estoy cansada —dijo la señorita Havisham—. "Quiero distracción, y lo he hecho con hombres y mujeres. Jugar".

Creo que mi lector más polémico admitirá que difícilmente podría haber ordenado a un muchacho desafortunado que hiciera algo más difícil de hacer en el ancho mundo dadas las circunstancias.

—A veces tengo fantasías enfermizas —prosiguió—, y tengo la fantasía enfermiza de que quiero ver alguna obra. ¡Ahí, ahí!", con un movimiento impaciente de los dedos de su mano derecha; "¡Juega, juega, juega!"

Por un momento, con el temor de que mi hermana me hiciera trabajar, tuve ante mis ojos la desesperada idea de dar una vuelta por la habitación con el supuesto carácter del cochecito del señor Pumblechook. Pero me sentí tan desigual de la actuación que la dejé y me quedé mirando a la señorita Havisham con lo que supongo que ella tomó por una actitud obstinada, en la medida en que dijo, cuando nos hubimos mirado bien:

—¿Eres hosco y obstinado?

"No, señora, lo siento mucho por usted, y lamento mucho no poder jugar en este momento. Si te quejas de mí, me meteré en problemas con mi hermana, así que lo haría si pudiera; Pero es tan nuevo aquí, y tan extraño, y tan fino, y melancólico... Me detuve, temiendo decir demasiado, o ya lo había dicho, y nos miramos de nuevo.

Antes de volver a hablar, apartó los ojos de mí y miró el vestido que llevaba, el tocador y, finalmente, se miró a sí misma en el espejo.

—Tan nuevo para él —murmuró ella—, tan viejo para mí; tan extraño para él, tan familiar para mí; ¡Qué melancolía para los dos! Llama a Estella.

Como todavía estaba mirando el reflejo de sí misma, pensé que todavía estaba hablando consigo misma y me quedé callado.

—Llama a Estella —repitió, mirándome—. "Puedes hacer eso. Llama a Estella. En la puerta.

Permanecer en la oscuridad en un misterioso pasadizo de una casa desconocida, gritando Estella a una joven desdeñosa que no era visible ni receptiva, y sentir que era una libertad espantosa gritar su nombre, era casi tan malo como jugar al orden. Pero ella respondió al fin, y su luz recorrió el oscuro pasadizo como una estrella.

La señorita Havisham le hizo señas para que se acercara, tomó una joya de la mesa y probó su efecto en su hermoso y joven pecho y contra su hermoso cabello castaño. —La tuya, algún día, querida, y la usarás bien. Déjame verte jugar a las cartas con este chico.

"¿Con este chico? ¡Vaya, es un simple obrero!

Me pareció oír por casualidad a la señorita Havisham contestar, sólo que parecía tan improbable: —¿Y bien? Puedes romperle el corazón".

—¿A qué juegas, muchacho? —me preguntó Estella con el mayor desdén.

—Nada más que mendigar a mi vecino, señorita.

—Que le mendiguen —dijo la señorita Havisham a Estella—. Así que nos sentamos a las cartas.

Fue entonces cuando empecé a comprender que todo en la habitación se había detenido, como el reloj y el reloj, hacía mucho tiempo. Me di cuenta de que la señorita Havisham había dejado la joya exactamente en el mismo lugar de donde la había sacado. Mientras Estella repartía las cartas, volví a mirar el tocador y vi que el zapato que había sobre él, antes blanco, ahora amarillo, nunca se había usado. Bajé la vista hacia el pie del que faltaba el zapato, y vi que la media de seda que lo cubría, antes blanca, ahora amarilla, había sido pisoteada y hecha jirones. Sin esta detención de todo, sin esta detención de todos los objetos pálidos y descompuestos, ni siquiera el vestido de novia marchito de la forma derrumbada podría haber parecido tanto a un lienzo funerario, ni el largo velo tan parecido a un sudario.

Así que se sentó, como un cadáver, mientras jugábamos a las cartas; los volantes y pasamanería de su vestido de novia, que parecen papel terroso. Yo no sabía entonces nada de los descubrimientos que de vez en cuando se hacen de cuerpos enterrados en la antigüedad, que caen en polvo en el momento de ser vistos claramente; pero, a menudo he pensado desde entonces, que debía de parecer como si la admisión de la luz natural del día la hubiera hecho polvo.

—¡A los bribones les llama Jacks, este chico! —dijo Estella con desdén, antes de que terminara nuestra primera partida—. —¡Y qué manos tan toscas tiene! ¡Y qué botas tan gruesas!

Nunca antes había pensado en avergonzarme de mis manos; pero empecé a considerarlos una pareja muy indiferente. Su desprecio por mí era tan fuerte, que se volvió contagioso, y me contagié.

Ella ganó la partida y yo la repartí. Me equivoqué, como era natural, cuando supe que ella estaba al acecho de que yo hiciera el mal; Y me denunció por ser un obrero estúpido y torpe.

—No dices nada de ella —me comentó la señorita Havisham, mientras me miraba—. "Ella dice muchas cosas duras de ti, pero tú no dices nada de ella. ¿Qué piensas de ella?

—No me gusta decirlo —tartamudeé—.

—Dímelo al oído —dijo la señorita Havisham, inclinándose—.

—Creo que está muy orgullosa —respondí en un susurro—.

—¿Algo más?

"Creo que es muy bonita".

—¿Algo más?

"Creo que es muy insultante". (Ella me miraba entonces con una expresión de suprema aversión.)

—¿Algo más?

Creo que me gustaría irme a casa.

—¿Y no volver a verla nunca más, a pesar de que es tan bonita?

No estoy seguro de que no me gustaría volver a verla, pero me gustaría irme a casa ahora.

—Pronto se irá —dijo la señorita Havisham en voz alta—. "Juega el juego".

De no ser por la extraña sonrisa del principio, debería haberme sentido casi seguro de que el rostro de la señorita Havisham no podía sonreír. Había adoptado una expresión vigilante y melancólica, probablemente cuando todas las cosas que la rodeaban se habían quedado paralizadas, y parecía como si nada pudiera volver a levantarla. Su pecho había caído, de modo que se inclinó; y su voz había bajado, de modo que hablaba en voz baja, y con un arrullo mortal sobre ella; En conjunto, tenía la apariencia de haber caído en cuerpo y alma, por dentro y por fuera, bajo el peso de un golpe demoledor.

Jugué el juego hasta el final con Estella, y ella me mendigó. Tiró las cartas sobre la mesa cuando las había ganado todas, como si las despreciara por haberlas ganado yo.

—¿Cuándo volveré a tenerla aquí? —preguntó la señorita Havisham. —Déjame pensar.

Empezaba a recordarle que hoy era miércoles, cuando me miró con su antiguo movimiento impaciente de los dedos de la mano derecha.

"¡Ahí, ahí! No sé nada de los días de la semana; No sé nada de las semanas del año. Vuelve después de seis días. ¿Oyes?

—Sí, señora.

"Estella, bájalo. Déjale comer algo, y déjalo vagar y mirar a su alrededor mientras come. Vete, Pip.

Seguí la vela hacia abajo, como había seguido la vela hacia arriba, y ella la colocó en el lugar donde la habíamos encontrado. Hasta que abrió la entrada lateral, me había imaginado, sin pensarlo, que debía ser necesariamente de noche. La prisa de la luz del día me confundió por completo, y me hizo sentir como si hubiera estado a la luz de las velas de la extraña habitación durante muchas horas.

-Has de esperar aquí, muchacho -dijo Estella-; y desapareció y cerró la puerta.

Aproveché la oportunidad de estar solo en el patio para mirar mis manos toscas y mis botas comunes. Mi opinión sobre esos accesorios no fue favorable. Nunca antes me habían molestado, pero ahora me preocupaban como vulgares apéndices. Decidí preguntarle a Joe por qué me había enseñado a llamar Jacks a esas tarjetas con imágenes, que deberían llamarse bribones. Me hubiera gustado que Joe hubiera sido educado de manera más gentil, y entonces yo también debería haberlo sido.

Volvió, con un poco de pan, carne y una jarrita de cerveza. Dejó la jarra sobre las piedras del patio y me dio el pan y la carne sin mirarme, con tanta insolencia como si yo fuera un perro en desgracia. Me sentí tan humillado, herido, despreciado, ofendido, enojado, apesadumbrado, —no puedo encontrar el nombre correcto para los inteligentes, Dios sabe cómo se llamaba—, que las lágrimas comenzaron a brotar de mis ojos. En el momento en que saltaron allí, la muchacha me miró con un rápido deleite por haber sido la causa de ellos. Esto me dio fuerzas para contenerlos y mirarla; de modo que lanzó una sacudida desdeñosa —pero con la sensación, pensé, de haberse asegurado demasiado de que yo estaba tan herido— y me abandonó.

Pero cuando ella se fue, miré a mi alrededor en busca de un lugar donde esconder mi rostro, y me coloqué detrás de una de las puertas de la calle de la cervecería, apoyé la manga contra la pared, apoyé la frente en ella y lloré. Mientras lloraba, pateé la pared y me retorcí el pelo con fuerza; Tan amargos eran mis sentimientos, y tan agudo era el listo sin nombre, que necesitaba ser contrarrestado.

La educación de mi hermana me había vuelto sensible. En el pequeño mundo en el que los niños tienen su existencia, quienquiera que los críe, no hay nada tan finamente percibido y tan finamente sentido como la injusticia. Puede ser sólo una pequeña injusticia a la que el niño puede estar expuesto; pero el niño es pequeño, y su mundo es pequeño, y su caballito balancín mide tantos palmos de altura, según la escala, como un cazador irlandés de huesos grandes. Dentro de mí, había sostenido, desde mi infancia, un conflicto perpetuo con la injusticia. Había sabido, desde el momento en que pude hablar, que mi hermana, en su caprichosa y violenta coerción, era injusta conmigo. Había albergado una profunda convicción de que el hecho de que ella me criara a mano no le daba derecho a criarme a tirones. A través de todos mis castigos, desgracias, ayunos, vigilias y otras actuaciones penitenciales, había alimentado esta seguridad; y a mi comunión tan grande con ella, de una manera solitaria y desprotegida, refiero en gran parte el hecho de que era moralmente tímido y muy sensible.

Me deshice de mis sentimientos heridos por el momento pateándolos contra la pared de la cervecería y retorciéndolos fuera de mi cabello, y luego me alisé la cara con la manga y salí de detrás de la puerta. El pan y la carne eran aceptables, y la cerveza era cálida y hormigueante, y pronto me animé a mirar a mi alrededor.

A decir verdad, era un lugar desierto, hasta el palomar del patio de la cervecería, que había sido arrastrado en su palo por un fuerte viento, y habría hecho que las palomas creyeran que estaban en el mar, si hubiera habido allí palomas que pudieran ser mecidas por él. Pero no había palomas en el palomar, ni caballos en el establo, ni cerdos en la pocilga, ni malta en el almacén, ni olores de cereales y cerveza en el cobre ni en la cuba. Todos los usos y aromas de la cervecería podrían haberse evaporado con su último hedor a humo. En un patio había un desierto de toneles vacíos, que tenían un cierto recuerdo amargo de días mejores; pero era demasiado agria para ser aceptada como una muestra de la cerveza que se había ido, y en este sentido recuerdo a esos reclusos como si fueran como la mayoría de los demás.

Detrás del extremo más alejado de la cervecería había un jardín rancio con un viejo muro, no tan alto como para que pudiera levantarme y sostenerme el tiempo suficiente para mirarlo y ver que el jardín rancio era el jardín de la casa, y que estaba cubierto de malezas enmarañadas, pero que había un rastro en los senderos verdes y amarillos. como si a veces alguien anduviera por allí, y que Estella se alejara de mí ya entonces. Pero ella parecía estar en todas partes. Porque cuando cedí a la tentación que me presentaban los toneles y comencé a caminar sobre ellos, la vi *a ella* caminando sobre ellos al final del patio de toneles. Estaba de espaldas a mí, y sostenía su bonito cabello castaño extendido entre sus dos manos, y nunca miró a su alrededor, y desapareció de mi vista directamente. Así, en la cervecería misma, con lo que me refiero al gran lugar empedrado en el que solían hacer la cerveza, y donde todavía estaban los utensilios de elaboración. Cuando entré en ella por primera vez, y, bastante oprimido por su penumbra, me quedé cerca de la puerta mirando a mi alrededor, la vi pasar entre los fuegos apagados, y subir unas ligeras escaleras de hierro, y salir por una galería en lo alto, como si fuera a salir al cielo.

Fue en este lugar, y en este momento, que algo extraño le sucedió a mi imaginación. Pensé que era una cosa extraña entonces, y pensé que era una cosa extraña mucho después. Volví los ojos, un poco apagados por la luz helada, hacia una gran viga de madera en un rincón bajo del edificio cerca de mí, a mi derecha, y vi una figura colgada allí por el cuello. Una figura toda de blanco amarillento, con un solo zapato en los pies; y colgaba de tal manera que pude ver que los descoloridos adornos del vestido eran como papel terroso, y que la cara era la de la señorita Havisham, con un movimiento que recorría todo el semblante como si tratara de llamarme. Con el terror de ver la figura, y con el terror de tener la certeza de que no había estado allí un momento antes, al principio corrí de ella y luego corrí hacia ella. Y mi terror fue mayor de todos cuando no encontré ninguna figura allí.

Nada menos que la luz helada del cielo alegre, la vista de la gente que pasaba más allá de los barrotes de la puerta del patio y la influencia revivificadora del resto del pan, la carne y la cerveza, me habrían hecho volver en sí. Incluso con esas ayudas, tal vez no hubiera vuelto en mí tan pronto como lo hice, pero vi que Estella se acercaba con las llaves, para dejarme salir. Tendría alguna razón justa para mirarme desde arriba, pensé, si me viera asustado; Y no tendría ninguna razón justa.

Me dirigió una mirada triunfal al pasar a mi lado, como si se regocijara de que mis manos fueran tan toscas y mis botas tan gruesas, y abrió la puerta y se quedó sosteniéndola. Me estaba desmayando sin mirarla, cuando me tocó con una mano burlona.

—¿Por qué no lloras?

"Porque no quiero".

—Sí —dijo ella—. "Has estado llorando hasta quedar medio ciego, y ahora estás a punto de llorar de nuevo".

Ella se rió desdeñosamente, me empujó fuera y me cerró la puerta. Fui directamente a casa del señor Pumblechook, y me sentí inmensamente aliviado al ver que no estaba en casa. De modo que, después de informar al tendero el día en que me buscaban de nuevo en casa de la señorita Havisham, emprendí el camino de cuatro millas hasta nuestra fragua; reflexionando, a medida que avanzaba, sobre todo lo que había visto, y dando vueltas profundamente al hecho de que yo era un simple obrero; que mis manos eran toscas; que mis botas eran gruesas; que había caído en la despreciable costumbre de llamar a los bribones Jack; que yo era mucho más ignorante de lo que me había considerado la noche anterior y, en general, que estaba en una mala situación de baja calidad.

CAPÍTULO IX.

Cuando llegué a casa, mi hermana tenía mucha curiosidad por saberlo todo sobre la señorita Havisham y me hizo una serie de preguntas. Y pronto me encontré con que me golpeaban fuertemente por detrás en la nuca y en la parte baja de la espalda, y que mi cara me empujaba ignominiosamente contra la pared de la cocina, porque no respondí a esas preguntas con suficiente extensión.

Si el temor de no ser comprendido se esconde en los pechos de otros jóvenes hasta el punto en que solía estar oculto en el mío, lo que considero probable, ya que no tengo ninguna razón particular para sospechar que haya sido una monstruosidad, es la clave de muchas reservas. Estaba convencido de que si describía el de la señorita Havisham tal como lo habían visto mis ojos, no me entenderían. No sólo eso, sino que estaba convencido de que la señorita Havisham tampoco sería comprendida; y aunque me resultaba perfectamente incomprensible, tuve la impresión de que habría algo grosero y traicionero en arrastrarla tal y como era en realidad (por no hablar de la señorita Estella) ante la contemplación de la señora Joe. En consecuencia, dije lo menos que pude, y me empujé la cara contra la pared de la cocina.

Lo peor de todo era que aquel viejo abusivo Pumblechook, presa de una curiosidad devoradora por estar al tanto de todo lo que yo había visto y oído, se acercó boquiabierto en su cochecito a la hora del té para que le revelaran los detalles. Y la mera visión del tormento, con sus ojos de pez y su boca abierta, su cabello arenoso inquisitivamente erizado y su chaleco agitado por la aritmética del viento, me hizo vicioso en mi reticencia.

—Bueno, muchacho —empezó a decir tío Pumblechook en cuanto se sentó en la silla de honor junto al fuego—. —¿Cómo llegaste a la ciudad?

Le respondí: "Muy bien, señor", y mi hermana me agitó el puño.

—¿Bastante bien? —repitió el señor Pumblechook—. "Bastante bien no es la respuesta. ¿Díganos a qué se refiere con bastante bien, muchacho?

El encalado en la frente endurece el cerebro hasta convertirlo en un estado de obstinación, tal vez. De todos modos, con la cal de la pared en la frente, mi obstinación era inflexible. Reflexioné durante un rato y luego respondí como si hubiera descubierto una nueva idea: "Quiero decir bastante bien".

Mi hermana, con una exclamación de impaciencia, iba a lanzarse sobre mí —yo no tenía sombra de defensa, porque Joe estaba ocupado en la fragua—, cuando el señor Pumblechook intervino y dijo: —¡No! No pierdas los estribos. Déjeme a mí este muchacho, señora; Déjame a este muchacho a mí. El señor Pumblechook me volvió hacia él, como si fuera a cortarme el pelo, y dijo:

"Primero (para poner en orden nuestros pensamientos): ¿Cuarenta y tres peniques?"

Calculé las consecuencias de responder «Cuatrocientas libras» y, al encontrarlas en mi contra, me acerqué lo más posible a la respuesta, que estaba a unos ocho peniques de descuento. El señor Pumblechook me hizo pasar por mi mesa de peniques desde «doce peniques son un chelín» hasta «cuarenta peniques son tres peniques y cuatro peniques», y luego preguntó triunfalmente, como si lo hubiera hecho por mí: "¡*Ahora!* ¿Cuánto son cuarenta y tres peniques? A lo que respondí, después de un largo intervalo de reflexión: "No lo sé". Y estaba tan irritado que casi dudo que lo supiera.

El señor Pumblechook movió su cabeza como un tornillo para arrancármela, y dijo: —¿Cuarenta y tres peniques son siete y seis peniques tres fardens, por ejemplo?

—¡Sí! -dije yo-. Y aunque mi hermana me golpeó las orejas al instante, fue muy gratificante para mí ver que la respuesta estropeó su broma y lo llevó a un punto muerto.

"¡Chico! ¿A qué se parece la señorita Havisham? -volvió a decir el señor Pumblechook cuando se hubo recuperado-. cruzando los brazos contra el pecho y aplicando el tornillo.

—Muy alto y moreno —le dije—.

—¿Lo es, tío? —preguntó mi hermana.

El señor Pumblechook asintió con un guiño; de lo cual deduje de inmediato que nunca había visto a la señorita Havisham, porque no era nada de eso.

—¡Bien! —dijo el señor Pumblechook con vanidad—. ("¡Esta es la manera de tenerlo! Estamos empezando a defendernos, creo, ¿mamá?")

—Estoy segura, tío —replicó la señora Joe—, de que desearía que lo tuvieras siempre; Sabes muy bien cómo tratar con él.

—¡Ahora, muchacho! ¿Qué estaba haciendo cuando usted ha entrado hoy? -preguntó el señor Pumblechook.

—Estaba sentada —respondí— en un coche de terciopelo negro.

El señor Pumblechook y la señora Joe se miraron el uno al otro, como bien lo harían, y ambos repitieron: —¿En un coche de terciopelo negro?

—Sí —dije yo—. Y la señorita Estella, que creo que es su sobrina, le entregó pastel y vino en la ventanilla del coche, en una bandeja de oro. Y todos comimos pastel y vino en platos de oro. Y me levanté detrás del entrenador para comerme el mío, porque ella me lo dijo".

—¿Había alguien más allí? —preguntó el señor Pumblechook.

—Cuatro perros —dije—.

—¿Grande o pequeño?

—Inmenso —dije yo—. Y lucharon por chuletas de ternera de una cesta de plata.

El señor Pumblechook y la señora Joe volvieron a mirarse el uno al otro, asombrados. Yo estaba completamente frenético, un testigo imprudente bajo la tortura, y les habría dicho cualquier cosa.

—¿Dónde *estaba* este coche, en nombre de la gracia? —preguntó mi hermana.

- En la habitación de la señorita Havisham. Volvieron a mirar. "Pero no había caballos para él". Agregué esta cláusula de salvaguarda, en el momento de rechazar cuatro corredores ricamente engalanados que había tenido pensamientos descabellados de aprovechar.

—¿Puede ser posible, tío? —preguntó la señora Joe. —¿Qué puede querer decir el niño?

—Te lo diré, mamá —dijo el señor Pumblechook—. "Mi opinión es que es una silla de manos. Es frívola, ya sabes, muy frívola, lo suficientemente frívola como para pasar sus días en una silla de manos.

—¿La has visto alguna vez en ella, tío? —preguntó la señora Joe.

—¿Cómo iba a hacerlo —replicó él, forzado a admitirlo—, si nunca la he visto en mi vida? ¡Nunca la vio!"

"¡Dios mío, tío! ¿Y, sin embargo, has hablado con ella?

—¿No sabe usted —dijo el señor Pumblechook, irritado—, que cuando he estado allí, me han llevado hasta el exterior de su puerta, y la puerta ha quedado entreabierta, y ella me ha hablado de esa manera. No digas que no lo sabes, mamá. Sin embargo, el niño fue allí a jugar. ¿A qué jugaste, muchacho?

—Jugamos con banderas —dije—. (Ruego observar que pienso en mí mismo con asombro cuando recuerdo las mentiras que dije en esta ocasión.)

"¡Banderas!", repitió mi hermana.

—Sí —dije yo—. Estella ondeó una bandera azul, y yo ondeé una roja, y la señorita Havisham ondeó una salpicada de estrellitas doradas, en la ventanilla del coche. Y entonces todos agitamos nuestras espadas y gritamos".

—¡Espadas! —repitió mi hermana—. —¿De dónde sacaste las espadas?

—De un armario —dije—, y vi en él pistolas, mermelada y pastillas. Y no había luz del día en la habitación, pero todo estaba iluminado con velas".

—Es verdad, mamá —dijo el señor Pumblechook, asintiendo con gravedad—. "Ese es el estado del caso, por lo que yo mismo he visto". Y entonces los dos me miraron fijamente, y yo, con una muestra molesta de ingenuidad en mi semblante, los miré fijamente y trencé la pierna derecha de mis pantalones con la mano derecha.

Si me hubieran hecho más preguntas, sin duda me habría traicionado a mí mismo, porque ya entonces estaba a punto de mencionar que había un globo en el patio, y me habría arriesgado a hacer la afirmación si no fuera porque mi invención se dividía entre ese fenómeno y un oso en la cervecería. Sin embargo, estaban tan ocupados en discutir las maravillas que ya había presentado para su consideración, que escapé. El tema todavía los retenía cuando Joe llegó de su trabajo para tomar una taza de té. A quien mi hermana, más para el alivio de su propia mente que para la satisfacción de la suya, contó mis fingidas experiencias.

Ahora, cuando vi a Joe abrir sus ojos azules y recorrerlos por toda la cocina con impotente asombro, me invadió la penitencia; pero sólo en lo que se refería a él, no en lo más mínimo en lo que se refería a los otros dos. Con respecto a Joe, y sólo a Joe, me consideraba un joven monstruo, mientras ellos se sentaban a debatir qué resultados obtendría de mí el conocimiento y el favor de la señorita Havisham. No tenían ninguna duda de que la señorita Havisham «haría algo» por mí; Sus dudas se relacionaban con la forma que tomaría algo. Mi hermana se destacaba por la «propiedad», y el señor Pumblechook era partidario de una generosa prima por vincularme como aprendiz a algún oficio elegante, por ejemplo, el comercio de maíz y semillas. Joe cayó en la más profunda desgracia con ambos, por ofrecer la brillante sugerencia de que sólo se me presentaría con uno de los perros que habían luchado por las chuletas de ternera. —Si la cabeza de un tonto no puede expresar opiniones mejores que ésa —dijo mi hermana—, y tú tienes algún trabajo que hacer, será mejor que vayas y lo hagas. Y así fue.

Después de que el señor Pumblechook se hubo marchado, y cuando mi hermana estaba lavando, me metí en la fragua con Joe, y me quedé a su lado hasta que terminó de pasar la noche. Entonces le dije: "Antes de que se apague el fuego, Joe, me gustaría decirte algo".

—¿Deberías, Pip? —dijo Joe, acercando su taburete a la fragua—. —Entonces cuéntanos. ¿Qué pasa, Pip?

—Joe —dije, agarrando la manga de su camisa arremangada y retorciéndola entre el dedo pulgar y el pulgar—, ¿te acuerdas de todo eso de la señorita Havisham?

—¿Te acuerdas? —dijo Joe—. ¡Te creo! ¡Maravilloso!"

—Es una cosa terrible, Joe; No es verdad".

—¿De qué me dices, Pip? —exclamó Joe, retrocediendo con el mayor asombro—. —No quieres decir que sea...

"Sí, lo hago; son mentiras, Joe.

—¿Pero no todo? ¿Por qué seguro que no quieres decir, Pip, que no había ningún welwet negro, eh? Porque me quedé de pie negando con la cabeza. —¿Pero al menos había perros, Pip? Vamos, Pip -dijo Joe en tono persuasivo-, si no había chuletas de verruga, ¿al menos había perros?

—No, Joe.

—¿Un perro? —dijo Joe—. ¿Un cachorro? ¿Vienes?

—No, Joe, no había nada de eso.

Mientras fijaba mis ojos desesperadamente en Joe, Joe me contemplaba consternado. —¡Pip, viejo! ¡Esto no servirá, viejo! ¡Yo digo! ¿A dónde esperas ir?

—Es terrible, Joe; ¿No es así?

—¿Terrible? —exclamó Joe—. ¡Horrible! ¿Qué te poseyó?

—No sé qué me poseyó, Joe —respondí, soltándole la manga de la camisa y, sentándome a sus pies sobre las cenizas, bajando la cabeza—; pero desearía que no me hubieras enseñado a llamar a los bribones a las cartas jotas; y desearía que mis botas no fueran tan gruesas ni mis manos tan toscas".

Y entonces le dije a Joe que me sentía muy desdichado, y que no había sido capaz de explicarme a la señora Joe y a Pumblechook, que habían sido tan groseros conmigo, y que había habido una hermosa joven en casa de la señorita Havisham que era terriblemente orgullosa, y que había dicho que yo era común, y que yo sabía que era común. y que deseaba no ser vulgar, y que las mentiras habían salido de ello de alguna manera, aunque no sabía cómo.

Este era un caso de metafísica, al menos tan difícil de tratar para Joe como para mí. Pero Joe sacó el caso por completo de la región de la metafísica, y por ese medio lo venció.

—Hay una cosa de la que puedes estar seguro, Pip —dijo Joe, después de cavilar un poco—, a saber, que las mentiras son mentiras. Como quiera que vengan, no deberían venir, y vienen del padre de las mentiras, y obran alrededor de lo mismo. No les cuentes nada más, Pip. *Esa* no es la manera de salir de ser común, viejo. Y en cuanto a ser común, no lo dejo del todo claro. Eres común en algunas cosas. Eres pequeño. Del mismo modo, eres un erudito común.

—No, soy ignorante y atrasado, Joe.

—¡Mira qué carta escribiste anoche! ¡Escrito en forma impresa incluso! He visto cartas... ¡Ah! ¡Y de los caballeros!, que juro que no se escribieron en letra impresa -dijo Joe-.

—No he aprendido casi nada, Joe. Piensas mucho en mí. Es solo eso".

—Bueno, Pip —dijo Joe—, sea así o sea, tienes que ser un erudito común antes de poder serlo en un erudito común, ¡espero! El rey en su trono, con su corona en la cabeza, no puede sentarse a escribir sus actas del Parlamento en letra impresa sin haber comenzado, cuando era un príncipe sin ascender, con el alfabeto. —¡Ah! —añadió Joe, con un movimiento de cabeza lleno de significado—, y comenzó también en A y se abrió camino hasta llegar a Z. Y *sé* lo que hay que hacer, aunque no puedo decir que lo haya hecho exactamente".

Había algo de esperanza en este pedazo de sabiduría, y más bien me animó.

—Ya sean las comunes en cuanto a vocaciones y ganancias —prosiguió Joe, pensativo—, ¿no sería mejor que siguieran en compañía de las comunes, en lugar de salir a jugar con las comunes, lo que me recuerda que tal vez hay que esperar que haya una bandera?

—No, Joe.

(Lamento que no hubiera una bandera, Pip). Si eso puede ser o no puede ser, es una cosa que no se puede investigar ahora, sin poner a tu hermana en el alboroto; Y eso es algo que no debe pensarse como si se hiciera intencionalmente. Mira aquí, Pip, lo que te dice un verdadero amigo. Lo cual a ti te dice el verdadero amigo. Si no puedes llegar a ser común yendo recto, nunca podrás hacerlo yendo torcido. Así que no cuentes nada más de ellos, Pip, y vive bien y muere feliz.

—¿No estás enfadado conmigo, Joe?

—No, viejo. Pero teniendo en cuenta que eran de un tipo asombroso y repugnante, aludiendo a ellos que rayaban en las chuletas y las peleas de perros, un sincero simpatizante aconsejaría, Pip, que se les incluyera en tus meditaciones cuando subas a la cama. Eso es todo, viejo, y no lo hagas nunca más.

Cuando llegué a mi pequeña habitación y dije mis oraciones, no olvidé la recomendación de Joe, y sin embargo, mi joven mente estaba en ese estado perturbado e ingrato, que pensé mucho después de acostarme, cuán común sería Estella considerar a Joe, un simple herrero; ¡Qué gruesas sus botas y cuán toscas sus manos! Pensé en cómo Joe y mi hermana estaban entonces sentados en la cocina, y cómo yo me había levantado de la cocina a la cama, y cómo la señorita Havisham y Estella nunca se sentaban en una cocina, sino que estaban muy por encima del nivel de esas cosas comunes. Me quedé dormido recordando lo que «solía hacer» cuando estaba en casa de la señorita Havisham; como si hubiera estado allí semanas o meses, en lugar de horas; y como si se tratara de un antiguo tema de memoria, en lugar de uno que había surgido ese mismo día.

Ese fue un día memorable para mí, porque hizo grandes cambios en mí. Pero es lo mismo con cualquier vida. Imagínense un día selecto y piensen en lo diferente que habría sido su curso. Detente tú, que lees esto, y piensa por un momento en la larga cadena de hierro o de oro, de espinas o de flores, que nunca te habría atado, si no fuera por la formación del primer eslabón en un día memorable.

CAPÍTULO X.

Una o dos mañanas más tarde, cuando desperté, se me ocurrió la feliz idea de que el mejor paso que podía dar para hacerme anticomún era quitarle a Biddy todo lo que ella sabía. Siguiendo esta luminosa concepción, le mencioné a Biddy, cuando iba por la noche a casa de la tía abuela del señor Wopsle, que tenía una razón particular para desear seguir adelante en la vida, y que me sentiría muy agradecido con ella si me transmitiera todo lo que había aprendido. Biddy, que era la más servicial de las chicas, dijo de inmediato que lo haría, y de hecho comenzó a cumplir su promesa en cinco minutos.

El plan o curso educativo establecido por la tía abuela del Sr. Wopsle puede resolverse en la siguiente sinopsis. Los alumnos comieron manzanas y se pusieron pajas en la espalda unos a otros, hasta que la tía abuela del señor Wopsle recobró sus energías y les hizo un tambaleo indiscriminado con una vara de abedul. Después de recibir la carga con toda clase de muestras de burla, los alumnos se formaron en fila y se pasaron un libro harapiento de mano en mano. El libro tenía un alfabeto, algunas figuras y tablas, y un poco de ortografía, es decir, que había tenido una vez. Tan pronto como este volumen comenzó a circular, la tía abuela del señor Wopsle cayó en un estado de coma, derivado del sueño o de un paroxismo reumático. A continuación, los alumnos se sometieron entre sí a un examen de oposición sobre el tema de las botas, con el fin de determinar quién podía pisar más duro a quién. Este ejercicio mental duró hasta que Biddy se abalanzó sobre ellos y distribuyó tres Biblias desfiguradas (con la forma de si hubieran sido cortadas inhábilmente del extremo de algo), impresas de manera más ilegible en el mejor de los casos que cualquier curiosidad de la literatura que he conocido desde entonces, salpicadas por todas partes con molde de hierro, y con varios especímenes del mundo de los insectos aplastados entre sus hojas. Esta parte del Curso solía ser aligerada por varios combates individuales entre Biddy y los estudiantes refractarios. Cuando terminaron las peleas, Biddy dio el número de una página, y entonces todos leímos en voz alta lo que podíamos, o lo que no podíamos, en un coro espantoso; Biddy dirigía con una voz aguda, estridente y monótona, y ninguno de nosotros tenía la menor noción o reverencia por lo que estábamos leyendo. Al cabo de cierto tiempo, despertó maquinalmente a la tía abuela del señor Wopsle, que se tambaleó ante un muchacho y le tiró de las orejas. Se entendió que esto ponía fin al Curso de la noche, y emergimos en el aire con alaridos de victoria intelectual. Es justo hacer notar que no había ninguna prohibición para que ningún alumno se entretuviera con una pizarra o incluso con la tinta (cuando la había), pero que no era fácil seguir esa rama de estudio en la temporada de invierno, debido a que la pequeña tienda general en la que se impartían las clases -y que también era la sala de estar y el dormitorio de la tía abuela del señor Wopsle- estaba apenas iluminada por la agencia de una persona Vela de inmersión de bajo espíritu y sin apagadores.

Me pareció que llevaría tiempo convertirse en algo raro en estas circunstancias; sin embargo, resolví intentarlo, y esa misma noche Biddy entró en nuestro acuerdo especial, comunicándome algunos datos de su pequeño catálogo de precios, bajo el epígrafe de azúcar húmedo, y prestándome, para que lo copiara en casa, una gran D inglesa antigua que había imitado del encabezado de algún periódico. y que supuse, hasta que ella me dijo lo que era, que era un diseño para una hebilla.

Por supuesto, había una taberna en el pueblo, y por supuesto, a Joe le gustaba a veces fumar su pipa allí. Había recibido órdenes estrictas de mi hermana de ir a buscarlo a los Tres Alegres Barqueros esa noche, de camino de la escuela, y llevarlo a casa por mi cuenta y riesgo. Por lo tanto, dirigí mis pasos a los Tres Alegres Barqueros.

Había un bar en el Jolly Bargemen, con unas partituras de tiza alarmantemente largas en la pared del lado de la puerta, que me pareció que nunca habían sido pagadas. Habían estado allí desde que tengo uso de razón, y habían crecido más que yo. Pero había una gran cantidad de tiza en nuestro país, y tal vez la gente no descuidó la oportunidad de darle cuentas.

Siendo sábado por la noche, encontré al posadero mirando con cierta tristeza aquellos registros; pero como mis asuntos eran con Joe y no con él, me limité a desearle buenas noches, y pasé a la sala común al final del pasillo, donde había una gran chimenea de cocina, y donde Joe fumaba su pipa en compañía del señor Wopsle y de un desconocido. Joe me saludó, como de costumbre, con un «¡Hola, Pip, viejo!» y en el momento en que dijo eso, el desconocido giró la cabeza y me miró.

Era un hombre de aspecto secreto a quien nunca había visto antes. Tenía la cabeza inclinada hacia un lado y uno de sus ojos medio cerrado, como si estuviera apuntando a algo con una pistola invisible. Tenía una pipa en la boca, la sacó y, después de soplar lentamente todo el humo y mirarme fijamente todo el tiempo, asintió. Así que asentí, y luego él volvió a asentir, e hizo sitio en el sillón a su lado para que yo pudiera sentarme allí.

Pero como estaba acostumbrado a sentarme al lado de Joe cada vez que entraba en ese lugar de recreo, dije: «No, gracias, señor», y caí en el espacio que Joe me había reservado en el piso de enfrente. El extraño hombre, después de echar una ojeada a Joe y ver que su atención estaba ocupada en otra cosa, volvió a asentirme con la cabeza cuando hube tomado asiento, y luego se frotó la pierna, de una manera muy extraña, según me pareció.

—Decías —dijo el extraño hombre, volviéndose hacia Joe— que eras herrero.

"Sí. Lo dije, ¿sabes?", dijo Joe.

—¿Qué va a beber, señor...? Por cierto, no mencionaste tu nombre.

Joe lo mencionó ahora, y el hombre extraño lo llamó por eso. —¿Qué va a beber, señor Gargery? ¿A mi costa? ¿Para recargar?

—Bueno —dijo Joe—, a decir verdad, no tengo la costumbre de beber a costa de nadie más que de la mía.

"¿Hábito? No -replicó el forastero-, sino de una vez en casa, y además un sábado por la noche. ¡Venirse! Ponle un nombre, señor Gargery.

—No querría ser una compañía rígida —dijo Joe—.

—Ron —repitió el desconocido—. —¿Y el otro caballero originará un sentimiento?

—Ron —dijo el señor Wopsle—.

-¡Tres rones! -exclamó el forastero, llamando al ventero-. "¡Gafas redondas!"

—Este otro caballero —observó Joe, a modo de presentación del señor Wopsle—, es un caballero al que le gustaría oír decirlo. Nuestro secretario en la iglesia.

—¡Ajá! —exclamó el desconocido rápidamente, ladeando la mirada hacia mí—. —¡La iglesia solitaria, en lo que se encuentra en los pantanos, con tumbas a su alrededor!

—Eso es todo —dijo Joe—.

El desconocido, con una especie de gruñido cómodo sobre su pipa, puso las piernas en el asiento que tenía para sí mismo. Llevaba un sombrero de viajero de ala ancha que ondeaba, y debajo de él un pañuelo atado sobre la cabeza a modo de gorro, de modo que no dejaba ver ningún pelo. Mientras miraba el fuego, me pareció ver una expresión astuta, seguida de una media risa, en su rostro.

—No conozco este país, caballeros, pero parece un país solitario hacia el río.

—La mayoría de las marismas son solitarias —dijo Joe—.

"Sin duda, sin duda. ¿Encuentras ahora gitanos, o vagabundos, o vagabundos de cualquier clase, por ahí?

—No —dijo Joe—; "Nadie más que un convicto fugitivo de vez en cuando. Y no los encontramos, fácil. ¿Eh, señor Wopsle?

El señor Wopsle, con un majestuoso recuerdo de un antiguo desconcierto, asintió; pero no calurosamente.

—¿Parece que has salido después de eso? —preguntó el desconocido.

—Una vez —replicó Joe—. No es que quisiéramos llevárnoslos, ¿entiendes? Salimos como mirones; yo, y el señor Wopsle, y Pip. ¿No lo hicimos, Pip?

—Sí, Joe.

El desconocido volvió a mirarme, todavía ladeando los ojos, como si me estuviera apuntando expresamente con su pistola invisible, y dijo: —Es probable que sea un paquete joven de huesos. ¿Cómo le llamas?

—Pip —dijo Joe—.

—¿Bautizado Pip?

—No, no bautizado como Pip.

—¿Apellido Pip?

—No —dijo Joe—, es una especie de apellido que se dio a sí mismo cuando era un bebé, y por el que lo llaman.

—¿Hijo tuyo?

—Bueno —dijo Joe, meditabundo—, no porque, por supuesto, pudiera ser necesario reflexionar sobre ello, sino porque era la costumbre en el Jolly Bargemen de parecer que se reflexionaba profundamente sobre todo lo que se discutía entre las pipas... bueno... no. No, no lo es.

—¿Nevvy? —dijo el extraño hombre—.

—Bueno —dijo Joe, con la misma apariencia de profunda cavilación—, él no es... no, no es para engañarte, *no es*... mi nevvy.

—¿Qué demonios es él? —preguntó el desconocido. Lo cual me pareció una indagación de fuerza innecesaria.

El señor Wopsle se dio cuenta de ello; como alguien que lo sabía todo acerca de las relaciones, teniendo ocasión profesional de tener en cuenta con qué relaciones femeninas un hombre no podría casarse; y expuso los lazos entre Joe y yo. Una vez metida la mano, el señor Wopsle terminó con un pasaje de Ricardo III de lo más terriblemente gruñido, y pareció pensar que había hecho lo suficiente para explicarlo cuando añadió: «Como dice el poeta».

Y aquí puedo hacer notar que cuando el señor Wopsle se refirió a mí, consideró que era una parte necesaria de tal referencia el despeinarse y metérmelo en los ojos. No puedo concebir por qué todos los de su prestigio que visitaron nuestra casa siempre me hicieron pasar por el mismo proceso inflamatorio en circunstancias similares. Sin embargo, no recuerdo que alguna vez, en mi primera juventud, haya sido objeto de comentarios en nuestro círculo social familiar, sino que alguna persona de manos grandes tomó algunas de esas medidas oftálmicas para ser condescendiente conmigo.

Durante todo este tiempo, el extraño hombre no miró a nadie más que a mí, y me miró como si estuviera decidido a dispararme por fin y derribarme. Pero no dijo nada después de ofrecer su observación de Blue Blazes, hasta que trajeron los vasos de ron y agua; Y luego hizo su disparo, y fue un tiro extraordinario.

No se trataba de un comentario verbal, sino de un proceder en tono mudo, y estaba dirigido a mí. Me removió el ron y el agua de manera intencionada, y probó su ron y su agua de manera intencionada hacia mí. Y lo revolvió y lo probó; no con una cuchara que le trajeron, sino *con una lima*.

Lo hizo para que nadie más que yo viera el expediente; Y cuando lo hubo hecho, limpió la lima y la metió en un bolsillo del pecho. Supe que era el expediente de Joe, y supe que él conocía a mi convicto, en el momento en que vi el instrumento. Me quedé mirándole, embelesado. Pero ahora estaba recostado en su asiento, prestando muy poca atención a mí y hablando principalmente de nabos.

Había una deliciosa sensación de limpiar y hacer una pausa tranquila antes de volver a la vida en nuestro pueblo los sábados por la noche, lo que estimuló a Joe a atreverse a quedarse fuera media hora más los sábados que en otras ocasiones. A la media hora, con el ron y el agua corriendo juntos, Joe se levantó para irse y me tomó de la mano.

—Deténgase un momento, señor Gargery —dijo el extraño hombre—, creo que tengo un chelín nuevo y brillante en algún bolsillo de mi bolsillo, y si lo tengo, el chico lo tendrá.

Lo sacó de un puñado de monedas, lo dobló en un papel arrugado y me lo dio.
—¡Tuyo! —dijo—. "¡Mente! La tuya propia".

Le di las gracias, mirándolo más allá de los límites de los buenos modales y aferrándome a Joe. Le dio las buenas noches a Joe, y le dio las buenas noches al señor Wopsle (que salió con nosotros), y a mí sólo me dirigió una mirada con su ojo blanco, no, no una mirada, porque la calló, pero se pueden hacer maravillas con un ojo ocultándolo.

De camino a casa, si yo hubiera estado de humor para hablar, la charla debía de estar de mi parte, porque el señor Wopsle se separó de nosotros en la puerta del Jolly Bargemen, y Joe se fue a casa con la boca abierta para enjuagar el ron con la mayor cantidad de aire posible. Pero yo estaba en cierto modo estupefacto por la aparición de mi antigua fechoría y viejo conocido, y no podía pensar en otra cosa.

Mi hermana no estaba de muy mal humor cuando nos presentamos en la cocina, y Joe se animó por esa extraña circunstancia a hablarle del brillante chelín. —Un mal hombre, estaré atada —dijo la señora Joe triunfalmente—, ¡o no se lo habría dado al niño! Vamos a verlo".

Lo saqué del papel y resultó ser bueno. —¿Pero qué es esto? —dijo la señora Joe, arrojando el chelín y recogiendo el periódico. —¿Dos billetes de una libra?

Nada menos que dos billetes de una libra, gordos y sofocantes, que parecían haber estado en los términos de la más cálida intimidad con todos los mercados de ganado de la comarca. Joe volvió a recoger su sombrero y corrió con ellos a la Jolly Bargemen para devolvérselos a su dueño. Mientras él no estaba, me senté en mi taburete habitual y miré a mi hermana con expresión inexpresiva, sintiéndome bastante segura de que el hombre no estaría allí.

Al poco tiempo, Joe regresó, diciendo que el hombre se había ido, pero que él, Joe, había dejado un mensaje en el Three Jolly Bargemen sobre las notas. Entonces mi hermana las selló en un pedazo de papel y las puso debajo de unas hojas de rosa secas en una tetera ornamental encima de una prensa en el salón estatal. Allí permanecieron, una pesadilla para mí, muchas y muchas noches y días.

Al llegar a la cama, me había quedado tristemente dormido, al pensar en el extraño hombre que me apuntaba con su pistola invisible, y en lo culpablemente grosero y vulgar que era estar en términos secretos de conspiración con los convictos, un rasgo de mi baja carrera que había olvidado anteriormente. A mí también me obsesionaba el expediente. Me invadió el temor de que, cuando menos lo esperara, el archivo volviera a aparecer. Me convencí de que me dormiría pensando en la de la señorita Havisham, el próximo miércoles; y en mi sueño vi que la carpeta venía hacia mí por una puerta, sin ver quién la sostenía, y me desperté a gritos.

CAPÍTULO XI.

A la hora señalada regresé a casa de la señorita Havisham, y mi vacilante timbre en la puerta sacó a Estella. La cerró después de admitirme, como había hecho antes, y volvió a precederme en el oscuro pasadizo donde estaba su vela. No me prestó atención hasta que tuvo la vela en la mano, cuando miró por encima del hombro, diciendo arrogantemente: «Hoy tienes que venir por aquí», y me llevó a otra parte de la casa.

El pasillo era largo y parecía abarcar todo el sótano cuadrado de la casa solariega. Sin embargo, no atravesamos más que un lado de la plaza, y al final ella se detuvo, dejó la vela y abrió una puerta. Allí reapareció la luz del día y me encontré en un pequeño patio empedrado, en cuyo lado opuesto estaba formado por una casa unifamiliar que parecía haber pertenecido al gerente o al empleado principal de la extinta cervecería. Había un reloj en la pared exterior de esta casa. Como el reloj de la habitación de la señorita Havisham, y como el reloj de la señorita Havisham, se había detenido a las nueve menos veinte.

Entramos por la puerta, que estaba abierta, y entramos en una habitación sombría de techo bajo, en la planta baja del fondo. Había algo de compañía en la habitación, y Estella me dijo al unirse a ella: "Debes ir y quedarte allí, muchacho, hasta que te necesiten". "Allí", siendo la ventana, me acerqué a ella, y me quedé "allí", en un estado de ánimo muy incómodo, mirando hacia afuera.

Se abría al suelo y daba a uno de los rincones más miserables del jardín abandonado, sobre una ruina de tallos de col y un boj que había sido cortado hacía mucho tiempo, como un pudín, y tenía un nuevo crecimiento en la parte superior, deformado y de un color diferente, como si esa parte del pudín se hubiera pegado a la cacerola y se hubiera quemado. Este era mi pensamiento hogareño, mientras contemplaba el boj. Había caído un poco de nieve ligera, durante la noche, y no se encontraba en ningún otro lugar, que yo supiera; Pero no se había derretido del todo de la fría sombra de aquel pedazo de jardín, y el viento lo atrapó en pequeños remolinos y lo arrojó contra la ventana, como si me apedreara por haber ido allí.

Adiviné que mi llegada había interrumpido la conversación en la habitación, y que los demás ocupantes me estaban mirando. No podía ver nada de la habitación, excepto el resplandor del fuego en el cristal de la ventana, pero me puse rígido en todas mis articulaciones con la conciencia de que estaba bajo una inspección minuciosa.

Había tres damas en la habitación y un caballero. Antes de que yo estuviera cinco minutos de pie junto a la ventana, de alguna manera me transmitieron que todos eran aduladores y farsantes, pero que cada uno de ellos fingía no saber que los demás eran aduladores y farsantes, porque la admisión de que él o ella lo sabía, lo habría convertido en un sapo y un farsante.

Todos tenían un aire apático y lúgubre de esperar el placer de alguien, y la más habladora de las damas tenía que hablar con bastante rigidez para reprimir un bostezo. Esta señora, que se llamaba Camila, me recordaba mucho a mi hermana, con la diferencia de que era mayor, y (como descubrí cuando la vi) de rasgos más romos. De hecho, cuando la conocí mejor, empecé a pensar que era una Misericordia que tuviera algún rasgo, tan inexpresivo y alto era el muro muerto de su rostro.

-¡Pobre alma! -exclamó la dama con una brusquedad muy parecida a la de mi hermana-. "¡Nadie es enemigo más que él mismo!"

-Sería mucho más laudable ser enemigo ajeno -dijo el caballero-; "Mucho más natural".

—Primo Raymond —observó otra señora—, debemos amar a nuestro prójimo.

—Sarah Pocket —replicó el primo Raymond—, si un hombre no es su propio vecino, ¿quién lo es?

La señorita Pocket se echó a reír, y Camila se echó a reír y dijo (conteniendo un bostezo): Pero pensé que también parecían pensar que era una buena idea. La otra señora, que aún no había hablado, dijo grave y enfáticamente: "¡*Muy* cierto!"

—¡Pobre alma! Camila prosiguió en seguida (supe que todos me habían estado mirando mientras tanto): —¡Es tan extraño! ¿Alguien creería que cuando la esposa de Tom murió, en realidad no se le pudo inducir a ver la importancia de que los niños tuvieran el más profundo de los adornos en su duelo? -¡Dios mío! -dice él-, Camila, ¿qué puede significar esto mientras las pobres y desconsoladas cositas estén vestidas de negro? ¡Tan como Mateo! ¡La idea!"

-Buenos puntos en él, buenos puntos en él -dijo el primo Raymond-; "Líbreme el cielo de negar los buenos puntos de él; Pero nunca tuvo, ni tendrá, ningún sentido de lo correcto.

-Ya sabéis que estaba obligada -dijo Camila-, estaba obligada a ser firme. Le dije: 'NO SERVIRÁ, por el crédito de la familia'. Le dije que, sin adornos profundos, la familia había caído en desgracia. Lloré por ello desde el desayuno hasta la cena. Me lastimé la digestión. Y al fin se lanzó con su estilo violento, y dijo, con una D: "Entonces haz lo que quieras". Gracias a Dios, siempre será un consuelo para mí saber que al instante salí bajo una lluvia torrencial y compré las cosas".

—*Los* pagó, ¿verdad? —preguntó Estella.

-No se trata, mi querida niña, de quién las ha pagado -replicó Camila-. "*Los compré*. Y a menudo pienso en eso con paz, cuando me despierto por la noche.

El tañido de una campanilla lejana, combinado con el eco de algún grito o llamada a lo largo del pasillo por donde había venido, interrumpió la conversación e hizo que Estella me dijera: Al volverme, todos me miraron con el mayor desprecio y, al salir, oí a Sarah Pocket decir: —¡Pues estoy segura! ¡Y ahora qué!", y Camila añade, con indignación: -¡Hubo alguna vez semejante fantasía! El i-de-a!"

Mientras íbamos con nuestra vela por el oscuro corredor, Estella se detuvo de repente y, volviéndose hacia atrás, dijo con su estilo burlón, con su rostro muy cerca del mío:

—¿Y bien?

—¿Y bien, señorita? —respondí, casi cayendo sobre ella y conteniéndome.

Ella se quedó mirándome y, por supuesto, yo me quedé mirándola a ella.

—¿Soy guapa?

—Sí; Creo que eres muy bonita".

"¿Estoy insultando?"

—No tanto como la última vez —dije—.

—¿No tanto?

—No.

Disparó cuando hizo la última pregunta, y me abofeteó la cara con la misma fuerza que había tenido cuando la respondí.

—¿Y ahora? —dijo ella—. "Pequeño monstruo grosero, ¿qué piensas de mí ahora?"

—No te lo diré.

"Porque lo vas a contar arriba. ¿Es eso?

—No —dije yo—, no es eso.

—¿Por qué no vuelves a llorar, desgraciado?

—Porque nunca volveré a llorar por ti —dije—. Lo cual fue, supongo, la declaración más falsa que jamás se haya hecho; porque entonces yo lloraba interiormente por ella, y sé lo que sé del dolor que me costó después.

Seguimos subiendo las escaleras después de este episodio; Y, mientras subíamos, nos encontramos con un caballero que bajaba a tientas.

—¿A quién tenemos aquí? —preguntó el caballero, deteniéndose y mirándome.

—Un niño —dijo Estella—.

Era un hombre corpulento, de tez extremadamente oscura, con una cabeza excesivamente grande y una mano grande correspondiente. Me tomó la barbilla con su gran mano y alzó la cara para mirarme a la luz de la vela. Se había quedado prematuramente calvo en la parte superior de la cabeza y tenía unas cejas negras y pobladas que no se acostaban, sino que se erizaban. Sus ojos estaban hundidos en lo más profundo de su cabeza, y eran desagradablemente agudos y sospechosos. Tenía una gran cadena de reloj y fuertes puntos negros donde habrían estado la barba y los bigotes si se los hubiera permitido. Él no era nada para mí, y yo no podía haber tenido la previsión de que él llegaría a ser algo para mí, pero sucedió que tuve la oportunidad de observarlo bien.

—¿Chico del barrio? ¿Eh?", dijo.

—Sí, señor —dije—.

—¿Cómo has venido aquí?

—La señorita Havisham me ha mandado llamar, señor —expliqué—.

"¡Bueno! Compórtate. Tengo una gran experiencia con los chicos, y ustedes son un mal grupo de tipos. ¡Cuidado con eso! -dijo, mordiéndose el costado de su gran dedo índice mientras me miraba con el ceño fruncido-. ¡Te portas bien!

Con estas palabras, me soltó —lo cual me alegró, porque su mano olía a jabón perfumado— y bajó las escaleras. Me pregunté si podría ser médico; pero no, pensé; No podía ser médico, o tendría una actitud más tranquila y persuasiva. No hubo mucho tiempo para reflexionar sobre el tema, porque pronto llegamos a la habitación de la señorita Havisham, donde ella y todo lo demás estaban tal como yo los había dejado. Estella me dejó de pie junto a la puerta, y yo permanecí allí hasta que la señorita Havisham me miró desde el tocador.

—¡Bien! —dijo ella, sin sobresaltarse ni sorprenderse—, los días han pasado, ¿verdad?

—Sí, señora. Hoy es...

"¡Allí, allí, allí!" con el movimiento impaciente de sus dedos. "No quiero saberlo. ¿Estás listo para jugar?"

Me vi obligado a responder con cierta confusión: "No creo que lo sea, señora".

—¿Otra vez no a las cartas? —preguntó ella, con una mirada escrutadora.

—Sí, señora; Podría hacerlo, si me quisieran".

—Puesto que esta casa te parece vieja y grave, muchacho —dijo la señorita Havisham con impaciencia—, y no estás dispuesto a jugar, ¿estás dispuesto a trabajar?

Pude responder a esta pregunta con un corazón mejor del que había sido capaz de encontrar para la otra pregunta, y dije que estaba muy dispuesto.

—Entonces ve a esa habitación de enfrente —dijo ella, señalando la puerta detrás de mí con su mano marchita—, y espera allí hasta que llegue.

Crucé el rellano de la escalera y entré en la habitación que me indicó. De esa habitación, también, la luz del día estaba completamente excluida, y tenía un olor sin aire que era opresivo. Hacía poco que se había encendido una hoguera en la húmeda chimenea anticuada, y estaba más dispuesta a apagarse que a quemarse, y el humo reacio que flotaba en la habitación parecía más frío que el aire más claro, como nuestra propia niebla de pantano. Ciertas ramas invernales de velas en la alta chimenea iluminaban débilmente la habitación; o sería más expresivo decir, turbaba débilmente su oscuridad. Era espaciosa, y me atrevería a decir que alguna vez había sido hermosa, pero todo lo que se percibía en ella estaba cubierto de polvo y moho, y se caía a pedazos. El objeto más prominente era una mesa larga con un mantel extendido sobre ella, como si se hubiera preparado una fiesta cuando la casa y los relojes se detuvieron juntos. En medio de esta tela había una epergne o pieza central de algún tipo; Estaba tan cubierto de telarañas que su forma era bastante indistinguible; y, mientras miraba a lo largo de la extensión amarilla de la que recuerdo que parecía crecer, como un hongo negro, vi arañas de patas moteadas con cuerpos manchados que corrían hacia él y salían corriendo de él, como si acabaran de ocurrir algunas circunstancias de la mayor importancia pública en la comunidad de arañas.

También oí a los ratones, traqueteando detrás de los paneles, como si el mismo suceso fuera importante para sus intereses. Pero los escarabajos negros no se dieron cuenta de la agitación, y anduvieron a tientas alrededor de la chimenea con una actitud pesada y anciana, como si fueran miopes y duros de audición, y no se entendieran entre sí.

Aquellas cosas que se arrastraban habían fascinado mi atención, y yo las observaba desde la distancia, cuando la señorita Havisham me puso una mano en el hombro. En la otra mano tenía un bastón con cabeza de muleta en el que se apoyaba, y parecía la bruja del lugar.

—Aquí —dijo ella, señalando la larga mesa con su bastón— es donde me pondré cuando muera. Vendrán a mirarme aquí.

Con un vago recelo de que ella pudiera subirse a la mesa en ese mismo momento y morir de inmediato, la completa comprensión de la espantosa cera de la Feria, me encogí bajo su toque.

"¿Qué crees que es eso?", me preguntó, señalando de nuevo con su bastón; "Eso, ¿dónde están esas telarañas?"

—No puedo adivinar lo que es, señora.

"Es un gran pastel. Un pastel de novia. ¡La mía!"

Miró a su alrededor de una manera deslumbrante, y luego dijo, apoyándose en mí mientras su mano me movía el hombro: "¡Ven, ven, ven! ¡Caminame, caminame!"

De esto deduje que el trabajo que tenía que hacer consistía en pasear a la señorita Havisham por la habitación. En consecuencia, me puse en marcha de inmediato, y ella se apoyó en mi hombro, y nos alejamos a un ritmo que podría haber sido una imitación (fundada en mi primer impulso bajo ese techo) del coche de coche del señor Pumblechook.

Ella no era físicamente fuerte, y después de un poco de tiempo dijo: "¡Más lento!" Aun así, íbamos a una velocidad impaciente e intermitente, y a medida que avanzábamos, ella me puso la mano en el hombro, movió la boca y me hizo creer que íbamos deprisa porque sus pensamientos iban deprisa. Al cabo de un rato me dijo: «¡Llama a Estella!», así que salí al rellano y rugí ese nombre como lo había hecho en la ocasión anterior. Cuando apareció su luz, regresé a la casa de la señorita Havisham y nos pusimos en marcha de nuevo dando vueltas y vueltas alrededor de la habitación.

Si Estella hubiera llegado a ser espectadora de nuestros procedimientos, me habría sentido bastante descontento; pero como traía consigo a las tres damas y al caballero que yo había visto abajo, no supe qué hacer. En mi cortesía, me habría detenido; pero la señorita Havisham me movió el hombro y nos pusimos en marcha, con una cara de vergüenza por mi parte de que pensarían que todo era obra mía.

—Querida señorita Havisham —dijo la señorita Sarah Pocket—. "¡Qué bien te ves!"

—No lo sé —replicó la señorita Havisham—. "Soy piel y hueso amarillos".

Camila se alegró cuando la señorita Pocket se encontró con este desaire; y murmuró, mientras contemplaba lastimeramente a la señorita Havisham: —¡Pobre alma querida! Ciertamente, no se puede esperar que se vea bien, pobrecita. ¡La idea!"

—¿Y cómo *estás*? —preguntó la señorita Havisham a Camila. Como entonces estábamos cerca de Camilla, me habría detenido como algo natural, pero la señorita Havisham no se detuvo. Seguimos adelante, y me di cuenta de que era muy desagradable para Camila.

—Gracias, señorita Havisham —replicó ella—, estoy tan bien como cabía esperar.

—¿Qué le pasa? —preguntó la señorita Havisham con excesiva brusquedad.

-Nada digno de mención -replicó Camila-. No quiero hacer alarde de mis sentimientos, pero por la noche he pensado en ti más de lo que soy capaz de hacerlo.

—Entonces no piense en mí —replicó la señorita Havisham—.

-¡Muy fácil de decir! -dijo Camila, reprimiendo amablemente un sollozo, mientras un tirón le entraba en el labio superior y se le desbordaban las lágrimas-. Raymond es testigo de lo volátil que soy el jengibre y la sal que me veo obligado a tomar por la noche. Raymond es testigo de los tirones nerviosos que tengo en las piernas. Las asfixias y las sacudidas nerviosas, sin embargo, no son nada nuevo para mí cuando pienso con ansiedad en aquellos que amo. Si pudiera ser menos cariñoso y sensible, tendría una mejor digestión y un conjunto de nervios de hierro. Estoy seguro de que desearía que fuera así. Pero en cuanto a no pensar en ti por la noche... ¡La idea! Aquí, un estallido de lágrimas.

El Raimundo a que se refería, entendí que era el caballero presente, y entendí que era el señor Camila. En este punto, él acudió al rescate y le dijo con voz consoladora y halagadora: "Camila, querida mía, es bien sabido que tus sentimientos familiares te están socavando gradualmente hasta el punto de hacer una de tus piernas más corta que la otra".

—No me doy cuenta —observó la grave dama, cuya voz sólo había oído una vez— de que pensar en una persona sea hacer un gran reclamo sobre esa persona, querida mía.

La señorita Sarah Pocket, a quien ahora vi como una anciana seca, morena y ondulada, con una cara pequeña que podría haber sido de cáscaras de nuez y una boca grande como la de un gato sin bigotes, apoyó esta posición diciendo: —No, en efecto, querida. ¡Dobla!"

—Pensar es bastante fácil —dijo la grave dama—.

—¿Qué es más fácil, sabes? —asintió la señorita Sarah Pocket—.

-¡Oh, sí, sí! -exclamó Camila, cuyos sentimientos fermentados parecían subir de sus piernas a su pecho-. "¡Es todo muy cierto! Es una debilidad ser tan cariñoso, pero no puedo evitarlo. Sin duda, mi salud sería mucho mejor si fuera de otra manera, sin embargo, no cambiaría mi carácter si pudiera. Es la causa de mucho sufrimiento, pero es un consuelo saber que lo poseo, cuando me despierto en la noche". Aquí otro estallido de sentimiento.

La señorita Havisham y yo no nos habíamos detenido en todo este tiempo, sino que seguíamos dando vueltas y vueltas por la habitación; ora rozando las faldas de los visitantes, ora dándoles toda la longitud de la lúgubre cámara.

-¡Ahí está Mateo! -dijo Camila-. ¡Nunca me mezclo con ningún lazo natural, nunca vengo aquí a ver cómo está la señorita Havisham! Me he sentado en el sofá con mi corte de encaje, y he permanecido allí insensible, con la cabeza hacia un lado, el pelo suelto y los pies no sé dónde...

(—Mucho más alto que tu cabeza, amor mío —dijo el señor Camila—.

"Me he ido a ese estado, horas y horas, a causa de la extraña e inexplicable conducta de Matthew, y nadie me lo ha agradecido".

-¡Debo decir que no creo! -intervino la grave dama-.

—Ya ves, querida —añadió la señorita Sarah Pocket (un personaje insípido y vicioso)—, la pregunta que debes hacerte es: ¿quién esperabas que te diera las gracias, mi amor?

-Sin esperar agradecimiento ni cosa semejante -prosiguió Camila-, yo he permanecido en aquel estado horas y horas, y Raimundo es testigo de hasta qué punto me he ahogado, y de lo que ha sido la total ineficacia del jengibre, y me han oído en el afinador de pianos de enfrente, que está al otro lado de la calle, donde los pobres niños confundidos han aun suponiendo que son palomas arrullando a lo lejos... y ahora que te digan... -Aquí Camila se llevó la mano a la garganta, y empezó a ser muy quisquillosa en cuanto a la formación de nuevas combinaciones allí.

Cuando se mencionó a este mismo Mateo, la señorita Havisham nos detuvo a mí y a sí misma, y se quedó mirando al orador. Este cambio tuvo una gran influencia para que la química de Camilla llegara a un final repentino.

—Matthew vendrá a verme por fin —dijo la señorita Havisham con severidad—, cuando esté acostada en esa mesa. Ése será su lugar, allí —golpeando la mesa con su bastón—, ¡a mi cabeza! ¡Y el tuyo estará allí! ¡Y tu marido está ahí! ¡Y Sarah Pocket está ahí! ¡Y Georgiana está ahí! Ahora todos ustedes saben a dónde llevar sus puestos cuando vienen a deleitarse conmigo. ¡Y ahora vete!"

Al mencionar cada nombre, había golpeado la mesa con su bastón en un lugar nuevo. Entonces ella dijo: "¡Caminame, caminame!" y continuamos de nuevo.

-Supongo que no hay nada que hacer -exclamó Camila-, sino obedecer y partir. Es algo haber visto el objeto del amor y del deber de uno, aunque sea por tan poco tiempo. Pensaré en ello con una melancólica satisfacción cuando me despierte por la noche. Desearía que Matthew pudiera tener ese consuelo, pero lo desafía. Estoy decidido a no hacer alarde de mis sentimientos, pero es muy difícil que te digan que quieres darte un festín con tus parientes, como si fueras un gigante, y que te digan que te vayas. ¡La mera idea!"

Interponiéndose el señor Camila, mientras la señora Camila ponía la mano sobre su pecho agitado, la dama asumió una fortaleza de modales antinatural que supuse que expresaba la intención de dejarse caer y ahogarse cuando se perdía de vista, y besando su mano a la señorita Havisham, fue escoltada fuera. Sarah Pocket y Georgiana discutieron quién debía ser el último; pero Sarah era demasiado sabia para quedarse atrás, y deambulaba por Georgiana con esa astuta suavidad que esta última estaba obligada a prevalecer. Sarah Pocket se marchó con un «¡Bendita sea, querida señorita Havisham!», y con una sonrisa de compasión perdonadora en su semblante de cáscara de nuez por las debilidades de los demás.

Mientras Estella se ausentaba encendiéndolas, la señorita Havisham seguía caminando con su mano en mi hombro, pero cada vez más despacio. Por fin se detuvo ante el fuego y dijo, después de murmurar y mirarlo unos segundos:

—Este es mi cumpleaños, Pip.

Iba a desearle muchos felices regresos, cuando levantó su bastón.

"No permito que se hable de ello. No permito que los que estuvieron aquí hace un momento, ni nadie hable de ello. Vienen aquí en el día, pero no se atreven a referirse a él".

Por supuesto, *no hice más esfuerzo por referirme a él.*

"En este día del año, mucho antes de que nacieras, este montón de putrefacción —apuñaló con su bastón con su muleta el montón de telarañas que había sobre la mesa, pero sin tocarlo—, fue traído aquí. Él y yo nos hemos desgastado juntos. Los ratones lo han roido, y dientes más afilados que los dientes de los ratones me han roido a mí".

Sostenía la cabeza de su bastón contra su corazón mientras miraba la mesa; ella con su vestido una vez blanco, todo amarillo y marchito; la tela que una vez fue blanca, toda amarilla y marchita; todo a su alrededor en un estado que se desmorona bajo un toque.

-Cuando la ruina sea completa -dijo ella con una mirada espantosa-, y cuando me echen muerta, con mi vestido de novia sobre la mesa de la novia, lo cual se hará, y cuál será la maldición consumada sobre él, ¡tanto mejor si se hace en este día!

Se quedó mirando la mesa como si estuviera mirando su propia figura tendida allí. Me quedé callado. Estella regresó, y ella también se quedó callada. Me pareció que continuamos así durante mucho tiempo. En el aire pesado de la habitación, y en la densa oscuridad que se cernía en sus rincones más remotos, incluso tuve la alarmante fantasía de que Estella y yo podríamos empezar a decaer pronto.

Al fin, no saliendo de su estado de angustia por grados, sino en un instante, la señorita Havisham dijo: —Déjeme verlos a ustedes dos jugar a las cartas; ¿Por qué no has comenzado?" Dicho esto, volvimos a su habitación, y nos sentamos como antes; Estaba mendigo, como antes; y de nuevo, como antes, la señorita Havisham nos observaba todo el tiempo, dirigía mi atención a la belleza de Estella y me hacía notarla aún más probando sus joyas en el pecho y el cabello de Estella.

Estella, por su parte, también me trató como antes, excepto que no condescendió a hablar. Después de haber jugado media docena de juegos, se fijó un día para mi regreso, y me llevaron al patio para que me alimentaran de la manera habitual como un perro. Allí también me dejaron vagar a mi antojo.

De gran ayuda es que una puerta de la tapia del jardín por la que me había apresurado a asomarme en la última ocasión estuviera, en esta última ocasión, abierta o cerrada. Lo suficiente como para que no viera ninguna puerta entonces, y que viera una ahora. Como estaba abierto, y como sabía que Estella había dejado salir a los visitantes, porque había regresado con las llaves en la mano, me adentré en el jardín y lo recorrí todo. Era un desierto completo, y en él había viejos marcos de melones y pepinos, que parecían haber producido en su decadencia un crecimiento espontáneo de débiles intentos de pedazos de sombreros y botas viejos, con de vez en cuando un retoño de maleza que se asemejaba a una cacerola maltratada.

Cuando hube agotado el jardín y un invernadero sin nada en él más que una parra caída y algunas botellas, me encontré en el lúgubre rincón al que había mirado por la ventana. Sin dudar ni por un momento de que la casa estaba vacía, miré hacia otra ventana y me encontré, para mi gran sorpresa, intercambiando una amplia mirada con un joven caballero pálido con párpados rojos y cabello claro.

Este joven caballero pálido desapareció rápidamente y reapareció a mi lado. Había estado mirando sus libros cuando yo me quedé mirándolo, y ahora vi que estaba entintado.

-¡Hola! -exclamó-, jovencito.

Siendo Halloa una observación general que usualmente había observado que era mejor respondida por sí misma, *dije*: "¡Halloa!", omitiendo cortésmente al joven.

-¿Quién te ha dejado entrar? -preguntó.

- La señorita Estella.

—¿Quién te dio permiso para merodear por ahí?

- La señorita Estella.

—Ven a pelear —dijo el joven caballero pálido—.

¿Qué podía hacer sino seguirlo? A menudo me he hecho la pregunta desde entonces; pero ¿qué otra cosa podía hacer? Sus modales eran tan definitivos, y yo estaba tan asombrado, que lo seguí a donde me llevaba, como si hubiera estado bajo un hechizo.

—Detente un momento, sin embargo —dijo, dando media vuelta antes de que hubiéramos dado muchos pasos—. —Debería darte a ti también una razón para luchar. ¡Ahí está!" De la manera más irritante, al instante chocó sus manos entre sí, levantó delicadamente una de sus piernas detrás de él, me tiró del cabello, volvió a golpear sus manos, bajó la cabeza y la metió en mi estómago.

El proceder toro antes mencionado, además de que indudablemente debía ser considerado a la luz de una libertad, era particularmente desagradable justo después del pan y la carne. Por lo tanto, le pegué y estaba a punto de golpearlo de nuevo, cuando dijo: "¡Ajá! ¿Lo harías?" y comencé a bailar hacia atrás y hacia adelante de una manera sin paralelo dentro de mi limitada experiencia.

—¡Leyes del juego! —dijo—. Aquí, saltó de su pierna izquierda a la derecha. "¡Reglas regulares!" Aquí, saltó de su pierna derecha a la izquierda. "¡Ven al suelo y pasa por los preliminares!" Aquí, esquivó hacia atrás y hacia adelante, e hizo todo tipo de cosas mientras yo lo miraba impotente.

Secretamente le tenía miedo cuando lo veía tan diestro; pero me sentía moral y físicamente convencido de que su clara cabellera no podía tener nada que hacer en la boca de mi estómago, y que tenía derecho a considerarla irrelevante cuando se entrometía tanto en mi atención. Por lo tanto, lo seguí sin decir una palabra, hasta un rincón retirado del jardín, formado por la unión de dos paredes y cubierto por algunos desperdicios. Al preguntarme si estaba satisfecho con el suelo, y cuando yo respondí que sí, me rogó que me permitiera ausentarme un momento, y regresó rápidamente con una botella de agua y una esponja mojada en vinagre. —Disponible para los dos —dijo, colocándolos contra la pared—. Y luego se dedicó a quitarse, no sólo la chaqueta y el chaleco, sino también la camisa, de una manera a la vez alegre, profesional y sanguinaria.

A pesar de que no parecía muy sano, con granos en la cara y un brote en la boca, estos terribles preparativos me horrorizaron bastante. Juzgué que tenía más o menos mi edad, pero era mucho más alto, y tenía una forma de girar que estaba llena de apariencia. Por lo demás, era un joven caballero con un traje gris (cuando no estaba desnudo para la batalla), con los codos, las rodillas, las muñecas y los talones considerablemente adelantados al resto de su cuerpo en cuanto a desarrollo.

Me falló el corazón cuando lo vi mirarme con todas las demostraciones de sutileza mecánica, y observar mi anatomía como si estuviera eligiendo minuciosamente su hueso. Nunca me he sorprendido tanto en mi vida, como cuando solté el primer golpe y lo vi acostado boca arriba, mirándome con la nariz ensangrentada y la cara excesivamente encorzada.

Pero, él se puso de pie directamente, y después de esponjarse a sí mismo con una gran muestra de destreza comenzó a cuadrarse de nuevo. La segunda sorpresa más grande que he tenido en mi vida fue verlo de espaldas de nuevo, mirándome con un ojo morado.

Su espíritu me inspiraba un gran respeto. Parecía no tener fuerzas, y nunca me golpeó fuerte, y siempre lo derribaban; Pero al cabo de un instante volvía a levantarse, esponjándose o bebiendo de la botella de agua, con la mayor satisfacción de secundarse según la forma, y entonces se abalanzaba sobre mí con un aire y un espectáculo que me hacían creer que por fin iba a hacer algo por mí. Quedó muy magullado, porque lamento dejar constancia de que cuanto más le pegaba, más fuerte le pegaba; Pero subió una y otra y otra vez, hasta que al final tuvo una mala caída con la parte posterior de la cabeza contra la pared. Incluso después de esa crisis en nuestros asuntos, se levantó y dio vueltas y vueltas confusamente unas cuantas veces, sin saber dónde estaba yo; pero finalmente se arrodilló sobre su esponja y la arrojó: al mismo tiempo que jadeaba: "Eso significa que has ganado".

Parecía tan valiente e inocente que, aunque yo no le había propuesto el concurso, no sentí más que una sombría satisfacción por mi victoria. De hecho, me atrevo a esperar que me consideré a mí mismo mientras me vestía como una especie de lobo joven salvaje u otra bestia salvaje. Sin embargo, me vestí, limpiando oscuramente mi rostro sanguinario a intervalos, y le dije: "¿Puedo ayudarte?" y él dijo: "No, gracias", y yo dije: "Buenas tardes", y *él* dijo: "Lo mismo contigo".

Cuando entré en el patio, encontré a Estella esperando con las llaves. Pero no me preguntó dónde había estado, ni por qué la había hecho esperar; Y había un brillante rubor en su rostro, como si algo hubiera sucedido para deleitarla. En lugar de ir directamente a la puerta, volvió al pasillo y me hizo señas.

"¡Ven aquí! Puedes besarme, si quieres.

Le besé la mejilla mientras ella me la volvía. Creo que habría pasado por muchas cosas para besarla en la mejilla. Pero sentí que el beso se le había dado al tosco muchacho común como podría haberlo sido una moneda de cambio, y que no valía nada.

Con las visitas de cumpleaños, con las cartas y con la pelea, mi estancia había durado tanto que, cuando llegué a casa, la luz de la lengua de arena de la punta de los pantanos brillaba contra un cielo nocturno negro, y el horno de Joe arrojaba una estela de fuego a través del camino.

CAPÍTULO XII.

Mi mente se inquietó mucho con el tema del joven caballero pálido. Cuanto más pensaba en la pelea y recordaba al joven caballero pálido de espaldas en varias etapas de semblante hinchado y carmesí, más seguro parecía que me iban a hacer algo. Sentí que la sangre del joven pálido estaba en mi cabeza, y que la Ley la vengaría. Sin tener una idea definida de las penas en que había incurrido, estaba claro para mí que los muchachos de las aldeas no podían andar acechando por el campo, asolando las casas de los caballeros y lanzándose contra los jóvenes estudiosos de Inglaterra, sin exponerse a un castigo severo. Durante algunos días, incluso me quedé encerrado en casa, y miré hacia la puerta de la cocina con la mayor cautela e inquietud antes de salir a hacer un recado, no fuera a ser que los oficiales de la cárcel del condado se abalanzaran sobre mí. La nariz del joven caballero pálido había manchado mis pantalones, y traté de borrar esa evidencia de mi culpa en la oscuridad de la noche. Me había cortado los nudillos contra los dientes del pálido joven caballero, y retorcí mi imaginación en mil enredos, mientras ideaba formas increíbles de explicar esa maldita circunstancia en que debía ser llevado ante los jueces.

Cuando llegó el día de mi regreso a la escena del acto de violencia, mis terrores alcanzaron su punto álgido. Si mirmidones de la Justicia, especialmente enviados desde Londres, estarían emboscados detrás de la puerta; si la señorita Havisham, prefiriendo vengarse personalmente de un ultraje hecho a su casa, se levantaría con esas ropas mortuorias suyas, sacaría una pistola y me mataría a tiros; si los muchachos sobornados, una numerosa banda de mercenarios, podrían ser contratados para caer sobre mí en la cervecería; y me esposaron hasta que ya no existiera; era un gran testimonio de mi confianza en el espíritu del joven caballero pálido, que nunca lo imaginé cómplice de estas represalias; siempre me venían a la mente como actos de parientes imprudentes suyos, aguijoneados por el estado de su rostro y una simpatía indignada por los rasgos de la familia.

Sin embargo, tengo que ir a casa de la señorita Havisham, y así lo hice. ¡Y he aquí! Nada salió de la lucha tardía. No se aludía a ella de ninguna manera, y no se podía descubrir a ningún joven caballero pálido en el lugar. Encontré la misma puerta abierta, y exploré el jardín, e incluso miré por las ventanas de la casa unifamiliar; Pero mi vista se detuvo de repente por los postigos cerrados del interior, y todo quedó sin vida. Sólo en el rincón donde había tenido lugar el combate pude detectar alguna señal de la existencia del joven caballero. Había rastros de su sangre en ese lugar, y los cubrí con moho de jardín del ojo del hombre.

En el amplio rellano entre la habitación de la señorita Havisham y la otra habitación en la que estaba dispuesta la larga mesa, vi una silla de jardín, una silla ligera con ruedas, que usted empujó por detrás. Había estado allí desde mi última visita, y ese mismo día entré en una ocupación regular de empujar a la señorita Havisham en esta silla (cuando estaba cansada de caminar con su mano sobre mi hombro) alrededor de su propia habitación, y a través del rellano, y alrededor de la otra habitación. Una y otra y otra vez, hacíamos estos viajes, y a veces duraban hasta tres horas seguidas. Insensatamente, caigo en una mención general de estos viajes como numerosos, porque se acordó de inmediato que regresaría cada día alterno al mediodía para estos propósitos, y porque ahora voy a resumir un período de por lo menos ocho o diez meses.

A medida que empezamos a acostumbrarnos el uno al otro, la señorita Havisham me hablaba más y me hacía preguntas tales como: ¿qué había aprendido y qué iba a ser? Le dije que iba a ser aprendiz de Joe, creí; y me explayé sobre el hecho de que no sabía nada y quería saberlo todo, con la esperanza de que ella pudiera ofrecer alguna ayuda para ese deseable fin. Pero no lo hizo; por el contrario, parecía preferir que yo fuera ignorante. Ni me dio nunca dinero, ni nada más que mi cena diaria, ni estipuló que se me pagara por mis servicios.

Estella siempre andaba por aquí, y siempre me dejaba entrar y salir, pero nunca me dijo que podría volver a besarla. A veces, ella me toleraba fríamente; A veces, ella era condescendiente conmigo; A veces, ella me conocía bastante; A veces, me decía enérgicamente que me odiaba. La señorita Havisham a menudo me preguntaba en un susurro, o cuando estábamos solos: «¿Se pone cada vez más guapa, Pip?» Y cuando le dije que sí (porque en efecto lo hizo), parecería disfrutarlo con avidez. Además, cuando jugábamos a las cartas, la señorita Havisham miraba, con un deleite miserable, el estado de ánimo de Estella, fueran cuales fueran. Y a veces, cuando sus estados de ánimo eran tantos y tan contradictorios entre sí que no sabía qué decir o hacer, la señorita Havisham la abrazaba con espléndido cariño, murmurándole al oído algo que sonaba como: «¡Rompe sus corazones mi orgullo y esperanza, rompe sus corazones y no tengas piedad!»

Había una canción que Joe solía tararear fragmentos en la fragua, de la que la carga era el viejo Clem. No era una forma muy ceremoniosa de rendir homenaje a un santo patrón, pero creo que el viejo Clem mantenía esa relación con los herreros. Era una canción que imitaba la medida de golpear el hierro, y era una mera excusa lírica para la introducción del respetado nombre del Viejo Clem. De este modo, tenías que machacar a los muchachos... ¡Viejo Clem! Con un golpe y un sonido... ¡Viejo Clem! Golpéalo, golpéalo... ¡Viejo Clem! Con un tintineo para los robustos... ¡Viejo Clem! Sopla el fuego, sopla el fuego... ¡Viejo Clem! Secador rugiente, volando más alto... ¡El viejo Clem! Un día, poco después de la aparición de la silla, la señorita Havisham me dijo de repente, con el movimiento impaciente de sus dedos: "¡Allí, allí, allí! ¡Canta!" Me sorprendió canturrear esta cancioncilla mientras la empujaba por el suelo. Sucedió que le llamó la atención de tal manera que lo tomó en voz baja y melancólica, como si estuviera cantando en sueños. Después de eso, se hizo costumbre entre nosotros tenerlo a medida que avanzábamos, y Estella se unía a menudo; Aunque toda la tensión era tan tenue, incluso cuando éramos tres, que hacía menos ruido en la vieja y sombría casa que el más leve soplo de viento.

¿Qué podría llegar a ser con este entorno? ¿Cómo podría mi personaje no ser influenciado por ellos? ¿Es de extrañar que mis pensamientos estuvieran aturdidos, como lo estaban mis ojos, cuando salí a la luz natural de las habitaciones amarillas y brumosas?

Tal vez le habría contado a Joe lo del joven caballero pálido, si no me hubiera traicionado antes en esos enormes inventos que había confesado. Dadas las circunstancias, me pareció que Joe no podía dejar de distinguir en el joven caballero pálido, a un pasajero apropiado para ser puesto en el coche de terciopelo negro; por lo tanto, no dije nada de él. Además, el reticencia a que se hablara de la señorita Havisham y de Estella, que me había sobrevenido al principio, se hizo mucho más potente a medida que pasaba el tiempo. No confiaba plenamente en nadie más que en Biddy; pero se lo conté todo a la pobre Biddy. Por qué me resultaba natural hacerlo, y por qué Biddy se preocupaba profundamente por todo lo que le contaba, no lo sabía entonces, aunque creo saberlo ahora.

Mientras tanto, los consejos continuaban en la cocina de mi casa, cargados de una irritación casi insoportable para mi espíritu exasperado. Ese, Pumblechook, solía venir a menudo una noche con el propósito de discutir mis perspectivas con mi hermana; y realmente creo (hasta este momento con menos penitencia de la que debería sentir), que si estas manos hubieran podido quitar un eje de su carruaje, lo habrían hecho. El desdichado hombre era un hombre de una estolidez mental tan limitada que no podía discutir mis perspectivas sin tenerme delante de él, por así decirlo, para operarme, y me levantaba a rastras de mi taburete (generalmente por el cuello) donde yo estaba tranquilo en un rincón, y, poniéndome frente al fuego como si fuera a ser cocinado, comenzaba diciendo: "¡Ahora, mamá, aquí está este niño! Aquí está este chico que trajiste a mano. Levanta la cabeza, muchacho, y sé eternamente agradecido a los que así lo hicieron. Ahora, mamá, ¡con mis respetos para este niño! Y entonces me alborotaba el pelo de la manera equivocada —cosa que desde mi más antigua memoria, como ya he insinuado, he negado en mi alma el derecho de cualquier criatura a hacer—, y me sujetaba ante él por la manga, un espectáculo de imbecilidad sólo igualable por él mismo.

Luego, él y mi hermana se enzarzaban en especulaciones tan absurdas sobre la señorita Havisham y sobre lo que haría conmigo y por mí, que yo solía querer, con bastante dolor, estallar en lágrimas rencorosas, lanzarse sobre Pumblechock y golpearlo por todas partes. En estos diálogos, mi hermana me hablaba como si me arrancara moralmente uno de los dientes a cada referencia; mientras que el propio Pumblechook, que se había constituido en mi patrón, se sentaba a supervisarme con ojo despectivo, como el arquitecto de mi fortuna que se creía ocupado en un trabajo muy poco remunerado.

En estas discusiones, Joe no tuvo nada que ver. Pero a menudo se hablaba de él, mientras estaban en marcha, porque la señora Joe se daba cuenta de que él no estaba a favor de que me sacaran de la fragua. Ya tenía la edad suficiente para ser aprendiz de Joe; y cuando Joe se sentaba con el atizador sobre las rodillas, rastrillando pensativamente las cenizas entre los barrotes inferiores, mi hermana interpretaba tan claramente esa acción inocente como una oposición de su parte, que se abalanzaba sobre él, le quitaba el atizador de las manos, lo sacudía y lo guardaba. Hubo un final de lo más irritante en cada uno de estos debates. En un instante, sin nada que la condujera, mi hermana se detenía en un bostezo y, al verme por así decirlo, se abalanzaba sobre mí diciendo: «¡Ven! ¡Ya hay suficientes! *Te* llevas bien a la cama; ¡Has dado suficientes problemas por una noche, espero! Como si les hubiera pedido un favor para enturbiar mi vida.

Seguimos así durante mucho tiempo, y parecía probable que siguiéramos así durante mucho tiempo, cuando un día la señorita Havisham se detuvo en seco mientras ella y yo caminábamos, apoyándose en mi hombro; y dijo con cierto disgusto:

—¡Te estás haciendo crecer, Pip!

Pensé que lo mejor era insinuar, a través de una mirada meditativa, que esto podría ser ocasionado por circunstancias sobre las que no tenía control.

Ella no dijo nada más en ese momento; pero al instante se detuvo y volvió a mirarme; y de nuevo en el presente; Y después de eso, parecía con el ceño fruncido y malhumorado. Al día siguiente de mi asistencia, cuando terminamos nuestro ejercicio habitual y la hube llevado a su tocador, me detuvo con un movimiento de sus dedos impacientes:

Dime otra vez el nombre de ese herrero tuyo.

- Joe Gargery, señora.

—¿Te refieres al maestro del que ibas a ser aprendiz?

—Sí, señorita Havisham.

"Será mejor que te conviertas en aprendiz de inmediato. ¿Crees que Gargery vendría aquí contigo y te traería tus contratos?

Le dije que no me cabía duda de que se tomaría como un honor que se lo pidiera.

"Entonces que venga".

—¿En algún momento en particular, señorita Havisham?

"¡Ahí, ahí! No sé nada de los tiempos. Que venga pronto y te acompañe.

Cuando llegué a casa por la noche y entregué este mensaje para Joe, mi hermana "se fue a la locura", en un grado más alarmante que en cualquier período anterior. Nos preguntó a Joe y a mí si suponíamos que era un felpudo bajo nuestros pies, y cómo nos atrevíamos a usarla así, y para qué compañía creíamos amablemente *que era* apta. Cuando hubo agotado un torrente de tales preguntas, arrojó un candelabro a Joe, rompió a sollozar en voz alta, sacó el recogedor —lo que siempre era una muy mala señal—, se puso su tosco delantal y comenzó a limpiar hasta un punto terrible. No satisfecha con una limpieza en seco, echó mano a un cubo y a un cepillo para fregar, y nos limpió fuera de la casa y de la casa, de modo que nos quedamos tiritando en el patio trasero. Eran las diez de la noche cuando nos atrevimos a entrar de nuevo, y entonces ella le preguntó a Joe por qué no se había casado de inmediato con una esclava negra. Joe no respondió, pobre hombre, sino que se quedó palpándose los bigotes y mirándome con desaliento, como si pensara que en realidad podría haber sido una mejor especulación.

CAPÍTULO XIII.

Fue una prueba para mis sentimientos, al día siguiente, ver a Joe vestirse con su ropa de domingo para acompañarme a casa de la señorita Havisham. Sin embargo, como él creía que su traje de corte era necesario para la ocasión, no me correspondía a mí decirle que se veía mucho mejor con su traje de trabajo; más bien, porque sabía que se sentía tan terriblemente incómodo, enteramente por mi culpa, y que era por mí que se subía el cuello de la camisa tan por detrás, que hacía que el pelo de la coronilla se le erizara como un mechón de plumas.

A la hora del desayuno, mi hermana declaró su intención de ir a la ciudad con nosotros, y que la dejaran en casa del tío Pumblechow y la llamaran «cuando hubiéramos terminado con nuestras hermosas damas», una manera de exponer el caso, de la que Joe parecía inclinado a augurar lo peor. La fragua permaneció cerrada durante el día, y Joe inscribió con tiza en la puerta (como era su costumbre en las muy raras ocasiones en que no estaba trabajando) el monosílabo HOUT, acompañado de un boceto de una flecha que se suponía volaba en la dirección que había tomado.

Caminamos hasta la ciudad, con mi hermana a la cabeza con un gran sombrero de castor y una cesta como el Gran Sello de Inglaterra en paja trenzada, un par de patones, un chal de repuesto y un paraguas, a pesar de que era un día hermoso y luminoso. No tengo muy claro si estos artículos fueron llevados a título penitencial u ostentoso; pero más bien creo que se exhibían como artículos de propiedad, de la misma manera que Cleopatra o cualquier otra dama soberana en el Rampage podría exhibir su riqueza en un desfile o procesión.

Cuando llegamos a Pumblechook's, mi hermana entró y nos dejó. Como era casi mediodía, Joe y yo nos aferramos a la casa de la señorita Havisham. Estella abrió la puerta como de costumbre y, en el momento en que ella apareció, Joe se quitó el sombrero y se quedó pesándolo por el ala con ambas manos; como si tuviera alguna razón urgente en su mente para ser particular con la mitad de un cuarto de onza.

Estella no se fijó en ninguno de los dos, sino que nos condujo por el camino que yo conocía tan bien. La seguí a su lado, y Joe fue el último. Cuando volví a mirar a Joe en el largo pasillo, todavía estaba pesando su sombrero con el mayor cuidado, y venía detrás de nosotros a grandes zancadas con la punta de los dedos de los pies.

Estella me dijo que los dos debíamos entrar, así que tomé a Joe por el puño del abrigo y lo conduje a la presencia de la señorita Havisham. Estaba sentada en su tocador y nos miró de inmediato.

—¡Oh! —le dijo a Joe—. ¿Es usted el marido de la hermana de este muchacho?

Difícilmente podría haber imaginado que el querido Joe tuviera un aspecto tan diferente de sí mismo o tan parecido a un pájaro extraordinario; De pie, mudo, con el penacho de plumas erizado y la boca abierta como si quisiera un gusano.

—¿Es usted el marido —repitió la señorita Havisham— de la hermana de este muchacho?

Era muy agravante; pero, a lo largo de la entrevista, Joe persistió en dirigirse a mí en lugar de a la señorita Havisham.

—Lo que quiero decir, Pip —observó Joe ahora de una manera que era a la vez expresiva de una argumentación forzada, de estricta confianza y de gran cortesía—, ya que me casé con tu hermana, y yo era en ese momento lo que podrías llamar (si te apetecía) un hombre soltero.

—¡Bien! —dijo la señorita Havisham—. "Y tú has criado al niño, con la intención de tomarlo por tu aprendiz; ¿Es así, señor Gargery?

—Sabes, Pip —replicó Joe—, que tú y yo siempre fuimos amigos, y se esperaba que se interpusiera entre nosotros, como si estuviera destinado a dar lugar a alondras. No, pero qué, Pip, si alguna vez hubieras puesto objeciones al asunto, como que estuviera abierto a los negros y a los sut, o cosas por el estilo, no es lo que se habría atendido, ¿no lo ves?

—¿Ha hecho alguna objeción el muchacho —dijo la señorita Havisham—? ¿Le gusta el oficio?

—Lo cual es bien sabido por usted, Pip —replicó Joe, reforzando su antigua mezcla de argumentación, confianza y cortesía—, que era el deseo de su propio corazón. (Vi que de repente se le ocurría la idea de que adaptaría su epitafio a la ocasión, antes de pasar a decir) —¡Y no hubo ninguna objeción por tu parte, y Pip era el gran deseo de tu corazón!

Fue en vano que me esforzara por hacerle comprender que debía hablar con la señorita Havisham. Cuanto más le hacía muecas y le hacía gestos para que lo hiciera, más confidencial, argumentativo y cortés persistía en ser conmigo.

—¿Ha traído usted sus contratos? —preguntó la señorita Havisham.

—Bueno, Pip, ya sabes —replicó Joe, como si eso fuera un poco irrazonable—, tú mismo me ves ponerlos en mi 'at, y por lo tanto sabes cómo están aquí. Con lo cual los sacó y se los dio, no a la señorita Havisham, sino a mí. Me temo que me avergoncé de aquel buen hombre, sé que me avergoncé de él, cuando vi que Estella estaba de pie en el respaldo de la silla de la señorita Havisham y que sus ojos reían con picardía. Le quité los contratos de la mano y se los di a la señorita Havisham.

—¿Esperaban usted —dijo la señorita Havisham, mientras los examinaba— que no había ningún premio con el muchacho?

"¡Joe!" —protesté, porque no me contestó en absoluto—. —¿Por qué no respondes...?

—Pip —replicó Joe, interrumpiéndome como si estuviera herido—, que quiero decir que no era una pregunta que requiriera una respuesta entre tú y yo, y que sabes que la respuesta es completamente no. Sabes que es No, Pip, ¿y por qué he de decirlo?

La señorita Havisham lo miró como si comprendiera lo que realmente era mejor de lo que yo había creído posible, al ver lo que estaba allí; y cogió una bolsita de la mesa que tenía a su lado.

—Pip se ha ganado un premio aquí —dijo—, y aquí está. Hay veinticinco guineas en esta bolsa. Dáselo a tu amo, Pip.

Como si estuviera completamente loco por el asombro despertado en él por su extraña figura y la extraña habitación, Joe, incluso en este momento, persistió en dirigirse a mí.

—Esto es muy liberal por tu parte, Pip —dijo Joe—, y como tal es recibido y agradecido como tal, aunque nunca se ha esperado, ni lejos ni cerca, ni en ninguna parte. Y ahora, viejo -dijo Joe, transmitiéndome una sensación, primero de ardor y luego de congelación, porque me pareció como si esa expresión familiar se aplicara a la señorita Havisham-, y ahora, viejo amigo, ¡que cumplamos con nuestro deber! Que tú y yo cumplamos con nuestro deber, tanto para con nosotros, por uno como por otro, y por aquellos que tu liberal presente ha querido ser, para satisfacción de ellos como nunca... -aquí Joe demostró que sentía que había caído en espantosas dificultades, hasta que triunfalmente se rescató a sí mismo con las palabras-: «¡Y lejos de mí!» Estas palabras le sonaron tan redondas y convincentes que las pronunció dos veces.

—¡Adiós, Pip! —dijo la señorita Havisham—. —Déjalos salir, Estella.

—¿Voy a volver, señorita Havisham? —pregunté.

"No. La gargaría es tu amo ahora. ¡Gargery! ¡Una palabra!"

Al salir por la puerta, le devolví la llamada y le oí decir a Joe con una voz enfática y distintiva: —El muchacho ha sido un buen chico aquí, y esa es su recompensa. Por supuesto, como hombre honesto, no esperarás nada más y nada más.

Nunca he podido determinar cómo Joe salió de la habitación; pero sé que cuando salió, subió las escaleras con paso firme en lugar de bajar, y estuvo sordo a todas las protestas hasta que fui tras él y lo agarré. Al cabo de un minuto estábamos fuera de la puerta, y estaba cerrada con llave, y Estella se había ido. Cuando volvimos a estar solos a la luz del día, Joe se apoyó en una pared y me dijo: "¡Asombroso!" Y allí permaneció tanto tiempo diciendo: «Asombroso» a intervalos, tan a menudo, que empecé a pensar que sus sentidos nunca volverían. Al final, prolongó su comentario en «¡Pip, te aseguro que esto es tan tonto!», y así, poco a poco, se volvió conversacional y pudo alejarse.

Tengo razones para pensar que el intelecto de Joe se iluminó con el encuentro por el que habían pasado, y que en nuestro camino a Pumblechook's inventó un diseño sutil y profundo. Mi razón hay que buscarla en lo que ocurrió en el salón del señor Pumblechook, donde, al presentarnos, mi hermana se sentó a conversar con aquel detestable semillero.

—¿Y bien? —exclamó mi hermana, dirigiéndose a los dos a la vez—. —¿Y qué te ha pasado? Me pregunto si condesciendes a volver a una sociedad tan pobre como esta, ¡estoy seguro de que lo hago!

—La señorita Havisham —dijo Joe, mirándome fijamente, como un esfuerzo de recuerdo—, hizo que fuera más comprensible que le diéramos un cumplido... ¿eran cumplidos o respetos, Pip?

—Un cumplido —dije—.

-Lo cual era lo que yo creía -respondió Joe-; —Sus felicitaciones a la señora J. Gargery...

-¡Mucho bien me harán! -observó mi hermana-; pero también bastante gratificado.

—¿Y deseando —prosiguió Joe, mirándome de nuevo y fijo, como un esfuerzo más de recuerdo—, que el estado de la vida de la señorita Havisham fuera tan malo como lo habría permitido, ¿verdad, Pip?

—De que ella tenga el placer —añadí—.

—De la compañía de las damas —dijo Joe—. Y respiró hondo.

—¡Bien! —exclamó mi hermana, dirigiendo una mirada apaciguada al señor Pumblechook—. "Ella podría haber tenido la cortesía de enviar ese mensaje al principio, pero es mejor tarde que nunca. ¿Y qué le dio al joven Rantipole aquí?

—Ella no le da nada —dijo Joe—.

La señora Joe iba a escapar, pero Joe continuó.

—Lo que ella da —dijo Joe—, se lo da a sus amigos. Y por sus amigos -fue su explicación-, quiero decir, en manos de su hermana, la señora J. Gargery. Esas fueron sus palabras; - La señora J. Gargery. Es posible que ella no supiera -añadió Joe, con una apariencia de reflexión- si era Joe o Jorge.

Mi hermana miró a Pumblechook, que alisó los codos de su sillón de madera y asintió con la cabeza a ella y al fuego, como si lo supiera todo de antemano.

"¿Y cuánto tienes?", preguntó mi hermana, riendo. ¡Risa positiva!

—¿Qué diría la compañía actual a diez libras? —preguntó Joe.

—Dirían —replicó mi hermana secamente—, bastante bien. No demasiado, pero bastante bien".

—Es más que eso, entonces —dijo Joe—.

Ese temeroso impostor, Pumblechook, asintió de inmediato y dijo, mientras frotaba los brazos de su silla: "Es más que eso, mamá".

—Vaya, no quieres decir... —empezó mi hermana—.

—Sí, mamá —dijo Pumblechook—; "Pero espera un poco. Sigue, José. ¡Bien en ti! ¡Sigue!"

—¿Qué diría la compañía actual —prosiguió Joe— a veinte libras?

—Guapo sería la palabra —replicó mi hermana—.

—Bueno, entonces —dijo Joe—, pesa más de veinte libras.

Aquel hipócrita abyecto, Pumblechook, asintió de nuevo y dijo, con una risa condescendiente: —Es más que eso, mamá. ¡Bueno de nuevo! ¡Síguela, José!

—Entonces, para acabar con esto —dijo Joe, entregando encantada la bolsa a mi hermana—; —Pesa veinticinco libras.

—Son veinticinco libras, mamá —repitió el más vil de los estafadores, Pumblechook, levantándose para estrecharle la mano—; "Y no es más que tus méritos (como dije cuando me pidieron mi opinión), ¡y te deseo alegría por el dinero!"

Si el villano se hubiera detenido aquí, su caso habría sido lo suficientemente terrible, pero ennegreció su culpa procediendo a detenerme, con un derecho de patronato que dejaba muy atrás toda su antigua criminalidad.

—Ya ves, José y mi esposa —dijo Pumblechook, mientras me tomaba del brazo por encima del codo—, yo soy uno de los que siempre siguen adelante con lo que han comenzado. Este chico debe estar atado, fuera de control. Esa es *mi* manera. Atado de una mano".

—Dios sabe, tío Pumblechock —dijo mi hermana (agarrando el dinero)—, que estamos profundamente en deuda con usted.

—No te preocupes por mí, mamá —replicó el diabólico cornilero—. "Un placer es un placer en todo el mundo. Pero este chico, ya sabes; Debemos tenerlo atado. Le dije que me encargaría de ello, a decir verdad.

Los jueces estaban sentados en el ayuntamiento cercano, y de inmediato fuimos a hacerme servir de aprendiz de Joe en presencia magistral. Digo que nos acercamos, pero Pumblehook me empujó, exactamente como si en ese momento hubiera robado una bolsa o disparado un rick; de hecho, era la impresión general en el Tribunal que me habían cogido con las manos en la masa; porque, mientras Pumblechook me empujaba delante de él a través de la multitud, oí a algunas personas decir: «¿Qué ha hecho?», y a otras: «También es joven, pero tiene mal aspecto, ¿no?». Una persona de aspecto apacible y benévolo incluso me dio un folleto adornado con un grabado en madera de un joven malévolo equipado con una perfecta tienda de salchichas de grilletes, y titulado PARA SER LEÍDO EN MI CELDA.

El Salón era un lugar extraño, pensé, con bancos más altos que una iglesia, y con gente colgada sobre los bancos mirando, y con poderosos jueces (uno con la cabeza empolvada) reclinados en sillas, con los brazos cruzados, o tomando rapé, o yendo a dormir, o escribiendo, o leyendo los periódicos, y con algunos retratos negros y brillantes en las paredes, que mi ojo poco artístico consideraba como una composición de yeso duro y pegajoso. Aquí, en un rincón, mis contratos estaban debidamente firmados y certificados, y yo estaba "atado"; El señor Pumblechook me sostenía todo el tiempo como si nos hubiéramos asomado de camino al cadalso, para que nos deshiciéramos de aquellos pequeños preliminares.

Cuando salimos de nuevo, y nos hubimos librado de los muchachos que se habían puesto de buen humor por la expectativa de verme torturado públicamente, y que se sintieron muy decepcionados al descubrir que mis amigos simplemente se estaban uniendo a mi alrededor, regresamos a Pumblechook's. Y allí mi hermana se emocionó tanto con las veinticinco guineas, que nada le serviría, excepto que tendríamos que cenar con aquella ganancia inesperada en el Jabalí Azul, y que Pumblechook tenía que ir en su carroza y traer los Hubble y al señor Wopsle.

Se acordó que se hiciera, y pasé un día de lo más melancólico. Porque, inescrutablemente, parecía ser lógico, en la mente de toda la compañía, que yo era una excrecencia en el entretenimiento. Y para empeorar las cosas, todos me preguntaban de vez en cuando, en fin, cuando no tenían otra cosa que hacer, ¿por qué no me divertía? ¿Y qué podía hacer yo entonces, sino decir que *me estaba divirtiendo*, cuando no era así?

Sin embargo, eran mayores y se salían con la suya, y lo aprovecharon al máximo. Aquel estafador Pumblechook, exaltado a la benéfica contención de toda la ocasión, se hizo con la cima de la mesa; y, cuando se dirigió a ellos sobre el tema de mi atado, y los felicitó diabólicamente por mi exponimiento a la cárcel si jugaba a las cartas, bebía licores fuertes, mantenía hasta tarde o malas compañías, o me entregaba a otros caprichos que la forma de mis contratos parecía contemplar como casi inevitables, me colocó de pie en una silla a su lado para ilustrar sus observaciones.

Mis únicos otros recuerdos de la gran fiesta son: que no me dejaban dormir, pero cada vez que me veían caer, me despertaban y me decían que disfrutara. Que, a última hora de la noche, el señor Wopsle nos dio la oda de Collins, y arrojó su espada manchada de sangre con tal efecto, que un camarero entró y dijo: «Los comerciales de abajo enviaron sus cumplidos, y no fueron las armas de los Tumblers». Que todos estaban de excelente humor en el camino de regreso a casa, y cantaron: ¡Oh Dama Bella! El señor Wopsle tomó el bajo y afirmó con una voz tremendamente fuerte (en respuesta al aburrido inquisitivo que dirige esa pieza musical de la manera más impertinente, queriendo saber todo sobre los asuntos privados de todos) que él era el hombre con sus cabellos blancos sueltos, y que en general era el peregrino más débil que iba.

Por último, recuerdo que cuando entré en mi pequeño dormitorio, me sentía verdaderamente desdichado y tenía la firme convicción de que nunca me gustaría el oficio de Joe. Me había gustado una vez, pero una vez no lo era.

CAPÍTULO XIV.

Es una cosa muy miserable sentirse avergonzado de su hogar. Puede haber una negra ingratitud en la cosa, y el castigo puede ser retributivo y bien merecido; pero que es una cosa miserable, puedo atestiguarlo.

Mi hogar nunca había sido un lugar muy agradable para mí, debido al temperamento de mi hermana. Pero Joe lo había santificado, y yo había creído en él. Había creído en el mejor salón como en el salón más elegante; Había creído en la puerta principal, como en un misterioso portal del Templo del Estado, cuya solemne apertura iba acompañada de un sacrificio de aves asadas; Había creído en la cocina como un apartamento casto, aunque no magnífico; Había creído en la fragua como el camino brillante hacia la hombría y la independencia. En un solo año todo esto cambió. Ahora bien, todo era tosco y vulgar, y no habría querido que la señorita Havisham y Estella lo vieran bajo ningún concepto.

Cuánto de mi descortés estado de ánimo puede haber sido culpa mía, cuánto de la señorita Havisham, cuánto de mi hermana, ahora no tiene importancia para mí ni para nadie. El cambio se hizo en mí; La cosa estaba hecha. Bien o mal hecho, excusable o inexcusablemente, se hizo.

Una vez me había parecido que cuando por fin me arremangara la camisa y entrara en la fragua, la aprendiz de Joe, sería distinguido y feliz. Ahora que la realidad estaba en mis manos, sólo sentía que estaba polvoriento con el polvo de la carbonera, y que tenía un peso en mi memoria diaria para el cual el yunque era una pluma. Ha habido ocasiones en los últimos años de mi vida (supongo que como en la mayoría de las vidas) en las que he sentido durante un tiempo como si una gruesa cortina hubiera caído sobre todo su interés y romanticismo, para excluirme de cualquier cosa que no fuera la torpe resistencia. Nunca había caído el telón tan pesado y en blanco como cuando mi camino en la vida se extendía ante mí a través del camino recién iniciado del aprendizaje de Joe.

Recuerdo que, en un período posterior de mi "tiempo", solía pararme alrededor del cementerio los domingos por la noche, cuando caía la noche, comparando mi propia perspectiva con la ventosa vista del pantano, y distinguiendo alguna semejanza entre ellos pensando en lo planos y bajos que eran ambos, y cómo en ambos llegaba un camino desconocido y una niebla oscura y luego el mar. Me sentí tan abatido el primer día de trabajo de mi aprendizaje como en aquel tiempo posterior; pero me alegra saber que nunca le dije a Joe un murmullo mientras duró mi servidumbre. Es casi lo único que me alegra saber de mí mismo en ese sentido.

Porque, aunque incluye lo que procedo a añadir, todo el mérito de lo que procedo a añadir era de Joe. No fue porque yo fuera fiel, sino porque Joe era fiel, que nunca me escapé y fui por un soldado o un marinero. No porque yo tuviera un fuerte sentido de la virtud de la industria, sino porque Joe tenía un fuerte sentido de la virtud de la industria, por lo que trabajé con tolerable celo a contrapelo. No es posible saber hasta dónde llega al mundo la influencia de un hombre amable, honesto y que cumple con sus deberes; pero es muy posible saber cómo ha tocado a uno mismo al pasar, y sé muy bien que cualquier bien que se entremezclara con mi aprendizaje provenía de un simple y contento Joe, y no de un inquieto descontento que aspiraba.

Lo que yo quería, ¿quién puede decirlo? ¿Cómo puedo decirlo, cuando nunca lo supe? Lo que yo temía era que en una hora desdichada yo, que estaba en mi momento más sucio y vulgar, levantara los ojos y viera a Estella asomándose a una de las ventanas de madera de la fragua. Me atormentaba el temor de que, tarde o temprano, me descubriera, con la cara y las manos negras, haciendo la parte más tosca de mi trabajo, y se regocijara por mí y me despreciara. A menudo, al anochecer, cuando yo tiraba del fuelle para Joe, y cantábamos el viejo Clem, y cuando la idea de cómo solíamos cantarla en casa de la señorita Havisham me parecía mostrar el rostro de Estella en el fuego, con su hermoso cabello ondeando al viento y sus ojos despreciándome, a menudo, en ese momento, miraba hacia esos paneles de noche negra en la pared que las ventanas de madera de entonces Y se imaginaba que yo la veía apartando la cara, y creería que por fin había llegado.

Después de eso, cuando entráramos a cenar, el lugar y la comida tendrían un aspecto más hogareño que nunca, y me sentiría más avergonzado de casa que nunca, en mi propio pecho descortés.

CAPÍTULO XV.

Como me estaba haciendo demasiado grande para la habitación de la tía abuela del señor Wopsle, mi educación con esa mujer absurda terminó. Sin embargo, no hasta que Biddy me hubo transmitido todo lo que sabía, desde el pequeño catálogo de precios hasta una canción cómica que había comprado una vez por medio penique. Aunque la única parte coherente de esta última obra literaria eran las primeras líneas,

Cuando fui a la ciudad de Lunnon, señores,Demasiado rul loo rulDemasiado rul loo rul¿No estaba hecho muy moreno, señores? Demasiado rul loo rulToo rul loo rul

—sin embargo, en mi deseo de ser más sabio, me aprendí de memoria esta composición con la mayor gravedad; tampoco recuerdo que pusiera en duda su mérito, excepto que pensaba (como todavía lo hago) que la cantidad de Too rul era algo superior a la poesía. En mi hambre de información, le hice propuestas al señor Wopsle para que me diera algunas migajas intelectuales, a las que accedió amablemente. Sin embargo, resultó que él sólo quería que yo fuera una figura dramática y laica, para que me contradijera, la abrazara, la llorara, la intimidara, la agarrara, la apuñalara y me golpeara de diversas maneras, pronto rechacé ese curso de instrucción; aunque no hasta que el señor Wopsle, en su furia poética, me hubo destrozado severamente.

Todo lo que adquirí, traté de impartírselo a Joe. Esta afirmación suena tan bien, que no puedo en mi conciencia dejarla pasar sin explicación. Quería que Joe fuera menos ignorante y vulgar, para que fuera más digno de mi compañía y menos abierto al reproche de Estella.

La vieja Batería, en los pantanos, era nuestro lugar de estudio, y una pizarra rota y un pequeño trozo de lápiz de pizarra eran nuestros instrumentos educativos, a los que Joe siempre añadía una pipa de tabaco. Nunca supe que Joe recordara nada de un domingo a otro, ni que adquiriera, bajo mi tutela, cualquier información. Sin embargo, fumaba su pipa en la Batería con un aire mucho más sagaz que en cualquier otro lugar, incluso con un aire erudito, como si considerara que estaba avanzando inmensamente. Querido amigo, espero que lo haya hecho.

Era agradable y tranquilo, con las velas en el río pasando más allá del terraplén, y a veces, cuando la marea estaba baja, parecía que pertenecían a barcos hundidos que aún navegaban en el fondo del agua. Cada vez que observaba los barcos que se alzaban en el mar con sus blancas velas desplegadas, pensaba de alguna manera en la señorita Havisham y en Estella; y cada vez que la luz incidía oblicuamente, a lo lejos, sobre una nube, una vela, una ladera verde o una línea de flotación, era exactamente lo mismo.—La señorita Havisham y Estella, y la extraña casa y la extraña vida parecían tener algo que ver con todo lo que era pintoresco.

Un domingo, cuando Joe, que disfrutaba mucho de su pipa, se había enorgullecido tanto de ser «terriblemente aburrido» que lo había abandonado por el día, me quedé un rato tumbado en el terraplén con la barbilla en la mano, divisando rastros de la señorita Havisham y de Estella por todo el horizonte, en el cielo y en el agua. hasta que por fin resolví mencionar un pensamiento acerca de ellos que había estado mucho en mi cabeza.

—Joe —dije yo—; —¿No cree que debería hacer una visita a la señorita Havisham?

—Bueno, Pip —replicó Joe, meditando lentamente—. —¿Para qué?

—¿Para qué, Joe? ¿Para qué está hecha cualquier visita?

—Hay algunos wisits p'r'aps —dijo Joe—, que siempre han estado abiertos a la pregunta, Pip. Pero en lo que se refiere a la señorita Havisham. Podría pensar que tú querías algo, que esperabas algo de ella.

—¿No crees que podría decir que no lo hice, Joe?

—Es posible, viejo —dijo Joe—, y ella podría creerlo. Del mismo modo, es posible que no lo haga.

Joe sintió, al igual que yo, que había dado en el clavo, y tiró con fuerza de su pipa para no debilitarla con la repetición.

—Ya ves, Pip —prosiguió Joe, tan pronto como hubo superado el peligro—, la señorita Havisham ha hecho algo tan bonito por ti. Cuando la señorita Havisham hizo usted la cosa tan guapa, me llamó para decirme que eso era todo.

—Sí, Joe. La escuché.

—TODOS —repitió Joe, muy enfático—.

—Sí, Joe. Te digo que la escuché.

—Lo que quiero decir, Pip, podría ser que ella quisiera decir: ¡Ponle fin! ¡Como tú fuiste! Yo al Norte y tú al Sur.

Yo también había pensado en eso, y estaba muy lejos de ser reconfortante para mí descubrir que él había pensado en ello; porque parecía hacerlo más probable.

—Pero, Joe.

—Sí, viejo.

Aquí estoy, en el primer año de mi vida, y desde el día en que me ataron, no he dado las gracias a la señorita Havisham, ni he preguntado por ella, ni he demostrado que la recuerdo.

—Es verdad, Pip; y a menos que le entregues un juego de zapatos de cuatro vueltas, y que quiero decir que incluso un par de zapatos de cuatro vueltas podría no ser aceptable como regalo, en un total desorden de pezuñas...

—No me refiero a ese tipo de recuerdos, Joe; No me refiero a un regalo".

Pero Joe tenía la idea de un regalo en la cabeza y tenía que insistir en él. —O incluso —dijo—, si te ayudaran a subirle una cadena nueva para la puerta de entrada, o digamos uno o dos tornillos de cabeza de tiburón para uso general, o algún artículo ligero y elegante, como un tenedor para tostar cuando ella tomaba sus magdalenas, o una parrilla cuando tomaba un espadín o algo parecido...

—No me refiero a ningún presente, Joe —interrumpí—.

—Bueno —dijo Joe, sin dejar de insistir en ella como si yo la hubiera presionado especialmente—, si yo fuera tú mismo, Pip, no lo haría. No, no lo haría. Porque, ¿qué es una cadena cuando ella siempre tiene una levantada? Y Sharark-Headers está abierto a tergiversaciones. Y si se tratara de un tenedor para tostar, te meterías en el bronce y no te harías ningún mérito. Y el obrero más común no puede mostrarse a sí mismo en una parrilla, porque una parrilla es una parrilla -dijo Joe, insistiéndome con firmeza, como si estuviera tratando de despertarme de una ilusión fija-, y puedes apuntar a lo que quieras, pero una parrilla saldrá, ya sea con tu permiso o de nuevo con tu permiso. Y no puedes evitarlo...

—Mi querido Joe —exclamé desesperado, agarrando su abrigo—, no sigas así. Nunca pensé en hacerle un regalo a la señorita Havisham.

—No, Pip —asintió Joe, como si hubiera estado luchando por eso todo el tiempo—; Y lo que te digo es que tienes razón, Pip.

—Sí, Joe; pero lo que quería decir era que, como ahora estamos bastante flojos, si me concediera medio día de vacaciones mañana, creo que iría a la parte alta de la ciudad y visitaría a la señorita Est... Havisham.

—Su nombre —dijo Joe con gravedad— no es Estavisham, Pip, a menos que haya sido reconocida.

—Lo sé, Joe, lo sé. Fue un desliz mío. ¿Qué te parece, Joe?

En resumen, Joe pensó que si yo lo pensaba bien, él lo pensaba bien. Pero fue particular al estipular que si no se me recibía con cordialidad, o si no se me animaba a repetir mi visita como una visita que no tenía un objeto ulterior, sino simplemente de gratitud por un favor recibido, entonces este viaje experimental no tendría sucesor. A estas condiciones prometí cumplirlas.

Ahora bien, Joe mantenía a un jornalero con un sueldo semanal que se llamaba Orlick. Fingió que su nombre de pila era Dolge, una clara imposibilidad, pero era un tipo de tan obstinado carácter que creo que no fue presa de ningún engaño en este particular, sino que deliberadamente impuso ese nombre a la aldea como una afrenta a su entendimiento. Era un hombre moreno de hombros anchos, de extremidades sueltas, de gran fuerza, que nunca tenía prisa y siempre se encorvaba. Ni siquiera parecía llegar a su trabajo a propósito, sino que se encorvaba como por mero accidente; y cuando iba a cenar al Jolly Bargemen, o se iba por la noche, se encorvaba, como Caín o el Judío Errante, como si no tuviera ni idea de adónde iba y no tuviera intención de volver jamás. Se alojaba en la esclusa de un estanque en los pantanos, y en los días de trabajo salía encorvado de su ermita, con las manos en los bolsillos y la cena atada en un bulto alrededor del cuello y colgando de la espalda. Los domingos solía acostarse todo el día en las compuertas, o se paraba contra los establos y graneros. Siempre se encorvaba, como una locomotora, con los ojos en el suelo; Y, cuando se le abordaba o se le pedía que los criara, levantaba la vista medio resentido, medio desconcertado, como si el único pensamiento que tuviera fuera que era un hecho bastante extraño y perjudicial que nunca debería estar pensando.

A este taciturno oficial no le caía bien. Cuando yo era muy pequeño y tímido, me dio a entender que el Diablo vivía en un rincón negro de la fragua, y que conocía muy bien al demonio; también que era necesario hacer el fuego, una vez cada siete años, con un niño vivo, y que yo pudiera considerarme combustible. Cuando me convertí en aprendiz de Joe, Orlick tal vez se confirmó en alguna sospecha de que yo debía desplazarlo; Sin embargo, yo le caía aún menos. No es que alguna vez dijera nada, o hiciera algo, que importara abiertamente hostilidad; Sólo me di cuenta de que siempre lanzaba sus chispas en mi dirección, y que cada vez que cantaba Old Clem, entraba a tiempo.

Dolge Orlick estaba en el trabajo y presente, al día siguiente, cuando le recordé a Joe mis medias vacaciones. No dijo nada en ese momento, porque él y Joe acababan de poner un pedazo de hierro caliente entre ellos, y yo estaba en el fuelle; Pero al cabo de un rato dijo, apoyándose en su martillo:

"¡Ahora, maestro! Seguro que no vas a favorecer solo a uno de nosotros. Si el joven Pip tiene medio día de vacaciones, haz lo mismo con el viejo Orlick. Supongo que tendría unos veinticinco años, pero solía hablar de sí mismo como de una persona anciana.

—¿Vaya, qué vas a hacer con medio día de vacaciones, si lo consigues? —dijo Joe—.

"¡Qué voy a hacer con él! ¿Qué hará con él? Haré con él tanto como *él*, dijo Orlick.

—En cuanto a Pip, se va a la ciudad —dijo Joe—.

—Pues bien, en cuanto al viejo Orlick, *va* a subir a la ciudad —replicó aquel digno—. "Dos pueden ir a la ciudad. No hay una sola mujer que pueda subir a la ciudad.

—No pierdas los estribos —dijo Joe—.

—Lo haré si quiero —gruñó Orlick—. "¡Algunos y su uptowning! ¡Ahora, maestro! Venirse. No hay favores en esta tienda. ¡Sé un hombre!"

Como el maestro se negaba a entretener el tema hasta que el oficial estuviera de mejor humor, Orlick se lanzó al horno, sacó una barra al rojo vivo, me la hizo como si fuera a pasarla por mi cuerpo, la pasó por mi cabeza, la colocó sobre el yunque, la martilló, como si fuera yo. Pensé, y las chispas eran mi sangre que espiraba, y finalmente dije, cuando él se hubo golpeado a sí mismo caliente y el hierro frío, y de nuevo se apoyó en su martillo:

"¡Ahora, maestro!"

—¿Estáis bien ahora? —preguntó Joe.

—¡Ah! Estoy bien -dijo el viejo Orlick con brusquedad-.

—Entonces, como en general te dedicas a tu trabajo tan bien como la mayoría de los hombres —dijo Joe—, que sean medio día de fiesta para todos.

Mi hermana había permanecido silenciosa en el patio, al alcance de la vista, era una espía y una oyente sin escrúpulos, y al instante se asomó a una de las ventanas.

—¡Como tú, imbécil! —le dijo a Joe—, que das de vacaciones a grandes descomunales ociosos como ése. Eres un hombre rico, en mi vida, para malgastar el salario de esa manera. ¡Ojalá *fuera* su maestro!"

—Sería usted el amo de todos, si se atreviera —replicó Orlick con una sonrisa maliciosa—.

(—Déjala en paz —dijo Joe—.

—Sería rival para todos los fideos y todos los pícaros —replicó mi hermana, empezando a enfurecerse—. "Y yo no podía ser un rival para los fideos, sin ser un rival para tu amo, que es el rey de los fideos. Y yo no podría ser rival para los pícaros, sin ser rival para ti, que eres el más negro y el peor pícaro entre esto y Francia. ¡Ahora!"

—Eres una arpía asquerosa, madre Gargery —gruñó el oficial—. "Si eso hace juez a los pícaros, deberías ser un buen hombre".

(«Déjala en paz, ¿quieres?», dijo Joe.)

—¿Qué dijiste? —exclamó mi hermana, empezando a gritar—. "¿Qué dijiste? ¿Qué me dijo ese tal Orlick, Pip? ¿Cómo me llamó, con mi marido a mi lado? ¡Oh! ¡oh! ¡Vaya! Cada una de estas exclamaciones era un alarido; y debo hacer notar de mi hermana, lo que es igualmente cierto de todas las mujeres violentas que he visto en mi vida, que la pasión no era excusa para ella, porque es innegable que en lugar de caer en la pasión, consciente y deliberadamente se esforzó extraordinariamente por forzarse a ella, y se enfureció ciegamente por etapas regulares; "¿Cómo me llamó ante el hombre vil que juró defenderme? ¡Oh! ¡Abrázame! ¡Vaya!

—¡Ah-h-h! —gruñó el oficial entre dientes—, te abrazaría si fueras mi esposa. Te sostendría debajo de la bomba y te la asfixiaría hasta que te la quitara".

("Te lo digo, déjala en paz", dijo Joe.)

—¡Oh! ¡Oírlo! -exclamó mi hermana, con una palmada y un grito al unísono, que era su siguiente etapa. "¡Escuchar los nombres que me está dando! ¡Ese Orlick! ¡En mi propia casa! ¡Yo, una mujer casada! ¡Con mi esposo de pie! ¡Oh! ¡Vaya! Aquí, mi hermana, después de un ataque de aplausos y gritos, se golpeó el pecho y las rodillas con las manos, se quitó la gorra y se tiró el cabello, que eran las últimas etapas de su camino hacia el frenesí. Siendo en ese momento una Fury perfecta y un éxito completo, corrió hacia la puerta que afortunadamente había cerrado con llave.

¿Qué podía hacer ahora el desdichado Joe, después de sus desatendidas interrupciones entre paréntesis, sino enfrentarse a su oficial y preguntarle qué quería decir con interferir entre él y la señora Joe? Y además, ¿era lo suficientemente hombre como para venir? El viejo Orlick se dio cuenta de que la situación no admitía nada menos que sobrevenir, y se puso en su defensa de inmediato; Así que, sin quitarse ni siquiera los delantales chamuscados y quemados, se lanzaron unos contra otros, como dos gigantes. Pero, si algún hombre de esa vecindad podía resistir a Joe, yo nunca lo vi. Orlick, como si no hubiera tenido más valor que el pálido joven caballero, no tardó en perderse entre el polvo de carbón y no tenía prisa por salir de él. Entonces Joe abrió la puerta y recogió a mi hermana, que había caído inconsciente por la ventana (pero que había visto la pelea primero, creo), y a la que llevaron a la casa y se acostaron, y a la que recomendaron que reviviera, y que no hizo otra cosa que forcejear y apretar las manos en el pelo de Joe. Luego vino esa calma y ese silencio singulares que suceden a todos los alborotos; y luego, con la vaga sensación que siempre he relacionado con tal calma, a saber, que era domingo y que alguien había muerto, subí las escaleras para vestirme.

Cuando volví a bajar, encontré a Joe y a Orlick barriendo, sin más rastro de desconcierto que una hendidura en una de las fosas nasales de Orlick, que no era ni expresiva ni ornamental. Había aparecido una jarra de cerveza del Jolly Bargemen, y la compartían por turnos de manera pacífica. La calma tuvo una influencia sedante y filosófica en Joe, quien me siguió hasta el camino para decirme, como una observación de despedida que podría hacerme bien: «On the Rampage, Pip, y fuera del Rampage, Pip: ¡así es la vida!»

Poco importa aquí con qué absurdas emociones (pues creemos que los sentimientos que son muy serios en un hombre son muy cómicos en un niño) me encontré de nuevo yendo a casa de la señorita Havisham. Tampoco, cómo pasé y volví a pasar la puerta muchas veces antes de que pudiera decidirme a llamar. Ni cómo debatía si debía marcharme sin llamar; ni cómo, sin duda, me habría ido, si mi tiempo hubiera sido el mío, para volver.

La señorita Sarah Pocket se acercó a la puerta. No Estella.

—¿Cómo, entonces? ¿Está usted aquí otra vez? -dijo la señorita Pocket-. —¿Qué quieres?

Cuando le dije que sólo había venido para ver cómo estaba la señorita Havisham, Sarah evidentemente deliberó si debía o no enviarme a mis asuntos. Pero no queriendo arriesgar la responsabilidad, me dejó entrar, y pronto trajo el mensaje agudo de que yo debía "subir".

Todo no había cambiado, y la señorita Havisham estaba sola.

—¿Y bien? —dijo ella, fijando sus ojos en mí—. "¿Espero que no quieras nada? No conseguirás nada".

—No, señorita Havisham. Solo quería que supieras que me está yendo muy bien en mi aprendizaje y siempre te estaré muy agradecido".

"¡Ahí, ahí!" con los viejos dedos inquietos. "Ven de vez en cuando; ven el día de tu cumpleaños.—¡Ay! -exclamó de pronto, volviéndose ella y su silla hacia mí-, ¿estás buscando a Estella? ¿Oye?

Había estado mirando a mi alrededor, en realidad, en busca de Estella, y tartamudeé que esperaba que estuviera bien.

—En el extranjero —dijo la señorita Havisham—; "Educar para una dama; lejos de su alcance; más guapa que nunca; admirada por todos los que la ven. ¿Sientes que la has perdido?

Había un gozo tan maligno en sus palabras pronunciadas, y rompió a reír de manera tan desagradable, que no supe qué decir. Me ahorró la molestia de reflexionar, al despedirme. Cuando me cerró la puerta Sara la de semblante de cáscara de nogal, me sentí más insatisfecho que nunca con mi hogar, con mi oficio y con todo; y eso fue todo lo que me llevé con *esa* moción.

Mientras merodeaba por la calle principal, mirando desconsolado los escaparates de las tiendas, y pensando en lo que compraría si fuera un caballero, ¿quién saldría de la librería sino el señor Wopsle? El señor Wopsle tenía en la mano la conmovedora tragedia de George Barnwell, en la que había invertido en ese momento seis peniques, con la intención de amontonar cada palabra de ella sobre la cabeza de Pumblechook, con quien iba a tomar el té. Tan pronto como me vio, pareció considerar que una Providencia especial había puesto un aprendiz en su camino para ser leído; y me agarró, e insistió en que le acompañara al salón de Pumblechookian. Como sabía que sería miserable en casa, y como las noches eran oscuras y el camino era lúgubre, y casi cualquier compañía en el camino era mejor que ninguna, no oponí gran resistencia; en consecuencia, entramos en Pumblechook's justo cuando la calle y las tiendas se iluminaban.

Como nunca asistí a ninguna otra representación de George Barnwell, no sé cuánto tiempo puede llevar habitualmente; pero sé muy bien que hubo que esperar hasta las nueve y media de la noche, y que cuando el señor Wopsle llegó a Newgate, pensé que nunca iría al cadalso, se volvió mucho más lento que en cualquier otro período anterior de su vergonzosa carrera. Pensé que era demasiado que se quejara de que su flor se había cortado después de todo, como si no hubiera estado corriendo hacia la semilla, hoja tras hoja, desde que comenzó su curso. Esto, sin embargo, era una mera cuestión de longitud y cansancio. Lo que me dolió fue la identificación de todo el asunto con mi yo inofensivo. Cuando Barnwell empezó a ir mal, declaro que me sentí positivamente arrepentido, la mirada indignada de Pumblechock me agobió tanto. Wopsle también se esforzó por presentarme de la peor manera. A la vez feroz y sensiblero, me vi obligado a asesinar a mi tío sin ninguna circunstancia atenuante; Millwood me humillaba en todas las ocasiones; Se convirtió en pura monomanía en la hija de mi amo el preocuparse un poco por mí; y todo lo que puedo decir de mi conducta jadeante y postergadora en la mañana fatal, es que fue digna de la debilidad general de mi carácter. Incluso después de que me ahorcaron felizmente y de que Wopsle cerró el libro, Pumblechook se quedó mirándome, meneando la cabeza y diciendo: «¡Cuidado, muchacho, ten cuidado!», como si fuera un hecho bien conocido que yo contemplaba asesinar a un pariente cercano, con tal de que sólo pudiera inducir a uno a tener la debilidad de convertirse en mi benefactor.

Era una noche muy oscura cuando todo terminó, y cuando salí con el señor Wopsle de camino a casa. Más allá de la ciudad, encontramos una niebla espesa, y cayó mojada y espesa. La lámpara de la autopista de peaje era borrosa, aparentemente fuera del lugar habitual de la lámpara, y sus rayos parecían una sustancia sólida en la niebla. Nos dábamos cuenta de esto, y decíamos que la niebla se levantaba con un cambio de viento desde cierta parte de nuestros pantanos, cuando nos encontramos con un hombre que se encorvaba a sotavento de la casa de la autopista.

"¡Hola!", dijimos, deteniéndonos. —¿Ahí está Orlick?

—¡Ah! —contestó él, encorvándose—. "Estuve esperando un minuto, con la oportunidad de tener compañía".

—Llegas tarde —comenté—.

Orlick respondió, como era de esperar, "¿Y bien? Y *llegas* tarde.

—Hemos estado —dijo el señor Wopsle, exaltado por su última actuación—, nos hemos dado el gusto, señor Orlick, en una velada intelectual.

El viejo Orlick gruñó, como si no tuviera nada que decir al respecto, y seguimos todos juntos. Le pregunté si había pasado sus vacaciones de un lado a otro de la ciudad.

—Sí —dijo él—, todo. Entro detrás de ti. No te vi, pero debí estar muy cerca de ti. Por cierto, las armas están sonando de nuevo".

—¿En los Hulks? —dije—.

—¡Ay! Algunos de los pájaros salen volando de las jaulas. Las armas han estado sonando desde el anochecer, más o menos. Pronto oirás uno.

En efecto, no habíamos caminado muchos metros, cuando el recordado estruendo se acercó a nosotros, amortiguado por la niebla, y se alejó pesadamente a lo largo de las tierras bajas junto al río, como si estuviera persiguiendo y amenazando a los fugitivos.

—Una buena noche para cortar —dijo Orlick—. No tendríamos ni sabio cómo abatir a un pájaro de la cárcel en el vuelo esta noche.

El tema era sugestivo para mí, y pensé en él en silencio. El señor Wopsle, como el tío mal correspondido de la tragedia de la noche, se puso a meditar en voz alta en su jardín de Camberwell. Orlick, con las manos en los bolsillos, se encorvó pesadamente a mi lado. Estaba muy oscuro, muy mojado, muy embarrado, así que chapoteamos. De vez en cuando, el sonido del cañón de señales volvía a irrumpir sobre nosotros, y de nuevo rodaba malhumorado por el curso del río. Me guardé para mí mismo y mis pensamientos. Mr. Wopsle murió amistosamente en Camberwell, y en Bosworth Field, y en la mayor de las agonías en Glastonbury. Orlick gruñía a veces: «¡Golpéalo, golpéalo!... ¡Viejo Clem! Con un tintineo para los robustos, ¡el viejo Clem! Pensé que había estado bebiendo, pero no estaba borracho.

Así llegamos al pueblo. El camino por el que nos acercamos nos llevó más allá de los Tres Alegres Barqueros, que nos sorprendió encontrar, siendo las once, en un estado de conmoción, con la puerta abierta de par en par y luces insólitas que habían sido recogidas y apagadas apresuradamente esparcidas por todas partes. El señor Wopsle entró para preguntar qué pasaba (suponiendo que se habían llevado a un convicto), pero salió corriendo a toda prisa.

—Algo va mal —dijo, sin detenerse—, en tu casa, Pip. ¡Corre todo!"

—¿Qué es? —pregunté, siguiéndole el paso. Lo mismo hizo Orlick, a mi lado.

"No lo entiendo muy bien. La casa parece haber sido introducida violentamente cuando Joe Gargery estaba fuera. Supuesto por los convictos. Alguien ha sido atacado y herido".

Íbamos demasiado deprisa para admitir que se dijera más, y no nos detuvimos hasta que entramos en la cocina. Estaba lleno de gente; todo el pueblo estaba allí, o en el patio; y había un cirujano, y allí estaba Joe, y había un grupo de mujeres, todas en el suelo en medio de la cocina. Los transeúntes desocupados se retiraron al verme, y así me di cuenta de que mi hermana, tendida sin sentido ni movimiento sobre las tablas desnudas donde había sido derribada por un tremendo golpe en la nuca, asestado por una mano desconocida cuando su rostro se volvió hacia el fuego, destinado a no volver a estar nunca más en el Rampage. mientras era la esposa de Joe.

CAPÍTULO XVI.

Con la cabeza llena de George Barnwell, al principio me incliné a creer que *debía* de haber tenido algo que ver en el ataque contra mi hermana, o en todo caso que, como pariente cercano de ella, conocido popularmente por tener obligaciones para con ella, yo era un objeto de sospecha más legítimo que cualquier otro. Pero cuando, a la luz más clara de la mañana siguiente, comencé a reconsiderar el asunto y a oír cómo se discutía a mi alrededor por todas partes, adopté otro punto de vista del caso, que era más razonable.

Joe había estado en el Three Jolly Bargemen, fumando su pipa, desde las ocho y cuarto hasta las diez menos cuarto. Mientras él estaba allí, habían visto a mi hermana de pie en la puerta de la cocina, y había intercambiado las buenas noches con un trabajador agrícola que volvía a casa. El hombre no podía ser más exigente en cuanto a la hora en que la había visto (se metía en una densa confusión cuando intentaba serlo), que el hecho de que debía de ser antes de las nueve. Cuando Joe se fue a casa a las diez menos cinco, la encontró tirada en el suelo y pidió ayuda de inmediato. El fuego no había ardido entonces a una altura inusitada, ni el rapé de la vela era muy largo; La vela, sin embargo, se había apagado.

No se habían llevado nada de ninguna parte de la casa. Tampoco, aparte del apagado de la vela, que estaba sobre una mesa entre la puerta y mi hermana, y que estaba detrás de ella cuando se paró frente al fuego y fue golpeada, no hubo ningún desorden en la cocina, excepto el que ella misma había hecho, al caer y sangrar. Pero, había una pieza notable de evidencia en el lugar. Había sido golpeada con algo contundente y pesado, en la cabeza y el lomo; Después de los golpes, algo pesado le había sido arrojado con considerable violencia, mientras yacía boca abajo. Y en el suelo, junto a ella, cuando Joe la levantó, había una pierna de hierro de presidiario que había sido despedazada.

Ahora bien, Joe, examinando este hierro con ojo de herrero, declaró que había sido limado en pedazos hace algún tiempo. El alboroto que se dirigía a los Hulks, y la gente que venía de allí para examinar el hierro, la opinión de Joe fue corroborada. No se atrevieron a decir cuándo había salido de los barcos-prisión a los que, sin duda, había pertenecido en otro tiempo; Pero afirmaban saber con certeza que ese grillete en particular no había sido usado por ninguno de los dos convictos que habían escapado la noche anterior. Además, uno de esos dos ya había sido capturado, y no se había liberado de su hierro.

Sabiendo lo que sabía, establecí una inferencia propia aquí. Creí que el hierro era el hierro de mi convicto, el hierro que había visto y oído pisar en los pantanos, pero mi mente no le acusaba de haberle dado su último uso. Porque yo creía que una de las otras dos personas había llegado a poseerla, y que la había convertido en este cruel relato. O Orlick, o el extraño hombre que me había mostrado el archivo.

Ahora bien, en cuanto a Orlick; Había ido a la ciudad exactamente como nos dijo cuando lo recogimos en la autopista de peaje, se le había visto por la ciudad toda la noche, había estado en diversas compañías en varias tabernas y había regresado conmigo y con el señor Wopsle. No había nada contra él, salvo la pelea; Y mi hermana se había peleado con él, y con todos los que la rodeaban, diez mil veces. En cuanto al hombre extraño; Si hubiera vuelto por sus dos billetes, no habría habido disputa sobre ellos, porque mi hermana estaba totalmente dispuesta a devolverlos. Además, no había habido ningún altercado; El agresor había entrado tan silenciosa y repentinamente, que la habían derribado antes de que pudiera mirar a su alrededor.

Era horrible pensar que yo había proporcionado el arma, aunque fuera involuntariamente, pero no podía pensar de otra manera. Sufrí problemas indescriptibles mientras reflexionaba una y otra vez sobre si debía disolver por fin ese hechizo de mi infancia y contarle a Joe toda la historia. Durante los meses siguientes, todos los días resolví la cuestión finalmente en negativo, y la reabrí y volví a discutir a la mañana siguiente. Al fin y al cabo, la disputa se reducía a lo siguiente: el secreto era ahora tan antiguo, se había convertido en mí y se había convertido en parte de mí mismo, que no podía desprenderlo. Además del temor de que, después de haber provocado tantas travesuras, ahora sería más probable que nunca alejar a Joe de mí si lo creía, tenía un temor adicional de que no lo creyera, sino que lo combinaría con los fabulosos perros y las chuletas de ternera como una invención monstruosa. Sin embargo, contemporié conmigo mismo, por supuesto —porque, ¿no vacilaba entre el bien y el mal, cuando las cosas siempre están hechas?— y resolví hacer una revelación completa si veía alguna nueva ocasión como una nueva oportunidad de ayudar a descubrir al asaltante.

Los alguaciles y los hombres de Bow Street de Londres —pues esto sucedía en los días de la extinta policía de chalecos rojos— estuvieron en la casa durante una o dos semanas, e hicieron más o menos lo que he oído y leído que las autoridades hacen en otros casos similares. Tomaron a varias personas obviamente equivocadas, y se enfrentaron muy duro a ideas equivocadas, y persistieron en tratar de ajustar las circunstancias a las ideas, en lugar de tratar de extraer ideas de las circunstancias. Además, se detuvieron a la puerta de la Jolly Barqueren, con miradas cómplices y reservadas que llenaron de admiración a todo el vecindario; Y tenían una manera misteriosa de tomar su bebida, que era casi tan buena como tomar al culpable. Pero no del todo, porque nunca lo hicieron.

Mucho después de que estos poderes constitucionales se hubiesen dispersado, mi hermana yacía muy enferma en la cama. Su vista estaba perturbada, de modo que vio los objetos multiplicados, y se aferró a tazas de té y copas de vino visionarias en lugar de a las realidades; su audición estaba muy deteriorada; su memoria también; Y su discurso era ininteligible. Cuando, por fin, volvió en sí hasta el punto de que la ayudaran a bajar, todavía era necesario tener mi pizarra siempre a su lado, para que pudiera indicar por escrito lo que no podía indicar de palabra. Como ella era (muy mala letra aparte) una deletreadora más que indiferente, y como Joe era un lector más que indiferente, surgieron entre ellos complicaciones extraordinarias que siempre me llamaban para resolver. La administración de cordero en lugar de medicina, la sustitución del té por Joe, y el panadero por tocino, fueron algunos de los errores más leves de mí.

Sin embargo, su temperamento mejoró mucho y fue paciente. Una trémula incertidumbre de la acción de todos sus miembros pronto se convirtió en parte de su estado regular, y después, a intervalos de dos o tres meses, a menudo se llevaba las manos a la cabeza, y luego permanecía durante una semana cada vez en alguna sombría aberración mental. No conseguimos encontrar un asistente adecuado para ella, hasta que sucedió una circunstancia que nos alivió convenientemente. La tía abuela del señor Wopsle conquistó un hábito confirmado de vida en el que había caído, y Biddy pasó a formar parte de nuestro establecimiento.

Debió de ser un mes después de la reaparición de mi hermana en la cocina, cuando Biddy vino a nosotros con una cajita moteada que contenía todos sus efectos terrenales, y se convirtió en una bendición para la casa. Sobre todo, era una bendición para Joe, porque el querido anciano estaba tristemente destrozado por la constante contemplación de los restos de su esposa, y había estado acostumbrado, mientras la atendía por la noche, a volverse hacia mí de vez en cuando y decirme, con sus ojos azules humedecidos: «¡Una mujer tan hermosa como lo fue una vez! ¡Pip!" Biddy se hizo cargo de ella al instante, como si la hubiera estudiado desde la infancia; Joe llegó a ser capaz, en cierto modo, de apreciar la mayor tranquilidad de su vida, y de acercarse de vez en cuando al Jolly Bargemen para encontrar un cambio que le hiciera bien. Era característico de la gente de la policía que todos habían sospechado más o menos del pobre Joe (aunque él nunca lo supo), y que tuvieran que considerar a un hombre como uno de los espíritus más profundos que jamás habían encontrado.

El primer triunfo de Biddy en su nuevo despacho fue resolver una dificultad que me había vencido por completo. Lo había intentado con todas mis fuerzas, pero no había sacado nada de ello. Así fue:

Una y otra vez, mi hermana había trazado en la pizarra un carácter que parecía una curiosa T, y luego, con el mayor entusiasmo, nos había llamado la atención sobre él como algo que ella deseaba especialmente. Había intentado en vano todo lo que se podía producir que empezara por una T, desde el alquitrán hasta las tostadas y la tarrina. Al final se me ocurrió que el letrero parecía un martillo, y cuando yo llamé alegremente esa palabra al oído de mi hermana, ella comenzó a martillar la mesa y expresó un asentimiento calificado. Entonces, había traído todos nuestros martillos, uno tras otro, pero sin éxito. Entonces pensé en una muleta, cuya forma era muy parecida, y pedí prestada una en el pueblo y se la mostré a mi hermana con mucha confianza. Pero sacudió la cabeza hasta tal punto cuando se lo mostraron, que nos aterrorizó que en su estado débil y destrozado se dislocara el cuello.

Cuando mi hermana se dio cuenta de que Biddy la entendía muy rápidamente, este misterioso signo reapareció en la pizarra. Biddy lo miró pensativa, escuchó mi explicación, miró pensativa a mi hermana, miró pensativa a Joe (que siempre estaba representado en la pizarra por su carta inicial) y corrió a la fragua, seguido por Joe y yo.

—¡Claro que sí! —exclamó Biddy con rostro exultante—. "¿No lo ves? ¡Es *él*!"

¡Orlick, sin duda! Había perdido su nombre, y sólo podía designarlo con su martillo. Le dijimos por qué queríamos que entrara en la cocina, y lentamente dejó el martillo, se secó la frente con el brazo, se la limpió de nuevo con el delantal y salió encorvado, con una curiosa flexión de vagabundo en las rodillas que lo distinguía fuertemente.

Confieso que esperaba ver a mi hermana denunciarlo, y que me decepcionó el resultado diferente. Manifestaba la mayor ansiedad por estar en buenos términos con él, evidentemente estaba muy complacida de que al fin lo hubieran dado, e hizo señas de que le diera algo de beber. Observaba su semblante como si deseara especialmente estar segura de que él se tomaba con amabilidad su recepción, mostraba todo el deseo posible de conciliarlo, y había un aire de humilde propiciación en todo lo que hacía, como he visto impregnar el porte de un niño hacia un amo duro. A partir de ese día, rara vez pasaba un día sin que ella desenvainara el martillo en su pizarra, y sin que Orlick se encorvara y se quedara obstinado ante ella, como si no supiera más que yo qué hacer con ello.

CAPÍTULO XVII.

A partir de ese momento me sumergí en una rutina regular de aprendizaje, que variaba más allá de los límites de la aldea y de las marismas, sin más circunstancia que la llegada de mi cumpleaños y mi nueva visita a la señorita Havisham. Encontré a la señorita Sarah Pocket todavía de guardia en la puerta; Encontré a la señorita Havisham tal como la había dejado, y ella habló de Estella de la misma manera, si no con las mismas palabras. La entrevista duró sólo unos minutos, y ella me dio una guinea cuando me iba, y me dijo que volviera en mi próximo cumpleaños. Debo mencionar de inmediato que esto se convirtió en una costumbre anual. Traté de negarme a tomar la guinea en la primera ocasión, pero sin mejor efecto que hacer que ella me preguntara muy enojada, ¿si esperaba más? Luego, y después de eso, lo tomé.

Tan inmutable era la vieja y aburrida casa, la luz amarilla en la habitación a oscuras, el espectro desvaído en la silla junto al cristal del tocador, que sentí como si la detención de los relojes hubiera detenido el Tiempo en ese lugar misterioso, y, mientras yo y todo lo demás fuera de él envejecíamos, se detuvo. La luz del día nunca entraba en la casa en cuanto a mis pensamientos y recuerdos de ella, como tampoco en cuanto al hecho real. Me desconcertaba, y bajo su influencia continuaba en el fondo odiando mi oficio y avergonzándome de mi hogar.

Sin embargo, imperceptiblemente me di cuenta de un cambio en Biddy. Sus zapatos le llegaban hasta el talón, su cabello crecía brillante y prolijo, sus manos siempre estaban limpias. No era hermosa, era vulgar y no podía ser como Estella, pero era agradable, sana y de temperamento dulce. No llevaba más de un año con nosotros (recuerdo que acababa de salir del luto en el momento en que me llamó la atención), cuando una noche me observé a mí mismo que tenía ojos curiosamente pensativos y atentos; ojos que eran muy bonitos y muy buenos.

Surgió de que levanté mis propios ojos de una tarea que estaba estudiando minuciosamente —escribir algunos pasajes de un libro, para mejorarme de dos maneras a la vez mediante una especie de estratagema— y ver a Biddy observando lo que yo hacía. Dejé el bolígrafo y Biddy se detuvo en su labores de costura sin dejarlo.

—Biddy —dije—, ¿cómo te las arreglas? O soy muy estúpido, o tú eres muy inteligente".

"¿Qué es lo que yo gestiono? No lo sé -replicó Biddy, sonriendo-.

Ella manejó toda nuestra vida doméstica, y maravillosamente también; pero no quise decir eso, aunque eso hizo que lo que quería decir fuera más sorprendente.

—¿Cómo te las arreglas, Biddy —le dije—, para aprender todo lo que yo aprendo y seguir siempre mi ritmo? Empezaba a ser bastante vanidoso de mi conocimiento, porque gasté en ello las guineas de mi cumpleaños y aparté la mayor parte de mi dinero de bolsillo para una inversión similar; aunque ahora no me cabe duda de que lo poco que sabía era muy caro a su precio.

—Sería mejor que te preguntara —dijo Biddy—, ¿cómo *te las arreglas*?

—No; porque cuando entro de la fragua de una noche, cualquiera puede verme volviéndome hacia ella. Pero nunca recurres a ello, Biddy.

—Supongo que tendré que contagiarme como una tos —dijo Biddy en voz baja—. y siguió cosiendo.

Persiguiendo mi idea, mientras me recostaba en mi silla de madera y miraba a Biddy cosiendo con la cabeza ladeada, empecé a pensar que era una chica extraordinaria. Porque ahora recordé que ella era igualmente hábil en los términos de nuestro comercio, y en los nombres de nuestros diferentes tipos de trabajo, y nuestras diversas herramientas. En resumen, todo lo que yo sabía, Biddy lo sabía. Teóricamente, ya era tan buena herrera como yo, o mejor.

—Eres una de esas personas, Biddy —dije—, que aprovechan al máximo cada oportunidad. ¡Nunca tuviste una oportunidad antes de venir aquí, y mira lo mejorado que estás!"

Biddy me miró un instante y siguió cosiendo. "Sin embargo, yo fui tu primer maestro; ¿No es así?", dijo ella, mientras cosía.

"¡Biddy!" —exclamé asombrado—. "¡Por qué, estás llorando!"

—No, no lo soy —dijo Biddy, levantando la vista y riendo—. —¿Qué te metió eso en la cabeza?

¿Qué podría haberlo puesto en mi cabeza sino el brillo de una lágrima al caer sobre su trabajo? Me quedé en silencio, recordando lo pesada que había sido hasta que la tía abuela del señor Wopsle superó con éxito ese mal hábito de vivir, tan deseable para algunas personas. Recordé las desesperadas circunstancias en las que se había visto rodeada en la miserable tiendita y en la miserable y ruidosa escuela nocturna, con aquel miserable bulto de incompetencia que siempre tenía que arrastrar y cargar a hombros. Reflexioné que, incluso en aquellos tiempos adversos, debía de haber estado latente en Biddy lo que ahora se estaba desarrollando, porque, en mi primera inquietud y descontento, me había dirigido a ella en busca de ayuda, como algo natural. Biddy se sentó a coser en silencio, sin derramar más lágrimas, y mientras yo la miraba y pensaba en todo, se me ocurrió que tal vez no le había estado lo suficientemente agradecido a Biddy. Podría haber sido demasiado reservado, y debería haberla tratado más con condescendencia (aunque no usaba esa palabra precisa en mis meditaciones) con mi confianza.

—Sí, Biddy —observé cuando terminé de darle la vuelta—, fuiste mi primera maestra, y eso en una época en la que no pensábamos en estar juntos así, en esta cocina.

—¡Ah, pobrecita! —replicó Biddy—. Era como si se olvidara de sí misma trasladar el comentario a mi hermana, y levantarse y ocuparse de ella, haciéndola sentir más cómoda; —¡Eso es tristemente cierto!

—Bueno —dije yo—, tenemos que hablar un poco más, como solíamos hacerlo. Y debo consultarte un poco más, como solía hacerlo. Vamos a dar un tranquilo paseo por las marismas el próximo domingo, Biddy, y una larga charla.

Mi hermana ya no se quedaba sola; pero Joe se encargó de ella con más ganas que nadie aquel domingo por la tarde, y Biddy y yo salimos juntos. Era verano y hacía buen tiempo. Cuando hubimos pasado por el pueblo, la iglesia y el cementerio, y salimos a las marismas y empezamos a ver las velas de los barcos que avanzaban, empecé a combinar la señorita Havisham y Estella con la perspectiva, a mi manera habitual. Cuando llegamos a la orilla del río y nos sentamos en la orilla, con el agua ondulando a nuestros pies, haciendo que todo estuviera más tranquilo de lo que habría sido sin ese sonido, decidí que era un buen momento y lugar para admitir a Biddy en mi confianza interior.

—Biddy —dije, después de obligarla a guardar el secreto—, quiero ser un caballero.

"¡Oh, no lo haría, si fuera tú!", replicó ella. "No creo que responda".

—Biddy —dije con cierta severidad—, tengo razones particulares para querer ser un caballero.

—Tú lo sabes mejor, Pip; ¿Pero no crees que eres más feliz como eres?

—Biddy —exclamé con impaciencia—, no soy nada feliz como soy. Estoy disgustado con mi vocación y con mi vida. Nunca he tomado ninguna de las dos cosas, desde que estaba atado. No seas absurdo".

—¿Era yo absurda? —dijo Biddy, enarcando las cejas en voz baja—. "Lo siento; No era mi intención. Solo quiero que te vaya bien y que estés cómodo".

—Bien, entonces, comprenda de una vez por todas que nunca estaré ni podré estar cómodo, o ser más que miserable, allí, Biddy, a menos que pueda llevar un tipo de vida muy diferente de la vida que llevo ahora.

—¡Es una lástima! -exclamó Biddy, meneando la cabeza con aire triste-.

Ahora bien, yo también había pensado a menudo que era una lástima que, en la singular clase de disputa conmigo mismo que siempre mantenía, me sintiera medio inclinado a derramar lágrimas de irritación y angustia cuando Biddy expresó sus sentimientos y los míos. Le dije que tenía razón, y supe que era mucho lo que lamentar, pero aun así no había que evitarlo.

—Si hubiera podido sentar cabeza —le dije a Biddy, arrancando la corta hierba que tenía a mi alcance, como una vez me había arrancado los sentimientos de los cabellos y los había pateado contra la pared de la cervecería—, si hubiera podido establecerme y ser la mitad de aficionado a la fragua que cuando era pequeño, Sé que hubiera sido mucho mejor para mí. Tú, yo y Joe no hubiéramos querido nada entonces, y Joe y yo tal vez nos hubiéramos hecho socios cuando yo no estuviera en mi tiempo, y incluso podría haber crecido para hacerle compañía, y podríamos habernos sentado en esta misma orilla un buen domingo, personas completamente diferentes. Debería haber sido lo suficientemente bueno para *ti*, ¿no es así, Biddy?

Biddy suspiró mientras miraba los barcos que navegaban, y volvió para responder: —Sí; No soy demasiado exigente". Apenas sonaba halagador, pero sabía que tenía buenas intenciones.

—En lugar de eso —dije, arrancando más hierba y masticando una o dos briznas—, mira cómo sigo. Insatisfecha e incómoda, y... ¡qué significaría para mí, siendo grosero y vulgar, si nadie me lo hubiera dicho!

Biddy volvió de repente su rostro hacia el mío y me miró con mucha más atención de la que había mirado a los veleros.

—No fue ni muy cierto ni muy cortés decirlo —comentó, dirigiendo de nuevo los ojos a los barcos—. —¿Quién lo dijo?

Estaba desconcertado, porque me había escapado sin saber muy bien a dónde iba. Sin embargo, ahora no iba a pasar por alto, y respondí: —La hermosa joven de la señorita Havisham, y es más hermosa que nadie, y la admiro terriblemente, y quiero ser un caballero por su culpa. Habiendo hecho esta confesión lunática, comencé a arrojar mi hierba arrancada al río, como si tuviera pensamientos de seguirla.

—¿Quieres ser un caballero, fastidiarla o conquistarla? —me preguntó Biddy en voz baja, después de una pausa.

—No lo sé —respondí malhumorado—.

—Porque, si es para fastidiarla —prosiguió Biddy—, yo pensaría, pero tú lo sabes mejor, que eso podría hacerse mejor y de manera más independiente si no le importaran sus palabras. Y si es para conquistarla, yo pensaría, pero tú lo sabes mejor, que no valía la pena conquistarla.

Exactamente lo que yo mismo había pensado, muchas veces. Exactamente lo que se me manifestaba perfectamente en ese momento. Pero, ¿cómo podría yo, un pobre muchacho de pueblo aturdido, evitar esa maravillosa inconsistencia en la que caen todos los días los mejores y más sabios de los hombres?

—Puede que todo sea muy cierto —le dije a Biddy—, pero la admiro terriblemente.

En resumen, me di la vuelta sobre mi cara cuando llegué a eso, y agarré bien el cabello a cada lado de mi cabeza, y lo retorcí bien. Todo el tiempo, sabiendo que la locura de mi corazón estaba tan loca y fuera de lugar, que estaba completamente consciente de que le habría hecho bien a mi cara si la hubiera levantado por el cabello y la hubiera golpeado contra los guijarros como castigo por pertenecer a un idiota así.

Biddy era la más sabia de las chicas, y no trató de razonar más conmigo. Puso su mano, que era una mano cómoda aunque áspera por el trabajo, sobre mis manos, una tras otra, y las retiró suavemente de mi cabello. Luego me dio unas palmaditas en el hombro de una manera tranquilizadora, mientras con la cara en la manga lloraba un poco, exactamente como lo había hecho en el patio de la cervecería, y me sentí vagamente convencido de que alguien o todo el mundo me maltrataban mucho; No puedo decir cuál.

—Me alegro de una cosa —dijo Biddy—, y es que has sentido que podías darme tu confianza, Pip. Y me alegro de otra cosa, y es que, por supuesto, sabes que puedes contar con que lo guardo y siempre lo mereceré. Si tu primera maestra (¡querida! ¡qué pobre y tan necesitada de ser enseñada ella misma!) hubiera sido tu maestra en el momento actual, ella cree que sabe qué lección le daría a ella. Pero sería difícil de aprender, y tú la has superado, y ahora no sirve de nada. Así que, con un suspiro silencioso por mí, Biddy se levantó de la orilla y dijo, con un cambio de voz fresco y agradable: —¿Caminamos un poco más o nos vamos a casa?

—Biddy —exclamé, levantándome, rodeándole el cuello con el brazo y dándole un beso—, siempre te lo contaré todo.

—Hasta que seas un caballero —dijo Biddy—.

"Sabes que nunca lo seré, así que eso es siempre. No es que tenga ocasión de decirte nada, porque tú sabes todo lo que yo sé, como te dije en casa la otra noche.

—¡Ah! —exclamó Biddy, en un susurro, mientras apartaba la mirada hacia los barcos—. Y luego repitió, con su agradable cambio anterior: —¿Caminamos un poco más o nos vamos a casa?

Le dije a Biddy que caminaríamos un poco más, y así lo hicimos, y la tarde de verano se convirtió en una noche de verano, y fue muy hermosa. Me puse a pensar si, después de todo, no estaba en una situación más natural y saludable en estas circunstancias que jugar a ser el mendigo de mi vecino a la luz de las velas en la habitación con los relojes parados, y ser despreciado por Estella. Pensé que sería muy bueno para mí si pudiera sacarla de mi cabeza, con todos esos recuerdos y fantasías, y pudiera ponerme a trabajar decidido a disfrutar de lo que tenía que hacer, y apegarme a ello, y sacar lo mejor de ello. Me pregunté si no sabía con seguridad que si Estella estuviera a mi lado en ese momento en lugar de Biddy, me haría sentir miserable. Me vi obligado a admitir que lo sabía con certeza, y me dije a mí mismo: «¡Pip, qué tonto eres!»

Hablamos mucho mientras caminábamos, y todo lo que decía Biddy parecía correcto. Biddy nunca fue insultante, ni caprichosa, ni Biddy hoy y otra mañana más; De causarme dolor no habría sido más que dolor, y no placer; Preferiría haber herido su propio pecho que el mío. ¿Cómo podía ser, entonces, que no me gustara mucho más que ella de las dos?

—Biddy —dije cuando nos dirigíamos a casa—, me gustaría que me corrigieras.

—¡Ojalá pudiera! —dijo Biddy—.

—Si pudiera conseguir enamorarme de ti, ¿no te importa que hable tan abiertamente con un conocido tan antiguo?

—¡Oh, Dios mío, en absoluto! —dijo Biddy—. —No te preocupes por mí.

"Si tan solo pudiera hacer que lo hiciera, *eso* sería lo que me interesaría".

—Pero nunca lo harás, ya ves —dijo Biddy—.

No me pareció tan improbable esa noche, como lo habría sido si lo hubiéramos discutido unas horas antes. Por lo tanto, observé que no estaba muy seguro de eso. Pero Biddy dijo que sí, y lo dijo con decisión. En mi corazón creía que ella tenía razón; y, sin embargo, también me tomó bastante mal que ella fuera tan positiva en este punto.

Cuando llegamos cerca del cementerio, tuvimos que cruzar un terraplén y pasar por un montante cerca de una compuerta. De la verja, o de los juncos, o del cieno (que estaba bastante estancado a su manera), se puso en pie, el viejo Orlick.

"¡Halloa!", gruñó, "¿a dónde van ustedes dos?"

—¿A dónde deberíamos ir, sino a casa?

—Bien, entonces —dijo—, me da rabia no verte en casa.

Esta pena de ser golpeado era uno de sus supuestos casos favoritos. No atribuyó ningún significado definido a la palabra, que yo sepa, pero la usó, como su propio nombre cristiano, para ofender a la humanidad y transmitir una idea de algo salvajemente dañino. Cuando era más joven, tenía la creencia general de que si él me hubiera golpeado personalmente, lo habría hecho con un gancho afilado y retorcido.

Biddy se opuso mucho a que nos acompañara, y me dijo en un susurro: —No dejes que venga; No me gusta". Como a mí tampoco me gustaba, me tomé la libertad de decirle que le dábamos las gracias, pero que no queríamos verlo en casa. Recibió esa información con un grito de risa y se echó hacia atrás, pero vino encorvado detrás de nosotros a poca distancia.

Con curiosidad por saber si Biddy sospechaba que él había tenido algo que ver en ese ataque asesino del que mi hermana nunca había podido dar cuenta, le pregunté por qué no le gustaba.

—¡Oh! —replicó ella, mirando por encima de su hombro mientras él se encorvaba detrás de nosotros—, porque yo... me temo que le caigo bien.

- ¿Alguna vez te dijo que le gustabas? —pregunté indignado.

—No —dijo Biddy, mirando de nuevo por encima del hombro—, él nunca me lo dijo; pero me baila cada vez que puede llamar mi atención".

Por novedoso y peculiar que fuera este testimonio de apego, no dudaba de la exactitud de la interpretación. Me enfureció mucho que el viejo Orlick se atreviera a admirarla; Tan caliente como si fuera un ultraje a mí mismo.

—Pero a ti no te importa, ¿sabes? —dijo Biddy con calma—.

—No, Biddy, a mí me da igual; solo que no me gusta; No lo apruebo".

—Ni yo tampoco —dijo Biddy—. "Aunque *eso* no te importa".

-Exacto -dije yo-; Pero debo decirte que no tendría ninguna opinión de ti, Biddy, si él te bailara con tu propio consentimiento.

A partir de esa noche, no perdí de vista a Orlick y, siempre que las circunstancias eran favorables para que bailara en Biddy, me presentaba ante él para ocultar esa demostración. Había echado raíces en el establecimiento de Joe, a causa de la repentina atracción de mi hermana por él, o habría intentado que lo despidieran. Él comprendió perfectamente y correspondió a mis buenas intenciones, como yo tuve razones para saberlo a partir de entonces.

Y ahora, porque mi mente no estaba lo suficientemente confusa antes, compliqué su confusión cincuenta mil veces, teniendo estados y estaciones en los que tenía claro que Biddy era inconmensurablemente mejor que Estella, y que la vida laboral sencilla y honesta en la que había nacido no tenía nada de qué avergonzarme, sino que me ofrecía suficientes medios de respeto propio y felicidad. En aquellos momentos, yo decidía de manera concluyente que mi desafección hacia el querido Joe y la forja había desaparecido, y que estaba creciendo de una manera justa para ser socio de Joe y para hacer compañía a Biddy, cuando de repente algún recuerdo confuso de los días de Havisham caía sobre mí como un misil destructivo. y dispersar mi ingenio de nuevo. Los ingenios dispersos tardan mucho en aprenderse; y a menudo, antes de que los hubiera reunido bien, se dispersaban en todas direcciones por un pensamiento extraviado: que tal vez, después de todo, la señorita Havisham iba a hacer mi fortuna cuando se acabara mi tiempo.

Si se me hubiera acabado el tiempo, me habría dejado todavía en el colmo de mis perplejidades, me atrevo a decir. Sin embargo, nunca se agotó, sino que se llevó a un final prematuro, como procedo a relatar.

CAPÍTULO XVIII.

Era el cuarto año de mi aprendizaje de Joe, y era un sábado por la noche. Había un grupo reunido alrededor del fuego en el Three Jolly Bargemen, atento al señor Wopsle mientras leía el periódico en voz alta. De ese grupo yo era uno.

Se había cometido un asesinato muy popular, y el señor Wopsle estaba manchado de sangre hasta las cejas. Se regodeaba con cada adjetivo aborrecible de la descripción y se identificaba con todos los testigos de la investigación. Gimió débilmente: "Estoy acabado", como la víctima, y bramó bárbaramente: "Te serviré", como el asesino. Dio el testimonio médico, a imitación aguda de nuestro médico local; Y tocaba y temblaba, como el anciano guardián de la autopista que había oído golpes, hasta un punto tan paralítico que sugería una duda sobre la competencia mental de aquel testigo. El juez de instrucción, en manos de Mr. Wopsle, se convirtió en Timón de Atenas; el abalorio, Coriolano. Se divirtió mucho, y todos nos divertimos, y estuvimos deliciosamente cómodos. En este acogedor estado de ánimo llegamos al veredicto: Homicidio Doloso.

Entonces, y no antes, me di cuenta de que un extraño caballero estaba inclinado sobre la parte trasera del sofá frente a mí, mirando. Había una expresión de desprecio en su rostro, y mordió el costado de un gran dedo índice mientras observaba el grupo de rostros.

—Bueno —dijo el desconocido al señor Wopsle, cuando terminó la lectura—, no me cabe duda de que lo ha arreglado todo a su entera satisfacción.

Todos se sobresaltaron y miraron hacia arriba, como si fuera el asesino. Miró a todos con frialdad y sarcasmo.

—¿Culpable, por supuesto? —dijo—. "Fuera con eso. ¡Ven!"

—Señor —replicó el señor Wopsle—, sin tener el honor de conocerle, le digo culpable. Ante esto, todos nos armamos de valor para unirnos en un murmullo confirmatorio.

-Sé que sí -dijo el forastero-; "Sabía que lo harías. Te lo dije. Pero ahora te haré una pregunta. ¿Sabes, o no sabes, que la ley de Inglaterra supone que todo hombre es inocente hasta que se demuestre que es culpable?

—Señor —empezó a contestar el señor Wopsle—, como inglés, yo...

—¡Ven! —dijo el desconocido, mordiéndose el dedo índice—. "No evadas la pregunta. O lo sabes, o no lo sabes. ¿Cuál va a ser?

Se quedó de pie con la cabeza inclinada hacia un lado y él mismo hacia el otro, en un tono intimidatorio e interrogativo, y arrojó el dedo índice al señor Wopsle, como para distinguirlo, antes de morderlo de nuevo.

-¡Ahora! -dijo él-. —¿Lo sabes o no lo sabes?

—Ciertamente lo sé —replicó el señor Wopsle—.

"Seguro que lo sabes. Entonces, ¿por qué no lo dijiste al principio? Ahora, le haré otra pregunta —tomando posesión del señor Wopsle, como si tuviera derecho a él—, ¿sabe usted que ninguno de estos testigos ha sido interrogado todavía?

El señor Wopsle empezaba a decir: —Sólo puedo decir... —cuando el desconocido lo detuvo.

"¿Qué? No responderás a la pregunta, ¿sí o no? Ahora, te intentaré de nuevo". Volvió a lanzarle el dedo. "Atenderme. ¿Sabe usted, o no sabe, que ninguno de estos testigos ha sido interrogado todavía? Ven, solo quiero una palabra de ti. ¿Sí o no?

El señor Wopsle vaciló, y todos empezamos a concebir una mala opinión de él.

—¡Ven! —dijo el forastero—, yo te ayudaré. No mereces ayuda, pero yo te ayudaré. Mira ese papel que tienes en la mano. ¿Qué es?"

—¿Qué pasa? —repitió el señor Wopsle, mirándolo, muy perplejo—.

—¿Es —prosiguió el desconocido con su tono más sarcástico y suspicaz— el periódico impreso que acabas de leer?

—Sin lugar a dudas.

"Sin lugar a dudas. Ahora, vaya a ese documento y dígame si dice claramente que el prisionero dijo expresamente que sus asesores legales le dieron instrucciones para que se reservara su defensa.

—Lo acabo de leer —suplicó el señor Wopsle—.

—No importa lo que acaba de leer, señor; No te pregunto qué acabas de leer. Puedes leer el Padre Nuestro al revés, si quieres, y tal vez lo hayas hecho antes hoy. Vuelve al papel. No, no, no amigo mío; no a la parte superior de la columna; Tú sabes más que eso; hasta el fondo, hasta el fondo". (Todos empezamos a pensar que el señor Wopsle estaba lleno de subterfugios.) —¿Y bien? ¿Lo has encontrado?

—Aquí está —dijo el señor Wopsle—.

"Ahora, siga ese pasaje con la vista, y dígame si dice claramente que el prisionero dijo expresamente que sus asesores legales le instruyeron que se reservara completamente su defensa. ¡Venirse! ¿Le das eso?

El Sr. Wopsle respondió: "Esas no son las palabras exactas".

—¡No son las palabras exactas! —repitió el caballero con amargura—. —¿Es esa la sustancia exacta?

—Sí —dijo el señor Wopsle—.

—Sí —repitió el desconocido, mirando al resto de la compañía con la mano derecha extendida hacia el testigo, Wopsle—. "Y ahora te pregunto qué le dices a la conciencia de ese hombre que, con ese pasaje ante sus ojos, puede reclinar su cabeza sobre su almohada después de haber declarado culpable a un semejante, sin ser oído".

Todos empezamos a sospechar que el señor Wopsle no era el hombre que creíamos que era, y que empezaba a ser descubierto.

—Y ese mismo hombre, recuerde —prosiguió el caballero, señalando con el dedo pesadamente al señor Wopsle—, ese mismo hombre podría ser convocado como miembro del jurado en este mismo juicio, y, habiéndose comprometido tan profundamente, podría volver al seno de su familia y recostar la cabeza sobre la almohada, después de jurar deliberadamente que juzgaría bien y verdaderamente el asunto entre Nuestro Soberano Señor el Rey y el prisionero en el bar. y si un veredicto verdadero diera de acuerdo con la evidencia, ¡así que Dios le ayude!"

Todos estábamos profundamente persuadidos de que el desdichado Wopsle había ido demasiado lejos, y que era mejor que se detuviera en su temeraria carrera mientras aún había tiempo.

El extraño caballero, con un aire de autoridad indiscutible, y con una actitud que expresaba saber algo secreto acerca de cada uno de nosotros que sería útil para cada individuo si decidiera revelarlo, abandonó la parte trasera de la casa y entró en el espacio entre las dos habitaciones, frente al fuego. donde permaneció de pie, con la mano izquierda en el bolsillo y mordiéndose el dedo índice de la derecha.

—Por la información que he recibido —dijo, mirándonos a nuestro alrededor mientras todos nos temblábamos ante él—, tengo razones para creer que hay un herrero entre vosotros, llamado Joseph, o Joe, Gargery. ¿Cuál es el hombre?

—Aquí está el hombre —dijo Joe—.

El extraño caballero le hizo señas para que saliera de su sitio, y Joe se fue.

—¿Tiene usted un aprendiz —prosiguió el desconocido—, conocido comúnmente como Pip? ¿Está aquí?

"¡Estoy aquí!" Lloré.

El desconocido no me reconoció, pero yo lo reconocí como el caballero que había conocido en las escaleras, con ocasión de mi segunda visita a la señorita Havisham. Lo había conocido en el momento en que lo vi mirando por encima de la casa, y ahora que estaba frente a él con su mano sobre mi hombro, volví a revisar en detalle su gran cabeza, su tez morena, sus ojos hundidos, sus cejas negras y pobladas, su gran cadena de reloj, sus fuertes puntos negros de barba y bigotes. e incluso el olor a jabón perfumado en su gran mano.

—Deseo tener una conversación privada con ustedes dos —dijo, después de haberme examinado a su antojo—. "Tomará un poco de tiempo. Tal vez sea mejor que vayamos a su lugar de residencia. Prefiero no anticipar aquí mi comunicación; después impartirás tanto o tan poco como quieras a tus amigos; Yo no tengo nada que ver con eso".

En medio de un silencio de asombro, los tres salimos del Jolly Bargemen y, en un silencio de asombro, volvimos a casa. Mientras caminaba, el extraño caballero me miraba de vez en cuando, y de vez en cuando se mordía el costado del dedo. A medida que nos acercábamos a casa, Joe, reconociendo vagamente que la ocasión era impresionante y ceremoniosa, se adelantó para abrir la puerta principal. Nuestra conferencia se llevó a cabo en el salón del estado, que estaba débilmente iluminado por una vela.

Todo comenzó cuando el extraño caballero se sentó a la mesa, acercó la vela y echó un vistazo a algunas anotaciones de su cartera. Luego guardó la cartera y dejó la vela un poco a un lado, después de mirar a Joe y a mí en la oscuridad para averiguar cuál era cuál.

—Me llamo Jaggers —dijo— y soy abogado en Londres. Soy bastante conocido. Tengo asuntos inusuales que tratar con usted, y empiezo explicando que no son de mi origen. Si me hubieran pedido consejo, no habría estado aquí. No se me pidió, y me ves aquí. Lo que tengo que hacer como agente confidencial de otro, lo hago. Ni más ni menos".

Al ver que no podía vernos muy bien desde donde estaba sentado, se levantó, echó una pierna sobre el respaldo de una silla y se apoyó en ella; teniendo así un pie en el asiento de la silla, y otro pie en el suelo.

"Ahora, Joseph Gargery, soy el portador de una oferta para liberarte de este joven tu aprendiz. ¿No se opondría a cancelar sus contratos a petición suya y por su bien? ¿No querrías nada por hacer eso?

—Dios no quiera que yo quiera algo por no interponerme en el camino de Pip —dijo Joe, mirándolo fijamente—.

—Que Dios lo quiera es piadoso, pero no para eso —replicó el señor Jaggers—. "La pregunta es: ¿Quieres algo? ¿Quieres algo?

—La respuesta es —replicó Joe con severidad—, no.

Pensé que el señor Jaggers miraba a Joe, como si lo considerara un tonto por su desinterés. Pero estaba demasiado desconcertado entre la curiosidad sin aliento y la sorpresa, para estar seguro de ello.

—Muy bien —dijo el señor Jaggers—. "Recuerda la admisión que has hecho, y no trates de apartarte de ella ahora".

—¿Quién va a intentarlo? —replicó Joe.

"No digo que nadie lo sea. ¿Tienes un perro?

"Sí, tengo un perro".

"Ten en cuenta entonces que Brag es un buen perro, pero Holdfast es mejor. Tenlo en cuenta, ¿quieres? -repitió el señor Jaggers, cerrando los ojos y asintiendo con la cabeza a Joe, como si le perdonara algo-. "Ahora, vuelvo con este joven. Y la comunicación que tengo que hacer es que él tiene grandes expectativas".

Joe y yo nos quedamos sin aliento y nos miramos.

—Tengo instrucciones de comunicarle —dijo el señor Jaggers, señalándome con el dedo de reojo— que entrará en una hermosa propiedad. Además, que es el deseo del actual poseedor de esa propiedad, que sea inmediatamente removido de su actual esfera de vida y de este lugar, y que sea educado como un caballero, en una palabra, como un joven de grandes esperanzas.

Mi sueño se había cumplido; mi fantasía salvaje fue superada por la sobria realidad; La señorita Havisham iba a hacer mi fortuna a gran escala.

—Ahora, señor Pip —prosiguió el abogado—, le dirijo a usted el resto de lo que tengo que decirle. Debes comprender, en primer lugar, que la persona de la que recibo mis instrucciones pide que siempre lleves el nombre de Pip. No tendrá usted ninguna objeción, me atrevo a decir, a que sus grandes esperanzas se vean lastradas por esa fácil condición. Pero si tiene alguna objeción, este es el momento de mencionarla".

Mi corazón latía tan rápido, y había tal canto en mis oídos, que apenas podía tartamudear que no tenía objeción.

—¡Yo creo que no! Ahora bien, en segundo lugar, señor Pip, debe comprender que el nombre de la persona que es su benefactor liberal sigue siendo un profundo secreto, hasta que la persona decide revelarlo. Tengo el poder de mencionar que es la intención de la persona revelarlo de primera mano de boca en boca a sí mismo. Cuándo o dónde se puede llevar a cabo esa intención, no puedo decirlo;

Nadie puede decirlo. Puede que pasen años. Ahora bien, usted debe comprender claramente que está terminantemente prohibido hacer cualquier investigación sobre este punto, o cualquier alusión o referencia, por lejana que sea, a cualquier individuo, quienquiera que *sea el* individuo, en todas las comunicaciones que pueda tener conmigo. Si tienes una sospecha en tu propio seno, guarda esa sospecha en tu propio seno. No son las razones de esta prohibición lo más insignificante para el propósito; Pueden ser las razones más fuertes y graves, o pueden ser meros caprichos. Esto no es para que usted lo investigue. La condición está establecida. Su aceptación de ella, y su observancia de ella como vinculante, es la única condición restante de la que se me acusa, por parte de la persona de la que recibo mis instrucciones, y de la que no soy responsable de ninguna otra manera. Esa persona es la persona de la que derivas tus expectativas, y el secreto lo guardamos únicamente esa persona y yo. De nuevo, no es una condición muy difícil con la que gravar tal aumento de fortuna; Pero si tiene alguna objeción al respecto, este es el momento de mencionarlo. Habla".

Una vez más, tartamudeé con dificultad que no tenía ninguna objeción.

—¡Yo creo que no! Ahora, señor Pip, he terminado con las estipulaciones. A pesar de que me llamaba señor Pip y empezaba a reconciliarse conmigo, no lograba librarse de cierto aire de sospecha intimidante; Y aún ahora cerraba los ojos de vez en cuando y me lanzaba el dedo mientras hablaba, como para expresar que sabía toda clase de cosas para mi desprecio, si tan solo quería mencionarlas. "Vamos a continuación, a los meros detalles del arreglo. Debes saber que, aunque he usado el término "expectativas" más de una vez, no estás dotado solo de expectativas. Ya está depositada en mis manos una suma de dinero más que suficiente para su adecuada educación y manutención. Por favor, considéreme su tutor. ¡Oh!", porque iba a darle las gracias, "te lo digo de inmediato, me pagan por mis servicios, o no debería prestarlos. Se considera que debéis ser mejor educados, de acuerdo con vuestra nueva posición, y que seréis conscientes de la importancia y necesidad de entrar de inmediato en esa ventaja.

Le dije que siempre lo había anhelado.

—No importa lo que siempre ha deseado, señor Pip —replicó—; "Mantente en el registro. Si lo anhelas ahora, eso es suficiente. ¿Se me ha respondido que usted está listo para ser colocado de inmediato bajo un tutor apropiado? ¿Es eso?

Tartamudeé que sí, eso fue todo.

"Muy bien. Ahora, sus inclinaciones deben ser consultadas. No creo que sea tan sabio, pero es mi confianza. ¿Has oído hablar alguna vez de algún tutor a quien preferirías a otro?

Nunca había oído hablar de otro tutor que no fuera Biddy y la tía abuela del señor Wopsle; entonces, respondí negativamente.

—Hay cierto tutor, del que tengo algún conocimiento, que creo que podría ser adecuado para el propósito —dijo el señor Jaggers—. "No lo recomiendo, observe; porque nunca recomiendo a nadie. El caballero del que hablo es un tal señor Matthew Pocket.

¡Ah! Capté el nombre directamente. Pariente de la señorita Havisham. El Mateo del que habían hablado el señor y la señora Camila. El Matthew cuyo lugar iba a estar a la cabeza de la señorita Havisham, cuando ella yacía muerta, con su vestido de novia sobre la mesa de la novia.

—¿Conoce usted el nombre? —dijo el señor Jaggers, mirándome con astucia, y luego cerrando los ojos mientras esperaba mi respuesta.

Mi respuesta fue que había oído hablar del nombre.

—¡Oh! —exclamó—. "Has oído hablar del nombre. Pero la pregunta es, ¿qué dices de ello?

Le dije, o traté de decir, que le estaba muy agradecido por su recomendación...

—¡No, mi joven amigo! —interrumpió, moviendo muy lentamente su gran cabeza—. "¡Recuérdate!"

Sin acordarme de mí mismo, volví a decir que le estaba muy agradecido por su recomendación:

—No, mi joven amigo —interrumpió él, meneando la cabeza, frunciendo el ceño y sonriendo a la vez—, no, no, no; Está muy bien hecho, pero no servirá; Eres demasiado joven para arreglarme con eso. Recomendación no es la palabra, Sr. Pip. Pruebe con otro".

Corrigiéndome, le dije que le estaba muy agradecido por su mención del señor Matthew Pocket...

—¡*Eso* es más parecido! —exclamó el señor Jaggers—. Y (añadí), con mucho gusto probaría a ese caballero.

"Muy bien. Será mejor que lo pruebes en su propia casa. El camino estará preparado para ti, y podrás ver primero a su hijo, que está en Londres. ¿Cuándo vendrás a Londres?

Dije (mirando a Joe, que permanecía mirando, inmóvil) que suponía que podía ir directamente.

—Primero —dijo el señor Jaggers—, deberías tener ropa nueva para que te la lleves, y no debe ser ropa de trabajo. Digamos este día de la semana. Querrás algo de dinero. ¿Te dejo veinte guineas?

Sacó una bolsa larga, con la mayor frialdad, las contó sobre la mesa y me las acercó. Era la primera vez que levantaba la pierna de la silla. Se sentó a horcajadas sobre la silla después de haber empujado el dinero, y se sentó balanceando su bolso y mirando a Joe.

—¿Y bien, Joseph Gargery? ¿Pareces estupefacto?

—¡Lo soy! —dijo Joe de una manera muy decidida—.

—Se entendió que no querías nada para ti, ¿recuerdas?

—Se entiende —dijo Joe—, y se entiende. Y siempre será similar de acuerdo con esto".

—¿Pero qué —dijo el señor Jaggers, blandiendo su bolso—, y si estuviera en mis instrucciones hacerle un regalo, como compensación?

—¿Como compensación, para qué? —preguntó Joe.

"Por la pérdida de sus servicios".

Joe puso su mano sobre mi hombro con el tacto de una mujer. Desde entonces, a menudo he pensado en él, como el martillo de vapor que puede aplastar a un hombre o acariciar la cáscara de un huevo, en su combinación de fuerza y dulzura.

—Pip es tan cordialmente bienvenido —dijo Joe—, para ir libre con sus servicios, para honrarlo y fortunarlo, como no hay palabras que puedan expresarlo. Pero si piensas que el dinero puede compensarme por la pérdida del niño pequeño, ¿qué ha llegado a la fragua..., y siempre el mejor de los amigos?

Oh, querido buen Joe, a quien estaba tan dispuesto a dejar y tan ingrato con él, te veo de nuevo, con tu musculoso brazo de herrero ante tus ojos, y tu ancho pecho agitado, y tu voz apagándose. ¡Oh querido buen fiel tierno Joe, siento el temblor amoroso de tu mano sobre mi brazo, tan solemne este día como si hubiera sido el susurro del ala de un ángel!

Pero animé a Joe en ese momento. Estaba perdido en los laberintos de mi futura fortuna, y no podía desandar los caminos que habíamos recorrido juntos. Le rogué a Joe que me consolara, porque (como él dijo) siempre habíamos sido los mejores amigos, y (como dije) siempre lo seríamos. Joe se tapó los ojos con la muñeca desencajada, como si estuviera decidido a arrancarse a sí mismo, pero no dijo una palabra más.

El señor Jaggers lo había contemplado como quien reconoce en Joe al idiota del pueblo, y en mí a su guardián. Cuando terminó, dijo, pesando en su mano la bolsa que había dejado de balancear:

"Ahora, Joseph Gargery, te advierto que esta es tu última oportunidad. Conmigo no hay medias tintas. Si piensas tomar un regalo que yo tengo a cargo de hacerte, dilo, y lo tendrás. Si, por el contrario, quieres decir... Aquí, para su gran asombro, fue detenido por la repentina obra de Joe que trabajaba a su alrededor con todas las demostraciones de un propósito pugilístico.

—Lo que quiero decir —exclamó Joe—, es que si entras en mi casa acosándome y acosándome, ¡sal fuera! Lo cual quiero decir como sech si eres un hombre, ¡vamos! Lo cual quiero decir que lo que digo, quiero decir, y me quedo o caigo.

Aparté a Joe, y de inmediato se volvió placentero; simplemente diciéndome, de una manera amable y como un cortés aviso de exculpación a cualquiera a quien pudiera interesar, que él no iba a ser acosado y acosado en su propio lugar. El señor Jaggers se había levantado cuando Joe hizo la manifestación, y había retrocedido cerca de la puerta. Sin mostrar ninguna inclinación a volver a entrar, pronunció allí sus palabras de despedida. Eran estos.

—Bueno, señor Pip, creo que cuanto antes se vaya de aquí, ya que va a ser un caballero, mejor. Déjalo así por este día de la semana, y mientras tanto recibirás mi dirección impresa. Puedes tomar un coche en la oficina de diligencias de Londres y venir directamente a mí. Comprenda que no expreso ninguna opinión, de una forma u otra, sobre la confianza que tengo. Me pagan por emprenderlo, y lo hago. Ahora, entiendan eso, finalmente. ¡Entiéndelo!"

Nos estaba lanzando el dedo a los dos, y creo que habría continuado, de no ser porque pareció pensar que Joe era peligroso y se marchó.

Algo se me ocurrió que me indujo a correr tras él, mientras bajaba al Jolly Bargemen, donde había dejado un carruaje alquilado.

- Le ruego que me perdone, señor Jaggers.

—¡Hola! —dijo él, mirando a su alrededor—, ¿qué te pasa?

—Deseo tener toda la razón, señor Jaggers, y seguir sus instrucciones; así que pensé que sería mejor preguntar. ¿Habría alguna objeción a que me despidiera de alguien que conozco por aquí, antes de irme?

—No —dijo él, como si apenas me entendiera—.

—¿No me refiero solo al pueblo, sino a la parte alta de la ciudad?

—No —dijo él—. —No hay objeción.

Le di las gracias y volví corriendo a casa, y allí descubrí que Joe ya había cerrado la puerta principal con llave y había abandonado el salón estatal, y estaba sentado junto al fuego de la cocina con una mano en cada rodilla, mirando fijamente las brasas ardientes. Yo también me senté frente al fuego y miré las brasas, y no se dijo nada durante mucho tiempo.

Mi hermana estaba en su silla acolchada en su rincón, y Biddy se sentó a bordar ante el fuego, y Joe se sentó al lado de Biddy, y yo me senté al lado de Joe en el rincón opuesto a mi hermana. Cuanto más miraba las brasas, más incapaz me volvía de mirar a Joe; cuanto más duraba el silencio, más incapaz me sentía de hablar.

Al final me bajé: —Joe, ¿se lo has dicho a Biddy?

—No, Pip —replicó Joe, sin dejar de mirar el fuego y apretando las rodillas, como si tuviera información privada de que tenían la intención de llevarse a alguna parte—, que se la dejé a usted, Pip.

- Preferiría que me lo dijeras, Joe.

—Entonces Pip es un caballero de fort —dijo Joe—, ¡y que Dios le bendiga!

Biddy dejó su trabajo y me miró. Joe se agarró las rodillas y me miró. Los miré a los dos. Después de una pausa, ambos me felicitaron efusivamente; pero había un cierto toque de tristeza en sus felicitaciones que me molestó bastante.

Me encargué de impresionar a Biddy (y, a través de Biddy, a Joe) con la grave obligación que consideraba mis amigos, de no saber nada ni decir nada sobre el hacedor de mi fortuna. Observé que todo saldría a su debido tiempo, y mientras tanto no había nada que decir, salvo que había llegado a tener grandes esperanzas de un misterioso mecenas. Biddy asintió pensativamente con la cabeza hacia el fuego mientras retomaba su trabajo, y dijo que sería muy exigente; y Joe, todavía indefenándose de las rodillas, dijo: «¡Ay, ay, voy a ser muy parético, Pip!», y luego me felicitaron de nuevo, y continuaron expresando tanto asombro ante la idea de que yo fuera un caballero que no me gustó ni la mitad.

Biddy se esforzó infinitamente para comunicar a mi hermana alguna idea de lo que había sucedido. A mi leal saber y entender, esos esfuerzos fracasaron por completo. Se echó a reír y asintió con la cabeza muchas veces, e incluso repitió después de Biddy las palabras «Pip» y «Propiedad». Pero dudo que tuvieran más significado que un grito electoral, y no puedo sugerir una imagen más sombría de su estado de ánimo.

Nunca podría haberlo creído sin la experiencia, pero a medida que Joe y Biddy volvieron a estar más alegres y a gusto, me volví bastante sombrío. Insatisfecho con mi fortuna, por supuesto que no podía estarlo; pero es posible que yo haya estado, sin saberlo del todo, insatisfecho conmigo mismo.

De todos modos, me senté con el codo en la rodilla y la cara en la mano, mirando al fuego, mientras esos dos hablaban de mi partida, y de lo que deberían hacer sin mí, y todo eso. Y cada vez que sorprendía a uno de ellos mirándome, aunque nunca tan agradablemente (y a menudo me miraban, especialmente Biddy), me sentía ofendido: como si expresaran alguna desconfianza hacia mí. Aunque el Cielo sabe que nunca lo hicieron por palabra o seña.

En esos momentos me levantaba y miraba hacia la puerta; Porque la puerta de nuestra cocina se abría de inmediato por la noche, y permanecía abierta en las noches de verano para ventilar la habitación. Me temo que las mismas estrellas a las que entonces alcé mis ojos no eran más que pobres y humildes estrellas por brillar en los objetos rústicos entre los que había pasado mi vida.

—Sábado por la noche —dije cuando nos sentamos a cenar pan, queso y cerveza—. —¡Cinco días más, y luego el día antes *del* día! Pronto se irán".

—Sí, Pip —observó Joe, cuya voz sonaba hueca en su jarra de cerveza—. "Pronto se irán".

—Pronto, pronto vete —dijo Biddy—.

—He estado pensando, Joe, que cuando vaya a la ciudad el lunes y pida mis ropas nuevas, le diré al sastre que iré y me las pondré allí, o que las enviaré a casa del señor Pumblechook. Sería muy desagradable que toda la gente de aquí me mirara fijamente".

—Al señor y a la señora Hubble también les gustaría verte con tu nueva figura de ginebra, Pip —dijo Joe, cortando laboriosamente su pan, con su queso encima, en la palma de su mano izquierda, y echando una ojeada a mi cena sin probar, como si pensara en la época en que solíamos comparar rebanadas—. "Lo mismo podría suceder con Wopsle. Y los alegres barqueros podrían tomárselo como un cumplido.

—Eso es justo lo que no quiero, Joe. Hacían de ello un negocio tan grosero, tan vulgar y vulgar, que yo no podía soportarlo.

—¡Ah, eso sí, Pip! —dijo Joe—. Si no pudieras soportarte a ti mismo...

Biddy me preguntó, mientras sostenía el plato de mi hermana: —¿Has pensado en cuándo te mostrarás al señor Gargery, a tu hermana y a mí? Te mostrarás a nosotros; ¿No lo harás?

—Biddy —repliqué con cierto resentimiento—, eres tan extremadamente rápida que es difícil seguirte el ritmo.

(—Siempre era rápida —observó Joe—.

Si hubieras esperado un momento más, Biddy, me habrías oído decir que una noche traeré aquí mi ropa en un bulto, probablemente la noche antes de irme.

Biddy no dijo nada más. Perdonándola generosamente, pronto intercambié unas afectuosas buenas noches con ella y Joe, y me fui a la cama. Cuando llegué a mi pequeña habitación, me senté y la miré detenidamente, como una pequeña habitación de la que pronto me separaría y me elevaría para siempre. También estaba amueblada con recuerdos frescos de juventud, y aun en el mismo instante caí en la misma confusa división de mente entre ella y las mejores habitaciones a las que iba, como había estado tantas veces entre la fragua y la de la señorita Havisham, y entre Biddy y Estella.

El sol había estado brillando intensamente todo el día en el techo de mi ático, y la habitación estaba cálida. Cuando abrí la ventana y me quedé mirando hacia afuera, vi a Joe salir lentamente por la puerta oscura, abajo, y dar una vuelta o dos en el aire; y entonces vi a Biddy venir, y traerle una pipa y encenderla para él. Nunca fumaba tan tarde, y parecía insinuarme que quería consuelo, por una razón u otra.

De pronto se quedó en la puerta, justo debajo de mí, fumando su pipa, y Biddy también se quedó allí, hablando con él en voz baja, y supe que hablaban de mí, porque oí mencionar mi nombre en un tono cariñoso por ambos más de una vez. No habría escuchado más, si hubiera podido escuchar más; Así que me alejé de la ventana y me senté en mi única silla junto a la cama, sintiendo muy triste y extraño que esta primera noche de mi brillante fortuna fuera la más solitaria que jamás había conocido.

Al mirar hacia la ventana abierta, vi guirnaldas de luz de la pipa de Joe flotando allí, y me imaginé que era como una bendición de Joe, que no se entrometía en mí ni desfilaba ante mí, sino que impregnaba el aire que compartíamos juntos. Apagué la luz y me metí en la cama; y ahora era una cama incómoda, y ya no dormí más el antiguo sueño profundo en ella.

CAPÍTULO XIX.

La mañana marcó una diferencia considerable en mi perspectiva general de la vida, y la iluminó tanto que apenas parecía lo mismo. Lo que más pesaba en mi mente era la consideración de que seis días se interponían entre yo y el día de la partida; porque no podía librarme de la duda de que algo pudiera sucederle a Londres en el ínterin, y que, cuando llegara allí, estaría muy deteriorada o completamente desaparecida.

Joe y Biddy se mostraron muy comprensivos y agradables cuando les hablé de nuestra próxima separación; pero solo se refirieron a él cuando yo lo hice. Después de desayunar, Joe sacó mis contratos de la imprenta en el mejor salón, y los pusimos en el fuego, y me sentí libre. Con toda la novedad de mi emancipación sobre mí, fui a la iglesia con Joe, y pensé que tal vez el clérigo no habría leído eso sobre el hombre rico y el reino de los cielos, si lo hubiera sabido todo.

Después de cenar temprano, salí a pasear solo, con la intención de acabar con los pantanos de una vez y acabar con ellos. Al pasar por delante de la iglesia, sentí (como había sentido durante el servicio de la mañana) una compasión sublime por las pobres criaturas que estaban destinadas a ir allí, domingo tras domingo, durante toda su vida, y a yacer por fin oscuramente entre los montículos bajos y verdes. Me prometí a mí mismo que haría algo por ellos un día de estos, y tracé un plan a grandes rasgos para ofrecer una cena de rosbif y budín de ciruelas, una pinta de cerveza y un galón de condescendencia a todos los habitantes del pueblo.

Si antes había pensado muchas veces, con algo parecido a la vergüenza, en mi compañerismo con el fugitivo a quien una vez había visto cojeando entre aquellas tumbas, ¿qué eran mis pensamientos aquel domingo, cuando el lugar recordaba al desgraciado, harapiento y tembloroso, con su hierro y su insignia de felón? Mi consuelo era que había ocurrido hacía mucho tiempo, y que sin duda él había sido transportado desde muy lejos, y que estaba muerto para mí, y que podía estar verdaderamente muerto en el trato.

No más terrenos bajos y húmedos, no más diques y esclusas, no más de este ganado pastando, aunque ahora parecían tener un aire más respetuoso y mirar a su alrededor, para poder mirar fijamente durante el mayor tiempo posible al poseedor de tan grandes esperanzas, adiós, monótonos conocidos de mi infancia, a partir de entonces estuve a favor de Londres y de la grandeza; No para el trabajo de Smith en general, ¡y para ti! Me dirigí exultante a la vieja batería y, acostándome allí para considerar si la señorita Havisham me destinaba a Estella, me quedé dormido.

Cuando desperté, me sorprendió mucho encontrar a Joe sentado a mi lado, fumando su pipa. Me saludó con una sonrisa alegre al abrir los ojos y me dijo:

—Como si fuera la última vez, Pip, pensé en seguirlo.

"Y Joe, me alegro mucho de que lo hayas hecho".

—Gracias, Pip.

—Puedes estar seguro, querido Joe —proseguí, después de habernos dado la mano—, de que nunca te olvidaré.

—¡No, no, Pip! —dijo Joe en tono cómodo—, *estoy* seguro de eso. ¡Ay, ay, viejo! Bendito seas, sólo sería necesario tenerlo bien en la mente de un hombre, para estar seguro de ello. Pero tomó un poco de tiempo ponerlo bien, el cambio vino tan oncomún regordete; ¿No es así?

De alguna manera, no me complacía mucho que Joe estuviera tan seguro de mí. Me hubiera gustado que traicionara la emoción, o que dijera: «Te da crédito, Pip», o algo por el estilo. Por lo tanto, no hice ningún comentario sobre la primera cabeza de Joe; En cuanto a la segunda, se limitó a decir que la noticia había llegado de repente, pero que yo siempre había querido ser un caballero, y a menudo había especulado sobre lo que haría, si lo fuera.

—¿Y tú? —dijo Joe—. ¡Asombroso!

—Es una lástima, Joe —dije—, que no te hayas llevado un poco más cuando tuvimos nuestras lecciones aquí; ¿No es así?

—Bueno, no lo sé —replicó Joe—, soy terriblemente aburrido. Solo soy dueño de mi propio oficio. Siempre era una lástima, ya que era tan terriblemente aburrido; Pero ya no es más lástima de lo que era... este día hace doce meses, ¿no lo ves?

Lo que quería decir era que cuando llegara a mi propiedad y pudiera hacer algo por Joe, habría sido mucho más agradable si él hubiera estado mejor calificado para un ascenso de posición. Sin embargo, era tan perfectamente inocente de lo que quería decir que pensé en mencionárselo a Biddy con preferencia.

De modo que, cuando hubimos regresado a casa y tomado el té, llevé a Biddy a nuestro pequeño jardín al lado de la vereda y, después de hacer un gesto general para que ella se levantara el ánimo, para que nunca la olvidara, le dije que tenía un favor que pedirle.

—Y es, Biddy —dije—, que no dejarás pasar ninguna oportunidad de ayudar un poco a Joe.

—¿Cómo le ayudas? —preguntó Biddy, con una especie de mirada fija.

"¡Bueno! Joe es un buen tipo muy querido, de hecho, creo que es el hombre más querido que jamás haya existido, pero está bastante atrasado en algunas cosas. Por ejemplo, Biddy, en su erudición y sus modales.

Aunque yo miraba a Biddy mientras hablaba, y aunque ella abrió mucho los ojos cuando yo hablé, no me miró.

—¡Oh, sus modales! ¿No le servirán entonces sus modales? -preguntó Biddy, arrancando una hoja de grosella negra-.

—Mi querida Biddy, aquí les va muy bien...

—¡Oh! ¿Les *va* muy bien aquí? -interrumpió Biddy, mirando de cerca la hoja que tenía en la mano-.

Escúchame, pero si tuviera que trasladar a Joe a una esfera superior, como espero hacerlo cuando llegue a mi propiedad, difícilmente le harían justicia.

—¿Y no crees que él lo sabe? —preguntó Biddy.

Era una pregunta tan provocadora (pues nunca se me había ocurrido de la manera más lejana), que dije bruscamente:

—Biddy, ¿a qué te refieres?

Biddy, después de haber frotado la hoja en pedazos entre sus manos, y el olor de un arbusto de grosella negra me ha recordado desde entonces aquella noche en el pequeño jardín al lado del camino, dijo: —¿No has pensado nunca en que pueda ser orgulloso?

—¿Orgulloso? —repetí con énfasis desdeñoso—.

—¡Oh! hay muchas clases de orgullo -dijo Biddy, mirándome fijamente y meneando la cabeza-; "El orgullo no es de un solo tipo..."

—¿Y bien? ¿Por qué te detienes?", le pregunté.

—No todos de la misma clase —prosiguió Biddy—. "Puede ser demasiado orgulloso para permitir que alguien lo saque de un lugar que es competente para llenar, y lo hace bien y con respeto. A decir verdad, creo que lo es; aunque a mí me parece atrevido decirlo, porque tú le has de conocer mucho mejor que yo.

—Bien, Biddy —dije—, lamento mucho ver esto en ti. No esperaba ver esto en ti. Eres envidiosa, Biddy, y a regañadientes. Estás insatisfecho a causa de mi aumento de fortuna, y no puedes dejar de demostrarlo.

—Si tienes el valor de pensar así —replicó Biddy—, dilo. Dilo una y otra vez, si tienes el corazón para pensar así".

—Si tienes el corazón para serlo, quieres decir, Biddy —dije en tono virtuoso y superior—; "No me lo impongas. Lamento mucho verlo, y es un lado malo de la naturaleza humana. Tenía la intención de pedirte que aprovecharas las pequeñas oportunidades que pudieras tener después de que yo me fuera, para mejorar, querido Joe. Pero después de esto no te pido nada. Lamento mucho ver esto en ti, Biddy —repetí—. "Es un lado malo de la naturaleza humana".

—Tanto si me regañas como si me apruebas —replicó la pobre Biddy—, puedes confiar igualmente en que trataré de hacer todo lo que esté a mi alcance, aquí, en todo momento. Y cualquier opinión que tomes de mí, no hará ninguna diferencia en mi recuerdo de ti. Sin embargo, un caballero tampoco debe ser injusto -dijo Biddy, volviendo la cabeza-.

Volví a repetir calurosamente que era un lado malo de la naturaleza humana (en cuyo sentimiento, renunciando a su aplicación, he visto desde entonces razones para pensar que tenía razón), y caminé por el pequeño sendero que me alejaba de Biddy, y Biddy entró en la casa, y yo salí a la puerta del jardín y di un paseo abatido hasta la hora de la cena; De nuevo sintiéndome muy triste y extraño que ésta, la segunda noche de mi brillante fortuna, fuera tan solitaria e insatisfactoria como la primera.

Pero la mañana volvió a iluminar mi vista, y extendí mi clemencia a Biddy, y abandonamos el tema. Me puse la mejor ropa que tenía, y me fui a la ciudad tan pronto como pude encontrar las tiendas abiertas, y me presenté ante el señor Trabb, el sastre, que estaba desayunando en el salón detrás de su tienda, y que no creyó que valiera la pena salir a verme, sino que me llamó a su lado.

—¡Bien! —dijo el señor Trabb, en un tono de saludo—. —¿Cómo estás y qué puedo hacer por ti?

El señor Trabb había cortado su panecillo caliente en tres lechos de plumas, y estaba deslizando mantequilla entre las mantas y cubriéndola. Era un viejo soltero próspero, y su ventana abierta daba a un próspero jardín y huerto, y había una próspera caja fuerte de hierro empotrada en la pared junto a su chimenea, y no dudé de que montones de su prosperidad estaban guardadas en ella en bolsas.

—Señor Trabb —dije—, es desagradable tener que mencionarlo, porque parece una jactancia; pero he llegado a una hermosa propiedad.

Un cambio pasó por alto al señor Trabb. Olvidó la mantequilla en la cama, se levantó de la cama y se limpió los dedos sobre el mantel, exclamando: "¡Dios bendiga mi alma!"

—Voy a ver a mi tutor en Londres —dije, sacando casualmente algunas guineas del bolsillo y mirándolas—; "Y quiero un traje de moda para entrar. Deseo pagar por ellos —añadí—, de lo contrario, pensé que sólo podría fingir que los hacía, «con dinero contante y sonante».

—Mi querido señor —dijo el señor Trabb, mientras inclinaba respetuosamente su cuerpo, abría los brazos y se tomaba la libertad de tocarme en la parte exterior de cada codo—, no me haga daño mencionando eso. ¿Puedo atreverme a felicitarle? ¿Me harías el favor de entrar en la tienda?

El muchacho del señor Trabb era el más audaz de toda la comarca. Cuando entré, él estaba barriendo la tienda, y había endulzado sus labores barriéndome a mí. Todavía estaba barriendo cuando entré en la tienda con el señor Trabb, y golpeó la escoba contra todas las esquinas y obstáculos posibles, para expresar (según entendí) la igualdad con cualquier herrero, vivo o muerto.

—Aguante ese ruido —dijo el señor Trabb con la mayor severidad—, o le arrancaré la cabeza de un látigo... Hágame el favor de sentarme, señor. Ahora bien, éste -dijo el señor Trabb, descolgando un rollo de tela y colocándolo de manera fluida sobre el mostrador, preparándose para meter la mano debajo de él para mostrar el brillo-, es un artículo muy dulce. Puedo recomendarlo para su propósito, señor, porque realmente es súper grande. Pero ya veréis otros. ¡Dame el Número Cuatro, tú!" (Al muchacho, y con una mirada terriblemente severa, previniendo el peligro de que ese malhechor me rozara con ella, o hiciera algún otro signo de familiaridad.)

El señor Trabb no apartó su severa mirada del muchacho hasta que depositó el número cuatro en el mostrador y volvió a estar a una distancia segura. Entonces le ordenó que trajera el número cinco y el número ocho. —Y no permitas que yo tenga aquí ninguno de tus trucos —dijo el señor Trabb—, o te arrepentirás, joven sinvergüenza, el día más largo que te queda de vivir.

El señor Trabb se inclinó entonces sobre el número cuatro y, en una especie de confianza deferente, me lo recomendó como una prenda ligera para el verano, una prenda muy en boga entre la nobleza y la alta burguesía, una prenda que siempre sería un honor para él reflexionar sobre el hecho de que un distinguido conciudadano (si se me permite reclamar a mí por un conciudadano) ha llevado. —¿Trae usted los números cinco y ocho, vagabundo —dijo el señor Trabb al muchacho—, o le echo yo de la tienda y me los traigo yo mismo?

Seleccioné los materiales para un traje, con la ayuda del juicio del señor Trabb, y volví a entrar en el salón para ser medido. Porque, aunque el señor Trabb ya tenía mi medida, y anteriormente había estado bastante satisfecho con ella, dijo en tono de disculpa que «no serviría en las circunstancias actuales, señor, no serviría en absoluto». De modo que el señor Trabb me medía y calculaba en el salón, como si yo fuera una finca y él la mejor especie de agrimensor, y se daba a sí mismo tal mundo de problemas que me daba la impresión de que ningún traje podría compensarle por sus esfuerzos. Cuando por fin hubo terminado y acordado enviar los artículos a casa del señor Pumblechock el jueves por la noche, dijo, con la mano sobre la cerradura del salón: —Sé, señor, que no se puede esperar que los caballeros londinenses patrocinen el trabajo local, por regla general; pero si me dieis un cambio de vez en cuando en la calidad de un hombre de ciudad, lo estimaría mucho. Buenos días, señor, muy agradecido.—¡Puerta!

La última palabra fue lanzada al muchacho, que no tenía la menor idea de lo que significaba. Pero lo vi desplomarse mientras su amo me frotaba con las manos, y mi primera experiencia decidida del estupendo poder del dinero fue que había echado moralmente sobre sus espaldas al hijo de Trabb.

Después de este memorable suceso, fui a la sombrerería, al zapatero y a la calcetería, y me sentí más bien como el perro de la madre Hubbard, cuyo atuendo requería los servicios de tantos oficios. También fui a la cochera y ocupé mi lugar para las siete de la mañana del sábado. No era necesario explicar en todas partes que había llegado a una hermosa propiedad; pero cada vez que decía algo en ese sentido, se deducía que el comerciante oficiante dejaba de desviar su atención por la ventana que daba a la calle principal y concentraba su mente en mí. Cuando hube pedido todo lo que quería, dirigí mis pasos hacia la casa de Pumblechook, y, al acercarme al lugar de negocios de ese caballero, lo vi de pie en su puerta.

Me esperaba con gran impaciencia. Había salido temprano con la carreta, había llamado a la fragua y había oído la noticia. Había preparado una colación para mí en el salón de Barnwell, y también ordenó a su tendero que «saliera de la pasarela» al paso de mi sagrada persona.

—Mi querido amigo —dijo el señor Pumblechook, tomándome de ambas manos cuando él, yo y la colación nos quedamos solos—, te alegro de tu buena suerte. ¡Bien merecido, bien merecido!"

Esto iba al grano, y pensé que era una forma sensata de expresarse.

—Pensar —dijo el señor Pumblechook, después de resoplar admiración durante unos momentos— que yo debería haber sido el humilde instrumento que me llevó a esto, es una recompensa de orgullo.

Le rogué al señor Pumblechook que recordara que nunca se debía decir ni insinuar nada sobre ese punto.

—Mi querido joven amigo —dijo el señor Pumblechook—; —Si me permites llamarte así...

—murmuré: «Ciertamente», y el señor Pumblechook me tomó de nuevo por ambas manos y comunicó un movimiento a su chaleco, que tenía un aspecto emotivo, aunque era bastante bajo. —Mi querido y joven amigo, confía en que haré todo lo que puedo, en tu ausencia, teniendo el hecho presente en la mente de José. en el camino de una conjuración compasiva. "¡¡José!! ¡José!!" Entonces sacudió la cabeza y la golpeó, expresando su sensación de deficiencia en José.

—Pero mi querido joven amigo —dijo el señor Pumblechook—, usted debe estar hambriento, debe estar exhausto. Estar sentado. Aquí hay una gallina del Jabalí, aquí hay una lengua del Jabalí, aquí hay una o dos cositas del Jabalí, que espero que Uds. no desprecien. Pero, ¿acaso -dijo el señor Pumblechook, levantándose de nuevo un momento después de haberse sentado-, veo delante de mí a él tal como siempre he jugado con él en sus momentos de feliz infancia? ¿Y puedo..., *puedo...?*

¿Es posible que me dé la mano? Accedí, y él se mostró ferviente, y luego volvió a sentarse.

—Aquí hay vino —dijo el señor Pumblechook—. -¡Bebamos, gracias a la Fortuna, y que ella escoja siempre a sus favoritos con igual juicio! Y, sin embargo, no puedo -dijo el señor Pumblechook, levantándose de nuevo- ver delante de mí a Uno, y también beber por Uno, sin expresar de nuevo: ¿Puedo..., *puedo...?*

Le dije que sí, y volvió a estrecharme la mano, vació su vaso y lo puso boca abajo. Yo hice lo mismo; y si me hubiera dado la vuelta antes de beber, el vino no habría podido ir más directo a mi cabeza.

El señor Pumblechook me ayudó a subir al ala del hígado y a la mejor porción de lengua (nada de esos apartados de No Thoroughfares of Pork ahora), y no se preocupó, comparativamente hablando, en absoluto. —¡Ah! ¡Aves de corral, aves de corral! No te imaginaste -dijo el señor Pumblechook, apostrofando el ave en el plato-, cuando eras un joven polluelo, lo que te esperaba. Usted no creía que iba a ser un refrigerio bajo este humilde techo para alguien como... Llámalo una debilidad, si quieres -dijo el señor Pumblechook, levantándose de nuevo-, pero ¿puedo yo? *¿Puedo...?*

Empezó a ser innecesario repetir la forma de decir que podría, así que lo hizo de inmediato. No sé cómo pudo hacerlo tan a menudo sin herirse con mi cuchillo.

-¡Y tu hermana -prosiguió, después de comer un poco de calma-, que tuvo el honor de criarte de la mano! Es una imagen triste, reflexionar que ya no está a la altura de comprender completamente el honor. Mayo...

Vi que estaba a punto de venir hacia mí de nuevo, y lo detuve.

—Beberemos por su salud —dije—.

—¡Ah! —exclamó el señor Pumblechook, reclinándose en su silla, completamente flácido de admiración—, ¡así es como los conoce, señor! (No sé quién era Sir, pero ciertamente no era yo, y no había una tercera persona presente); —¡Así es como usted conoce a los nobles, señor! Siempre indulgente y siempre afable. Podría -dijo el servil Pumblechook, dejando a toda prisa su vaso sin probar y levantándose de nuevo-, para una persona común, tener la apariencia de repetirse, pero ¿*puedo*...?

Cuando lo hubo hecho, volvió a su asiento y bebió para mi hermana. —No seamos nunca ciegos —dijo el señor Pumblechook— a sus faltas de temperamento, pero es de esperar que tuviera buenas intenciones.

Más o menos en ese momento, comencé a observar que se estaba sonrojando la cara; En cuanto a mí, sentí todo el rostro, empapado de vino y dolorido.

Le mencioné al señor Pumblechook que deseaba que me enviaran mi ropa nueva a su casa, y él estaba encantado de que yo lo distinguiera tanto. Le mencioné la razón por la que deseaba evitar ser observado en el pueblo, y él lo alabó hasta los cielos. No había nadie más que él, insinuó, digno de mi confianza, y, en resumen, ¿podría él? Luego me preguntó tiernamente si recordaba nuestros juegos juveniles de sumas, y cómo habíamos ido juntos para que yo fuera un aprendiz atado, y, en efecto, cómo había sido siempre mi fantasía favorita y mi amigo elegido. Si hubiera tomado diez veces más copas de vino de las que había tomado, habría sabido que él nunca había tenido esa relación conmigo, y en el fondo de mi corazón habría repudiado la idea. Sin embargo, a pesar de todo eso, recuerdo haberme convencido de que me había equivocado mucho en él, y de que era un hombre sensato, práctico y de buen corazón.

Poco a poco llegó a depositar en mí una confianza tan grande que me pedía consejo en relación con sus propios asuntos. Mencionó que había una oportunidad para una gran amalgama y monopolio del comercio de maíz y semillas en esos locales, si se ampliaba, como nunca antes había ocurrido en ese o en cualquier otro vecindario. Lo único que faltaba para la realización de una vasta fortuna, lo consideraba como más capital. Esas fueron las dos palabritas, más mayúsculas. Ahora bien, le pareció a él (Pumblechook) que si ese capital se introducía en el negocio, a través de un socio dormido, señor, que no tendría nada que hacer sino entrar, por sí mismo o por su cuenta, cuando quisiera, y examinar los libros, y entrar dos veces al año y llevarse sus ganancias en el bolsillo, Le pareció que eso podría ser una oportunidad para un joven caballero de espíritu, combinado con propiedades, que sería digna de su atención. Pero, ¿qué pensaba yo? Tenía una gran confianza en mi opinión, ¿y qué pensaba yo? Lo di como mi opinión. "¡Espera un poco!" La inmensidad y la claridad de esta vista le impresionaron de tal manera, que ya no preguntó si podía estrecharme la mano, sino que dijo que realmente debía hacerlo, y lo hizo.

Bebimos todo el vino, y el señor Pumblechook se comprometió una y otra vez a mantener a José a la altura (no sé qué marca) y a prestarme un servicio eficiente y constante (no sé qué servicio). También me hizo saber por primera vez en mi vida, y ciertamente después de haber guardado su secreto maravillosamente bien, que siempre había dicho de mí: "Ese chico no es un chico común, y fíjenme, su fortuna no será una fortaleza común". Dijo con una sonrisa llena de lágrimas que era algo singular en lo que pensar ahora, y yo también lo dije. Finalmente, salí al aire, con la vaga percepción de que había algo inusual en el comportamiento de la luz del sol, y descubrí que había llegado dormido a la autopista de peaje sin haber tenido en cuenta el camino.

Allí, me despertó el señor Pumblechow que me llamaba. Iba un largo trecho por la soleada calle y hacía gestos expresivos para que me detuviera. Me detuve y él se acercó sin aliento.

—No, mi querido amigo —dijo él, cuando hubo recobrado el aliento para hablar—. —No, si puedo evitarlo. Esta ocasión no pasará del todo sin esa afabilidad de tu parte.—¿Puedo yo, como viejo amigo y bienqueriente? *¿Puedo?*

Nos dimos la mano por enésima vez, por lo menos, y él ordenó a un joven carretero que se apartara de mi camino con la mayor indignación. Luego, me bendijo y se quedó mirándome con la mano hasta que pasé el cayado en el camino; y luego me dirigí a un campo y me eché una larga siesta bajo un seto antes de seguir mi camino a casa.

Tenía poco equipaje para llevar conmigo a Londres, porque poco del poco que poseía estaba adaptado a mi nueva estación. Pero empecé a hacer las maletas esa misma tarde, y empaqué salvajemente cosas que sabía que querría a la mañana siguiente, en una ficción de que no había un momento que perder.

Así, el martes, el miércoles y el jueves, pasaron; y el viernes por la mañana fui a casa del señor Pumblechook, para ponerme mi ropa nueva y visitar a la señorita Havisham. La habitación del señor Pumblechuck me fue cedida para que me vistiera, y estaba decorada con toallas limpias expresamente para el evento. Mi ropa era bastante decepcionante, por supuesto. Probablemente, todas las prendas nuevas y esperadas que se han puesto desde que llegó la ropa, se quedaron un poco por debajo de las expectativas de quien las usaba. Pero después de haberme puesto mi traje nuevo durante media hora, y de haber pasado por una inmensidad de poses con el limitado catalejo del señor Pumblechook, en el inútil esfuerzo de ver mis piernas, pareció que me quedaba mejor. Siendo la mañana de mercado en un pueblo vecino a unas diez millas de distancia, el señor Pumblechook no estaba en casa. No le había dicho exactamente cuándo tenía que irme, y no era probable que volviera a estrecharle la mano antes de partir. Todo esto era como debía ser, y salí con mi nuevo traje, terriblemente avergonzado de tener que pasar por delante del tendero, y sospechando después de todo que estaba en una desventaja personal, algo así como el de Joe con su traje de domingo.

Me dirigí tortuosamente a casa de la señorita Havisham por todos los pasillos traseros, y llamé al timbre con constreñimiento, a causa de los largos y rígidos dedos de mis guantes. Sarah Pocket se acercó a la puerta, y se tambaleó positivamente cuando me vio tan cambiado; Su semblante de cáscara de nuez también cambió de marrón a verde y amarillo.

—¿Tú? —dijo ella. "¿Tú? ¡Muy bien! ¿Qué es lo que quieres?

—Voy a Londres, señorita Pocket —dije—, y quiero despedirme de la señorita Havisham.

No me esperaba, porque me dejó encerrado en el patio, mientras iba a preguntar si me admitían. Después de un breve retraso, regresó y me levantó, mirándome todo el camino.

La señorita Havisham estaba haciendo ejercicio en la habitación con la mesa larga, apoyada en su bastón de muleta. La habitación estaba iluminada como antaño, y al oír nuestra entrada, ella se detuvo y se volvió. En ese momento estaba justo al lado del pastel de novia podrido.

—No te vayas, Sarah —dijo ella—. —¿Y bien, Pip?

—Salgo para Londres, señorita Havisham, mañana —fui extremadamente cuidadoso con lo que dije—, y pensé que no le importaría que me despidiera de usted.

—Es una figura alegre, Pip —dijo ella, haciendo que su bastón de muleta jugueteara a mi alrededor, como si ella, el hada madrina que me había cambiado, estuviera otorgando el regalo final—.

—He tenido muy buena suerte desde la última vez que la vi, señorita Havisham —murmuré—. —¡Y estoy muy agradecida por ello, señorita Havisham!

-¡Ay, ay! -exclamó ella, mirando a la desconcertada y envidiosa Sara con deleite- . —He visto al señor Jaggers. *He* oído hablar de ello, Pip. ¿Así que te vas mañana?

—Sí, señorita Havisham.

—¿Y tú eres adoptado por una persona rica?

—Sí, señorita Havisham.

—¿No se nombra?

—No, señorita Havisham.

—¿Y el señor Jaggers ha sido nombrado tu tutor?

—Sí, señorita Havisham.

Se regodeaba en estas preguntas y respuestas, tan intensamente disfrutaba de la consternación celosa de Sarah Pocket. —¡Bien! —prosiguió ella—; "Tienes una carrera prometedora por delante. Sé bueno, memírecelo y sigue las instrucciones del señor Jaggers. Ella me miró, y miró a Sarah, y el semblante de Sarah arrancó de su rostro vigilante una sonrisa cruel. —¡Adiós, Pip!, siempre conservarás el nombre de Pip, ¿sabes?

—Sí, señorita Havisham.

—¡Adiós, Pip!

Ella extendió su mano, y yo me arrodillé y me la llevé a los labios. No me había planteado cómo despedirme de ella; Fue algo natural para mí en ese momento hacer esto. Miró a Sarah Pocket con triunfo en sus extraños ojos, y así dejé a mi hada madrina, con las dos manos en el bastón de la muleta, de pie en medio de la habitación tenuemente iluminada, junto a la tarta de novia podrida que estaba escondida entre telarañas.

Sarah Pocket me condujo hacia abajo, como si yo fuera un fantasma al que había que ver. No podía superar mi aspecto, y estaba en último grado confundida. Le dije «adiós, señorita Pocket», pero ella se limitó a mirarme fijamente y no pareció lo suficientemente serena como para darse cuenta de que yo había hablado. Fuera de la casa, regresé a casa de Pumblechook, me quité la ropa nueva, la convertí en un bulto y regresé a casa con mi vestido viejo, llevándolo, a decir verdad, mucho más a gusto también, aunque tenía que llevar el bulto.

Y ahora, esos seis días que debían haberse agotado tan lentamente, se habían agotado rápidamente y se habían ido, y el día siguiente me miraba a la cara con más firmeza de lo que yo podía mirarlo. A medida que las seis tardes se iban diluyendo, a cinco, a cuatro, a tres, a dos, yo iba apreciando cada vez más la compañía de Joe y Biddy. En esta última noche, me vestí con mis ropas nuevas para su deleite, y me senté en mi esplendor hasta la hora de acostarme. Tuvimos una cena caliente para la ocasión, adornada con el inevitable pollo asado, y tomamos un poco de flip para terminar. Todos estábamos muy deprimidos, y ninguno más alto por pretender estar de buen humor.

Tenía que salir de nuestro pueblo a las cinco de la mañana, llevando mi pequeño maletín de mano, y le había dicho a Joe que deseaba marcharme solo. Me temo, tengo mucho miedo, que este propósito se originó en mi percepción del contraste que habría entre Joe y yo si fuéramos juntos al carruaje. Había fingido conmigo mismo que no había nada de esta mancha en el arreglo; pero cuando subí a mi pequeña habitación aquella última noche, me sentí obligado a admitir que podía ser así, y sentí el impulso de bajar de nuevo y rogarle a Joe que me acompañara por la mañana. No lo hice.

Toda la noche había carruajes en mi sueño interrumpido, que iban a lugares equivocados en lugar de a Londres, y que tenían en las huellas, ora perros, ora gatos, ora cerdos, ora hombres, nunca caballos. Fantásticos fracasos de viajes me ocuparon hasta que amaneció y los pájaros cantaron. Entonces me levanté, me vestí a medias y me senté a la ventana para echar un último vistazo, y al tomarla me quedé dormido.

Biddy se levantó tan temprano para desayunar que, aunque no dormí una hora junto a la ventana, olí el humo del fuego de la cocina cuando me levanté con la terrible idea de que debía ser ya tarde en la tarde. Pero mucho después de eso, y mucho después de haber oído el tintineo de las tazas de té y estar completamente listo, quise tomar la resolución de bajar las escaleras. Al fin y al cabo, me quedé allí arriba, desabrochando y desabrochando una y otra vez mi pequeño baúl y cerrándolo y volviéndolo a atar de nuevo, hasta que Biddy me llamó para decirme que llegaba tarde.

Era un desayuno apresurado sin sabor. Me levanté de la comida, diciendo con una especie de vivacidad, como si se me acabara de ocurrir: "¡Bueno! ¡Supongo que debo irme! -y luego besé a mi hermana, que se reía, asentía y temblaba en su silla habitual, y besé a Biddy, y eché mis brazos alrededor del cuello de Joe. Entonces tomé mi pequeño baúl y salí. La última vez que los vi fue cuando oí una pelea detrás de mí y, al mirar hacia atrás, vi a Joe tirando un zapato viejo detrás de mí y a Biddy tirando otro zapato viejo. Entonces me detuve para agitar mi sombrero, y el querido Joe agitó su fuerte brazo derecho por encima de su cabeza, gritando roncamente: «¡Hurra!», y Biddy se llevó el delantal a la cara.

Me alejé a buen ritmo, pensando que era más fácil de lo que había supuesto que sería, y reflexionando que nunca habría sido bueno que me tiraran un zapato viejo detrás del coche, a la vista de toda la calle principal. Silbé y no le di importancia a ir. Pero el pueblo era muy pacífico y tranquilo, y las ligeras nieblas se elevaban solemnemente, como para mostrarme el mundo, y yo había sido tan inocente y pequeño allí, y todo lo que había más allá era tan desconocido y grande, que en un momento con un fuerte jadeo y sollozo rompí a llorar. Estaba junto al poste del dedo, al final del pueblo, y puse mi mano sobre él y dije: "¡Adiós, oh mi querido, querido amigo!"

El cielo sabe que nunca debemos avergonzarnos de nuestras lágrimas, porque son lluvia sobre el polvo cegador de la tierra, cubriendo nuestros duros corazones. Después de haber llorado, me sentí mejor que antes, más apesadumbrado, más consciente de mi propia ingratitud, más amable. Si hubiera llorado antes, debería haber tenido a Joe conmigo en ese momento.

Tan abatido estaba por aquellas lágrimas, y por el hecho de que volvían a brotar en el curso de la tranquila caminata, que cuando estuve en el carruaje, y estaba despejado de la ciudad, deliberé con el corazón dolorido si no me bajaría cuando cambiáramos de caballo y regresaría, y tendría otra noche en casa. y una mejor despedida. Cambiamos, y yo no me había decidido, y aún así reflexioné para mi comodidad que sería bastante factible bajar y caminar de regreso, cuando volviéramos a cambiar. Y mientras estaba ocupado con estas deliberaciones, me imaginaba un parecido exacto con Joe en algún hombre que venía por el camino hacia nosotros, y mi corazón latía con fuerza.

Cambiamos una y otra vez, y ya era demasiado tarde y demasiado lejos para volver atrás, y seguí adelante. Y todas las nieblas se habían levantado solemnemente, y el mundo se extendía ante mí.

Este es el final de la primera etapa de las expectativas de Pip.

CAPÍTULO XX.

El trayecto desde nuestra ciudad hasta la metrópoli fue de unas cinco horas. Era poco más del mediodía cuando la diligencia de cuatro caballos en la que yo viajaba como pasajero, se metió en medio del tráfico deshilachado alrededor de Cross Keys, Wood Street, Cheapside, Londres.

Nosotros, los británicos, en aquel tiempo, habíamos decidido especialmente que era una traición dudar de que tuviéramos y fuéramos lo mejor de todo; de lo contrario, mientras me asustaba la inmensidad de Londres, creo que podría haber tenido algunas dudas vagas de si no era más bien feo, torcido, estrecho y sucio.

El señor Jaggers me había enviado debidamente su dirección; Era Little Britain, y había escrito después de ella en su tarjeta: «A las afueras de Smithfield, y cerca de la oficina de la cochera». Sin embargo, un cochero, que parecía tener tantas capas en su grasiento abrigo como años, me metió en su coche y me rodeó con una barrera de escalones plegables y tintineantes, como si fuera a llevarme cincuenta millas. Que se subiera a su caja, que recuerdo que estaba decorada con un viejo paño de martillo verde guisante manchado por la intemperie y apolillado en harapos, fue todo un trabajo de tiempo. Era un equipo maravilloso, con seis grandes coronas en el exterior, y cosas andrajosas detrás para no sé cuántos lacayos agarrarse, y una grada debajo de ellos, para evitar que los lacayos aficionados cedieran a la tentación.

Apenas había tenido tiempo de disfrutar del coche y de pensar en lo parecido que era a un paja y, sin embargo, en lo parecido a una tienda de trapos, y a preguntarme por qué se guardaban las bolsas de los caballos en el interior, cuando observé que el cochero comenzaba a bajar, como si fuéramos a detenernos en seguida. Y nos detuvimos en seguida, en una calle sombría, en unas oficinas con la puerta abierta, en las que estaba pintado el señor JAGGERS.

—¿Cuánto? —le pregunté al cochero.

El cochero respondió: "Un chelín, a menos que quieras ganarlo más".

Naturalmente, dije que no tenía ningún deseo de hacerlo más.

—Entonces debe de ser un chelín —observó el cochero—. "No quiero meterme en problemas. ¡*Lo* conozco!" Cerró sombríamente un ojo al oír el nombre del señor Jaggers y negó con la cabeza.

Cuando hubo recogido su chelín, y con el paso del tiempo había completado el ascenso a su palco, y se hubo marchado (lo que pareció tranquilizarle), fui a la oficina principal con mi pequeño maletín en la mano y pregunté: ¿Estaba el señor Jaggers en casa?

—No lo es —replicó el escribiente—. "Él está en la Corte en este momento. ¿Me dirijo al señor Pip?

Le indiqué que se dirigía al señor Pip.

"El señor Jaggers dejó un mensaje, ¿podría esperar en su habitación? No podía decir cuánto tiempo podría estar, con un caso en marcha. Pero es lógico, ya que su tiempo es valioso, que no estará más tiempo del que pueda ayudar".

Con estas palabras, el empleado abrió una puerta y me hizo pasar a una habitación interior en la parte trasera. Allí encontramos a un caballero tuerto, con traje de terciopelo y calzones hasta la rodilla, que se limpiaba la nariz con la manga al ser interrumpido en la lectura del periódico.

—Ve y espera fuera, Mike —dijo el empleado—.

Empecé a decir que esperaba no estar interrumpiendo, cuando el empleado echó a este caballero con la menor ceremonia que jamás había visto usar, y arrojando su gorro de piel tras él, me dejó solo.

La habitación del señor Jaggers estaba iluminada únicamente por una claraboya, y era un lugar de lo más lúgubre; La claraboya, excéntricamente inclinada como una cabeza rota, y las casas contiguas distorsionadas parecían como si se hubieran retorcido para espiarme a través de ellas. No había tantos papeles como yo hubiera esperado ver; y había algunos objetos extraños alrededor, que no hubiera esperado ver, como una vieja pistola oxidada, una espada en una vaina, varias cajas y paquetes de aspecto extraño, y dos moldes espantosos en un estante, de rostros peculiarmente hinchados y nerviosos alrededor de la nariz. La silla de respaldo alto del señor Jaggers era de crin de caballo negra mortal, con hileras de clavos de bronce a su alrededor, como un ataúd; y me pareció ver cómo se echaba hacia atrás y se mordía el dedo índice a los clientes. La habitación era pequeña, y los clientes parecían haber tenido la costumbre de recostarse contra la pared; la pared, especialmente opuesta a la silla del señor Jaggers, está grasienta con los hombros. Recordé también que el caballero tuerto se había estrellado contra la pared cuando yo fui la causa inocente de que lo echaran.

Me senté en la silla del cliente, colocada frente a la silla del señor Jaggers, y quedé fascinado por la lúgubre atmósfera del lugar. Recordé que el escribiente tenía el mismo aire de saber algo en detrimento de todos los demás, que su amo.

Me pregunté cuántos otros oficinistas habría en el piso de arriba, y si todos afirmaban tener el mismo dominio perjudicial sobre sus semejantes. Me pregunté cuál sería la historia de toda la basura extraña que había en la habitación, y cómo había llegado hasta allí. Me pregunté si las dos caras hinchadas pertenecían a la familia del señor Jaggers, y si él era tan desafortunado como para haber tenido un par de parientes tan maltratados, por qué las había pegado en esa percha polvorienta para que los negros y las moscas se establecieran en ella, en lugar de darles un lugar en casa. Por supuesto, yo no tenía ninguna experiencia de un día de verano en Londres, y mi espíritu puede haber sido oprimido por el aire caliente y agotado, y por el polvo y la arenilla que lo cubrían todo. Pero me quedé pensativa y esperando en la estrecha habitación del señor Jaggers, hasta que realmente no pude soportar los dos moldes que había en el estante encima de la silla del señor Jaggers, me levanté y salí.

Cuando le dije al empleado que daría una vuelta en el aire mientras esperaba, me aconsejó que diera la vuelta a la esquina y que entrara en Smithfield. Así que llegué a Smithfield; Y el vergonzoso lugar, todo manchado de inmundicia, grasa, sangre y espuma, parecía pegarse a mí. Así que me lo quité de encima con toda la rapidez posible y me metí en una calle donde vi la gran cúpula negra de San Pablo que se alzaba hacia mí desde detrás de un sombrío edificio de piedra que un transeúnte dijo que era la prisión de Newgate. Siguiendo el muro de la cárcel, encontré la calzada cubierta de paja para amortiguar el ruido de los vehículos que pasaban; y de esto, y de la cantidad de gente que estaba de pie oliendo fuertemente a aguardiente y cerveza, deduje que los juicios estaban en marcha.

Mientras miraba a mi alrededor, un ministro de justicia excesivamente sucio y parcialmente borracho me preguntó si me gustaría intervenir y escuchar un juicio o algo así, informándome que podía darme un lugar delantero por media corona, desde donde tendría una vista completa del Lord Presidente del Tribunal Supremo con su peluca y toga: mencionando a ese horrible personaje como si fuera una figura de cera, y ofreciéndole al precio reducido de dieciocho peniques. Como rechacé la propuesta con el pretexto de una cita, tuvo la amabilidad de llevarme a un patio y mostrarme dónde se guardaba la horca, y también dónde se azotaba públicamente a la gente, y luego me mostró la Puerta de los Deudores, de la que salían los culpables para ser colgados; acrecentando el interés de aquel espantoso portal, dándome a entender que "cuatro de ellos" saldría por esa puerta pasado mañana a las ocho de la mañana, para ser asesinados en fila. Esto era horrible, y me daba una idea repugnante de Londres; tanto más cuanto que el propietario del Lord Presidente del Tribunal Supremo vestía (desde el sombrero hasta las botas y hasta el pañuelo de bolsillo incluido) ropas enmohecidas que evidentemente no le habían pertenecido originalmente, y que me imaginé que había comprado a bajo precio al verdugo. En estas circunstancias, creí que me libraría de él por un chelín.

Entré en el despacho para preguntar si el señor Jaggers había entrado ya, y descubrí que no, y salí de nuevo. Esta vez, hice el recorrido por Little Britain y me convertí en Bartholomew Close; y entonces me di cuenta de que otras personas estaban esperando al señor Jaggers, así como yo. Había dos hombres de apariencia secreta holgazaneando en Bartholomew Close, y acomodando pensativamente sus pies en las grietas del pavimento mientras hablaban entre sí, uno de los cuales le dijo al otro cuando pasaron por mi lado por primera vez, que «Jaggers lo haría si tuviera que hacerse». Había un grupo de tres hombres y dos mujeres parados en una esquina, y una de las mujeres lloraba sobre su chal sucio, y la otra la consolaba diciéndole, mientras se cubría los hombros con su propio chal: "Jaggers es para él, 'Melia, ¿y qué más *podrías* tener?". Había un pequeño judío de ojos rojos que entró en el Cercano mientras yo merodeaba allí, en compañía de un segundo pequeño judío a quien envió a hacer un recado; y mientras el mensajero se había ido, observé a este judío, que era de un temperamento muy excitable, realizando un movimiento de ansiedad bajo un poste de luz y acompañándose, en una especie de frenesí, con las palabras: «¡Oh Jaggerth, Jaggerth, Jaggerth! todos los demás con Cag-Maggerth, ¡dame Jaggerth! Estos testimonios de la popularidad de mi tutor me causaron una profunda impresión, y los admiré y me pregunté más que nunca.

Por fin, mientras miraba hacia la puerta de hierro de Bartholomew Close, en Little Britain, vi al señor Jaggers que cruzaba la carretera hacia mí. Todos los demás que estaban esperando lo vieron al mismo tiempo, y hubo bastante prisa hacia él. El señor Jaggers, poniéndome una mano en el hombro y caminando a su lado sin decirme nada, se dirigió a sus seguidores.

Primero, se llevó a los dos hombres secretos.

—Ahora bien, no tengo nada que decirles —dijo el señor Jaggers, señalándoles con el dedo—. "No quiero saber más de lo que sé. En cuanto al resultado, es un sorteo. Te dije desde el principio que era un sorteo. ¿Le has pagado a Wemmick?

—Hemos reunido el dinero esta mañana, señor —dijo uno de los hombres, sumiso, mientras el otro examinaba el rostro del señor Jaggers—.

"No te pregunto cuándo lo hiciste, ni dónde, ni si te lo inventaste. ¿Lo tiene Wemmick?

—Sí, señor —dijeron los dos hombres a la vez—.

—Muy bien; Entonces puedes irte. ¡Ahora no lo voy a permitir! -dijo el señor Jaggers, agitando la mano hacia ellos para que los dejaran atrás-. "Si me dices una palabra, arrojaré el caso".

—Creíamos, señor Jaggers... —empezó a decir uno de los hombres, quitándose el sombrero—.

—Eso es lo que te dije que no hicieras —dijo el señor Jaggers—. "¡*Pensabas*! Creo que para ti; Eso es suficiente para ti. Si te quiero, sé dónde encontrarte; No quiero que me encuentres. Ahora no lo tendré. No escucharé una palabra".

Los dos hombres se miraron el uno al otro mientras el señor Jaggers les hacía señas para que retrocedieran, y humildemente se echaron hacia atrás y no se les oyó más.

—¡Y ahora *tú*! —dijo el señor Jaggers, deteniéndose de repente y volviéndose hacia las dos mujeres de los chales, de las que los tres hombres se habían separado dócilmente—, ¡Oh! Amelia, ¿verdad?

—Sí, señor Jaggers.

—¿Y recuerda usted —replicó el señor Jaggers— que, de no ser por mí, usted no estaría aquí y no podría estar aquí?

—¡Oh, sí, señor! —exclamaron las dos mujeres juntas—. —¡Que Dios le bendiga, señor, eso lo sabemos!

—Entonces, ¿por qué —dijo el señor Jaggers— viene usted aquí?

"¡Mi Bill, señor!", suplicó la mujer llorando.

—¡Ahora le diré una cosa! —dijo el señor Jaggers—. "De una vez por todas. Si no sabes que tu proyecto de ley está en buenas manos, yo lo sé. Y si vienes aquí molestándote por tu Bill, haré un ejemplo tanto de tu Bill como de ti, y dejaré que se me escape de las manos. ¿Le has pagado a Wemmick?

—¡Oh, sí, señor! Cada farden".

—Muy bien. Entonces has hecho todo lo que tienes que hacer. Di una palabra más, una sola palabra, y Wemmick te devolverá tu dinero.

Esta terrible amenaza hizo que las dos mujeres cayeran de inmediato. Ya no quedaba nadie más que el judío excitado, que ya se había llevado varias veces los faldones del abrigo del señor Jaggers a los labios.

—¡No conozco a este hombre! —dijo el señor Jaggers con la misma tensión devastadora—. ¿Qué quiere este tipo?

"Ma thear Mithter Jaggerth. ¿Hermano de Habraham Latharuth?

—¿Quién es? —preguntó el señor Jaggers. "Suéltame el abrigo".

El pretendiente, besando de nuevo el borde de la prenda antes de abandonarla, respondió: "Habraham Latharuth, en el plato de la mano".

—Llega demasiado tarde —dijo el señor Jaggers—. "Ya he superado el camino".

—¡Santo padre, Mithter Jaggerth! —exclamó mi excitado conocido, poniéndose pálido—, ¡no pienses que vuelves a ser Habraham Latharuth!

—Lo soy —dijo el señor Jaggers—, y todo esto tiene su fin. Quítate de en medio".

—¡Mithter Jaggerth! ¡Medio momento! Mi marido se había ido a ver a Mithter Wemmick en el último minuto, para ofrecerle algo más. ¡Mithter Jaggerth! ¡Medio cuarto de momento! ¡Si quisieras tener el condethenthun para ser comprado al otro thide... ¡en hany thuperior prithe!... ¡Dinero, no hay problema!... ¡Mithter Jaggerth—Mithter...!

Mi guardián arrojó a su suplicante con suprema indiferencia y lo dejó bailando en el pavimento como si estuviera al rojo vivo. Sin más interrupción, llegamos a la recepción, donde encontramos al empleado y al hombre de terciopelo con el gorro de piel.

—Aquí está Mike —dijo el empleado, bajándose de su taburete y acercándose confidencialmente al señor Jaggers—.

—¡Oh! —exclamó el señor Jaggers, volviéndose hacia el hombre, que se tiraba de un mechón de pelo en medio de la frente, como el toro de Cock Robin tirando de la cuerda de la campanilla—. "Tu hombre viene esta tarde. ¿Y bien?

—Bueno, señor Jaggers —replicó Mike, con la voz de quien sufre de un resfriado constitucional—; —Con un montón de problemas, he encontrado uno, señor, como podría hacerlo.

—¿Qué está dispuesto a jurar?

—Bueno, señor Jaggers —dijo Mike, limpiándose esta vez la nariz con el gorro de piel—. —De una manera general, cualquiera.

De repente, el señor Jaggers se puso muy furioso. —Ya te lo advertí —dijo, lanzando el dedo índice al aterrorizado cliente— que si alguna vez te atrevías a hablar de esa manera aquí, te serviría de ejemplo. Miserable sinvergüenza, ¿cómo te atreves a decirme eso?

El cliente parecía asustado, pero también desconcertado, como si no supiera lo que había hecho.

—¡Spooney! —dijo el empleado en voz baja, agitándolo con el codo—. "¡Cabeza suave! ¿Necesitas decirlo cara a cara?

—Ahora, te pregunto, bobo torpe —dijo mi guardián con mucha severidad—, una vez más y por última vez, ¿qué está dispuesto a jurar el hombre que has traído aquí?

Mike miró fijamente a mi guardián, como si tratara de aprender una lección de su rostro, y respondió lentamente: —Por favor, por carácter, o por haber estado en su compañía y no haberlo dejado en toda la noche en cuestión.

"Ahora, ten cuidado. ¿En qué posición de la vida se encuentra este hombre?

Mike miró su gorra, y miró al suelo, y miró al techo, y miró al empleado, e incluso me miró a mí, antes de empezar a responder de manera nerviosa: —Lo hemos vestido como... —cuando mi tutor exclamó—:

"¿Qué? Lo harás, ¿verdad?

(—¡Spooney! —añadió de nuevo el empleado, con otro revuelo—.

Después de un rato de vagabundeo, Mike se animó y comenzó de nuevo:

"Está vestido como un 'pastelero espectacular'. Una especie de pastelero.

—¿Está aquí? —preguntó mi guardián.

—Lo dejé —dijo Mike— en un lugar situado en unos umbrales de la esquina.

Llévalo más allá de esa ventana y déjame verlo.

La ventana indicada era la ventana de la oficina. Nos dirigimos los tres a ella, detrás de la persiana de alambre, y de pronto vimos pasar al cliente de manera accidental, con un individuo alto de aspecto asesino, con un traje corto de lino blanco y una gorra de papel. Este ingenuo confitero no estaba de ninguna manera sobrio, y tenía un ojo morado en la etapa verde de recuperación, que estaba pintado.

—Dígale que se lleve directamente su testigo —dijo mi tutor al escribano con gran disgusto—, y pregúntele qué quiere decir con traer a un hombre así.

Mi tutor me llevó entonces a su habitación, y mientras almorzaba, de pie, con una caja de sándwiches y un frasco de bolsillo con jerez (parecía revolver su propio bocadillo mientras lo comía), me informó de los preparativos que había hecho para mí. Tenía que ir a la posada de Barnard, a las habitaciones del joven señor Pocket, donde me habían enviado una cama para alojarme; Debía quedarme con el joven señor Pocket hasta el lunes; el lunes tenía que ir con él a la casa de su padre de visita, para que probara como me gustaba. Además, me dijeron cuál iba a ser mi mesada, que era muy generosa, y me entregaron de uno de los cajones de mi tutor las cartas de ciertos comerciantes con los que debía tratar toda clase de ropa, y otras cosas que razonablemente pudiera necesitar. —Encontrará usted un buen crédito, señor Pip —dijo mi guardián, cuyo frasco de jerez olía como un barril entero mientras se refrescaba apresuradamente—, pero por este medio podré revisar sus facturas y levantarle si descubro que corre más rápido que el alguacil. Por supuesto que te equivocarás de alguna manera, pero eso no es culpa mía".

Después de haber reflexionado un poco sobre este sentimiento alentador, le pregunté al Sr. Jaggers si podía mandar a buscar un entrenador. Dijo que no valía la pena, que estaba tan cerca de mi destino; Wemmick debería pasear conmigo, si quisiera.

Entonces me enteré de que Wemmick era el empleado de la habitación de al lado. Llamaron a otro empleado del piso de arriba para que ocupara su lugar mientras él estaba fuera, y yo lo acompañé a la calle, después de estrechar la mano de mi tutor. Encontramos a un nuevo grupo de personas que permanecían fuera, pero Wemmick se abrió paso entre ellos diciendo con frialdad pero con decisión: "Te digo que no sirve de nada; No tendrá ni una palabra que decir a ninguno de vosotros. Y pronto nos libramos de ellos y seguimos uno al lado del otro.

CAPÍTULO XXI.

Al fijar mis ojos en el señor Wemmick a medida que avanzábamos, para ver cómo era a la luz del día, descubrí que era un hombre seco, más bien bajo de estatura, con un rostro cuadrado de madera, cuya expresión parecía haber sido tallada de manera imperfecta con un cincel de filo sin filo. Había algunas marcas en él que podrían haber sido hoyuelos, si el material hubiera sido más blando y el instrumento más fino, pero que, tal como estaban, no eran más que cuadros. El cincel había hecho tres o cuatro de estos intentos de embellecer su nariz, pero los había abandonado sin hacer ningún esfuerzo por alisarlos. Juzgué que era soltero por el estado deshilachado de su lino, y parecía haber sufrido muchas aflicciones; porque llevaba por lo menos cuatro anillos de luto, además de un broche que representaba a una dama y un sauce llorón en una tumba con una urna encima. También me di cuenta de que varios anillos y sellos colgaban de la cadena de su reloj, como si estuviera cargado de recuerdos de amigos fallecidos. Tenía ojos brillantes, pequeños, agudos y negros, y labios finos, anchos y moteados. Los había tenido, hasta donde yo creía, de cuarenta a cincuenta años.

—¿De modo que nunca antes había estado usted en Londres? —me preguntó el señor Wemmick.

—No —dije yo—.

—Una vez fui nuevo aquí —dijo el señor Wemmick—. "¡Ron para pensar ahora!"

—¿Lo conoces bien ahora?

—Pues sí —dijo el señor Wemmick—. "Conozco sus movimientos".

—¿Es un lugar muy malvado? —pregunté, más por decir algo que por información.

"Te pueden engañar, robar y asesinar en Londres. Pero hay mucha gente en cualquier lugar, que hará eso por ti".

—Si hay mala sangre entre tú y ellos —dije, para suavizarla un poco—.

—¡Oh! No sé lo de la mala sangre -replicó el señor Wemmick-; "No hay mucha mala sangre al respecto. Lo harán, si es que hay algo que conseguir.

"Eso lo empeora".

—¿Lo cree usted? —replicó el señor Wemmick—. —Más o menos lo mismo, diría yo.

Llevaba el sombrero en la nuca y miraba al frente: caminaba de forma autónoma, como si no hubiera nada en las calles que llamara su atención. Su boca era una boca de oficina de correos que tenía una apariencia mecánica de sonrisa. Habíamos llegado a la cima de Holborn Hill antes de que me diera cuenta de que no era más que una apariencia mecánica, y que él no sonreía en absoluto.

—¿Sabe dónde vive el señor Matthew Pocket? —le pregunté al señor Wemmick.

—Sí —dijo él, señalando en la dirección—. - En Hammersmith, al oeste de Londres.

—¿Está lejos?

"¡Bueno! Digamos cinco millas.

—¿Lo conoces?

—¡Vaya, usted es un interrogador habitual! —dijo el señor Wemmick, mirándome con aire de aprobación—. "Sí, lo conozco. ¡*Lo* conozco!"

Había un aire de tolerancia o desprecio en su pronunciación de estas palabras que más bien me deprimió; y yo seguía mirando de reojo su cara en busca de alguna nota alentadora para el texto, cuando dijo que estábamos en Barnard's Inn. Mi depresión no se alivió con el anuncio, porque había supuesto que ese establecimiento era un hotel regentado por el señor Barnard, para el cual el Jabalí Azul de nuestra ciudad era una simple taberna. Mientras que ahora descubrí que Barnard era un espíritu incorpóreo, o una ficción, y que su posada era la colección más sucia de edificios en mal estado que jamás se había juntado en una esquina de mala muerte como un club de gatos.

Entramos en este puerto a través de una puerta de entrada, y fuimos desembarcados por un pasadizo introductorio a una pequeña plaza melancólica que me pareció un cementerio llano. Pensé que tenía los árboles más lúgubres, y los gorriones más lúgubres, y los gatos más lúgubres, y las casas más lúgubres (en número de media docena más o menos) que jamás había visto. Pensé que las ventanas de los conjuntos de cámaras en que se dividían esas casas estaban en todas las etapas de persianas y cortinas desvencijadas, macetas lisiadas, vidrios agrietados, putrefacción polvorienta y miserables improvisaciones; mientras que Dejar, Dejar, Alquilar, me miraba desde habitaciones vacías, como si nunca llegaran allí nuevos desgraciados, y la venganza del alma de Barnard se apaciguaba lentamente con el suicidio gradual de los actuales ocupantes y su impío entierro bajo la grava. Un lamento de hollín y humo vestía a esta desolada creación de Barnard, que había esparcido cenizas sobre su cabeza, y estaba sufriendo penitencia y humillación como un simple agujero de polvo. Hasta aquí mi sentido de la vista; mientras que la podredumbre seca y la podredumbre húmeda y todas las podredumbres silenciosas que se pudren en el techo y el sótano descuidados, además de la podredumbre de ratas, ratones, insectos y establos de carruajes cercanos, se dirigían débilmente a mi sentido del olfato y gemía: «Pruebe la mezcla de Barnard».

Tan imperfecta era esta realización de la primera de mis grandes esperanzas, que miré con consternación al señor Wemmick. -¡Ah! -exclamó él, confundiéndome-; "El retiro te recuerda al país. A mí me pasa lo mismo".

Me condujo a un rincón y me condujo por un tramo de escaleras, que me pareció que se derrumbaba lentamente en aserrín, de modo que uno de esos días los huéspedes de arriba se asomarían a sus puertas y se encontrarían sin medios para bajar, a un conjunto de habitaciones en el piso superior. El señor Pocket, hijo, estaba pintado en la puerta, y en el buzón había una etiqueta que decía: «Vuelva en breve».

—No pensó que llegarías tan pronto —explicó el señor Wemmick—. —¿Ya no me quieres?

—No, gracias —dije—.

—Como guardo el dinero —observó el señor Wemmick—, lo más probable es que nos veamos muy a menudo. Buen día".

"Buen día."

Extendí la mano, y el señor Wemmick la miró al principio como si pensara que yo quería algo. Entonces me miró y dijo, corrigiéndose a sí mismo:

—¡Por supuesto! Sí. ¿Tienes la costumbre de dar la mano?

Estaba bastante confundido, pensando que debía estar fuera de la moda londinense, pero dije que sí.

-¡Ya lo he logrado! -dijo el señor Wemmick-, excepto al fin. Estoy muy contento, estoy seguro, de conocerte. ¡Buen día!"

Cuando nos dimos la mano y él se fue, abrí la ventana de la escalera y estuve a punto de decapitarme, porque las cuerdas se habían podrido y cayó como la guillotina. Felizmente fue tan rápido que no había sacado la cabeza. Después de esta fuga, me contenté con echar un vistazo brumoso de la posada a través de la suciedad incrustada de la ventana, y quedarme mirando tristemente hacia afuera, diciéndome a mí mismo que Londres estaba decididamente sobrevalorado.

La idea que el señor Pocket, hijo, tenía de Soon no era mía, porque había estado a punto de enloquecer mirando hacia afuera durante media hora, y había escrito mi nombre con el dedo varias veces en la suciedad de todos los cristales de la ventana, antes de oír pasos en la escalera. Poco a poco se fue levantando ante mí el sombrero, la cabeza, el pañuelo, el chaleco, los pantalones, las botas, de un miembro de la sociedad de mi misma categoría. Tenía una bolsa de papel bajo cada brazo y un montón de fresas en una mano, y se quedó sin aliento.

—¿Señor Pip? —dijo—.

—¿Señor Pocket? —pregunté.

"¡Querida mía!", exclamó. "Lo siento mucho; pero sabía que había un carruaje de tu parte del país al mediodía, y pensé que vendrías por ese. El caso es que he salido por tu cuenta, y no es que eso sea una excusa, porque pensé que, viniendo del campo, te apetecería un poco de fruta después de cenar, y fui al mercado de Covent Garden para comprarla bien.

Por una razón que tenía, sentí como si mis ojos se salieran de mi cabeza. Reconocí su atención incoherentemente y empecé a pensar que se trataba de un sueño.

—¡Querida mía! —dijo el señor Pocket, hijo—. "¡Esta puerta se pega tanto!"

Mientras él preparaba rápidamente mermelada con su fruta forcejeando con la puerta mientras las bolsas de papel estaban bajo sus brazos, le rogué que me permitiera sostenerlas. Los abandonó con una sonrisa agradable y luchó con la puerta como si fuera una bestia salvaje. Al fin cedió tan repentinamente, que él se tambaleó hacia mí, y yo volví tambaleándome a la puerta de enfrente, y los dos nos reímos. Pero aun así sentí como si mis ojos tuvieran que salir de mi cabeza, y como si esto tuviera que ser un sueño.

—Por favor, pase —dijo el señor Pocket, hijo—. "Permítanme liderar el camino. Estoy bastante desnudo aquí, pero espero que puedas arreglártelas tolerablemente bien hasta el lunes. Mi padre pensó que mañana te llevarías mejor conmigo que con él, y tal vez le gustaría dar un paseo por Londres. Estoy seguro de que estaré muy contento de enseñarle Londres. En cuanto a nuestra mesa, espero que no le parezca tan mala, porque será suministrada por nuestra cafetería de aquí, y (es justo debo añadir) a su costa, según las instrucciones del señor Jaggers. En cuanto a nuestro alojamiento, no es de ninguna manera espléndido, porque tengo mi propio pan para ganarme, y mi padre no tiene nada que darme, y no estaría dispuesto a aceptarlo, si él lo tuviera. Esta es nuestra sala de estar, con las sillas, las mesas, las alfombras y demás, como pueden prescindir de casa. No debes darme crédito por el mantel, las cucharas y las ruedas, porque vienen a buscarte desde la cafetería. Este es mi pequeño dormitorio; bastante mohoso, pero Barnard's *es* mohoso. Este es tu dormitorio; el mobiliario está alquilado para la ocasión, pero confío en que cumplirá el propósito; si quieres algo, iré a buscarlo. Las cámaras están retiradas, y estaremos solos, pero no lucharemos, me atrevo a decir. Pero querida mía, te ruego que me perdones, estás sosteniendo la fruta todo este tiempo. Por favor, permíteme quitarte estas bolsas. Me da mucha vergüenza".

Mientras estaba de pie frente al señor Pocket, hijo, entregándole las bolsas, Uno, Dos, vi aparecer en sus propios ojos la apariencia inicial que yo sabía que estaba en los míos, y dijo, retrocediendo:

"¡Dios me bendiga, eres el niño que merodea!"

—¡Y usted —dije—, es el joven caballero pálido!

CAPÍTULO XXII.

El joven pálido caballero y yo nos quedamos contemplándonos el uno al otro en Barnard's Inn, hasta que los dos nos echamos a reír. —¡La idea de que seas tú! —dijo—. —¡La idea de que *seas tú*! —dije—. Y entonces nos contemplamos de nuevo y volvimos a reír. -Bueno -dijo el pálido joven, extendiendo la mano con buen humor-, espero que todo haya terminado, y será magnánimo de tu parte si me perdonas por haberte golpeado tanto.

Deduje de este discurso que el señor Herbert Pocket (pues Herbert era el nombre del joven caballero pálido) todavía confundía bastante su intención con su ejecución. Pero le di una respuesta modesta y nos dimos la mano afectuosamente.

—¿No había tenido usted buena fortuna en aquel momento? —dijo Herbert Pocket—.

—No —dije yo—.

—No —asintió—, había oído que había ocurrido muy recientemente. *Entonces* estaba más bien en busca de la buena fortuna".

—¿De veras?

"Sí. La señorita Havisham me había mandado llamar para ver si podía encapricharse de mí. Pero no podía, en todo caso, no lo hacía.

Me pareció de buena educación comentar que me sorprendió oír eso.

—De mal gusto —dijo Herbert, riendo—, pero es un hecho. Sí, me había mandado a buscar a una visita de prueba, y si yo hubiera salido de ella con éxito, supongo que me habrían provisto; tal vez debería haber sido lo que se llamara a Estella.

—¿Qué es eso? —pregunté con súbita gravedad.

Estaba colocando su fruta en platos mientras hablábamos, lo que dividía su atención, y era la causa de que hubiera cometido este lapsus de palabra. —Prometido —explicó, todavía ocupado con la fruta—. "Prometida. Contratado. ¿Cómo se llama? Cualquier palabra por el estilo.

—¿Cómo soportó su decepción? —pregunté.

—¡Vaya! —dijo él—, no me importaba mucho. *Es* una tártara.

—¿La señorita Havisham?

"No digo que no a eso, pero me refería a Estella. Esa muchacha es dura, altiva y caprichosa hasta el último grado, y ha sido educada por la señorita Havisham para vengarse de todo el sexo masculino.

—¿Qué relación tiene con la señorita Havisham?

—Ninguno —dijo—. "Solo adoptado".

"¿Por qué debería vengarse de todo el sexo masculino? ¿Qué venganza?

—¡Señor, señor Pip! —dijo—. —¿No lo sabes?

—No —dije yo—.

"¡Querida mía! Es toda una historia, y se guardará hasta la hora de la cena. Y ahora permítanme tomarme la libertad de hacerles una pregunta. ¿Cómo llegaste allí ese día?

Se lo dije, y él estuvo atento hasta que terminé, y luego se echó a reír de nuevo, y me preguntó si me dolía después. No le pregunté si lo era, porque mi convicción sobre ese punto estaba perfectamente establecida.

—El señor Jaggers es su guardián, ¿entiendo? —prosiguió—.

—Sí.

—¿Sabe usted que es el hombre de negocios y abogado de la señorita Havisham, y que tiene su confianza cuando nadie más la tiene?

Esto me estaba llevando (sentía) hacia un terreno peligroso. Respondí con una constricción que no intenté disimular: que había visto al señor Jaggers en casa de la señorita Havisham el mismo día de nuestro combate, pero nunca en ningún otro momento, y que creía que él no recordaba haberme visto nunca allí.

Tuvo la amabilidad de sugerir a mi padre como tu tutor, y le pidió a mi padre que se lo propusiera. Por supuesto, él sabía de la existencia de mi padre por su relación con la señorita Havisham. Mi padre es primo de la señorita Havisham; No es que eso implique una relación familiar entre ellos, porque él es un mal cortesano y no la favorecerá.

Herbert Pocket tenía una manera franca y fácil con él que era muy cautivadora. Nunca había visto a nadie entonces, y nunca he visto a nadie desde entonces, que me expresara con más fuerza, en cada mirada y tono, una incapacidad natural para hacer algo secreto y mezquino. Había algo maravillosamente esperanzador en su aire general, y algo que al mismo tiempo me susurraba que nunca sería muy exitoso o rico. No sé cómo fue esto. Me impregné de la idea en esa primera ocasión antes de que nos sentáramos a cenar, pero no puedo definir por qué medios.

Todavía era un joven caballero pálido, y tenía una cierta languidez conquistada en medio de su ánimo y su vivacidad, que no parecían indicativos de fuerza natural. No tenía un rostro guapo, pero era mejor que guapo: era extremadamente amable y alegre. Su figura era un poco desgarbada, como en los días en que mis nudillos se habían tomado tantas libertades con ella, pero parecía que siempre iba a ser ligera y joven. Si el trabajo local del señor Trabb le habría sentado con más gracia a él que a mí, puede ser una pregunta; pero soy consciente de que él se llevó sus ropas bastante viejas mucho mejor de lo que yo me llevé mi traje nuevo.

Como era tan comunicativo, sentí que la reserva de mi parte sería una mala recompensa inadecuada para nuestros años. Por lo tanto, le conté mi pequeña historia, y le insistí en que se me prohibiera preguntar quién era mi benefactor. Mencioné además que, como me había criado como herrero en un lugar de campo y sabía muy poco de los caminos de la cortesía, tomaría como una gran bondad en él si me diera una pista cada vez que me viera perdido o yendo mal.

—Con mucho gusto —dijo—, aunque me atrevo a profetizar que querrás muy pocas insinuaciones. Me atrevo a decir que estaremos juntos a menudo, y me gustaría desterrar cualquier restricción innecesaria entre nosotros. ¿Me harías el favor de empezar de inmediato a llamarme por mi nombre de pila, Herbert?

Le di las gracias y le dije que lo haría. A cambio, le informé que mi nombre de pila era Felipe.

-No me gusta Philip -dijo sonriendo-, porque suena a un chico moral salido de un libro de ortografía, que era tan perezoso que se cayó en un estanque, o tan gordo que no podía ver con sus ojos, o tan avaro que encerró su pastel hasta que los ratones se lo comieron, o tan decidido a ir a un nido de pájaros que se dejó comer por los osos que vivían en la vecindad. Te digo lo que me gustaría. Somos tan armoniosos, y tú has sido herrero, ¿te importaría?

—No me molestaría nada de lo que me propongas —respondí—, pero no te entiendo.

—¿Te importaría que Händel tuviera un nombre familiar? Hay una encantadora pieza musical de Händel, que se llama el herrero armonioso.

—Me gustaría mucho.

—Entonces, mi querido Händel —dijo, volviéndose al abrirse la puerta—, aquí está la cena, y debo rogarle que tome la parte superior de la mesa, porque la cena es de su provisión.

Yo no quería oír hablar de esto, así que él tomó la parte superior y yo me enfrenté a él. Fue una pequeña y agradable cena —me pareció entonces un banquete muy del alcalde— y adquirió un sabor adicional al ser comido en esas circunstancias independientes, sin ancianos y con Londres a nuestro alrededor. A esto se vio acentuado por cierto carácter gitano que desencadenó el banquete; porque mientras la mesa era, como podría haber dicho el señor Pumblechook, el regazo del lujo, estando enteramente amueblada desde la cafetería, la región circundante de la sala de estar era de un carácter comparativamente desprovisto de pastos y movedizo; imponiendo al camarero la costumbre vagabunda de poner las mantas en el suelo (donde se caía sobre ellas), la mantequilla derretida en el sillón, el pan en las estanterías, el queso en la carbonera y el ave hervida en mi cama en la habitación contigua, donde encontré gran parte de su perejil y mantequilla en estado de congelación cuando me retiré a pasar la noche. Todo esto hacía que la fiesta fuera deliciosa, y cuando el camarero no estaba allí para vigilarme, mi placer no tenía mezcla.

Habíamos hecho algunos progresos en la cena, cuando le recordé a Herbert su promesa de hablarme de la señorita Havisham.

—Es cierto —contestó él—. "Lo redimiré de inmediato. Permítame introducir el tema, Händel, mencionando que en Londres no es costumbre poner el cuchillo en la boca, por temor a accidentes, y que mientras el tenedor está reservado para ese uso, no se mete más de lo necesario. Apenas vale la pena mencionarlo, solo que está tan bien de hacer como lo hacen otras personas. Además, la cuchara generalmente no se usa por encima de la mano, sino por debajo. Esto tiene dos ventajas. Llegas mejor a tu boca (que al fin y al cabo es el objetivo), y te ahorras una buena parte de la actitud de abrir ostras, por parte del codo derecho.

Ofreció estas sugerencias amistosas de una manera tan animada, que ambos nos reímos y yo apenas me sonrojé.

—Ahora —prosiguió—, en lo que respecta a la señorita Havisham. La señorita Havisham, como usted sabe, era una niña mimada. Su madre murió cuando ella era un bebé y su padre no le negó nada. Su padre era un caballero de campo en su parte del mundo, y era cervecero. No sé por qué debería ser una cosa de crack ser cervecero; Pero es indiscutible que, si bien no es posible ser gentil y hornear, puede ser tan gentil como nunca lo fue y elaborar. Lo ves todos los días".

"Sin embargo, un caballero no puede tener una taberna; ¿Puede? -dije yo-.

-De ninguna manera -replicó Herbert-; Pero una taberna puede mantener a un caballero. ¡Pozo! El Sr. Havisham era muy rico y muy orgulloso. Su hija también.

- ¿La señorita Havisham era hija única? —aventuré—.

"Detente un momento, estoy llegando a eso. No, no era hija única; Tenía un hermanastro. Su padre se casó de nuevo en privado, creo que con su cocinero.

—Creía que estaba orgulloso —dije—.

—Mi buen Händel, así era. Se casó con su segunda esposa en privado, porque era orgulloso, y con el paso del tiempo *ella* murió. Cuando ella murió, me temo que primero le contó a su hija lo que había hecho, y luego el hijo se convirtió en parte de la familia, residiendo en la casa que usted conoce. A medida que el hijo crecía, se volvía desenfrenado, extravagante, desobediente, completamente malo. Al fin su padre lo desheredó; pero se ablandó cuando se estaba muriendo, y lo dejó en buena posición, aunque no tanto como la señorita Havisham.—Tome otro vaso de vino y disculpe que mencione que la sociedad en su cuerpo no espera que uno sea tan estrictamente concienzudo al vaciar su vaso, como para girarlo de abajo hacia arriba con el borde en la nariz.

Había estado haciendo esto, en un exceso de atención a su recital. Le di las gracias y le pedí disculpas. Él dijo: "De ninguna manera", y continuó.

La señorita Havisham era ahora una heredera, y puede suponerse que la consideraban una gran pareja. Su hermanastro volvía a tener recursos de sobra, pero las deudas y la nueva locura las malgastaban de la manera más terrible. Había diferencias más fuertes entre él y ella que las que había habido entre él y su padre, y se sospecha que abrigaba un profundo y mortal rencor contra ella por haber influido en la ira del padre. Llego ahora a la parte cruel de la historia: simplemente interrumpirme, mi querido Händel, para decir que una servilleta no entra en un vaso.

Por qué estaba tratando de empacar el mío en mi vaso, soy completamente incapaz de decirlo. Sólo sé que me encontré a mí mismo, con una perseverancia digna de una causa mucho mejor, haciendo los esfuerzos más extenuantes para comprimirla dentro de esos límites. De nuevo le di las gracias y le pedí disculpas, y de nuevo me dijo de la manera más alegre: «¡De ninguna manera, estoy seguro!», y prosiguió.

Apareció en escena, digamos en las carreras, o en los bailes públicos, o en cualquier otro lugar que se quiera, un hombre que hacía el amor con la señorita Havisham. Nunca lo vi (porque esto sucedió hace veinticinco años, antes de que tú y yo fuéramos, Händel), pero he oído a mi padre decir que era un hombre ostentoso, y el tipo de hombre para ese propósito. Pero que no se le había de confundir, sin ignorancia ni prejuicio, con un caballero, lo asevera mi padre con toda firmeza; Porque es un principio suyo que ningún hombre que no fuera un verdadero caballero de corazón ha sido, desde el principio del mundo, un verdadero caballero en sus modales. Dice que ningún barniz puede ocultar la veta de la madera; y que cuanto más barniz pongas, más se expresará el grano. ¡Pozo! Este hombre perseguía de cerca a la señorita Havisham y profesaba ser devoto de ella. Creo que no había mostrado mucha susceptibilidad hasta ese momento; Pero toda la susceptibilidad que poseía salió a la luz entonces, y lo amó apasionadamente. No hay duda de que ella lo idolatraba perfectamente. Se aprovechó de su afecto de una manera tan sistemática que le proporcionó grandes sumas de dinero, y la indujo a comprar a su hermano una participación en la cervecería (que su padre le había dejado débilmente) a un precio inmenso, con el pretexto de que, cuando fuera su marido, debía poseerlo y administrarlo todo. Su tutor no estaba en ese momento en los consejos de la señorita Havisham, y ella era demasiado arrogante y demasiado enamorada para dejarse aconsejar por nadie. Sus parientes eran pobres y maquinados, con la excepción de mi padre; Era bastante pobre, pero no servil ni celoso. Siendo el único independiente entre ellos, le advirtió que estaba haciendo demasiado por este hombre y que se estaba poniendo demasiado sin reservas en su poder. Aprovechó la primera oportunidad para ordenar airadamente a mi padre que saliera de la casa, en su presencia, y mi padre no la ha vuelto a ver desde entonces.

Pensé en que ella había dicho: «Matthew vendrá a verme por fin cuando me pongan muerto sobre esa mesa», y le pregunté a Herbert si su padre era tan inveterado contra ella.

—No es eso —dijo él—, pero ella lo acusó, en presencia de su futuro esposo, de estar decepcionado con la esperanza de adularla para su propio progreso, y, si él fuera a verla ahora, parecería cierto, incluso para él, e incluso para ella. Volver al hombre y acabar con él. Se fijó el día de la boda, se compraron los vestidos de novia, se planificó el recorrido de la boda, se invitó a los invitados a la boda. Llegó el día, pero no el novio. Le escribió una carta...

—¿Que recibió —dije yo— cuando se vestía para su matrimonio? ¿A las nueve menos veinte?

—A la hora y al minuto —dijo Herbert, asintiendo con la cabeza—, en la que después detuvo todos los relojes. Lo que había en él, más allá de eso, rompió el matrimonio de la manera más despiadada, no te lo puedo decir, porque no lo sé. Cuando se recuperó de una grave enfermedad que tenía, arrasó todo el lugar, tal como lo has visto, y desde entonces no ha vuelto a ver la luz del día.

—¿Es esa toda la historia? —pregunté, después de considerarlo.

"Todo lo que sé de él; y, en efecto, sólo sé hasta cierto punto, a través de la reconstrucción por mí mismo; porque mi padre siempre lo evita, e incluso cuando la señorita Havisham me invitó a ir allí, no me dijo nada más de lo que era absolutamente necesario que yo entendiera. Pero me he olvidado de una cosa. Se ha supuesto que el hombre a quien ella dio su confianza equivocada actuó en todo momento de acuerdo con su hermanastro; que se trataba de una conspiración entre ellos; y que se repartían las ganancias".

—Me extraña que no se casara con ella y se quedara con todos los bienes —dije—.

—Es posible que ya estuviera casado, y que su cruel mortificación haya formado parte del plan de su hermanastro —dijo Herbert—. "¡Mente! Eso no lo sé".

—¿Qué fue de los dos hombres? —pregunté, después de considerar de nuevo el tema.

"Cayeron en una vergüenza y degradación más profundas, si es que puede haber más profundas, y en la ruina".

—¿Están vivos ahora?

—No lo sé.

—Acabas de decir que Estella no estaba emparentada con la señorita Havisham, sino que era adoptada. ¿Cuándo se adoptó?

Herbert se encogió de hombros. —Siempre ha habido una Estella, desde que tengo noticias de la señorita Havisham. No sé más. Y ahora, Händel -dijo, desechando por fin la historia-, hay un entendimiento perfectamente abierto entre nosotros. Todo lo que sé de la señorita Havisham, ya lo sabes.

—Y todo lo que yo sé —repliqué—, tú lo sabes.

"Lo creo plenamente. Por lo tanto, no puede haber competencia ni perplejidad entre tú y yo. Y en cuanto a la condición con la que mantienes tu progreso en la vida, a saber, que no debes preguntar ni discutir a quién se lo debes, puedes estar muy seguro de que nunca será invadido, ni siquiera abordado, por mí, ni por nadie que me pertenezca.

A decir verdad, lo dijo con tanta delicadeza, que sentí que el tema estaba terminado, aunque tuviera que estar bajo el techo de su padre durante años y años. Sin embargo, lo dijo con tanto sentido, que me pareció que comprendía perfectamente que la señorita Havisham era mi benefactora, como yo mismo comprendía el hecho.

No se me había ocurrido antes que él había llegado al tema con el propósito de apartarlo de nuestro camino; pero éramos tanto más ligeros y fáciles por haberlo abordado, que ahora percibí que esto era así. Éramos muy alegres y sociables, y le pregunté, en el curso de la conversación, ¿qué era él? Él respondió: "Un capitalista, un asegurador de barcos". Supongo que me vio echando una ojeada a la habitación en busca de alguna ficha de Shipping, o de capital, porque añadió: «En la ciudad».

Tenía grandes ideas de la riqueza y la importancia de los aseguradores de barcos en la ciudad, y comencé a pensar con asombro en haber echado a un joven asegurador a su espalda, ennegrecido su ojo emprendedor y abierto su cabeza responsable. Pero de nuevo me sobrevino, para mi alivio, la extraña impresión de que Herbert Pocket nunca sería muy exitoso ni rico.

"No me conformaré con emplear mi capital en asegurar barcos. Compraré algunas buenas acciones de Life Assurance y cortaré en la Dirección. También haré un poco en el camino de la minería. Ninguna de estas cosas interferirá con mi fletamento de unos pocos miles de toneladas por mi propia cuenta. Creo que comerciaré -dijo, reclinándose en su silla- con las Indias Orientales por sedas, chales, especias, tintes, drogas y maderas preciosas. Es un oficio interesante".

—¿Y las ganancias son grandes? —pregunté.

—¡Tremendo! -exclamó-.

Volví a vacilar y empecé a pensar que había expectativas mayores que las mías.

—Creo que también comerciaré —dijo, metiéndose los pulgares en los bolsillos del chaleco— con las Indias Occidentales por azúcar, tabaco y ron. También a Ceilán, especialmente por los colmillos de los elefantes".

—Querrá usted un buen número de barcos —dije—.

—Una flota perfecta —dijo—.

Abrumado por la magnificencia de estas transacciones, le pregunté a dónde se dirigían principalmente los barcos que aseguraba en la actualidad.

"Todavía no he empezado a asegurar", respondió. "Estoy mirando a mi alrededor".

De alguna manera, esa búsqueda parecía más acorde con Barnard's Inn. Dije (en un tono de convicción): "¡Ah-h!"

"Sí. Estoy en una casa de contaduría y miro a mi alrededor.

—¿Es rentable una casa de contabilidad? —pregunté.

—¿Te refieres al joven que está en ella? —preguntó, en respuesta.

—Sí; a ti".

—Vaya, n-no; A mí no. Dijo esto con el aire de quien está haciendo un cálculo cuidadoso y de un equilibrio. "No es directamente rentable. Es decir, no me paga nada, y tengo que mantenerme".

Ciertamente, esto no tenía una apariencia rentable, y meneé la cabeza como si diera a entender que sería difícil acumular mucho capital de una fuente de ingresos como esa.

—Pero lo que pasa es —dijo Herbert Pocket— que usted mira a su alrededor. *Eso es* lo grandioso. Estás en una casa de contabilidad, ¿sabes?, y miras a tu alrededor.

Me pareció una implicación singular que no se podía estar fuera de una casa de contabilidad, ya sabes, y mirar a tu alrededor; pero me remití en silencio a su experiencia.

—Entonces llega el momento —dijo Herbert— en que veas tu oportunidad. Y entras, y te abalanzas sobre él y haces tu capital, ¡y entonces ahí estás! Una vez que has hecho tu capital, no tienes nada que hacer más que emplearlo".

Era muy parecida a su manera de conducir aquel encuentro en el jardín; Muy parecido. Su manera de soportar su pobreza también correspondía exactamente a su manera de soportar esa derrota. Me pareció que ahora soportaba todos los golpes y bofetadas con el mismo aire que había recibido el mío entonces. Era evidente que no tenía a su alrededor más que lo más necesario, pues todo lo que yo comentaba resultaba haber sido enviado por mi cuenta desde el café o desde algún otro lugar.

Sin embargo, como ya había hecho su fortuna en su propia mente, era tan modesto con ella que me sentí muy agradecido con él por no estar envanecido. Era una agradable adición a sus maneras naturalmente agradables, y nos llevamos famosamente. Por la noche salimos a dar un paseo por las calles, e íbamos a mitad de precio al teatro; y al día siguiente fuimos a la iglesia de la Abadía de Westminster, y por la tarde paseamos por los Parques; y me pregunté quién herraría todos los caballos allí, y deseé que Joe lo hiciera.

En un cálculo moderado, ese domingo habían pasado muchos meses desde que dejé a Joe y a Biddy. El espacio interpuesto entre ellos y yo participaba de esa expansión, y nuestros pantanos estaban a cierta distancia. El hecho de que yo pudiera haber estado en nuestra antigua iglesia con mi vieja ropa de ir a la iglesia, el último domingo que había sido, parecía una combinación de imposibilidades, geográficas y sociales, solares y lunares. Sin embargo, en las calles londinenses, tan abarrotadas de gente y tan brillantemente iluminadas en el crepúsculo de la noche, había deprimentes insinuaciones de reproches por haber puesto la pobre y vieja cocina en casa tan lejos; y en la oscuridad de la noche, los pasos de algún impostor incapaz de un porteador que paseaba por la posada de Barnard, con el pretexto de vigilarla, cayeron huecos en mi corazón.

El lunes por la mañana, a las nueve menos cuarto, Herbert fue a la contaduría para informarse, supongo que también para echar un vistazo a su alrededor, y yo le hice compañía. Él vendría en una o dos horas para acompañarme a Hammersmith, y yo tenía que esperarlo. Me parecía que los huevos de los que nacían los jóvenes aseguradores estaban incubados en el polvo y el calor, como los huevos de los avestruces, a juzgar por los lugares a los que acudían aquellos gigantes incipientes un lunes por la mañana. Ni la casa de contaduría donde

Herbert ayudaba mostraba a mis ojos un buen Observatorio; Siendo un segundo piso trasero a un metro de distancia, de una presencia mugrienta en todos los detalles, y con una mirada hacia otro segundo piso trasero, en lugar de un mirador.

Esperé hasta que llegó el mediodía, y me dirigí a Cambio, y vi a unos hombres flojos sentados bajo las facturas de la navegación, a quienes tomé por grandes comerciantes, aunque no podía entender por qué todos estaban de mal humor. Cuando Herbert llegó, fuimos a almorzar a una célebre casa que entonces yo veneraba bastante, pero que ahora creo que era la superstición más abyecta de Europa, y donde no pude dejar de notar, incluso entonces, que había mucha más salsa en los manteles, los cuchillos y la ropa de los camareros que en los filetes. Esta colación se deshizo a un precio moderado (teniendo en cuenta la grasa, que no se cobró), volvimos a Barnard's Inn y recogimos mi pequeño maletín, y luego tomamos el autocar para Hammersmith. Llegamos allí a las dos o tres de la tarde, y nos quedaba muy poco camino para llegar a la casa del señor Pocket. Levantamos el pestillo de una verja y pasamos directamente a un pequeño jardín con vistas al río, donde jugaban los hijos del señor Pocket. Y a menos que me engañe a mí mismo en un punto en el que mis intereses o prejuicios no están ciertamente en lo que concierne, vi que los hijos del señor y la señora Pocket no crecían ni eran criados, sino que se tambaleaban.

La señora Pocket estaba sentada en una silla de jardín bajo un árbol, leyendo, con las piernas sobre otra silla de jardín; y las dos niñeras de la señora Pocket miraban a su alrededor mientras los niños jugaban. —Mamá —dijo Herbert—, éste es el joven señor Pip. Al oír esto, la señora Pocket me recibió con una apariencia de amable dignidad.

—Maese Alick y señorita Jane —gritó una de las enfermeras a dos de los niños—, si vais a rebotar contra esos arbustos caeréis al río y os ahogaréis, ¿y qué dirá entonces vuestro padre?

Al mismo tiempo, la enfermera recogió el pañuelo de la señora Pocket y dijo: —¡Si eso no te hace seis veces, se te ha caído, mamá! Al oír esto, la señora Pocket se echó a reír y dijo: «Gracias, Flopson», y acomodándose en una sola silla, reanudó su libro. Su semblante asumió inmediatamente una expresión tensa y atenta, como si hubiera estado leyendo durante una semana, pero antes de que pudiera leer media docena de líneas, fijó sus ojos en mí y dijo: —Espero que tu mamá esté bien. Esta inesperada pregunta me puso en tal aprieto que comencé a decir de la manera más absurda que, si hubiera existido una persona así, no me cabía duda de que se habría sentido muy bien y le habría agradecido mucho y le habría enviado cumplidos cuando la enfermera vino a mi rescate.

-¡Bueno -exclamó ella, recogiendo el pañuelo de bolsillo-, si eso no da siete veces! ¿Qué haces esta tarde, mamá? La señora Pocket recibió su propiedad, al principio con una expresión de sorpresa indecible, como si nunca la hubiera visto antes, y luego con una risa de reconocimiento, y dijo: «Gracias, Flopson», y se olvidó de mí, y siguió leyendo.

Descubrí, ahora que tenía tiempo para contarlos, que había no menos de seis pequeños Pockets presentes, en diversas etapas de caída. Apenas había llegado a la cuenta, cuando se oyó una séptima, como en la región del aire, gimiendo tristemente.

—¡Si no lo hay, nena! —dijo Flopson, pareciendo pensar que era de lo más sorprendente—. —Date prisa, molineros.

Millers, que era la otra enfermera, se retiró a la casa, y poco a poco el llanto del niño se acalló y se detuvo, como si fuera un joven ventrílocuo con algo en la boca. La señora Pocket leía todo el tiempo, y yo tenía curiosidad por saber qué podría ser el libro.

Estábamos esperando, supuse, a que el señor Pocket saliera a nuestro encuentro; De todos modos, esperábamos allí, y así tuve la oportunidad de observar el notable fenómeno familiar de que cada vez que alguno de los niños se acercaba a la señora Pocket en su juego, siempre tropezaba y caía sobre ella, siempre para su asombro momentáneo y su propio lamento más duradero. No supe explicar esta sorprendente circunstancia, y no pude evitar dedicarme a especular al respecto, hasta que poco a poco los Miller bajaron con el bebé, que fue entregado a Flopson, que Flopson se lo estaba entregando a la señora Pocket, cuando ella también pasó de cabeza por encima de la señora Pocket. bebé y todo, y fue atrapado por Herbert y por mí.

—¡Bendita sea, Flopson! —dijo la señora Pocket, apartando la vista de su libro por un momento—, ¡todo el mundo está dando tumbos!

—¡Muy amable usted, mamá! —replicó Flopson, con el rostro muy rojo—. —¿Qué tienes ahí?

—¿Llegué aquí, Flopson? —preguntó la señora Pocket.

—¡Vaya, si no es tu escabel para los pies! —exclamó Flopson—. "Y si lo guardas debajo de tus faldas así, ¿quién puede evitar que se caiga? ¡Aquí! Toma al bebé, mamá, y dame tu libro.

La señora Pocket siguió el consejo y, sin experiencia, hizo bailar un poco al niño en su regazo, mientras los otros niños jugaban a su alrededor. Esto había durado muy poco tiempo, cuando la señora Pocket dio órdenes sumarias de que todos fueran llevados a la casa para tomar una siesta. Así hice el segundo descubrimiento en esa primera ocasión, que la crianza de los pequeños Pockets consistía en caer y acostarse alternativamente.

En estas circunstancias, cuando Flopson y Millers hubieron metido a los niños en la casa, como un pequeño rebaño de ovejas, y el señor Pocket salió de allí para conocerme, no me sorprendió mucho descubrir que el señor Pocket era un caballero con una expresión bastante perpleja en el rostro, y con sus cabellos grises desordenados en la cabeza. como si no viera la manera de poner las cosas en su sitio.

CAPÍTULO XXIII.

El señor Pocket dijo que se alegraba de verme, y que esperaba que yo no sintiera lástima de verlo. —Porque, en realidad, no soy —añadió, con la sonrisa de su hijo— un personaje alarmante. Era un hombre de aspecto joven, a pesar de sus perplejidades y de sus cabellos muy grises, y sus modales parecían bastante naturales. Utilizo la palabra natural, en el sentido de que no se ve afectado; Había algo cómico en su angustiado A su manera, como si hubiera sido francamente ridículo si no fuera por su propia percepción de que estaba muy cerca de serlo. Después de hablar un poco conmigo, le dijo a la señora Pocket, con una contracción bastante ansiosa de sus cejas, que eran negras y hermosas: —Belinda, espero que hayas recibido al señor Pip. Y ella levantó la vista de su libro, y dijo: "Sí". Entonces me sonrió en un estado de ánimo ausente y me preguntó si me gustaba el sabor del agua de azahar. Como la pregunta no tenía ninguna relación, cercana o remota, con ninguna transacción anterior o posterior, considero que ha sido descartada, al igual que sus enfoques anteriores, en general condescendencia conversacional.

A las pocas horas me enteré, y puedo mencionar de inmediato, que la señora Pocket era la única hija de cierto caballero fallecido por casualidad, que se había inventado la convicción de que su difunto padre habría sido nombrado baronet de no ser por la decidida oposición de alguien, surgida de motivos enteramente personales. si alguna vez lo supe, el del soberano, el del primer ministro, el del lord canciller, el del arzobispo de Canterbury, el de cualquiera, y me hubiera unido a los nobles de la tierra con derecho a este hecho completamente supuesto. Creo que él mismo había sido nombrado caballero por haber irrumpido en la gramática inglesa a punta de pluma, en un discurso desesperado absorto en vitela, con ocasión de la colocación de la primera piedra de un edificio u otro, y por entregar a algún personaje real la paleta o el mortero. Sea como fuere, había ordenado que la señora Pocket fuera educada desde su cuna como alguien que, por la naturaleza de las cosas, debía casarse con un título, y que debía ser protegida de la adquisición de conocimientos domésticos plebeyos.

Este juicioso padre había establecido una guardia y un guardián tan exitosos sobre la joven, que había crecido muy ornamental, pero perfectamente indefensa e inútil. Con su carácter tan felizmente formado, en los primeros brotes de su juventud se había encontrado con el señor Bolsillo, que también estaba en los primeros años de su juventud y no había decidido si subirse al Saco de Lana o cubrirse con una mitra. Como hacer una cosa o la otra era una mera cuestión de tiempo, él y la señora Pocket habían cogido a Time por el mechón (cuando, a juzgar por su longitud, parecería haber querido cortarse) y se habían casado sin el conocimiento del juicioso padre. El juicioso padre, que no tenía nada que conceder o negar más que su bendición, les había pagado generosamente la dote después de una breve lucha, y le había informado al señor Pocket de que su esposa era «un tesoro para un príncipe». El señor Pocket había invertido el tesoro del príncipe en los caminos del mundo desde entonces, y se suponía que le había traído un interés indiferente. Aun así, la señora Pocket era en general objeto de una extraña especie de piedad respetuosa, porque no se había casado con un título; mientras que el señor Pocket era objeto de una extraña especie de reproche indulgente, porque nunca lo había recibido.

El señor Pocket me llevó a la casa y me mostró mi habitación, que era agradable y estaba amueblada de tal manera que podía usarla con comodidad para mi propia sala de estar privada. Luego llamó a las puertas de otras dos habitaciones similares y me presentó a sus ocupantes, llamados Drummle y Startop. Drummle, un joven de aspecto viejo y de un pesado orden de arquitectura, silbaba. Startop, más joven en edad y apariencia, leía y se sostenía la cabeza, como si se creyera en peligro de explotarla con una carga de conocimiento demasiado fuerte.

Tanto el señor como la señora Pocket tenían un aire tan notable de estar en manos de otra persona, que me pregunté quién realmente estaba en posesión de la casa y los dejaba vivir allí, hasta que descubrí que este poder desconocido eran los sirvientes. Era una manera suave de proceder, tal vez, con respecto a salvar problemas; Pero tenía la apariencia de ser caro, porque los sirvientes sentían que era un deber que se debían a sí mismos ser amables en su comida y bebida, y hacer compañía en el piso de abajo. Permitieron una mesa muy generosa para el señor y la señora Pocket, pero siempre me pareció que la mejor parte de la casa para haber alojado habría sido la cocina, siempre suponiendo que el huésped fuera capaz de defenderse, porque, antes de que yo hubiera estado allí una semana, una señora vecina a la que la familia no conocía personalmente, escribió para decir que había visto a Millers abofeteando al bebé. Esto afligió mucho a la señora Pocket, que rompió a llorar al recibir la nota y dijo que era algo extraordinario que los vecinos no pudieran ocuparse de sus propios asuntos.

Poco a poco me fui enterando, y principalmente por Herbert, de que el señor Pocket se había educado en Harrow y en Cambridge, donde se había distinguido; pero que cuando había tenido la dicha de casarse con la señora Pocket muy temprano en su vida, había deteriorado sus perspectivas y había adoptado el oficio de molinillo. Después de afilar una serie de hojas desafiladas, de las que era notable que sus padres, cuando eran influyentes, siempre le ayudaban a prevenir, pero siempre se olvidaban de hacerlo cuando las hojas habían abandonado la piedra de moler, se había cansado de ese pobre trabajo y había venido a Londres. Allí, después de haber fracasado gradualmente en esperanzas más elevadas, había «leído» con buzos que habían faltado oportunidades o las habían descuidado, y había renovado a otros para ocasiones especiales, y había convertido sus adquisiciones en el relato de la compilación y corrección literaria, y con tales medios, sumado a algunos recursos privados muy moderados, todavía mantenía la casa que vi.

El señor y la señora Pocket tenían un vecino sapo; Una señora viuda de esa naturaleza tan simpática que estaba de acuerdo con todos, bendecía a todos y derramaba sonrisas y lágrimas sobre todos, según las circunstancias. Esta señora se llamaba la señora Coiler, y tuve el honor de invitarla a cenar el día de mi instalación. Me dio a entender en la escalera que era un duro golpe para la querida señora Pocket que el querido señor Pocket se viera en la necesidad de recibir a caballeros para leer con él. Eso no se extendía a mí, me dijo en un torrente de amor y confianza (en ese momento, la conocía hacía algo menos de cinco minutos); si todos fueran como Yo, sería otra cosa muy distinta.

—Pero la querida señora Pocket —dijo la señora Coiler—, después de su temprana decepción (no es que el querido señor Pocket tuviera la culpa de ello), requiere tanto lujo y elegancia...

—Sí, señora —dije, para detenerla, porque temía que fuera a llorar—.

—Y ella es de un carácter tan aristocrático...

—Sí, señora —dije de nuevo, con el mismo objeto que antes—.

—Que *es* difícil —dijo la señora Coiler— que el tiempo y la atención del querido señor Pocket se desvíen de la querida señora Pocket.

No pude evitar pensar que sería más difícil si el tiempo y la atención del carnicero se desviaran de la querida señora Pocket; pero yo no dije nada, y de hecho tuve bastante que hacer para mantener una tímida vigilancia sobre mis modales de compañía.

Llegué a mi conocimiento, a través de lo que pasó entre la señora Pocket y Drummle mientras yo estaba atento a mi cuchillo y tenedor, cuchara, vasos y otros instrumentos de autodestrucción, que Drummle, cuyo nombre de pila era Bentley, era en realidad el próximo heredero de una baronía. Además, parecía que el libro que había visto leer a la señora Pocket en el jardín era todo sobre títulos, y que sabía la fecha exacta en la que su abuelo habría entrado en el libro, si es que alguna vez lo había hecho. Drummle no dijo gran cosa, pero a su manera limitada (me pareció un tipo malhumorado) habló como uno de los elegidos, y reconoció a la señora Pocket como una mujer y una hermana. Nadie, excepto ellos y la señora Coiler, la vecina sapo, mostró interés alguno en esta parte de la conversación, y me pareció que a Herbert le resultaba dolorosa; Pero prometía durar mucho tiempo, cuando la página llegó con el anuncio de una aflicción doméstica. Era, en efecto, que el cocinero había extraviado la carne. Para mi indecible asombro, ahora, por primera vez, vi al señor Pocket aliviar su mente al pasar por una actuación que me pareció muy extraordinaria, pero que no impresionó a nadie más, y con la que pronto me familiaricé tanto como los demás. Dejó el cuchillo de trinchar y el tenedor —que en ese momento estaba ocupado en tallar—, se metió las dos manos en el pelo alborotado y pareció hacer un esfuerzo extraordinario para levantarse por él. Cuando hubo hecho esto, y no se había levantado en absoluto, continuó tranquilamente con lo que hacía.

La señora Coiler cambió entonces de tema y empezó a halagarme. Me gustó por unos momentos, pero ella me halagó tanto que el placer se acabó pronto. Tenía una manera serpenteante de acercarse a mí cuando fingía estar vitalmente interesada en los amigos y las localidades que yo había dejado, que era completamente serpenteante y de lengua bífida; y cuando de vez en cuando saltaba con Startop (que le decía muy poco), o con Drummle (que decía menos), más bien los envidiaba por estar en el lado opuesto de la mesa.

Después de la cena, se presentó a los niños, y la señora Coiler hizo comentarios de admiración sobre sus ojos, narices y piernas, una manera sagaz de mejorar sus mentes. Había cuatro niñas y dos niños, además del bebé que podría haber sido cualquiera de los dos, y el próximo sucesor del bebé, que aún no era ni lo uno ni lo otro. Fueron traídos por Flopson y Millers, como si esos dos suboficiales hubieran estado reclutando niños en algún lugar y los hubieran reclutado, mientras la señora Pocket miraba a los jóvenes nobles como si pensara que había tenido el placer de inspeccionarlos antes, pero no supiera muy bien qué hacer con ellos.

"¡Aquí! Dame tu tenedor, mamá, y llévate al bebé —dijo Flopson—. "No lo tomes de esa manera, o meterás la cabeza debajo de la mesa".

Aconsejada así, la señora Pocket lo tomó por el otro lado, y puso su cabeza sobre la mesa; la cual fue anunciada a todos los presentes por una prodigiosa conmoción cerebral.

"¡Querido, querido! Devuélvemelo, mamá -dijo Flopson-; —¡Y señorita Jane, venga a bailar al bebé, lo haga!

Una de las niñas, una simple ácaro que parecía haberse hecho cargo prematuramente de las demás, se levantó de su lugar junto a mí y bailó de un lado a otro del bebé hasta que dejó de llorar y reír. Entonces, todos los niños se echaron a reír, y el señor Bolsillo (que mientras tanto se había esforzado dos veces por levantarse por los cabellos) se echó a reír, y todos nos reímos y nos alegramos.

Flopson, a fuerza de doblar al bebé por las articulaciones como una muñeca holandesa, lo puso a salvo en el regazo de la señora Pocket y le dio los cascanueces para que jugara con ellos; al mismo tiempo que recomendaba a la señora Pocket que se diera cuenta de que los mangos de ese instrumento no concordaban con sus ojos, y encargaba severamente a la señorita Jane que cuidara de lo mismo. Entonces, las dos enfermeras salieron de la habitación y tuvieron una animada pelea en la escalera con un paje disipado que había esperado la cena y que claramente había perdido la mitad de sus botones en la mesa de juego.

Me inquietó mucho el hecho de que la señora Pocket se enzarzara en una discusión con Drummle sobre dos barones, mientras comía una naranja en rodajas empapada en azúcar y vino, y se olvidaba por completo del bebé que tenía en el regazo, que hacía las cosas más espantosas con los cascanueces. Al fin, la pequeña Jane, percibiendo que sus jóvenes cerebros estaban en peligro, abandonó suavemente su lugar y, con muchos pequeños artificios, persuadió a la peligrosa arma. La señora Pocket terminó su naranja casi al mismo tiempo, y no lo aprobó, y le dijo a Jane:

"Niño travieso, ¿cómo te atreves? ¡Ve y siéntate en este instante!"

—Mamá querida —balbuceó la niña—, la niña te ha sacado los ojos.

—¿Cómo se atreve a decírmelo? —replicó la señora Pocket. "¡Ve y siéntate en tu silla en este momento!"

La dignidad de la señora Pocket era tan aplastante, que me sentí bastante avergonzado, como si yo mismo hubiera hecho algo para despertarla.

—Belinda —protestó el señor Pocket, desde el otro extremo de la mesa—, ¿cómo puedes ser tan irrazonable? Jane solo interfirió para la protección del bebé".

—No permitiré que nadie interfiera —dijo la señora Pocket—. —Me sorprende, Matthew, que me expongas a la afrenta de la injerencia.

—¡Dios mío! —exclamó el señor Pocket, en un arrebato de desesperación desolada—. "¿Deben los niños ser encascarillados en sus tumbas, y nadie debe salvarlos?"

—Jane no se dejará molestar por mí —dijo la señora Pocket, lanzando una mirada majestuosa a aquel inocente delincuente—. "Espero conocer la posición de mi pobre abuelo. ¡Jane, en efecto!

El señor Pocket volvió a meterse las manos en el pelo, y esta vez sí que se levantó unos centímetros de la silla. "¡Escuchen esto!", exclamó impotente a los elementos. "¡Los bebés deben ser muertos a cascanueces, por la posición del pobre abuelo de la gente!" Luego volvió a bajarse y se quedó en silencio.

Todos miramos torpemente el mantel mientras esto sucedía. Siguió una pausa, durante la cual la honesta e incontenible niña dio una serie de saltos y graznidos a la pequeña Jane, que me pareció el único miembro de la familia (independientemente de los sirvientes) con el que tenía alguna relación decidida.

—Señor Drummle —dijo la señora Pocket—, ¿llamará usted a Flopson? Jane, cosita desobediente, ve y acuéstate. ¡Ahora, cariño, ven con mamá!

El niño era el alma del honor, y protestaba con todas sus fuerzas. Se dobló al revés sobre el brazo de la señora Pocket, exhibió un par de zapatos de punto y tobillos con hoyuelos en lugar de su cara suave, y se llevó a cabo en el más alto estado de motín. Y, después de todo, ganó su punto, porque lo vi a través de la ventana a los pocos minutos, siendo amamantado por la pequeña Jane.

Sucedió que los otros cinco niños se quedaron en la mesa de la cena, porque Flopson tenía algún compromiso privado y no era asunto de nadie más. Así me di cuenta de las relaciones mutuas entre ellos y el señor Pocket, que se ejemplifican de la siguiente manera. El señor Pocket, con la perplejidad normal de su rostro acentuada y el pelo alborotado, los miró durante unos minutos, como si no pudiera entender cómo habían llegado a alojarse en aquel establecimiento, y por qué no habían sido alojados por la naturaleza en otra persona. Luego, de una manera misionera lejana, les hizo ciertas preguntas, como por qué el pequeño Joe tenía ese agujero en su volante, que dijo: «Pa, Flopson lo iba a arreglar cuando tuviera tiempo», y cómo la pequeña Fanny se acercó a ese blanco, que dijo: «Pa, Millers iba a cazarlo cuando ella no lo olvidara». Luego, se derritió en la ternura paternal, les dio un chelín a cada uno y les dijo que fueran a jugar; Y luego, cuando salieron, con un gran esfuerzo por levantarse por los cabellos, desestimó el desesperado tema.

Por la noche se remando en el río. Como Drummle y Startop tenían un bote cada uno, resolví armar el mío y cortarles el paso a los dos. Era bastante bueno en la mayoría de los ejercicios en los que los muchachos del campo son adeptos, pero como era consciente de que quería elegancia de estilo para el Támesis, por no decir para otras aguas, me comprometí de inmediato a ponerme bajo la tutela del ganador de un premio que se paseaba por nuestras escaleras, y a quien mis nuevos aliados me presentaron. Esta autoridad práctica me confundió mucho al decir que yo tenía el brazo de un herrero. Si hubiera podido saber cuánto estuvo a punto de perder el cumplido como alumno, dudo que se lo hubiera dado.

Había una bandeja para cenar después de que llegamos a casa por la noche, y creo que todos deberíamos haberlo disfrutado, de no ser por un suceso doméstico bastante desagradable. El señor Pocket estaba de buen humor cuando entró una criada y dijo: —Con la venia, señor, me gustaría hablar con usted.

—¿Hablar con su amo? —dijo la señora Pocket, cuya dignidad se despertó de nuevo. "¿Cómo puedes pensar en tal cosa? Ve y habla con Flopson. O háblame, en otro momento.

-Con perdón, señora -replicó la criada-, quisiera hablar ahora mismo y hablar con el amo.

Acto seguido, el señor Pocket salió de la habitación y nos esforzamos al máximo hasta que regresó.

—¡Esto es una cosa bonita, Belinda! —dijo el señor Pocket, volviendo con un semblante que expresaba dolor y desesperación—. "¡Aquí está el cocinero tirado insensiblemente borracho en el suelo de la cocina, con un gran paquete de mantequilla fresca hecha en el armario lista para venderse por grasa!"

La señora Pocket mostró al instante una emoción muy amable y dijo: —¡Esto es lo que hace esa odiosa Sofía!

—¿Qué quieres decir, Belinda? —preguntó el señor Pocket.

—Sofía te lo ha dicho —dijo la señora Pocket—. "¿No la vi con mis propios ojos y la escuché con mis propios oídos, entré en la habitación hace un momento y pedí hablar contigo?"

—¿Pero no me ha llevado abajo, Belinda —replicó el señor Pocket—, y me ha enseñado a la mujer y también el bulto?

—¿Y la defiendes, Matthew —dijo la señora Pocket—, por hacer travesuras?

El señor Pocket lanzó un gemido lúgubre.

—¿Voy a ser yo, la nieta del abuelo, nada en la casa? —preguntó la señora Pocket. Además, la cocinera siempre ha sido una mujer muy amable y respetuosa, y dijo de la manera más natural cuando vino a ocuparse de la situación, que sentía que yo había nacido para ser duquesa.

Había un sofá donde estaba el señor Pocket, y se dejó caer sobre él en actitud de gladiador moribundo. Todavía en esa actitud, dijo, con voz hueca: «Buenas noches, señor Pip», cuando creí conveniente ir a la cama y dejarlo.

CAPÍTULO XXIV.

Al cabo de dos o tres días, cuando me instalé en mi habitación y fui y vine varias veces a Londres, y pedí todo lo que quería a mis comerciantes, el señor Pocket y yo tuvimos una larga conversación. Sabía más de mi carrera que yo mismo, porque se refirió a que el señor Jaggers le había dicho que yo no estaba hecho para ninguna profesión, y que tendría una educación lo suficientemente buena para mi destino si podía «mantenerme» con el promedio de los jóvenes en circunstancias prósperas. Acepté, por supuesto, sin saber nada en contrario.

Aconsejó que asistiera a ciertos lugares de Londres, para que adquiriera los rudimentos que yo quisiera, y que le investiera con las funciones de explicador y director de todos mis estudios. Esperaba que, con una ayuda inteligente, encontraría poco que me desanimara, y pronto sería capaz de prescindir de cualquier ayuda que no fuera la suya. Con su manera de decir esto, y mucho más con el mismo propósito, se puso en términos confidenciales conmigo de una manera admirable; y puedo decir de inmediato que siempre fue tan celoso y honorable en el cumplimiento de su pacto conmigo, que me hizo celoso y honorable en el cumplimiento del mío con él. Si hubiera mostrado indiferencia como maestro, no me cabe duda de que le habría devuelto el cumplido como alumno; Él no me dio tal excusa, y cada uno de nosotros le hizo justicia al otro. Tampoco consideré nunca que tuviera algo ridículo en él, ni nada que no fuera serio, honesto y bueno, en su comunicación de tutor conmigo.

Una vez resueltos estos puntos, y hasta ahora que había empezado a trabajar en serio, se me ocurrió que si lograba conservar mi habitación en Barnard's Inn, mi vida sería agradablemente variada, mientras que mis modales no serían peores para la sociedad de Herbert. El señor Pocket no se opuso a este arreglo, pero insistió en que, antes de que se pudiera dar algún paso al respecto, debía ser presentado a mi tutor. Sentí que este manjar surgía de la consideración de que el plan le ahorraría a Herbert algunos gastos, así que me fui a Little Britain y transmití mi deseo al señor Jaggers.

—Si pudiera comprar los muebles que ahora me han alquilado —dije—, y una o dos cositas más, me sentiría como en casa allí.

—¡Adelante! —dijo el señor Jaggers, con una breve risa—. "Te dije que te irías bien. ¡Pozo! ¿Cuánto quieres?

Le dije que no sabía cuánto.

—¡Vamos! —replicó el señor Jaggers—. "¿Cuánto? ¿Cincuenta libras?

—Oh, no tanto.

—¿Cinco libras? —dijo el señor Jaggers—.

Esta fue una caída tan grande, que dije desconcertado: "¡Oh, más que eso!"

—¡Más que eso, eh! —replicó el señor Jaggers, que me estaba esperando, con las manos en los bolsillos, la cabeza inclinada hacia un lado y los ojos fijos en la pared que tenía detrás—. —¿Cuánto más?

—Es muy difícil fijar una suma —dije, vacilando—.

—¡Vamos! —dijo el señor Jaggers—. "Vamos a ello. Dos veces cinco; ¿Será suficiente? Tres por cinco; ¿Será suficiente? Cuatro por cinco; ¿Será suficiente?

Le dije que pensaba que eso sería suficiente.

—Cuatro por cinco será suficiente, ¿verdad? —dijo el señor Jaggers, frunciendo las cejas—. "Ahora, ¿qué haces con cuatro por cinco?"

—¿Qué pienso yo de ello?

—¡Ah! —dijo el señor Jaggers—. —¿Cuánto?

—Supongo que te harás veinte libras —dije sonriendo—.

—No importa lo que haga, amigo mío —observó el señor Jaggers, con un movimiento de cabeza cómplice y contradictorio—. "Quiero saber qué haces".

- Veinte libras, por supuesto.

—¡Wemmick! —dijo el señor Jaggers, abriendo la puerta de su despacho—. Tome la orden escrita del señor Pip y páguele veinte libras.

Esta forma tan marcada de hacer los negocios me causó una impresión muy marcada, y no de un tipo agradable. El señor Jaggers nunca se reía; pero llevaba unas botas grandes y brillantes y chirriantes, y, al calzarse de ellas, con su gran cabeza inclinada y las cejas juntas, esperando una respuesta, a veces hacía crujir las botas. como si se rieran de una manera seca y sospechosa. Como por casualidad iba a salir, y como Wemmick era enérgico y hablador, le dije a Wemmick que no sabía qué pensar de los modales del señor Jaggers.

—Dígale eso, y lo tomará como un cumplido —respondió Wemmick—; —No quiere decir que *debas* saber qué hacer con ello.—¡Oh! —porque me quedé sorprendido—, no es personal; Es profesional: solo profesional".

Wemmick estaba en su escritorio, almorzando —y comiendo— una galleta dura y seca; pedazos de los cuales se metía de vez en cuando en la rendija de la boca, como si los estuviera colocando.

—Siempre me parece —dijo Wemmick— como si hubiera tendido una trampa para hombres y la estuviera observando. De repente, clic, ¡estás atrapado!"

Sin hacer notar que las trampas para hombres no estaban entre las comodidades de la vida, dije que suponía que era muy hábil.

—Profunda —dijo Wemmick—, como Australia. Señalando con su pluma el suelo de la oficina, para expresar que se entendía que Australia, a los efectos de la figura, estaba simétricamente en el punto opuesto del globo. —Si hubiera algo más profundo —añadió Wemmick, acercando la pluma al papel—, sería él.

Entonces, le dije que suponía que tenía un buen negocio, y Wemmick dijo: —¡Ca-pi-tal! Entonces le pregunté si había muchos oficinistas. A lo que él respondió:

"No nos encontramos mucho con oficinistas, porque solo hay un Jaggers, y la gente no lo tendrá de segunda mano. Solo somos cuatro. ¿Te gustaría verlos? Eres uno de los nuestros, por así decirlo.

Acepté la oferta. Cuando el señor Wemmick hubo puesto toda la galleta en el correo y me pagó mi dinero de una caja fuerte en una caja fuerte, cuya llave guardaba en algún lugar de su espalda y sacaba del cuello de su abrigo como una coleta de hierro, subimos las escaleras. La casa era oscura y desvencijada, y los hombres grasientos que habían dejado su huella en la habitación del señor Jaggers parecían haber estado subiendo y bajando la escalera durante años. En el primer piso de la entrada, un empleado que parecía algo entre un tabernero y un cazador de ratas —un hombre grande, pálido, hinchado e hinchado— estaba atento con tres o cuatro personas de aspecto desaliñado, a las que trataba con la misma falta de ceremonias con que parecía tratarse a todos los que contribuían a las arcas del señor Jaggers. —Reuniendo pruebas —dijo el señor Wemmick al salir—, para el Bailey. En la habitación de arriba, un oficinista terrier flácido con el pelo suelto (parecía haber olvidado su corte cuando era un cachorro) estaba igualmente ocupado con un hombre de ojos débiles, a quien el señor Wemmick me presentó como un fundidor que mantenía su olla siempre hirviendo, y que me derretiría todo lo que quisiera. y que estaba en una excesiva transpiración blanca, como si hubiera estado probando su arte en sí mismo. En una habitación trasera, un hombre de hombros altos, con un dolor en la cara atado con una franela sucia, que vestía ropas negras viejas que parecían haber sido enceradas, se agachaba sobre su trabajo de hacer copias justas de las notas de los otros dos caballeros, para uso del propio señor Jaggers.

Esto era todo el establecimiento. Cuando volvimos a bajar las escaleras, Wemmick me llevó a la habitación de mi tutor y me dijo: "Esto ya lo has visto".

—Te ruego —dije, al tiempo que los dos odiosos moldes con la mirada temblorosa sobre ellos volvían a captar mi vista—, ¿de quién son esas semejanzas?

—¿Éstas? —dijo Wemmick, subiéndose a una silla y soplando el polvo de las horribles cabezas antes de bajarlas. "Son dos célebres. Clientes famosos nuestros que nos dieron un mundo de crédito. Este tipo (¡por qué debiste haber bajado por la noche y haber estado espiando en el tintero para mancharte la ceja, viejo bribón!) asesinó a su amo y, considerando que no estaba al tanto de las pruebas, no lo planeó mal.

—¿Es como él? —pregunté, retrocediendo ante el bruto, mientras Wemmick escupía sobre su ceja y la frotaba con la manga.

—¿Como él? Es él mismo, ya sabes. El elenco se hizo en Newgate, justo después de que lo derribaran. Tenías una especial simpatía por mí, ¿no es así, Viejo Artful? -dijo Wemmick-. Luego explicó este apóstrofe afectuoso, tocando su broche que representaba a la dama y el sauce llorón en la tumba con la urna encima, y diciendo: "¡Hágaselo hacer para mí, expreso!"

—¿Es alguien la señora? —pregunté.

—No —replicó Wemmick—. "Solo su juego. (Te gustó tu parte del juego, ¿no?) No; A menos que una dama fuera una, y ella no era de esa clase delgada de dama, y no la habría sorprendido cuidando de esta urna, a menos que hubiera algo para beber en ella. Estando la atención de Wemmick dirigida a su broche, dejó el molde y pulió el broche con su pañuelo de bolsillo.

—¿Esa otra criatura llegó al mismo fin? —pregunté. "Tiene el mismo aspecto".

—Tienes razón —dijo Wemmick—; "Es el aspecto genuino. Como si una fosa nasal estuviera atrapada con una crin de caballo y un pequeño anzuelo. Sí, llegó al mismo fin; Un final bastante natural aquí, te lo aseguro. Falsificó testamentos, esta espada lo hizo, si no también adormeció a los supuestos testadores. Sin embargo, usted era un caballero de Cala —el señor Wemmick estaba de nuevo apostrofando—, y dijo que sabía escribir en griego. ¡Yah, rebotable! ¡Qué mentiroso fuiste! ¡Nunca conocí a un mentiroso como tú!" Antes de volver a poner a su difunto amigo en su estantería, Wemmick tocó el más grande de sus anillos de luto y dijo: "Enviado a comprarlo para mí, solo el día anterior".

Mientras colocaba el otro yeso y bajaba de la silla, cruzó por mi mente la idea de que todas sus joyas personales se derivaban de fuentes similares. Como no había mostrado ninguna timidez sobre el tema, me aventuré a tomarme la libertad de hacerle la pregunta, cuando estuvo frente a mí, limpiándose el polvo de las manos.

"Oh, sí", respondió, "todos estos son regalos de esa clase. Una trae a la otra, ¿ves? Así son las cosas. Siempre los llevo. Son curiosidades. Y son propiedad. Puede que no valgan mucho, pero, al fin y al cabo, son propiedad y portátiles. No significa para ti con tu brillante vigía, pero en cuanto a mí, mi estrella guía siempre es: 'Hazte con la propiedad portátil'.

Cuando hube rendido homenaje a esta luz, procedió a decir, de manera amistosa:

Si en un momento extraño, en el que no tienes nada mejor que hacer, no te importara venir a verme a Walworth, podría ofrecerte una cama, y lo consideraría un honor. No tengo mucho que mostrarte; pero dos o tres curiosidades como las que tengo te gustaría pasarlas por alto; y me gusta un poco de jardín y una casa de verano.

Le dije que estaría encantado de aceptar su hospitalidad.

-Gracias -dijo él-; "Entonces consideraremos que debe salir, cuando le convenga. ¿Has cenado ya con el señor Jaggers?

—Todavía no.

—Bueno —dijo Wemmick—, él te dará vino, y buen vino. Te daré un puñetazo, y no un mal puñetazo. Y ahora te diré algo. Cuando vayas a cenar con el señor Jaggers, mira a su ama de llaves.

—¿Voy a ver algo muy fuera de lo común?

—Bueno —dijo Wemmick—, verás una bestia salvaje domesticada. No es tan raro, me dirás. Respondo que eso depende del salvajismo original de la bestia y de la cantidad de domesticación. No disminuirá tu opinión sobre los poderes del Sr. Jaggers. No lo pierdas de vista".

Le dije que lo haría, con todo el interés y la curiosidad que despertó su preparación. Cuando me iba, me preguntó si me gustaría dedicar cinco minutos a ver al señor Jaggers.

Por varias razones, y no menos importante porque no sabía claramente en qué se encontraría "en" el señor Jaggers, respondí afirmativamente. Nos sumergimos en la ciudad, y llegamos a un abarrotado juzgado de policía, donde un pariente consanguíneo (en el sentido homicida) del difunto, con el gusto fantasioso de los broches, estaba de pie en la barra, masticando algo incómodamente; mientras que mi tutor tenía a una mujer siendo interrogada o contrainterrogada, no sé cuál, y la estaba sorprendiendo a ella, al tribunal y a todos los presentes, con asombro. Si alguien, de cualquier grado, decía una palabra que él no aprobaba, instantáneamente requería que la "quitaran". Si alguien no lo admitía, él decía: "¡Te lo voy a sacar!", y si alguien lo admitía, decía: "¡Ahora te tengo a ti!" Los magistrados se estremecieron bajo un solo mordisco de su dedo. Ladrones y ladrones se aferraban a sus palabras con pavores, y se encogían cuando un pelo de sus cejas se volvía en su dirección. No pude distinguir de qué lado estaba, porque me pareció que molía todo el lugar en un molino; Solo sé que cuando salí de puntillas, él no estaba del lado del banco; porque estaba convulsionando las piernas del anciano caballero que presidía bajo la mesa con sus denuncias de su conducta como representante de la ley y la justicia británicas en esa silla ese día.

CAPÍTULO XXV.

Bentley Drummle, que era un tipo tan malhumorado que incluso tomaba un libro como si su escritor le hubiera hecho un daño, no aceptó una amistad con un espíritu más agradable. Pesado en figura, movimiento y comprensión, en la tez perezosa de su rostro y en la lengua grande y torpe que parecía revolcarse en su boca mientras él mismo se revolcaba en una habitación, era ocioso, orgulloso, mezquino, reservado y desconfiado. Procedía de una familia rica de Somersetshire, que había cultivado esta combinación de cualidades hasta que descubrieron que era sólo mayor de edad y un tonto. Así, Bentley Drummle había llegado al señor Pocket cuando éste era una cabeza más alto que aquel caballero, y media docena de cabezas más grueso que la mayoría de los caballeros.

Startop había sido mimado por una madre débil y se había quedado en casa cuando debería haber estado en la escuela, pero estaba devotamente apegado a ella y la admiraba más allá de toda medida. Tenía la delicadeza de una mujer, y era —como puede ver, aunque nunca la haya visto —me dijo Herbert— exactamente igual a su madre. Era natural que yo lo tratara con mucho más cariño que con Drummle, y que, incluso en las primeras noches de nuestra navegación, él y yo nos dirigiéramos a casa uno frente al otro, conversando de bote en bote, mientras Bentley Drummle aparecía a nuestro paso solo, bajo las orillas que sobresalían y entre los juncos. Siempre se arrastraba hacia la costa como una criatura anfibia incómoda, incluso cuando la marea lo habría enviado rápidamente a su camino; y siempre pienso en él como si viniera detrás de nosotros en la oscuridad o por el remanso, cuando nuestros dos propios botes rompían el atardecer o la luz de la luna en medio de la corriente.

Herbert era mi compañero íntimo y amigo. Le regalé la mitad de mi bote, que era la ocasión en que bajaba a menudo a Hammersmith; y la posesión de la mitad de sus aposentos me llevaba a menudo a Londres. Solíamos caminar entre los dos lugares a todas horas. Todavía tengo un afecto por el camino (aunque no es un camino tan agradable como lo era entonces), formado en la impresionabilidad de la juventud y la esperanza no probadas.

Cuando llevaba uno o dos meses con la familia del señor Pocket, aparecieron el señor y la señora Camilla. Camilla era la hermana del señor Pocket. Georgiana, a quien había visto en casa de la señorita Havisham en la misma ocasión, también apareció. Era una prima, una mujer soltera indigesta, que llamaba a su rigidez religión y a su hígado amor. Esta gente me odiaba con el odio de la codicia y la decepción. Como es natural, me adulaban en mi prosperidad con la más vil mezquindad. Hacia el señor Pocket, como un niño adulto sin noción de sus propios intereses, mostraron la complaciente paciencia que les había oído expresar. Despreciaban a la señora Pocket; pero permitieron que la pobre alma se sintiera muy decepcionada de la vida, porque eso arrojaba una débil luz reflejada sobre ellos mismos.

Este fue el entorno en el que me establecí y me dediqué a mi educación. Pronto contraje hábitos caros, y comencé a gastar una cantidad de dinero que en unos pocos meses habría considerado casi fabulosa; pero en el bien y en el mal me aferré a mis libros. No había otro mérito en esto que el de tener el suficiente sentido común como para sentir mis deficiencias. Entre el señor Pocket y Herbert me llevaba bien; y, con uno u otro siempre a mi lado para darme el comienzo que quería, y despejar los obstáculos de mi camino, habría sido tan imbécil como Drummle si hubiera hecho menos.

Hacía varias semanas que no veía al señor Wemmick, cuando pensé en escribirle una nota y proponerle ir a casa con él cierta noche. Me contestó que le daría mucho gusto y que me esperaría en la oficina a las seis. Allí fui, y allí lo encontré, metiéndose la llave de la caja fuerte en la espalda mientras sonaba el reloj.

—¿Pensó usted en bajar a Walworth? —preguntó.

—Ciertamente —dije yo—, si usted lo aprueba.

—Mucho —fue la respuesta de Wemmick—, porque he tenido las piernas bajo el escritorio todo el día y estaré encantado de estirarlas. Ahora, le diré lo que tengo para cenar, señor Pip. Tengo un filete guisado, que es de preparación casera, y un ave asada fría, que es de la tienda de la cocinera. Creo que es tierno, porque el dueño de la tienda era miembro del jurado en algunos casos nuestros el otro día, y lo decepcionamos fácilmente. Le recordé cuando compré el ave, y le dije: "Escoge una buena, viejo británico, porque si hubiéramos elegido tenerte en la caja uno o dos días más, podríamos haberlo hecho fácilmente". Él le dijo: "Déjame hacerte un regalo de las mejores aves de la tienda". Se lo permití, por supuesto. En lo que respecta a él, es propiedad y portátil. Espero que no te opongas a un padre anciano.

Realmente pensé que todavía estaba hablando de las aves, hasta que agregó: "Porque tengo un padre anciano en mi casa". Entonces dije lo que requería la cortesía.

- Entonces, ¿todavía no has cenado con el señor Jaggers? -prosiguió, mientras caminábamos.

—Todavía no.

—Me lo dijo esta tarde cuando se enteró de que venías. Espero que tengas una invitación mañana. También le va a preguntar a tus amigos. Tres de ellos; ¿No es así?

Aunque no tenía la costumbre de contar a Drummle como uno de mis asociados íntimos, respondí: "Sí".

—Bueno, va a preguntar a toda la pandilla —apenas me sentí halagado por la palabra—, y lo que sea que te dé, te dará bien. No esperes variedad, pero tendrás excelencia. Y hay otra cosa de ron en su casa -prosiguió Wemmick, después de una breve pausa, como si el ama de llaves entendiera la observación-; "Nunca permite que una puerta o ventana se cierre por la noche".

—¿Nunca le roban?

—¡Eso es! —replicó Wemmick—. "Él dice, y lo da públicamente: 'Quiero ver al hombre que me va a robar'. Dios los bendiga, lo he escuchado, cien veces, si lo he escuchado una vez, decir a los cracks habituales en nuestra oficina principal: "Ustedes saben dónde vivo; Ahora bien, allí no se dibuja nunca ningún tornillo; ¿Por qué no haces un negocio conmigo? Venirse; ¿No puedo tentarte? Ninguno de ellos, señor, se atrevería a probársela, ni por amor ni por dinero.

—¿Tanto le temen? —dije yo.

—Temedle —dijo Wemmick—. "Te creo, le temen. No, pero lo que es astuto, incluso en su desafío a ellos. Nada de plata, señor. Britannia metal, cada cuchara".

—De modo que no tendrían mucho —observé—, incluso si...

—¡Ah! Pero *él* tendría mucho —dijo Wemmick, interrumpiéndome—, y ellos lo saben. Tendría sus vidas, y las vidas de muchos de ellos. Tendría todo lo que pudiera conseguir. Y es imposible decir lo que no podría conseguir, si se lo propusiera".

Estaba cayendo en meditación sobre la grandeza de mi guardián, cuando Wemmick comentó:

"En cuanto a la ausencia de placa, esa es solo su profundidad natural, ya sabes. Un río es su profundidad natural, y él es su profundidad natural. Mira la cadena de su reloj. Eso es bastante real".

—Es muy grande —dije—.

—¿Masivo? —repitió Wemmick—. —Creo que sí. Y su reloj es un repetidor de oro, y vale cien libras si vale un penique. Señor Pip, hay en esta ciudad unos setecientos ladrones que lo saben todo acerca de ese reloj; No hay un hombre, una mujer o un niño, entre ellos, que no identifique el eslabón más pequeño de esa cadena, y lo deje caer como si estuviera al rojo vivo, si se le incita a tocarlo".

Al principio, con tales discursos, y después con conversaciones de carácter más general, el señor Wemmick y yo nos entretuvimos en el tiempo y en el camino, hasta que me dio a entender que habíamos llegado al distrito de Walworth.

Parecía ser una colección de callejuelas, zanjas y pequeños jardines, y presentaba el aspecto de un retiro bastante aburrido. La casa de Wemmick era una casita de madera en medio de un jardín, y la parte superior estaba recortada y pintada como una batería montada con cañones.

—Obra mía —dijo Wemmick—. "Se ve bonito; ¿No es así?

La elogié mucho, creo que fue la casa más pequeña que vi en mi vida; con las ventanas góticas más extrañas (la mayor parte de ellas falsas) y una puerta gótica casi demasiado pequeña para entrar.

—Es un asta de bandera de verdad —dijo Wemmick—, y los domingos ondeo una bandera de verdad. Entonces mira aquí. Después de haber cruzado este puente, lo levanto y corto la comunicación.

El puente era de tablones y cruzaba un abismo de unos cuatro pies de ancho y dos de profundidad. Pero era muy agradable ver el orgullo con que la levantaba y la hacía firme; sonriendo mientras lo hacía, con gusto y no meramente mecánicamente.

—Todas las noches, hora de Greenwich —dijo Wemmick—, se disparan los disparos. ¡Ahí está, ya ves! Y cuando lo escuches irse, creo que dirás que es un Stinger.

La pieza de artillería a la que se hace referencia estaba montada en una fortaleza separada, construida con celosía. Estaba protegida de las inclemencias del tiempo por un ingenioso artilugio de lona a modo de paraguas.

—Luego, en la parte de atrás —dijo Wemmick—, fuera de la vista, para no impedir la idea de las fortificaciones, porque para mí es un principio, si tienes una idea, llévala a cabo y mantenla, no sé si ésa es tu opinión...

—dije decididamente—.

"—En la parte de atrás, hay un cerdo, y hay aves y conejos; luego, armonto mi propio armazón, ¿ves?, y cultivo pepinos; y tú juzgarás en la cena qué clase de ensalada puedo preparar. De modo que, señor -dijo Wemmick, sonriendo de nuevo, pero también con seriedad, mientras negaba con la cabeza-, si puede suponer que el pequeño lugar está sitiado, resistiría un buen rato en cuanto a provisiones.

Luego, me condujo a una enramada a una docena de yardas de distancia, pero a la que se llegaba por un camino tan ingenioso que se tardó bastante tiempo en llegar; Y en este retiro ya estaban puestas nuestras gafas. Nuestro ponche se enfriaba en un lago ornamental, en cuya orilla se alzaba la enramada. Este pedazo de agua (con una isla en el centro que podría haber sido la ensalada para la cena) era de forma circular, y él había construido una fuente en ella, que, cuando se ponía en marcha un pequeño molino y se sacaba un corcho de una pipa, jugaba hasta tal punto que mojaba bastante el dorso de la mano.

—Soy mi propio ingeniero, mi propio carpintero, mi propio fontanero, mi propio jardinero y mi propio experto en todos los oficios —dijo Wemmick al agradecer mis cumplidos—. —Bueno; Es algo bueno, ¿sabes? Aparta las telarañas de Newgate y agrada a los ancianos. No te importaría que te presentaran de inmediato a los ancianos, ¿verdad? ¿No te sacaría?

Expresé la disposición que sentía, y entramos en el castillo. Allí encontramos, sentado junto al fuego, a un hombre muy viejo con una bata de franela: limpio, alegre, cómodo y bien cuidado, pero intensamente sordo.

—Buen padre —dijo Wemmick, estrechándole la mano de un modo cordial y jocoso—, ¿cómo estás?

—Muy bien, John; ¡Muy bien!", respondió el anciano.

—Aquí está el señor Pip, anciano padre —dijo Wemmick—, y me gustaría que oyeras su nombre. Asiente con la cabeza, señor Pip; Eso es lo que le gusta. ¡Asiente con la cabeza, por favor, como si guiñara un ojo!

—Éste es un buen lugar para mi hijo, señor —exclamó el anciano, mientras yo asentía con la cabeza todo lo que podía—. —Éste es un lugar de placer, señor. Este lugar y estas hermosas obras en él deben ser mantenidos juntos por la Nación, después de los tiempos de mi hijo, para el disfrute de la gente".

"Estás tan orgulloso de él como Punch; ¿No es usted, anciano? -dijo Wemmick, contemplando al anciano, con su rostro duro realmente suavizado-. —*Hay* un guiño para ti —dándole uno tremendo—; "*Hay* otro para ti", dándole uno aún más tremendo; "Te gusta eso, ¿no? Si usted no está cansado, señor Pip, aunque sé que es agotador para los extraños, ¿le dará una propina más? No puedes imaginar cómo le agrada".

Le di varias propinas más, y estaba de muy buen humor. Dejamos que se esforzara por alimentar a las aves, y nos sentamos a dar nuestro ponche en el cenador; donde Wemmick me dijo, mientras fumaba en pipa, que le había llevado muchos años llevar la propiedad a su actual estado de perfección.

—¿Es la suya, señor Wemmick?

—Oh, sí —dijo Wemmick—, lo he agarrado poco a poco. ¡Es un dominio absoluto, por George!

—¿Lo es de verdad? Espero que el señor Jaggers lo admire.

—Nunca lo he visto —dijo Wemmick—. "Nunca había oído hablar de él. Nunca he visto a los Viejos. Nunca había oído hablar de él. No; La oficina es una cosa y la vida privada es otra. Cuando entro en la oficina, dejo el Castillo detrás de mí, y cuando entro en el Castillo, dejo la oficina detrás de mí. Si no te resulta desagradable de ninguna manera, me complacerás haciendo lo mismo. No me gustaría que se hablara profesionalmente de ello".

Por supuesto, sentí que mi buena fe estaba involucrada en la observancia de su petición. Como el ponche era muy bueno, nos quedamos allí sentados bebiéndolo y hablando, hasta que fueron casi las nueve. —Acercándose a los disparos —dijo entonces Wemmick, mientras dejaba la pipa—; "Es el regalo de los ancianos".

Al entrar de nuevo en el castillo, encontramos al anciano calentando el atizador, con ojos expectantes, como preliminar a la realización de esta gran ceremonia nocturna. Wemmick permaneció con su reloj en la mano hasta que llegó el momento de tomar el atizador al rojo vivo del Viejo y reparar la batería. Lo cogió y salió, y de pronto el aguijón se disparó con un estruendo que sacudió la cajita loca de una cabaña como si fuera a desmoronarse, e hizo resonar todos los vasos y tazas de té que contenía. Al oír esto, el anciano, que creo que habría sido arrojado de su sillón si no fuera por sujetarse por los codos, exclamó exultante: «¡Está despedido! ¡Lo he escuchado!», y le hice un gesto con la cabeza al anciano caballero hasta que no es una figura retórica declarar que no podía verlo en absoluto.

El intervalo entre ese momento y la cena, Wemmick lo dedicó a mostrarme su colección de curiosidades. En su mayoría eran de carácter criminal; comprendía la pluma con la que se había cometido una célebre falsificación, una o dos navajas de afeitar distinguidas, algunos mechones de pelo y varias confesiones manuscritas escritas bajo condena, a las que el señor Wemmick daba un valor particular por ser, para usar sus propias palabras, «cada una de ellas mentiras, señor». Estaban agradablemente dispersos entre pequeños ejemplares de porcelana y vidrio, varias bagatelas hechas por el propietario del museo y algunos tapones de tabaco tallados por los Viejos. Todos estaban expuestos en la cámara del castillo en la que me habían introducido por primera vez, y que servía, no sólo de sala de estar general, sino también de cocina, a juzgar por una cacerola en la encimera y una joya de bronce sobre la chimenea diseñada para la suspensión de un asador.

Había una niña pulcra entre los asistentes, que cuidaba de los ancianos durante el día. Cuando hubo tendido el mantel de la cena, bajaron el puente para darle medios de salida, y se retiró a pasar la noche. La cena fue excelente; y aunque el castillo estaba bastante sujeto a la podredumbre seca, de tal manera que sabía a nuez podrida, y aunque el cerdo podría haber estado más lejos, quedé muy satisfecho con todo mi entretenimiento. Tampoco había ningún inconveniente en mi pequeño dormitorio de torreta, aparte de que había un techo tan delgado entre el asta de la bandera y yo, que cuando me acosté boca arriba en la cama, parecía como si tuviera que equilibrar ese poste en mi frente toda la noche.

Wemmick se levantó temprano por la mañana, y me temo que le oí limpiarme las botas. Después de eso, se dedicó a la jardinería, y lo vi desde mi ventana gótica fingiendo emplear a los ancianos, y saludándolo con la cabeza de la manera más devota. Nuestro desayuno fue tan bueno como la cena, y a las ocho y media en punto partimos hacia Little Britain. Poco a poco, Wemmick se fue volviendo más seco y duro a medida que avanzábamos, y su boca volvió a apretarse en una oficina de correos. Por fin, cuando llegamos a su lugar de trabajo y sacó la llave del cuello de su chaqueta, parecía tan inconsciente de su propiedad de Walworth como si el castillo, el puente levadizo, el cenador, el lago, la fuente y el anciano hubieran sido lanzados al espacio juntos por la última descarga del Stinger.

CAPÍTULO XXVI.

Resultó que, como Wemmick me había dicho, tuve una oportunidad temprana de comparar el establecimiento de mi tutor con el de su cajero y empleado. Mi guardián estaba en su habitación, lavándose las manos con su jabón perfumado, cuando entré en el despacho desde Walworth; y me llamó a él, y me dio la invitación para mí y para mis amigos que Wemmick me había preparado para recibir. —No ceremonia —estipuló—, ni vestido de cena, y digamos mañana. Le pregunté a dónde debíamos ir (porque no tenía idea de dónde vivía), y creo que estaba en su objeción general de hacer algo parecido a una admisión, que respondió: "Ven aquí, y te llevaré a casa conmigo". Aprovecho esta oportunidad para comentar que lavaba a sus clientes, como si fuera un cirujano o un dentista. Tenía un armario en su habitación, preparado para tal fin, que olía a jabón perfumado como el de una tienda de perfumería. Tenía una toalla inusualmente grande en un rodillo dentro de la puerta, y él se lavaba las manos, las limpiaba y las secaba por toda la toalla, cada vez que llegaba de un juzgado de policía o despedía a un cliente de su habitación. Cuando mis amigos y yo fuimos a verlo a las seis de la tarde del día siguiente, parecía que estaba ocupado en un caso de tez más oscura que de costumbre, porque lo encontramos con la cabeza metida en el armario, no sólo lavándose las manos, sino lavándose la cara y haciendo gárgaras en la garganta. Y aun cuando hubo hecho todo eso, y después de haber dado la vuelta a la toalla, sacó su navaja y se quitó el estuche de las uñas antes de ponerse el abrigo.

Había algunas personas que se escabullían como de costumbre cuando salimos a la calle, que evidentemente estaban ansiosas por hablar con él; Pero había algo tan concluyente en el halo de jabón perfumado que rodeaba su presencia, que lo dejaron por aquel día. A medida que caminábamos hacia el oeste, algún rostro lo reconocía una y otra vez en la multitud de las calles, y cada vez que eso sucedía me hablaba más alto; Pero nunca reconoció a nadie, ni se dio cuenta de que nadie lo reconocía a él.

Nos condujo a la calle Gerrard, en el Soho, a una casa en el lado sur de esa calle. Más bien una casa señorial en su género, pero tristemente necesitada de pintura y con las ventanas sucias. Sacó la llave y abrió la puerta, y entramos todos en un vestíbulo de piedra, desnudo, sombrío y poco desgastado. Entonces, suba una escalera de color marrón oscuro a una serie de tres habitaciones de color marrón oscuro en el primer piso. Había guirnaldas talladas en las paredes con paneles, y mientras él estaba de pie entre ellas dándonos la bienvenida, sé qué tipo de bucles pensé que eran.

La cena se sirvió en la mejor de estas habitaciones; el segundo era su camerino; la tercera, su dormitorio. Nos dijo que él tenía toda la casa, pero que rara vez usaba más de lo que vimos. La mesa estaba cómodamente colocada —no había plata en el servicio, por supuesto— y al lado de su silla había un espacioso montaplatos, con una variedad de botellas y jarras, y cuatro platos de fruta para el postre. Me di cuenta en todo momento de que él guardaba todo bajo su propia mano y lo distribuía todo él mismo.

Había una estantería en la habitación; Vi en la parte posterior de los libros que se trataba de pruebas, derecho penal, biografía criminal, juicios, leyes del Parlamento y cosas por el estilo. Los muebles eran todos muy sólidos y buenos, como la cadena de su reloj. Sin embargo, tenía un aspecto oficial y no se veía nada meramente ornamental. En un rincón había una mesita de papeles con una lámpara de pantalla ancha, de modo que parecía que también se llevaba la oficina a casa en ese aspecto, y que la llevaba de un día a otro de la noche al trabajo.

Como apenas había visto a mis tres compañeros hasta ahora, pues él y yo habíamos caminado juntos, se paró sobre la alfombra de la chimenea, después de tocar la campanilla, y los miró escrutadoramente. Para mi sorpresa, parecía estar interesado principalmente, si no únicamente, en Drummle.

—Pip —dijo, poniéndome su gran mano en el hombro y acercándome a la ventana—, no distingo ni una cosa de la otra. ¿Quién es la Araña?

—¿La araña? —pregunté.

"El tipo manchado, desparramado y malhumorado".

—Es Bentley Drummle —respondí—; "el de la cara delicada es Startop".

Sin prestar la menor cuenta al «Aquel de la cara delicada», replicó: «Bentley Drummle es su nombre, ¿verdad? Me gusta el aspecto de ese tipo".

Inmediatamente comenzó a hablar con Drummle: no se desanimó en absoluto por su respuesta a su manera pesada y reticente, pero al parecer fue inducido por ello a sacarle el discurso. Estaba mirando a los dos, cuando se interpuso entre ellos y yo el ama de llaves, con el primer plato para la mesa.

Supuse que era una mujer de unos cuarenta años, pero tal vez la creí más joven de lo que era. Bastante alto, de figura ágil y ágil, extremadamente pálido, con grandes ojos desvaídos y una gran cantidad de pelo suelto. No puedo decir si alguna afección enferma del corazón hizo que sus labios se abrieran como si estuviera jadeando, y que su rostro tuviera una curiosa expresión de brusquedad y agitación; pero sé que había ido a ver a Macbeth al teatro, una o dos noches antes, y que su rostro me pareció como si estuviera perturbado por un aire ardiente, como los rostros que había visto surgir del caldero de las brujas.

Colocó el plato, tocó suavemente a mi guardián en el brazo con un dedo para notificar que la cena estaba lista y desapareció. Nos sentamos en la mesa redonda, y mi guardián mantuvo a Drummle a un lado de él, mientras Startop se sentaba en el otro. Era un noble plato de pescado que el ama de llaves había puesto en la mesa, y después comimos un porro de cordero igualmente selecto, y luego un ave igualmente selecta. Salsas, vinos, todos los accesorios que queríamos, y todo lo mejor, nos lo regaló nuestro anfitrión desde su montaplatos; Y cuando habían dado la vuelta a la mesa, siempre los volvía a poner. Del mismo modo, nos repartía platos, cuchillos y tenedores limpios para cada plato, y dejaba caer los que acababan de desechar en dos cestas en el suelo junto a su silla. No apareció otro asistente que el ama de llaves. Se puso en todos los platos; y siempre veía en su rostro, un rostro que salía del caldero. Años más tarde, hice una imagen espantosa de esa mujer, haciendo que un rostro que no tenía otro parecido natural con ella que el que derivaba del cabello suelto pasara detrás de un cuenco de licores en llamas en una habitación oscura.

Inducido a fijarme especialmente en el ama de llaves, tanto por su llamativo aspecto como por la preparación de Wemmick, observé que siempre que estaba en la habitación mantenía los ojos atentos a mi guardián, y que retiraba las manos de cualquier plato que le pusiera delante, vacilante, como si temiera que la llamara. y quería que él hablara cuando ella estuviera cerca, si tenía algo que decir. Me imaginé que podía detectar en su actitud una conciencia de ello y el propósito de tenerla siempre en suspenso.

La cena transcurrió alegremente, y aunque mi guardián parecía seguir a los sujetos más que originarlos, supe que nos arrancaba la parte más débil de nuestro carácter. En cuanto a mí, descubrí que estaba expresando mi tendencia a derrochar dinero, a ser condescendiente con Herbert y a jactarme de mis grandes perspectivas, antes de darme cuenta de que había abierto los labios. Así fue con todos nosotros, pero con nadie más que con Drummle: el desarrollo de su inclinación a ceñirse de una manera reticente y sospechosa a los demás, le fue arrancado antes de que se llevaran el pez.

No fue entonces, sino cuando llegamos al queso, cuando nuestra conversación giró en torno a nuestras hazañas de remo, y cuando Drummle fue reprendido por haber llegado después de una noche de esa manera lenta y anfibia que le caracterizaba. Al oír esto, Drummle informó a nuestro anfitrión que prefería nuestra habitación a nuestra compañía, y que en cuanto a habilidad era más que nuestro amo, y que en cuanto a fuerza podía dispersarnos como paja. Por algún medio invisible, mi guardián lo enfureció hasta un punto poco menos que feroz por esta nimiedad; Y él se puso a desnudar y a extender su brazo para mostrar lo musculoso que era, y todos nos pusimos a desnudar y extender nuestros brazos de una manera ridícula.

En aquel momento, el ama de llaves estaba recogiendo la mesa; mi guardián, sin prestarle atención, pero con el lado de su cara vuelto hacia ella, estaba recostado en su silla mordiéndose el costado del dedo índice y mostrando un interés por Drummle, que, para mí, era completamente inexplicable. De repente, golpeó su gran mano sobre la del ama de llaves, como una trampa, mientras ella la extendía sobre la mesa. Tan súbita y astutamente lo hizo, que todos nos detuvimos en nuestra insensata contienda.

—Si hablas de fuerza —dijo el señor Jaggers—, te enseñaré una muñeca. Molly, deja que vean tu muñeca.

Su mano atrapada estaba sobre la mesa, pero ya había puesto la otra mano detrás de su cintura. —Maestro —dijo ella en voz baja, con los ojos fijos en él con atención y súplica—. —No lo hagas.

—*Te* enseñaré una muñeca —repitió el señor Jaggers, con una determinación inamovible de mostrarla—. "Molly, deja que vean tu muñeca".

—Maestro —murmuró de nuevo—. "¡Por favor!"

—Molly —dijo el señor Jaggers, sin mirarla, sino mirando obstinadamente al otro lado de la habitación—, que te vean las *dos* muñecas. Muéstrales. ¡Ven!"

Quitó su mano de la suya y la puso sobre la mesa. Sacó la otra mano de detrás de ella y las sostuvo una al lado de la otra. La última muñeca estaba muy desfigurada, profundamente cicatrizada y llena de cicatrices a lo largo y a lo ancho. Cuando extendió las manos, apartó los ojos del señor Jaggers y los dirigió atentamente hacia cada uno de los demás de nosotros en sucesión.

—Aquí hay poder —dijo el señor Jaggers, trazando fríamente los tendones con el dedo índice—. "Muy pocos hombres tienen el poder de muñeca que tiene esta mujer. Es notable la mera fuerza de agarre que hay en estas manos. He tenido ocasión de fijarme en muchas manos; pero nunca vi más fuerte en ese aspecto, ni de hombre ni de mujer, que éstos.

Mientras él decía estas palabras en un estilo pausado y crítico, ella continuó mirándonos a cada uno de nosotros en sucesión regular mientras estábamos sentados. En el momento en que él cesó, ella lo miró de nuevo. —Con eso basta, Molly —dijo el señor Jaggers, asintiendo levemente con la cabeza—. "Has sido admirado y puedes irte". Retiró las manos y salió de la habitación, y el señor Jaggers, poniendo las jarras de su montaplatos, llenó su vaso y pasó el vino.

—A las nueve y media, caballeros —dijo—, tenemos que separarnos. Por favor, haz el mejor uso de tu tiempo. Me alegro de verlos a todos. Señor Drummle, brindo por usted.

Si su objetivo al señalar a Drummle era sacarlo aún más, lo logró perfectamente. En un triunfo malhumorado, Drummle mostró su taciturno desprecio por el resto de nosotros, en un grado cada vez más ofensivo, hasta que se volvió francamente intolerable. A través de todas sus etapas, el señor Jaggers lo siguió con el mismo extraño interés. De hecho, parecía servir como un sabor para el vino del Sr. Jaggers.

En nuestra juvenil falta de discreción, me atrevo a decir que bebimos demasiado, y sé que hablamos demasiado. Nos pusimos particularmente furiosos con una burla grosera de Drummle, en el sentido de que éramos demasiado libres con nuestro dinero. Esto me llevó a comentar, con más celo que discreción, que venía con mala gracia de parte de él, a quien Startop había prestado dinero en mi presencia sólo una semana antes.

—Bueno —replicó Drummle—; "Le pagarán".

—No quiero insinuar que no lo hará —dije—, pero creo que podría hacer que te callaras sobre nosotros y nuestro dinero.

—¡Deberías pensar! —replicó Drummle—. —¡Oh Señor!

—Me atrevo a decir —proseguí, con la intención de ser muy severo— que usted no prestaría dinero a ninguno de nosotros si lo quisiéramos.

—Tienes razón —dijo Drummle—. "No le prestaría a ninguno de ustedes seis peniques. Yo no le prestaría a nadie ni seis peniques.

—Más bien mezquino pedir prestado en esas circunstancias, diría yo.

—Deberías decir —repitió Drummle—. —¡Oh Señor!

Esto era tan irritante, tanto más cuanto que me encontraba sin abrirme camino contra su hosca torpeza, que dije, haciendo caso omiso de los esfuerzos de Herbert por detenerme:

—Vamos, señor Drummle, ya que estamos en el tema, le diré lo que pasó entre Herbert aquí y yo, cuando usted pidió prestado ese dinero.

—No quiero saber qué pasó entre Herbert y tú —gruñó Drummle—. Y creo que añadió con un gruñido más bajo, que los dos podríamos ir al diablo y sacudirnos.

—Te diré, sin embargo —dije—, tanto si quieres saberlo como si no. Dijimos que, mientras te lo metías en el bolsillo, muy contento de tenerlo, parecías que te divertía mucho que él fuera tan débil como para prestártelo.

Drummle se echó a reír a carcajadas, y se sentó riendo en nuestras narices, con las manos en los bolsillos y los hombros redondos levantados; dando a entender claramente que era muy cierto, y que nos despreciaba como a todos los asnos.

Entonces Startop lo tomó de la mano, aunque con mucha mejor gracia de la que yo había mostrado, y lo exhortó a ser un poco más agradable. Startop, siendo un joven vivaz y brillante, y Drummle siendo exactamente lo contrario, este último siempre estuvo dispuesto a resentirlo como una afrenta personal directa. Ahora replicó de una manera tosca y abultada, y Startop trató de desviar la discusión con algunas pequeñas bromas que nos hicieron reír a todos. Ofendido por este pequeño éxito más que cualquier otra cosa, Drummle, sin ninguna amenaza ni advertencia, sacó las manos de sus bolsillos, bajó sus hombros redondos, juró, tomó un vaso grande y lo habría arrojado a la cabeza de su adversario, de no ser porque nuestro animador lo agarró hábilmente en el instante en que lo levantó para ese propósito.

—Caballeros —dijo el señor Jaggers, dejando deliberadamente el vaso y sacando su repetidor de oro por su enorme cadena—, lamento mucho anunciar que son las nueve y media.

Con esta insinuación todos nos levantamos para partir. Antes de que llegáramos a la puerta de la calle, Startop llamaba alegremente a Drummle "viejo", como si nada hubiera pasado. Pero el viejo estaba tan lejos de responder, que ni siquiera quería caminar hasta Hammersmith por el mismo lado del camino; así que Herbert y yo, que nos quedamos en la ciudad, los vimos bajar por la calle por lados opuestos; Startop iba a la cabeza, y Drummle se quedaba atrás a la sombra de las casas, como solía seguirlo en su bote.

Como la puerta aún no estaba cerrada, pensé en dejar a Herbert allí por un momento y subir corriendo las escaleras para decirle unas palabras a mi guardián. Lo encontré en su vestidor, rodeado de su arsenal de botas, ya muy trabajado, lavándose las manos.

Le dije que había subido de nuevo para decirle cuánto lamentaba que hubiera ocurrido algo desagradable, y que esperaba que no me culpara mucho.

—¡Vaya! -exclamó, encogiéndose la cara y hablando a través de las gotas de agua-. —No es nada, Pip. Sin embargo, me gusta esa araña".

Ahora se había vuelto hacia mí y meneaba la cabeza, soplaba y se secaba con una toalla.

—Me alegro de que le guste, señor —dije—, pero a mí no.

—No, no —asintió mi guardián—; "No tengo mucho que ver con él. Mantente lo más alejado de él que puedas. Pero a mí me gusta el tipo, Pip; Él es uno de los verdaderos. ¿Por qué, si yo fuera adivino...?

Mirando fuera de la toalla, me llamó la atención.

—Pero yo no soy adivino —dijo, dejando caer la cabeza en un festón de toalla y secándose las dos orejas con una toalla—. "Sabes lo que soy, ¿verdad? Buenas noches, Pip.

—Buenas noches, señor.

Aproximadamente un mes después de eso, el tiempo que la Araña pasó con el señor Pocket había terminado para siempre y, para gran alivio de toda la casa excepto de la señora Pocket, se fue a casa al agujero de la familia.

CAPÍTULO XXVII.

"MI QUERIDO SEÑOR PIP:

Le escribo esto a petición del señor Gargery, para hacerle saber que va a Londres en compañía del señor Wopsle y que le agradecería que se le permitiera verle. Pasaría por el hotel Barnard el martes a las nueve de la mañana, y si no le resultaba agradable, le rogaría que le dijera algo. Tu pobre hermana es más o menos la misma que cuando te fuiste. Hablamos de ti en la cocina todas las noches y nos preguntamos qué estás diciendo y haciendo. Si ahora se considera a la luz de una libertad, discúlpenla por el amor a los pobres viejos tiempos. No más, querido señor Pip, de

—Tu siempre servicial y afectuoso servidor, "BIDDY".

"P.D. Desea que yo escriba *lo que alondras*. Él dice que lo entenderás. Espero y no dudo que será agradable verlo, aunque sea un caballero, porque siempre tuviste un buen corazón, y él es un hombre digno, digno. Lo he leído todo, excepto la última frase, y él desea que yo escriba de nuevo *lo que es una tontería*.

Recibí esta carta por correo el lunes por la mañana, y por lo tanto su cita era para el día siguiente. Permítanme confesar exactamente con qué sentimientos esperaba con ansias la llegada de Joe.

No con gusto, aunque estaba ligado a él por tantos lazos; No; con considerable perturbación, cierta mortificación y un agudo sentido de la incongruencia. Si hubiera podido mantenerlo alejado pagando dinero, ciertamente habría pagado dinero. Lo que más me tranquilizaba era que venía a Barnard's Inn, no a Hammersmith, y que, por lo tanto, no caería en el camino de Bentley Drummle. Tenía pocas objeciones a que Herbert o su padre, por los cuales sentía respeto; pero yo tenía la más aguda sensibilidad en cuanto a que Drummle, a quien despreciaba, lo viera. Por lo tanto, a lo largo de la vida, nuestras peores debilidades y mezquindades generalmente se cometen por el bien de las personas que más despreciamos.

Había empezado a decorar siempre las habitaciones de una forma innecesaria e inapropiada, y resultaban muy caras aquellas peleas con Barnard. Para entonces, las habitaciones eran muy diferentes de lo que yo había encontrado, y disfruté del honor de ocupar unas cuantas páginas prominentes en los libros de un tapicero vecino. Últimamente me había ido tan deprisa, que incluso había empezado a trabajar en la esclavitud y la esclavitud a un muchacho con botas, botas de copa, del que se podría haber dicho que pasaba mis días. Porque, después de haber hecho al monstruo (con los desperdicios de la familia de mi lavandera) y haberlo vestido con una casaca azul, un chaleco de canario, una corbata blanca, calzones cremosos y las botas ya mencionadas, tuve que buscarle algo que hacer y mucho que comer; Y con esos dos horribles requisitos atormentaba mi existencia.

A este fantasma vengador se le ordenó que estuviera de guardia a las ocho de la mañana del martes en el vestíbulo (tenía dos pies cuadrados, como se cobraba por el mantel), y Herbert sugirió ciertas cosas para el desayuno que pensó que a Joe le gustarían. Aunque me sentía sinceramente agradecido con él por ser tan interesado y considerado, tenía una extraña sensación de sospecha medio provocada sobre mí, de que si Joe hubiera venido a *verlo*, no habría sido tan enérgico al respecto.

Sin embargo, llegué a la ciudad el lunes por la noche para estar listo para Joe, y me levanté temprano por la mañana, e hice que la sala de estar y la mesa del desayuno adquirieran su aspecto más espléndido. Desgraciadamente, la mañana estaba lloviznando, y un ángel no pudo ocultar el hecho de que Barnard estaba derramando lágrimas de hollín fuera de la ventana, como un débil gigante de Sweep.

A medida que se acercaba la hora, me hubiera gustado huir, pero el Vengador, siguiendo órdenes, estaba en el vestíbulo, y de pronto oí a Joe en la escalera. Supe que era Joe, por su torpe manera de subir las escaleras —sus botas de estado eran siempre demasiado grandes para él—, y por el tiempo que tardó en leer los nombres de los otros pisos en el curso de su ascenso. Cuando por fin se detuvo frente a nuestra puerta, pude oír su dedo recorriendo las letras pintadas de mi nombre, y después le oí claramente respirar por el ojo de la cerradura. Finalmente soltó un débil golpe, y Pepper —tal era el nombre comprometedor del muchacho vengador— anunció: —¡Señor Gargery! Pensé que nunca habría terminado de limpiarse los pies, y que debía de haber salido a levantarlo de la estera, pero al fin entró.

"Joe, ¿cómo estás, Joe?"

—Pip, ¿cómo te expresas, Pip?

Con su rostro bueno y honesto resplandeciente y resplandeciente, y su sombrero dejado en el suelo entre nosotros, agarró mis dos manos y las movió hacia arriba y hacia abajo, como si yo hubiera sido la última bomba patentada.

—Me alegro de verte, Joe, dame tu sombrero.

Pero Joe, cogiéndola cuidadosamente con ambas manos, como un nido de pájaros con huevos, no quiso oír hablar de desprenderse de aquella propiedad, y persistió en quedarse hablando de ella de la manera más incómoda.

—Que tú tienes que ha crecido —dijo Joe—, y que se ha hinchado, y que ha sido de gente gentil; Joe reflexionó un poco antes de descubrir esta palabra; "Como para estar seguro de que eres un honor para tu rey y tu país."

—Y tú, Joe, tienes un aspecto maravillosamente bueno.

—Gracias a Dios —dijo Joe—, soy ekerval para la mayoría. Y tu hermana, no es peor de lo que era. Y Biddy, siempre tiene razón y está lista. Y todos los amigos no es un patrocinador, si no un forarder. 'Ceptin Wopsle; Ha tenido una gota".

Durante todo este tiempo (todavía con las dos manos cuidando con esmero el nido del pájaro), Joe estuvo girando los ojos de un lado a otro de la habitación, y de un lado a otro el dibujo floreado de mi bata.

—¿Has tomado una gota, Joe?

—Pues sí —dijo Joe, bajando la voz—, ha dejado la Iglesia y se ha dedicado a la representación teatral. Lo que la dramaturgia lo ha traído a Londres conmigo. Y su deseo era -dijo Joe, tomando el nido de pájaro bajo su brazo izquierdo por un momento, y tanteando en él un huevo con el derecho-; —Si no es para ofender, como yo lo haría yo y tú eso.

Tomé lo que Joe me dio, y descubrí que era el desgastado cartel de un pequeño teatro metropolitano, anunciando la primera aparición, en esa misma semana, del «célebre aficionado provincial de renombre rosciano, cuya actuación única en el más alto paseo trágico de nuestro National Bard ha ocasionado últimamente una gran sensación en los círculos dramáticos locales».

- ¿Estuviste en su actuación, Joe? —pregunté.

—Lo *fui* —dijo Joe, con énfasis y solemnidad—.

—¿Hubo una gran sensación?

—Vaya, —dijo Joe—, sí, ciertamente había una pizca de cáscara de naranja. Partickler cuando ve al fantasma. Aunque me lo planteo a usted, señor, si se trata de mantener a un hombre a la altura de su trabajo con un buen corazón, de estar continuamente interactuando entre él y el Fantasma con un «¡Amén!» Un hombre puede haber tenido una desgracia y haber estado en la Iglesia -dijo Joe, bajando la voz a un tono argumentativo y sentimental-, pero eso no es razón para que lo eches en un momento así. Lo que quiero decir es que si no se puede permitir que el fantasma del propio padre de un hombre reclame su atención, ¿qué puede hacerlo, señor? Más aún, cuando su luto es desgraciadamente tan pequeño que el peso de las plumas negras se lo quita, trata de mantenerlo como puedas.

Un efecto de fantasma en el semblante de Joe me informó de que Herbert había entrado en la habitación. Así que le presenté a Joe a Herbert, quien le tendió la mano; pero Joe retrocedió y se aferró al nido del pájaro.

—Su criado, señor —dijo Joe—, que espero que tanto usted como Pip... -aquí sus ojos se posaron en el Vengador, que estaba poniendo unas tostadas en la mesa, y denotaba tan claramente la intención de hacer de ese joven caballero uno más de la familia, que fruncí el ceño y lo confundí aún más... —Quiero decir, ustedes dos caballeros, lo que espero que mientras se encuentran en este lugar tan cercano? Por el momento, puede ser una muy buena posada, según las opiniones de Londres -dijo Joe, confidencialmente-, y creo que su carácter lo sostiene; pero yo no tendría un cerdo en ella, no en el caso de que quisiera que engordara sano y que comiera con un sabor más suave.

Después de haber dado este halagador testimonio de los méritos de nuestra morada, y habiendo mostrado de paso esta tendencia a llamarme «señor», Joe, al ser invitado a sentarse a la mesa, buscó por toda la habitación un lugar adecuado en el que depositar su sombrero, como si sólo pudiera encontrar un lugar de descanso en algunas de las pocas sustancias raras de la naturaleza. y finalmente lo colocó en un extremo de la chimenea, de la que desde entonces se desprendía a intervalos.

—¿Toma té o café, señor Gargery? —preguntó Herbert, que siempre presidía una mañana.

—Gracias, señor —dijo Joe, rígido de pies a cabeza—, tomaré el que le agrade más.

—¿Qué le dices al café?

—Gracias, señor —replicó Joe, evidentemente desanimado por la propuesta—, ya que es usted tan amable de hacer café chice, no voy a contradecir sus propias opiniones. Pero, ¿no te parece nunca un poco 'comer'?

—Di té entonces —dijo Herbert, sirviéndolo—.

En ese momento, el sombrero de Joe se desprendió de la repisa de la chimenea, se levantó de la silla, lo recogió y lo colocó en el mismo lugar exacto. Como si se tratara de un punto absoluto de buena cría que volviera a caer pronto.

—¿Cuándo llegó usted a la ciudad, señor Gargery?

—¿Fue ayer por la tarde? —dijo Joe, después de toser detrás de la mano, como si hubiera tenido tiempo de contagiarse de la tos ferina desde que llegó. "No, no lo era. Sí, lo era. Sí. Fue ayer por la tarde" (con una apariencia de mezcla de sabiduría, alivio y estricta imparcialidad).

—¿Has visto ya algo de Londres?

—Vaya, sí, señor —dijo Joe—, Wopsle y yo fuimos directamente a mirar a los Blacking Ware'us. Pero no encontramos que se acercara a su imagen en los billetes rojos de las puertas de las tiendas; lo cual quiero decir -añadió Joe, en tono explicativo-, ya que está allí dibujado demasiado arquitectónicamente.

Realmente creo que Joe habría prolongado esta palabra (poderosamente expresiva para mi mente de alguna arquitectura que conozco) hasta convertirla en un coro perfecto, si no fuera porque su atención fue providencialmente atraída por su sombrero, que se estaba cayendo. De hecho, exigía de él una atención constante y una rapidez de ojo y de mano muy parecida a la que exige el mantenimiento del portillo. Hizo un juego extraordinario con él, y mostró la mayor habilidad; ahora, lanzándose hacia él y atrapándolo cuidadosamente mientras caía; Ahora, se limitaba a detenerla a mitad de camino, golpearla y hacerla girar en varias partes de la habitación y contra una buena parte del dibujo del papel en la pared, antes de que se sintiera seguro para cerrar con ella; finalmente lo arrojé a la cuenca, donde me tomé la libertad de poner las manos sobre él.

En cuanto al cuello de su camisa y el cuello de su chaqueta, era desconcertante reflexionar sobre ellos, misterios insolubles ambos. ¿Por qué debería un hombre rasparse a sí mismo hasta ese punto, antes de que pudiera considerarse completamente vestido? ¿Por qué habría de suponer que era necesario ser purificado por el sufrimiento por su ropa de fiesta? Luego cayó en tan inexplicables accesos de meditación, con el tenedor a medio camino entre el plato y la boca; sus ojos habían sido atraídos en direcciones tan extrañas; estaba afligido por toses tan notables; se sentó tan lejos de la mesa, y dejó caer mucho más de lo que comió, y fingió que no lo había dejado caer; que me alegré de todo corazón cuando Herbert nos dejó para ir a la ciudad.

No tenía ni el buen juicio ni el buen presentimiento para saber que todo esto era culpa mía, y que si yo hubiera sido más fácil con Joe, Joe habría sido más fácil conmigo. Me sentí impaciente por él y desfasado con él; en cuyo estado amontonó carbones de fuego sobre mi cabeza.

—Ahora estamos los dos solos, señor —empezó Joe—.

—Joe —le interrumpí con mezquindad—, ¿cómo puede llamarme, señor?

Joe me miró un instante con algo levemente parecido al reproche. A pesar de lo absurda que era su corbata y de sus cuellos, era consciente de una especie de dignidad en su aspecto.

—Estando nosotros dos solos —prosiguió Joe—, y teniendo yo la intención y la capacidad de quedarme no muchos minutos más, concluiré ahora, al menos empezar, a mencionar lo que me ha llevado a tener el honor presente. Porque si no fuera -dijo Joe, con su antiguo aire de lúcida exposición- que mi único deseo era serle útil, no habría tenido el honor de romper las bromas en compañía y en la morada de los caballeros.

Estaba tan reacio a volver a ver la mirada, que no protesté contra este tono.

—Bien, señor —prosiguió Joe—, así es como sucedió. La otra noche estuve en la Barqueta, Pip. —cada vez que se dejaba llevar por el afecto, me llamaba Pip, y cada vez que recaía en la cortesía me llamaba señor; —cuando suba en su carro de heno, Pumblechook. Lo mismo -dijo Joe, bajando por un nuevo camino-, peina mi aire a veces, de manera horrible, dando vueltas de un lado a otro de la ciudad, por así decirlo, al que alguna vez tuvo tu compañía infantil y fue considerado como un compañero de juegos por ti.

"Tonterías. Fuiste tú, Joe.

—Lo cual yo creía perfectamente que era, Pip —dijo Joe, moviendo ligeramente la cabeza—, aunque ahora significa poco, señor. Bueno, Pip; este mismo idéntico, que sus modales son dados a los fanfarrones, vino a verme a la Barquera (si una pipa y una pinta de cerveza refrescan al obrero, señor, y no estimulan demasiado), y su palabra fue: 'Joseph, señorita Havisham, ella desea hablar con usted'".

—¿La señorita Havisham, Joe?

"'Ella desea', fue la palabra de Pumblechook, 'hablar contigo'". Joe se sentó y puso los ojos en blanco hacia el techo.

—¿Sí, Joe? Continúe, por favor.

—Al día siguiente, señor —dijo Joe, mirándome como si estuviera muy lejos—, después de haberme limpiado, voy a ver a la señorita A.

—¿Señorita A., Joe? ¿La señorita Havisham?

—Lo que digo, señor —replicó Joe, con aire de formalidad legal, como si estuviera haciendo su testamento—, señorita A., o de otro modo Havisham. Su expresión se aireaba entonces como si siguiera: - Señor Gargery. ¿Mantiene usted correspondencia con el señor Pip? Habiendo recibido una carta tuya, pude decir 'Yo soy'. (Cuando me casé con su hermana, señor, dije 'Lo haré'; y cuando le respondí a su amigo, Pip, dije 'Lo soy'). -¿Queréis decirle entonces -dijo ella- lo que Estella ha vuelto a casa y se alegraría de verle?

Sentí que se me encendía la cara al mirar a Joe. Espero que una de las causas remotas de su disparo haya sido mi conciencia de que, si hubiera sabido su misión, le habría dado más ánimo.

—Biddy —prosiguió Joe—, cuando llegué a casa y le pedí a su pelaje que te escribiera el mensaje, me quedé un poco atrás. Biddy dice: "Sé que estará muy contento de tenerlo de boca en boca, es tiempo de vacaciones, quieres verlo, ¡vete!" Ya he concluido, señor -dijo Joe, levantándose de su silla-, y, Pip, le deseo siempre lo mejor y que siempre prospere a una altura cada vez mayor.

—¿Pero no vas a ir ahora, Joe?

—Sí, lo soy —dijo Joe—.

—¿Pero vas a volver a cenar, Joe?

—No, no lo soy —dijo Joe—.

Nuestras miradas se encontraron, y todo el "Señor" se desvaneció de ese corazón varonil cuando me dio su mano.

—Pip, querido viejo, la vida está hecha de muchas rayas soldadas, por así decirlo, y un hombre es herrero, y otro es blanco, y otro es orfebre, y otro es calderero. Las diferencias entre ellos deben llegar, y deben ser enfrentadas a medida que llegan. Si ha habido alguna falla hoy, es mía. Tú y yo no son dos figuras para estar juntas en Londres; ni en ninguna otra parte que no sea lo privado, y lo que se sabe, y se entiende entre amigos. No es que sea orgulloso, sino que quiero tener razón, ya que nunca más me verás con esta ropa. Me equivoco con esta ropa. Me equivoco fuera de la fragua, de la cocina o de las mallas. No encontrarás ni la mitad de culpa en mí si piensas en mí con mi traje de forja, con mi martillo en la mano o incluso con mi pipa. No encontrarás ni la mitad de culpa en mí si, suponiendo que alguna vez quisieras verme, vienes y asomas la cabeza por la ventana de la fragua y ves a Joe el herrero, allí, junto al viejo yunque, con el viejo delantal quemado, pegado al viejo trabajo. Soy terriblemente aburrido, pero espero haber logrado algo cercano a los derechos de esto por fin. Y así que DIOS te bendiga, querido viejo Pip, viejo amigo, ¡DIOS te bendiga!

No me había equivocado en mi imaginación de que había en él una simple dignidad. La moda de su vestimenta no podía interponerse en su camino cuando él pronunciaba estas palabras, como tampoco podía interponerse en su camino en el Cielo. Me tocó suavemente en la frente y salió. Tan pronto como pude recuperarme lo suficiente, me apresuré a seguirlo y lo busqué por las calles vecinas; Pero él se había ido.

CAPÍTULO XXVIII.

Estaba claro que debía regresar a nuestra ciudad al día siguiente, y en el primer flujo de mi arrepentimiento, estaba igualmente claro que debía quedarme en casa de Joe. Pero, cuando hube asegurado mi lugar en el coche de mañana, y hube bajado a la casa del señor Pocket y de regreso, no me convenció en absoluto este último punto, y comencé a inventar razones y a inventar excusas para alojarme en el Jabalí Azul. Sería un inconveniente en Joe's; No me esperaban, y mi cama no estaría lista; Debía estar demasiado lejos de la casa de la señorita Havisham, y ella era exigente y podía que no le gustara. Todos los demás estafadores de la tierra no son nada para los estafadores de sí mismos, y con tales pretextos me engañé a mí mismo. Sin duda, una cosa curiosa. Que yo tome inocentemente una mala media corona de la fabricación de otra persona es bastante razonable; sino que yo considerara a sabiendas la moneda espuria de mi propia ganancia como buen dinero. Un amable desconocido, con el pretexto de doblar compactamente mis billetes de banco por seguridad, abstrae los billetes y me da cáscaras de nuez; pero ¿qué es su prestidigitación con la mía, cuando doblo mis propias cáscaras de nuez y me las paso a mí mismo como notas?

Habiendo decidido que debía ir al Jabalí Azul, mi mente estaba muy perturbada por la indecisión de si tomar o no el Vengador. Era tentador pensar en aquel caro mercenario agitando públicamente sus botas en el arco del patio de postas del Jabalí Azul; era casi solemne imaginarlo producido casualmente en la sastrería, y confundiendo los sentidos irrespetuosos del muchacho de Trabb. Por otro lado, el chico de Trabb podría meterse en su intimidad y decirle cosas; o, imprudente y desesperado como sabía que podía ser, podía aullarlo en la calle principal. Mi patrona también podría oír hablar de él y no aprobarlo. En general, resolví dejar atrás al Vengador.

Era el coche de la tarde en el que había ocupado mi lugar, y, como ya había llegado el invierno, no llegaría a mi destino hasta dos o tres horas después del anochecer. Nuestra hora de salida desde las Llaves de la Cruz eran las dos de la tarde. Llegué a tierra con un cuarto de hora de sobra, acompañado por el Vengador, si se me permite relacionar esa expresión con la de alguien que nunca me atendía, si era posible que pudiera evitarlo.

En aquella época era costumbre llevar a los convictos a los astilleros en diligencia. Como a menudo había oído hablar de ellos en calidad de pasajeros exteriores, y los había visto más de una vez en la carretera principal colgando sus piernas planchadas sobre el techo del coche, no tuve motivo para sorprenderme cuando Herbert, al encontrarse conmigo en el patio, se acercó y me dijo que había dos convictos que bajaban conmigo. Pero tenía una razón que ahora era una vieja razón para vacilar constitucionalmente cada vez que escuchaba la palabra "convicto".

—¿No le importan, Händel? —dijo Herbert—.

—¡Oh, no!

—¿Creía que parecía que no te gustaban?

No puedo fingir que me gustan, y supongo que a ti no te gustan particularmente. Pero no me importan".

"¡Mira! Ahí están —dijo Herbert—, saliendo del grifo. ¡Qué espectáculo tan degradado y vil es!"

Supongo que habían estado tratando a su guardia, porque llevaban consigo a un carcelero, y los tres salieron limpiándose la boca con las manos. Los dos convictos estaban esposados y tenían hierros en las piernas, hierros de un patrón que yo conocía bien. Llevaban el vestido que yo también conocía bien. Su guardián tenía un par de pistolas, y llevaba un garrote de nudosis gruesas bajo el brazo; pero se entendía bien con ellos, y se quedó con ellos a su lado, contemplando el golpeteo de los caballos, con un aire como si los convictos fueran una interesante exposición que no estaba formalmente abierta en ese momento, y él el conservador. Uno era más alto y corpulento que el otro, y parecía como algo natural, de acuerdo con las misteriosas costumbres del mundo, tanto convicto como libre, que se le había asignado el traje más pequeño. Sus brazos y piernas eran como grandes alfileteros de aquellas formas, y su atuendo lo disfrazaba absurdamente; pero reconocí su ojo medio cerrado de una mirada. ¡Allí estaba el hombre que yo había visto en el establo de los Tres Alegres Barqueros un sábado por la noche, y que me había derribado con su arma invisible!

Era fácil asegurarse de que hasta entonces no me conocía más que si no me hubiera visto nunca en su vida. Me miró, y sus ojos examinaron la cadena de mi reloj, y luego, por casualidad, escupió y dijo algo al otro convicto, y se rieron y se deslizaron con un tintineo de su grillete de acoplamiento, y miraron otra cosa. Los grandes números a cuestas, como si fueran puertas de la calle; su superficie exterior tosca y sarnosa y desgarbada, como si fueran animales inferiores; sus piernas planchadas, adornadas con pañuelos de bolsillo; y la manera en que todos los presentes los miraban y se apartaban de ellos; los convertía (como había dicho Herbert) en el espectáculo más desagradable y degradado.

Pero esto no fue lo peor. Resultó que toda la parte trasera del coche había sido ocupada por una familia que se había trasladado de Londres, y que no había lugar para los dos prisioneros más que en el asiento de delante, detrás del cochero. Entonces, un caballero colérico, que había ocupado el cuarto lugar en ese asiento, se enfureció y dijo que era una violación del contrato mezclarlo con una compañía tan malvada, y que era venenoso, pernicioso, infame, vergonzoso y no sé qué más. En ese momento, el coche estaba listo y el cochero impaciente, y todos nos disponíamos a levantarnos, y los prisioneros habían venido con su guardián, trayendo consigo ese curioso sabor a cataplasma de pan, bayeta, hilo de cuerda y piedra de hogar, que acompaña a la presencia del presidiario.

—No se lo tome tan a mal, señor —suplicó el guardián al pasajero enojado—; "Yo mismo me sentaré a tu lado. Los pondré en el exterior de la fila. No interferirán con usted, señor. No tienes por qué saber que están ahí.

—Y no *me* culpes —gruñó el convicto que yo había reconocido—. "No quiero ir. *Estoy* dispuesto a quedarme atrás. Por lo que a mí respecta, cualquiera es bienvenido a *mi* casa.

—O la mía —dijo el otro con brusquedad—. No habría incomodado a ninguno de vosotros, si me hubiera salido con la mía. Entonces los dos se echaron a reír y empezaron a cascar nueces y a escupir las cáscaras.—Como creo que me habría gustado hacer yo mismo si hubiera estado en su lugar y me hubieran despreciado tanto.

Al final, se votó que no había ayuda para el enojado caballero, y que debía irse en su compañía casual o quedarse atrás. Así que se sentó en su lugar, sin dejar de quejarse, y el guardián se metió en el lugar de al lado, y los convictos se levantaron lo mejor que pudieron, y el convicto que yo había reconocido se sentó detrás de mí con su aliento en el pelo de mi cabeza.

—¡Adiós, Händel! —exclamó Herbert cuando empezamos—. Pensé que era una bendita fortuna que hubiera encontrado otro nombre para mí que no fuera Pip.

Es imposible expresar con qué agudeza sentí la respiración del convicto, no sólo en la parte posterior de mi cabeza, sino a lo largo de toda mi columna vertebral. La sensación era como si me tocaran en la médula con un ácido acre y penetrante, me puso los dientes de punta. Parecía tener más asuntos que hacer que otro hombre, y hacer más ruido al hacerlo; y yo era consciente de que me estaba volviendo arrogante por un lado, en mis esfuerzos cada vez más menguantes por defenderme de él.

El clima era miserablemente crudo y los dos maldecían el frío. Nos dejó a todos aletargados antes de ir muy lejos, y cuando dejamos atrás la Casa de Transición, habitualmente dormitábamos, temblábamos y guardábamos silencio. Yo mismo me quedé dormido pensando si debía devolverle un par de libras esterlinas a esta criatura antes de perderla de vista, y cuál era la mejor manera de hacerlo. En el acto de zambullirme hacia adelante como si fuera a bañarme entre los caballos, me desperté asustado y retomé la pregunta.

Pero debí de perderlo más de lo que pensaba, ya que, aunque no podía reconocer nada en la oscuridad y en las luces y sombras intermitentes de nuestras lámparas, tracé la región pantanosa con el viento frío y húmedo que soplaba hacia nosotros. Los convictos, que se acurrucaban para calentarse y hacerme una pantalla contra el viento, estaban más cerca de mí que antes. Las primeras palabras que les oí intercambiar cuando recomí la conciencia, fueron las palabras de mi propio pensamiento: "Dos billetes de una libra".

—¿Cómo los ha conseguido? —preguntó el convicto que yo nunca había visto.

-¿Cómo iba a saberlo? -replicó el otro-. "Los tenía guardados de alguna manera. Que se lo den unos amigos, supongo.

—Ojalá —dijo el otro, con una amarga maldición sobre el frío— los tuviera aquí.

—¿Dos billetes de una libra o amigos?

"Dos billetes de una libra. Vendería a todos los amigos que he tenido por uno, y pensaría que era un buen negocio. ¿Pozo? ¿Entonces él dice...?

—Eso dice él —prosiguió el convicto que yo había reconocido—, todo se dijo y se hizo en medio minuto, detrás de un montón de madera en el astillero: «¿Va a ser dado de baja?» Sí, lo estaba. ¿Descubriría a ese muchacho que le había dado de comer y guardado su secreto, y le daría dos billetes de una libra? Sí, lo haría. Y lo hice".

—Más tonto —gruñó el otro—. "Los habría gastado en un hombre, en bromas y bebida. Debía de ser verde. ¿Quieres decir que no sabía nada de ti?

"Ni un ha'porth. Diferentes bandas y diferentes barcos. Lo juzgaron de nuevo por fuga de prisión y lo condenaron a cadena perpetua".

—¿Y fue ésa... ¡Señoría!, la única vez que hizo ejercicio en esta parte del país?

—La única vez.

—¿Cuál podría haber sido su opinión sobre el lugar?

"Un lugar de lo más bestial. Banco de lodo, neblina, pantano y trabajo; el trabajo, el pantano, la niebla y el lodo".

Ambos execraron el lugar en un lenguaje muy fuerte, y gradualmente gruñeron y no tenían nada más que decir.

Después de oír este diálogo, seguramente me habría bajado y me habría dejado en la soledad y la oscuridad de la carretera, si no fuera por estar seguro de que el hombre no sospechaba mi identidad. De hecho, no sólo estaba tan cambiado en el curso de la naturaleza, sino que vestía de manera tan diferente y tenía circunstancias tan diferentes, que no era en absoluto probable que él pudiera haberme conocido sin ayuda accidental. Sin embargo, la coincidencia de que estuviéramos juntos en el carruaje era lo suficientemente extraña como para llenarme de temor de que alguna otra coincidencia pudiera en cualquier momento conectarme, a sus oídos, con mi nombre. Por esta razón, resolví apearme tan pronto como tocáramos la ciudad, y me puse fuera de su oído. Este dispositivo lo ejecuté con éxito. Mi pequeño baúl estaba en el maletero bajo mis pies; No tuve más que girar una bisagra para sacarlo; Lo tiré delante de mí, bajé tras él, y me quedé a la primera luz sobre las primeras piedras del pavimento de la ciudad. En cuanto a los convictos, siguieron su camino con el carruaje, y yo sabía en qué momento serían llevados al río. En mi imaginación, vi el bote con su tripulación de convictos esperándolos en las escaleras bañadas por el limo, escuché de nuevo el ronco «¡Ceda el paso, tú!» como una orden a los perros, volví a ver el malvado Arca de Noé tendida en las aguas negras.

No podría haber dicho lo que temía, porque mi miedo era completamente indefinido y vago, pero había un gran miedo sobre mí. Mientras caminaba hacia el hotel, sentí que un pavor, que superaba con mucho la mera aprensión de un reconocimiento doloroso o desagradable, me hacía temblar. Estoy seguro de que no tomó ninguna forma distinta, y que fue el renacimiento por unos minutos del terror de la infancia.

La cafetería del Jabalí Azul estaba vacía, y no sólo había pedido allí mi cena, sino que me había sentado a ella antes de que el camarero me reconociera. Tan pronto como se hubo disculpado por la negligencia de su memoria, me preguntó si debía enviar a Botas para el señor Pumblechook.

—No —dije yo—, desde luego que no.

El camarero (era él quien había sacado a colación la Gran Protesta de los Comerciales el día en que yo estaba atado) pareció sorprendido, y aprovechó la primera oportunidad para poner un viejo y sucio ejemplar de un periódico local tan directamente en mi camino, que lo tomé y leí este párrafo:

Nuestros lectores se enterarán, no del todo desprovisto de interés, en referencia al reciente ascenso romántico de la fortuna de un joven artífice de hierro de este vecindario (¡qué tema, por cierto, para la pluma mágica de nuestro todavía no universalmente reconocido ciudadano TOOBY, el poeta de nuestras columnas!) que el primer mecenas, compañero de la juventud, Era una persona muy respetada, no del todo ajena al comercio de maíz y semillas, y cuyos locales comerciales eminentemente convenientes y cómodos están situados a cien millas de la calle principal. No es totalmente independiente de nuestros sentimientos personales que lo registramos como el Mentor de nuestro joven Telémaco, porque es bueno saber que nuestra ciudad produjo al fundador de la fortuna de este último. ¿Acaso la frente contraída por el pensamiento del Sabio local o el ojo lustroso de la Belleza local preguntan la fortuna de quién? Creemos que Quintin Matsys era el herrero de Amberes. VERBO. SAVIA.

Tengo la convicción, basada en una larga experiencia, de que si en los días de mi prosperidad hubiera ido al Polo Norte, habría encontrado allí a alguien, a un esquimal errante o a un hombre civilizado, que me habría dicho que Pumblechook fue mi primer mecenas y el fundador de mi fortuna.

CAPÍTULO XXIX.

A veces por la mañana me levantaba y salía. Todavía era demasiado temprano para ir a casa de la señorita Havisham, así que merodeaba por el campo, en el lado de la ciudad de la señorita Havisham, que no era el lado de Joe; Podría ir allí mañana, pensando en mi patrona y pintando cuadros brillantes de sus planes para mí.

Había adoptado a Estella, casi me había adoptado a mí, y no podía dejar de ser su intención unirnos. Me reservó la tarea de restaurar la casa desolada, de hacer entrar la luz del sol en las habitaciones oscuras, de poner en marcha los relojes y de arder los fríos hogares, de derribar las telarañas, de destruir las alimañas, en una palabra, de hacer todas las brillantes hazañas del joven caballero del romance y de casarme con la princesa. Me había detenido a mirar la casa al pasar; y sus paredes de ladrillo rojo chamuscado, sus ventanas bloqueadas y su fuerte hiedra verde que abrazaba incluso las chimeneas con sus ramitas y tendones, como si tuvieran brazos viejos y musculosos, habían formado un misterio rico y atractivo, del que yo era el héroe. Estella fue la inspiración de la misma, y el corazón de la misma, por supuesto. Pero, a pesar de que ella se había apoderado de mí con tanta fuerza, a pesar de que mi fantasía y mi esperanza estaban tan puestas en ella, a pesar de que su influencia en mi vida y carácter juveniles había sido todopoderosa, ni siquiera esa romántica mañana la investí de ningún atributo que no fuera el que poseía. Menciono esto en este lugar, con un propósito fijo, porque es la pista por la cual he de ser seguido a mi pobre laberinto. Según mi experiencia, la noción convencional de amante no puede ser siempre cierta. La verdad absoluta es que cuando amé a Estella con el amor de un hombre, la amé simplemente porque la encontré irresistible. De una vez por todas; A mi pesar supe a menudo, si no siempre, que la amaba contra la razón, contra la promesa, contra la paz, contra la esperanza, contra la felicidad, contra todo desaliento que pudiera haber. De una vez por todas; No obstante, la amaba porque lo sabía, y no tenía más influencia para refrenarme que si hubiera creído devotamente que ella era la perfección humana.

Moldeé mi andar de tal manera que llegué a la puerta a mi antigua hora. Cuando toqué la campanilla con mano vacilante, volví la espalda a la puerta, mientras trataba de recuperar el aliento y mantener moderadamente callados los latidos de mi corazón. Oí que se abría la puerta lateral y que unos pasos cruzaban el patio; pero fingí no oír, incluso cuando la puerta se balanceó sobre sus goznes oxidados.

Al fin me tocaron el hombro, me sobresalté y me volví. Entonces empecé con mucha más naturalidad, para encontrarme frente a un hombre con un sobrio vestido gris. El último hombre que yo hubiera esperado ver en aquel puesto de portero en la puerta de la señorita Havisham.

—¡Orlick!

"Ah, joven maestro, hay más cambios que el tuyo. Pero entra, entra. Se opone a mis órdenes de mantener la puerta abierta.

Entré y él la balanceó, la cerró con llave y sacó la llave. —¡Sí! —dijo, volviéndose a mi alrededor, después de haberme precedido obstinadamente unos pasos hacia la casa—. "¡Aquí estoy!"

—¿Cómo llegaste aquí?

—Vengo aquí —replicó—, sobre mis piernas. Hice que me trajeran mi caja en una carretilla".

—¿Estás aquí para siempre?

—¿No estoy aquí para hacer daño, joven maestro, supongo?

No estaba tan seguro de eso. Tuve tiempo para entretener la réplica en mi mente, mientras él levantaba lentamente su pesada mirada del pavimento, subiendo por mis piernas y brazos, hasta mi cara.

—¿Entonces has dejado la fragua? He dicho.

—¿Parece esto una fragua? —replicó Orlick, dirigiendo su mirada a su alrededor con aire de injuria. —¿Y ahora lo parece?

Le pregunté cuánto tiempo hacía que había salido de la fragua de Gargery.

—Un día es tan parecido a otro aquí —respondió—, que no lo sé sin echarle un vistazo. Sin embargo, vengo aquí hace algún tiempo desde que te fuiste".

—Podría habértelo dicho, Orlick.

—¡Ah! —dijo él secamente—. "Pero entonces tienes que ser un erudito".

Para entonces ya habíamos llegado a la casa, donde descubrí que su habitación estaba justo al lado de la puerta lateral, con una pequeña ventana que daba al patio. En sus pequeñas proporciones, no era muy diferente del tipo de lugar que generalmente se asigna a un portero en París. Ciertas llaves estaban colgadas en la pared, a las que ahora añadió la llave de la puerta; y su cama cubierta de retazos estaba en una pequeña división o hueco interior. El conjunto tenía un aspecto desaliñado, confinado y somnoliento, como una jaula para un lirón humano;

mientras que él, sombrío y pesado en la sombra de un rincón junto a la ventana, parecía el lirón humano para el que estaba preparada, como en efecto lo era.

—Nunca antes había visto esta habitación —comenté—; pero antes no había Porter aquí.

-No -dijo él-; No fue hasta que se dio cuenta de que no había protección en el local, y llegó a ser considerado peligroso, con convictos y Tag, Rag y Bobtail subiendo y bajando. Y luego me recomendaron al lugar como un hombre que podía darle a otro hombre lo mejor que él traía, y lo tomé. Es más fácil que bramar y martillar.—Eso está cargado, eso es.

Mi mirada había sido captada por una pistola con una culata encuadernada en latón sobre la pieza de la chimenea, y su ojo había seguido el mío.

—Bueno —dije, no deseoso de seguir conversando—, ¿quiero ir a ver a la señorita Havisham?

—¡Quémame, si lo sé! —replicó él, estirándose primero y sacudiéndose después—; "Mis órdenes terminan aquí, joven maestro. Golpeo esta campana de aquí con este martillo de aquí, y sigues por el pasillo hasta que te encuentras con alguien.

—¿Me esperan, creo?

-¡Quémame dos veces, si puedo decirlo! -dijo-.

Después de eso, regresé por el largo pasillo que había recorrido por primera vez con mis gruesas botas, y él hizo sonar su campanilla. Al final del pasaje, mientras la campana aún reverberaba, encontré a Sarah Pocket, que parecía haberse vuelto constitucionalmente verde y amarilla por mi culpa.

—¡Oh! —exclamó ella—. —¿Es usted, señor Pip?

—Lo es, señorita Pocket. Me alegra decirle que el señor Pocket y su familia están bien.

—¿Son más sabios? —preguntó Sara con un sombrío movimiento de cabeza—. "Más vale que sean más sabios que buenos. ¡Ah, Mateo, Mateo! ¿Sabe usted cómo hacerlo, señor?

Tolerablemente, porque muchas veces había subido la escalera en la oscuridad. Subí por ella, con botas más ligeras que las de antaño, y llamé a la puerta de la habitación de la señorita Havisham, a mi antigua usanza. —El rap de Pip —le oí decir de inmediato—; —Entra, Pip.

Estaba en su silla cerca de la vieja mesa, con el viejo vestido, con las dos manos cruzadas sobre el bastón, la barbilla apoyada en ellas y los ojos en el fuego. Sentada cerca de ella, con el zapato blanco, que nunca se había usado, en la mano, y la cabeza inclinada al mirarlo, había una elegante dama a la que nunca había visto.

—Entra, Pip —continuó murmurando la señorita Havisham, sin mirar a su alrededor ni a levantar la vista—; —Entra, Pip, ¿cómo estás, Pip? así que me besas la mano como si fuera una reina, ¿eh?... ¿Y bien?

Ella me miró de repente, solo moviendo los ojos, y repitió de una manera sombría y juguetona:

—¿Y bien?

—He oído, señorita Havisham —dije, bastante desconcertado—, que ha sido usted tan amable de desear que vaya a verla, y he venido directamente.

—¿Y bien?

La señora, a quien nunca había visto antes, alzó los ojos y me miró arqueadamente, y entonces vi que los ojos eran los ojos de Estella. Pero ella había cambiado tanto, era mucho más hermosa, mucho más femenina, en todas las cosas ganaba admiración, había hecho un avance tan maravilloso, que yo parecía no haber hecho ninguno. Al mirarla, me imaginé que volvía a caer irremediablemente en el chico tosco y vulgar. ¡Oh la sensación de distancia y disparidad que se apoderó de mí, y la inaccesibilidad que se produjo en torno a ella!

Me dio la mano. Tartamudeé algo sobre el placer que sentía al volver a verla, y sobre el hecho de haberlo esperado con ansias durante mucho, mucho tiempo.

—¿La encuentra muy cambiada, Pip? —preguntó la señorita Havisham, con su mirada codiciosa, y golpeando su bastón contra una silla que estaba entre ellos, como una señal para que me sentara allí.

—Cuando entré, señorita Havisham, me pareció que no había nada de Estella en el rostro ni en la figura; Pero ahora todo se acomoda tan curiosamente en lo antiguo...

"¿Qué? ¿No vas a decir en la vieja Estella? —interrumpió la señorita Havisham—. "Era orgullosa e insultante, y querías alejarte de ella. ¿No te acuerdas?

Le dije confusamente que eso fue hace mucho tiempo, y que entonces no sabía nada mejor, y cosas por el estilo. Estella sonrió con perfecta compostura y dijo que no dudaba de que yo había tenido toda la razón y de que ella había sido muy desagradable.

—¿Ha cambiado? —le preguntó la señorita Havisham.

—Mucho —dijo Estella, mirándome—.

—¿Menos tosco y vulgar? —dijo la señorita Havisham, jugueteando con el pelo de Estella—.

Estella se echó a reír, y miró el zapato que tenía en la mano, y volvió a reír, y me miró, y dejó el zapato. Todavía me trataba como a un niño, pero me atraía.

Nos sentamos en la habitación de ensueño, entre las viejas y extrañas influencias que tanto me habían causado, y me enteré de que acababa de regresar de Francia y que se iba a Londres. Orgullosa y obstinada como antaño, había sometido esas cualidades a su belleza de tal manera que era imposible y fuera de la naturaleza —o eso creía— separarlas de su belleza. En verdad, era imposible disociar su presencia de todos aquellos miserables anhelos de dinero y gentileza que habían perturbado mi niñez, de todas esas aspiraciones mal reguladas que al principio me habían hecho avergonzarme de mi hogar y de Joe, de todas esas visiones que habían levantado su rostro en el fuego incandescente, arrancándolo del hierro del yunque. Lo extrajo de la oscuridad de la noche para mirar por la ventana de madera de la fragua, y se alejó volando. En una palabra, me era imposible separarla, ni en el pasado ni en el presente, de la vida más íntima de mi vida.

Se acordó que me quedaría allí todo el resto del día, y regresaría al hotel por la noche, y a Londres al día siguiente. Después de haber conversado un rato, la señorita Havisham nos mandó a los dos a pasear por el jardín abandonado: cuando entráramos de un rato, me dijo, yo la llevaría un poco en coche, como en los tiempos de antaño.

Así que Estella y yo salimos al jardín, junto a la puerta por la que me había extraviado para encontrarme con el joven caballero pálido, ahora Herbert; Yo, temblando de espíritu y adorando el borde mismo de su vestido; Ella, bastante serena y decididamente no adorando el dobladillo mío. Cuando nos acercamos al lugar del encuentro, ella se detuvo y dijo:

"Debo haber sido una criatura singular para esconderme y ver esa pelea ese día; pero lo hice, y lo disfruté mucho".

"Me has recompensado mucho".

"¿Lo hice?", respondió ella, de una manera incidental y olvidadiza. "Recuerdo que tuve una gran objeción a tu adversario, porque me pareció mal que lo trajeran aquí para molestarme con su compañía".

"Él y yo somos grandes amigos ahora".

"¿Y tú? Creo recordar, sin embargo, que leíste con su padre.

—Sí.

Lo admití con reticencia, porque parecía tener un aspecto de niño, y ya me trataba más que suficiente como a un niño.

—Desde que cambiaste de fortuna y de perspectivas, has cambiado de compañeros —dijo Estella—.

—Naturalmente —dije—.

—Y necesariamente —añadió ella, en tono altivo—; "Lo que una vez fue una compañía adecuada para ti, ahora sería una compañía bastante inadecuada para ti".

En mi conciencia, dudo mucho que me quedara alguna intención de ir a ver a Joe; pero si lo hubiera hecho, esta observación lo puso en fuga.

—¿No tenías idea de tu inminente buena fortuna en aquellos tiempos? —dijo Estella, con un leve movimiento de la mano, que significaba en los tiempos de combate.

—Ni lo más mínimo.

El aire de plenitud y superioridad con que ella caminaba a mi lado, y el aire de juventud y sumisión con que yo caminaba a su lado, formaban un contraste que yo sentía fuertemente. Me habría irritado más de lo que me molestó, si no me hubiera considerado a mí mismo provocándolo por estar tan apartado para ella y asignado a ella.

El jardín estaba demasiado cubierto de maleza y rancio para entrar con facilidad, y después de haberlo recorrido dos o tres veces, salimos de nuevo al patio de la cervecería. Le mostré un lugar donde la había visto caminar sobre los toneles, ese primer día, y ella dijo, con una mirada fría y descuidada en esa dirección: —¿Lo hice? Le recordé dónde había salido de la casa y me había dado mi comida y bebida, y ella dijo: "No me acuerdo". —¿No te acuerdas de que me hiciste llorar? —dije yo. —No —dijo ella, y meneó la cabeza y miró a su alrededor—. Creo sinceramente que el hecho de que ella no se acordara ni le importara en lo más mínimo, me hizo llorar de nuevo, interiormente, y ese es el llanto más agudo de todos.

-Has de saber -dijo Estella, condescendiendo conmigo como lo haría una mujer brillante y hermosa- que no tengo corazón, si eso tiene algo que ver con mi memoria.

Llegué a través de una jerga en el sentido de que me tomé la libertad de dudar de eso. Que yo sabía que era mejor. Que no podría haber tanta belleza sin ella.

—¡Oh! Tengo corazón para que me apuñalen o me disparen, no me cabe duda -dijo Estella-, y claro que si dejara de latir, yo dejaría de latir. Pero ya sabes a lo que me refiero. No tengo ninguna blandura allí, ninguna simpatía, ningún sentimiento, ninguna tontería.

¿Qué *fue* lo que se me vino a la mente cuando ella se quedó quieta y me miró atentamente? ¿Algo que yo hubiera visto en la señorita Havisham? No. En algunas de sus miradas y gestos había ese matiz de semejanza con la señorita Havisham que a menudo se puede notar que ha sido adquirido por los niños, de una persona adulta con la que han estado muy asociados y aislados, y que, cuando se pasa la infancia, producirá una notable semejanza ocasional de expresión entre rostros que de otro modo serían completamente diferentes. Y, sin embargo, no pude atribuirlo a la señorita Havisham. Volví a mirar, y aunque ella seguía mirándome, la sugerencia había desaparecido.

¿De *qué se trataba?*

-Lo digo en serio -dijo Estella, no tanto con el ceño fruncido (que su frente era suave) como con un oscurecimiento del rostro-; "Si vamos a estar muy juntos, es mejor que lo creas de una vez. ¡No!", me detuvo imperiosamente mientras abría los labios. "No he otorgado mi ternura a ninguna parte. Nunca he tenido algo así".

Al cabo de un momento estábamos en la cervecería, tanto tiempo en desuso, y ella señaló la galería alta donde yo la había visto salir aquel mismo primer día, y me dijo que recordaba haber estado allí arriba, y haberme visto de pie asustado abajo. Mientras mis ojos seguían su blanca mano, de nuevo me cruzó la misma vaga sugerencia que no podía comprender. Mi sobresalto involuntario hizo que ella pusiera su mano sobre mi brazo. Al instante, el fantasma pasó una vez más y desapareció.

¿De *qué se trataba?*

—¿Qué pasa? —preguntó Estella. —¿Has vuelto a tener miedo?

—Lo sería, si creyera lo que acabas de decir —respondí, para apagarlo—.

"¿Entonces no lo haces? Muy bien. Se dice, en todo caso. La señorita Havisham pronto le esperará en su antiguo puesto, aunque creo que ahora podría dejarlo a un lado, junto con otras pertenencias antiguas. Demos una vuelta más al jardín y luego entremos. ¡Venirse! No derramarás lágrimas por mi crueldad hoy; tú serás mi paje y dame tu hombro.

Su hermoso vestido había caído por el suelo. Ahora lo sostenía con una mano y con la otra me tocaba ligeramente el hombro mientras caminábamos. Caminamos alrededor del jardín en ruinas dos o tres veces más, y todo estaba en flor para mí. Si el crecimiento verde y amarillo de la hierba en las grietas del viejo muro hubiera sido la flor más preciosa que jamás haya soplado, no podría haber sido más apreciada en mi memoria.

No había discrepancia de años entre nosotros que la alejara de mí; Teníamos casi la misma edad, aunque, por supuesto, la edad decía más en su caso que en el mío; pero el aire de inaccesibilidad que le daban su hermosura y sus modales, me atormentaba en medio de mi deleite, y en el colmo de la certeza de que nuestra patrona nos había elegido el uno para el otro. ¡Desdichado muchacho!

Por fin volvimos a la casa, y allí supe, con sorpresa, que mi tutor había bajado a ver a la señorita Havisham por negocios y que volvería a cenar. Las viejas ramas invernales de los candelabros de la habitación donde estaba extendida la mesa de moldura se habían encendido mientras salíamos, y la señorita Havisham estaba en su silla esperándome.

Era como empujar la silla misma al pasado, cuando comenzamos el viejo y lento circuito alrededor de las cenizas del banquete nupcial. Pero, en la sala fúnebre, con la figura de la tumba recostada en la silla fijando sus ojos en ella, Estella parecía más brillante y hermosa que antes, y yo estaba bajo un encanto más fuerte.

El tiempo se desvaneció de tal manera, que se acercó la hora de la cena, y Estella nos dejó para que nos preparamos. Nos detuvimos cerca del centro de la larga mesa, y la señorita Havisham, con uno de sus brazos marchitos estirado fuera de la silla, apoyó la mano apretada sobre el mantel amarillo. Cuando Estella miró por encima del hombro antes de salir por la puerta, la señorita Havisham le besó la mano con una intensidad voraz que era bastante espantosa.

Entonces, cuando Estella se fue y nosotros dos nos quedamos solos, se volvió hacia mí y me dijo en un susurro:

"¿Es hermosa, elegante, bien crecida? ¿La admiras?

—Todo el mundo que la vea, señorita Havisham, debe de hacerlo.

Me rodeó el cuello con un brazo y acercó mi cabeza a la suya mientras se sentaba en la silla. "¡Ámala, ámala, ámala! ¿Cómo te utiliza?

Antes de que pudiera responder (si es que hubiera podido responder a una pregunta tan difícil), ella repitió: "¡Ámala, ámala, ámala! Si ella te favorece, ámala. Si ella te hiere, ámala. Si ella rompe tu corazón en pedazos, y a medida que envejece y se hace más fuerte se desgarrará más profundamente, ¡ámala, ámala, ámala!"

Nunca había visto un entusiasmo tan apasionado como el que acompañaba a sus pronunciaciones de estas palabras. Podía sentir que los músculos del delgado brazo alrededor de mi cuello se hinchaban con la vehemencia que la poseía.

—¡Escúchame, Pip! La adopté, para ser amada. La crié y la eduqué, para ser amada. La convertí en lo que es, para que pudiera ser amada. ¡La amo!"

Decía la palabra con bastante frecuencia, y no cabía duda de que tenía la intención de decirla; Pero si la palabra tan repetida hubiera sido odio en lugar de amor, desesperación, venganza, muerte terrible, no podría haber sonado de sus labios más como una maldición.

—Te diré —dijo ella, en el mismo susurro apresurado y apasionado— lo que es el verdadero amor. Es devoción ciega, autohumillación incuestionable, sumisión total, confianza y creencia contra ti mismo y contra el mundo entero, entregando todo tu corazón y toda tu alma al golpeador, ¡como lo hice yo!"

Cuando llegó a eso, y a un grito salvaje que le siguió, la agarré por la cintura. Porque se levantó de la silla, con el sudario de vestido, y golpeó al aire como si lo mismo quisiera golpearse contra la pared y caer muerta.

Todo esto pasó en pocos segundos. Cuando la senté en su silla, me di cuenta de un olor que conocía y, al volverme, vi a mi guardián en la habitación.

Llevaba siempre (creo que aún no lo he mencionado) un pañuelo de bolsillo de rica seda y de imponentes proporciones, que le era de gran valor en su profesión. Lo he visto aterrorizar de tal manera a un cliente o a un testigo desplegando ceremoniosamente este pañuelo de bolsillo como si fuera a sonarse la nariz de inmediato, y luego haciendo una pausa, como si supiera que no tendría tiempo de hacerlo antes de que ese cliente o testigo se comprometiera, que el autocompromiso se ha producido directamente, como una cuestión de rutina. Cuando lo vi en la habitación, tenía un expresivo pañuelo de bolsillo en ambas manos y nos miraba. Al mirarme a los ojos, dijo claramente, con una pausa momentánea y silenciosa en esa actitud: —¿De veras? ¡Singular!" y luego le dio al pañuelo su uso correcto con un efecto maravilloso.

La señorita Havisham lo había visto tan pronto como yo, y (como todo el mundo) le tenía miedo. Hizo un gran esfuerzo por recomponerse y tartamudeó que él era tan puntual como siempre.

—Tan puntual como siempre —repitió, acercándose a nosotros—. (¿Cómo estás, Pip? ¿Le doy un aventón, señorita Havisham? ¿Una vez?) ¿Y por eso estás aquí, Pip?

Le conté cuándo había llegado, y cómo la señorita Havisham había deseado que fuera a ver a Estella. A lo que él respondió: "¡Ah! ¡Muy buena jovencita!" Luego empujó a la señorita Havisham en su silla frente a él, con una de sus grandes manos, y metió la otra en el bolsillo del pantalón, como si el bolsillo estuviera lleno de secretos.

—¡Bueno, Pip! ¿Cuántas veces ha visto usted a la señorita Estella? -preguntó cuando se detuvo-.

—¿Con qué frecuencia?

—¡Ah! ¿Cuántas veces? ¿Diez mil veces?

—¡Oh! Desde luego, no tantos".

—¿Dos veces?

—Jaggers —intervino la señorita Havisham, para mi alivio—, deja en paz a mi Pip y ve con él a cenar.

Él obedeció, y bajamos juntos a tientas las oscuras escaleras. Mientras nos dirigíamos a los apartamentos unifamiliares al otro lado del patio empedrado de la parte trasera, me preguntó cuántas veces había visto a la señorita Havisham comer y beber; ofreciéndome una amplitud de elección, como de costumbre, entre cien veces y una vez.

Lo consideré y dije: "Nunca".

—Y nunca lo hará, Pip —replicó él, con una sonrisa fruncida y ceñuda—. "Ella nunca se ha dejado ver haciendo ninguna de las dos cosas, desde que vivió esta vida presente suya. Vaga por la noche, y luego pone las manos sobre la comida que toma".

—Por favor, señor —dije—, ¿puedo hacerle una pregunta?

—Podéis —dijo—, y yo puedo negarme a contestarle. Haz tu pregunta".

"El nombre de Estella. ¿Es Havisham o...? No tenía nada que añadir.

-¿O qué? -dijo él-.

—¿Es Havisham?

—Es Havisham.

Esto nos llevó a la mesa, donde ella y Sarah Pocket nos esperaban. El señor Jaggers presidía, Estella se sentó frente a él, yo me enfrenté a mi amigo verde y amarillo. Cenamos muy bien, y nos atendió una criada a la que nunca había visto en todas mis idas y venidas, pero que, por lo que sé, había estado en esa casa misteriosa todo el tiempo. Después de la cena, se colocó una botella de oporto añejo selecto ante mi tutor (evidentemente conocía bien la añada), y las dos damas nos dejaron.

Cualquier cosa que igualara la reticencia resuelta del señor Jaggers bajo ese techo que nunca vi en ninguna otra parte, ni siquiera en él. Se guardó su propia mirada, y apenas dirigió sus ojos a la cara de Estella una vez durante la cena. Cuando ella le hablaba, él escuchaba y respondía a su debido tiempo, pero nunca la miró, que yo pudiera ver. Por otro lado, a menudo lo miraba, con interés y curiosidad, cuando no con desconfianza, pero su rostro nunca mostraba la menor conciencia. A lo largo de la cena, se deleitó en hacer que Sarah Pocket fuera más verde y más amarilla, refiriéndose a menudo en la conversación conmigo a mis expectativas; pero aquí, de nuevo, no mostró conciencia, e incluso hizo parecer que extorsionaba —e incluso extorsionaba, aunque no sé cómo— esas referencias de mi inocente yo.

Y cuando él y yo nos quedamos solos, él se sentó con un aire de general mentiroso a consecuencia de la información que poseía, que realmente era demasiado para mí. Interrogó su propio vino cuando no tenía nada más en la mano. Lo sostuvo entre él y la vela, probó el oporto, se lo metió en la boca, se lo tragó, volvió a mirar el vaso, olió el oporto, lo probó, lo bebió, lo llenó de nuevo y volvió a examinar el vaso, hasta que me puse tan nervioso como si supiera que el vino le decía algo en mi contra. Tres o cuatro veces pensé débilmente que iba a iniciar una conversación; Pero siempre que me veía ir a preguntarle algo, me miraba con el vaso en la mano y revolcándose el vino en la boca, como pidiéndome que me diera cuenta de que no servía de nada, porque no podía responder.

Creo que la señorita Pocket era consciente de que verme la implicaba en el peligro de ser incitada a la locura, y tal vez arrancarse la gorra, que era muy horrible, como una fregona de muselina, y esparcir el suelo con su cabello, que seguramente nunca le había crecido en la cabeza. No apareció cuando subimos a la habitación de la señorita Havisham, y los cuatro jugamos al whist. En el intervalo, la señorita Havisham, de un modo fantástico, había puesto algunas de las joyas más hermosas de su tocador en el cabello de Estella, y alrededor de su pecho y brazos; y vi que incluso mi guardián la miraba por debajo de sus espesas cejas, y las levantaba un poco, cuando su hermosura estaba ante él, con esos ricos rubores de brillo y color en ella.

De la manera y hasta qué punto se apoderó de nuestros triunfos, y salió con pequeñas cartas mezquinas en la punta de las manos, ante las cuales la gloria de nuestros reyes y reinas se degradó por completo, no digo nada, ni tampoco de la sensación que tuve, respecto a que nos mirara personalmente a la luz de tres enigmas muy obvios y pobres que había descubierto hace mucho tiempo. Lo que yo sufría era la incompatibilidad entre su fría presencia y mis sentimientos hacia Estella. No era que supiera que nunca podría soportar hablarle de ella, que sabía que nunca podría soportar oírle crujir las botas, que sabía que nunca podría soportar verlo lavarse las manos de ella; Era que mi admiración estuviera a uno o dos pies de él, que mis sentimientos estuvieran en el mismo lugar que él, *esa* era la circunstancia agonizante.

Jugamos hasta las nueve, y entonces se acordó que cuando Estella llegara a Londres, yo estaría avisado de su llegada y me reuniría con ella en el coche; y entonces me despedí de ella, la toqué y la dejé.

Mi guardián yacía en el Jabalí, en la habitación contigua a la mía. Hasta bien entrada la noche, resonaron en mis oídos las palabras de la señorita Havisham: «¡Ámala, ámala, ámala!». Los adapté para mi propia repetición y le dije a mi almohada: "¡La amo, la amo, la amo!" cientos de veces. Entonces, me sobrevino un estallido de gratitud por el hecho de que ella estuviera destinada a mí, que una vez fue el hijo del herrero. Entonces pensé que si ella, como me temía, no estaba en absoluto muy agradecida por ese destino, ¿cuándo empezaría a interesarse por mí? ¿Cuándo debería despertar el corazón dentro de ella que ahora estaba mudo y dormido?

¡Ay de mí! Pensé que eran emociones altas y grandes. Pero nunca pensé que hubiera algo bajo y pequeño en que me mantuviera alejado de Joe, porque sabía que ella lo despreciaría. No había pasado más que un día, y Joe había hecho que las lágrimas asomaran a mis ojos; pronto se habían secado, ¡Dios me perdone! pronto se secó.

CAPÍTULO XXX.

Después de considerar bien el asunto mientras me vestía en el Jabalí Azul por la mañana, resolví decirle a mi tutor que dudaba de que Orlick fuera el tipo de hombre adecuado para ocupar un puesto de confianza en la señorita Havisham. —Claro que no es el tipo de hombre adecuado, Pip —dijo mi tutor, cómodamente satisfecho de antemano en el jefe general—, porque el hombre que ocupa el puesto de confianza nunca es el tipo de hombre adecuado. Pareció ponerle de buen humor descubrir que este puesto en particular no estaba excepcionalmente ocupado por el tipo correcto de hombre, y escuchó satisfecho mientras le contaba qué conocimiento tenía de Orlick. —Muy bien, Pip —observó, cuando hube concluido—, iré pronto a dar la vuelta y pagaré a nuestro amigo. Bastante alarmado por esta acción sumaria, fui partidario de demorarme un poco, e incluso insinué que nuestro amigo mismo podría ser difícil de tratar. —Oh, no, no lo hará —dijo mi guardián, haciendo la punta de su pañuelo de bolsillo, con perfecta confianza— ; —Me gustaría que discutiera la cuestión conmigo.

Cuando volvíamos juntos a Londres en el coche del mediodía, y mientras desayunaba bajo tales terrores de Pumblechook que apenas podía sostener mi taza, esto me dio la oportunidad de decir que quería dar un paseo, y que seguiría por la carretera de Londres mientras el señor Jaggers estaba ocupado, si le hacía saber al cochero que me pondría en mi lugar cuando me adelantaran. De este modo, pude volar desde el Jabalí Azul inmediatamente después del desayuno. Después de dar la vuelta de un par de millas hacia el campo abierto en la parte trasera de las instalaciones de Pumblechook, volví a dar la vuelta a High Street, un poco más allá de esa trampa, y me sentí en relativa seguridad.

Era interesante estar de nuevo en el tranquilo casco antiguo, y no era desagradable estar aquí y allá de repente reconocido y mirado. Uno o dos de los comerciantes incluso salieron corriendo de sus tiendas y se fueron un poco por la calle antes que yo, para volverse, como si hubieran olvidado algo, y pasarme cara a cara, ocasión en la que no sé si ellos o yo fingimos lo peor; ellos de no hacerlo, o yo de no verlo. Aun así, mi posición era distinguida, y no me sentí en absoluto descontento con ella, hasta que el destino me puso en el camino de ese malhechor ilimitado, el hijo de Trabb.

Echando un vistazo a lo largo de la calle, en cierto punto de mi progreso, vi que se acercaba el muchacho de Trabb, azotándose con una bolsa azul vacía. Pensando que una contemplación serena e inconsciente de él sería lo mejor que me convendría, y que sería lo más probable para sofocar su malvada mente, avancé con esa expresión de semblante, y más bien me felicitaba por mi éxito, cuando de repente las rodillas del hijo de Trabb chocaron, su cabello se erizó, su gorra se cayó, tembló violentamente en cada miembro. salió tambaleándose a la carretera y gritando a la población: "¡Abrázame! ¡Estoy tan asustada!", fingí estar en un paroxismo de terror y contrición, ocasionado por la dignidad de mi apariencia. Al pasar junto a él, sus dientes castañeteaban en su cabeza, y con todas las señales de extrema humillación, se postraba en el polvo.

Era algo difícil de soportar, pero no era nada. No había avanzado otras doscientas yardas cuando, para mi indecible terror, asombro e indignación, volví a ver que se acercaba el muchacho de Trabb. Venía por una curva estrecha. Su bolsa azul estaba colgada sobre su hombro, la honesta laboriosidad brillaba en sus ojos, una determinación de dirigirse a Trabb's con alegre brisa se indicaba en su andar. Con un sobresalto se dio cuenta de mí, y fue severamente visitado como antes; Pero esta vez su movimiento era giratorio, y se tambaleaba alrededor de mí con las rodillas más afligidas y las manos levantadas como si suplicara misericordia. Sus sufrimientos fueron aclamados con la mayor alegría por un grupo de espectadores, y me sentí completamente confundido.

No había avanzado mucho más en la calle que en la oficina de correos, cuando volví a ver al muchacho de Trabb dando vueltas por un camino trasero. Esta vez, había cambiado por completo. Llevaba la bolsa azul a la manera de mi abrigo, y se pavoneaba por la acera hacia mí en el lado opuesto de la calle, acompañado por un grupo de jóvenes amigos encantados a los que de vez en cuando exclamaba, con un gesto de la mano: «¡No lo sé!» No hay palabras para expresar la cantidad de agravios y lesiones que me causó el muchacho de Trabb, cuando al pasar frente a mí, se subió el cuello de la camisa, se enredó el pelo lateral, metió un brazo en jarras y sonrió extravagantemente, retorciendo los codos y el cuerpo, y dirigiéndose a sus asistentes: «¡No sé yah, no sé yah, 'pon mi alma no conoce a yah!' La desgracia que acompañó a él inmediatamente después de que se pusiera a cantar y a perseguirme a través del puente con cuervos, como de un ave muy abatida que me había conocido cuando yo era herrero, culminó la desgracia con que salí de la ciudad, y fui, por decirlo así, expulsado por ella al campo abierto.

Pero a menos que le hubiera quitado la vida al muchacho de Trabb en esa ocasión, realmente no veo ni siquiera ahora lo que podría haber hecho excepto resistir. Haber luchado con él en la calle, o haberle exigido una recompensa inferior a la mejor sangre de su corazón, habría sido inútil y degradante. Además, era un muchacho a quien ningún hombre podía lastimar; Una serpiente invulnerable y esquiva que, cuando fue perseguida hasta un rincón, voló de nuevo entre las piernas de su captor, aullando desdeñosamente. Sin embargo, escribí al señor Trabb por correo al día siguiente, para decirle que el señor Pip debía negarse a seguir tratando con alguien que hasta ahora podía olvidar lo que debía a los mejores intereses de la sociedad, como para contratar a un chico que excitaba repugnancia en todas las mentes respetables.

El coche, con el señor Jaggers dentro, llegó a su debido tiempo, y yo volví a ocupar mi palco, y llegué a Londres sano y salvo, pero no sano, porque mi corazón se había ido. Tan pronto como llegué, envié un bacalao y un barril de ostras a Joe (como reparación por no haber ido yo mismo), y luego me fui a Barnard's Inn.

Encontré a Herbert cenando carne fría y encantado de darme la bienvenida de nuevo. Después de haber enviado El Vengador a la cafetería para que añadiera algo a la cena, sentí que esa misma noche debía abrir mi pecho a mi amigo y amigo. Como la confianza estaba fuera de discusión con El Vengador en la sala, que sólo podía considerarse a la luz de una antecámara del ojo de la cerradura, lo envié a la Obra. Apenas podía proporcionarse una prueba mejor de la severidad de mi esclavitud a ese capataz que los cambios degradantes a los que me veía constantemente obligado a buscarle empleo. Tan mezquina es la extremidad, que a veces lo enviaba a la esquina de Hyde Park para ver qué hora era.

Terminada la cena y sentados con los pies en el guardabarros, le dije a Herbert: "Mi querido Herbert, tengo algo muy particular que decirte".

—Mi querido Händel —replicó—, estimaré y respetaré tu confianza.

—Me concierne a mí, Herbert —dije—, y a otra persona.

Herbert cruzó los pies, miró el fuego con la cabeza ladeada y, después de haberlo mirado en vano durante algún tiempo, me miró porque no seguía.

—Herbert —dije, poniendo mi mano sobre su rodilla—, amo, adoro a Estella.

En lugar de quedarse paralizado, Herbert respondió de una manera fácil y natural: "Exactamente. ¿Y bien?

—¿Y bien, Herbert? ¿Es eso todo lo que dices? ¿Y bien?

—¿Y ahora qué, quiero decir? —dijo Herbert—. —Por supuesto *que lo* sé.

—¿Cómo lo sabe? —pregunté.

—¿Cómo lo sé, Händel? Pues, de ti.

—Nunca te lo dije.

"¡Me lo dijiste! Nunca me has dicho cuándo te has cortado el pelo, pero he tenido sentidos para percibirlo. Siempre la has adorado, desde que te conozco. Trajiste aquí tu adoración y tu portmanteau juntos. ¡Me lo dijo! ¿Por qué?, siempre me lo has dicho todo el día. Cuando me contaste tu propia historia, me dijiste claramente que empezaste a adorarla la primera vez que la viste, cuando eras muy joven.

-Muy bien, entonces -dije yo, para quien aquello era una luz nueva y no desagradable-, nunca he dejado de adorarla. Y ha vuelto, la criatura más bella y elegante. Y la vi ayer. Y si antes la adoraba, ahora la adoro doblemente".

—Menos mal que tú, Händel —dijo Herbert—, te hayan elegido para ella y te lo hayan asignado. Sin invadir terreno prohibido, podemos aventurarnos a decir que no puede haber duda entre nosotros de ese hecho. ¿Tienes ya alguna idea de las opiniones de Estella sobre la cuestión de la adoración?

Negué con la cabeza con tristeza. —¡Oh! Está a miles de kilómetros de mí, a mi distancia -dije-.

—Paciencia, mi querido Händel: tiempo suficiente, tiempo suficiente. ¿Pero tienes algo más que decir?

—Me avergüenza decirlo —repliqué—, y sin embargo no es peor decirlo que pensarlo. Me llamas un tipo afortunado. Por supuesto que lo soy. Yo era mozo de herrero, pero ayer; Soy... ¿qué diré que soy... hoy?

—Diga un buen tipo, si quiere una frase —replicó Herbert, sonriendo y dando una palmada en el dorso de la mía—, un buen tipo, con impetuosidad y vacilación, audacia y timidez, acción y ensueño, curiosamente mezclados en él.

Me detuve un momento para considerar si realmente había esta mezcla en mi carácter. En general, no reconocí en absoluto el análisis, pero pensé que no valía la pena discutirlo.

—Cuando le pregunto cómo debo llamarme hoy, Herbert —proseguí—, sugiero lo que tengo en mis pensamientos. Dices que tengo suerte. Sé que nada he hecho para elevarme en la vida, y que sólo la Fortuna me ha elevado; Eso es tener mucha suerte. Y, sin embargo, cuando pienso en Estella...

("¿Y cuándo no lo sabes, sabes?" Herbert lanzó, con los ojos en el fuego; lo cual me pareció amable y simpático de su parte.)

—Entonces, mi querido Herbert, no puedo decirle lo dependiente e inseguro que me siento, y lo expuesto que estoy a cientos de oportunidades. Evitando el terreno prohibido, como lo hiciste hace un momento, todavía puedo decir que de la constancia de una persona (sin nombrar a ninguna persona) dependen todas mis expectativas. Y, en el mejor de los casos, ¡qué indefinidas e insatisfactorias, sólo para saber tan vagamente lo que son! Al decir esto, liberé mi mente de lo que siempre había estado allí, más o menos, aunque sin duda más desde ayer.

—Ahora, Händel —replicó Herbert con su estilo alegre y esperanzado—, me parece que, en el desaliento de la tierna pasión, estamos mirando con lupa la boca de nuestro caballo regalado. Del mismo modo, me parece que, concentrando nuestra atención en el examen, pasamos por alto uno de los mejores puntos del animal. ¿No me dijiste que tu tutor, el señor Jaggers, te dijo al principio que no estabas dotado solo de expectativas? Y aun cuando no se lo hubiera dicho, aunque se trata de un gran "sí", ¿podría usted creer que, de todos los hombres de Londres, el señor Jaggers es el hombre que mantiene sus relaciones actuales con usted a menos que esté seguro de su posición?

Le dije que no podía negar que este era un punto fuerte. Lo dije (la gente suele hacerlo en tales casos) como una concesión bastante renuente a la verdad y a la justicia, ¡como si quisiera negarlo!

—Creo que *es* un punto fuerte —dijo Herbert—, y creo que a usted le sorprendería imaginar uno más fuerte; En cuanto al resto, debes esperar el tiempo de tu tutor, y él debe esperar el tiempo de su cliente. Tendrás veintiún años antes de saber dónde estás, y entonces tal vez obtengas más iluminación. De todos modos, estarás más cerca de conseguirlo, porque al fin tiene que llegar.

-¡Qué disposición tan esperanzada tiene usted! dije yo, admirando agradecido sus alegres modales-.

—Debería haberlo hecho —dijo Herbert—, porque no tengo mucho más. Debo reconocer, de paso, que el buen sentido de lo que acabo de decir no es mío, sino de mi padre. El único comentario que le escuché hacer sobre su historia fue el último: "La cosa está decidida y hecha, o el señor Jaggers no estaría en ella". Y ahora, antes de decir algo más acerca de mi padre, o del hijo de mi padre, y devolver la confianza con confianza, quiero hacerme seriamente desagradable para usted por un momento, positivamente repulsivo.

—No lo conseguirás —dije—.

—¡Oh, sí, lo haré! —dijo él—. "Uno, dos, tres, y ahora estoy en ello. Händel, mi buen amigo; —Aunque hablaba en este tono ligero, hablaba muy en serio—, desde que hablamos con los pies en este guardabarros, he estado pensando que Estella no puede ser una condición de tu herencia, si tu tutor nunca se refirió a ella. ¿Estoy en lo cierto al entender lo que me has dicho, como que él nunca se refirió a ella, directa o indirectamente, de ninguna manera? ¿Ni siquiera insinuó, por ejemplo, que su patrón podría tener opiniones sobre su matrimonio en última instancia?

—Nunca.

-¡Ahora, Händel, estoy completamente libre del sabor de las uvas agrias, sobre mi alma y mi honor! Al no estar atado a ella, ¿no puedes desprenderte de ella?... Te dije que sería desagradable.

Volví la cabeza hacia un lado, porque, con prisa y barrido, como los viejos vientos de los pantanos que suben del mar, una sensación semejante a la que me había dominado la mañana en que salí de la fragua, cuando las nieblas se levantaban solemnemente, y cuando puse mi mano en el poste del dedo de la aldea, volvió a golpear mi corazón. Hubo silencio entre nosotros por un rato.

—Sí; pero mi querido Händel -prosiguió Herbert, como si hubiéramos estado hablando, en vez de en silencio-, el hecho de que haya estado tan fuertemente arraigado en el pecho de un muchacho a quien la naturaleza y las circunstancias han hecho tan romántico, lo hace muy serio. Piensen en su educación y piensen en la señorita Havisham. Piensa en lo que ella misma es (ahora soy repulsiva y tú me abominas). Esto puede llevar a cosas miserables".

—Lo sé, Herbert —dije, con la cabeza todavía vuelta hacia otro lado—, pero no puedo evitarlo.

—¿No puedes desprenderte?

"No. ¡Imposible!"

—¿No puedes intentarlo, Händel?

"No. ¡Imposible!"

-¡Bueno -dijo Herbert, levantándose con un agitado temblor como si hubiera estado dormido y atizando el fuego-, ahora me esforzaré por volver a ser agradable!

Así que recorrió la habitación y sacudió las cortinas, colocó las sillas en su lugar, ordenó los libros y demás que estaban tirados por ahí, miró hacia el vestíbulo, miró dentro del buzón, cerró la puerta y volvió a su silla junto al fuego, donde se sentó, cuidando su pierna izquierda con ambos brazos.

—Iba a decir una o dos palabras, Händel, acerca de mi padre y del hijo de mi padre. Me temo que no es necesario que el hijo de mi padre se dé cuenta de que el establecimiento de mi padre no es especialmente brillante en su limpieza.

—Siempre hay de sobra, Herbert —dije, para decir algo alentador—.

—¡Oh, sí! y así lo dice el basurero, creo, con la mayor aprobación, y lo mismo hace la tienda de marinería de la calle trasera. Gravemente, Händel, porque el asunto es bastante grave, tú sabes cómo es tan bien como yo. Supongo que hubo un tiempo en que mi padre no había renunciado a las cosas; Pero si alguna vez lo hubo, el tiempo se ha ido. ¿Puedo preguntarle si alguna vez ha tenido la oportunidad de observar, en su parte del país, que los hijos de matrimonios que no son precisamente adecuados siempre están particularmente ansiosos por casarse?

Esta era una pregunta tan singular, que le pregunté a su vez: "¿Es así?"

—No lo sé —dijo Herbert—, eso es lo que quiero saber. Porque es decididamente el caso con nosotros. Mi pobre hermana Carlota, que estaba a mi lado y murió antes de cumplir los catorce años, fue un ejemplo notable. La pequeña Jane es igual. En su deseo de establecerse matrimonialmente, podría suponerse que ha pasado su corta existencia en la perpetua contemplación de la felicidad doméstica. El pequeño Alick, vestido de gala, ya ha hecho los arreglos necesarios para su unión con un joven adecuado en Kew. Y, de hecho, creo que todos estamos comprometidos, excepto el bebé".

—¿Entonces lo eres tú? —pregunté.

—Lo soy —dijo Herbert—; "Pero es un secreto".

Le aseguré que guardaría el secreto y le rogué que me favoreciera con más detalles. Había hablado con tanta sensatez y sentimiento de mi debilidad que quise saber algo acerca de su fuerza.

—¿Puedo preguntar el nombre? He dicho.

—Nombre de Clara —dijo Herbert—.

- ¿Vives en Londres?

—Sí, tal vez debería mencionar —dijo Herbert, que se había vuelto curiosamente cabizbajo y manso desde que entramos en el interesante tema— que ella está bastante por debajo de las absurdas ideas familiares de mi madre. Su padre tenía que ver con el avituallamiento de los barcos de pasajeros. Creo que era una especie de sobrecargo.

—¿Qué es ahora? —pregunté.

—Ahora es un inválido —replicó Herbert—.

—¿Viviendo en...?

—En el primer piso —dijo Herbert—. Lo cual no era en absoluto lo que quería decir, porque había querido que mi pregunta se aplicara a sus medios. —No lo he visto nunca, porque siempre ha mantenido su habitación en el cielo, desde que conozco a Clara. Pero lo he escuchado constantemente. Hace tremendos remos, rugidos y clavijas en el suelo con algún instrumento espantoso. Al mirarme y luego reír de buena gana, Herbert recobró por el momento su habitual actitud vivaz.

—¿No esperas verlo? —dije.

—Oh, sí, siempre espero verlo —replicó Herbert—, porque nunca lo oigo, sin esperar que venga a tropezar por el techo. Pero no sé cuánto tiempo aguantarán las vigas".

Después de reír de buena gana, volvió a ser manso y me dijo que en el momento en que empezara a darse cuenta de El Capital, tenía la intención de casarse con esta joven. Añadió como una proposición evidente, que engendraba un ánimo deprimido: "Pero *no puedes* casarte, ya sabes, mientras estás mirando a tu alrededor".

Mientras contemplábamos el fuego, y mientras pensaba en lo difícil que era a veces realizar esta misma Capital, me metí las manos en los bolsillos. Un pedazo de papel doblado en uno de ellos atrajo mi atención, lo abrí y descubrí que era el cartel que había recibido de Joe, pariente del célebre aficionado provinciano de renombre rosciano. —Y bendito sea mi corazón —añadí involuntariamente en voz alta—, ¡es esta noche!

Esto cambió de tema en un instante, y nos hizo decidirnos apresuradamente a ir a la obra. Así que, cuando me comprometí a consolar e instigar a Herbert en los asuntos de su corazón por todos los medios practicables e impracticables, y cuando Herbert me dijo que su prometida ya me conocía por reputación y que debía ser presentado a ella, y cuando nos dimos la mano calurosamente en nuestra mutua confianza, apagamos las velas, encendimos el fuego, cerramos la puerta con llave y salimos en busca del señor Wopsle y de Dinamarca.

CAPÍTULO XXXI.

A nuestra llegada a Dinamarca, encontramos al rey y a la reina de ese país elevados en dos sillones sobre una mesa de cocina, sosteniendo una corte. Toda la nobleza danesa estaba presente; compuesto por un noble muchacho con las botas de cuero lavadas de un antepasado gigantesco, un venerable Par con una cara sucia que parecía haberse levantado del pueblo tarde en la vida, y la caballería danesa con un peine en el pelo y un par de piernas de seda blanca, y que presentaba en general un aspecto femenino. Mi talentoso hombre de la ciudad estaba tristemente apartado, con los brazos cruzados, y podría haber deseado que sus rizos y su frente hubieran sido más probables.

Varias pequeñas circunstancias curiosas ocurrieron a medida que avanzaba la acción. El difunto rey del país no sólo parece haber estado perturbado por una tos en el momento de su muerte, sino que la llevó consigo a la tumba y la trajo de vuelta. El fantasma real también llevaba alrededor de su porra un manuscrito fantasmal, al que parecía referirse de vez en cuando, y eso también, con un aire de ansiedad y una tendencia a perder el lugar de referencia que sugerían un estado de mortalidad. Fue esto, supongo, lo que llevó a que la galería aconsejara a la Sombra que «se diera la vuelta». —una recomendación que tomó muy a mal. De este majestuoso espíritu también se nota que, mientras que siempre aparecía con un aire de haber estado fuera mucho tiempo y haber caminado una inmensa distancia, provenía perceptiblemente de una pared muy contigua. Esto ocasionó que sus terrores fueran recibidos con burla. La reina de Dinamarca, una dama muy corpulenta, aunque sin duda históricamente descarada, era considerada por el público como demasiado bronceada; Su barbilla estaba unida a su diadema por una banda ancha de ese metal (como si tuviera un hermoso dolor de muelas), su cintura estaba rodeada por otra, y cada uno de sus brazos por otro, de modo que se la mencionaba abiertamente como "la tetera". El noble muchacho de las botas ancestrales era inconsecuente, representándose a sí mismo, por así decirlo, como un hábil marinero, un actor ambulante, un sepulturero, un clérigo y una persona de la mayor importancia en un combate de esgrima de la Corte, según la autoridad de cuyo ojo practicado y buena discriminación se juzgaban los golpes más finos. Esto condujo gradualmente a una falta de tolerancia hacia él, e incluso —al ser descubierto en las órdenes sagradas y negarse a realizar el servicio funerario— a la indignación general que tomó la forma de nueces. Por último, Ofelia era presa de una locura musical tan lenta, que cuando, con el paso del tiempo, se quitó el pañuelo de muselina blanca, lo dobló y lo enterró, un hombre malhumorado que había estado mucho tiempo enfriando su nariz impaciente contra una barra de hierro en la primera fila de la galería, gruñó: «¡Ahora que el niño se ha acostado, vamos a cenar!» Lo cual, por decir lo menos, estaba fuera de lugar.

Sobre mi desdichado conciudadano, todos estos incidentes se acumularon con efecto lúdico. Cada vez que ese príncipe indeciso tenía que hacer una pregunta o plantear una duda, el público lo ayudaba con ello. Como por ejemplo; Sobre la cuestión de si era más noble en la mente sufrir, algunos rugieron sí, y otros no, y algunos inclinados a ambas opiniones dijeron: "Súbete a ello"; y surgió una gran Sociedad de Debate. Cuando preguntó qué debían hacer hombres como él arrastrándose entre la tierra y el cielo, se animó con fuertes gritos de "¡Oíd, oíd!" Cuando apareció con la media desordenada (cuyo desorden se expresaba, según la costumbre, por un pliegue muy pulcro en la parte superior, que supongo que siempre se levantaba con una plancha), tuvo lugar una conversación en la galería sobre la palidez de su pierna, y si era ocasionada por el giro que el fantasma le había dado. Al tomar las flautas dulces, muy parecidas a una pequeña flauta negra que acababa de ser tocada en la orquesta y entregada en la puerta, fue llamado unánimemente para la Regla Britannia. Cuando le recomendó al jugador que no viera el aire de esa manera, el hombre malhumorado dijo: "Y tú tampoco lo hagas; ¡Eres mucho peor que *él*!" Y lamento añadir que el señor Wopsle recibía carcajadas en cada una de estas ocasiones.

Pero sus mayores pruebas fueron en el cementerio de la iglesia, que tenía el aspecto de un bosque primitivo, con una especie de pequeño lavadero eclesiástico a un lado, y una puerta de peaje al otro. El señor Wopsle, con una capa negra completa, al ser distinguido al entrar por la autopista de peaje, el sepulturero fue amonestado de manera amistosa: "¡Cuidado! ¡Aquí viene el enterrador, para ver cómo te va con tu trabajo! Creo que es bien sabido en un país de derecho que el señor Wopsle no podría haber devuelto el cráneo, después de moralizar sobre él, sin desempolvar los dedos en una servilleta blanca que le habían sacado del pecho; pero incluso esa acción inocente e indispensable no pasó sin el comentario: «¡Wai-ter!" La llegada del cuerpo para el entierro (en una caja negra vacía con la tapa abierta) fue la señal de una alegría general, que se vio muy aumentada por el descubrimiento, entre los portadores, de un individuo odioso para la identificación. La alegría acompañó al señor Wopsle a través de su lucha con Laertes al borde de la orquesta y la tumba, y no aflojó más hasta que derribó al rey de la mesa de la cocina y murió a centímetros de los tobillos hacia arriba.

Al principio habíamos hecho algunos esfuerzos pálidos para aplaudir al señor Wopsle; pero eran demasiado desesperadas para persistir en ellas. Por lo tanto, nos habíamos sentado, sintiendo profundamente por él, pero riendo, sin embargo, de oreja a oreja. Me reía a pesar de mí mismo todo el tiempo, todo era tan gracioso; y, sin embargo, tenía la impresión latente de que había algo decididamente bello en la elocución del señor Wopsle, no por el bien de las viejas asociaciones, me temo, sino porque era muy lenta, muy monótona, muy cuesta arriba y cuesta abajo, y muy diferente de cualquier forma en que un hombre en cualquier circunstancia natural de vida o muerte se expresara sobre cualquier cosa. Cuando la tragedia terminó, y lo llamaron y lo abuchearon, le dije a Herbert: —Vámonos de inmediato, o tal vez nos encontremos con él.

Bajamos con toda la prisa que pudimos, pero tampoco fuimos lo suficientemente rápidos. De pie en la puerta había un hombre judío con una mancha antinatural en la ceja, que llamó mi atención a medida que avanzábamos, y dijo, cuando llegamos con él:

—¿El señor Pip y su amigo?

Identidad del Sr. Pip y amigo confesado.

—El señor Waldengarver —dijo el hombre— estaría encantado de tener ese honor.

—¿Waldengarver? —repeti, cuando Herbert me murmuró al oído—: Probablemente Wopsle.

—¡Oh! —dije yo—. Sí. ¿Te seguimos?

—Unos pasos, por favor. Cuando estábamos en un callejón lateral, se volvió y preguntó: "¿Cómo crees que se veía?... Lo vestí".

No sé cómo era, excepto un funeral; con la adición de un gran sol o estrella danesa que colgaba de su cuello por una cinta azul, que le había dado la apariencia de estar asegurado en algún extraordinario Cuerpo de Bomberos. Pero le dije que se había visto muy bien.

—Cuando llegó a la tumba —dijo nuestro conductor—, mostró su manto hermoso. Pero, a juzgar por el ala, me pareció que cuando viera al fantasma en el apartamento de la reina, podría haber hecho más con sus medias.

Asentí modestamente, y todos caímos a través de una pequeña y sucia puerta batiente, en una especie de caja caliente justo detrás de ella. Allí el señor Wopsle se estaba despojando de sus ropas danesas, y allí sólo había espacio para que pudiéramos mirarlo por encima del hombro del otro, manteniendo la puerta o tapa de la caja abierta de par en par.

—Caballeros —dijo el señor Wopsle—, me siento orgulloso de verlos. Espero, señor Pip, que me disculpe por mi envío. Tuve la dicha de conocerte en tiempos pasados, y el Drama siempre ha tenido un derecho que siempre ha sido reconocido, sobre los nobles y los ricos.

Mientras tanto, el señor Waldengarver, con un sudor espantoso, intentaba librarse de sus sables principescos.

—Quítele las medias al señor Waldengarver —dijo el dueño de la propiedad—, o las reventará. Si los revientas, te quedarás con cinco chelines y treinta. A Shakespeare nunca se le complementó con un par más fino. Quédate quieto en tu silla ahora, y déjamelos a mí.

Con esto, se arrodilló y comenzó a despellejar a su víctima; el cual, al quitarse la primera media, seguramente se habría caído de espaldas con su silla, si no fuera porque de todos modos no había lugar para caer.

Hasta entonces había tenido miedo de decir una palabra sobre la obra. Pero entonces, el señor Waldengarver nos miró complaciente y dijo:

—Caballeros, ¿qué les pareció ir delante?

Herbert dijo por detrás (al mismo tiempo que me empujaba): "Con mayúsculas". Así que dije: "Con mayúsculas".

—¿Qué les pareció la lectura que hice del personaje, caballeros? —preguntó el señor Waldengarver, casi, si no del todo, con condescendencia.

Herbert dijo desde atrás (de nuevo empujándome): "Masivo y concreto". Así que dije audazmente, como si yo lo hubiera originado y tuviera que insistir en ello: "Masivo y concreto".

—Me alegro de contar con su aprobación, caballeros —dijo el señor Waldengarver, con aire de dignidad, a pesar de que en ese momento estaba apoyado contra la pared y se aferraba al asiento de la silla—.

—Pero le diré una cosa, señor Waldengarver —dijo el hombre que estaba de rodillas—, en la que usted está leyendo. ¡Ahora miente! No me importa quién diga lo contrario; Te lo digo. Estás en tu lectura de Hamlet cuando pones las piernas de perfil. El último Hamlet, tal como me vestí, cometió los mismos errores en su lectura en el ensayo, hasta que le hice ponerse una gran oblea roja en cada una de sus espinillas, y luego, en ese ensayo (que fue el último) fui al frente, señor, al fondo del pozo, y cada vez que su lectura lo ponía de perfil, Grité: "¡No veo obleas!" Y por la noche su lectura era encantadora".

El señor Waldengarver me sonrió, como si dijera: «Un fiel dependiente, no paso por alto su locura», y luego dijo en voz alta: «Mi opinión es un poco clásica y reflexiva para ellos aquí; Pero van a mejorar, van a mejorar".

Herbert y yo dijimos juntos: Oh, sin duda mejorarían.

—¿Han observado, caballeros —dijo el señor Waldengarver—, que había un hombre en la galería que se esforzaba por burlarse del servicio, quiero decir, de la representación?

Le respondimos vilmente que más bien creíamos habernos fijado en un hombre así. Añadí: "Estaba borracho, sin duda".

—Oh, no, señor —dijo el señor Wopsle—, no borracho. Su jefe se encargaría de ello, señor. Su empleador no le permitía estar borracho".

—¿Conoce usted a su patrón? —pregunté.

El señor Wopsle cerró los ojos y los volvió a abrir; realizando ambas ceremonias muy lentamente. -Debéis de haber visto, caballeros -dijo-, a un ignorante y descarado, con una garganta áspera y un semblante que expresa una baja malignidad, que pasó —no diré que sostuvo— el papel (si se me permite usar una expresión francesa) de Claudio, rey de Dinamarca. Ése es su patrón, señores. ¡Así es la profesión!"

Sin saber con claridad si habría sentido más lástima por el señor Wopsle si hubiera estado desesperado, lo sentí tanto por él, que aproveché la oportunidad para que se volviera y se pusiera los aparatos ortopédicos, lo que nos empujó fuera de la puerta, para preguntarle a Herbert qué pensaba de invitarlo a casa a cenar. Herbert dijo que pensaba que sería amable hacerlo; por lo tanto, lo invité, y se fue a Barnard's con nosotros, envuelto hasta los ojos, e hicimos todo lo posible por él, y se sentó hasta las dos de la madrugada, revisando su éxito y desarrollando sus planes. No recuerdo en detalle cuáles eran, pero tengo un recuerdo general de que él debía comenzar por revivir el Drama y terminar por aplastarlo; en la medida en que su fallecimiento la dejaría completamente desamparada y sin oportunidad ni esperanza.

Después de todo, miserablemente me fui a la cama, y pensé miserablemente en Estella, y soñé miserablemente que mis expectativas se habían cancelado y que tenía que dar mi mano en matrimonio a la Clara de Herbert, o representar a Hamlet con el fantasma de la señorita Havisham, ante veinte mil personas, sin saber ni una sola palabra de él.

CAPÍTULO XXXII.

Un día, cuando estaba ocupado con mis libros y con el señor Pocket, recibí una nota por correo, cuyo solo exterior me hizo revolotear mucho; porque, aunque nunca había visto la letra con que se dirigía, adiviné de quién era la mano. No tenía un comienzo establecido, como Querido Sr. Pip, o Querido Pip, o Querido Señor, o Querido Algo, sino que decía así:

> Llegaré a Londres pasado mañana en el coche del mediodía. Creo que estaba decidido que deberías encontrarte conmigo. En cualquier caso, la señorita Havisham tiene esa impresión, y yo le escribo en obediencia a ella. Ella te envía su saludo.
>
> —Tuyo, ESTELLA.

Si hubiera habido tiempo, probablemente habría pedido varios trajes para esta ocasión; pero como no lo había, quise contentarme con los que tenía. Mi apetito se desvaneció al instante y no conocí la paz ni el descanso hasta que llegó el día. No es que su llegada me trajera a mí tampoco; porque entonces estaba peor que nunca, y empecé a frecuentar la cochera de Wood Street, Cheapside, antes de que el coche hubiera dejado el Jabalí Azul en nuestra ciudad. A pesar de que lo sabía perfectamente, seguía sintiendo que no era seguro dejar que la cochera estuviera fuera de mi vista más de cinco minutos seguidos; y en este estado de sinrazón había realizado la primera media hora de una guardia de cuatro o cinco horas, cuando Wemmick corrió contra mí.

-¡Hola, señor Pip! -dijo-; "¿Cómo estás? Difícilmente debería haber pensado que este era *tu* ritmo.

Le expliqué que estaba esperando encontrarme con alguien que venía en coche, y pregunté por el Castillo y los Ancianos.

—Tanto los florecientes como los agradecidos —dijo Wemmick—, y sobre todo los ancianos. Está en una pluma maravillosa. Cumplirá ochenta y dos años el próximo cumpleaños. Tengo la idea de disparar ochenta y dos veces, si el vecindario no se queja, y ese cañón mío debería estar a la altura de la presión. Sin embargo, esto no es una charla londinense. ¿A dónde crees que voy?

—¿A la oficina? —pregunté, porque él se dirigía en esa dirección.

—Lo siguiente —replicó Wemmick— es que voy a Newgate. En este momento estamos en un caso de paquetería bancaria, y he estado en el camino mirando el lugar de los hechos, y por lo tanto debo tener una o dos palabras con nuestro cliente.

- ¿Su cliente cometió el robo? —pregunté.

—Bendice tu alma y tu cuerpo, no —respondió Wemmick muy secamente—. "Pero se le acusa de ello. Así podría ser tú o yo. Cualquiera de nosotros podría ser acusado de ello, ¿sabes?

—Solo que ninguno de los dos lo es —comenté—.

—¡Ya! —exclamó Wemmick, tocándome el pecho con el dedo índice—. —¡Es usted un hombre profundo, señor Pip! ¿Te gustaría echar un vistazo a Newgate? ¿Tienes tiempo de sobra?

Tenía tanto tiempo de sobra, que la propuesta fue un alivio, a pesar de su irreconciliabilidad con mi deseo latente de mantener la vista en la cochera. Murmurando que yo haría la averiguación sobre si tenía tiempo para pasear con él, entré en el despacho y comprobé por el empleado con la mayor precisión y para poner a prueba su temperamento, el primer momento en que se podía esperar al coche, lo que sabía de antemano tan bien como él. Entonces me reuní con el señor Wemmick y, queriendo consultar mi reloj y sorprenderme por la información que había recibido, acepté su oferta.

Estuvimos en Newgate en pocos minutos, y pasamos a través de la cabaña donde algunos grilletes colgaban de las paredes desnudas entre las reglas de la prisión, hacia el interior de la cárcel. En aquella época, las cárceles estaban muy descuidadas, y el período de reacción exagerada que conseguía a todos los delitos públicos —y que siempre es su castigo más severo y prolongado— estaba todavía muy lejos. Así, los delincuentes no eran alojados y alimentados mejor que los soldados (por no hablar de los indigentes), y rara vez prendían fuego a sus prisiones con el objeto excusable de mejorar el sabor de su sopa. Era la hora de la visita cuando Wemmick me acogió, y un hombre de la olla estaba haciendo sus rondas con cerveza; y los presos, tras las rejas en los patios, compraban cerveza y hablaban con amigos; Y era una escena desordenada, fea, desordenada y deprimente.

Me llamó la atención que Wemmick caminaba entre los prisioneros como un jardinero podría caminar entre sus plantas. La primera vez que se me ocurrió fue que vio un rodaje que había surgido por la noche y dijo: «¿Qué, capitán Tom? ¿Estás ahí? ¡Ah, en efecto!", y también: "¿Está ese Black Bill detrás de la cisterna? ¿Por qué no te busqué estos dos meses? ¿Cómo te encuentras a ti mismo? Del mismo modo, al detenerse en los bares y atender a los ansiosos murmuradores, siempre a solas, Wemmick, con su oficina de correos en un estado inmóvil, los miraba mientras se reunía, como si estuviera prestando especial atención a los avances que habían hecho, desde la última vez que se habían observado, para salir airosos de su juicio.

Era muy popular, y descubrí que se había hecho con el conocido departamento del negocio del señor Jaggers; aunque también había algo del estado del señor Jaggers, que le prohibía acercarse más allá de ciertos límites. Su reconocimiento personal de cada uno de los sucesivos clientes consistía en un gesto de asentimiento, y en acomodarse el sombrero un poco más en la cabeza con ambas manos, y luego apretar la oficina de correos y meterse las manos en los bolsillos. En uno o dos casos hubo dificultades con respecto al aumento de los honorarios, y entonces el señor Wemmick, retrocediendo en la medida de lo posible por el insuficiente dinero producido, dijo: —No sirve de nada, muchacho. Solo soy un subordinado. Ya no lo soporto. No sigas de esa manera con un subordinado. Si no puedes hacer tu cuantía, hijo mío, será mejor que te dirijas a un director; Hay muchos principios en la profesión, ya sabes, y lo que no vale la pena de uno, puede valer lo de otro; Esa es mi recomendación para ti, hablando como un subordinado. No intentes medidas inútiles. ¿Por qué deberías hacerlo? Ahora, ¿quién es el siguiente?

Así, caminamos por el invernadero de Wemmick, hasta que se volvió hacia mí y me dijo: "Fíjate en el hombre al que voy a estrechar la mano". Debería haberlo hecho, sin la preparación, ya que aún no le había dado la mano a nadie.

Casi tan pronto como hubo hablado, un hombre corpulento y erguido (a quien puedo ver ahora, mientras escribo), con una levita gastada de color oliva, con una palidez peculiar que se extendía sobre el rojo de su tez, y unos ojos que vagaban cuando intentaba arreglarlos, se acercó a una esquina de los barrotes y se llevó la mano al sombrero, que tenía una superficie grasienta y grasosa como un caldo frío, con una expresión medio seria y Saludo militar medio jocoso.

—¡Coronel, a usted! —dijo Wemmick—; —¿Cómo está usted, coronel?

—Muy bien, señor Wemmick.

—Se hizo todo lo que se podía hacer, pero las pruebas eran demasiado sólidas para nosotros, coronel.

—Sí, era demasiado fuerte, señor, pero *no me* importa.

—No, no —dijo Wemmick con frialdad—, *a usted no le* importa. Luego, volviéndose hacia mí, dijo: "Sirvió a Su Majestad este hombre. Fue soldado de línea y compró su licencia".

Dije: "¿De veras?" y los ojos del hombre me miraron, y luego miraron por encima de mi cabeza, y luego miraron a mi alrededor, y luego se llevó la mano a los labios y se echó a reír.

—Creo que saldré de aquí el lunes, señor —le dijo a Wemmick—.

—Tal vez —replicó mi amigo—, pero no se sabe.

—Me alegro de tener la oportunidad de despedirme de usted, señor Wemmick —dijo el hombre, extendiendo la mano entre dos barras—.

—Gracias —dijo Wemmick, estrechándole la mano—. —Lo mismo para usted, coronel.

—Si lo que llevaba encima cuando me llevaron hubiera sido real, señor Wemmick —dijo el hombre, reacio a soltar la mano—, le habría pedido el favor de que se pusiera otro anillo, en reconocimiento a sus atenciones.

—Aceptaré el testamento —dijo Wemmick—. "Por cierto; Eras todo un colombófilo. El hombre miró al cielo. —Me han dicho que tenías una raza extraordinaria de vasos. ¿Podrías encargar a algún amigo tuyo que me traiga un par, si ya no te sirven?

—Así se hará, señor.

—Está bien —dijo Wemmick—, habrá que ocuparse de ellos. Buenas tardes, coronel. ¡Adiós! Volvieron a estrecharse la mano y, mientras nos alejábamos, Wemmick me dijo: —Un Coiner, un muy buen obrero. El informe del Registrador se hace hoy, y es seguro que será ejecutado el lunes. Aun así, en lo que respecta a la realidad, un par de palomas son propiedad portátil de todos modos. Dicho esto, miró hacia atrás, y asintió con la cabeza a esta planta muerta, y luego miró a su alrededor mientras salía del patio, como si estuviera considerando qué otra maceta iría mejor en su lugar.

Al salir de la cárcel por la cabaña, descubrí que la gran importancia de mi guardián era apreciada por los llaveros, no menos que por aquellos a quienes tenían a su cargo. —Bueno, señor Wemmick —dijo el llavero, que nos mantuvo entre las dos puertas de la cabaña tachonadas y puntiagudas, y que cerró cuidadosamente una antes de abrir la otra—, ¿qué va a hacer el señor Jaggers con ese asesinato junto al agua? ¿Lo va a convertir en homicidio involuntario, o qué va a hacer con eso?"

—¿Por qué no se lo preguntas? —replicó Wemmick—.

—¡Oh, sí, me atrevo a decir! —dijo el llavero—.

—Así es con ellos aquí, señor Pip —comentó Wemmick, volviéndose hacia mí con su oficina de correos alargada—. "No les importa lo que me pidan a mí, el subordinado; Pero nunca los verás haciéndoles preguntas a mi director.

—¿Es este joven caballero uno de los aprendices o artífices de su oficina? —preguntó el llavero, sonriendo ante el humor del señor Wemmick.

—¡Ahí va de nuevo, ya ves! —exclamó Wemmick—. ¡Te lo dije! ¡Hace otra pregunta al subordinado antes de que la primera se seque! Bueno, ¿y suponiendo que el señor Pip sea uno de ellos?

—Entonces —dijo el llavero, sonriendo de nuevo—, él sabe lo que es el señor Jaggers.

—¡Ya! —exclamó Wemmick, golpeando de repente la llave en mano de una manera burlona—, eres tonto como una de tus propias llaves cuando tienes que ver con mi principal, sabes que lo eres. Déjanos salir, viejo zorro, o haré que inicie una demanda contra ti por encarcelamiento falso.

El llave en mano se echó a reír y nos dio los buenos días, y se quedó riendo de nosotros por encima de las espigas del portillo cuando bajamos los escalones a la calle.

—Tenga en cuenta, señor Pip —dijo Wemmick gravemente en mi oído, mientras me tomaba del brazo para ser más confidencial—; "No sé si el señor Jaggers hace algo mejor que la forma en que se mantiene tan alto. Siempre está muy alto. Su altura constante es de una pieza con sus inmensas habilidades. Que el coronel no se atreviera a despedirse de *él*, como que ese llave en mano no se atreviera a preguntarle sus intenciones con respecto a un caso. Luego, entre su estatura y ellos, se desliza entre su subordinado, ¿no lo ves?, y así los tiene, alma y cuerpo.

Me impresionó mucho, y no por primera vez, la sutileza de mi guardián. A decir verdad, deseaba de todo corazón, y no por primera vez, haber tenido algún otro guardián de habilidades menores.

El señor Wemmick y yo nos despedimos en la oficina de Little Britain, donde los suplicantes del aviso del señor Jaggers se demoraban como de costumbre, y volví a mi reloj en la calle de la cochería, con unas tres horas de antelación. Dediqué todo el tiempo a pensar en lo extraño que era que me viera envuelto en toda esta mancha de prisión y crimen; que, en mi infancia, en nuestras marismas solitarias, en una tarde de invierno, lo encontraría por primera vez; que, debería haber reaparecido en dos ocasiones, comenzando como una mancha que se había desvanecido pero no desaparecido; que, de esta nueva manera, impregne mi fortuna y progreso. Mientras mi mente estaba así ocupada, pensé en la hermosa joven Estella, orgullosa y refinada, que venía hacia mí, y pensé con absoluto aborrecimiento en el contraste entre la cárcel y ella. Deseé que Wemmick no me hubiera encontrado, o que no me hubiera rendido a él y me hubiera ido con él, de modo que, de todos los días del año, ese día no hubiera tenido a Newgate en mi aliento y en mi ropa. Me sacudí el polvo de la prisión de los pies mientras caminaba de un lado a otro, lo sacudí de mi vestido y exhalé el aire de mis pulmones. Me sentí tan contaminado al recordar quién venía, que el carruaje llegó rápidamente después de todo, y aún no me había librado de la conciencia sucia del invernadero del señor Wemmick, cuando vi su rostro en la ventana del coche y su mano saludándome.

¿Qué *era* la sombra sin nombre que había pasado de nuevo en aquel instante?

CAPÍTULO XXXIII.

Con su vestido de viaje de piel, Estella parecía más delicadamente hermosa de lo que nunca había parecido hasta entonces, incluso a mis ojos. Sus modales eran más seductores de lo que me había gustado antes, y me pareció ver la influencia de la señorita Havisham en el cambio.

Nos quedamos en el patio de la posada mientras ella me señalaba su equipaje, y cuando todo estuvo recogido, recordé —después de haberlo olvidado todo excepto a sí misma en el ínterin— que no sabía nada de su destino.

"Voy a Richmond", me dijo. Nuestra lección es que hay dos Richmonds, uno en Surrey y otro en Yorkshire, y que el mío es el Surrey Richmond. La distancia es de diez millas. Yo voy a tener un carruaje, y tú me has de llevar. Esta es mi bolsa, y tú pagarás con ella mis gastos. ¡Oh, debes tomar la bolsa! No tenemos otra opción, tú y yo, que obedecer nuestras instrucciones. No somos libres de seguir nuestros propios dispositivos, tú y yo".

Mientras me miraba al darme la bolsa, esperé que hubiera un significado interno en sus palabras. Las dijo con desdén, pero no con disgusto.

—Habrá que mandar a buscar un carruaje, Estella. ¿Podrías descansar un poco aquí?

—Sí, voy a descansar aquí un poco, y voy a tomar un poco de té, y tú me vas a cuidar mientras tanto.

Pasó su brazo por el mío, como si tuviera que hacerlo, y le pedí a un camarero que había estado mirando el coche como un hombre que nunca había visto algo así en su vida, que nos mostrara una sala de estar privada. Después de eso, sacó una servilleta, como si fuera una pista mágica sin la cual no podría encontrar el camino hacia arriba, y nos condujo al agujero negro del establecimiento, equipado con un espejo decreciente (un artículo bastante superfluo, considerando las proporciones del agujero), una vinagrera de salsa de anchoas y las hamburguesas de alguien. Al oponerme a esta retirada, nos llevó a otra habitación con una mesa para treinta personas, y en la rejilla una hoja chamuscada de un libro bajo una fanega de polvo de carbón. Habiendo contemplado esta conflagración extinguida y sacudido la cabeza, tomó mi orden; lo cual, demostrando ser simplemente: «Un poco de té para la señora», lo hizo salir de la habitación en un estado de ánimo muy bajo.

Era, y soy, consciente de que el aire de esta habitación, en su fuerte combinación de establo con caldo de sopa, podría haber llevado a uno a inferir que el departamento de carruajes no estaba funcionando bien, y que el emprendedor propietario estaba hirviendo los caballos para el departamento de refrescos. Sin embargo, la habitación lo era todo para mí, Estella estaba en ella. Pensé que con ella podría haber sido feliz allí de por vida. (No estaba nada contento allí en ese momento, observa, y lo sabía bien).

—¿A dónde vas a ir a Richmond? —le pregunté a Estella.

—Voy a vivir —dijo ella— con un gran gasto, con una dama que tiene el poder, o dice que tiene, de llevarme de un lado a otro, de presentarme, de mostrarme a la gente y de mostrarme a la gente.

—Supongo que te alegrarás de la variedad y la admiración.

—Sí, supongo que sí.

Ella respondió tan descuidadamente, que le dije: "Hablas de ti mismo como si fueras otra persona".

"¿Dónde aprendiste cómo hablo de los demás? Ven, ven -dijo Estella, sonriendo deliciosamente-, no esperes que yo vaya a la escuela contigo; Debo hablar a mi manera. ¿Cómo te las arreglas con el señor Pocket?

"Vivo allí muy agradablemente; al menos... —Me pareció que estaba perdiendo una oportunidad—.

—¿Al menos? —repitió Estella.

—Tan agradablemente como pude en cualquier lugar, lejos de ti.

—Muchacho tonto —dijo Estella con serenidad—, ¿cómo puedes decir semejantes tonterías? Creo que su amigo, el señor Matthew, es superior al resto de su familia.

"Muy superior, en verdad. No es enemigo de nadie...

—No añadas más que la suya —intervino Estella—, porque detesto a esa clase de hombres. Pero él realmente está desinteresado, y por encima de los pequeños celos y rencores, ¿he oído?

"Estoy seguro de que tengo todas las razones para decirlo".

—No tiene usted toda la razón para decir eso del resto de su gente —dijo Estella, asintiendo conmigo con una expresión de rostro que era a la vez grave y tranquilizadora—, porque acosan a la señorita Havisham con informes e insinuaciones en su contra. Te observan, te tergiversan, escriben cartas sobre ti (a veces anónimas), y tú eres el tormento y la ocupación de sus vidas. Apenas puedes darte cuenta del odio que esa gente siente por ti".

—Espero que no me hagan ningún daño.

En lugar de responder, Estella se echó a reír. Esto era muy singular para mí, y la miré con considerable perplejidad. Cuando ella se detuvo, y no se había reído lánguidamente, sino con verdadero placer, le dije, a mi manera tímida con ella:

Espero poder suponer que no te haría gracia que me hicieran algún daño.

—No, no, de eso puedes estar seguro —dijo Estella—. "Puedes estar seguro de que me río porque ellos fallan. ¡Oh, esa gente que está con la señorita Havisham, y las torturas a las que son sometidos! Volvió a reír, e incluso ahora, cuando me había contado por qué, su risa era muy singular para mí, porque no podía dudar de que fuera genuina y, sin embargo, parecía demasiado para la ocasión. Pensé que debía de haber aquí algo más de lo que sabía; Ella vio el pensamiento en mi mente y lo respondió.

-Ni a ti te es fácil -dijo Estella- saber qué satisfacción me da ver a esa gente desbaratada, ni qué agradable sensación de lo ridículo que tengo cuando se ponen en ridículo. Porque tú no fuiste criado en esa extraña casa desde que eras un bebé. Era. ¿No tenías tu pequeño ingenio agudizado por sus intrigas contra ti, reprimido e indefenso, bajo la máscara de la simpatía y la lástima y lo que no es suave y tranquilizador? Tuve. No abriste poco a poco tus redondos ojos infantiles cada vez más al descubrimiento de esa impostora de mujer que calcula sus reservas de tranquilidad para cuando se despierta en la noche. Lo hice".

A Estella ya no le parecía cosa de risa, ni evocaba estos recuerdos desde ningún lugar superficial. Yo no habría sido la causa de ese aspecto suyo a pesar de todas mis expectativas.

—Dos cosas te puedo decir —dijo Estella—. En primer lugar, a pesar del proverbio que dice que el caer constantemente desgasta una piedra, puede usted estar tranquilo de que esta gente nunca dañará, nunca lo hará en cien años, su terreno con la señorita Havisham, en ningún detalle, grande o pequeño. En segundo lugar, estoy en deuda contigo como la causa de que estén tan ocupados y tan mezquinos en vano, y ahí está mi mano sobre ello.

Mientras me lo daba juguetonamente —pues su estado de ánimo más sombrío no había sido más que momentáneo—, lo sostuve y me lo llevé a los labios. -Muchacho ridículo -dijo Estella-, ¿no te darás cuenta? ¿O besas mi mano con el mismo espíritu con el que una vez te dejé besar mi mejilla?

—¿Qué espíritu era ése? —pregunté.

—Debo pensarlo un momento. Un espíritu de desprecio por los aduladores y conspiradores".

"Si digo que sí, ¿puedo volver a besar la mejilla?"

"Deberías haber preguntado antes de tocar la mano. Pero sí, si quieres.

Me incliné y su rostro tranquilo era como el de una estatua. —Ahora —dijo Estella, deslizándose en el instante en que toqué su mejilla—, debes encargarte de que tome un poco de té y llevarme a Richmond.

Su vuelta a este tono, como si nuestra asociación se nos impusiera y fuéramos meras marionetas, me causó dolor; Pero todo en nuestras relaciones me causaba dolor. Cualquiera que fuera su tono conmigo, no podía confiar en él, ni construir ninguna esperanza en él; y, sin embargo, seguí adelante contra la confianza y contra la esperanza. ¿Por qué repetirlo mil veces? Así fue siempre.

Llamé para pedir el té, y el camarero, reapareciendo con su pista mágica, trajo poco a poco unos cincuenta adjuntos a ese refresco, pero del té no se vislumbró ni un atisbo. Una tabla de té, tazas y platillos, platos, cuchillos y tenedores (incluidos los talladores), cucharas (varias), saleros, una magdalena mansa confinada con la mayor precaución bajo una fuerte cubierta de hierro, Moisés en los juncos caracterizados por un suave trozo de mantequilla en una cantidad de perejil, una hogaza pálida con una cabeza empolvada, dos impresiones de prueba de las barras de la chimenea de la cocina en trozos triangulares de pan, y, en última instancia, una gorda urna familiar; con lo cual el camarero entró tambaleándose, expresando en su semblante carga y sufrimiento. Después de una prolongada ausencia en esta etapa del entretenimiento, finalmente regresó con un cofre de apariencia preciosa que contenía ramitas. Los sumergí en agua caliente, y así de todos estos aparatos extraje una taza de no sé qué para Estella.

Pagada la cuenta, y recordado el camarero, no olvidado del avestruz, tomado en cuenta a la camarera, en una palabra, toda la casa sobornada hasta un estado de desprecio y animosidad, y la bolsa de Estella muy aligerada, subimos a nuestro coche de posta y nos fuimos. Al doblar por Cheapside y subir por la calle Newgate, pronto nos encontramos bajo los muros de los que tanto me avergonzaba.

—¿Qué lugar es ese? —me preguntó Estella.

Hice la tonta pretensión de no reconocerlo al principio, y luego se lo conté. Mientras lo miraba, volvía a meter la cabeza, murmurando: «¡Desgraciados!» No habría confesado mi visita por ninguna consideración.

—El señor Jaggers —dije, para decírselo a otra persona— tiene la reputación de estar más en los secretos de ese lúgubre lugar que cualquier otro hombre de Londres.

—Creo que está más en los secretos de todos los lugares —dijo Estella en voz baja—.

—Supongo que te has acostumbrado a verlo a menudo.

"Me he acostumbrado a verlo a intervalos inciertos, desde que tengo uso de razón. Pero no lo conozco mejor ahora que antes de que pudiera hablar con claridad. ¿Cuál es tu propia experiencia con él? ¿Avanzas con él?

—Una vez habituado a su actitud desconfiada —dije—, me ha ido muy bien.

—¿Eres íntimo?

He cenado con él en su casa particular.

—Me imagino —dijo Estella, encogiéndose—, que debe de ser un lugar curioso.

"Es un lugar curioso".

Debería haberme cuidado de hablar de mi tutora con demasiada libertad, incluso con ella; pero habría continuado con el tema hasta el punto de describir la cena en Gerrard Street, si no nos hubiéramos encontrado entonces con un repentino resplandor de gas. Parecía, mientras duraba, estar todo encendido y vivo con esa sensación inexplicable que había tenido antes; y cuando salimos de ella, me quedé tan aturdido por unos instantes como si hubiera estado en un relámpago.

Así que nos pusimos a charlar de otra manera, y se trataba principalmente del camino por el que viajábamos, y de qué partes de Londres estaban a este lado y cuáles a aquella. La gran ciudad era casi nueva para ella, me dijo, porque no había salido del barrio de la señorita Havisham hasta que se fue a Francia, y entonces sólo había pasado por Londres para ir y volver. Le pregunté si mi tutor tenía algún cargo sobre ella mientras ella permaneciera aquí. A eso, ella dijo enfáticamente: "¡Dios no lo quiera!" y nada más.

Me era imposible evitar ver que ella se preocupaba por atraerme; que ella se hizo vencer, y que me habría ganado a mí incluso si la tarea hubiera necesitado dolores. Sin embargo, esto no me hizo más feliz, porque incluso si ella no hubiera adoptado ese tono de que los demás se deshicieran de nosotros, habría sentido que tenía mi corazón en su mano porque voluntariamente eligió hacerlo, y no porque le hubiera exprimido alguna ternura aplastarlo y tirarlo a la basura.

Cuando pasamos por Hammersmith, le mostré dónde vivía el señor Matthew Pocket, y le dije que no estaba muy lejos de Richmond, y que esperaba verla de vez en cuando.

"Oh, sí, has de verme; Has de venir cuando creas conveniente; Debes ser mencionado a la familia; De hecho, ya se te ha mencionado".

Le pregunté si iba a ser miembro de una familia numerosa.

—No; solo hay dos; madre e hija. La madre es una dama de cierta posición, aunque no reacia a aumentar sus ingresos.

Me pregunto si la señorita Havisham podría volver a separarse de usted tan pronto.

—Forma parte de los planes de la señorita Havisham para mí, Pip —dijo Estella con un suspiro, como si estuviera cansada—; "Le escribiré constantemente y la veré regularmente, y le contaré cómo sigo, yo y las joyas, porque ahora son casi todas mías".

Era la primera vez que me llamaba por mi nombre. Por supuesto, lo hizo a propósito, y sabía que yo debía atesorarlo.

Llegamos a Richmond demasiado pronto, y nuestro destino allí era una casa junto al verde, una casa vieja y seria, donde los aros, la pólvora y los parches, los abrigos bordados, las medias enrolladas, los volantes y las espadas habían tenido muchos días de corte. Algunos árboles centenarios delante de la casa todavía estaban cortados en modas tan formales y antinaturales como los aros, las pelucas y las faldas rígidas; Pero los lugares que se les habían asignado en la gran procesión de los muertos no estaban muy lejos, y pronto se dejarían caer en ellos y seguirían el camino silencioso de los demás.

Una campanilla con una voz antigua, que me atrevo a decir que en su tiempo había dicho a menudo a la casa: «Aquí está el farthingale verde, aquí está la espada con empuñadura de diamante, aquí están los zapatos con tacones rojos y el solitario azul», sonó grave a la luz de la luna, y dos doncellas color cereza salieron revoloteando a recibir a Estella. La puerta no tardó en absorber sus cajas, y ella me dio la mano y una sonrisa, y me dio las buenas noches, y quedó igualmente absorta. Y yo seguía mirando la casa, pensando en lo feliz que sería si viviera allí con ella, y sabiendo que nunca fui feliz con ella, sino siempre miserable.

Me subí al carruaje para que me llevaran de vuelta a Hammersmith, y entré con un fuerte dolor de corazón, y salí con un dolor de corazón peor. En la puerta de nuestra casa, encontré a la pequeña Jane Pocket que volvía a casa de una pequeña fiesta escoltada por su pequeño amante; y envidiaba a su pequeño amante, a pesar de estar sujeto a Flopson.

El señor Pocket estaba dando conferencias; Porque era un encantador conferenciante sobre economía doméstica, y sus tratados sobre la administración de los niños y los sirvientes eran considerados los mejores libros de texto sobre esos temas. Pero la señora Pocket estaba en casa, y se encontraba en una pequeña dificultad, debido a que el bebé había sido acomodado con un estuche de agujas para mantenerlo tranquilo durante la inexplicable ausencia (con un pariente en los Guardianes de los Pies) de los Millers. Y faltaban más agujas de las que podría considerarse saludable para un paciente de tan tierna edad, ya sea para aplicarlas externamente o para tomarlas como tónico.

Siendo el señor Pocket justamente célebre por dar excelentes consejos prácticos, y por tener una percepción clara y sólida de las cosas y una mente muy juiciosa, tuve la sensación en mi corazón de rogarle que aceptara mi confianza. Pero al mirar a la señora Pocket mientras leía su libro de dignidades después de recetarle Bed como un remedio soberano para el bebé, pensé: Bueno, no, no lo haría.

CAPÍTULO XXXIV.

A medida que me había ido acostumbrando a mis expectativas, había empezado a notar insensiblemente el efecto que tenían en mí y en los que me rodeaban. Su influencia en mi propio carácter la disimulé de mi reconocimiento tanto como pude, pero sabía muy bien que no todo era bueno. Vivía en un estado de inquietud crónica con respecto a mi comportamiento con Joe. Mi conciencia no estaba en absoluto tranquila con respecto a Biddy. Cuando me despertaba por la noche, como Camila, solía pensar, con un cansancio en el ánimo, que habría sido más feliz y mejor si no hubiera visto nunca el rostro de la señorita Havisham y hubiera llegado a la edad adulta contento de ser socio de Joe en la vieja y honesta fragua. Muchas veces, por la noche, cuando me sentaba a solas mirando el fuego, pensaba, después de todo, no había fuego como el fuego de la fragua y el fuego de la cocina en casa.

Sin embargo, Estella era tan inseparable de toda mi inquietud y desasosiego de espíritu, que realmente caí en la confusión en cuanto a los límites de mi propia parte en su producción. Es decir, suponiendo que no hubiera tenido ninguna esperanza y, sin embargo, hubiera tenido que pensar en Estella, no podría deducir satisfactoriamente que lo hubiera hecho mucho mejor. Ahora bien, en lo que respecta a la influencia de mi posición sobre los demás, yo no me encontraba en tal dificultad, y por eso percibí —aunque tal vez vagamente— que no era beneficioso para nadie y, sobre todo, que no era beneficioso para Herbert. Mis hábitos fastuosos llevaron su naturaleza fácil a gastos que no podía permitirse, corrompieron la sencillez de su vida y perturbaron su paz con ansiedades y remordimientos. No me arrepentí en absoluto de haber entregado involuntariamente a esas otras ramas de la familia Pocket a las pobres artes que practicaban; porque tales pequeñeces eran su inclinación natural, y habrían sido evocadas por cualquier otra persona, si las hubiera dejado dormidas. Pero el de Herbert era un caso muy diferente, y a menudo me causaba una punzada pensar que le había hecho un mal favor al abarrotar sus habitaciones escasamente amuebladas con trabajos de tapicería incongruentes, y al poner a su disposición al Vengador de pecho canario.

De modo que ahora, como una forma infalible de hacer que la poca comodidad sea gran facilidad, comencé a contraer una cantidad de deudas.

Apenas podía empezar, pero Herbert también tenía que empezar, así que no tardó en seguirme. A sugerencia de Startop, nos presentamos a la elección en un club llamado The Finches of the Grove, cuyo objeto nunca he imaginado, si no fuera que los miembros debían cenar caro una vez cada quince días, discutir entre ellos tanto como fuera posible después de la cena, y hacer que seis camareros se emborracharan en las escaleras. Sé que estos gratificantes fines sociales se lograban tan invariablemente, que Herbert y yo no entendimos que se mencionara nada más en el primer brindis de pie de la sociedad, que decía: «Caballeros, que la actual promoción de los buenos sentimientos reine siempre predominante entre los pinzones de la arboleda».

Los Pinzones gastaron su dinero tontamente (el hotel en el que cenamos estaba en Covent Garden), y el primer Pinzón que vi cuando tuve el honor de unirme al Grove fue Bentley Drummle, que en ese momento se tambaleaba por la ciudad en un taxi propio y causaba mucho daño a los postes de las esquinas de las calles. De vez en cuando, se disparaba fuera de su equipo de cabeza sobre el delantal; y en una ocasión lo vi entregarse a la puerta de la Arboleda de esta manera involuntaria, como brasas. Pero aquí anticipo un poco, porque no era un pinzón, y no podría serlo, de acuerdo con las leyes sagradas de la sociedad, hasta que llegara a la mayoría de edad.

En mi confianza en mis propios recursos, de buena gana habría asumido los gastos de Herbert por mi cuenta; pero Herbert era orgulloso, y yo no podía hacerle tal propuesta. Así que se metió en dificultades en todas direcciones, y continuó mirando a su alrededor. A medida que poco a poco fuimos acostumbrándonos a las horas de la madrugada y a la compañía tardía, me di cuenta de que miraba a su alrededor con ojos abatidos a la hora del desayuno; que hacia el mediodía empezó a mirar a su alrededor con más esperanza; que se desplomaba cuando entraba a cenar; que parecía divisar el Capital a lo lejos, con bastante claridad, después de la cena; que casi se dio cuenta de Capital hacia la medianoche; y que a eso de las dos de la madrugada volvió a sentirse tan profundamente abatido que habló de comprar un rifle e ir a América, con el propósito general de obligar a los búfalos a hacer fortuna.

Por lo general, estaba en Hammersmith alrededor de la mitad de la semana, y cuando estaba en Hammersmith frecuentaba Richmond, de donde poco a poco se iba separando. Herbert venía a menudo a Hammersmith cuando yo estaba allí, y creo que en esas estaciones su padre ocasionalmente tenía la percepción pasajera de que la oportunidad que estaba buscando aún no había aparecido. Pero en el desmoronamiento general de la familia, su caída en la vida en alguna parte, era una cosa que se podía llevar a cabo de alguna manera. Mientras tanto, el señor

Pocket encanecía y trataba de salir de sus perplejidades por el cabello. Mientras la señora Pocket hacía tropezar a la familia con su escabel para los pies, leía su libro de dignidades, perdía su pañuelo de bolsillo, nos hablaba de su abuelo y le enseñaba a la joven la idea de disparar, disparándola en la cama cada vez que llamaba su atención.

Puesto que ahora estoy generalizando un período de mi vida con el objeto de despejar el camino que tengo ante mí, no puedo hacerlo mejor que completar de una vez la descripción de nuestros modales y costumbres habituales en Barnard's Inn.

Gastamos todo el dinero que pudimos, y obtuvimos tan poco por él como la gente se decidió a darnos. Siempre fuimos más o menos miserables, y la mayoría de nuestros conocidos estaban en la misma condición. Había una ficción gay entre nosotros de la que nos divertíamos constantemente, y una verdad esquelética de que nunca lo hacíamos. A mi leal saber y entender, nuestro caso era, en el último aspecto, bastante común.

Todas las mañanas, con un aire siempre nuevo, Herbert iba a la City a mirar a su alrededor. A menudo lo visitaba en la oscura habitación trasera, en la que se asociaba con un tintero, una percha de sombrero, una caja de carbón, una caja de cuerdas, un almanaque, un escritorio, un taburete y una regla; y no recuerdo haberle visto hacer otra cosa que mirar a su alrededor. Si todos hiciéramos lo que nos comprometemos a hacer, tan fielmente como lo hizo Herbert, podríamos vivir en una República de las Virtudes. No tenía nada más que hacer, pobre hombre, excepto a cierta hora de cada tarde para «ir a Lloyd's», en observancia de una ceremonia de visita a su director, creo. Nunca hizo nada más en relación con Lloyd's que yo pudiera averiguar, excepto volver otra vez. Cuando se daba cuenta de que su caso era extraordinariamente grave, y de que tenía que encontrar una oportunidad, continuaba su turno a una hora ajetreada, y entraba y salía, en una especie de sombría figura de baile campestre, entre los magnates reunidos. — Porque —me dice Herbert, volviendo a casa para cenar en una de esas ocasiones especiales—, me parece que la verdad, Händel, es que una oportunidad no llegará a uno, sino que hay que ir a ella, y así he sido.

Si hubiéramos estado menos apegados el uno al otro, creo que nos habríamos odiado regularmente todas las mañanas. Detestaba las cámaras más allá de toda expresión en ese período de arrepentimiento, y no podía soportar la vista de la librea del Vengador; que tuvo entonces un aspecto más caro y menos remunerador que en cualquier otro momento de las veinticuatro horas. A medida que nos endeudamos cada vez más, el desayuno se convirtió en una forma cada vez más hueca, y, siendo en una ocasión, a la hora del desayuno, amenazado (por carta) con procedimientos legales, «no totalmente inconexos», como diría mi periódico local, «con joyas», llegué a agarrar al Vengador por su cuello azul y sacudirlo de sus pies. de modo que en realidad estaba en el aire, como un Cupido con botas, por presumir de suponer que queríamos un rollo.

En ciertos momentos, es decir, en tiempos inciertos, porque dependían de nuestro humor, le decía a Herbert, como si se tratara de un descubrimiento notable:

—Mi querido Herbert, nos llevamos mal.

—Mi querido Händel —me decía Herbert con toda sinceridad—, si me crees, esas mismas palabras estaban en mis labios, por una extraña coincidencia.

—Entonces, Herbert —respondí—, examinemos nuestros asuntos.

Siempre obtuvimos una profunda satisfacción al concertar una cita para este propósito. Siempre pensé que esto era un negocio, esta era la forma de enfrentar la cosa, esta era la forma de tomar al enemigo por el cuello. Y sé que Herbert también pensaba lo mismo.

Pedimos algo bastante especial para la cena, con una botella de algo igualmente fuera de lo común, a fin de que nuestras mentes pudieran estar fortificadas para la ocasión, y pudiéramos estar a la altura. Terminada la cena, sacamos un manojo de bolígrafos, una abundante provisión de tinta y un buen espectáculo de papel para escribir y secar. Porque había algo muy cómodo en tener un montón de artículos de papelería.

Entonces tomaba una hoja de papel y escribía en la parte superior, con letra pulcra, el encabezamiento: «Memorándum de las deudas de Pip»; con Barnard's Inn y la fecha muy cuidadosamente añadida. Herbert también tomaba una hoja de papel y escribía en ella con formalidades similares: "Memorándum de las deudas de Herbert".

Cada uno de nosotros se refería entonces a un confuso montón de papeles que tenía a su lado, que habían sido arrojados en cajones, gastados en agujeros en los bolsillos, medio quemados al encender velas, pegados durante semanas en el espejo y dañados de alguna otra manera. El sonido de nuestras plumas al apagarse nos refrescaba sobremanera, hasta el punto de que a veces me resultaba difícil distinguir entre este edificante negocio y el pago real del dinero. En cuanto al carácter meritorio, las dos cosas parecían casi iguales.

Cuando escribimos un rato, le preguntaba a Herbert cómo le iba. Es probable que Herbert se estuviera rascando la cabeza de la manera más triste a la vista de las cifras que se acumulaban.

—Se están acumulando, Händel —decía Herbert—; "Sobre mi vida, se están acumulando".

—Sé firme, Herbert —replicaba yo, blandiendo mi propia pluma con gran asiduidad—. "Mira la cosa a la cara. Examina tus asuntos. Míralos fijamente sin semblante".

—Así lo haría, Händel, sólo que me miran de reojo.

Sin embargo, mi actitud decidida surtiría su efecto, y Herbert volvería a ponerse a trabajar. Al cabo de un tiempo volvería a darse por vencido, con el pretexto de que no había recibido la cuenta de Cobbs, ni la de Lobbs, ni la de Nobbs, según el caso.

—Entonces, Herbert, estima; estíralo en números redondos, y anótalo".

"¡Qué hombre tan rico es usted!", respondía mi amigo con admiración. "Realmente sus poderes comerciales son muy notables".

Yo también lo pensé. En estas ocasiones, me labré la reputación de un hombre de negocios de primera clase: rápido, decidido, enérgico, claro, con la cabeza fría. Cuando tuve todas mis responsabilidades en mi lista, comparé cada una con la cuenta y la taché. Mi autoaprobación cuando marcaba una entrada era una sensación bastante lujosa. Cuando no tuve más garrapatas que hacer, doblé todos mis billetes de manera uniforme, registré cada uno en la parte posterior y até todo en un paquete simétrico. Luego hice lo mismo con Herbert (quien modestamente dijo que no tenía mi genio administrativo), y sentí que había puesto sus asuntos en un punto de mira para él.

Mis hábitos comerciales tenían otra característica brillante, a la que llamé "dejar un margen". Por ejemplo; Suponiendo que las deudas de Herbert fueran de ciento sesenta y cuatro libras por cuatro peniques, yo diría: "Deja un margen y ponlas en doscientas". O, suponiendo que los míos fueran cuatro veces más, dejaría un margen y los pondría en setecientos. Tenía la más alta opinión de la sabiduría de este mismo margen, pero estoy obligado a reconocer que, al mirar hacia atrás, considero que ha sido un dispositivo costoso. Porque siempre nos endeudamos de inmediato, en toda la extensión del margen, y a veces, en el sentido de libertad y solvencia que impartía, llegamos bastante lejos en otro margen.

Pero había una calma, un descanso, un silencio virtuoso, como consecuencia de estos exámenes de nuestros asuntos, que me dieron, por el momento, una opinión admirable de mí mismo. Aliviado por mis esfuerzos, mi método y los cumplidos de Herbert, me sentaba con su paquete simétrico y el mío en la mesa que tenía delante entre la papelería, y me sentía como una especie de banco, más que como un individuo privado.

Cerramos nuestra puerta exterior en estas solemnes ocasiones, para que no nos interrumpieran. Había caído en mi estado sereno una noche, cuando oímos que una carta caía por la rendija de dicha puerta y caía al suelo. —Es para ti, Händel — dijo Herbert, saliendo y volviendo con él—, y espero que no pase nada. Esto era en alusión a su pesado sello negro y borde.

La carta estaba firmada por Trabb & Co., y su contenido era simplemente que yo era un señor honrado, y que me rogaban que me informaran de que la señora J. Gargery había partido de esta vida el lunes pasado a las seis y veinte minutos de la tarde, y que se solicitaba mi asistencia al entierro del lunes siguiente a las tres de la tarde.

CAPÍTULO XXXV.

Era la primera vez que se abría una tumba en el camino de mi vida, y la brecha que abrió en el suelo liso fue maravillosa. La figura de mi hermana en su silla junto al fuego de la cocina, me perseguía día y noche. Que el lugar pudiera estar, sin ella, era algo que mi mente parecía incapaz de abarcar; y mientras que últimamente rara vez o nunca había estado en mis pensamientos, ahora tenía la más extraña idea de que venía hacia mí por la calle, o de que pronto llamaría a la puerta. También en mis habitaciones, con las que nunca había estado en absoluto, había a la vez la inexpresividad de la muerte y una sugerencia perpetua del sonido de su voz o del giro de su rostro o de su figura, como si todavía estuviera viva y hubiera estado allí a menudo.

Fuera cual fuese mi fortuna, apenas podría haber recordado a mi hermana con mucha ternura. Pero supongo que hay una conmoción de arrepentimiento que puede existir sin mucha ternura. Bajo su influencia (y tal vez para compensar la falta de un sentimiento más suave) me asaltó una violenta indignación contra el agresor de quien tanto había sufrido; y sentí que, con pruebas suficientes, podría haber perseguido vengativamente a Orlick, o a cualquier otro, hasta el último extremo.

Después de haber escrito a Joe para consolarlo y asegurarle que iría al funeral, pasé los días intermedios en el curioso estado de ánimo que he visto. Bajé temprano por la mañana y me apeé en el Jabalí Azul a tiempo para caminar hasta la fragua.

Volvió a hacer buen tiempo de verano y, a medida que caminaba, volvían vívidamente los tiempos en que era una criatura indefensa y mi hermana no me perdonaba. Pero regresaron con un tono suave que suavizó incluso el filo de Tickler. Por ahora, el mismo aliento de las judías y el trébol susurraba a mi corazón que llegaría el día en que sería bueno para mi memoria que los demás que caminaban bajo el sol se suavizaran al pensar en mí.

Por fin llegué a la vista de la casa, y vi que Trabb y Cía. habían llevado a cabo una ejecución fúnebre y habían tomado posesión. Dos personas terriblemente absurdas, cada una exhibiendo ostentosamente una muleta cubierta con un vendaje negro, como si ese instrumento pudiera comunicar algún consuelo a alguien, estaban apostadas en la puerta principal; y en una de ellas reconocí a un cartero dado de baja del Jabalí por haber convertido a una joven pareja en un pozo de sierra en la mañana de su boda, a consecuencia de una embriaguez que le obligó a montar su caballo atado al cuello con ambos brazos. Todos los niños del pueblo, y la mayoría de las mujeres, admiraban a estos guardas de marta y las ventanas cerradas de la casa y de la fragua; y cuando llegué, uno de los dos guardianes (el cartero) llamó a la puerta, dando a entender que estaba demasiado agotado por el dolor para que me quedaran fuerzas para llamar por mí mismo.

Otro guardián (un carpintero que una vez se había comido dos gansos por una apuesta) abrió la puerta y me mostró el mejor salón. Allí, el señor Trabb había tomado para sí la mejor mesa, había recogido todas las hojas y sostenía una especie de bazar negro, con la ayuda de una cantidad de alfileres negros. En el momento de mi llegada, acababa de terminar de poner el sombrero de alguien en ropa larga negra, como un bebé africano; Así que extendió su mano hacia la mía. Pero yo, despistado por la acción y confundido por la ocasión, le estreché la mano con todos los testimonios de afecto cálido.

El pobre Joe, enredado en una pequeña capa negra atada con un gran lazo bajo la barbilla, estaba sentado aparte en el extremo superior de la habitación; donde, como jefe de los dolientes, evidentemente había sido destinado por Trabb. Cuando me incliné y le dije: «Querido Joe, ¿cómo estás?», me dijo: «Pip, viejo, la conociste cuando era una hermosa figura de...», y me estrechó la mano y no dijo nada más.

Biddy, que parecía muy pulcra y modesta con su vestido negro, iba silenciosamente de aquí para allá, y era muy servicial. Cuando hube hablado con Biddy, como pensé que no era momento de hablar, fui y me senté cerca de Joe, y allí empecé a preguntarme en qué parte de la casa estaría ella, mi hermana. Como el aire de la sala estaba tenue por el olor a pastel, miré a mi alrededor en busca de la mesa de refrescos; apenas se veía hasta que uno se acostumbraba a la penumbra, pero sobre él había un pastel de ciruelas cortado, y había naranjas troceadas, y bocadillos, y galletas, y dos jarras que conocía muy bien como adornos, pero que nunca había visto usar en toda mi vida; uno lleno de oporto y otro de jerez. De pie ante la mesa, me di cuenta del servil Pumblechook, vestido con una capa negra y varios metros de sombrerera, que se atiborraba alternativamente y hacía movimientos obsequiosos para llamar mi atención. En el momento en que lo consiguió, se acercó a mí (respirando jerez y migajas) y dijo en voz baja: «¿Puede, querido señor?», y lo hizo. Entonces divisé al Sr. y la Sra. Hubble; el último en un decente paroxismo mudo en un rincón. Todos íbamos a "seguirnos", y todos estábamos a punto de ser atados por separado (por Trabb) en paquetes ridículos.

—Lo que quiero decir, Pip —me susurró Joe, mientras nos íbamos formando en el salón, de dos en dos, lo que el señor Trabb llamaba «formados», y era terriblemente como una preparación para una especie de baile sombrío; -Lo cual quiero decir, señor, que yo preferiría haberla llevado yo mismo a la iglesia, junto con tres o cuatro amigas que viniesen a ella con los corazones y las armas dispuestas, pero se consideraba que los vecinos los despreciarían y serían de opiniones como si faltaran a respeto.

—¡Fuera los pañuelos de bolsillo! —exclamó el señor Trabb en ese momento, con voz deprimida y profesional—. "¡Fuera pañuelos de bolsillo! ¡Estamos listos!"

Así que todos nos llevamos los pañuelos a la cara, como si nos sangrara la nariz, y salimos de dos en dos; Joe y yo; Biddy y Pumblechook; Sr. y Sra. Hubble. Los restos de mi pobre hermana habían sido traídos por la puerta de la cocina, y, siendo un punto de la ceremonia de la Empresa que los seis portadores debían ser sofocados y cegados bajo una horrible carcasa de terciopelo negro con un borde blanco, todo parecía un monstruo ciego con doce piernas humanas, arrastrando los pies y dando tumbos. bajo la guía de dos guardianes, el cartero y su camarada.

La vecindad, sin embargo, aprobaba muy bien estos arreglos, y fuimos muy admirados a medida que avanzábamos por el pueblo; la parte más joven y vigorosa de la comunidad corría de vez en cuando para cortarnos el paso, y estaba al acecho para interceptarnos en puntos ventajosos. En esos momentos, los más exuberantes de entre ellos gritaban de manera excitada cuando salíamos a la vuelta de alguna esquina de expectación: "¡*Ahí* vienen!" "¡*Aquí* están!" y todos nos aplaudimos. En este progreso me molestó mucho el abyecto Pumblechook, quien, estando detrás de mí, persistió todo el camino como una delicada atención en arreglar mi sombrero y alisar mi capa. Mis pensamientos se distrajeron aún más por el excesivo orgullo del señor y la señora Hubble, que eran extraordinariamente engreídos y vanagloriosos por ser miembros de una procesión tan distinguida.

Y ahora la cordillera de los pantanos se extendía claramente ante nosotros, con las velas de los barcos en el río creciendo de ella; y entramos en el cementerio, cerca de las tumbas de mis padres desconocidos, Philip Pirrip, difunto de esta parroquia, y también Georgiana, esposa de los Arriba. Y allí, mi hermana yacía tranquilamente en la tierra, mientras las alondras cantaban en lo alto de ella, y el viento ligero la cubría con hermosas sombras de nubes y árboles.

De la conducta del mundano Pumblechook mientras esto sucedía, no quiero decir más que todo ello se dirigía a mí; y que aun cuando se leyeron esos nobles pasajes que recuerdan a la humanidad cómo nada trajo al mundo y no puede sacar nada, y cómo huye como una sombra y no dura mucho tiempo en una sola estancia, le oí toser una reserva del caso de un joven caballero que llegó inesperadamente a una gran propiedad. Cuando regresamos, tuvo la valentía de decirme que deseaba que mi hermana supiera que yo le había hecho tanto honor, y de insinuar que lo habría considerado razonablemente comprado al precio de su muerte. Después de eso, bebió todo el resto del jerez, y el señor Hubble bebió el oporto, y los dos hablaron (lo que desde entonces he observado que es habitual en tales casos) como si fueran de una raza completamente diferente a la del difunto, y fueran notoriamente inmortales. Finalmente, se marchó con el señor y la señora Hubble, para pasar una velada, estaba seguro, y para decirle al Jolly Bargemen que él era el fundador de mi fortuna y mi primer benefactor.

Cuando todos se hubiesen ido, y cuando Trabb y sus hombres, pero no su muchacho; Lo busqué, había metido su momia en bolsas, y también nos habíamos ido, la casa se sentía más saludable. Poco después, Biddy, Joe y yo cenamos juntos una cena fría; pero cenamos en el mejor salón, no en la vieja cocina, y Joe era tan extremadamente exigente con lo que hacía con el cuchillo y el tenedor y el salero y demás, que había una gran restricción sobre nosotros. Pero después de la cena, cuando le hice coger su pipa, y cuando hube vagado con él por la fragua, y cuando nos sentamos juntos en el gran bloque de piedra que había fuera, nos llevamos mejor. Me di cuenta de que después del funeral Joe cambió tanto de ropa que llegó a un compromiso entre su vestido de domingo y su vestido de trabajo; en la que el querido hombre parecía natural y como el hombre que era.

A él le agradó mucho que le preguntara si podía dormir en mi pequeña habitación, y yo también me alegré; porque sentí que había hecho una gran cosa al hacer la petición. Cuando las sombras de la noche se acercaban, aproveché la oportunidad para entrar en el jardín con Biddy para charlar un poco.

—Biddy —dije—, creo que podrías haberme escrito sobre estos tristes asuntos.

—¿Y usted, señor Pip? —preguntó Biddy. "Debería haber escrito si hubiera pensado eso".

—No pienses que quiero ser cruel, Biddy, cuando digo que considero que deberías haber pensado eso.

—¿Y usted, señor Pip?

Era tan callada, y se comportaba de manera tan ordenada, buena y bonita, que no me gustaba la idea de hacerla llorar de nuevo. Después de mirar un poco sus ojos abatidos mientras caminaba a mi lado, renuncié a ese punto.

—Supongo que te será difícil quedarte aquí ahora, querida Biddy.

—¡Oh! No puedo hacerlo, señor Pip -dijo Biddy, en un tono de pesar, pero todavía de tranquila convicción-. He estado hablando con la señora Hubble y voy a verla mañana. Espero que podamos cuidar juntos del señor Gargery hasta que se calme.

—¿Cómo vas a vivir, Biddy? Si quieres algo de mo...

—¿Cómo voy a vivir? —repitió Biddy, interviniendo con un momentáneo rubor en el rostro—. —Se lo diré, señor Pip. Voy a tratar de conseguir el puesto de maestra en la nueva escuela casi terminado aquí. Puedo ser bien recomendado por todos los vecinos, y espero poder ser laborioso y paciente, y enseñarme a mí mismo mientras enseño a otros. Sabe usted, señor Pip -prosiguió Biddy con una sonrisa mientras me miraba a la cara-, las nuevas escuelas no son como las antiguas, pero después de ese tiempo he aprendido mucho de usted y desde entonces he tenido tiempo de mejorar.

—Creo que siempre mejorarías, Biddy, bajo cualquier circunstancia.

—¡Ah! Excepto en el lado malo de la naturaleza humana —murmuró Biddy—.

No era tanto un reproche como un irresistible pensamiento en voz alta. ¡Pozo! Pensé que también renunciaría a ese punto. Así que caminé un poco más con Biddy, mirando en silencio sus ojos abatidos.

—No he oído los detalles de la muerte de mi hermana, Biddy.

"Son muy leves, pobrecitos. Llevaba cuatro días en uno de sus malos estados —aunque últimamente habían mejorado en lugar de empeorar— cuando salió de allí por la noche, justo a la hora del té, y dijo con toda claridad: «Joe.» Como no había dicho una palabra durante mucho tiempo, corrí a buscar al señor Gargery de la fragua. Me hizo señas de que quería que se sentara cerca de ella y que le rodeara el cuello con los brazos. Así que se los puse alrededor del cuello, y ella recostó la cabeza en su hombro, muy contenta y satisfecha. Y así, al poco rato volvió a decir: «Joe», y una vez: «Perdón» y una vez: «Pip». Y así nunca más volvió a levantar la cabeza, y fue solo una hora después cuando la acostamos en su propia cama, porque descubrimos que se había ido".

—exclamó Biddy—; El jardín que se oscurecía, y el camino, y las estrellas que salían, se difuminaban a mi vista.

—¿Nunca se descubrió nada, Biddy?

—Nada.

—¿Sabes qué ha sido de Orlick?

Por el color de su ropa, creo que está trabajando en las canteras.

—¿Claro que lo has visto?... ¿Por qué estás mirando ese árbol oscuro en el camino?

"Lo vi allí, la noche en que ella murió".

—¿Tampoco fue la última vez, Biddy?

—No; Lo he visto allí, desde que hemos estado caminando por aquí.—No sirve de nada -dijo Biddy, poniendo su mano sobre mi brazo, como yo estaba a punto de salir corriendo-, sabes que no te engañaría; No estuvo allí ni un minuto, y ya no está".

Reavivó mi mayor indignación al descubrir que todavía la perseguía este tipo, y me sentí inveterado contra él. Se lo dije, y le dije que gastaría cualquier dinero o me tomaría todas las molestias para expulsarlo de ese país. Poco a poco, me llevó a una conversación más moderada, y me contó cuánto me amaba Joe, y cómo Joe nunca se quejaba de nada, ni ella lo decía de mí; ella no tenía necesidad; Sabía a qué se refería, pero siempre cumplía con su deber en su forma de vida, con mano fuerte, lengua tranquila y corazón amable.

-En verdad, sería difícil decir demasiado de él -dije yo-; Y Biddy, tenemos que hablar a menudo de estas cosas, porque, por supuesto, ahora estaré aquí a menudo. No voy a dejar solo al pobre Joe.

Biddy no dijo ni una sola palabra.

—Biddy, ¿no me oyes?

—Sí, señor Pip.

—Por no hablar de que me llamas señor Pip, lo que me parece de mal gusto, Biddy, ¿qué quieres decir?

—¿A qué me refiero? —preguntó Biddy tímidamente.

—Biddy —dije yo, en un tono virtuosamente afirmativo—, debo preguntar qué quieres decir con esto.

—¿Por esto? —dijo Biddy—.

—Ahora, no hagas eco —repliqué—. - Antes no hacías eco, Biddy.

—¡No se usa! —dijo Biddy—. —¡Oh, señor Pip! ¡Usado!"

¡Pozo! Más bien pensé que también renunciaría a ese punto. Después de otra vuelta silenciosa en el jardín, volví a la posición principal.

—Biddy —dije—, hice una observación acerca de que venía aquí a menudo para ver a Joe, que recibiste con un marcado silencio. Ten la bondad, Biddy, de decirme por qué.

—¿Está usted seguro, entonces, de que vendrá a verlo a menudo? —preguntó Biddy, deteniéndose en el estrecho paseo del jardín y mirándome bajo las estrellas con ojos claros y honestos.

—¡Oh, querida mía! —dije, como si me viera obligado a abandonar a Biddy en la desesperación—. "¡Este es realmente un lado muy malo de la naturaleza humana! No digas nada más, por favor, Biddy. Esto me impacta mucho".

Por esta convincente razón, mantuve a Biddy a distancia durante la cena, y cuando subí a mi vieja y pequeña habitación, me despedí de ella tan majestuosamente como pude, en mi alma murmuradora, considerar conciliable con el cementerio y el acontecimiento del día. Cada vez que estaba inquieto por la noche, y eso era cada cuarto de hora, pensaba en la crueldad, la injuria, la injusticia que Biddy me había hecho.

Temprano en la mañana tenía que irme. Temprano por la mañana salí y miré hacia adentro, sin ser visto, a una de las ventanas de madera de la fragua. Allí me quedé, durante minutos, mirando a Joe, que ya estaba trabajando con un brillo de salud y fuerza en su rostro que lo hacía mostrar como si el brillante sol de la vida que le esperaba estuviera brillando sobre él.

—¡Adiós, querido Joe!... No, no te lo limpies... ¡Por el amor de Dios, dame tu mano ennegrecida!... Bajaré pronto y con frecuencia.

—Nunca demasiado pronto, señor —dijo Joe—, y nunca demasiado a menudo, Pip.

Biddy me esperaba en la puerta de la cocina, con una taza de leche fresca y un trozo de pan. —Biddy —dije cuando le di la mano al despedirme—, no estoy enfadado, pero sí herido.

—No, no te lastimes —suplicó ella de manera bastante patética—; "Que solo yo sea herido, si he sido poco generoso".

Una vez más, la niebla se elevaba mientras me alejaba. Si me revelaron, como sospecho que lo hicieron, que *no* volvería, y que Biddy tenía toda la razón, todo lo que puedo decir es que también tenían toda la razón.

CAPÍTULO XXXVI.

Herbert y yo fuimos de mal en peor, en el sentido de aumentar nuestras deudas, examinar nuestros asuntos, dejar márgenes y otras transacciones ejemplares semejantes; y el tiempo pasó, sea o no, como él tiene una manera de hacerlo; y llegué a la mayoría de edad, en cumplimiento de la predicción de Herbert, de que lo haría antes de saber dónde estaba.

El propio Herbert había alcanzado la mayoría de edad ocho meses antes que yo. Como no tenía nada más que su mayoría de edad para entrar, el evento no causó una profunda sensación en Barnard's Inn. Pero habíamos esperado con impaciencia mi vigésimo cumpleaños, con una multitud de especulaciones y anticipaciones, pues ambos habíamos considerado que mi tutor no podía dejar de decir algo definitivo en esa ocasión.

Me había ocupado de que se entendiera bien en Little Britain cuando era mi cumpleaños. La víspera, recibí una nota oficial de Wemmick, en la que se me informaba de que el señor Jaggers estaría encantado de que lo visitara a las cinco de la tarde del día propicio. Esto nos convenció de que algo grande iba a suceder, y me lanzó a un aleteo inusitado cuando me dirigí a la oficina de mi tutor, un modelo de puntualidad.

En el despacho exterior, Wemmick me felicitó y, de paso, se frotó el costado de la nariz con un trozo de papel de seda doblado que me gustó mucho. Pero no dijo nada al respecto, y me hizo señas con un gesto de cabeza para que entrara en la habitación de mi guardián. Era noviembre, y mi guardián estaba de pie frente al fuego, de espaldas a la chimenea, con las manos bajo los faldones.

—Bien, Pip —dijo—, hoy tengo que llamarte señor Pip. Enhorabuena, señor Pip.

Nos dimos la mano, que siempre era muy bajito, y le di las gracias.

—Siéntese, señor Pip —dijo mi guardián—.

Cuando me senté, y él conservó su actitud e inclinó las cejas hacia las botas, me sentí en una situación de desventaja, que me recordó a los viejos tiempos en que me habían puesto sobre una lápida. Los dos espantosos moldes de la estantería no estaban lejos de él, y su expresión era como si estuvieran haciendo un estúpido intento apoplético de atender a la conversación.

—Ahora, mi joven amigo —comenzó mi tutor, como si yo fuera un testigo en el palco—, voy a hablar unas palabras con usted.

—Con la venia, señor.

—¿Qué cree usted —dijo el señor Jaggers, inclinándose hacia delante para mirar al suelo y luego echando la cabeza hacia atrás para mirar al techo—, ¿de qué cree que está viviendo?

—¿Al ritmo de, señor?

—¿A —repitió el señor Jaggers, sin dejar de mirar al techo—, la... tasa... de? Y luego miró alrededor de la habitación, y se detuvo con el pañuelo de bolsillo en la mano, hasta la mitad de la nariz.

Había examinado mis asuntos con tanta frecuencia que había destruido por completo cualquier ligera noción que pudiera haber tenido de su orientación. A regañadientes, me confesé incapaz de responder a la pregunta. Esta respuesta pareció agradable al señor Jaggers, quien dijo: «¡Eso pensaba!», y se sonó la nariz con aire de satisfacción.

—Ya le he hecho una pregunta, amigo mío —dijo el señor Jaggers—. —¿Tienes algo que *preguntarme*?

—Por supuesto, sería un gran alivio para mí hacerle varias preguntas, señor; pero me acuerdo de tu prohibición.

—Pregúntale a uno —dijo el señor Jaggers—.

-¿Se me ha de dar a conocer hoy mi benefactor?

"No. Pregúntale a otro".

—¿Se me va a dar pronto esa confianza?

—Renuncia a eso por un momento —dijo el señor Jaggers—, y pregunta a otro.

Miré a mi alrededor, pero ya no parecía haber escapatoria posible a la pregunta: —¿Tengo... algo que recibir, señor? Al oír esto, el señor Jaggers dijo, triunfalmente: «¡Pensé que debíamos llegar a ello!», y llamó a Wemmick para que le diera ese trozo de papel. Wemmick apareció, se lo entregó y desapareció.

—Ahora, señor Pip —dijo el señor Jaggers—, asista, si le place. Has estado dibujando con bastante libertad aquí; su nombre aparece con bastante frecuencia en la caja de Wemmick; ¿Pero estás endeudado, por supuesto?

—Me temo que debo decir que sí, señor.

"Sabes que debes decir que sí; ¿No es así?", dijo el señor Jaggers.

—Sí, señor.

"No te pregunto lo que debes, porque no lo sabes; y si lo supieras, no me lo dirías; Diríamos que menos. Sí, sí, amigo mío -exclamó el señor Jaggers, agitando el dedo índice para detenerme mientras yo hacía un gesto de protesta-, es bastante probable que pienses que no lo harías, pero lo harías. Me disculparás, pero yo sé más que tú. Ahora, toma este pedazo de papel en tu mano. ¿Lo tienes? Muy bien. Ahora, despliégalo y dime qué es".

—Es un billete de banco —dije—, de quinientas libras.

—Es un billete de banco —repitió el señor Jaggers— de quinientas libras. Y una suma de dinero muy buena también, creo. ¿Consideras que es así?

"¡Cómo podría hacer de otra manera!"

—¡Ah! Pero responde a la pregunta —dijo el señor Jaggers—.

—Sin lugar a dudas.

"Lo consideras, sin duda, una buena suma de dinero. Ahora, esa hermosa suma de dinero, Pip, es tuya. Es un regalo para ti en este día, en serio de tus expectativas. Y a la tasa de esa hermosa suma de dinero anual, y no a una tasa más alta, vivirás hasta que aparezca el donante de todo. Es decir, ahora tomarás tus asuntos monetarios completamente en tus propias manos, y sacarás de Wemmick ciento veinticinco libras por trimestre, hasta que estés en comunicación con la fuente, y ya no con el simple agente. Como te he dicho antes, yo soy el mero agente. Ejecuto mis instrucciones y me pagan por hacerlo. Creo que son imprudentes, pero no me pagan por dar ninguna opinión sobre sus méritos".

Empezaba a expresar mi gratitud a mi benefactor por la gran liberalidad con que me trataban, cuando el señor Jaggers me detuvo. —No me pagan, Pip —dijo con frialdad—, por llevar tus palabras a nadie. —Y luego recogió los faldones de su abrigo, como había recogido el tema, y se quedó mirando sus botas con el ceño fruncido, como si sospechara que tenían planes contra él.

Después de una pausa, insinué:

—Acaba de surgir una pregunta, señor Jaggers, que deseaba que abandonara por un momento. Espero no estar haciendo nada malo al preguntarlo de nuevo".

-¿Qué pasa? -preguntó.

Podría haber sabido que él nunca me ayudaría; Pero me sorprendió tener que dar forma a la pregunta de nuevo, como si fuera completamente nueva. —¿Es probable —dije, después de vacilar— que mi patrón, el manantial del que usted ha hablado, señor Jaggers, pronto... —allí me detuve delicadamente—.

—¿Pronto qué? —preguntó el señor Jaggers. "Esa no es la duda tal como está, ya sabes".

—¿Vendrá pronto a Londres —dije, después de buscar una forma precisa de las palabras—, o me llamará a cualquier otro lugar?

—Ahora, aquí —replicó el señor Jaggers, mirándome por primera vez con sus ojos oscuros y hundidos—, tenemos que volver a la noche en que nos encontramos por primera vez en su pueblo. ¿Qué te dije entonces, Pip?

- Me ha dicho, señor Jaggers, que podrían pasar años desde que apareciera esa persona.

—Así es —dijo el señor Jaggers—, esa es mi respuesta.

Mientras nos mirábamos el uno al otro, sentí que mi respiración se aceleraba en mi fuerte deseo de obtener algo de él. Y como yo sentía que llegaba más rápido, y como yo sentía que él veía que venía más rápido, sentí que tenía menos posibilidades que nunca de sacarle algo.

—¿Cree que todavía pasarán años, señor Jaggers?

El señor Jaggers meneó la cabeza, no negando la pregunta, sino negando por completo la idea de que de todos modos se le pudiera hacer responder, y los dos horribles moldes de los rostros crispados parecían, cuando mis ojos se desviaron hacia ellos, como si hubieran llegado a una crisis en su atención suspendida y fueran a estornudar.

—¡Vamos! —dijo el señor Jaggers, calentándose la parte posterior de las piernas con el dorso de las manos calientes—, seré franco con usted, mi amigo Pip. Esa es una pregunta que no me deben hacer. Lo entenderás mejor, cuando te diga que es una pregunta que podría comprometerme. ¡Venirse! Voy a ir un poco más lejos contigo; Diré algo más.

Se agachó tanto para fruncir el ceño ante sus botas, que pudo frotarse las pantorrillas de las piernas en la pausa que hizo.

—Cuando esa persona lo revele —dijo el señor Jaggers, enderezándose—, usted y esa persona arreglarán sus propios asuntos. Cuando esa persona lo revele, mi parte en este negocio cesará y se determinará. Cuando esa persona lo revele, no será necesario que yo sepa nada al respecto. Y eso es todo lo que tengo que decir".

Nos miramos el uno al otro hasta que retiré los ojos y miré pensativo al suelo. De este último discurso saqué la idea de que la señorita Havisham, por alguna razón o sin ella, no le había confiado en cuanto a su designación para Estella; que le molestaba esto y sentía celos por ello; o que realmente se oponía a ese plan y no quería tener nada que ver con él. Cuando volví a levantar los ojos, descubrí que él me había estado mirando astutamente todo el tiempo, y seguía haciéndolo.

—Si eso es todo lo que tiene que decir, señor —comenté—, no me queda nada por decir.

Él asintió con la cabeza, sacó su reloj temido por el ladrón y me preguntó dónde iba a cenar. Le respondí en mis aposentos, con Herbert. Como consecuencia necesaria, le pregunté si nos favorecería con su compañía, y aceptó de inmediato la invitación. Pero insistió en ir a casa conmigo, para que yo no hiciera ninguna preparación adicional para él, y primero tenía una carta o dos que escribir, y (por supuesto) tenía que lavarse las manos. Así que le dije que iría a la oficina exterior y hablaría con Wemmick.

El hecho era que, cuando las quinientas libras llegaron a mi bolsillo, me vino a la cabeza un pensamiento que había estado allí a menudo antes; y me pareció que Wemmick era una buena persona a la que aconsejar acerca de tal pensamiento.

Ya había cerrado su caja fuerte y había hecho los preparativos para volver a casa. Había dejado su escritorio, había sacado sus dos grasosos candelabros de oficina y los había colocado en línea con los despabiladeras en una losa cerca de la puerta, listos para apagarse; Había apagado el fuego, había puesto el sombrero y el abrigo preparados, y se golpeaba todo el pecho con la llave de la caja fuerte, como un ejercicio atlético después de los negocios.

—Señor Wemmick —dije—, quiero pedirle su opinión. Estoy muy deseoso de servir a un amigo".

Wemmick apretó su oficina de correos y meneó la cabeza, como si su opinión estuviera totalmente en contra de cualquier debilidad fatal de ese tipo.

—Este amigo —proseguí— está tratando de progresar en la vida comercial, pero no tiene dinero, y le resulta difícil y desalentador empezar. Ahora, de alguna manera, quiero ayudarlo a empezar".

—¿Con el dinero abajo? —dijo Wemmick, en un tono más seco que cualquier aserrín.

—Con *algo* de dinero —respondí, porque me vino un recuerdo inquieto de aquel fajo simétrico de papeles en casa—, con *algo* de dinero menos, y tal vez con alguna anticipación de mis expectativas.

—Señor Pip —dijo Wemmick—, me gustaría repasar con usted en mis dedos, si me place, los nombres de los distintos puentes que suben hasta Chelsea Reach. Veamos; está Londres, uno; Southwark, dos; Blackfriars, tres; Waterloo, cuatro; Westminster, cinco; Vauxhall, seis. Había marcado cada puente a su vez, con el mango de la llave de la caja fuerte en la palma de la mano. "Hay hasta seis, ya ves, para elegir".

—No le comprendo —dije—.

—Escoja su puente, señor Pip —replicó Wemmick—, dé un paseo por su puente y arroje su dinero al Támesis por encima del arco central de su puente, y ya sabrá el final. Sírvele a un amigo con él, y también sabrás el final de él, pero es un final menos agradable y provechoso.

Podría haberle puesto un periódico en la boca, lo hizo tan ancho después de decir esto.

—Esto es muy desalentador —dije—.

—Destinado a ser así —dijo Wemmick—.

—Entonces, ¿es tu opinión —pregunté, con cierta cierta indignación— que un hombre nunca debe...

—¿Invertir una propiedad portátil en un amigo? —dijo Wemmick. "Ciertamente no debería. A menos que quiera deshacerse de ese amigo, y entonces se convierte en una cuestión de cuánta propiedad portátil puede valer la pena deshacerse de él.

—¿Y ésa —dije—, es su opinión deliberada, señor Wemmick?

—Ésa —replicó— es mi opinión deliberada en este despacho.

—¡Ah! -dije yo, apretándole, porque me pareció verle cerca de una aspillera-. —¿Pero sería ésa su opinión en Walworth?

—Señor Pip —replicó con gravedad—, Walworth es un lugar, y esta oficina es otro. De la misma manera que el Anciano es una persona y el Sr. Jaggers es otra. No deben confundirse juntos. Mis sentimientos de Walworth deben ser tomados en Walworth; Nadie más que mis sentimientos oficiales pueden ser tomados en cuenta en esta oficina".

—Muy bien —dije, muy aliviado—, entonces te buscaré en Walworth, puedes estar seguro de ello.

—Señor Pip —replicó—, será usted bienvenido allí, a título personal y privado.

Habíamos mantenido esta conversación en voz baja, sabiendo muy bien que los oídos de mi guardián eran los más agudos de los agudos. Al llegar a la puerta, secándose las manos con una toalla, Wemmick se puso el abrigo y se quedó a su lado para apagar las velas. Los tres salimos juntos a la calle, y desde el umbral de la puerta Wemmick se volvió hacia él, y el señor Jaggers y yo hacia el nuestro.

No pude evitar desear más de una vez aquella noche que el señor Jaggers hubiera tenido un Viejo en Gerrard Street, o un Aguijón, o un Algo, o un Alguien, para desdoblar un poco las cejas. Era una consideración incómoda en un vigésimo primer cumpleaños, que la mayoría de edad no pareciera valer la pena en un mundo tan cauteloso y sospechoso como el que él creía. Estaba mil veces mejor informado y era más listo que Wemmick y, sin embargo, mil veces hubiera preferido invitar a Wemmick a cenar. Y el señor Jaggers no solo me hizo sentir intensamente melancólico, porque, después de marcharse, Herbert dijo de sí mismo, con los ojos fijos en el fuego, que creía haber cometido un delito grave y había olvidado los detalles, se sentía tan abatido y culpable.

CAPÍTULO XXXVII.

Considerando que el domingo era el mejor día para transmitir los sentimientos del señor Wemmick sobre Walworth, dediqué la tarde del domingo siguiente a una peregrinación al castillo. Al llegar antes de las almenas, encontré la Union Jack ondeando y el puente levadizo levantado; pero sin inmutarme por esta muestra de desafío y resistencia, llamé a la puerta, y fui admitido de la manera más pacífica por el anciano.

—Hijo mío, señor —dijo el anciano, después de asegurar el puente levadizo—, tenía en mente que usted pudiera pasar por allí, y dejó la palabra de que pronto volvería a casa de su paseo vespertino. Es muy regular en sus paseos, es mi hijo. Muy regular en todo, es mi hijo".

Le hice un gesto con la cabeza al anciano caballero, como el propio Wemmick podría haberlo hecho, y entramos y nos sentamos junto a la chimenea.

—Conoció usted a mi hijo, señor —dijo el anciano con su estilo chirriante, mientras se calentaba las manos ante el fuego—, ¿en su despacho, supongo? Asentí con la cabeza. "¡Ajá! Me he dado cuenta de que mi hijo es una mano maravillosa en sus negocios, señor. Asentí con fuerza. —Sí; Eso me dicen. ¿Su negocio es la Ley? Asentí con más fuerza. -Lo cual hace más sorprendente en mi hijo -dijo el anciano-, porque no fue educado en la Ley, sino en la tonelería del vino.

Curioso por saber cómo se había informado el anciano caballero sobre la reputación del señor Jaggers, le grité ese nombre. Me sumió en la mayor confusión riendo a carcajadas y contestando de una manera muy vivaz: "No, por cierto; Tienes razón. Y hasta este momento no tengo la menor idea de lo que quiso decir, ni de la broma que creyó que yo había hecho.

Como no podía quedarme allí sentado asintiendo con la cabeza sin cesar, sin hacer algún otro intento de interesarle, le pregunté a gritos si su propia vocación en la vida había sido «la tonelería del vino». A fuerza de arrancarme el término varias veces y de golpear el pecho del anciano caballero para que lo asociara con él, conseguí al fin que se entendiera lo que quería decir.

-No -dijo el anciano caballero-; "El almacenamiento, el almacenamiento. Primero, allá —pareció referirse a la chimenea, pero creo que tenía la intención de referirme a Liverpool—. "Y luego en la City de Londres, aquí. Sin embargo, teniendo una enfermedad, porque tengo problemas de audición, señor...

Expresé en pantomima el mayor asombro.

—Sí, con problemas de audición; Habiendo venido a mí aquella enfermedad, hijo mío se metió en la Ley, y se hizo cargo de mí, y poco a poco fue sacando esta elegante y hermosa propiedad. Pero volviendo a lo que dijiste, ya sabes -prosiguió el anciano, riendo de nuevo de buena gana-, lo que digo es: No, por cierto; Tienes razón.

Me preguntaba modestamente si mi mayor ingenio me habría permitido decir algo que le hubiera divertido la mitad de lo que le había hecho esta broma imaginaria, cuando me sobresaltó un repentino chasquido en la pared de un lado de la chimenea, y el fantasmal aleteo de una pequeña solapa de madera con la palabra «JOHN» sobre ella. El anciano, siguiendo mis ojos, exclamó con gran triunfo: «¡Mi hijo ha vuelto a casa!», y los dos salimos al puente levadizo.

Valía la pena ver a Wemmick saludándome desde el otro lado del foso, cuando podríamos habernos dado la mano a través de él con la mayor facilidad. El anciano estaba tan contento de trabajar en el puente levadizo, que no me ofrecí a ayudarle, sino que me quedé callado hasta que Wemmick cruzó y me presentó a la señorita Skiffins; una dama que lo acompañaba.

La señorita Skiffins era de aspecto acartonado y, al igual que su escolta, pertenecía a la oficina de correos del servicio. Debía de ser dos o tres años más joven que Wemmick, y juzgué que poseía bienes muebles. El corte de su vestido de cintura para arriba, tanto por delante como por detrás, hacía que su figura se pareciera mucho a la cometa de un niño; y podría haber pronunciado su vestido un poco demasiado decididamente naranja, y sus guantes un poco demasiado intensamente verdes. Pero ella parecía ser un buen tipo, y mostraba un gran respeto por los ancianos. No tardé mucho en descubrir que ella era una visitante frecuente del castillo; porque, al entrar, y al felicitar a Wemmick por su ingeniosa artificio para anunciarse al anciano, me rogó que prestara atención por un momento al otro lado de la chimenea, y desapareció. De pronto se oyó otro chasquido, y otra puertecita se abrió de golpe con la palabra «Miss Skiffins»; entonces la señorita Skiffins se calló y John se abrió de golpe; entonces la señorita Skiffins y John se abrieron juntos, y finalmente se callaron juntos. A su regreso, Wemmick de trabajar con estos aparatos mecánicos, le expresé la gran admiración con que los consideraba, y él dijo: "Bueno, ya sabes, son agradables y útiles para los ancianos. Y por George, señor, es algo digno de mención que, de todas las personas que acuden a esta puerta, el secreto de esos tirones sólo lo conocemos los ancianos, la señorita Skiffins y yo.

—Y el señor Wemmick las hizo —añadió la señorita Skiffins—, con sus propias manos fuera de su propia cabeza.

Mientras la señorita Skiffins se quitaba el sombrero (conservaba sus guantes verdes durante la noche como señal externa y visible de que había compañía), Wemmick me invitó a dar un paseo con él por la propiedad y ver cómo se veía la isla en invierno. Pensando que lo había hecho para darme la oportunidad de expresar sus sentimientos de Walworth, aproveché la oportunidad tan pronto como salimos del castillo.

Después de haber pensado en el asunto con cuidado, abordé mi tema como si nunca antes lo hubiera insinuado. Le informé a Wemmick de que estaba ansioso por favor de Herbert Pocket, y le conté cómo nos habíamos conocido y cómo habíamos luchado. Eché una ojeada a la casa de Herbert, a su carácter, y a que no tenía más medios que los que le servían a su padre; Esos, inciertos e impuntuales. Aludí a las ventajas que había sacado de su sociedad en mi primera crudeza e ignorancia, y confesé que temía haberles pagado mal, y que él podría haberlo hecho mejor sin mí y sin mis expectativas. Manteniendo a la señorita Havisham en un segundo plano, a gran distancia, todavía insinuaba la posibilidad de haber competido con él en sus perspectivas, y en la certeza de que poseía un alma generosa y estaba muy por encima de cualquier desconfianza, represalia o designio mezquino. Por todas estas razones (se lo dije a Wemmick), y porque era mi joven compañero y amigo, y le tenía un gran afecto, deseé que mi buena fortuna reflejara algunos rayos sobre él, y por lo tanto busqué consejo en la experiencia y el conocimiento de Wemmick sobre los hombres y los asuntos, sobre la mejor manera de intentar con mis recursos ayudar a Herbert a obtener algún ingreso presente. digamos de cien al año, para mantenerlo en buena esperanza y corazón, y poco a poco comprarlo para alguna pequeña sociedad. Le rogué a Wemmick, para concluir, que comprendiera que mi ayuda siempre debía prestarse sin el conocimiento o la sospecha de Herbert, y que no había nadie más en el mundo con quien pudiera aconsejar. Terminé poniendo mi mano sobre su hombro y diciendo: "No puedo dejar de confiar en ti, aunque sé que debe ser molesto para ti; Pero eso es culpa tuya, por haberme traído aquí.

Wemmick guardó silencio durante un rato, y luego dijo con una especie de sobresalto: —Bueno, señor Pip, debo decirle una cosa. Esto es diabólicamente bueno de tu parte".

—Entonces di que me ayudarás a ser bueno —dije—.

—Ecod —replicó Wemmick, negando con la cabeza—, ése no es mi oficio.

—Tampoco es éste vuestro lugar de comercio —dije—.

—Tienes razón —replicó él—. "Has dado en el clavo. Señor Pip, me pondré mi gorra de consideración, y creo que todo lo que usted quiera hacer puede hacerse poco a poco. Skiffins (es decir, su hermano) es contable y agente. Lo buscaré y me pondré a trabajar para ti".

"Te lo agradezco diez mil veces".

—Al contrario —dijo—, te lo agradezco, porque aunque estamos estrictamente a título personal y privado, se puede mencionar que hay telarañas de Newgate por ahí, y eso las borra.

Después de un poco más de conversación en el mismo sentido, regresamos al castillo donde encontramos a la señorita Skiffins preparando el té. La responsabilidad de hacer el brindis fue delegada al anciano, y ese excelente anciano caballero estaba tan concentrado en ello que me pareció que corría el peligro de derretir los ojos. No era una comida nominal lo que íbamos a hacer, sino una realidad vigorosa. El anciano preparó tal pila de tostadas con mantequilla, que apenas pude verlo sobre ella mientras hervía a fuego lento en un soporte de hierro enganchado a la barra superior; mientras la señorita Skiffins preparaba tal cantidad de té, que el cerdo del local trasero se excitó mucho y expresó repetidamente su deseo de participar en el entretenimiento.

La bandera había sido izada y el arma había sido disparada, en el momento oportuno, y me sentí tan cómodamente aislado del resto de Walworth como si el foso tuviera treinta pies de ancho por otros tantos de profundidad. Nada perturbaba la tranquilidad del castillo, salvo el ocasional vaivén de John y la señorita Skiffins, cuyas pequeñas puertas eran presa de alguna enfermedad espasmódica que me incomodaba simpáticamente hasta que me acostumbré. Deduje de la naturaleza metódica de los arreglos de la señorita Skiffins que ella preparaba el té allí todos los domingos por la noche; y más bien sospeché que un broche clásico que llevaba, que representaba el perfil de una mujer indeseable con una nariz muy recta y una luna muy nueva, era una propiedad portátil que le había regalado Wemmick.

Nos comimos toda la tostada y bebimos té en proporción, y fue delicioso ver lo calientes y grasosos que nos pusimos todos después de ello. Los Viejos, especialmente, podrían haber pasado por algún viejo jefe limpio de una tribu salvaje, simplemente aceitado. Después de una breve pausa de reposo, la señorita Skiffins, en ausencia de la pequeña sirvienta que, al parecer, se retiraba al seno de su familia los domingos por la tarde, lavó las cosas del té, de una manera insignificante y amateur que no comprometió a ninguno de nosotros. Luego, volvió a ponerse los guantes, y nos acercamos alrededor del fuego, y Wemmick dijo: —Ahora, padre anciano, dénos el papel en la propina.

Wemmick me explicó, mientras el anciano se quitaba las gafas, que eso era de acuerdo con la costumbre, y que al anciano caballero le daba una satisfacción infinita leer las noticias en voz alta. —No voy a ofrecer una disculpa —dijo Wemmick—, porque él no es capaz de muchos placeres... ¿Y tú, Viejo P.?

—Está bien, John, está bien —replicó el anciano, al ver que le hablaban—.

—Dale una propina de vez en cuando cuando deje de mirar el papel —dijo Wemmick—, y estará tan feliz como un rey. Todos somos atención, Anciano Uno".

-¡Muy bien, John, muy bien! -replicó el alegre anciano, tan ocupado y tan contento, que realmente resultaba encantador.

La lectura del anciano me recordó a las clases de la tía abuela del señor Wopsle, con la peculiaridad más agradable de que parecía salir por el ojo de una cerradura. Como quería tener las velas cerca de él, y como siempre estaba a punto de meter la cabeza o el periódico en ellas, necesitaba tanta vigilancia como un molino de pólvora. Pero Wemmick era igualmente incansable y amable en su vigilancia, y el Anciano siguió leyendo, completamente inconsciente de sus muchos rescates. Cada vez que nos miraba, todos expresábamos el mayor interés y asombro, y asentíamos hasta que volvía a la conversación.

Mientras Wemmick y la señorita Skiffins se sentaban uno al lado del otro, y mientras yo me sentaba en un rincón sombrío, observé un lento y gradual alargamiento de la boca del señor Wemmick, que sugería poderosamente que lenta y gradualmente rodeaba su brazo alrededor de la cintura de la señorita Skiffins. Con el paso del tiempo vi aparecer su mano al otro lado de la señorita Skiffins; pero en ese momento la señorita Skiffins lo detuvo cuidadosamente con el guante verde, volvió a desenrollarle el brazo como si fuera una prenda de vestir y, con la mayor deliberación, lo dejó sobre la mesa que tenía delante. La compostura de la señorita Skiffins mientras lo hacía era uno de los espectáculos más notables que he visto en mi vida, y si hubiera podido pensar que el acto era coherente con la abstracción de la mente, habría considerado que la señorita Skiffins lo realizaba mecánicamente.

Poco a poco, me di cuenta de que el brazo de Wemmick comenzaba a desaparecer de nuevo, y gradualmente se desvanecía de la vista. Poco después, su boca comenzó a ensancharse de nuevo. Después de un intervalo de suspenso por mi parte, que fue bastante fascinante y casi doloroso, vi aparecer su mano al otro lado de la señorita Skiffins. Al instante, la señorita Skiffins lo detuvo con la pulcritud de un plácida boxeador, se quitó la faja o cestus como antes y la dejó sobre la mesa. Tomando la mesa para representar el camino de la virtud, estoy justificado al afirmar que durante todo el tiempo de la lectura del Anciano, el brazo de Wemmick se desvió del camino de la virtud y fue llamado a él por la señorita Skiffins.

Por fin, el Anciano se sumió en un ligero sueño. Era el momento en que Wemmick fabricaba una pequeña tetera, una bandeja con vasos y una botella negra con un corcho de porcelana, que representaba a algún dignatario clerical de aspecto rubicundo y social. Con la ayuda de estos aparatos, todos teníamos algo caliente para beber, incluido el anciano, que pronto se despertó de nuevo. La señorita Skiffins mezcló, y observé que ella y Wemmick bebían de un vaso. Por supuesto, sabía que no debía ofrecerme a acompañar a la señorita Skiffins a casa, y dadas las circunstancias, pensé que lo mejor era ir primero; lo cual hice, despidiéndome cordialmente de los ancianos y habiendo pasado una agradable velada.

Antes de que transcurriera una semana, recibí una nota de Wemmick, fechada en Walworth, en la que decía que esperaba haber hecho algún avance en ese asunto relacionado con nuestras capacidades privadas y personales, y que se alegraría si yo pudiera ir a verlo de nuevo. Así que fui a Walworth otra vez, una y otra vez, y otra vez, y lo vi varias veces en la City, pero nunca tuve ninguna comunicación con él sobre el tema en Little Britain o cerca de ella. El resultado fue que encontramos a un joven comerciante o corredor de barcos digno, no establecido desde hacía mucho tiempo en los negocios, que necesitaba ayuda inteligente, y que quería capital, y que a su debido tiempo y recibo querría un socio. Entre él y yo se firmaron artículos secretos de los que Herbert era objeto, y yo le pagué la mitad de mis quinientas libras de enganche, y me comprometí a realizar otros pagos: algunos, que vencían en determinadas fechas con cargo a mis ingresos; otros, supeditados a mi entrada en mi propiedad. El hermano de la señorita Skiffins llevó a cabo la negociación. Wemmick lo impregnó en todo momento, pero nunca apareció en él.

Todo el asunto estaba tan hábilmente gestionado, que Herbert no tenía la menor sospecha de que yo estuviera metido en él. Nunca olvidaré el rostro radiante con que llegó a casa una tarde y me contó, como una gran noticia, que se había enamorado de un tal Clarriker (el nombre del joven comerciante), y que Clarriker había mostrado una inclinación extraordinaria hacia él, y que creía que la oportunidad había llegado por fin. Día tras día, a medida que sus esperanzas se hacían más fuertes y su rostro más brillante, debió de pensar que yo era un amigo cada vez más afectuoso, porque me costaba mucho trabajo contener mis lágrimas de triunfo al verlo tan feliz. Al fin, una vez hecho esto, y habiendo entrado él aquel día en casa de Clarriker, y habiendo hablado conmigo durante toda una noche en un arrebato de placer y éxito, cuando me fui a la cama lloré de verdad, pensando que mis esperanzas habían hecho algún bien a alguien.

Un gran acontecimiento en mi vida, el punto de inflexión de mi vida, se abre ahora ante mi vista. Pero, antes de proceder a narrarlo, y antes de pasar a todos los cambios que implicó, debo dedicar un capítulo a Estella. No es mucho para dar al tema que durante tanto tiempo llenó mi corazón.

CAPÍTULO XXXVIII.

Si esa vieja y seria casa cerca del Green, en Richmond, llegara a ser embrujada cuando yo muera, seguramente será embrujada por mi fantasma. ¡Oh, las muchas, muchas noches y días durante los cuales el espíritu inquieto dentro de mí rondaba esa casa cuando Estella vivía allí! Que mi cuerpo estuviera donde quisiera, mi espíritu siempre estaba vagando, vagando, vagando, alrededor de esa casa.

La dama con la que se encontraba Estella, llamada la señora Brandley, era viuda y tenía una hija varios años mayor que Estella. La madre parecía joven y la hija parecía vieja; La tez de la madre era rosada y la de la hija amarilla; la madre se dedicó a la frivolidad, y la hija a la teología. Estaban en lo que se llama una buena posición, y visitaron, y fueron visitados por, un gran número de personas. Entre ellos y Estella subsistía poca o ninguna comunidad de sentimientos, pero se estableció el entendimiento de que ellos eran necesarios para ella, y que ella era necesaria para ellos. La señora Brandley había sido amiga de la señorita Havisham antes de su reclusión.

En la casa de la señora Brandley y fuera de la casa de la señora Brandley, sufrí toda clase y grado de tortura que Estella podía causarme. La naturaleza de mis relaciones con ella, que me colocaba en términos de familiaridad sin ponerme en términos de favor, conducía a mi distracción. Se valió de mí para burlarse de otros admiradores, y convirtió la misma familiaridad entre ella y yo en el argumento de menospreciar constantemente mi devoción por ella. Si yo hubiera sido su secretario, mayordomo, hermanastro, pariente pobre, si hubiera sido un hermano menor de su marido, no me habría parecido más lejos de mis esperanzas cuando estuve más cerca de ella. El privilegio de llamarla por su nombre y oír que me llamara por el mío se convirtió, dadas las circunstancias, en un agravante de mis pruebas; y aunque creo que es probable que casi enloqueciera a sus otros amantes, sé con demasiada certeza que casi me enloqueció a mí.

Tenía admiradores sin fin. Sin duda, mis celos hacían admirador a todos los que se acercaban a ella; Pero había más que suficientes sin eso.

La veía a menudo en Richmond, oía hablar de ella a menudo en la ciudad, y solía llevarla a ella y a los Brandley al agua; Había picnics, días de fiesta, obras de teatro, óperas, conciertos, fiestas, toda clase de placeres a través de los cuales la perseguía, y todos eran miserias para mí. Nunca tuve una hora de felicidad en su compañía, y sin embargo, durante las veinticuatro horas que duró toda mi mente insistía en la felicidad de tenerla conmigo hasta la muerte.

A lo largo de esta parte de nuestra relación —y duró, como se verá más adelante, lo que entonces pensé mucho tiempo—, ella volvía habitualmente a ese tono que expresaba que nuestra asociación nos era impuesta. Había otras ocasiones en las que se ponía a prueba de repente en este tono y en todos sus muchos tonos, y parecía compadecerse de mí.

—Pip, Pip —dijo una noche, al llegar a semejante comprobación, cuando nos sentamos aparte junto a una ventana cada vez más oscura de la casa de Richmond—; —¿Nunca te darás cuenta?

—¿De qué?

—De mí.

—Advertencia de que no se deje atraer por ti, ¿quieres decir, Estella?

—¡Quiero decir! Si no sabes a lo que me refiero, estás ciego".

Debería haber replicado que el Amor tenía fama de ciego, pero por la razón de que siempre me refrenaba —y ésta no era la menor de mis miserias— por la sensación de que era poco generoso presionarme sobre ella, cuando ella sabía que no podía elegir sino obedecer a la señorita Havisham. Siempre tuve miedo de que este conocimiento de su parte me pusiera en una grave desventaja con su orgullo y me convirtiera en objeto de una lucha rebelde en su seno.

—De todos modos —dije—, no me han dado ninguna advertencia hace un momento, porque me escribiste para que fuera a verte esta vez.

—Es verdad —dijo Estella, con una sonrisa fría y descuidada que siempre me helaba—.

Después de mirar el crepúsculo por un momento, continuó diciendo:

Ha llegado el momento en que la señorita Havisham desea recibirme un día en Satis. Debes llevarme allí, y traerme de vuelta, si quieres. Preferiría que no viajara solo, y se opone a recibir a mi doncella, porque siente un horror sensible a que esa gente hable de ella. ¿Puedes llevarme?

—¿Puedo llevarte, Estella?

—¿Entonces puedes? Pasado mañana, por favor. Debes pagar todos los gastos de mi bolsa. ¿Oyes el estado en que te vas?

—Y debo obedecer —dije—.

Esta fue toda la preparación que recibí para esa visita, o para otras semejantes; La señorita Havisham nunca me escribió, ni yo había visto ni siquiera su letra. Bajamos al día siguiente, y la encontramos en la habitación donde la había visto por primera vez, y no hace falta añadir que no hubo cambio en Satis House.

Le tenía a Estella un cariño aún más espantoso que la última vez que los vi juntos; Repito la palabra deliberadamente, porque había algo positivamente terrible en la energía de sus miradas y abrazos. Se aferró a la belleza de Estella, se aferró a sus palabras, se aferró a sus gestos y se sentó murmurando sus propios dedos temblorosos mientras la miraba, como si estuviera devorando a la hermosa criatura que había criado.

Desde Estella me miró, con una mirada escrutadora que parecía hurgar en mi corazón y sondear sus heridas. —¿Cómo te utiliza, Pip? ¿Cómo te utiliza?", me preguntó de nuevo, con su entusiasmo de bruja, incluso en el oído de Estella. Pero, cuando nos sentábamos junto a su fuego parpadeante por la noche, ella era de lo más rara; porque entonces, teniendo la mano de Estella metida en su brazo y apretada con la suya en la suya, la extorsionaba, a fuerza de volver a lo que Estella le había dicho en sus cartas regulares, los nombres y condiciones de los hombres a quienes había fascinado; y mientras la señorita Havisham se detenía en este rollo, con la intensidad de una mente mortalmente herida y enferma, se sentó con la otra mano en su bastón de muleta, y su barbilla en aquella, y sus ojos pálidos y brillantes mirándome, como un espectro.

Vi en esto, por miserable que me hiciera, y amargo el sentimiento de dependencia e incluso de degradación que despertaba, que Estella estaba dispuesta a vengarse de los hombres de la señorita Havisham, y que no me la iban a dar hasta que ella lo hubiera satisfecho por un tiempo. Vi en esto una razón por la que ella me había sido asignada de antemano. Enviándola a atraerla, atormentarla y hacer travesuras, la señorita Havisham la envió con la maliciosa seguridad de que estaba fuera del alcance de todos los admiradores, y que todos los que apostaban por ese elenco estaban seguros de perder. Vi en esto que yo también estaba atormentado por una perversión de la ingenuidad, incluso cuando el premio estaba reservado para mí. Vi en esto la razón por la que me habían retrasado tanto tiempo y la razón por la que mi difunto tutor se negaba a comprometerse con el conocimiento formal de tal plan. En una palabra, vi en esta señorita Havisham como la tenía entonces y allí ante mis ojos, y siempre la había tenido ante mis ojos; y vi en ella la sombra nítida de la casa oscura e insalubre en la que su vida estaba oculta al sol.

Las velas que iluminaban esa habitación suya estaban colocadas en apliques en la pared. Estaban a gran altura del suelo, y ardían con la constante monotonía de la luz artificial en el aire que rara vez se renueva. Al mirar a mi alrededor, y a la pálida penumbra que producían, y al reloj parado, y a las marchitas prendas de vestir de novia sobre la mesa y el suelo, y a su propia figura horrible con su reflejo fantasmal arrojado por el fuego sobre el techo y la pared, vi en todo la construcción a la que mi mente había llegado. repetidas y devueltas a mí. Mis pensamientos pasaron a la gran sala, al otro lado del rellano, donde estaba extendida la mesa, y la vi escrita, por así decirlo, en las caídas de las telarañas del centro de la mesa, en los rastreos de las arañas sobre el paño, en las huellas de los ratones que tomaban sus pequeños corazones vivificados detrás de los paneles: y en los tanteos y pausas de los escarabajos en el suelo.

Sucedió con motivo de esta visita que surgieron algunas palabras ásperas entre Estella y la señorita Havisham. Era la primera vez que los veía enfrentados.

Estábamos sentados junto al fuego, como acabamos de describir, y la señorita Havisham todavía tenía el brazo de Estella entre los suyos, y todavía agarraba la mano de Estella entre las suyas, cuando Estella comenzó a desprenderse gradualmente. Había mostrado una orgullosa impaciencia más de una vez antes, y había preferido soportar ese feroz afecto antes que aceptarlo o corresponderlo.

—¡Qué! —dijo la señorita Havisham, mirándola con los ojos—, ¿está usted cansada de mí?

-Sólo un poco cansada de mí misma -respondió Estella, soltando el brazo y dirigiéndose a la gran chimenea, donde se quedó mirando el fuego-.

-¡Di la verdad, ingrata! -exclamó la señorita Havisham, golpeando apasionadamente el suelo con su bastón-. "Estás cansado de mí".

Estella la miró con perfecta compostura, y volvió a mirar el fuego. Su graciosa figura y su bello rostro expresaban una indiferencia serena hacia el calor salvaje del otro, que era casi cruel.

—¡Cepa y piedra! —exclamó la señorita Havisham—. "¡Corazón frío, frío!"

-¿Qué? -dijo Estella, conservando su actitud de indiferencia, mientras se apoyaba en la gran chimenea y sólo movía los ojos-. "¿Me reprochas que tenga frío? ¿Tú?

"¿No es así?", fue la feroz réplica.

—Deberías saberlo —dijo Estella—. "Soy lo que tú me has hecho. Toma toda la alabanza, toma toda la culpa; Toma todo el éxito, toma todo el fracaso; En resumen, tómame".

-¡Oh, mírala, mírala! -exclamó la señorita Havisham con amargura-. "¡Mírala tan dura e ingrata, en el hogar donde fue criada! ¡Donde la llevé a este miserable pecho cuando empezaba a sangrar por sus puñaladas, y donde le he prodigado años de ternura!

-A lo menos, yo no participé en el pacto -dijo Estella-, porque si yo podía caminar y hablar, cuando se hizo, fue todo lo que pude. Pero, ¿qué tendrías? Has sido muy bueno conmigo y te lo debo todo. ¿Qué querrías tú?

—Amor —respondió el otro—.

"Lo tienes".

—No lo he hecho —dijo la señorita Havisham—.

-Madre de adopción -replicó Estella, sin apartarse nunca de la gracia fácil de su actitud, sin levantar la voz como lo hacía la otra, sin ceder nunca a la ira ni a la ternura-, madre de adopción, ya he dicho que todo te lo debo a ti. Todo lo que poseo es libremente tuyo. Todo lo que me has dado, está a tus órdenes para tenerlo de nuevo. Más allá de eso, no tengo nada. Y si me pides que te dé lo que nunca me diste, mi gratitud y mi deber no pueden hacer imposibles".

-¡Nunca le di amor! -exclamó la señorita Havisham, volviéndose locamente hacia mí-. ¿Acaso nunca le di un amor ardiente, inseparable de los celos en todo momento, y del dolor agudo, mientras ella me habla así? ¡Que me llame loco, que me llame loco!"

-¿Por qué he de llamarte loco -replicó Estella-, yo de todos los hombres? ¿Vive alguien que sepa qué propósitos tiene usted la mitad de bien que yo? ¿Vive alguien, que sepa la memoria tan firme que tienes, la mitad de bien que yo? ¡Yo, que me he sentado en este mismo hogar, en el pequeño taburete que ahora está a tu lado, aprendiendo tus lecciones y mirándote a la cara, cuando tu cara era extraña y me asustaba!

—¡Pronto olvidado! —gimió la señorita Havisham—. "¡Tiempos pronto olvidados!"

-No, no olvidado -replicó Estella-, no olvidado, sino atesorado en mi memoria. ¿Cuándo me has encontrado falso a tus enseñanzas? ¿Cuándo me has encontrado desocupándote de tus lecciones? ¿Cuándo me has encontrado admitiendo aquí —se tocó el pecho con la mano— algo que tú excluías? Sé justo conmigo".

—¡Tan orgullosa, tan orgullosa! —gimió la señorita Havisham, apartando sus canas con ambas manos—.

-¿Quién me enseñó a ser soberbia? -replicó Estella-. "¿Quién me alabó cuando aprendí la lección?"

—¡Tan duro, tan duro! —gimió la señorita Havisham, con su antiguo gesto—.

-¿Quién me enseñó a ser dura? -replicó Estella-. "¿Quién me alabó cuando aprendí la lección?"

—¡Pero para ser orgulloso y duro conmigo! —chilló la señorita Havisham, mientras estiraba los brazos—. "¡Estella, Estella, Estella, que seas orgulloso y duro *conmigo!*"

Estella la miró un momento con una especie de asombro tranquilo, pero no se inquietó por lo demás; Cuando pasó el momento, volvió a mirar el fuego.

—No se me ocurre —dijo Estella, alzando los ojos después de un silencio— por qué has de ser tan irrazonable cuando vengo a verte después de una separación. Nunca he olvidado tus errores y sus causas. Nunca te he sido infiel ni a ti ni a tu educación. Nunca he mostrado ninguna debilidad de la que pueda acusarme".

—¿Sería una debilidad corresponder a mi amor? —exclamó la señorita Havisham—. —¡Pero sí, sí, ella lo llamaría así!

—Empiezo a pensar —dijo Estella, en tono meditabundo, después de otro momento de tranquilo asombro— que casi comprendo cómo sucede esto. Si hubieras criado a tu hija adoptiva en el oscuro confinamiento de estas habitaciones, y nunca le hubieras hecho saber que existía tal cosa como la luz del día por la que nunca había visto tu rostro, si lo hubieras hecho, y luego, con un propósito, hubieras querido que ella entendiera la luz del día y supiera todo acerca de ella, ¿Te habrías sentido decepcionado y enojado?"

La señorita Havisham, con la cabeza entre las manos, se sentó a gemir y balancearse en la silla, pero no respondió.

-O -dijo Estella-, que es un caso más cercano, si le hubieras enseñado, desde los albores de su inteligencia, con toda tu energía y poder, que existía la luz del día, pero que estaba hecha para ser su enemiga y destructora, y que siempre debía volverse contra ella, porque te había arruinado a ti y a ella la arruinaría a ella, si hubieras hecho esto, Y luego, por un propósito, si hubieras querido que ella tomara naturalmente la luz del día y no pudo hacerlo, ¿te habrías sentido decepcionado y enojado?

La señorita Havisham estaba sentada escuchando (o eso parecía, porque no podía verle la cara), pero seguía sin responder.

-De modo -dijo Estella-, que me han de tomar como me han hecho. El éxito no es mío, el fracaso no es mío, pero los dos juntos me hacen".

La señorita Havisham se había sentado, yo no sabía cómo, en el suelo, entre las descoloridas reliquias nupciales con las que estaba sembrado. Aproveché el momento —lo había buscado desde el principio— para salir de la habitación, después de suplicarle la atención de Estella, con un movimiento de mi mano. Cuando me fui, Estella seguía de pie junto a la gran chimenea, tal como había permanecido durante todo el tiempo. Las canas de la señorita Havisham estaban a la deriva en el suelo, entre los otros restos nupciales, y era un espectáculo miserable de ver.

Con el corazón deprimido, caminé a la luz de las estrellas durante más de una hora, por el patio, por la cervecería y por el jardín en ruinas. Cuando por fin me armé de valor para volver a la habitación, encontré a Estella sentada en las rodillas de la señorita Havisham, recogiendo algunas puntadas en una de esas viejas prendas de vestir que se caían a pedazos y que desde entonces me han recordado a menudo los jirones descoloridos de las viejas banderas que he visto colgadas en las catedrales. Después, Estella y yo jugamos a las cartas, como antaño, sólo que ahora éramos hábiles y jugábamos a juegos franceses, y así pasó la noche y me fui a la cama.

Yo yacía en ese edificio separado al otro lado del patio. Era la primera vez que me acostaba a descansar en Satis House, y el sueño se negaba a acercarse a mí. Mil señoritas Havisham me perseguían. Estaba a este lado de mi almohada, en aquel, a la cabecera de la cama, a los pies, detrás de la puerta entreabierta del vestidor, en el vestidor, en la habitación de arriba, en la habitación de abajo, en todas partes. Por fin, cuando la noche tardaba en avanzar hacia las dos, sentí que ya no podía soportar más aquel lugar como lugar para acostarme, y que debía levantarme. Por lo tanto, me levanté, me vestí y salí a través del patio hacia el largo pasillo de piedra, con la intención de ganar el patio exterior y caminar allí para alivio de mi mente. Pero apenas estuve en el pasillo cuando apagué mi vela; porque vi a la señorita Havisham pasar por él de una manera fantasmal, lanzando un grito bajo. La seguí a cierta distancia y la vi subir la escalera. Llevaba en la mano una vela desnuda, que probablemente había sacado de uno de los candelabros de su habitación, y era un objeto de lo más sobrenatural por su luz. De pie al pie de la escalera, sentí el aire enmohecido de la cámara de fiestas, sin verla abrir la puerta, y la oí caminar hacia allí, y así a través de su propia habitación, y así otra vez a través de aquella, sin cesar el grito bajo. Al cabo de un tiempo, intenté en la oscuridad salir y volver, pero no pude hacer ninguna de las dos cosas hasta que algunos rayos del día se desviaron y me mostraron dónde poner las manos. Durante todo el intervalo, cada vez que subía al pie de la escalera, oía sus pasos, veía su luz pasar por encima y oía su incesante llanto.

Antes de que nos fuéramos al día siguiente, no se reavivó la diferencia entre ella y Estella, ni se revivió en ninguna ocasión similar; Y hubo cuatro ocasiones similares, que yo recuerde. Tampoco cambió en nada la actitud de la señorita Havisham hacia Estella, excepto que yo creía que tenía algo parecido al miedo infundido entre sus antiguas características.

Es imposible pasar esta página de mi vida sin ponerle el nombre de Bentley Drummle; o lo haría, con mucho gusto.

En cierta ocasión, cuando los Pinzones estaban reunidos en tropel, y cuando los buenos sentimientos se promovían de la manera habitual porque nadie estaba de acuerdo con nadie más, el Pinzón que presidía llamó al orden al Bosque, ya que el señor Drummle aún no había brindado por una dama; lo cual, según la solemne constitución de la sociedad, le tocó al bruto hacer ese día. Me pareció verlo mirarme de un modo feo mientras los decantadores daban vueltas, pero como no había amor perdido entre nosotros, eso podía ser fácil. ¡Cuál fue mi sorpresa indignada cuando llamó a la compañía para que lo comprometiera con "Estella"!

—¿Estella, quién? —pregunté.

—No te preocupes —replicó Drummle—.

-¿Estella, de dónde? -pregunté-. Tú tienes que decir de dónde. Y lo era, como un pinzón.

—De Richmond, caballeros —dijo Drummle, quitándome de encima—, y de una belleza sin igual.

¡Mucho sabía de bellezas sin igual, un idiota mezquino y miserable! —susurré Herbert—.

—Conozco a esa dama —dijo Herbert, al otro lado de la mesa, una vez que el brindis hubo sido honrado—.

—¿Y tú? —preguntó Drummle.

—Y yo también —añadí con el rostro escarlata—.

—¿Y tú? —preguntó Drummle. —¡*Oh*, Señor!

Esta era la única retorta —excepto el vidrio o la vajilla— que la pesada criatura era capaz de hacer; pero me enfureció tanto como si hubiera sido punzante con ingenio, e inmediatamente me levanté en mi lugar y dije que no podía dejar de considerar como una infancia del honorable Finch venir a ese Grove, —siempre hablábamos de bajar a ese Grove, como un claro giro parlamentario de expresión—... hasta ese Grove, proponiéndole a una dama de la que no sabía nada.

Al oír esto, el señor Drummle, poniéndose en pie, preguntó qué quería decir con eso. A lo que le respondí con extrema firmeza que creía que él sabía dónde me encontraba.

Si era posible en un país cristiano prescindir de la sangre, después de esto, era una cuestión sobre la que los pinzones estaban divididos. De hecho, el debate sobre el tema se volvió tan animado que al menos otros seis diputados dijeron a otros seis, durante la discusión, que creían *saber* dónde se encontraban. Sin embargo, al final se decidió (el Grove era un Tribunal de Honor) que si el señor Drummle traía un certificado de la dama, que significaba que tenía el honor de conocerla, el señor Pip debía expresar su arrepentimiento, como caballero y como pinzón, por haber «sido traicionado en una calidez que». Al día siguiente se fijó para la producción (para que nuestro honor no se enfriara por la demora), y al día siguiente apareció Drummle con una cortés confesión en la mano de Estella, que había tenido el honor de bailar con él varias veces. Esto no me dejaba más remedio que lamentar haber sido "traicionado en un calor que" y, en general, repudiar, como insostenible, la idea de que se me encontrara en cualquier parte. Drummle y yo nos quedamos sentados resoplando el uno al otro durante una hora, mientras el Grove se enzarzaba en una contradicción indiscriminada, y finalmente se declaró que la promoción de los buenos sentimientos había seguido adelante a un ritmo asombroso.

Lo cuento con ligereza, pero para mí no fue algo ligero. Porque no puedo expresar adecuadamente el dolor que me causó pensar que Estella hiciera algún favor a un bobo despreciable, torpe y malhumorado, tan por debajo de la media. Hasta el momento presente, creo que se debió a un puro fuego de generosidad y desinterés en mi amor por ella, que no pude soportar la idea de que ella se inclinara ante ese sabueso. Sin duda, yo habría sido desdichado a quienquiera que ella hubiera favorecido; pero un objeto más digno me habría causado un tipo y un grado de angustia diferentes.

Fue fácil para mí descubrir, y pronto lo descubrí, que Drummle había comenzado a seguirla de cerca, y que ella se lo permitió. Al cabo de un rato, él siempre la perseguía, y él y yo nos cruzábamos todos los días. Él se aferró, de una manera sorda y persistente, y Estella lo sostuvo; ora con ánimo, ora con desaliento, ora casi halagarle, ora despreciándole abiertamente, ora conociéndole muy bien, ora sin apenas recordar quién era.

Sin embargo, la Araña, como le había llamado el señor Jaggers, estaba acostumbrada a estar al acecho y tenía la paciencia de su tribu. Además de eso, tenía una confianza obstinada en su dinero y en la grandeza de su familia, que a veces le hacía un buen servicio, casi ocupando el lugar de la concentración y el propósito decidido. Así, la Araña, que observaba obstinadamente a Estella, vigilaba a muchos insectos más brillantes, y a menudo se desenrollaba y caía en el momento adecuado.

En cierto Baile de Asamblea en Richmond (solía haber Bailes de Asamblea en la mayoría de los lugares de entonces), donde Estella había eclipsado a todas las demás bellezas, este torpe Drummle se cernía tanto sobre ella, y con tanta tolerancia de su parte, que resolví hablarle acerca de él. Aproveché la siguiente oportunidad; que fue cuando estaba esperando a que la señora Blandley la llevara a su casa, y estaba sentada aparte entre unas flores, lista para irse. Yo estaba con ella, porque casi siempre los acompañaba a esos lugares y a los que traía.

—¿Estás cansada, Estella?

—Más bien, Pip.

—Deberías estarlo.

"Di más bien, que no debería serlo; porque tengo que escribir mi carta a Satis House, antes de irme a dormir.

-¿Contando el triunfo de esta noche? -pregunté. -Seguramente muy pobre, Estella.

—¿A qué te refieres? No sabía que había habido alguno".

—Estella —dije yo—, mira a ese hombre que está en la esquina de allá, que nos está mirando a nosotros.

-¿Por qué he de mirarle? -replicó Estella, clavando los ojos en mí-. —¿Qué hay en ese hombre de la esquina, para usar tus palabras, que yo necesite mirar?

—Ésa es precisamente la pregunta que quiero hacerte —dije—, porque ha estado rondando a tu alrededor toda la noche.

-Polillas y toda clase de criaturas feas -replicó Estella, mirándolo fijamente-, revolotean alrededor de una vela encendida. ¿Puede la vela ayudarlo?"

—No —repliqué—; —¿Pero no puede la Estella evitarlo?

—Bueno —dijo ella, riendo, al cabo de un momento—, tal vez. Sí. Lo que quieras".

—Pero, Estella, escúchame hablar. Me desafía que animaras a un hombre tan despreciado como Drummle. Sabes que es despreciado".

—¿Y bien? —dijo ella—.
Sabes que es tan desgarbado por dentro como por fuera. Un tipo deficiente, malhumorado, bajón, estúpido".

—¿Y bien? —dijo ella—.

"Sabes que no tiene nada que recomendarle, excepto dinero y una ridícula lista de predecesores tontos; Ahora, ¿no es así?

-¿Y bien? -volvió a decir ella-. Y cada vez que lo decía, abría más sus hermosos ojos.

Para vencer la dificultad de superar ese monosílabo, se lo quité y le dije, repitiéndolo con énfasis: "¡Bueno! Entonces, por eso me hace miserable".

Ahora bien, si hubiera podido creer que ella favorecía a Drummle con la idea de hacerme a mí, a mí, desdichado, me habría animado mejor; pero, en su forma habitual, me apartó de tal modo que no pude creer nada de eso.

289

—Pip —dijo Estella, echando una ojeada a la habitación—, no seas tonto por el efecto que tiene en ti. Puede tener su efecto en los demás, y puede estar destinado a tenerlo. No vale la pena discutirlo".

—Sí —dije yo—, porque no puedo soportar que la gente diga: «Ella derrocha sus gracias y sus atractivos con un simple bobo, el más humilde de la multitud».

—Puedo soportarlo —dijo Estella—.

—¡Oh! no seas tan soberbia, Estella, y tan inflexible.

-¡Me llama orgullosa e inflexible en este aliento! -dijo Estella, abriendo las manos-. ¡Y en su último aliento me reprochó haberme rebajado a un bobo!

—No hay duda de que sí —dije yo con cierta precipitación—, porque esta misma noche te he visto mirarle y sonreír como nunca me das a mí.

-¿Queréis entonces que os engañe y os atrape?

—¿Lo engañas y lo atrapas, Estella?

—Sí, y muchos otros, todos menos tú. Aquí está la señora Brandley. No diré nada más.

Y ahora que he dedicado un capítulo al tema que tanto llenaba mi corazón, y que tan a menudo lo hacía doler y doler de nuevo, paso sin obstáculos, al acontecimiento que se había cernido sobre mí por más tiempo todavía; el acontecimiento para el que se había empezado a preparar, antes de que yo supiera que el mundo tenía a Estella, y en los días en que su inteligencia infantil recibía sus primeras distorsiones de las manos desgastadas de la señorita Havisham.

En la historia oriental, la pesada losa que iba a caer sobre el lecho del estado en el arrebato de la conquista fue labrada lentamente de la cantera, el túnel para que la cuerda la sostuviera en su lugar fue llevado lentamente a través de las leguas de roca, la losa se elevó lentamente y se colocó en el techo, La cuerda fue atada a él y llevada lentamente a través de los kilómetros de hondonada hasta el gran anillo de hierro. Estando todo preparado con mucho trabajo, y llegando la hora, el sultán se despertó en la oscuridad de la noche, y el hacha afilada que iba a cortar la cuerda del gran anillo de hierro fue puesta en su mano, y él golpeó con ella, y la cuerda se partió y se precipitó, y el techo cayó. Entonces, en mi caso; Toda la obra, cercana y lejana, que tendía hasta el fin, se había cumplido; Y en un instante el golpe fue dado, y el techo de mi fortaleza cayó sobre mí.

CAPÍTULO XXXIX.

Yo tenía veintitrés años. No había oído una palabra más que me iluminara sobre el tema de mis expectativas, y había pasado una semana de mi vigésimo tercer cumpleaños. Hacía más de un año que habíamos dejado Barnard's Inn y vivíamos en el Templo. Nuestros aposentos estaban en el patio del jardín, junto al río.

El señor Pocket y yo nos habíamos separado durante algún tiempo en cuanto a nuestras relaciones originales, aunque continuamos en los mejores términos. A pesar de mi incapacidad para conformarme con nada, que espero que surgiera de la inquieta e incompleta tenencia en la que tenía mis medios, tenía gusto por la lectura, y leía regularmente tantas horas al día. El asunto de Herbert seguía su curso, y todo a mi disposición seguía tal y como lo había reducido hasta el final del último capítulo anterior.

Los negocios habían llevado a Herbert a un viaje a Marsella. Estaba solo, y tenía la torpe sensación de estar solo. Desanimado y ansioso, con la esperanza de que mañana o la semana que viene me despejaría el camino, y decepcionado durante mucho tiempo, eché de menos tristemente el rostro alegre y la pronta respuesta de mi amigo.

Era un tiempo lamentable; tormentoso y húmedo, tormentoso y húmedo; y barro, barro, barro, en lo profundo de todas las calles. Día tras día, un vasto y pesado velo había estado azotando Londres desde el Este, y seguía avanzando, como si en el Este hubiera una eternidad de nubes y viento. Tan furiosas habían sido las ráfagas, que a los edificios altos de la ciudad se les había quitado el plomo de sus techos; y en el campo, los árboles habían sido arrancados, y las velas de los molinos de viento llevadas; y de la costa habían llegado sombríos relatos de naufragios y muertes. Violentas ráfagas de lluvia habían acompañado a estas ráfagas de viento, y el día que acababa de terminar cuando me senté a leer había sido el peor de todos.

Se han hecho alteraciones en esa parte del Templo desde entonces, y ahora no tiene un carácter tan solitario como lo tenía entonces, ni está tan expuesto al río. Vivíamos en la parte superior de la última casa, y el viento que remontaba el río sacudió la casa esa noche, como descargas de cañones o rompimientos de mar. Cuando la lluvia llegó con ella y se estrelló contra las ventanas, pensé, levantando los ojos hacia ellas mientras se mecían, que podría haberme imaginado en un faro azotado por la tormenta. De vez en cuando, el humo salía rodando por la chimenea como si no pudiera soportar salir en una noche así; y cuando abrí las puertas y miré hacia abajo por la escalera, las lámparas de la escalera se apagaron; y cuando me cubrí la cara con las manos y miré a través de las ventanas negras (abrirlas tan poco era imposible en medio de tanto viento y lluvia), vi que las lámparas del patio estaban apagadas, y que las lámparas de los puentes y de la orilla temblaban, y que los fuegos de carbón de las barcazas en el río eran arrastrados por el viento como salpicaduras al rojo vivo en la lluvia.

Leía con el reloj sobre la mesa, con la intención de cerrar el libro a las once. Al cerrarla, la de San Pablo y todos los muchos relojes de las iglesias de la ciudad, algunos que conducían, otros acompañaban, otros seguían, daban la hora. El sonido era curiosamente defectuoso por el viento; y yo estaba escuchando, y pensando cómo el viento la azotaba y la desgarraba, cuando oí unos pasos en la escalera.

No importa qué locura nerviosa me hizo sobresaltarme y relacionarla terriblemente con los pasos de mi hermana muerta. Pasó en un momento, y volví a escuchar, y oí los pasos que se acercaban a trompicones. Recordando, pues, que las luces de la escalera se habían apagado, tomé mi lámpara de lectura y salí a la cabecera de la escalera. Quienquiera que estuviera abajo se había detenido al ver mi lámpara, porque todo estaba en silencio.

—Hay alguien ahí abajo, ¿no es así? —grité, mirando hacia abajo—.

—Sí —dijo una voz desde la oscuridad que había debajo—.

—¿Qué piso quieres?

"La parte superior. El señor Pip.

—Ése es mi nombre.—¿No pasa nada?

—Nada de malo —replicó la voz—. Y el hombre se acercó.

Yo permanecí de pie con la lámpara extendida sobre la barandilla de la escalera, y él se acercó lentamente a su luz. Era una lámpara de pantalla para brillar sobre un libro, y su círculo de luz estaba muy contraído; de modo que estuvo en ella por un simple instante, y luego fuera de ella. En ese instante, había visto un rostro que me era extraño, mirando hacia arriba con un aire incomprensible de estar conmovido y complacido al verme.

Moviendo la lámpara mientras el hombre se movía, me di cuenta de que estaba vestido de manera considerable, pero toscamente, como un viajero por mar. Que tenía el pelo largo de color gris hierro. Que su edad rondaba los sesenta años. Que era un hombre musculoso, fuerte en las piernas, y que estaba moreno y endurecido por la exposición a la intemperie. Mientras subía los dos últimos escalones, y la luz de mi lámpara nos incluía a los dos, vi, con una especie de asombro estúpido, que me tendía las dos manos.

"Por favor, ¿cuál es tu negocio?" —le pregunté.

—¿Asunto mío? —repitió, haciendo una pausa. —¡Ah! Sí. Te explicaré lo que ocupé, con tu permiso.

—¿Quiere entrar?

—Sí —respondió—; —Deseo entrar, maestro.

Le había hecho la pregunta de manera bastante inhóspita, porque me molestaba el tipo de reconocimiento brillante y gratificante que aún brillaba en su rostro. Me molestó, porque parecía implicar que él esperaba que yo respondiera a ello. Pero lo llevé a la habitación que acababa de dejar y, después de dejar la lámpara sobre la mesa, le pedí que se explicara lo más cortésmente que pude.

Miró a su alrededor con el aire más extraño, un aire de asombro y placer, como si tuviera alguna parte en las cosas que admiraba, y se quitó un tosco abrigo exterior y el sombrero. Entonces vi que tenía el ceño fruncido y calvo, y que el largo pelo gris hierro le crecía sólo a los lados. Pero no vi nada que lo explicara en lo más mínimo. Por el contrario, lo vi al momento siguiente, una vez más tendiéndome ambas manos.

—¿Qué quieres decir? —pregunté, casi sospechando que estaba loco.

Se detuvo en su mirada y lentamente se frotó la cabeza con la mano derecha.
—Es desagradable para un hombre —dijo con voz áspera y quebrada—, haber buscado tan lejos y haber venido tan lejos; Pero tú no tienes la culpa de eso, ni nosotros tenemos la culpa de eso. Hablaré dentro de medio minuto. Dame medio minuto, por favor.

Se sentó en una silla que estaba frente al fuego y se cubrió la frente con sus grandes manos morenas y venosas. Entonces lo miré atentamente y me aparté un poco de él; pero yo no lo conocía.

-No hay nadie cerca -dijo él, mirando por encima del hombro-; —¿Lo hay?

—¿Por qué usted, un extraño que entra en mis habitaciones a esta hora de la noche, hace esa pregunta? —pregunté.

—Eres un jugador de juego —replicó, meneando la cabeza hacia mí con un afecto deliberado, a la vez ininteligible y exasperante—; "¡Me alegro de que hayas crecido, un juego uno! Pero no me atrapes. Te arrepentirías mucho de haberlo hecho.

Renuncié a la intención que había detectado, ¡porque lo conocía! Aun así, no podía recordar un solo rasgo, ¡pero lo conocía! Si el viento y la lluvia hubieran ahuyentado los años intermedios, si hubieran dispersado todos los objetos intermedios, si nos hubieran arrastrado hasta el cementerio donde nos encontramos por primera vez frente a frente en niveles tan diferentes, no habría podido conocer a mi convicto con más claridad de lo que lo conocía ahora, sentado en la silla frente al fuego. No hace falta que saque un archivo de su bolsillo y me lo muestre; no hace falta que le quite el pañuelo del cuello y lo enrolle alrededor de su cabeza; No hizo falta que se abrazara con ambos brazos y diera una vuelta temblorosa por la habitación, mirándome para reconocerme. Lo conocía antes de que me diera una de esas ayudas, aunque, un momento antes, no había sido consciente de sospechar ni remotamente su identidad.

Volvió a donde yo estaba y volvió a extender las dos manos. Sin saber qué hacer, pues en mi asombro había perdido el dominio de mí mismo, le di mis manos a regañadientes. Las agarró con entusiasmo, las llevó a sus labios, las besó y aún las sostuvo.

—Has actuado con nobleza, hijo mío —dijo—. —¡Noble, Pip! ¡Y nunca lo he olvidado!"

Ante un cambio en su actitud, como si fuera a abrazarme, le puse una mano sobre el pecho y lo aparté.

—¡Quédate! —le dije—. ¡Mantente alejado! Si me estás agradecido por lo que hice cuando era un niño pequeño, espero que hayas demostrado tu gratitud enmendando tu forma de vida. Si has venido aquí a darme las gracias, no era necesario. Sin embargo, sea como quiera que me hayas encontrado, debe haber algo bueno en el sentimiento que te ha traído aquí, y no te rechazaré; pero seguro que debes entender que... yo...

Mi atención fue tan atraída por la singularidad de su mirada fija hacia mí, que las palabras se extinguieron en mi lengua.

—Estabas diciendo —observó, cuando nos hubimos enfrentado en silencio— que seguramente debo entender. ¿Qué, seguramente, debo entender?

—Que no puedo desear renovar esa relación casual con usted de hace mucho tiempo, en estas circunstancias diferentes. Me alegra creer que te has arrepentido y te has recuperado. Me alegra decírselo. Me alegro de que, pensando que merezco ser agradecido, hayas venido a darme las gracias. Pero nuestros caminos son diferentes, no obstante. Estás mojado y pareces cansado. ¿Vas a beber algo antes de irte?

Se había vuelto a colocar el pañuelo sin apretar y se había quedado de pie, observándome atentamente, mordiendo un largo extremo del mismo. "Creo", contestó él, todavía con el extremo en la boca y todavía observándome, "que *beberé* (te lo agradezco) antes de irme".

Había una bandeja lista sobre una mesa auxiliar. Lo llevé a la mesa cerca del fuego y le pregunté qué quería. Tocó una de las botellas sin mirarla ni hablar, y le preparé un poco de ron caliente y agua. Traté de mantener la mano firme mientras lo hacía, pero su mirada hacia mí mientras se reclinaba en su silla con el largo extremo arrastrado de su pañuelo entre los dientes, evidentemente olvidado, hizo que mi mano fuera muy difícil de dominar. Cuando por fin le puse el vaso, vi con asombro que sus ojos estaban llenos de lágrimas.

Hasta ese momento había permanecido de pie, para no disimular que deseaba que se fuera. Pero me ablandó el aspecto suavizado del hombre, y sentí un toque de reproche. —Espero —dije, echando apresuradamente algo en un vaso para mí y acercando una silla a la mesa— que no pienses que te he hablado con dureza hace un momento. No tenía intención de hacerlo, y lamento haberlo hecho. ¡Te deseo lo mejor y feliz!"

Cuando me llevé el vaso a los labios, miró con sorpresa la punta de su pañuelo, que se le caía de la boca al abrirlo, y extendió la mano. Le di la mía, y luego bebió, y se pasó la manga por los ojos y la frente.

—¿Cómo estás viviendo? —le pregunté.

-He sido ganadero de ovejas, ganadero y otros oficios, allá en el nuevo mundo -dijo-; "Muchos miles de millas de agua tormentosa lejos de aquí".

—¿Espero que te haya ido bien?

"Lo he hecho maravillosamente bien. Hay otros que han salido más tiempo que yo y que también lo han hecho bien, pero a ningún hombre le ha ido tan bien como a mí. Soy famoso por eso".

"Me alegro de escucharlo".

—Espero oírte decir eso, mi querido muchacho.

Sin detenerme a tratar de entender esas palabras o el tono en que estaban pronunciadas, me apagué hasta un punto que acababa de venir a mi mente.

—¿Has visto alguna vez a un mensajero que me enviaste una vez —pregunté—, desde que asumió esa confianza?

"Nunca pongas los ojos en él. Te advierto que no es probable.

"Vino fielmente y me trajo los dos billetes de una libra. Yo era entonces un muchacho pobre, como ustedes saben, y para un muchacho pobre eran una pequeña fortuna. Pero, al igual que tú, me ha ido bien desde entonces, y debes dejarme devolverles el dinero. Puedes darle un uso a otro pobre muchacho. Saqué mi bolso.

Me observó mientras dejaba mi bolso sobre la mesa y lo abría, y me observó mientras separaba dos billetes de una libra de su contenido. Estaban limpios y nuevos, y los extendí y se los entregué. Todavía mirándome, las colocó una sobre la otra, las dobló a lo largo, les dio una vuelta, les prendió fuego a la lámpara y dejó caer las cenizas en la bandeja.

—¿Puedo atreverme —dijo entonces, con una sonrisa que era como un ceño fruncido, y con un ceño fruncido que era como una sonrisa— como preguntarte *cómo* te ha ido bien, desde que tú y yo estuvimos en esos pantanos solitarios y temblorosos?

—¿Cómo?

—¡Ah!

Vació su vaso, se levantó y se quedó de pie junto al fuego, con su pesada mano morena sobre la repisa de la chimenea. Puso un pie en los barrotes, para secarlo y calentarlo, y la bota mojada empezó a humear; Pero él ni lo miró, ni el fuego, sino que me miró fijamente a mí. Fue entonces cuando empecé a temblar.

Cuando mis labios se hubieron abierto y hubieron formado algunas palabras que no tenían sonido, me obligué a decirle (aunque no pude hacerlo claramente) que había sido elegido para suceder a alguna propiedad.

—¿Podría un simple calentador preguntar qué propiedad? —preguntó.

Titubeé: "No lo sé".

-¿Podría un simple calentador preguntar de quién es la propiedad? -preguntó.

Volví a vacilar: "No lo sé".

—¿Podría hacer una conjetura, me pregunto —dijo el convicto—, de los ingresos que usted ha tenido desde que ha alcanzado la mayoría de edad? En cuanto a la primera cifra ahora. ¿Cinco?

Con el corazón latiendo como un pesado martillo de acción desordenada, me levanté de la silla y me quedé de pie con la mano en el dorso, mirándolo fijamente.

—Con respecto a un guardián —prosiguió—. Debería haber habido algún tutor, o algo parecido, mientras tú eras menor de edad. Algún abogado, tal vez. En cuanto a la primera letra del nombre de ese abogado ahora. ¿Sería J?

Toda la verdad de mi posición vino a relampaguear sobre mí; y sus desengaños, peligros, desgracias, consecuencias de todo tipo, se precipitaron en tal multitud que fui arrastrado por ellos y tuve que luchar por cada aliento que respiraba.

—Ponlo —prosiguió—, como el patrón de ese abogado cuyo nombre empezaba con J, y que podría ser Jaggers, dilo como si hubiera llegado por mar a Portsmouth, y hubiera desembarcado allí, y hubiera querido venir a verte. Sin embargo, me has descubierto', dices hace un momento. ¡Pozo! Sin embargo, ¿te descubrí? Le escribí desde Portsmouth a una persona en Londres, pidiéndole detalles de su dirección. ¿El nombre de esa persona? ¿Por qué, Wemmick?

No podría haber dicho una sola palabra, aunque hubiera sido para salvar mi vida. Me quedé de pie, con una mano en el respaldo de la silla y otra en el pecho, donde parecía que me estaba asfixiando, y así permanecí mirándole, hasta que me aferré a la silla, cuando la habitación empezó a agitarse y a girar. Me cogió, me llevó al sofá, me apoyó en los cojines y se arrodilló ante mí, acercando mucho al mío el rostro que ahora recordaba bien y al que me estremecí.

—¡Sí, Pip, querido muchacho, te he convertido en un caballero! ¡Soy yo la que lo ha hecho! Juré que esa vez, seguro como siempre que gané una guinea, que esa guinea sería para ti. Juré que sí, seguro que como siempre he especulado y me he hecho rico, deberías hacerte rico. Yo viví con rudeza, para que tú vivas tranquilo; Trabajé duro, que deberías estar por encima del trabajo. ¿Qué probabilidades, querido muchacho? ¿Lo cuento para que sientas una obligación? Ni un poco. Te lo digo, para que sepas que ese perro de estiércol cazado en el que guardaste la vida, tenía la cabeza tan alta que podría ser un caballero... ¡Y, Pip, tú eres él!

El aborrecimiento con que aparentaba al hombre, el temor que le tenía, la repugnancia con que me apartaba de él, no habrían podido ser superados si hubiera sido una bestia terrible.

—Mira aquí, Pip. Soy tu segundo padre. Eres mi hijo, más para mí que no para ningún hijo. He guardado dinero, solo para que lo gastes. Cuando yo era un pastor alquilado en una choza solitaria, sin ver rostros, sino rostros de ovejas, hasta que casi olvidé cuáles eran los rostros de hombres y mujeres, te veo a ti. Dejé caer mi cuchillo muchas veces en esa choza cuando estaba cenando o cenando, y dije: '¡Aquí está el chico otra vez, mirándome mientras como y bebo!' Te veo allí muchas veces, tan claro como siempre te veo en esos pantanos brumosos. '¡Señor, mátame!' Digo cada vez, y salgo al aire a decirlo a cielo abierto, «¡pero vaya, si consigo la libertad y el dinero, haré de ese muchacho un caballero!» Y lo hice. ¡Mírate, querido muchacho! ¡Mira estos alojamientos tuyos, dignos de un señor! ¿Un señor? ¡Ah! ¡Mostrarás dinero a los señores por apuestas, y los vencerás!"

En su calor y triunfo, y en su conocimiento de que yo había estado a punto de desmayarme, no comentó sobre mi recepción de todo esto. Fue el único grano de alivio que tuve.

-¡Mira aquí! -prosiguió, sacando mi reloj del bolsillo y volviéndome hacia él con un anillo en el dedo, mientras yo retrocedía ante su tacto como si hubiera sido una serpiente-, un oro y una belleza: *¡eso es* de un caballero, espero! Un diamante todo engastado con rubíes; *¡Eso es* de un caballero, espero! Mira tu ropa de cama; ¡Fino y hermoso! Mira tu ropa; ¡Mejor no está por conseguir! ¡Y también tus libros —recorrió la habitación con los ojos—, acumulándose en sus estanterías por centenares! Y tú los lees; ¿No es así? Veo que los habías estado leyendo cuando entré. ¡Je je je! ¡Me las leerás, querido muchacho! Y si están en idiomas extranjeros que no entiendo, estaré tan orgulloso como si lo hiciera".

De nuevo tomó mis dos manos y se las llevó a los labios, mientras mi sangre se helaba dentro de mí.

—¿No te importa hablar, Pip? —dijo, después de cubrirse de nuevo los ojos y la frente con la manga, mientras el chasquido le llegaba a la garganta que yo recordaba muy bien—, y me pareció tanto más horrible cuanto que fuera tan serio; —No puedes hacerlo mejor ni quedarte callado, querido muchacho. No has esperado esto lentamente como yo lo he hecho; tú no estabas preparado para esto como yo lo estaba. ¿Pero no pensaste que podría ser yo?

—¡Oh, no, no, no —repliqué—, ¡Nunca, nunca!

"Bueno, ya lo ves *a* mí, y sin ayuda de nadie. No hay más alma en ella que yo y el señor Jaggers.

—¿No había nadie más? —pregunté.

—No —dijo con una mirada de sorpresa—, ¿quién más debería haber? Y, querido muchacho, ¡qué guapo te has vuelto! Hay ojos brillantes en alguna parte, ¿eh? ¿No hay ojos brillantes en alguna parte, en los que te encantan los pensamientos?

¡Oh Estella, Estella!

—Serán tuyos, querido muchacho, si el dinero puede comprarlos. No es que un caballero como vos, tan bien provisto como vos, no pueda ganarlos con su propio juego; ¡Pero el dinero te respaldará! Déjame terminar lo que te estaba diciendo, querido muchacho. De aquella choza y de aquella alquilada, saqué el dinero que me había dejado mi amo (que murió, y había sido el mismo que yo), y conseguí mi libertad y me fui por mi cuenta. En cada cosa que fui, fui por ti. —Señor, échale una mancha —dije, por donde fuera que fuera—, ¡si no es por él! Todo prosperó maravillosamente. Como les acabo de dar a entender, soy famoso por ello. Fue el dinero que me quedó, y las ganancias de los primeros años lo que envié a casa al señor Jaggers, todo para usted, cuando vino por primera vez a verle, de acuerdo con mi carta.

¡Oh, si nunca hubiera venido! ¡Que me hubiera dejado en la fragua, lejos de estar contento, pero, en comparación, feliz!

Y luego, querido muchacho, fue una recompensa para mí, mira, saber en secreto que estaba haciendo un caballero. Los caballos de sangre de aquellos colonos podían arrojar el polvo sobre mí mientras caminaba; ¿Qué digo yo? Me dije a mí mismo: '¡Estoy haciendo un caballero mejor que tú nunca lo serás!' Cuando uno de ellos le dice a otro: "Él era un convicto hace unos años, y ahora es un hombre común e ignorante, por mucho que tenga suerte", ¿qué le digo? Me dije a mí mismo: 'Si no soy un caballero, ni tengo todavía ningún conocimiento, soy el dueño de eso. Todo en ti posee ganado y tierras; ¿Quién de los dueños de un caballero londinense educado? De esta manera me mantengo en marcha. Y de esta manera me mantuve firme en mi mente de que con toda seguridad vendría un día a ver a mi hijo, y me daría a conocer a él en su propio terreno.

Puso su mano en mi hombro. Me estremecí al pensar que, por lo que yo supiera, su mano podría estar manchada de sangre.

—No es fácil, Pip, para mí dejarles partes, ni tampoco es seguro. Pero me aferré a ella, y cuanto más difícil era, más fuerte me sostenía, porque estaba decidido y mi mente firme. Por fin lo conseguí. ¡Querido chico, lo hice!"

Traté de ordenar mis pensamientos, pero me quedé atónito. En todo momento, me había parecido que prestaba más atención al viento y a la lluvia que a él; incluso ahora, no podía separar su voz de esas voces, aunque éstas eran fuertes y la suya era silenciosa.

—¿Dónde me pondrás? —preguntó de pronto. —Tienen que ponerme en alguna parte, querido muchacho.

—¿Para dormir? —dije yo.

"Sí. Y a dormir largo y profundo -respondió-; "porque he sido zarandeado y arrastrado por el mar, meses y meses".

—Mi amigo y compañero —dije, levantándome del sofá— está ausente; Debes tener su habitación.

—No volverá mañana; ¿Lo hará?

—No —dije yo, contestando casi mecánicamente, a pesar de mis mayores esfuerzos—; —Mañana no.

—Porque, mira, querido muchacho —dijo, bajando la voz y poniendo un largo dedo sobre mi pecho de una manera impresionante—, es necesario tener cuidado.

—¿A qué te refieres? ¿Precaución?

"¡Por Dios——, es la muerte!"

—¿Qué es la muerte?

"Fui enviado de por vida. Es la muerte volver. Ha habido demasiadas cosas que han regresado en los últimos años, y con toda seguridad me ahorcarían si me llevaran.

No se necesitaba nada más que esto; el desdichado, después de cargarme con sus cadenas de oro y plata durante años, había arriesgado su vida para venir a mí, y yo la guardé allí en mi custodia. Si lo hubiera amado en lugar de aborrecerlo; si me hubiera atraído hacia él la más fuerte admiración y afecto, en lugar de apartarme de él con la más fuerte repugnancia; No podría haber sido peor. Por el contrario, habría sido mejor, porque su conservación se habría dirigido entonces a mi corazón con naturalidad y ternura.

Mi primer cuidado fue cerrar los postigos, para que no se viera la luz del exterior, y luego cerrar y asegurar las puertas. Mientras lo hacía, él se quedó a la mesa bebiendo ron y comiendo galletas; y cuando le vi así ocupado, volví a ver a mi convicto en los pantanos a la hora de comer. Casi me pareció como si tuviera que agacharse de pronto para limar su pierna.

Cuando entré en la habitación de Herbert y corté cualquier otra comunicación entre ella y la escalera que no fuera a través de la habitación en la que había tenido lugar nuestra conversación, le pregunté si quería irse a la cama. Me dijo que sí, pero me pidió algo de mi "ropa de caballero" para ponerme por la mañana. Lo saqué y se lo preparé, y se me heló la sangre cuando volvió a tomarme de las dos manos para darme las buenas noches.

Me alejé de él, sin saber cómo lo había hecho, y reparé el fuego de la habitación donde habíamos estado juntos, y me senté junto a él, temeroso de ir a la cama. Durante una hora o más, permanecí demasiado aturdido para pensar; y no fue hasta que empecé a pensar, que empecé a conocer plenamente cuán naufragado estaba, y cómo el barco en que había navegado se había hecho pedazos.

Las intenciones de la señorita Havisham para conmigo, todo un mero sueño; Estella no está diseñado para mí; Sólo sufrí en Satis House como una comodidad, un aguijón para los parientes codiciosos, un modelo con un corazón mecánico para practicar cuando no había otra práctica a mano; esa fue la primera inteligencia que tuve. Pero, el dolor más agudo y profundo de todos, era por el convicto, culpable de no sé qué crímenes, y susceptible de ser sacado de aquellas habitaciones donde yo estaba sentado, pensativo, y ahorcado en la puerta de Old Bailey, por lo que había abandonado a Joe.

No habría vuelto con Joe ahora, no habría vuelto con Biddy ahora, por ninguna consideración; simplemente, supongo, porque el sentido de mi propia conducta inútil hacia ellos era mayor que cualquier consideración. Ninguna sabiduría en la tierra podría haberme dado el consuelo que debería haber obtenido de su sencillez y fidelidad; pero nunca, nunca, pude deshacer lo que había hecho.

En cada furia del viento y la ráfaga de lluvia, escuché a los perseguidores. Dos veces, podría haber jurado que llamaron a la puerta y susurraron en la puerta exterior. Con estos temores sobre mí, comencé a imaginar o recordar que había tenido misteriosas advertencias de la proximidad de este hombre. Que, desde hacía semanas, me había cruzado por las calles con rostros que me habían parecido los suyos. Que estas semejanzas se habían hecho más numerosas a medida que él, al cruzar el mar, se había acercado. Que su espíritu maligno había enviado de alguna manera a estos mensajeros a los míos, y que ahora, en esta noche de tormenta, cumplía su palabra, y conmigo.

A estas reflexiones se sumó la idea de que yo lo había visto con mis ojos infantiles como un hombre desesperadamente violento; que había oído a ese otro condenado reiterar que había intentado asesinarlo; que lo había visto en la zanja, desgarrando y luchando como una bestia salvaje. De tales recuerdos saqué a la luz del fuego un terror a medio formar, de que tal vez no fuera seguro estar encerrado allí con él en la oscuridad de la noche salvaje y solitaria. Esto se dilató hasta llenar la habitación, y me impulsó a tomar una vela y entrar a mirar mi terrible carga.

Se había enrollado un pañuelo alrededor de la cabeza, y su rostro estaba firme y abatido en su sueño. Pero él estaba dormido, y también en silencio, aunque tenía una pistola sobre la almohada. Asegurado de esto, retiré suavemente la llave de la puerta exterior y se la volví antes de sentarme de nuevo junto al fuego. Poco a poco me resbalé de la silla y me tumbé en el suelo. Cuando desperté sin haberme separado en mi sueño con la percepción de mi miseria, los relojes de las iglesias de Oriente daban las cinco, las velas se habían apagado, el fuego estaba apagado y el viento y la lluvia intensificaban la espesa oscuridad negra.

ESTE ES EL FINAL DE LA SEGUNDA ETAPA DE LAS EXPECTATIVAS DE PIP.

CAPÍTULO XL.

Fue una suerte para mí tener que tomar precauciones para garantizar (en la medida de lo posible) la seguridad de mi temido visitante; porque, este pensamiento que me presionaba cuando despertaba, mantenía a otros pensamientos en un confuso concurso a distancia.

La imposibilidad de mantenerlo oculto en los aposentos era evidente. No se podría hacer, y el intento de hacerlo engendraría inevitablemente sospechas. Es cierto que ya no tenía a ningún Vengador a mi servicio, pero me cuidaba una vieja mujer incendiaria, asistida por un saco de trapo animado a la que llamaba su sobrina, y mantener una habitación en secreto para ellos sería invitar a la curiosidad y a la exageración. Ambos tenían los ojos débiles, lo que yo había atribuido durante mucho tiempo a que miraban crónicamente los ojos de las cerraduras, y siempre estaban a mano cuando no se les necesitaba; De hecho, esa era su única cualidad confiable, además del robo. Para no crear un misterio con esta gente, resolví anunciar por la mañana que mi tío había llegado inesperadamente del campo.

Este curso lo decidí mientras todavía andaba a tientas en la oscuridad buscando los medios de obtener una luz. Al fin y al cabo, al no tropezar con los medios, quise ir a la cabaña adyacente y hacer que el vigilante viniera con su linterna. Ahora, mientras bajaba a tientas por la escalera negra, caí sobre algo, y ese algo era un hombre agachado en un rincón.

Como el hombre no respondió cuando le pregunté qué hacía allí, sino que eludió mi tacto en silencio, corrí a la cabaña e insté al vigilante a que viniera rápidamente; contándole el incidente en el camino de regreso. Como el viento era más fuerte que nunca, no quisimos poner en peligro la luz de la linterna volviendo a encender las lámparas apagadas de la escalera, pero examinamos la escalera de abajo hacia arriba y no encontramos a nadie allí. Entonces se me ocurrió que era posible que el hombre se hubiera colado en mis habitaciones; Así que, encendiendo mi vela en casa del centinela, y dejándole de pie en la puerta, las examiné cuidadosamente, incluyendo la habitación en que dormía mi temido huésped. Todo estaba en silencio, y seguramente no había ningún otro hombre en esas habitaciones.

Me inquietó que hubiera un merodeador en la escalera, esa noche de todas las noches del año, y le pregunté al vigilante, con la esperanza de obtener alguna explicación esperanzadora mientras le entregaba un trago en la puerta, si había admitido en su puerta a algún caballero que perceptiblemente había estado cenando fuera. Sí, dijo; en diferentes momentos de la noche, tres. Uno vivía en Fountain Court, y los otros dos vivían en Lane, y los había visto a todos volver a casa. Por otra parte, el único otro hombre que vivía en la casa de la que formaban parte mis aposentos había estado en el campo durante algunas semanas, y desde luego no había regresado por la noche, porque habíamos visto su puerta con su sello mientras subíamos las escaleras.

-Siendo tan mala la noche, señor -dijo el vigilante, devolviéndome el vaso-, que han entrado por mi puerta muy pocos. Además de los tres caballeros que he nombrado, no me acuerdo de otro desde las once, cuando un desconocido preguntó por ti.

—Mi tío —murmuré—. —Sí.

—¿Lo vio, señor?

"Sí. Oh, sí.

—¿Y la persona que está con él?

"¡Persona con él!" —repetí—.

—Juzgué que la persona estaba con él —replicó el vigilante—. "La persona se detuvo, cuando se detuvo para preguntarme, y la persona tomó este camino cuando tomó este camino".

—¿Qué clase de persona?

El vigilante no se había dado cuenta especialmente; debería decir una persona trabajadora; A su leal saber y entender, llevaba puesta una especie de ropa de color polvo, debajo de un abrigo oscuro. El centinela sacó más a la ligera el asunto que yo, y naturalmente; no teniendo mi razón para atribuirle peso.

Cuando me deshice de él, lo que me pareció conveniente hacer sin prolongar las explicaciones, mi mente se turbó mucho por estas dos circunstancias tomadas en conjunto. A pesar de que eran fáciles de encontrar en una inocente solución, como, por ejemplo, algún comensal de fuera o de su casa, que no se había acercado a la puerta de este vigilante, podría haberse desviado hacia mi escalera y haberse quedado dormido allí, y mi visitante anónimo podría haber traído a alguien con él para mostrarle el camino, sin embargo, unidos, tenían un aspecto desagradable para alguien tan propenso a la desconfianza y al miedo como lo habían sido los cambios de unas pocas horas me hizo.

Encendí mi fuego, que ardía con una bengala pálida a esa hora de la mañana, y caí en un sueño ante él. Parecía que había estado dormitando toda la noche cuando los relojes dieron las seis. Como había una hora y media entre yo y la luz del día, volví a quedarme dormido; ahora, despertando inquieto, con prolijas conversaciones sobre nada, en mis oídos; ahora, haciendo truenar el viento en la chimenea; Al fin, cayendo en un profundo sueño del que la luz del día me despertó con un sobresalto.

Durante todo este tiempo nunca había sido capaz de considerar mi propia situación, ni podía hacerlo todavía. No tenía el poder de atenderlo. Estaba muy abatido y angustiado, pero de una manera incoherente al por mayor. En cuanto a la formación de cualquier plan para el futuro, podría haber formado un elefante tan pronto. Cuando abrí las persianas y contemplé la mañana húmeda y salvaje, toda de un tono plomizo; cuando caminaba de habitación en habitación; cuando volví a sentarme, temblando, ante el fuego, esperando que apareciera mi lavandera; Pensé en lo miserable que era, pero apenas sabía por qué, ni cuánto tiempo había estado así, ni en qué día de la semana había hecho la reflexión, ni siquiera quién era yo que la había hecho.

Por fin, entraron la vieja y la sobrina, esta última con una cabeza que no se distinguía fácilmente de su escoba polvorienta, y se mostraron sorprendidas al verme a mí y al fuego. A quien le conté cómo mi tío había llegado por la noche y entonces estaba dormido, y cómo los preparativos del desayuno debían modificarse en consecuencia. Luego me lavé y me vestí mientras ellos golpeaban los muebles y hacían polvo; y así, en una especie de sueño o vigilia dormida, me encontré de nuevo sentado junto al fuego, esperando que —Él— viniera a desayunar.

Al cabo de un rato, la puerta se abrió y salió. No me atrevía a verlo, y pensé que tenía peor aspecto a la luz del día.

—Ni siquiera sé —dije, hablando en voz baja mientras él se sentaba a la mesa— por qué nombre llamarte. He dado a conocer que eres mi tío.

—¡Eso es todo, querido muchacho! Llámame tío.

—¿Asumió usted algún nombre, supongo, a bordo del barco?

—Sí, querido muchacho. Tomé el nombre de Provis.

—¿Piensa conservar ese nombre?

—Vaya, sí, querido muchacho, es tan bueno como otro, a menos que quieras otro.

—¿Cuál es tu verdadero nombre? —le pregunté en un susurro.

—Magwitch —contestó en el mismo tono—; "Crisen Abel".

—¿Para qué te educaron?

—Un menta de guerra, querido muchacho.

Él respondió muy serio, y usó la palabra como si denotara alguna profesión.

—Cuando entraste en el Templo anoche... —dije, haciendo una pausa para preguntarme si eso podría haber sido realmente anoche, que parecía haber sido hace tanto tiempo.

—¿Sí, querido muchacho?

—Cuando entraste por la puerta y le preguntaste al centinela por el camino, ¿llevas a alguien contigo?

—¿Conmigo? No, querido muchacho.

—¿Pero había alguien allí?

—No presté especial atención —dijo, dubitativo—, porque no conocía las costumbres del lugar. Pero creo que también *hubo* una persona que entró a mi alrededor".

—¿Es usted conocido en Londres?

—¡Espero que no! —dijo, dando a su cuello un tirón con el dedo índice que me hizo ponerme caliente y enfermo—.

—¿Te conocieron en Londres alguna vez?

—No por encima de todo, querido muchacho. Estuve en las provincias sobre todo".

—¿Le juzgaron en Londres?

—¿A qué hora? —dijo con una mirada penetrante—.

- La última vez.

Él asintió. "La primera vez que conocí al señor Jaggers fue así. Jaggers era para mí".

Estaba en mis labios preguntarle por qué lo habían juzgado, pero él tomó un cuchillo, le dio un ademán y con las palabras: "¡Y lo que hice está calculado y pagado!" se lanzó a su desayuno.

Comía de una manera voraz que era muy desagradable, y todas sus acciones eran groseras, ruidosas y codiciosas. Le habían fallado algunos dientes desde que le vi comer en los pantanos, y mientras se llevaba la comida a la boca y volvía la cabeza hacia un lado para poner en ella sus colmillos más fuertes, parecía terriblemente un perro viejo y hambriento. Si yo hubiera empezado con algún apetito, él me lo habría quitado, y me habría sentado casi como lo hice, repelido de él por una aversión insuperable, y mirando sombríamente la tela.

—Soy un pesado, querido muchacho —dijo, como una especie de disculpa cortés cuando terminó su comida—, pero siempre lo fui. Si hubiera estado en mi constitución ser un pescador más ligero, podría haberme metido en problemas más ligeros. Del mismo modo, debo fumar. Cuando me contrataron por primera vez como pastor al otro lado del mundo, creo que yo mismo me habría convertido en una oveja loca si no hubiera fumado.

Al decir esto, se levantó de la mesa y, metiendo la mano en el pecho del abrigo que llevaba, sacó una pipa negra y un puñado de tabaco suelto de la clase que se llama cabeza de negro. Después de llenar su pipa, volvió a colocar el tabaco sobrante, como si su bolsillo fuera un cajón. Luego, tomó un carbón encendido del fuego con las tenazas, y encendió su pipa en él, y luego se volvió sobre la alfombra de la chimenea de espaldas al fuego, y realizó su acción favorita de extender ambas manos hacia las mías.

—Y esto —dijo, moviendo mis manos de arriba abajo entre las suyas, mientras daba caladas a su pipa—, ¡y este es el caballero que hice! ¡El verdadero y genuino! Me hace bien mirarte, Pip. ¡Lo único que te ruego es que te quedes a tu lado y te mires, querido muchacho!

Solté mis manos tan pronto como pude, y descubrí que estaba comenzando lentamente a calmarme a la contemplación de mi condición. A qué estaba encadenado, y con qué fuerza, se me hizo comprensible cuando escuché su voz ronca y me senté a mirar su cabeza calva y fruncida con su pelo gris hierro a los lados.

-No he de ver a mi caballero pisando el fango de las calles; No debe haber barro en *sus* botas. ¡Mi caballero debe tener caballos, Pip! Caballos para montar, y caballos para conducir, y caballos para que su siervo monte y conduzca también. ¿Tendrán los colonos sus caballos (y sus caballos de sangre, si me place, buen Dios) y no mi caballero londinense? No, no. Les enseñaremos otro par de zapatos que ese, Pip; ¿No lo haremos?

Sacó de su bolsillo un gran libro grueso, repleto de papeles, y lo arrojó sobre la mesa.

—Hay algo que vale la pena gastar en ese libro, querido muchacho. Es tuyo. Todo lo que tengo no es mío; Es tuyo. No te desanimes por ello. Hay más de dónde viene eso. He venido a la vieja casa de campo para ver a mi caballero gastar su dinero *como* un caballero. Será *un* placer. *Será* un placer verlo hacerlo. ¡Y a todos vostrxs a todas! -terminó, mirando alrededor de la habitación y chasqueando los dedos una vez con un fuerte chasquido-, ¡a todos vosotros, desde el juez con su peluca hasta el colono que levanta el polvo, os mostraré a un caballero mejor que todo el equipo que lleváis junto!

—¡Detente! —dije, casi en un frenesí de miedo y antipatía—, quiero hablar contigo. Quiero saber qué hay que hacer. Quiero saber cómo vas a estar fuera de peligro, cuánto tiempo te vas a quedar, qué proyectos tienes".

—Mira, Pip —dijo, poniendo su mano en mi brazo de una manera súbitamente alterada y apagada—; "En primer lugar, mira aquí. Me olvidé de mí mismo hace medio minuto. Lo que dije fue bajo; Eso es lo que era; Bajo. Mira aquí, Pip. Échale un vistazo. No voy a estar deprimido".

—En primer lugar —proseguí, medio gimiendo—, ¿qué precauciones se pueden tomar para que no te reconozcan y te aprehendan?

—No, querido muchacho —dijo, en el mismo tono que antes—, eso no va primero. La bajeza es lo primero. No he tardado tantos años en hacer un caballero, no sin saber lo que se le debe. Mira aquí, Pip. Yo estaba deprimido; eso es lo que yo era; Bajo. Míralo, querido muchacho.

Algún sentido de lo lúgubremente ridículo me movió a una risa inquieta, mientras respondí: "Lo *he* mirado. ¡En el nombre del Cielo, no insistas en ello!"

—Sí, pero mira aquí —insistió—. "Querido muchacho, no he venido con tanta piel, no con tanta piel. Ahora, sigue, querido muchacho. Tú era un dicho...

"¿Cómo vas a protegerte del peligro en que has incurrido?"

—Bueno, querido muchacho, el peligro no es tan grande. A menos que me informaran de que el peligro no era tan significativo. Está Jaggers, y está Wemmick, y estás tú. ¿A quién más hay que informar?

—¿No hay alguna persona que pueda identificarte en la calle? —pregunté.

—Bueno —replicó—, no hay muchos. Tampoco tengo la intención de anunciarme en los periódicos con el nombre de A. M. que ha vuelto de Botany Bay; Y han pasado los años, ¿y quién va a ganar con ello? Aun así, mira aquí, Pip. Si el peligro hubiera sido cincuenta veces mayor, habría venido a verte, eso sí, de todos modos.

—¿Y cuánto tiempo te quedas?

—¿Hasta cuándo? —dijo, quitándose la pipa negra de la boca y dejando caer la mandíbula mientras me miraba. "No voy a volver. He venido para siempre".

-¿Dónde vas a vivir? -pregunté-. ¿Qué se va a hacer contigo? ¿Dónde estarás a salvo?"

—Querido muchacho —replicó—, hay pelucas que se pueden comprar por dinero, y hay polvos para el pelo, y gafas, y ropa negra, pantalones cortos y demás. Otros lo han hecho antes de manera segura, y lo que otros han hecho antes, otros pueden hacerlo antes. En cuanto al dónde y el cómo de vivir, querido muchacho, dame tu propia opinión al respecto.

—Ahora te lo tomas sin problemas —dije—, pero anoche estabas muy serio cuando juraste que era la Muerte.

-Y por eso juro que es la Muerte -dijo, metiéndose la pipa en la boca-, y la Muerte por la cuerda, en la calle abierta, no se puede ver con esto, y es grave que lo entiendas perfectamente. ¿Y entonces qué, una vez hecho esto? Aquí estoy. Volver ahora sería tan malo como mantenerse firme, peor. Además, Pip, estoy aquí, porque lo he querido decir por ti, años y años. En cuanto a lo que me atrevo, ahora soy un pájaro viejo, ya que se ha atrevido a toda clase de trampas desde que emplumó, y no me avergüenza posarme sobre un espantapájaros. Si hay Muerte escondida dentro de ella, la hay, y que salga, y yo me enfrentaré a ella, y entonces creeré en ella y no antes. Y ahora permítame echar un vistazo a mi caballero agen.

Una vez más, me tomó de ambas manos y me examinó con un aire de admiración de la propiedad: fumando con gran complacencia todo el tiempo.

Me pareció que no podía hacer nada mejor que asegurarle un alojamiento tranquilo cerca de allí, del que podría tomar posesión cuando regresara Herbert, a quien esperaba dentro de dos o tres días. Que el secreto debía ser confiado a Herbert como una cuestión de necesidad inevitable, incluso si hubiera podido dejar de lado el inmenso alivio que obtendría de compartirlo con él, era evidente para mí. Pero no era en absoluto tan claro para el señor Provis (resolví llamarlo por ese nombre), quien se reservó su consentimiento a la participación de Herbert hasta que lo viera y se formara un juicio favorable de su fisonomía. —Y aun así, querido muchacho —dijo, sacando de su bolsillo un Testamento negro y grasiento—, lo tendremos bajo juramento.

Afirmar que mi terrible patrón llevaba este librito negro sobre el mundo únicamente para maldecir a la gente en casos de emergencia, sería afirmar lo que nunca llegué a establecer del todo; pero esto puedo decir, que nunca supe que le diera otro uso. El libro en sí tenía la apariencia de haber sido robado de algún tribunal de justicia, y tal vez su conocimiento de sus antecedentes, combinado con su propia experiencia en ese sentido, le daba una confianza en sus poderes como una especie de hechizo o encanto legal. En esta primera ocasión en que lo hizo, recordé cómo me había hecho jurar fidelidad en el cementerio hacía mucho tiempo, y cómo se había descrito a sí mismo la noche anterior como jurando siempre sus resoluciones en su soledad.

Como en ese momento estaba vestido con un traje de marinero, en el que parecía tener algunos loros y cigarros de los que deshacerse, discutí con él qué vestido debería usar. Acariciaba una extraordinaria creencia en las virtudes de los "pantalones cortos" como disfraz, y en su propia mente había esbozado un vestido para sí mismo que lo habría convertido en algo entre un decano y un dentista. Fue con considerable dificultad que lo convencí para que aceptara un vestido más parecido al de un próspero granjero; Y acordamos que se cortara el pelo y se pusiera un poco de polvo. Por último, como aún no había sido visto por la lavandera ni por su sobrina, debía mantenerse fuera de su vista hasta que se cambiara de ropa.

Parecería un asunto sencillo decidir sobre estas precauciones; pero en mi estado aturdido, por no decir distraído, tardé tanto, que no salí a proseguirlos hasta las dos o tres de la tarde. Debía permanecer encerrado en los aposentos mientras yo no estuviera, y de ninguna manera debía abrir la puerta.

Habiéndome enterado de una respetable casa de huéspedes en la calle Essex, cuya parte trasera daba al templo, y estaba casi al alcance de mis ventanas, me dirigí primero a esa casa, y tuve la suerte de conseguir el segundo piso para mi tío, el señor Provis. Luego fui de tienda en tienda, haciendo las compras que eran necesarias para el cambio en su apariencia. Con este asunto tramitado, volví mi rostro, por mi propia cuenta, a Little Britain. El señor Jaggers estaba en su escritorio, pero, al verme entrar, se levantó de inmediato y se detuvo frente al fuego.

—Ahora, Pip —dijo—, ten cuidado.

—Lo haré, señor —repliqué—. Porque, al llegar, había pensado bien en lo que iba a decir.

—No te comprometas —dijo el señor Jaggers—, y no comprometas a nadie. Entiendes, cualquiera. No me digas nada: no quiero saber nada; No tengo curiosidad".

Por supuesto, vi que él sabía que el hombre había venido.

—Sólo quiero, señor Jaggers —dije—, asegurarme de que lo que me han dicho es verdad. No tengo esperanzas de que sea falso, pero al menos puedo verificarlo.

El señor Jaggers asintió. —¿Pero dijiste «dicho» o «informado»? —me preguntó, con la cabeza ladeada y sin mirarme, sino mirar al suelo como si estuviera atento. "Dicho parecería implicar comunicación verbal. No puedes tener comunicación verbal con un hombre en Nueva Gales del Sur, ya sabes".

—Voy a decir, informado, señor Jaggers.

—Bien.

"He sido informado por una persona llamada Abel Magwitch, que él es el benefactor desconocido durante tanto tiempo para mí."

—Ése es el hombre —dijo el señor Jaggers— de Nueva Gales del Sur.

—¿Y sólo él? —pregunté.

—Y sólo él —dijo el señor Jaggers—.

—No soy tan irrazonable, señor, como para pensar que usted es responsable de mis errores y de mis conclusiones equivocadas; pero siempre supuse que era la señorita Havisham.

—Como usted dice, Pip —replicó el señor Jaggers, volviendo sus ojos hacia mí con frialdad y mordiéndose el dedo índice—, yo no soy en absoluto responsable de eso.

—Y, sin embargo, lo parecía, señor —supliqué con el corazón abatido—.

—Ni una partícula de evidencia, Pip —dijo el señor Jaggers, sacudiendo la cabeza y recogiéndose las faldas—. "No te fijes en su aspecto; Toma todo en evidencia. No hay mejor regla".

—No tengo nada más que decir —dije con un suspiro, después de permanecer un rato en silencio—. "He verificado mi información y hay un final".

—Y Magwitch, en Nueva Gales del Sur, habiéndose revelado por fin —dijo el señor Jaggers—, comprenderás, Pip, con cuánta rigidez me he atenido siempre a la estricta línea de los hechos. Nunca ha habido la menor desviación de la estricta línea de los hechos. ¿Eres muy consciente de eso?

—Bastante, señor.

"Le comuniqué a Magwitch, en Nueva Gales del Sur, cuando me escribió por primera vez, desde Nueva Gales del Sur, la advertencia de que no debía esperar que yo me desviara nunca de la estricta línea de los hechos. También le comuniqué otra advertencia. Me pareció que había insinuado oscuramente en su carta alguna idea lejana que tenía de verlo aquí en Inglaterra. Le advertí que no debía oír hablar más de eso; que no era en absoluto probable que obtuviera el indulto; que fue expatriado por el término de su vida natural; y que el presentarse en este país sería un acto de felonía, lo que lo haría susceptible de la pena extrema de la ley. Le hice esa advertencia a Magwitch -dijo el señor Jaggers, mirándome fijamente-; "Lo escribí para Nueva Gales del Sur. Se guió por ella, sin duda.

—Sin duda —dije—.

—Wemmick me ha informado —prosiguió el señor Jaggers, sin dejar de mirarme fijamente— de que ha recibido una carta, fechada en Portsmouth, de un colono llamado Purvis, o...

—O Provis —sugerí—.

—O Provis... gracias, Pip. ¿Quizás sea Provis? ¿Sabes que es Provis?

—Sí —dije yo—.

"Sabes que es Provis. Una carta, fechada en Portsmouth, de un colono llamado Provis, en la que se le piden los datos de su dirección, en nombre de Magwitch. Wemmick le envió los detalles, según tengo entendido, a vuelta de correo. Probablemente es a través de Provis que ha recibido la explicación de Magwitch... ¿en Nueva Gales del Sur?

—Llegó a través de Provis —respondí—.

—Buenos días, Pip —dijo el señor Jaggers, ofreciéndole la mano—; "Me alegro de haberte visto. Al escribir por correo a Magwitch, en Nueva Gales del Sur, o al comunicarse con él a través de Provis, tenga la bondad de mencionar que los detalles y comprobantes de nuestra cuenta larga se le enviarán, junto con el saldo; porque todavía queda un equilibrio. ¡Buenos días, Pip!

Nos dimos la mano y me miró fijamente mientras pudo verme. Me volví hacia la puerta, y él seguía mirándome fijamente, mientras los dos viles moldes de la estantería parecían estar tratando de abrir sus párpados y de forzar la salida de sus gargantas hinchadas: «¡Oh, qué hombre es!»

Wemmick había salido, y aunque había estado en su escritorio, no podía haber hecho nada por mí. Regresé directamente al Templo, donde encontré al terrible Provis bebiendo ron y agua y fumando cabeza de negro, a salvo.

Al día siguiente, toda la ropa que había pedido llegó a casa, y él se la puso. Lo que sea que se pusiera, se volvía menos él (me pareció tristemente) que lo que había usado antes. A mi modo de ver, había algo en él que hacía inútil intentar disfrazarlo. Cuanto más lo vestía y mejor lo vestía, más se parecía al fugitivo encorvado en los pantanos. Este efecto en mi ansiosa fantasía se debía en parte, sin duda, a que su antiguo rostro y modales se volvían más familiares para mí; pero también creo que arrastró una de sus piernas como si todavía tuviera un peso de hierro sobre ella, y que de la cabeza a los pies estaba Convicto en la fibra misma del hombre.

Las influencias de su vida solitaria en la cabaña también estaban sobre él, y le daban un aire salvaje que ningún vestido podía domar; A esto se añadían las influencias de su posterior vida entre los hombres y, para coronar todo, su conciencia de que ahora estaba esquivando y escondiéndose. En todas sus maneras de sentarse y de pie, de comer y de beber, de meditar de un lado a otro con un estilo reacio de hombros altos, de sacar su gran navaja con mango de cuerno y limpiarla en sus piernas y cortar su comida, de levantar vasos ligeros y tazas a sus labios, como si fueran torpes pannikins, de cortar una porción de su pan, y empapando con ella los últimos trozos de salsa dando vueltas y vueltas a su plato, como para aprovechar al máximo su concesión, y luego secándose las puntas de los dedos sobre ella, y luego tragándola, de estas maneras y de otros mil pequeños ejemplos sin nombre que surgían cada minuto del día, había Prisionero, Delincuente, Siervo, Tan claro como podría ser.

Había sido idea suya llevar ese toque de polvo, y yo había cedido el polvo después de superar los pantalones cortos. Pero puedo comparar su efecto, cuando está encendido, con nada más que el probable efecto del colorete sobre los muertos; Tan horrible era la manera en que todo lo que en él era más deseable reprimir, comenzaba a través de esa delgada capa de pretensión, y parecía salir ardiendo por la coronilla de su cabeza. Lo abandonó tan pronto como lo intentó, y llevaba el pelo canoso cortado corto.

Las palabras no pueden expresar la sensación que tuve, al mismo tiempo, del terrible misterio que él era para mí. Cuando se quedaba dormido una noche, con sus manos anudadas apretando los lados del sillón, y su cabeza calva tatuada con profundas arrugas cayendo hacia adelante sobre su pecho, yo me sentaba y lo miraba, preguntándome qué había hecho, y cargándolo con todos los crímenes del Calendario, hasta que me impulsaba poderosamente a levantarme y huir de él. Cada hora que pasaba aumentaba mi aborrecimiento hacia él, que incluso creo que podría haber cedido a este impulso en las primeras agonías de estar tan atormentado, a pesar de todo lo que había hecho por mí y del riesgo que corría, de no ser por el conocimiento de que Herbert volvería pronto. Una vez, de hecho, me levanté de la cama por la noche y comencé a vestirme con mis peores ropas, con la intención apresurada de dejarlo allí con todo lo demás que poseía y alistarme para la India como soldado raso.

Dudo que un fantasma pudiera haber sido más terrible para mí, en esas habitaciones solitarias en las largas tardes y largas noches, con el viento y la lluvia siempre corriendo. Un fantasma no podía haber sido capturado y ahorcado por mi culpa, y la consideración de que podía serlo, y el temor de que lo fuera, no eran poca adición a mis horrores. Cuando no estaba durmiendo, o jugando a una complicada especie de Paciencia con una baraja de cartas andrajosa, un juego que nunca había visto antes ni después, y en el que anotaba sus ganancias clavando su navaja en la mesa, cuando no estaba ocupado en ninguna de estas actividades, me pedía que le leyera: —¡Lengua extranjera, querido muchacho! Mientras yo obedecía, él, sin comprender una sola palabra, se quedaba de pie frente al fuego observándome con aire de expositor, y yo lo veía, entre los dedos de la mano con que me cubría la cara, apelando en mudo espectáculo a los muebles para que se dieran cuenta de mi habilidad. El estudiante imaginario perseguido por la criatura deforme que había hecho impíamente, no era más miserable que yo, perseguido por la criatura que me había hecho, y retrocediendo de él con una repulsión más fuerte, cuanto más me admiraba y más me quería.

Estoy escrito de esto, soy sensato, como si hubiera durado un año. Duró unos cinco días. Esperando a Herbert todo el tiempo, no me atrevía a salir, excepto cuando llevaba a Provis a salir al aire después del anochecer. Por fin, una noche, cuando la cena había terminado y yo había caído en un sueño completamente agotado, pues mis noches habían sido agitadas y mi descanso interrumpido por sueños terribles, me despertó el paso de bienvenida en la escalera. Provis, que también había estado dormido, se levantó tambaleándose al oír el ruido que yo hacía, y en un instante vi su navaja brillar en su mano.

"¡Silencio! ¡Es Herbert! He dicho; y Herbert entró irrumpiendo, con la frescura etérea de seiscientas millas de Francia.

—Händel, mi querido amigo, ¿cómo estás, y otra vez cómo estás, y otra vez cómo estás? ¡Parece que me he ido hace doce meses! ¡Vaya, así debe haber sido, porque te has vuelto bastante delgado y pálido! Händel, mi... ¡Halloa! Le ruego que me perdone.

Se detuvo en su carrera y en su estrechamiento de manos conmigo, al ver a Provis. Provis, que lo miraba con una atención fija, iba levantando lentamente su navaja y buscando a tientas otra cosa en otro bolsillo.

—Herbert, mi querido amigo —dije, cerrando las puertas dobles, mientras Herbert se quedaba mirando y preguntándose—, ha ocurrido algo muy extraño. Éste es... un visitante mío.

—¡Está bien, querido muchacho! —dijo Provis acercándose, con su librito negro apretado, y luego dirigiéndose a Herbert—. "Tómalo en tu mano derecha. ¡Señor, mátalo en el acto, si alguna vez te separas de alguna manera! ¡Bésalo!"

—Hazlo como él lo desee —le dije a Herbert—. De modo que Herbert, mirándome con una amistosa inquietud y asombro, obedeció, y Provis, estrechándole la mano de inmediato, dijo: —Ahora estás bajo juramento, ¿sabes? ¡Y nunca me creas en la mía, si Pip no te hará un caballero!

CAPÍTULO XLI.

En vano intentaría describir el asombro y la inquietud de Herbert cuando él, Provis y yo nos sentamos ante el fuego y le conté todo el secreto. Lo suficiente como para ver reflejados en el rostro de Herbert mis propios sentimientos, y no menos importante, mi repugnancia hacia el hombre que había hecho tanto por mí.

Lo único que habría establecido una división entre ese hombre y nosotros, si no hubiera habido otra circunstancia divisoria, fue su triunfo en mi historia. Dejando a un lado su inquietante sensación de haber estado «deprimido» en una ocasión desde su regreso, momento en el que comenzó a hablar con Herbert en el momento en que terminó mi revelación, no tenía ninguna percepción de la posibilidad de que yo encontrara algún defecto en mi buena fortuna. Su jactancia de que me había hecho un caballero, y de que había venido a verme apoyar al personaje con sus amplios recursos, estaba hecha tanto para mí como para él. Y que era una jactancia muy agradable para los dos, y que los dos debíamos estar muy orgullosos de ello, era una conclusión bastante establecida en su propia mente.

—Aunque, mira, camarada de Pip —le dijo a Herbert, después de haber hablado durante un rato—, sé muy bien que una vez, desde que regresé, durante medio minuto, he estado deprimido. Le dije a Pip, lo sabía porque había estado deprimido. Pero no te preocupes por eso. Yo no he hecho de Pip un caballero, y Pip no va a convertirte a ti en un caballero, no me permitas saber lo que os debo a los dos. Querido muchacho y camarada de Pip, ustedes dos pueden contar conmigo siempre con un hocico elegante. Amordazado he estado desde aquel medio minuto en que fui traicionado hasta la bajeza, amordazado estoy en este momento, amordazado siempre lo seré.

Herbert dijo: «Ciertamente», pero parecía como si no hubiera ningún consuelo específico en esto, y permaneció perplejo y consternado. Estábamos ansiosos por el momento en que él se fuera a su alojamiento y nos dejara juntos, pero evidentemente estaba celoso de dejarnos juntos, y se sentó hasta tarde. Era medianoche cuando lo llevé a la calle Essex y lo vi a salvo en su propia puerta oscura. Cuando se cerró sobre él, experimenté el primer momento de alivio que había conocido desde la noche de su llegada.

Nunca del todo libre de un recuerdo incómodo del hombre de la escalera, siempre había mirado a mi alrededor para sacar a mi huésped después del anochecer y para traerlo de vuelta; y ahora miraba a mi alrededor. A pesar de lo difícil que es en una gran ciudad evitar la sospecha de ser observado, cuando la mente es consciente del peligro a ese respecto, no pude persuadirme de que a ninguna de las personas a la vista le importaran mis movimientos. Los pocos que pasaban por allí pasaron por sus propios caminos, y la calle estaba vacía cuando volví al Templo. Nadie había salido a la puerta con nosotros, nadie entró por la puerta conmigo. Al cruzar junto a la fuente, vi sus ventanas traseras iluminadas que parecían brillantes y silenciosas, y, cuando me detuve unos instantes en la puerta del edificio donde vivía, antes de subir las escaleras, Garden Court estaba tan quieto y sin vida como lo estaba la escalera cuando la subí.

Herbert me recibió con los brazos abiertos, y nunca antes había sentido tan benditamente lo que es tener un amigo. Después de haber pronunciado algunas palabras sensatas de simpatía y aliento, nos sentamos a considerar la pregunta: ¿Qué hacer?

La silla que Provis había ocupado permanecía en el mismo lugar en que había estado, porque tenía la costumbre de vagar por un lugar de una manera inquieta, y pasar una ronda de observancias con su pipa y su cabeza de negro y su navaja y su baraja de cartas, y todo lo demás, como si todo estuviera puesto para él en una pizarra. Digo que su silla permaneció donde había estado, Herbert la tomó inconscientemente, pero al momento siguiente se levantó de ella, la apartó y tomó otra. Después de eso, no tuvo ocasión de decir que había concebido una aversión por mi patrón, ni yo tuve ocasión de confesar la mía. Intercambiamos esa confianza sin dar forma a una sílaba.

—¿Qué? —le dije a Herbert, cuando estuvo seguro en otra silla—, ¿qué hay que hacer?

—Mi pobre querido Händel —contestó, sosteniéndose la cabeza—, estoy demasiado aturdido para pensar.

—Yo también, Herbert, cuando cayó el primer golpe. Aun así, hay que hacer algo. Está decidido a hacer varios gastos nuevos: caballos y carruajes, y apariciones lujosas de todo tipo. Hay que detenerlo de alguna manera.

—¿Quieres decir que no puedes aceptar...?

—¿Cómo puedo? —interpuse mientras Herbert hacía una pausa—. "¡Piensa en él! ¡Míralo!"

Un estremecimiento involuntario nos recorrió a los dos.

Sin embargo, me temo que la terrible verdad es, Herbert, que él está apegado a mí, fuertemente apegado a mí. ¿Hubo alguna vez un destino así?

—Mi pobre Händel —repitió Herbert—.

—Entonces —dije—, después de todo, deteniéndome aquí sin quitarle ni un céntimo más, ¡imagínate ya lo que le debo! Por otra parte: estoy muy endeudado, muy fuertemente para mí, que ahora no tengo expectativas, y no he sido educado para ninguna vocación, y no soy apto para nada.

"¡Bueno, bueno, bueno!" —protestó Herbert—. "No digas que no sirve para nada".

"¿Para qué soy apto? Solo sé una cosa para la que soy apto, y es ir a por soldado. Y podría haber ido, mi querido Herbert, si no fuera por la perspectiva de recibir consejo con tu amistad y afecto.

Por supuesto que me derrumbé allí, y por supuesto Herbert, más allá de agarrar mi mano con una cálida mano, fingió no saberlo.

—De todos modos, mi querido Händel —dijo al instante—, la soldadesca no sirve. Si renunciaras a este patrocinio y a estos favores, supongo que lo harías con alguna débil esperanza de devolver algún día lo que ya tienes. ¡No muy fuerte, esa esperanza, si fueras a soldado! Además, es absurdo. Estarías infinitamente mejor en la casa de Clarriker, por pequeña que sea. Estoy trabajando para lograr una asociación, ya sabes".

¡Pobre! Poco sospechaba con qué dinero.

—Pero hay otra cuestión —dijo Herbert—. "Este es un hombre ignorante y decidido, que ha tenido durante mucho tiempo una idea fija. Más que eso, me parece (puedo juzgarlo mal) un hombre de un carácter desesperado y feroz.

—Sé que lo es —repliqué—. "Déjame decirte qué pruebas he visto de ello". Y le conté lo que no había mencionado en mi narración, de ese encuentro con el otro convicto.

-Mira, entonces -dijo Herbert-; "¡Piensa en esto! Viene aquí a riesgo de su vida, para la realización de su idea fija. En el momento de la realización, después de todo su trabajo y espera, cortas la tierra bajo sus pies, destruyes su idea y haces que sus ganancias no valgan nada para él. ¿No ves nada que él pueda hacer, bajo la decepción?

—Lo he visto, Herbert, y he soñado con él desde la noche fatal de su llegada. Nada ha estado en mis pensamientos tan claramente como el hecho de que él se pusiera en el camino de ser tomado.

—Entonces puedes estar seguro —dijo Herbert— de que habría un gran peligro de que lo hiciera. Ese es su poder sobre ti mientras permanezca en Inglaterra, y ese sería su proceder imprudente si lo abandonaras.

Me impresionó tanto el horror de esta idea, que me había pesado desde el principio, y cuyo desarrollo me haría considerarme, en cierto modo, su asesino, que no pude descansar en mi silla, sino que comencé a caminar de un lado a otro. Le dije a Herbert, mientras tanto, que incluso si Provis fuera reconocido y aceptado, a pesar de él mismo, yo sería desdichado como la causa, aunque fuera inocentemente. Sí; ¡A pesar de que me sentía tan desdichado de tenerlo suelto y cerca de mí, y a pesar de que hubiera preferido trabajar en la fragua todos los días de mi vida antes que llegar a esto!

Pero no había forma de eludir la pregunta: ¿Qué hacer?

—Lo primero y lo principal que hay que hacer —dijo Herbert— es sacarlo de Inglaterra. Tendrás que ir con él, y entonces puede ser inducido a ir.

—Pero llévalo a donde yo quiera, ¿podría evitar que vuelva?

—Mi buen Händel, ¿no es obvio que, con Newgate en la calle de al lado, debe haber un peligro mucho mayor si le rompes la cabeza y lo haces imprudente aquí que en cualquier otra parte? Si se pudiera hacer un pretexto para sacarlo de ese otro convicto, o de cualquier otra cosa en su vida, ahora.

—¡Ahí está, otra vez! —dije, deteniéndome ante Herbert, con las manos abiertas, como si contuvieran la desesperación del caso—. "No sé nada de su vida. Casi me ha vuelto loco sentarme aquí una noche y verlo delante de mí, tan atado a mis fortunas y desgracias, y sin embargo tan desconocido para mí, excepto como el miserable desgraciado que me aterrorizó dos días en mi infancia.

Herbert se levantó y entrelazó su brazo con el mío, y caminamos lentamente de un lado a otro, estudiando la alfombra.

—Händel —dijo Herbert, deteniéndose—, estás convencido de que no puedes sacar más provechos de él; ¿Y tú?

"Totalmente. ¿Seguro que tú también lo harías si estuvieras en mi lugar?

—¿Y te sientes convencida de que debes romper con él?

—Herbert, ¿puedes preguntarme?

Y tú tienes, y estás obligado a tener, esa ternura por la vida que él ha arriesgado por ti, que debes salvarlo, si es posible, de tirarla a la basura. Entonces debes sacarlo de Inglaterra antes de mover un dedo para liberarte. Hecho esto, sal tú mismo, en el nombre del Cielo, y lo veremos juntos, querido viejo.

Era un consuelo estrecharle la mano y volver a subir y bajar, con sólo eso.

—Ahora, Herbert —dije—, con referencia a adquirir algún conocimiento de su historia. Que yo sepa, no hay más que una manera. Debo preguntárselo a quemarropa.

"Sí. Pregúntale —dijo Herbert— cuando nos sentemos a desayunar por la mañana. Porque había dicho, al despedirse de Herbert, que vendría a desayunar con nosotros.

Con este proyecto formado, nos fuimos a la cama. Tuve los sueños más locos con respecto a él, y me desperté sin descansar; Me desperté también para recobrar el miedo que había perdido en la noche, de que lo descubrieran como un transporte de regreso. Al despertar, nunca perdí ese miedo.

Volvió en sí a la hora señalada, sacó su navaja y se sentó a comer. Estaba lleno de planes «para que su caballero saliera fuerte y como un caballero», y me instó a que me pusiera rápidamente a trabajar en el libro de bolsillo que había dejado en mi poder. Consideró las habitaciones y su propio alojamiento como residencias temporales, y me aconsejó que buscara de inmediato una "cuna de moda" cerca de Hyde Park, en la que pudiera tener "una extracción". Cuando terminó de desayunar y se limpió el cuchillo en la pierna, le dije, sin una palabra de prefacio:

"Después de que te fuiste anoche, le dije a mi amigo de la lucha que los soldados te encontraron enzarzado en los pantanos, cuando llegamos. ¿Te acuerdas?

-¡Acuérdate! -dijo-. —¡Creo que sí!

"Queremos saber algo sobre ese hombre... y sobre ti. Es extraño no saber más de ninguno de los dos, y en particular de usted, de lo que pude contar anoche. ¿No es este un momento tan bueno como otro para que sepamos más?"

—¡Bien! —dijo, después de pensarlo—. —Estás bajo juramento, ¿sabes, camarada de Pip?

—Ciertamente —replicó Herbert—.

"En cuanto a cualquier cosa que diga, ya lo sabes", insistió. "El juramento se aplica a todos".

"Entiendo que lo haga".

—¡Y mira aquí! Todo lo que hago está trabajado y pagado", volvió a insistir.

"Que así sea".

Sacó su pipa negra y se disponía a llenarla de cabeza de negro, cuando, al mirar la maraña de tabaco que tenía en la mano, pareció pensar que podría desordenar el hilo de su narración. Volvió a guardarla, metió la pipa en el ojal de su abrigo, extendió una mano sobre cada rodilla y, después de mirar furiosamente el fuego durante unos instantes en silencio, miró a nuestro alrededor y dijo lo que sigue.

CAPÍTULO XLII.

—Querido muchacho y camarada de Pip. No voy a contarte mi vida como una canción o un libro de cuentos. Pero para que te sea breve y práctico, lo pondré de una vez en un bocado de inglés. En la cárcel y fuera de la cárcel, en la cárcel y fuera de la cárcel, en la cárcel y fuera de la cárcel. Ahí lo tienes. Esa es *mi* vida más o menos, hasta los momentos en que me desembarcaron, Arter Pip fue mi amigo.

"Me han hecho de todo, bastante bien, excepto que me han ahorcado. He estado encerrado tanto como un pastel de plata. Me han llevado aquí y me han llevado allá, y me han sacado de esta ciudad, y me han echado de esa ciudad, y me han metido en el cepo, y me han azotado, me he preocupado y he conducido. No tengo más noción de dónde nací que tú, si es que tienes tanto. La primera vez que me di cuenta de mí mismo fue en Essex, un ladrón de nabos para ganarme la vida. Summun se había escapado de mí, un hombre, un calderero, y se había llevado el fuego consigo, dejándome muy frío.

"Sé que me llamo Magwitch, crespado Abel. ¿Cómo lo supe? De la misma manera que sabía que los nombres de los pájaros en los setos eran pinzón, esparrón, tordo. Podría haber pensado que todo eran mentiras, solo que cuando los nombres de los pájaros se hicieron realidad, supuse que el mío lo hacía.

"Por lo mucho que pude encontrar, no había una sola alma que viera al joven Abel Magwitch, con nosotros poco en él como en él, pero que se asustara de él, y lo ahuyentara, o lo levantara. Fui acogido, acogido, acogido, hasta el punto de que ya crecí y fui adoptado.

"Así fue como sucedió, que cuando yo era un creetur harapiento, tan digno de lástima como nunca he visto (no es que me mirara en el espejo, porque no conozco muchos interiores de casas amuebladas), recibí el nombre de ser endurecido. ' Este es un hombre terriblemente endurecido', les dicen a los juistores de la cárcel, escogiéndome. —Se puede decir que vive en cárceles, este muchacho. Entonces me miraron, y yo los miré a ellos, y me midieron la cabeza, algunos con ellos, mejor que me hubieran medido el estómago, y otros con ellos me dieron tratados que no podía leer, y me hicieron discursos que no podía entender. Siempre me hablaban del Diablo. Pero, ¿qué diablos iba a hacer yo? Debo meterme algo en el estómago, ¿no es así?... De todos modos, me estoy deprimiendo y sé lo que se debe. Querido muchacho y camarada de Pip, no te asustes de que yo sea bajo.

Vagabundeando, mendigando, robando, trabajando a veces cuando podía, aunque eso no advertía tan a menudo como crees, hasta que te planteas la pregunta de si hubieras estado demasiado dispuesto a darme trabajo tú mismo, un poco de cazador furtivo, un poco de peón, un poco de carretero, un poco de heno, un poco de vendedor ambulante, un poco de la mayoría de las cosas que no pagan y conducen a problemas, tengo que ser un hombre. Un soldado desertor en un Descanso del Viajero, con lo que yacía oculto hasta la barbilla bajo un montón de tatures, me enseñó a leer; y un gigante viajero, que firmaba con su nombre por un penique cada vez, me aprendió a escribir. Advierto que ahora no me encierro tan a menudo como antes, pero todavía gastaba mi buena dosis de llaves metálicas.

En las carreras de Epsom, hace más de veinte años, conocí a un hombre al que le rompería el cráneo con este atizador, como la pinza de una langosta, si lo hubiera tenido en esta encimera. Su verdadero nombre era Compeyson; y ése es el hombre, querido muchacho, que me ves golpeando en la zanja, según lo que realmente le dijiste a tu camarada Arter que me había ido anoche.

Había ido a un internado público y había aprendido. Era un hombre fácil de hablar, y era un experto en las costumbres de los caballeros. También era guapo. Era la noche anterior a la gran carrera, cuando lo encontré en el páramo, en una caseta que yo conocía. Él y algunos más estaban sentados entre las mesas cuando entré, y el dueño de la casa (que me conocía y era deportista) lo llamó y le dijo: «Creo que éste es un hombre que podría convenirle», queriendo decir que yo lo era.

"Compeyson, él me mira muy notablemente, y yo lo miro a él. Tiene un reloj, una cadena, un anillo, un alfiler y un hermoso traje.

"'A juzgar por las apariencias, no tienes suerte', me dice Compeyson.

—Sí, maestro, y nunca he estado mucho en ella. (La última vez que salí de la cárcel de Kingston fue por vagabundeo. No, sino lo que podría haber sido por otra cosa; pero no advierte).

"'La suerte cambia', dice Compeyson; ' A lo mejor la tuya va a cambiar.

"Le dije: 'Espero que sea así. Hay espacio'.

"'¿Qué puedes hacer?', dice Compeyson.

"'Come y bebe', le dije; ' si encuentras los materiales'.

Compeyson se echó a reír, volvió a mirarme con mucha atención, me dio cinco chelines y me fijó para la noche siguiente. Mismo lugar.

"Fui a Compeyson a la noche siguiente, en el mismo lugar, y Compeyson me contrató para ser su hombre y su ayudante. ¿Y cuál era el negocio de Compeyson en el que íbamos a convertirnos en pardners? El negocio de Compeyson era la estafa, la falsificación de letras, el paso de billetes de banco robados y cosas por el estilo. Todo tipo de trampas que Compeyson pudiera tender con su cabeza, y mantener sus propias piernas fuera y obtener las ganancias y dejar entrar a otro hombre, era asunto de Compeyson. No tenía más corazón que una lima de hierro, era tan frío como la muerte, y tenía la cabeza del Diablo antes mencionada.

Había otro en Compeyson, que se llamaba Arthur, no por ser así, sino por apellido. Estaba en decadencia, y era una sombra a la vista. Él y Compeyson habían tenido una mala relación con una dama rica algunos años antes, y habían ganado un montón de dinero con ello; pero Compeyson apostó y jugó, y habría gastado los impuestos del rey. Así que Arthur era un pobre moribundo, y con los horrores sobre él, y la esposa de Compeyson (a la que Compeyson pateaba sobre todo) se apiadaba de él cuando podía, y Compeyson no se apiada de nada ni de nadie.

"Podría haber tomado la advertencia de Arthur, pero no lo hice; y no voy a fingir que fui partick'ler, porque ¿dónde va a estar el bien en ello, querido muchacho y camarada? Así que empecé con Compeyson, y yo era una pobre herramienta en sus manos. Arthur vivía en la parte superior de la casa de Compeyson (casi en Brentford), y Compeyson llevaba una cuidadosa contabilidad de su comida y alojamiento, en caso de que alguna vez mejorara para arreglárselas. Pero Arturo no tardó en saldar la cuenta. La segunda o tercera vez que lo veo, entra en el salón de Compeyson a altas horas de la noche, vestido sólo con una bata de franela, con el pelo sudado, y le dice a la esposa de Compeyson: «Sally, ahora sí que está arriba y no puedo deshacerme de ella. Está toda vestida de blanco', dice, 'con flores blancas en el pelo, y está terriblemente enfadada, y tiene un sudario colgando del brazo, y dice que me lo pondrá a las cinco de la mañana.

"Dice Compeyson: '¿Por qué, tonto, no sabes que ella tiene un cuerpo vivo? ¿Y cómo iba a estar allí arriba, sin entrar por la puerta, o por la ventana, y subir las escaleras?

»—No sé cómo está allí —dice Arthur, temblando de horror por los horrores—, pero está de pie en un rincón, a los pies de la cama, terriblemente loca. Y sobre donde se le rompió el corazón, *¡tú* lo rompiste!, hay gotas de sangre.

"Compeyson hablaba duro, pero siempre fue un cobarde. ' Sube más allá de este maldito enfermo -le dice a su mujer-, y Magwitch, échale una mano, ¿quieres? Pero nunca se acercó a sí mismo.

"La esposa de Compeyson y yo lo llevamos a la cama y él deliró de la manera más espantosa. ' ¡Por qué mirarla!", exclama. —¡Es una que me sacude el sudario! ¿No la ves? ¡Mírala a los ojos! ¿No es horrible verla tan enfadada? Luego exclama: '¡Ella me lo pondrá, y entonces estoy acabado! ¡Quítatelo de ella, quítatelo!' Y entonces nos agarró, y se puso a hablar con ella, y a contestarle, hasta que casi creí verla yo mismo.

La esposa de Compeyson, acostumbrada a él, le dio un poco de licor para quitarse de encima los horrores, y poco a poco se calmó. ¡Oh, ella se ha ido! ¿Su guardián ha sido para ella?", dice. —Sí —dice la esposa de Compeyson—. - ¿Le dijiste que la encerrara y le prohibiera la entrada? - Sí. —¿Y quitarle esa cosa fea? - Sí, sí, está bien. "Eres un buen creetur", dice, "no me dejes, hagas lo que hagas, ¡y gracias!"

"Descansó bastante tranquilo hasta que quisieron unos minutos de cinco, y luego se levantó con un grito y gritó: '¡Aquí está! Vuelve a tener el sudario. Ella lo está desplegando. Va a salir de la esquina. Se acerca a la cama. Abrázame, los dos sobre ti, uno de cada lado, no dejes que ella me toque con él. ¡Hah! Me echó de menos esa vez. No dejes que me lo tire por encima de los hombros. No dejes que ella me levante para rodearme. Ella me está levantando. ¡Mantenme abajo!' Entonces se levantó con fuerza, y murió.

"Compeyson se lo tomó con calma como un buen paseo para ambas partes. Él y yo no tardamos en ponernos manos a la obra, y primero me juró (siendo siempre astuto) sobre mi propio libro, este librito negro, querido muchacho, sobre el que juré a tu camarada.

—Para no entrar en las cosas que Compeyson planeó y yo hice, que tardarían una semana, simplemente te diré a ti, querido muchacho, y camarada de Pip, que ese hombre me metió en tales redes que me convirtieron en su esclavo negro. Siempre estuve en deuda con él, siempre bajo su control, siempre trabajando, siempre poniéndome en peligro. Era más joven que yo, pero tenía oficio y aprendizaje, y me superó quinientas veces y sin piedad. Mi señorita, como lo pasé mal con... ¡Detente! Yo no la he traído ...

Miró a su alrededor de un modo confuso, como si hubiera perdido su lugar en el libro de su memoria; Volvió su rostro al fuego, extendió las manos sobre las rodillas, se las quitó y se las volvió a poner.

—No hay necesidad de entrar en ello —dijo, mirando a su alrededor una vez más—. "El tiempo con Compeyson fue el más difícil que he tenido; Dicho esto, todo está dicho. ¿Te lo dije cuando fui juzgado, solo, por un delito menor, mientras estaba con Compeyson?

Le respondí que no.

"¡Bueno!", dijo él, "lo fui, y fui condenado. En cuanto a la sospecha, fue dos o tres veces en los cuatro o cinco años que duró; Pero faltaban pruebas. Al final, Compeyson y yo fuimos condenados por un delito grave, bajo la acusación de poner en circulación billetes robados, y había otros cargos detrás. Compeyson me dice: 'Defensas separadas, sin comunicación', y eso fue todo. Y yo era tan miserablemente pobre, que vendí toda la ropa que tenía, excepto la que me colgaba de la espalda, antes de que pudiera conseguir Jaggers.

Cuando nos sentaron en el banquillo de los acusados, lo primero que me llamó la atención fue el de un caballero Compeyson, con su pelo rizado, sus ropas negras y su pañuelo de bolsillo blanco, y qué miserable me parecía. Cuando se abrió la acusación y se presentaron las pruebas, me di cuenta de lo pesado que era todo para mí, y de lo ligero que era para él. Cuando se entregaron las pruebas en la caja, me di cuenta de que siempre era yo quien había venido a por mí, y se podía jurar por ello, cómo siempre me habían pagado el dinero, cómo siempre había sido yo el que parecía trabajar la cosa y obtener la ganancia. Pero cuando entra la defensa, entonces veo el plan más claro; porque, dice el consejero de Compeyson, «mi señor y caballeros, aquí tenéis delante de vosotros, una al lado de la otra, a dos personas que vuestros ojos pueden separar de par en par; uno, el más joven, bien educado, al que se le hablará como tal; uno, el anciano, mal educado, al que se le hablará como tal; Uno, el más joven, rara vez o nunca visto en estas transacciones aquí, y sólo se sospecha; El otro, el anciano, siempre visto en ellos y siempre con su culpa traída a casa. ¿Puedes dudar si no hay más que uno en él, cuál es el uno, y si hay dos en él, cuál es el peor? Y cosas por el estilo. Y en lo que se refiere al carácter, ¿no advertir a Compeyson como si hubiera ido a la escuela, y advertir a sus compañeros de escuela como si estuvieran en esta posición y en aquella, y advertirle a él como había sido conocido por testigos en tales clubes y sociedades, y ahora en su desventaja? ¡Y no me lo adviertas, como se había intentado antes, y como se había sabido colina arriba y valle abajo en Bridewells y Lock-Ups! Y cuando se trata de pronunciar discursos, adviértase que Compeyson podría hablarles con la cara cayendo de vez en cuando en su pañuelo blanco de bolsillo, ¡ah! y con versos en su discurso, también, ¿y no me advirtió que sólo podría decir: «Caballeros, este hombre que está a mi lado es un bribón muy precioso»? Y cuando llegue el veredicto, ¿no advertirle a Compeyson, como se le recomendó, que tuviera misericordia a causa de su buen carácter y de sus malas compañías, y que me diera toda la información que pudiera darme, y que no me advirtiera que nunca había recibido una palabra más que culpable? Y cuando le digo a Compeyson: '¡Una vez que salgas de este tribunal, te romperé la cara!', ¿no es Compeyson quien ruega al juez que lo proteja, y consigue que se coloquen dos llaves entre nosotros? Y cuando somos sentenciados, ¿no es él el que recibe siete años, y yo catorce, y no es él el que el Juez lamenta, porque podría haberlo hecho tan bien, y no soy yo, como el Juez percibe como un viejo ofensor de pasión ejercida, que probablemente llegará a algo peor?

Había entrado en un estado de gran excitación, pero lo contuvo, respiró dos o tres veces brevemente, tragó saliva con la misma frecuencia y, extendiendo su mano hacia mí, dijo, de manera tranquilizadora: —¡No voy a estar deprimido, querido muchacho!

Se había calentado tanto que sacó su pañuelo y se secó la cara, la cabeza, el cuello y las manos, antes de que pudiera continuar.

"Le dije a Compeyson que le rompería esa cara, y juré ¡Dios mío! para hacerlo. Estuvimos en el mismo barco-prisión, pero no pude llegar hasta él por mucho tiempo, aunque lo intenté. Al final llegué detrás de él y le di un golpe en la mejilla para darle la vuelta y darle un golpeazo, cuando me vieron y me agarraron. El agujero negro de esa nave no advertía a uno fuerte, para un juez de agujeros negros que podían nadar y bucear. Escapé a la orilla, y allí me escondí entre las tumbas, envidiándolas como estaba en ellas y en todas partes, cuando vi por primera vez a mi hijo.

Me miró con una expresión de afecto que lo hizo casi aborrecible para mí de nuevo, aunque yo había sentido una gran lástima por él.

"Por mi hijo, me di cuenta de que Compeyson también estaba en esos pantanos. En mi alma, casi creo que escapó en su terror, para librarse de mí, sin saber que era yo quien había llegado a tierra. Lo perseguí. Le rompí la cara. —Y ahora —le digo—, como lo peor que puedo hacer, sin importarme nada a mí mismo, te arrastraré de vuelta. Y yo me habría ido nadando, remolcándolo por el pelo, si hubiera llegado a eso, y lo habría subido a bordo sin los soldados.

"Por supuesto, él tuvo lo mejor hasta el final, su carácter era tan bueno. Había escapado cuando yo y mis intenciones asesinas lo convertí en medio salvaje; y su castigo fue leve. Me pusieron grilletes, me llevaron a juicio de nuevo y me enviaron de por vida. No me detuve por la vida, querido chico y camarada de Pip, estando aquí.

Volvió a limpiarse, como había hecho antes, y luego sacó lentamente la maraña de tabaco del bolsillo, sacó la pipa del ojal, la llenó lentamente y empezó a fumar.

—¿Está muerto? —pregunté, después de un silencio.

—¿Quién está muerto, querido muchacho?

- Compeyson.

—Espera *que yo* lo esté, si está vivo, puedes estar seguro —con una mirada feroz—. "Nunca más volví a oír hablar de él".

Herbert había estado escribiendo con su lápiz en la portada de un libro. Suavemente me acercó el libro, mientras Provis fumaba con los ojos en el fuego, y yo leí en él:

El joven Havisham se llamaba Arthur. Compeyson es el hombre que profesó ser el amante de la señorita Havisham.

Cerré el libro, le hice un leve gesto a Herbert con la cabeza y dejé el libro a un lado; pero ninguno de los dos dijimos nada, y los dos miramos a Provis que fumaba junto al fuego.

CAPÍTULO XLIII.

¿Por qué debería detenerme a preguntar cuánto de mi alejamiento de Provis podría atribuirse a Estella? ¿Por qué iba a vagar por el camino para comparar el estado de ánimo en que había tratado de desembarazarme de la mancha de la cárcel antes de encontrarme con ella en la cochera, con el estado de ánimo en que ahora reflexionaba sobre el abismo que hay entre Estella, en su orgullo y en su belleza, y el transporte de regreso que yo albergaba? El camino no sería más fácil para él, el final no sería mejor para él, él no sería ayudado, ni yo atenuado.

Un nuevo miedo había sido engendrado en mi mente por su narración; O mejor dicho, su relato había dado forma y propósito al miedo que ya estaba ahí. Si Compeyson estuviera vivo y descubriera su regreso, no podría dudar de las consecuencias. Que Compeyson le tenía un miedo mortal, ninguno de los dos podía saberlo mucho mejor que yo; Y que un hombre como aquel hombre vacilara en liberarse definitivamente de un temible enemigo por los medios seguros de convertirse en un informante, era apenas imaginable.

Nunca había respirado, ni respiraría —o al menos así lo resolví— una palabra de Estella a Provis. Pero le dije a Herbert que, antes de poder irme al extranjero, tenía que ver a Estella y a la señorita Havisham. Fue entonces cuando nos quedamos solos la noche del día en que Provis nos contó su historia. Resolví ir a Richmond al día siguiente, y fui.

Al presentarme en casa de la señora Brandley, llamaron a la criada de Estella para decirle que Estella se había ido al campo. ¿Dónde? A Satis House, como siempre. No como de costumbre, dije, porque ella nunca había ido allí sin mí; ¿Cuándo iba a volver? Había un aire de reserva en la respuesta que aumentó mi perplejidad, y la respuesta fue que su doncella creía que sólo volvería por un corto tiempo. No pude hacer nada con esto, excepto que estaba destinado a que no hiciera nada al respecto, y volví a casa completamente desconcertado.

Otra consulta nocturna con Herbert, después de que Provis se fuera a casa (siempre lo llevaba a casa, y siempre me miraba bien), nos llevó a la conclusión de que no había que decir nada sobre ir al extranjero hasta que yo volviera de casa de la señorita Havisham. Mientras tanto, Herbert y yo debíamos considerar por separado lo que sería mejor decir; si debíamos inventar algún pretexto de temer que estuviera bajo una observación sospechosa; o si yo, que nunca había estado en el extranjero, debía proponerme una expedición. Los dos sabíamos que yo no tenía más que proponerle cualquier cosa, y él consentiría. Estuvimos de acuerdo en que no se podía pensar en el hecho de que pasara muchos días en su peligro presente.

Al día siguiente tuve la mezquindad de fingir que tenía la promesa de ir a ver a Joe; pero yo era capaz de casi cualquier maldad hacia Joe o su nombre. La condición era que tuviera mucho cuidado mientras yo no estuviera, y Herbert debía hacerse cargo de él como yo lo había hecho. Yo iba a ausentarme sólo una noche, y, a mi regreso, iba a comenzar la satisfacción de su impaciencia por mi comienzo como caballero en mayor escala. Se me ocurrió entonces, y como también se le ocurrió más tarde a Herbert, que sería mejor que se alejara a través del agua, con ese pretexto, como para hacer compras o algo parecido.

Habiendo despejado así el camino para mi expedición a casa de la señorita Havisham, me puse en marcha en el coche de la mañana, antes de que aún amaneciera, y salí a la carretera rural cuando el día llegó arrastrándose, deteniéndose, gimiendo y temblando, y envuelto en parches de nubes y harapos de niebla, como un mendigo. Cuando llegamos al Jabalí Azul después de un paseo lluvioso, ¿a quién iba a ver salir por debajo de la puerta, palillo de dientes en mano, para mirar el coche, sino Bentley Drummle!

Como él fingía no verme, yo fingí no verlo. Era una pretensión muy floja de ambas partes; porque los dos entramos en la cafetería, donde él acababa de terminar de desayunar, y donde yo pedí el mío. Era venenoso para mí verlo en la ciudad, porque sabía muy bien por qué había venido allí.

Fingiendo leer un periódico desfasado y caduco, que no tenía nada ni la mitad de legible en sus noticias locales que la materia extraña del café, los encurtidos, las salsas de pescado, la salsa, la mantequilla derretida y el vino con que estaba salpicado por todas partes, como si hubiera contraído el sarampión en una forma muy irregular, me senté a mi mesa mientras él permanecía de pie frente al fuego. Poco a poco, se convirtió en un enorme daño para mí el hecho de que él estuviera frente al fuego. Y me levanté, decidido a tener mi parte. Tuve que ponerle la mano detrás de las piernas para atizar el atizador cuando me acerqué a la chimenea para atizar el fuego, pero aun así fingí no conocerlo.

—¿Es esto un corte? —preguntó el señor Drummle.

-¡Oh! -dije yo, atizador en mano-; "Eres tú, ¿verdad? ¿Cómo estás? Me preguntaba quién era, quién había mantenido el fuego apagado".

Con eso, empujé tremendamente, y una vez hecho esto, me planté al lado del señor Drummle, con los hombros cuadrados y la espalda contra el fuego.

—¿Acaba de bajar? —dijo el señor Drummle, apartándome un poco con el hombro—.

—Sí —dije, apartándolo un poco con *el* hombro—.

—Lugar bestial —dijo Drummle—. —¿Tu parte del país, creo?

—Sí —asentí—. —Me han dicho que se parece mucho a tu Shropshire.

—No se le parece en lo más mínimo —dijo Drummle—.

Aquí el señor Drummle miró sus botas y yo miré las mías, y luego el señor Drummle miró mis botas, y yo miré las suyas.

—¿Llevas mucho tiempo aquí? —pregunté, decidido a no ceder ni un centímetro del fuego.

—Lo suficiente como para cansarme de ello —replicó Drummle, fingiendo bostezar, pero igualmente decidido—.

—¿Te quedas aquí mucho tiempo?

—No puedo decirlo —respondió el señor Drummle—. —¿Y tú?

—No puedo decirlo —dije—.

Sentí aquí, a través de un hormigueo en mi sangre, que si el hombro del señor Drummle hubiera ocupado otro pelo de espacio, lo habría arrojado contra la ventana; Del mismo modo, que si mi propio hombro me hubiera instado a hacer una afirmación similar, el señor Drummle me habría empujado a la caja más cercana. Silbó un poco. Yo también.

—¿Creo que hay una gran extensión de pantanos por aquí? —dijo Drummle—.

"Sí. ¿Y qué hay de eso? -pregunté-.

El señor Drummle me miró, y luego a mis botas, y luego dijo: "¡Oh!", y se echó a reír.

—¿Le hace gracia, señor Drummle?

—No —dijo él—, no particularmente. Voy a salir a dar un paseo en la silla de montar. Me refiero a explorar esos pantanos para divertirme. Pueblos apartados de allí, me dicen. Curiosas tabernas, herrerías, y eso. ¡Camarero!"

—Sí, señor.

—¿Está listo ese caballo mío?

—Traído a la puerta, señor.

—Digo yo. Mire aquí, señor. La señora no cabalgará hoy; el clima no sirve".

—Muy bien, señor.

"Y no ceno, porque voy a cenar en casa de la señora".

—Muy bien, señor.

Entonces, Drummle me miró, con un triunfo insolente en su rostro de gran aliento que me hirió hasta el corazón, torpe como estaba, y me exasperó tanto, que me sentí inclinado a tomarlo en mis brazos (como se dice que el ladrón del libro de cuentos tomó a la anciana) y sentarlo en el fuego.

Una cosa era evidente para los dos, y era que hasta que llegara el socorro, ninguno de nosotros podía renunciar al fuego. Allí estábamos, bien alineados frente a él, hombro con hombro y pie con pie, con las manos detrás de nosotros, sin movernos ni un centímetro. El caballo era visible afuera bajo la llovizna de la puerta, mi desayuno estaba puesto en la mesa, Drummle's estaba retirado, el camarero me invitó a comenzar, asentí, ambos nos mantuvimos firmes.

—¿Has estado en el Grove desde entonces? —preguntó Drummle.

—No —dije yo—, ya tuve bastante con los pinzones la última vez que estuve allí.

—¿Fue entonces cuando tuvimos una diferencia de opinión?

—Sí —respondí muy brevemente—.

"¡Ven, ven! Te dejan ir con bastante facilidad", se burló Drummle. "No deberías haber perdido los estribos".

—Señor Drummle —dije—, usted no es competente para dar consejos sobre ese tema. Cuando pierdo los estribos (no es que admita haberlo hecho en aquella ocasión), no tiro gafas".

—Sí —dijo Drummle—.

Después de mirarlo una o dos veces, en un estado creciente de ferocidad ardiente, dije:

—Señor Drummle, yo no busqué esta conversación, y no creo que sea agradable.

—Estoy seguro de que no lo es —dijo él, arrogantemente por encima del hombro—; "No pienso nada al respecto".

—Y por lo tanto —proseguí—, con su permiso, le sugeriré que no tengamos ningún tipo de comunicación en el futuro.

—Es mi opinión —dijo Drummle—, y lo que debería haber sugerido yo mismo, o haber hecho, más probablemente, sin sugerir. Pero no pierdas los estribos. ¿No has perdido bastante sin eso?

—¿A qué se refiere, señor?

—¡Camarero! —dijo Drummle a modo de respuesta—.

El camarero reapareció.

—Mire, señor. ¿Comprende usted perfectamente que la señorita no monta a caballo hoy, y que yo ceno en casa de la joven?

—¡Muy bien, señor!

Cuando el camarero palpó mi tetera que se enfriaba rápidamente con la palma de su mano, y me miró implorante, y salió, Drummle, con cuidado de no mover el hombro a mi lado, sacó un cigarro de su bolsillo y mordió el extremo, pero no mostró signos de moverse. Ahogado y hervido como estaba, sentí que no podíamos pasar una palabra sin introducir el nombre de Estella, que no podía soportar oírle pronunciar; y por eso miré pétreamente a la pared de enfrente, como si no hubiera nadie presente, y me obligué a callar. Es imposible decir cuánto tiempo hubiéramos permanecido en esta ridícula situación, de no ser por la incursión de tres prósperos granjeros —tendidos por el camarero, creo— que entraron en la cafetería desabrochándose los abrigos y frotándose las manos, y ante los cuales, mientras cargaban contra el fuego, nos vimos obligados a ceder el paso.

Lo vi a través de la ventana, agarrando las crines de su caballo, y montando con su torpeza brutal, y se escabulló y retrocedió. Pensé que se había ido, cuando regresó, pidiendo que se encendiera el cigarro que tenía en la boca, que había olvidado. Apareció un hombre con un vestido color polvo, con lo que se necesitaba, no sabría decir de dónde, si del patio de la posada, o de la calle, o de dónde no, y cuando Drummle se inclinó de la silla de montar, encendió su cigarro y se echó a reír, con un movimiento de cabeza hacia las ventanas del café, los hombros encorvados y el pelo despeinado de este hombre que estaba de espaldas a mí me recordaron a Orlick.

Demasiado descolocado para que en aquel momento me importara mucho si era él o no, o después de todo tocar el desayuno, me lavé el tiempo y el viaje de la cara y de las manos, y salí a la vieja y memorable casa en la que me hubiera sido mucho mejor no haber entrado nunca. nunca haber visto.

CAPÍTULO XLIV.

En la habitación donde estaba el tocador y donde ardían las velas de cera en la pared, encontré a la señorita Havisham y a Estella; La señorita Havisham sentada en un sofá cerca del fuego, y Estella en un cojín a sus pies. Estella estaba tejiendo y la señorita Havisham la miraba. Los dos levantaron la vista cuando entré, y los dos vieron una alteración en mí. Eso lo deduje de la mirada que intercambiaron.

—¿Y qué viento —dijo la señorita Havisham— te lleva hasta aquí, Pip?

Aunque me miró fijamente, vi que estaba bastante confundida. Estella, deteniéndose un momento en su tejer con los ojos fijos en mí, y luego prosiguiendo, me pareció leer en el movimiento de sus dedos, tan claramente como si me hubiera dicho en el alfabeto mudo, que percibía que yo había descubierto a mi verdadero benefactor.

—Señorita Havisham —dije—, ayer fui a Richmond para hablar con Estella; y viendo que algún viento la había traído hasta aquí, la seguí.

La señorita Havisham me hizo señas por tercera o cuarta vez para que me sentara, y tomé la silla junto al tocador, que a menudo la había visto ocupar. Con toda esa ruina a mis pies y a mi alrededor, ese día me pareció un lugar natural.

Lo que tenía que decirle a Estella, señorita Havisham, se lo diré delante de usted, dentro de unos momentos. No te sorprenderá, no te desagradará. Soy tan infeliz como usted puede haber querido que fuera.

La señorita Havisham siguió mirándome fijamente. Pude ver en el movimiento de los dedos de Estella mientras trabajaban que ella atendía a lo que yo decía; Pero ella no levantó la vista.

"He averiguado quién es mi patrón. No es un descubrimiento afortunado, y no es probable que nunca me enriquezca en reputación, posición, fortuna, nada. Hay razones por las que no debo decir nada más de eso. No es mi secreto, sino el de otro".

Mientras permanecía un rato en silencio, mirando a Estella y pensando en cómo seguir, la señorita Havisham repitió: —No es su secreto, sino el de otro. ¿Y bien?

—Cuando usted hizo que me trajeran aquí por primera vez, señorita Havisham, cuando pertenecía a la aldea de allá que desearía no haberme ido nunca, supongo que realmente vine aquí, como cualquier otro muchacho casual, como una especie de sirviente, para satisfacer una necesidad o un capricho, y para que me pagaran por ello.

—Sí, Pip —replicó la señorita Havisham, asintiendo con la cabeza—; —Lo hiciste.

—Y ese señor Jaggers...

—El señor Jaggers —dijo la señorita Havisham, tomándome en tono firme—, no tenía nada que ver con eso, y no sabía nada de él. Que él sea mi abogado, y que él sea el abogado de su patrón, es una coincidencia. Él tiene la misma relación con el número de personas, y podría surgir fácilmente. Sea como fuere, surgió, y no fue provocado por nadie".

Cualquiera podría haber visto en su rostro demacrado que hasta ahora no había represión ni evasión.

—Pero cuando caí en el error en el que he permanecido tanto tiempo, ¿al menos me guiaste tú? —dije—.

—Sí —respondió ella, asintiendo de nuevo con firmeza—, te dejé seguir.

—¿Era de ese tipo?

—¿Quién soy yo —exclamó la señorita Havisham, golpeando el suelo con su bastón y desatando una cólera tan repentina que Estella la miró sorprendida—, ¿quién soy yo, por el amor de Dios, para ser amable?

Era una queja débil que había hecho, y no había tenido la intención de hacerla. Se lo dije, mientras ella se sentaba a meditar después de este arrebato.

"¡Bueno, bueno, bueno!", dijo ella. —¿Qué más?

—Me pagaron generosamente por mi antigua asistencia aquí —dije, para tranquilizarla—, como aprendiz, y he hecho estas preguntas sólo para mi propia información. Lo que sigue tiene otro propósito (y espero que más desinteresado). Al humillar mi error, señorita Havisham, usted castigó, practicó... ¿tal vez proporcionará cualquier término que exprese su intención, sin ofender— a sus relaciones egoístas?

"Lo hice. ¡Pues, ellos querían que así fuera! Tú también lo harías. ¡Cuál ha sido mi historia, que me tomaría la molestia de rogarles a ellos o a ti que no lo hicieran! Hiciste tus propias trampas. *Nunca* los hice".

Esperando a que volviera a callarse, pues esto también se le escapaba de un modo salvaje y repentino, proseguí.

—Me han arrojado entre una familia de sus parientes, señorita Havisham, y he estado constantemente entre ellos desde que fui a Londres. Sé que han estado tan honestamente bajo mi ilusión como yo mismo. Y sería falso y vil si no le dijera, ya sea que sea aceptable para usted o no, y ya sea que se sienta inclinado a darle crédito o no, que perjudica profundamente tanto al señor Matthew Pocket como a su hijo Herbert, si supone que son de otra manera que generosos, rectos, abiertos, e incapaz de cualquier cosa intencionada o mezquina".

—Son sus amigos —dijo la señorita Havisham—.

—Se hicieron mis amigos —dije—, cuando suponían que yo los había reemplazado; y cuando Sarah Pocket, la señorita Georgiana y la señora Camilla no eran mis amigas, creo.

Me alegró ver que este contraste de ellos con los demás les hacía bien a ella. Me miró fijamente durante un rato y luego dijo en voz baja:

—¿Qué quieres para ellos?

—Sólo —dije yo— que no los confundieras con los demás. Pueden ser de la misma sangre, pero, créeme, no son de la misma naturaleza.

Sin dejar de mirarme fijamente, la señorita Havisham repitió:

—¿Qué quieres para ellos?

—Ya ve usted que no soy tan astuto —respondí, consciente de que me enrojecí un poco—, como para poder ocultarte, aunque quisiera, que quiero algo. Señorita Havisham, si usted quisiera ahorrar el dinero para hacer a mi amigo Herbert un servicio duradero en la vida, pero que, por la naturaleza del caso, debe hacerse sin que él lo supiera, podría mostrarle cómo hacerlo.

—¿Por qué tiene que hacerse sin que él lo supiera? —preguntó ella, colocando las manos sobre el bastón, para poder mirarme con más atención.

—Porque —dije—, yo mismo comencé el servicio, hace más de dos años, sin que él lo supiera, y no quiero ser traicionado. Por qué fracaso en mi capacidad para terminarlo, no puedo explicarlo. Es una parte del secreto que es de otra persona y no mía".

Poco a poco retiró los ojos de mí y los encendió el fuego. Después de haberlo observado durante mucho tiempo lo que parecía ser en el silencio y a la luz de las velas que se consumían lentamente, se despertó por el derrumbe de algunas de las brasas rojas, y volvió a mirarme, al principio, con aire vacío, luego, con una atención que se concentraba gradualmente. Durante todo este tiempo, Estella siguió tejiendo. Cuando la señorita Havisham hubo fijado su atención en mí, dijo, hablando como si no hubiera habido un lapso en nuestro diálogo:

—¿Qué más?

—Estella —dije, volviéndome hacia ella y tratando de dominar mi voz temblorosa–, sabes que te quiero. Sabes que te he amado mucho y entrañablemente".

Alzó los ojos hacia mi cara, al ser dirigida de esta manera, y sus dedos hicieron su trabajo, y me miró con un semblante impasible. Vi que la señorita Havisham miraba de mí a ella, y de ella a mí.

"Debería haber dicho esto antes, si no fuera por mi largo error. Me indujo a abrigar la esperanza de que la señorita Havisham nos destinara el uno para el otro. Aunque pensé que no podrías evitarlo, por así decirlo, me abstuve de decirlo. Pero debo decirlo ahora".

Conservando su semblante impasible, y con los dedos aún moviéndose, Estella negó con la cabeza.

—Lo sé —dije en respuesta a esa acción—, lo sé. No tengo esperanzas de que alguna vez te llame mía, Estella. Ignoro lo que puede ser de mí muy pronto, lo pobre que pueda ser o adónde pueda ir. Aun así, te quiero. Te he amado desde que te vi por primera vez en esta casa.

Mirándome completamente impasible y con los dedos ocupados, volvió a negar con la cabeza.

Habría sido cruel por parte de la señorita Havisham, horriblemente cruel, engañarse con la susceptibilidad de un pobre muchacho y torturarme durante todos estos años con una vana esperanza y una búsqueda ociosa, si hubiera reflexionado sobre la gravedad de lo que hizo. Pero creo que no lo hizo. Creo que, en la resistencia de su propia prueba, se olvidó de la mía, Estella.

Vi a la señorita Havisham llevarse la mano al corazón y mantenerla allí, mientras se sentaba a mirarme a Estella y a mí.

-Parece -dijo Estella con mucha calma- que hay sentimientos, fantasías, no sé cómo llamarlas, que no soy capaz de comprender. Cuando dices que me amas, sé lo que quieres decir, como una forma de palabras; pero nada más. No diriges nada en mi pecho, no tocas nada allí. No me importa en absoluto lo que digas. He tratado de advertirte de esto; ahora, ¿no lo he hecho yo?

Le dije de una manera miserable: "Sí".

"Sí. Pero no te advirtiste, porque pensaste que no lo decía en serio. Ahora bien, ¿no lo creías así?

"Pensé y esperé que no pudieras decirlo en serio. ¡Tú, tan joven, inédita y hermosa, Estella! Seguramente no está en la Naturaleza".

—Está en *mi* naturaleza —replicó ella—. Y luego añadió, con énfasis en las palabras: "Está en la naturaleza formada dentro de mí. Hago una gran diferencia entre tú y todas las demás personas cuando digo tanto. No puedo hacer más".

—¿No es verdad —dije— que Bentley Drummle está aquí en la ciudad y te persigue?

—Es muy cierto —replicó ella, refiriéndose a él con la indiferencia de un desprecio absoluto—.

—¿Que le animes y salgas con él, y que cene contigo hoy mismo?

Ella pareció un poco sorprendida de que yo lo supiera, pero de nuevo respondió: "Muy cierto".

—¡No puedes amarlo, Estella!

Sus dedos se detuvieron por primera vez, mientras replicaba bastante enojada: "¿Qué te he dicho? ¿Sigues pensando, a pesar de ello, que no quiero decir lo que digo?

—¿Nunca te casarías con él, Estella?

Miró a la señorita Havisham y reflexionó un momento con su trabajo en las manos. Entonces ella dijo: "¿Por qué no te digo la verdad? Me voy a casar con él".

Dejé caer mi cara entre mis manos, pero pude controlarme mejor de lo que podría haber esperado, considerando la agonía que me dio escucharla decir esas palabras. Cuando volví a levantar la cara, había una mirada tan espantosa en la de la señorita Havisham, que me impresionó, incluso en mi apasionada prisa y dolor.

—Estella, querida Estella, no dejes que la señorita Havisham te lleve a este paso fatal. Déjame a un lado para siempre, lo has hecho, lo sé perfectamente, pero concédeme a alguien más digno que Drummle. La señorita Havisham se lo da a él, como el mayor desaire y daño que se puede hacer a los muchos hombres mucho mejores que la admiran, y a los pocos que realmente la aman. Entre esos pocos puede haber uno que te ame tanto como yo, aunque no te haya amado tanto tiempo como yo. ¡Tómalo, y podré soportarlo mejor, por tu bien!

Mi sinceridad despertó en ella un asombro que parecía como si hubiera sido tocado por la compasión, si hubiera podido hacerme inteligible para su propia mente.

—Voy —dijo de nuevo, con voz más suave— a casarme con él. Los preparativos para mi matrimonio están hechos, y me casaré pronto. ¿Por qué introducís injuriosamente el nombre de mi madre por adopción? Es mi propio acto".

—¿Tu propio acto, Estella, de arrojarte sobre un bruto?

"¿A quién debo arrojarme?", replicó ella, con una sonrisa. ¿Debería arrojarme sobre el hombre que más pronto sentiría (si la gente siente tales cosas) que no le llevé nada? ¡Allí! Está hecho. A mí me irá muy bien, y a mi marido también. En cuanto a conducirme a lo que usted llama este paso fatal, la señorita Havisham me habría hecho esperar y no casarme todavía; pero estoy cansado de la vida que he llevado, que tiene muy pocos encantos para mí, y estoy dispuesto a cambiarla. No digas más. Nunca nos entenderemos".

"¡Qué bruto tan malo, qué bruto tan estúpido!" —insistí, desesperado—.

-No tengas miedo de que yo sea una bendición para él -dijo Estella-; "Yo no seré eso. ¡Venirse! Aquí está mi mano. ¿Nos separamos de esto, muchacho o hombre visionario?

—¡Oh Estella! Le respondí, mientras mis amargas lágrimas caían rápidamente sobre su mano, que hiciera lo que quisiera para contenerlas; Aunque me quedara en Inglaterra y pudiera mantener la cabeza en alto con los demás, ¿cómo podría verte a ti, la esposa de Drummle?

—Tonterías —replicó ella—, tonterías. Esto pasará en poco tiempo".

—¡Nunca, Estella!

"Me sacarás de tus pensamientos en una semana".

"¡Fuera de mis pensamientos! Eres parte de mi existencia, parte de mí mismo. Has estado en todas las líneas que he leído desde que llegué aquí por primera vez, el chico rudo y común cuyo pobre corazón heriste incluso entonces. Has estado en todas las perspectivas que he visto desde entonces: en el río, en las velas de los barcos, en los pantanos, en las nubes, en la luz, en la oscuridad, en el viento, en los bosques, en el mar, en las calles. Has sido la encarnación de todas las elegantes fantasías con las que mi mente se ha familiarizado. Las piedras de las que están hechos los edificios más fuertes de Londres no son más reales, ni más imposibles de ser desplazadas por tus manos, de lo que tu presencia e influencia han sido para mí, allí y en todas partes, y lo serán. Estella, hasta la última hora de mi vida, no puedes elegir sino seguir siendo parte de mi carácter, parte del poco bien que hay en mí, parte del mal. Pero, en esta separación, te asocio sólo con el bien; y te mantendré fielmente en eso siempre, porque debes haberme hecho mucho más bien que mal, déjame sentir ahora qué angustia puedo sentir. ¡Que Dios te bendiga, que Dios te perdone!"

En qué éxtasis de infelicidad saqué de mí mismo estas palabras rotas, no lo sé. La rapsodia brotó dentro de mí, como la sangre de una herida interna, y brotó. Me llevé la mano a los labios durante unos instantes, y así la dejé. Pero desde entonces recordé, y poco después con más razón, que mientras Estella me miraba con asombro incrédulo, la figura espectral de la señorita Havisham, con la mano todavía cubriéndole el corazón, parecía resuelta en una mirada espantosa de lástima y remordimiento.

¡Todo hecho, todo ido! Se habían hecho tantas cosas y se habían ido, que cuando salí a la puerta, la luz del día parecía de un color más oscuro que cuando entré. Durante un tiempo, me escondí entre algunas callejuelas y senderos, y luego me puse en marcha para caminar todo el camino hasta Londres. Porque, para entonces, ya había llegado a considerar que no podía volver a la posada y ver allí a Drummle; que no podía soportar sentarme en el coche y que me hablaran; que no podía hacer nada ni la mitad de bueno para mí mismo que cansarme.

Era pasada la medianoche cuando crucé el Puente de Londres. Siguiendo los estrechos entresijos de las calles que en aquel tiempo tendían hacia el oeste, cerca de la orilla del río en Middlesex, mi acceso más fácil al templo estaba cerca de la orilla del río, a través de Whitefriars. No se me esperaba hasta mañana; pero yo tenía las llaves y, si Herbert se iba a la cama, podría acostarme yo mismo sin molestarle.

Como rara vez sucedía que entrara por la puerta de Whitefriars después de que el templo estuviera cerrado, y como estaba muy embarrado y cansado, no me pareció mal que el portero nocturno me examinara con mucha atención mientras mantenía la puerta un poco abierta para que yo pasara. Para ayudar a su memoria, mencioné mi nombre.

—No estaba muy seguro, señor, pero así lo creía. He aquí una nota, señor. El mensajero que lo trajo, dijo, ¿sería tan amable de leerlo junto a mi linterna?

Muy sorprendido por la solicitud, tomé la nota. Estaba dirigido a Philip Pip, Esquire, y en la parte superior de la inscripción estaban las palabras: "POR FAVOR, LEA ESTO, AQUÍ". Lo abrí, con el vigilante sosteniendo su luz, y leí en el interior, escrito por Wemmick:

"NO TE VAYAS A CASA".

CAPÍTULO XLV.

Apartándome de la puerta del Templo, tan pronto como hube leído la advertencia, me dirigí lo mejor que pude a Fleet Street, y allí cogí un carro de hackney tardío y me dirigí a los Hummums de Covent Garden. En aquellos tiempos, siempre había que conseguir una cama a cualquier hora de la noche, y el chambelán, dejándome entrar en su portillo, encendió la vela siguiente en orden en su estante y me mostró directamente el dormitorio siguiente en orden en su lista. Era una especie de bóveda en la planta baja del fondo, con un monstruo despótico de cama de cuatro postes, que se extendía por todo el lugar, metiendo una de sus piernas arbitrarias en la chimenea y otra en la puerta, y apretando el miserable lavabo de una manera divinamente justa.

Como yo había pedido una luz de noche, el chambelán me había traído, antes de dejarme, la vieja luz de junco constitucional de aquellos días virtuosos, un objeto como el fantasma de un bastón, que se rompía instantáneamente la espalda si se le tocaba, al que nunca se podía encender nada, y que estaba colocado en confinamiento solitario al pie de una alta torre de hojalata. perforado con agujeros redondos que formaban un patrón de mirada abierta en las paredes. Cuando me metí en la cama y me quedé allí con los pies doloridos, cansado y desdichado, me di cuenta de que no podía cerrar mis propios ojos más de lo que podía cerrar los ojos de este tonto Argos. Y así, en la penumbra y la muerte de la noche, nos miramos el uno al otro.

¡Qué noche tan triste! ¡Qué ansiedad, qué tristeza, cuánto tiempo! Había un olor inhóspito en la habitación, de hollín frío y polvo caliente; y, mientras miraba hacia las esquinas del probador por encima de mi cabeza, pensé en la cantidad de moscas de botella azul de la carnicería, y tijeretas del mercado, y larvas del campo, que debían de estar guardando allí arriba, esperando el próximo verano. Esto me llevó a especular si alguno de ellos se había caído alguna vez, y entonces me imaginé que sentía que la luz caía sobre mi rostro, un desagradable giro de pensamiento, que sugería otros enfoques más objetables por mi espalda. Cuando estuve despierto un rato, empezaron a hacerse audibles esas voces extraordinarias que llenan de silencio. El armario susurraba, la chimenea suspiraba, el pequeño lavabo hacía tictac y una cuerda de guitarra sonaba de vez en cuando en la cómoda. Casi al mismo tiempo, los ojos en la pared adquirieron una nueva expresión, y en cada una de esas rondas de mirada vi escrito: NO TE VAYAS A CASA.

Cualesquiera que fueran las fantasías nocturnas y los ruidos nocturnos que se agolpaban sobre mí, nunca me protegieron de este NO TE VAYAS A CASA. Se trenzaba en cualquier cosa que se me ocurriera, como lo habría hecho un dolor corporal. No mucho antes, había leído en los periódicos que un caballero desconocido había llegado a los Hummums por la noche, y se había acostado, y se había destruido, y había sido encontrado por la mañana ensangrentado. Se me ocurrió que debía de haber ocupado esa misma bóveda mía, y me levanté de la cama para asegurarme de que no había marcas rojas alrededor; luego abrió la puerta para asomarse a los pasillos y alegrarme con la compañía de una luz lejana, cerca de la cual supe que el chambelán dormitaba. Pero durante todo este tiempo, por qué no iba a volver a casa, y qué había sucedido en casa, y cuándo debía volver a casa, y si Provis estaba a salvo en casa, eran cuestiones que ocupaban mi mente tan ocupadamente, que uno podría haber supuesto que no podía haber más espacio en ella para ningún otro tema. Incluso cuando pensaba en Estella, y en cómo nos habíamos separado ese día para siempre, y cuando recordaba todas las circunstancias de nuestra separación, y todas sus miradas y tonos, y el movimiento de sus dedos mientras tejía, incluso entonces seguía, aquí y allá y en todas partes, la advertencia: No te vayas a casa. Cuando por fin me quedé dormido, en puro agotamiento de la mente y del cuerpo, se convirtió en un vasto verbo sombrío que tuve que conjugar. Modo imperativo, tiempo presente: No te vayas a casa, que él no vaya a casa, que no vayamos a casa, que no vayas tú o tú a casa, que no se vayan a casa. Entonces, potencialmente: no puedo y no puedo volver a casa; y no podría, no podría, no querría y no debería volver a casa; hasta que sentí que me iba a distraer, me di la vuelta sobre la almohada y volví a mirar las miradas fijas en la pared.

Había dejado instrucciones de que me llamarían a las siete; porque era evidente que debía ver a Wemmick antes de ver a nadie más, e igualmente claro que éste era un caso en el que sólo podían tomarse en cuenta sus sentimientos de Walworth. Fue un alivio salir de la habitación donde la noche había sido tan miserable, y no necesité que llamaran a la puerta para sacarme de mi cama inquieta.

Las almenas del castillo se alzaron ante mi vista a las ocho. Casualmente la criada entraba en la fortaleza con dos panecillos calientes, pasé por el pórtico y crucé el puente levadizo en su compañía, y así llegué sin previo aviso a la presencia de Wemmick que estaba preparando té para él y para el anciano. Una puerta abierta ofrecía una vista en perspectiva de los ancianos en la cama.

—¡Hola, señor Pip! —dijo Wemmick—. —¿Has vuelto a casa, entonces?

—Sí —repliqué—; "pero no me fui a casa".

—Está bien —dijo, frotándose las manos—. "Dejé una nota para ti en cada una de las puertas del Templo, por casualidad. ¿A qué puerta llegaste?

Le dije.

—A lo largo del día iré a ver a los demás y destruiré las notas —dijo Wemmick—; "Es una buena regla no dejar nunca pruebas documentales si puedes ayudarlas, porque no sabes cuándo se pueden poner. Voy a tomarme una libertad contigo. *¿Te importaría* tostar esta salchicha para el P Viejo?"

Le dije que estaría encantado de hacerlo.

—Entonces puedes seguir con tu trabajo, Mary Anne —dijo Wemmick a la criada—; —Lo que nos deja solos, ¿no lo ve, señor Pip? —añadió, guiñando un ojo, mientras ella desaparecía—.

Le agradecí su amistad y cautela, y nuestro discurso transcurrió en voz baja, mientras yo tostaba la salchicha del Viejo y él untaba con mantequilla la miga del panecillo del Anciano.

—Bien, señor Pip, usted sabe —dijo Wemmick—, que usted y yo nos entendemos. Estamos en nuestras capacidades privadas y personales, y hemos estado involucrados en una transacción confidencial antes de hoy. Los sentimientos oficiales son una cosa. Somos extra oficiales".

Asentí cordialmente. Estaba tan nervioso que ya había encendido la salchicha del anciano como una antorcha y me vi obligado a apagarla.

—Ayer por la mañana —dijo Wemmick— me enteré por casualidad de estar en cierto lugar al que una vez te llevé, incluso entre tú y yo, es mejor no mencionar nombres cuando sea inevitable...

—Mucho mejor no —dije—. Te entiendo.

—Ayer por la mañana me enteré por casualidad —dijo Wemmick— de que cierta persona que no pertenecía al todo a actividades no coloniales, y que no poseía bienes muebles... no sé quién puede ser realmente... no vamos a nombrar a esta persona...

—No es necesario —dije—.

—Había causado algún pequeño revuelo en cierta parte del mundo donde va mucha gente, no siempre para satisfacer sus propias inclinaciones, y no del todo sin tener en cuenta los gastos del gobierno...

Al ver su rostro, hice un verdadero fuego de artificio con la salchicha del anciano, y descompuse en gran medida tanto mi propia atención como la de Wemmick; por lo que le pedí disculpas.

"—Desapareciendo de aquel lugar, y no habiéndose vuelto a saber de él por allí. A partir de la cual -dijo Wemmick- se habían levantado conjeturas y se habían formado teorías. También he oído que tú, en tus aposentos de Garden Court, Temple, has sido vigilado, y podrías ser vigilado de nuevo.

—¿Por quién? —pregunté.

—Yo no entraría en eso —dijo Wemmick, evasivamente—, podría chocar con las responsabilidades oficiales. Lo escuché, como en mi tiempo he oído otras cosas curiosas en el mismo lugar. No te lo cuento sobre la información recibida. Lo escuché".

Mientras hablaba, me quitó el tenedor para tostar y la salchicha, y colocó cuidadosamente el desayuno del anciano en una pequeña bandeja. Antes de ponérsela delante, entró en la habitación del anciano con un paño blanco y limpio, lo ató debajo de la barbilla del anciano caballero, lo levantó, dejó su gorro de dormir a un lado y le dio un aire bastante desenfadado. Luego colocó su desayuno delante de él con gran cuidado, y dijo: —Muy bien, ¿no es así, Viejo P.? A lo que el alegre anciano respondió: "¡Está bien, John, mi hijo, está bien!" Como parecía haber un entendimiento tácito de que el Anciano no estaba en un estado presentable, y por lo tanto debía ser considerado invisible, fingí estar en completa ignorancia de estos procedimientos.

—Esta vigilancia que me vigila en mis aposentos (que una vez he tenido motivos para sospechar) —le dije a Wemmick cuando regresó— es inseparable de la persona a la que usted se ha anunciado; ¿Lo es?

Wemmick parecía muy serio. "No podría atreverme a decir eso, por mi propio conocimiento. Quiero decir, no podría atreverme a decir que lo fue al principio. Pero o lo es, o lo será, o corre un gran peligro de serlo".

Como vi que la lealtad a Little Britain le impedía decir todo lo que podía, y como sabía con gratitud hacia él lo lejos que se había desviado de su camino para decir lo que hizo, no pude presionarlo. Pero le dije, después de una breve meditación sobre el fuego, que me gustaría hacerle una pregunta, sujeta a que él respondiera o no respondiera, según lo considerara correcto, y seguro de que su curso sería el correcto. Hizo una pausa en su desayuno, cruzó los brazos y se pellizcó las mangas de la camisa (su noción de la comodidad en el interior era sentarse sin abrigo), me hizo un gesto con la cabeza una vez, para hacerme la pregunta.

—¿Has oído hablar de un hombre de mal carácter, cuyo verdadero nombre es Compeyson?

Respondió con otro movimiento de cabeza.

—¿Está vivo?

Un guiño más.

—¿Está en Londres?

Me hizo otro gesto con la cabeza, comprimió demasiado la oficina de correos, me hizo un último gesto con la cabeza y siguió con su desayuno.

—Ahora —dijo Wemmick—, cuestionando el hecho de haber terminado —lo cual enfatizó y repitió para que yo me guiara—, llego a lo que hice, después de oír lo que oí. Fui a Garden Court a buscarte; Al no encontrarle, fui a casa de Clarriker a buscar al señor Herbert.

—¿Y a él lo encontraste? —pregunté con gran ansiedad.

"Y a él lo encontré. Sin mencionar ningún nombre ni entrar en detalles, le di a entender que si sabía que alguien —Tom, Jack o Richard— estaba en las habitaciones o en las inmediaciones, era mejor que sacara a Tom, Jack o Richard del camino mientras tú estabas fuera del camino.

—¿Estaría muy desconcertado sobre qué hacer?

"No *sabía* qué hacer; no obstante, porque le di mi opinión de que no era seguro tratar de apartar demasiado a Tom, Jack o Richard en ese momento. Señor Pip, le diré algo. En las circunstancias actuales, no hay lugar como una gran ciudad cuando estás una vez en ella. No rompas la cobertura demasiado pronto. Acuéstate cerca. Espera a que las cosas se aflojen, antes de probar el aire abierto, incluso para el aire extranjero.

Le agradecí su valioso consejo y le pregunté qué había hecho Herbert.

—El señor Herbert —dijo Wemmick—, después de estar todo en un montón durante media hora, trazó un plan. Me mencionó, como un secreto, que está cortejando a una joven que tiene, como sin duda usted sabe, un padre postrado en cama. El cual Pa, habiendo estado en la línea de la vida del Sobrecargo, se acuesta en una ventana de proa donde puede ver los barcos navegar río arriba y río abajo. ¿Conoce usted a la joven, probablemente?

—Personalmente no —dije—.

La verdad era que ella se había opuesto a mí como a mí como a un compañero caro que no le hacía ningún bien a Herbert, y que, cuando Herbert me propuso presentármelo por primera vez, había recibido la propuesta con una calidez tan moderada, que Herbert se había visto obligado a confiarme el estado del caso, con vistas a que pasara un poco de tiempo antes de que yo la conociera. Cuando comencé a adelantar las perspectivas de Herbert a escondidas, había sido capaz de soportarlo con alegre filosofía: él y su prometido, por su parte, naturalmente no habían estado muy ansiosos por introducir a una tercera persona en sus entrevistas; y así, aunque estaba seguro de que había aumentado en la estima de Clara, y aunque la joven y yo habíamos intercambiado regularmente mensajes y recuerdos de Herbert, nunca la había visto. Sin embargo, no molesté a Wemmick con estos detalles.

—La casa de la ventana de proa —dijo Wemmick—, situada a la orilla del río, junto al estanque, entre Limehouse y Greenwich, y al parecer, mantenida por una viuda muy respetable que tiene un piso superior amueblado para alquilar, según me dijo el señor Herbert, ¿qué me pareció que fuera una vivienda temporal para Tom, Jack? ¿O Ricardo? Ahora, lo pensé muy bien, por tres razones que les daré. Es decir: En *primer lugar*. Está completamente fuera de todos sus ritmos, y está muy lejos del montón habitual de calles grandes y pequeñas. *En segundo lugar*. Sin necesidad de acercarse a ella, siempre se podía oír hablar de la seguridad de Tom, Jack o Richard, a través del señor Herbert. *Tercero*. Al cabo de un tiempo, y cuando sea prudente, si quieres llevar a Tom, Jack o Richard a bordo de un paquebote extranjero, ahí está, listo.

Muy reconfortado por estas consideraciones, di las gracias a Wemmick una y otra vez, y le rogué que prosiguiera.

—¡Bien, señor! El señor Herbert se lanzó al negocio con voluntad, y a las nueve de la noche de ayer alojó a Tom, Jack o Richard, lo que sea, usted y yo no queremos saberlo, con bastante éxito. En el antiguo alojamiento se entendió que había sido llamado a Dover, y, de hecho, fue llevado por el camino de Dover y acorralado fuera de él. Ahora bien, otra gran ventaja de todo esto es que se hizo sin ti, y cuando, si alguien se preocupaba por tus movimientos, se debía saber que estabas a muchas millas de distancia y que estabas ocupado de otra manera. Esto desvía la sospecha y la confunde; y por la misma razón te recomendé que, aunque volvieras anoche, no te fueras a casa. Trae más confusión, y tú quieres confusión".

Wemmick, después de terminar de desayunar, miró el reloj y empezó a ponerse el abrigo.

—Y ahora, señor Pip —dijo, con las manos todavía en las mangas—, probablemente he hecho lo máximo que podía hacer; pero si alguna vez puedo hacer más, desde el punto de vista de Walworth, y a título estrictamente privado y personal, estaré encantado de hacerlo. Aquí está la dirección. No hay nada malo en que vayas aquí esta noche, y te asegures de que todo está bien con Tom, Jack o Richard, antes de irte a casa, lo cual es otra razón por la que no fuiste a casa anoche. Pero, después de que te hayas ido a casa, no vuelvas aquí. De nada, estoy seguro, señor Pip"; sus manos estaban ahora fuera de sus mangas, y yo las estaba sacudiendo; Y permítame finalmente recalcarle un punto importante. Puso sus manos sobre mis hombros y añadió en un susurro solemne: —Aproveche esta noche para apoderarse de sus pertenencias portátiles. No sabes lo que le puede pasar. No dejes que le pase nada a la propiedad portátil".

Desesperado por aclarar mi mente a Wemmick sobre este punto, me abstuve de intentarlo.

—Se ha acabado el tiempo —dijo Wemmick—, y tengo que marcharme. Si no tienes nada más urgente que hacer que quedarte aquí hasta que oscurezca, eso es lo que debería aconsejarte. Pareces muy preocupado, y te vendría bien pasar un día perfectamente tranquilo con el anciano, que se levantará dentro de poco, y un poco de... ¿te acuerdas del cerdo?

—Por supuesto —dije—.

—Bueno; y un poco de *él*. Esa salchicha que tostarte era suya, y él era, en todos los aspectos, un novato. Pruébalo, aunque solo sea por el bien de un viejo conocido. ¡Adiós, padre anciano!", en un grito alegre.

—Muy bien, John; ¡Muy bien, hijo mío!", exclamó el anciano desde dentro.

Pronto me quedé dormido ante el fuego de Wemmick, y los ancianos y yo disfrutamos de la compañía de los demás durmiendo ante él más o menos todo el día. Cenamos lomo de cerdo y verduras cultivadas en la finca; y yo asentía con la cabeza a los ancianos con buena intención cada vez que dejaba de hacerlo somnoliento. Cuando ya estaba muy oscuro, dejé a los ancianos preparando el fuego para las tostadas; y deduje por el número de tazas de té, así como por sus miradas a las dos puertecitas de la pared, que se esperaba a la señorita Skiffins.

CAPÍTULO XLVI.

Habían dado las ocho antes de que yo levantara el vuelo, perfumado, no desagradablemente, por las astillas y virutas de los constructores de barcos costeros y de los fabricantes de mástiles, remos y bloques. Toda esa región junto al agua del estanque superior e inferior debajo del puente era un terreno desconocido para mí; y cuando llegué al río, descubrí que el lugar que quería no estaba donde yo había supuesto que estaba, y que no era nada fácil de encontrar. Se llamaba Mill Pond Bank, Cuenca de Chinks; y no tenía otra guía para la cuenca de Cinks que el Old Green Copper Rope-walk.

No importa qué barcos varados reparando en diques secos me perdí entre ellos, qué viejos cascos de barcos a punto de ser despedazados, qué lodo y fango y otras heces de marea, qué astilleros de constructores y desguaces de barcos, qué anclas oxidadas mordiendo ciegamente el suelo, aunque durante años fuera de servicio, qué país montañoso de toneles y madera acumulados, cuántos escalones que no eran el Viejo Cobre Verde. Después de varias veces no llegar a mi destino y otras tantas veces sobrepasarlo, llegué inesperadamente a una esquina, en Mill Pond Bank. Era un lugar fresco, considerando todas las circunstancias, donde el viento del río tenía espacio para dar la vuelta; y había dos o tres árboles en él, y allí estaba el tocón de un molino de viento en ruinas, y allí estaba el Viejo Camino de Cobre Verde, cuya larga y estrecha vista podía trazar a la luz de la luna, a lo largo de una serie de marcos de madera colocados en el suelo, que parecían rastrillos de heno viejos que habían envejecido y perdido la mayoría de sus dientes.

Escogí entre las pocas casas raras de Mill Pond Bank una casa con fachada de madera y tres pisos de ventana de proa (no ventana, que es otra cosa), miré el plato de la puerta y leí allí: La señora Whimple. Siendo ese el nombre que quería, llamé a la puerta, y una anciana de apariencia agradable y próspera respondió. Sin embargo, Herbert la depuso de inmediato, y me condujo silenciosamente al salón y cerró la puerta. Era una sensación extraña ver su rostro tan familiar establecido como en casa en esa habitación y región tan desconocidas; y me encontré mirándole, como miraba el armario de la esquina con el cristal y la porcelana, las conchas de la chimenea y los grabados coloreados en la pared, que representaban la muerte del capitán Cook, una lancha de barco, y su majestad el rey Jorge III con peluca de cochero de estado, calzones de cuero y botas de copa, en la terraza de Windsor.

—Todo está bien, Händel —dijo Herbert—, y él está muy satisfecho, aunque ansioso por verte. Mi querida niña está con su padre; y si esperas hasta que ella baje, te lo haré saber a ella, y luego subiremos las escaleras. *Ese es* su padre.

Me había dado cuenta de un gruñido alarmante en lo alto, y probablemente lo había expresado en mi semblante.

—Me temo que es un viejo bribón triste —dijo Herbert sonriendo—, pero nunca lo he visto. ¿No hueles a ron? Siempre está en ello".

—¿A ron? —dije yo.

—Sí —replicó Herbert—, y puede usted imaginar lo leve que es su gota. También persiste en guardar todas las provisiones en el piso de arriba de su habitación y servirlas. Los guarda en estantes sobre su cabeza y los pesa todos. Su habitación debe ser como una tienda de chandler.

Mientras hablaba así, el gruñido se convirtió en un rugido prolongado y luego se extinguió.

—¿Qué otra cosa puede ser la consecuencia —dijo Herbert, en explicación—, si va a cortar el queso? Un hombre con gota en la mano derecha, y en todas partes, no puede esperar pasar por un Double Gloucester sin lastimarse.

Parecía haberse lastimado mucho, porque lanzó otro rugido furioso.

—Tener Provis para un huésped de alto nivel es una bendición para la señora Whimmle —dijo Herbert—, porque, por supuesto, la gente en general no soportará ese ruido. Un lugar curioso, Händel; ¿No es así?

Era un lugar curioso, en verdad; pero notablemente bien cuidado y limpio.

—La señora Whimple —dijo Herbert cuando se lo dije— es la mejor de las amas de casa, y realmente no sé qué haría mi Clara sin su ayuda maternal. Porque Clara no tiene madre propia, Händel, ni pariente en el mundo que no sea el viejo Gruffandgrim.

—¿No es así como se llama, Herbert?

—No, no —dijo Herbert—, ése es el nombre que le doy. Su nombre es Mr. Barley. ¡Pero qué bendición es para el hijo de mi padre y de mi madre amar a una muchacha que no tiene parientes, y que nunca puede preocuparse por su familia ni por nadie más!

Herbert me había contado en ocasiones anteriores, y ahora me lo recordaba, que conoció a la señorita Clara Barley cuando ella estaba terminando su educación en un establecimiento de Hammersmith, y que cuando la llamaron a casa para cuidar a su padre, él y ella habían confiado su afecto a la maternal señora Whimple, por quien había sido fomentado y regulado con igual amabilidad y discreción. Desde. Se comprendía que nada de tierna podía confiarse al viejo Barley, por el hecho de que no estaba en condiciones de considerar un tema más psicológico que la gota, el ron y las provisiones del sobrecargo.

Mientras conversábamos en voz baja, mientras el gruñido sostenido del viejo Barley vibraba en la viga que cruzaba el techo, se abrió la puerta de la habitación y entró una muchacha de unos veinte años, muy guapa, delgada y de ojos oscuros, con una cesta en la mano, a la que Herbert sacó tiernamente de la cesta y la presentó, sonrojada, como «Clara». Realmente era una muchacha encantadora, y podría haber pasado por un hada cautiva, a quien el truculento ogro Viejo Cebada había puesto a su servicio.

—Mira aquí —dijo Herbert, mostrándome la cesta, con una sonrisa compasiva y tierna, después de que hubiéramos hablado un poco—; Aquí está la cena de la pobre Clara, servida todas las noches. Aquí está su ración de pan, y aquí está su rebanada de queso, y aquí está su ron, que yo bebo. Este es el desayuno del señor Barley para mañana, servido para ser cocinado. Dos chuletas de cordero, tres patatas, unos guisantes partidos, un poco de harina, dos onzas de mantequilla, una pizca de sal y toda esta pimienta negra. Se cuece junto y se toma caliente, ¡y creo que es algo agradable para la gota!

Había algo tan natural y encantador en la manera resignada de Clara de mirar estas tiendas en detalle, tal como Herbert las señalaba; y algo tan confiado, amoroso e inocente en su modesta manera de entregarse al brazo abrazador de Herbert; y había algo tan amable en ella, tan necesitada de protección en Mill Pond Bank, junto a la cuenca de Chinks, y en el Viejo Cordón de Cobre Verde, con la vieja cebada gruñendo en la viga, que no habría deshecho el compromiso entre ella y Herbert por todo el dinero que había en la cartera que nunca había abierto.

Yo la miraba con placer y admiración, cuando de repente el gruñido se convirtió de nuevo en un rugido, y se oyó un espantoso ruido de golpes en lo alto, como si un gigante con una pata de palo tratara de atravesar el techo para venir hacia nosotros. Al oír esto, Clara le dijo a Herbert: «¡Papá me quiere, querido!», y huyó.

—¡Hay un viejo tiburón desmesurado para ti! —dijo Herbert—. —¿Qué crees que quiere ahora, Händel?

—No lo sé —dije—. ¿Algo de beber?

—¡Eso es! —exclamó Herbert, como si yo hubiera hecho una conjetura de extraordinario mérito—. "Mantiene su grog listo mezclado en una pequeña tina sobre la mesa. Espera un momento, y oirás a Clara levantarlo para que tome un poco. ¡Ahí va!" Otro rugido, con una sacudida prolongada al final. —Ahora —dijo Herbert, al tiempo que le sucedía el silencio—, está bebiendo. Ahora -dijo Herbert, mientras el gruñido resonaba una vez más en la viga-, ¡está de nuevo de espaldas!

Clara regresó poco después, y Herbert me acompañó al piso de arriba para ver a nuestro encargado. Al pasar por delante de la puerta del señor Barley, se le oyó murmurar roncamente en su interior, en un tono que subía y bajaba como el viento, el siguiente estribillo, en el que sustituyo los buenos deseos por algo completamente contrario:

"¡A la vista! Bendito sea tu ojo, aquí está el viejo Bill Barley. Aquí está el viejo Bill Barley, benditos sean tus ojos. Aquí está el viejo Bill Barley en la parte plana de su espalda, por el Señor. Acostado sobre la parte plana de su espalda como una platija muerta a la deriva, aquí está tu viejo Bill Barley, benditos sean tus ojos. ¡Ahoy! Bendito seas".

En este esfuerzo de consuelo, Herbert me informó que la cebada invisible comulgaría consigo misma día y noche juntas; A menudo, mientras había luz, tenía, al mismo tiempo, un ojo en un telescopio que estaba instalado en su cama para la comodidad de barrer el río.

En sus dos camarotes en la parte superior de la casa, que eran frescas y ventiladas, y en las que el señor Barley era menos audible que abajo, encontré a Provis cómodamente instalado. No expresó ninguna alarma, y no pareció sentir ninguna que valiera la pena mencionar; pero me llamó la atención que se había ablandado, indefiniblemente, porque no podría haber dicho cómo, y nunca después pude recordar cómo cuando lo intenté, pero con certeza.

La oportunidad que me había brindado el día de descanso para reflexionar había dado como resultado mi completa determinación de no decirle nada con respecto a Compeyson. Por lo que yo sabía, su animosidad hacia el hombre podría llevarlo a buscarlo y precipitarse en su propia destrucción. Por lo tanto, cuando Herbert y yo nos sentamos con él junto al fuego, le pregunté en primer lugar si confiaba en el juicio y las fuentes de información de Wemmick.

—¡Ay, ay, querido muchacho! —contestó, asintiendo gravemente—, Jaggers lo sabe.

—Entonces, he hablado con Wemmick —dije—, y he venido a contarte qué precauciones me ha dado y qué consejos.

Esto lo hice con precisión, con la reserva que acabo de mencionar; y le conté cómo Wemmick se había enterado, en la prisión de Newgate (no sabría decir si por oficiales o prisioneros), que estaba bajo cierta sospecha, y que mis habitaciones habían sido vigiladas; cómo Wemmick le había recomendado que se mantuviera cerca durante un tiempo, y que yo me mantuviera alejado de él; y lo que Wemmick había dicho acerca de llevarlo al extranjero. Agregué que, por supuesto, cuando llegara el momento, iría con él, o lo seguiría de cerca, según fuera más seguro a juicio de Wemmick. Lo que iba a seguir que no toqué; tampoco, en efecto, me sentía del todo claro o cómodo al respecto en mi propia mente, ahora que lo veía en esa condición más suave, y en peligro declarado por mi bien. En cuanto a alterar mi modo de vivir aumentando mis gastos, le pregunté si, en nuestras actuales circunstancias inestables y difíciles, ¿no sería simplemente ridículo si no fuera peor?

No podía negarlo, y de hecho fue muy razonable en todo momento. Su regreso era una aventura, dijo, y siempre había sabido que era una aventura. No haría nada para convertirlo en una empresa desesperada, y temía muy poco por su seguridad con tan buena ayuda.

Herbert, que había estado mirando el fuego y reflexionando, dijo que algo había entrado en sus pensamientos a raíz de la sugerencia de Wemmick, que valdría la pena proseguir. —Los dos somos buenos aguadores, Händel, y podríamos llevarlo nosotros mismos río abajo cuando llegue el momento adecuado. Entonces no se alquilaría ningún barco para este propósito, ni ningún barquero; Eso salvaría al menos una posibilidad de sospecha, y vale la pena salvar cualquier oportunidad. No importa la temporada; ¿No crees que sería bueno que empezaras de inmediato a tener un bote en las escaleras del Templo, y que tuvieras la costumbre de remar río arriba y río abajo? Caes en ese hábito, y entonces, ¿quién se da cuenta o le importa? Hazlo veinte o cincuenta veces, y no hay nada especial en que lo hagas la vigésimo primera o la quincuagésima primera.

Me gustó este esquema, y Provis estaba bastante eufórico con él. Acordamos que debía llevarse a cabo, y que Provis nunca nos reconocería si pasábamos por debajo del puente y remábamos más allá de Mill Pond Bank. Pero acordamos además que bajaría la persiana de la parte de la ventana que daba al este, siempre que nos viera y todo estuviera bien.

Terminada nuestra conferencia, y todo arreglado, me levanté para irme; diciéndole a Herbert que sería mejor que él y yo no volviéramos a casa juntos, y que yo tardaría media hora en sacarle la vida. —No me gusta dejarte aquí —le dije a Provis—, aunque no puedo dudar de que estés más seguro aquí que cerca de mí. ¡Adiós!

—Querido muchacho —contestó, juntando mis manos—, no sé cuándo nos volveremos a encontrar, y no me gusta despedirme. ¡Di buenas noches!"

—¡Buenas noches! Herbert irá regularmente entre nosotros, y cuando llegue el momento, puede estar seguro de que estaré listo. ¡Buenas noches, buenas noches!

Pensamos que lo mejor era que se quedara en sus habitaciones; Y lo dejamos en el rellano frente a su puerta, sosteniendo una luz sobre la barandilla de la escalera para iluminarnos en la planta baja. Al mirarlo hacia atrás, pensé en la primera noche de su regreso, cuando nuestras posiciones se invirtieron, y cuando no supuse que mi corazón pudiera estar tan apesadumbrado y ansioso por separarse de él como lo estaba ahora.

El viejo Cebada gruñía y maldecía cuando volvimos a pasar por su puerta, sin que pareciera haber cesado ni tener intención de cesar. Cuando llegamos al pie de la escalera, le pregunté a Herbert si había conservado el nombre de Provis. Él respondió que desde luego que no, y que el huésped era el señor Campbell. También explicó que lo más que se sabía del Sr. Campbell era que él (Herbert) tenía al Sr. Campbell consignado a él, y sentía un fuerte interés personal en que estuviera bien cuidado y viviera una vida apartada. De modo que, cuando entramos en el salón donde la señora Whimple y Clara estaban sentadas en el trabajo, no dije nada de mi interés por el señor Campbell, sino que me lo guardé para mí.

Cuando me despedí de la hermosa y gentil muchacha de ojos oscuros, y de la mujer maternal que no había dejado de expresar su sincera simpatía por un pequeño asunto de amor verdadero, sentí como si el Viejo Cordón de Cobre Verde se hubiera convertido en un lugar completamente diferente. La vieja Cebada podía ser tan vieja como las colinas, y podía maldecir como todo un campo de soldados, pero en la cuenca de Chinks había suficiente juventud redentora, confianza y esperanza como para llenarla a rebosar. Y entonces pensé en Estella, y en nuestra despedida, y volví a casa muy triste.

Todas las cosas estaban tan tranquilas en el Templo como nunca las había visto. Las ventanas de las habitaciones de ese lado, ocupadas últimamente por Provis, estaban oscuras y quietas, y no había tumbona en Garden Court. Pasé por delante de la fuente dos o tres veces antes de bajar los escalones que me separaban de mis habitaciones, pero estaba completamente solo. Herbert, que se acercó a mi cama cuando entró, porque yo me fui directamente a la cama, desanimado y fatigado, hizo el mismo informe. Después de eso, abrió una de las ventanas, miró a la luz de la luna y me dijo que el pavimento estaba tan solemnemente vacío como el pavimento de cualquier catedral a esa misma hora.

Al día siguiente me dispuse a buscar el bote. Pronto se hizo, y el bote fue llevado a las escaleras del Templo, y se quedó donde pude alcanzarla en uno o dos minutos. Entonces, empecé a salir para entrenar y practicar: a veces solo, a veces con Herbert. A menudo salía con frío, lluvia y aguanieve, pero nadie me prestaba mucha atención después de haber salido unas cuantas veces. Al principio, me mantuve por encima del puente de Blackfriars; pero como las horas de la marea cambiaban, me dirigí hacia el Puente de Londres. En aquellos días era el Viejo Puente de Londres, y en ciertos estados de la marea había una carrera y caída de agua que le daba una mala reputación. Pero yo sabía muy bien cómo «disparar» al puente después de verlo terminado, así que empecé a remar entre los barcos en el estanque y a bajar hasta Erith. La primera vez que pasé por Mill Pond Bank, Herbert y yo tirábamos de un par de remos; Y, tanto al ir como al volver, vimos descender a los ciegos que daban hacia el oriente. Herbert rara vez estaba allí con menos de tres veces en una semana, y nunca me trajo una sola palabra de inteligencia que fuera alarmante. Aun así, sabía que había motivos para alarmarme, y no podía deshacerme de la idea de ser observado. Una vez recibida, es una idea inquietante; Sería difícil calcular cuántas personas sospechosas de que me observaban.

En resumen, siempre estaba lleno de temores por el hombre imprudente que estaba escondido. Herbert me había dicho a veces que le resultaba agradable estar de pie junto a una de nuestras ventanas después del anochecer, cuando la marea estaba bajando, y pensar que fluía, con todo lo que producía, hacia Clara. Pero pensé con pavor que se dirigía hacia Magwitch, y que cualquier marca negra en su superficie podría ser su perseguidor, yendo rápida, silenciosa y seguramente a atraparlo.

CAPÍTULO XLVII.

Pasaron algunas semanas sin que apareciera ningún cambio. Esperamos a Wemmick, y no hizo ninguna señal. Si nunca lo hubiera conocido en Little Britain, y nunca hubiera disfrutado del privilegio de estar en una base familiar en el castillo, podría haber dudado de él; no fue así por un momento, conociéndolo como lo conocí.

Mis asuntos mundanos comenzaron a tener un aspecto sombrío, y más de un acreedor me presionó para que pagara dinero. Incluso yo mismo empecé a conocer la falta de dinero (quiero decir de dinero disponible en mi propio bolsillo), y a remediarlo convirtiendo en efectivo algunos artículos de joyería que se ahorraban fácilmente. Pero había decidido que sería un fraude despiadado tomar más dinero de mi patrón en el estado actual de mis pensamientos y planes inciertos. Por lo tanto, le había enviado el libro de bolsillo sin abrir de Herbert, para que lo guardara en su propio bolsillo, y sentí una especie de satisfacción —no sé si era falsa o verdadera— por no haberme beneficiado de su generosidad desde que se reveló a sí mismo.

A medida que pasaba el tiempo, me invadió la impresión de que Estella estaba casada. Temeroso de que se confirmara, aunque no fuera más que una condena, evité los periódicos y le rogué a Herbert (a quien le había confiado las circunstancias de nuestra última entrevista) que nunca me hablara de ella. ¿Por qué acumulé este último miserable trapo del manto de esperanza que se rasgó y se entregó a los vientos, cómo lo sé? ¿Por qué usted, que lee esto, cometió esa inconsistencia no muy diferente a la suya el año pasado, el mes pasado, la semana pasada?

Fue una vida infeliz la que viví; Y su única ansiedad dominante, que se elevaba por encima de todas sus otras ansiedades, como una alta montaña sobre una cadena de montañas, nunca desapareció de mi vista. Aun así, no surgió ningún nuevo motivo de miedo. Dejadme levantarme de mi cama como lo haría, con el terror fresco de que lo descubrieran; Dejadme sentarme a escuchar, como lo haría con pavor, el regreso de Herbert por la noche, no fuera que fuera más fugaz de lo ordinario y estuviera plagado de malas noticias, a pesar de todo eso, y mucho más con el mismo propósito, que la ronda de cosas continuaba. Condenado a la inacción y a un estado de constante inquietud y suspenso, remé en mi bote, y esperé, esperé, esperé lo mejor que pude.

Hubo momentos en que la marea bajaba, después de haber bajado el río, no podía volver a través de los arcos y estorninos del viejo Puente de Londres; luego, dejé mi bote en un muelle cerca de la Aduana, para que me llevaran después a las escaleras del Templo. No me oponía a hacerlo, ya que servía para que mi barco y yo fuéramos un incidente más común entre la gente de la ribera. De esta pequeña ocasión surgieron dos encuentros de los que ahora tengo que hablar.

Una tarde, a finales del mes de febrero, desembarqué en el muelle al anochecer. Había bajado hasta Greenwich con la marea baja, y me había vuelto con la marea. Había sido un día hermoso y luminoso, pero se había vuelto brumoso a medida que caía el sol, y tuve que tantear el camino de regreso entre el barco, con bastante cuidado. Tanto en el camino de ida como en el de regreso, había visto la señal en su ventana: Todo bien.

Como era una noche cruda y yo tenía frío, pensé que me consolaría con la cena de inmediato; y como tenía por delante horas de abatimiento y soledad si volvía a casa en el Templo, pensé que después iría a la obra. El teatro donde el señor Wopsle había logrado su dudoso triunfo estaba en ese barrio junto al agua (ahora no está en ninguna parte), y a ese teatro resolví ir. Era consciente de que el señor Wopsle no había logrado revivir el Drama, sino que, por el contrario, había participado de su decadencia. Se había oído hablar de él, a través de los carteles, como un negro fiel, en relación con una niña de noble cuna y un mono. Y Herbert lo había visto como un tártaro depredador de propensiones cómicas, con una cara como un ladrillo rojo y un sombrero escandaloso sobre campanas.

Cené en lo que Herbert y yo solíamos llamar un desguace geográfico, donde había mapas del mundo en bordes de ollas de portero en cada media yarda de los manteles, y tablas de salsa en cada uno de los cuchillos, hasta el día de hoy apenas hay un solo desguace dentro de los dominios del alcalde que no sea geográfico. y gastaba el tiempo dormitando sobre las migajas, mirando el gas y horneando en una ráfaga caliente de cenas. Al cabo de un rato, me desperté y fui a la obra.

Allí encontré a un contramaestre virtuoso al servicio de Su Majestad, un hombre excelente, aunque hubiera deseado que sus pantalones no fueran tan ajustados en algunos lugares, y no tan holgados en otros, que les tapaba los ojos con todos los sombreros de los hombrecillos, aunque era muy generoso y valiente, y que no quería oír hablar de que nadie pagara impuestos. aunque era muy patriota. Tenía una bolsa de dinero en el bolsillo, como un pudín en el paño, y en aquella propiedad se casó con una joven en muebles de cama, con gran regocijo; toda la población de Portsmouth (nueve en el último censo) acudió a la playa para frotarse las manos y estrechar las de todos los demás, y cantar "¡Llena, llena!" Sin embargo, cierto hisopo de tez morena, que no quería llenar ni hacer nada de lo que se le proponía, y cuyo corazón era declarado abiertamente (por el contramaestre) que era tan negro como su mascarón de proa, propuso a otros dos hisopos meter a toda la humanidad en dificultades; lo cual se hizo con tanta eficacia (la familia Swab tenía una considerable influencia política) que se tardó la mitad de la noche en arreglar las cosas, y luego sólo se consiguió a través de un pequeño tendero honesto con sombrero blanco, polainas negras y nariz roja, metiéndose en un reloj, con una parrilla, y escuchando, y saliendo, y derribando a todos por detrás con la parrilla a los que no podía refutar con lo que había oído. Esto llevó a que el señor Wopsle (de quien nunca antes se había oído hablar) viniera con una estrella y una liga puestas, como plenipotenciario de gran poder directamente desde el Almirantazgo, para decir que todos los Swabs iban a ir a la cárcel en el acto, y que él había bajado al contramaestre la Union Jack, como un ligero reconocimiento a sus servicios públicos. El contramaestre, que por primera vez no estaba tripulado, se secó respetuosamente los ojos en el Jack, y luego, animándose, y dirigiéndose al señor Wopsle como a Su Señoría, pidió permiso para llevarlo por la aleta. El señor Wopsle, concediendo su aleta con una graciosa dignidad, fue empujado inmediatamente a un rincón polvoriento, mientras todos bailaban una flauta; y desde ese rincón, mirando al público con ojo descontento, se dio cuenta de mí.

La segunda pieza era la última gran pantomima cómica de Navidad, en cuya primera escena me dolió sospechar que había detectado al señor Wopsle, con las piernas de estambre rojo bajo un semblante fosfórico muy magnificado y un mechón de flequillo rojo para el cabello, ocupado en la fabricación de rayos en una mina, y mostrando una gran cobardía cuando su gigantesco amo llegaba a casa (muy ronco) para cenar. Pero pronto se presentó en circunstancias más dignas; porque, estando el Genio del Amor Juvenil necesitado de auxilio, a causa de la brutalidad paternal de un labrador ignorante que se oponía a la elección del corazón de su hija, cayendo a propósito sobre el objeto, en un saco de harina, por la ventana del primer piso, llamó a un Encantador sentencioso; y él, que volvía de las antípodas con cierta vacilación, después de un viaje aparentemente violento, resultó ser el señor Wopsle, con un sombrero de copa alta, con una obra nigromántica en un solo volumen bajo el brazo. Siendo el oficio de este encantador en la tierra principalmente que se le hablara, se cantara, se le golpeara, se bailara y se le mostrara con fuegos de varios colores, tenía mucho tiempo en sus manos. Y observé, con gran sorpresa, que lo dedicaba a mirar en mi dirección como si estuviera perdido en el asombro.

Había algo tan notable en el creciente resplandor de los ojos del señor Wopsle, y parecía estar dando vueltas a tantas cosas en su mente y estar tan confundido, que no pude distinguirlo. Me quedé pensando en ello mucho después de que hubiera ascendido a las nubes en una gran caja de reloj, y aún así no pude distinguirlo. Todavía estaba pensando en ello cuando salí del teatro una hora después y lo encontré esperándome cerca de la puerta.

—¿Cómo estás? —le pregunté, estrechándole la mano mientras dábamos la vuelta juntos por la calle. "Vi que tú me viste".

—¡Le he visto, señor Pip! —replicó—. "Sí, por supuesto que te vi. Pero, ¿quién más estaba allí?

—¿Quién más?

—Es lo más extraño —dijo el señor Wopsle, volviendo a su mirada perdida—; Y, sin embargo, podría jurarle.

Alarmado, le rogué al señor Wopsle que me explicara lo que quería decir.

—Si yo lo habría visto al principio si no fuera por el hecho de que usted estaba allí —dijo el señor Wopsle, prosiguiendo con la misma actitud perdida—, no puedo estar seguro; sin embargo, creo que debería".

Involuntariamente miré a mi alrededor, como estaba acostumbrado a mirar a mi alrededor cuando volvía a casa; porque estas misteriosas palabras me dieron escalofríos.

—¡Oh! No puede estar a la vista —dijo el señor Wopsle—. "Él salió antes que yo. Lo vi irse".

Teniendo la razón que tenía para sospechar, incluso sospeché de este pobre actor. Desconfiaba de un plan que me atrapara a alguna confesión. Por lo tanto, lo miré mientras caminábamos juntos, pero no dije nada.

—Tenía la ridícula fantasía de que debía estar con usted, señor Pip, hasta que me di cuenta de que usted estaba completamente inconsciente de él, sentado detrás de usted como un fantasma.

Mi antiguo escalofrío se apoderó de mí de nuevo, pero estaba resuelto a no hablar todavía, porque era muy coherente con sus palabras que él pudiera estar decidido a inducirme a relacionar estas referencias con Provis. Por supuesto, estaba perfectamente seguro y seguro de que Provis no había estado allí.

—Me atrevo a decir que se asombra de mí, señor Pip; de hecho, veo que lo haces. ¡Pero es tan extraño! Te costará creer lo que te voy a decir. Apenas podría creerlo si me lo dijeras.

—¿De veras? —dije yo—.

—No, en efecto. Señor Pip, ¿se acuerda usted de cierto día de Navidad, cuando usted era un niño, y yo cené en casa de Gargery, y unos soldados vinieron a la puerta para que le arreglaran un par de esposas?

"Lo recuerdo muy bien".

—¿Y recuerdas que hubo una persecución de dos convictos, y que nos unimos a ella, y que Gargery te llevó a cuestas, y que yo tomé la delantera, y tú me acompañaste lo mejor que pudiste?

"Lo recuerdo todo muy bien". Mejor de lo que pensaba, excepto la última cláusula.

—¿Y te acuerdas de que llegamos con los dos en una zanja, y que hubo una pelea entre ellos, y que uno de ellos había sido golpeado severamente y muy golpeado en la cara por el otro?

"Lo veo todo ante mí".

—¿Y que los soldados encendieron antorchas y pusieron a los dos en el centro, y que fuimos a ver al último de ellos, sobre los pantanos negros, con la luz de las antorchas brillando en sus rostros, con la luz de las antorchas brillando en sus rostros, cuando había un anillo exterior de noche oscura a nuestro alrededor?

—Sí —dije yo—. Recuerdo todo eso.

—Entonces, señor Pip, uno de esos dos prisioneros se sentó detrás de usted esta noche. Lo vi por encima de tu hombro.

"¡Firme!" Pensé. Entonces le pregunté: "¿Cuál de los dos crees que viste?"

—El que había sido mutilado —respondió él con prontitud—, ¡y juro que lo vi! Cuanto más pienso en él, más seguro estoy de él".

-¡Esto es muy curioso! -dije yo, con la mejor suposición que podía poner de que no era nada más para mí. —¡Muy curioso en verdad!

No puedo exagerar la creciente inquietud en que me sumió esta conversación, o el terror especial y peculiar que sentí al ver que Compeyson había quedado detrás de mí «como un fantasma». Porque si alguna vez había estado fuera de mis pensamientos por unos momentos juntos desde que comenzó a esconderse, fue en esos mismos momentos cuando estaba más cerca de mí; y pensar que yo estaría tan inconsciente y desprevenida después de todos mis cuidados, era como si hubiera cerrado una avenida de cien puertas para mantenerlo fuera, y luego lo hubiera encontrado a mi lado. Tampoco podía dudar de que él estaba allí, porque yo estaba allí, y de que, por muy leve apariencia de peligro que pudiera haber a nuestro alrededor, el peligro siempre estaba cerca y activo.

Le hice preguntas al señor Wopsle: ¿Cuándo entró el hombre? No podía decírmelo; Él me vio, y por encima de mi hombro vio al hombre. No fue hasta que lo vio durante algún tiempo que comenzó a identificarlo; Pero desde el principio lo había asociado vagamente conmigo, y sabía que de alguna manera me pertenecía en los viejos tiempos del pueblo. ¿Cómo iba vestido? Prósperamente, pero no perceptiblemente por lo demás; —pensó, vestido de negro—. ¿Estaba su rostro desfigurado? No, él creía que no. Yo tampoco lo creía, porque, aunque en mi estado de cavilación no me había fijado especialmente en la gente que iba detrás de mí, pensé que era probable que un rostro desfigurado hubiera atraído mi atención.

Después de que el señor Wopsle me hubo transmitido todo lo que podía recordar o que yo había extraído, y después de haberle ofrecido un pequeño refrigerio apropiado, después de las fatigas de la noche, nos separamos. Eran entre las doce y la una cuando llegué al templo, y las puertas estaban cerradas. No había nadie cerca de mí cuando entré y me fui a casa.

Herbert había entrado, y celebramos un consejo muy serio junto al fuego. Pero no había nada que hacer, salvo comunicarle a Wemmick lo que había averiguado esa noche y recordarle que esperábamos su pista. Como pensaba que podría comprometerlo si iba demasiado a menudo al castillo, le hice esta comunicación por carta. Lo escribí antes de acostarme, salí y lo publiqué; Y de nuevo no había nadie cerca de mí. Herbert y yo estuvimos de acuerdo en que no podíamos hacer otra cosa que ser muy cautelosos. Y fuimos muy cautelosos, más cautelosos que antes, si eso era posible, y yo, por mi parte, nunca me acerqué a la cuenca de Chinks, excepto cuando pasaba remando, y entonces sólo miraba la orilla de Mill Pond como miraba cualquier otra cosa.

CAPÍTULO XLVIII.

La segunda de las dos reuniones a las que se hace referencia en el capítulo anterior tuvo lugar aproximadamente una semana después de la primera. Había vuelto a dejar mi bote en el muelle debajo del Puente; Era una hora antes en la tarde; y, indeciso sobre dónde cenar, había entrado en Cheapside, y estaba paseando por él, seguramente la persona más inquieta de toda la concurrida concurrencia, cuando alguien que me adelantaba me puso una gran mano en el hombro. Era la mano del señor Jaggers, y me la pasó por el brazo.

—Como vamos en la misma dirección, Pip, podemos caminar juntos. ¿A dónde te diriges?

—Para el Templo, creo —dije—.

—¿No lo sabe? —dijo el señor Jaggers—.

—Bueno —repliqué, contento por una vez de haberlo superado en el interrogatorio—, *no lo* sé, porque no he tomado una decisión.

—¿Va a cenar? —dijo el señor Jaggers. - ¿No te importa admitirlo, supongo?

—No —repliqué—, no me importa admitirlo.

—¿Y no están comprometidos?

"No me importa admitir también que no estoy comprometido".

—Entonces —dijo el señor Jaggers—, ven a cenar conmigo.

Iba a disculparme, cuando añadió: "Wemmick viene". De modo que cambié mi excusa por una aceptación —las pocas palabras que acababa de pronunciar servían para el comienzo de una u otra—, y nos dirigimos a lo largo de Cheapside y nos dirigimos a Little Britain, mientras las luces de las tiendas brotaban brillantemente en los escaparates de las tiendas, y los faroles de las calles, que apenas encontraban terreno suficiente para plantar sus escaleras en medio del bullicio de la tarde. saltaban de un lado a otro y entraban y salían, abriendo más ojos rojos en la niebla que se acumulaba que los que mi torre de juncos en los Hummums había abierto ojos blancos en la pared fantasmal.

En la oficina de Little Britain se escribían cartas, se lavaban las manos, se apagaban las velas y se cerraban las cajas fuertes, con lo que se cerraban los asuntos del día. Mientras permanecía ocioso junto al fuego del señor Jaggers, su llama ascendente y descendente hizo que los dos moldes de la estantería parecieran como si estuvieran jugando conmigo a un juego diabólico de bo-peep; mientras que el par de velas de oficina gruesas y gruesas que iluminaban tenuemente al señor Jaggers mientras escribía en un rincón estaban decoradas con sábanas sucias, como si recordaran a una multitud de clientes ahorcados.

Fuimos a Gerrard Street, los tres juntos, en un coche de caballos, y, tan pronto como llegamos, nos sirvieron la cena. Aunque no se me hubiera ocurrido hacer en ese lugar la más remota referencia ni siquiera con una mirada a los sentimientos de Wemmick sobre Walworth, sin embargo, no habría tenido inconveniente en llamar su atención de vez en cuando de una manera amistosa. Pero no se hizo. Volvía los ojos hacia el señor Jaggers cada vez que los levantaba de la mesa, y se mostraba tan seco y distante para mí como si hubiera dos Wemmicks gemelos, y éste fuera el equivocado.

—¿Envió usted esa nota de la señorita Havisham al señor Pip, Wemmick? —preguntó el señor Jaggers poco después de que empezáramos a cenar.

—No, señor —replicó Wemmick—; —Iba por correo, cuando trajiste al señor Pip a la oficina. Aquí está". Se lo entregó a su director en lugar de a mí.

—Es una nota de dos líneas, Pip —dijo el señor Jaggers, entregándosela—, que me ha enviado la señorita Havisham porque no estaba segura de su dirección. Me dice que quiere verte en un pequeño asunto de negocios que le mencionaste. ¿Vas a bajar?

—Sí —dije, echando un vistazo a la nota, que estaba exactamente en esos términos—.

—¿Cuándo piensas bajar?

—Tengo un compromiso inminente —dije, mirando a Wemmick, que estaba sirviendo pescado en la oficina de correos—, que me hace dudar bastante de mi tiempo. De una vez, creo.

—Si el señor Pip tiene la intención de ir de inmediato —dijo Wemmick al señor Jaggers—, no hace falta que escriba una respuesta, ¿sabe?

Recibiendo esto como una insinuación de que era mejor no demorarse, decidí que iría mañana, y así lo dije. Wemmick bebió un vaso de vino y miró con aire de sombría satisfacción al señor Jaggers, pero no a mí.

—¡Entonces, pip! Nuestro amigo la Araña -dijo el señor Jaggers- ha jugado sus cartas. Ha ganado la quiniela".

Era todo lo que podía hacer para asentir.

"¡Ajá! Es un tipo prometedor, a su manera, pero puede que no lo tenga todo a su manera. El más fuerte ganará al final, pero primero hay que descubrir al más fuerte. Si se volviera hacia ella y la golpeara...

—Seguramente —interrumpí, con el rostro y el corazón ardientes—, ¿no cree usted seriamente que es lo suficientemente sinvergüenza para eso, señor Jaggers?

—No lo he dicho yo, Pip. Estoy presentando un caso. Si se volviera hacia ella y la golpeara, posiblemente podría tener la fuerza de su lado; Si se tratara de una cuestión de intelecto, ciertamente no lo hará. Sería un trabajo casual dar una opinión de cómo resultará un tipo de ese tipo en tales circunstancias, porque es un sorteo entre dos resultados".

—¿Puedo preguntar cuáles son?

—Un tipo como nuestro amigo la Araña —respondió el señor Jaggers—, o golpea o se estremece. Puede encogerse y gruñir, o encogerse y no gruñir; Pero o golpea o se avergüenza. Pregúntale a Wemmick *su* opinión.

—O late o se estremece —dijo Wemmick, sin dirigirse a mí en absoluto—.

—Así que brindo por la señora Bentley Drummle —dijo el señor Jaggers, tomando una jarra de vino selecto de su montaplatos y llenándola para cada uno de nosotros y para él mismo—, ¡y que la cuestión de la supremacía se resuelva a satisfacción de la dama! Para satisfacción de la dama *y* del caballero, nunca lo será. Ahora, Molly, Molly, Molly, Molly, ¡qué lenta eres hoy!

Ella estaba a su lado cuando él se dirigió a ella, poniendo un plato sobre la mesa. Al retirar las manos de él, retrocedió uno o dos pasos, murmurando nerviosamente alguna excusa. Y cierto movimiento de sus dedos, mientras hablaba, atrajo mi atención.

—¿Qué pasa? —preguntó el señor Jaggers.

"Nada. Sólo el tema del que estábamos hablando -dije- me resultaba bastante doloroso.

La acción de sus dedos era como la acción de tejer. Se quedó mirando a su amo, sin entender si podía irse, o si él tenía algo más que decirle y la llamaría si se iba. Su mirada era muy atenta. ¡Seguramente, yo había visto exactamente esos ojos y esas manos en una ocasión memorable muy recientemente!

Él la despidió y ella se deslizó fuera de la habitación. Pero ella permaneció ante mí tan claramente como si todavía estuviera allí. Miré esas manos, miré esos ojos, miré ese cabello suelto; y las comparé con otras manos, otros ojos, otros cabellos, que yo conocía, y con lo que podrían ser después de veinte años de un marido brutal y una vida tormentosa. Volví a mirar las manos y los ojos del ama de llaves, y pensé en la sensación inexplicable que me había invadido la última vez que caminé, no solo, por el jardín en ruinas y por la cervecería desierta. Pensé en cómo había vuelto la misma sensación cuando vi un rostro que me miraba y una mano que me saludaba desde la ventana de una diligencia; y cómo había regresado de nuevo y había relampagueado a mi alrededor como un relámpago, cuando pasé en un carruaje, no solo, a través de un repentino resplandor de luz en una calle oscura. Pensé en cómo un lazo de asociación había contribuido a esa identificación en el teatro, y cómo ese vínculo, que antes faltaba, se me había grabado ahora, cuando había pasado por casualidad del nombre de Estella a los dedos con su acción de tejer y a los ojos atentos. Y yo estaba absolutamente seguro de que esa mujer era la madre de Estella.

El señor Jaggers me había visto con Estella, y no era probable que pasara por alto los sentimientos que yo no me había esforzado en ocultar. Asintió con la cabeza cuando le dije que el tema me resultaba doloroso, me dio una palmada en la espalda, volvió a poner el vino y continuó con su cena.

Sólo dos veces más reapareció el ama de llaves, y entonces su estancia en la habitación fue muy corta, y el señor Jaggers fue brusco con ella. Pero sus manos eran las manos de Estella, y sus ojos eran los ojos de Estella, y si hubiera reaparecido cien veces, no habría podido estar ni más ni menos seguro de que mi convicción era la verdad.

Era una noche aburrida, porque Wemmick sacaba su vino, cuando llegaba, como si fuera un asunto de negocios, del mismo modo que podría haber sacado su sueldo cuando llegara, y con los ojos fijos en su jefe, se sentaba en un estado de perpetua disposición para el interrogatorio. En cuanto a la cantidad de vino, su oficina de correos era tan indiferente y dispuesta como cualquier otra oficina de correos por su cantidad de cartas. Desde mi punto de vista, era el gemelo equivocado todo el tiempo, y solo externamente como el Wemmick de Walworth.

Nos despedimos temprano y nos fuimos juntos. Incluso cuando buscábamos a tientas nuestros sombreros entre las botas del señor Jaggers, sentí que el gemelo derecho estaba de regreso; y no habíamos andado ni media docena de metros por la calle Gerrard en dirección a Walworth, cuando descubrí que caminaba del brazo del gemelo derecho, y que el gemelo equivocado se había evaporado en el aire de la tarde.

—¡Bien! —dijo Wemmick—, ¡eso se acabó! Es un hombre maravilloso, sin su semejanza viviente; pero siento que tengo que fastidiarme cuando ceno con él, y ceno más cómodamente desenroscado.

Sentí que esta era una buena exposición del caso, y se lo dije.

"No se lo diría a nadie más que a ti mismo", respondió. "Sé que lo que se dice entre tú y yo no va más allá".

Le pregunté si había visto alguna vez a la hija adoptiva de la señorita Havisham, la señora Bentley Drummle. Dijo que no. Para no ser demasiado brusco, hablé entonces de los Ancianos y de la señorita Skiffins. Parecía bastante astuto cuando mencioné a la señorita Skiffins, y se detuvo en la calle para sonarse la nariz, con un movimiento de cabeza y una floritura no exenta de jactancia latente.

—Wemmick —dije—, ¿recuerda usted que me dijera, antes de ir por primera vez a la casa privada del señor Jaggers, que me fijara en esa ama de llaves?

"¿Lo hice?", respondió. "Ah, me atrevo a decir que lo hice. Que te lleves —añadió de repente—, sé que lo hice. Me doy cuenta de que todavía no me he desatornillado del todo".

"Una bestia salvaje domesticada, la llamaste".

—¿Y cómo *la* llamas?

"Lo mismo. ¿Cómo la domesticó el señor Jaggers, Wemmick?

"Ese es su secreto. Ella ha estado con él muchos años.

"Me gustaría que me contaras su historia. Siento un interés particular en conocerlo. Sabes que lo que se dice entre tú y yo no va más allá.

"¡Bueno!" Wemmick respondió: "No conozco su historia, es decir, no la conozco toda. Pero lo que sí sé te lo diré. Estamos en nuestras capacidades privadas y personales, por supuesto".

—Por supuesto.

"Hace una veintena de años, esa mujer fue juzgada en el Old Bailey por asesinato, y fue absuelta. Era una joven muy guapa, y creo que tenía algo de sangre gitana. De todos modos, ya hacía bastante calor cuando se levantó, como puede suponer.

"Pero fue absuelta".

—El señor Jaggers era para ella —prosiguió Wemmick, con una mirada llena de significado—, y trabajó en el caso de una manera asombrosa. Era un caso desesperado, y entonces era relativamente temprano para él, y lo trabajó con admiración general; De hecho, casi puede decirse que lo hizo. Él mismo trabajó en la comisaría, día tras día durante muchos días, luchando incluso contra un delito; Y en el juicio, donde no podía trabajar él mismo, se sentó bajo un abogado y, todos lo sabían, pusieron toda la sal y la pimienta. La persona asesinada era una mujer, una mujer diez años mayor, mucho más grande y mucho más fuerte. Era un caso de celos. Los dos llevaban una vida de vagabundos, y la mujer de Gerrard Street se había casado muy joven, por la escoba (como decimos nosotros), con un vagabundo, y era una furia perfecta en cuanto a celos. La mujer asesinada, que sin duda era más parecida al hombre, en cuestión de años, fue encontrada muerta en un granero cerca de Hounslow Heath. Había habido un forcejeo violento, tal vez una pelea. Estaba magullada, arañada y desgarrada, y por fin la habían agarrado por el cuello y la habían asfixiado. Ahora bien, no había pruebas razonables que implicaran a otra persona que no fuera esta mujer, y en las improbabilidades de que ella hubiera sido capaz de hacerlo, el señor Jaggers basó principalmente su caso. Puede estar seguro -dijo Wemmick, tocándome en la manga- de que entonces nunca se detuvo en la fuerza de sus manos, aunque ahora lo hace a veces.

Le había contado a Wemmick que nos había enseñado las muñecas aquel día de la cena.

—¡Bien, señor! Wemmick prosiguió; "Sucedió, sucedió, ¿no lo ves?, que esta mujer estaba vestida tan hábilmente desde el momento de su aprehensión, que parecía mucho más delgada de lo que realmente era; En particular, siempre se recuerda que sus mangas estaban tan hábilmente confeccionadas que sus brazos tenían un aspecto bastante delicado. No tenía más que uno o dos moretones, nada propio de un vagabundo, pero el dorso de las manos estaba lacerado, y la pregunta era: ¿Con las uñas? Ahora bien, el señor Jaggers demostró que había luchado a través de una gran cantidad de zarzas que no eran tan altas como su cara; pero por el que no habría podido pasar y del que no había podido sacar las manos; Y en realidad se encontraron pedazos de esas zarzas en su piel y se pusieron como evidencia, así como el hecho de que se encontró que las zarzas en cuestión habían sido atravesadas y que tenían pequeños jirones de su vestido y pequeñas manchas de sangre aquí y allá. Pero lo más audaz que dijo fue lo siguiente: se intentó demostrar, como prueba de sus celos, que estaba bajo fuertes sospechas de que, en el momento del asesinato, este hombre —de unos tres años de edad— había destruido frenéticamente a su hijo en el momento del asesinato para vengarse de él. El Sr. Jaggers lo desarrolló de la siguiente manera: "Decimos que no son marcas de uñas, sino marcas de zarzas, y les mostramos las zarzas. Dices que son marcas de uñas, y estableces la hipótesis de que ella mató a su hijo. Debes aceptar todas las consecuencias de esa hipótesis. Por lo que sabemos, ella puede haber destruido a su hijo, y el niño al aferrarse a ella puede haberle arañado las manos. ¿Y entonces qué? No la estás juzgando por el asesinato de su hijo; ¿Por qué no lo haces tú? En cuanto a este caso, si quieres tener arañazos, decimos que, por lo que sabemos, es posible que los hayas explicado, suponiendo por el bien del argumento que no los has inventado. —En resumen, señor —dijo Wemmick—, el señor Jaggers era demasiado para el jurado, y se rindieron.

—¿Ha estado a su servicio desde entonces?

—Sí; pero no sólo eso -dijo Wemmick-, sino que entró a su servicio inmediatamente después de su absolución, domesticada como está ahora. Desde entonces se le ha enseñado una cosa y otra en el camino de sus deberes, pero fue domesticada desde el principio".

—¿Recuerdas el sexo del niño?

"Se dice que era una niña".

—¿No tienes nada más que decirme esta noche?

"Nada. Recibí tu carta y la destruí. Nada".

Intercambiamos cordialmente buenas noches, y me fui a casa, con nuevos asuntos para mis pensamientos, aunque sin alivio de los viejos.

CAPÍTULO XLIX.

Guardé en mi bolsillo la nota de la señorita Havisham, que me serviría de credencial para reaparecer tan pronto en Satis House, en caso de que su rebeldía la llevara a expresar alguna sorpresa al verme, bajé de nuevo en el coche al día siguiente. Pero me apeé en el Halfway House, desayuné allí y caminé el resto de la distancia; porque procuré entrar en la ciudad tranquilamente por los caminos poco frecuentados, y salir de ella de la misma manera.

La mejor luz del día se había ido cuando pasé por los tranquilos y resonantes patios detrás de la calle principal. Los rincones en ruinas donde los viejos monjes habían tenido antaño sus refectorios y jardines, y donde los fuertes muros se ponían ahora al servicio de humildes cobertizos y establos, estaban casi tan silenciosos como los viejos monjes en sus tumbas. Las campanadas de la catedral me sonaron a la vez más tristes y más remotas, mientras me apresuraba a evitar la observación, que nunca antes; Así, el oleaje del viejo órgano llegó a mis oídos como música fúnebre; y los grajos, mientras revoloteaban alrededor de la torre gris y se balanceaban en los altos árboles desnudos del jardín del priorato, parecían decirme que el lugar había cambiado, y que Estella había desaparecido de él para siempre.

Una anciana, a quien había visto antes como una de las sirvientas que vivían en la casa suplementaria al otro lado del patio trasero, abrió la puerta. La vela encendida permanecía en el oscuro pasillo del interior, como antaño, y yo la recogí y subí la escalera solo. La señorita Havisham no estaba en su habitación, sino en la habitación más grande al otro lado del rellano. Al asomarse a la puerta, después de llamar en vano, la vi sentada en la chimenea en una silla harapienta, muy cerca del fuego ceniciento, perdida en la contemplación del mismo.

Haciendo lo que había hecho a menudo, entré y me quedé tocando la vieja chimenea, donde ella podía verme cuando levantaba los ojos. Había un aire de absoluta soledad en ella, que me habría movido a compadecerme, aunque deliberadamente me hubiera hecho un daño más profundo del que yo podía imputarle. Mientras me quedaba compadeciéndola y pensando en cómo, con el paso del tiempo, yo también había llegado a formar parte de la arruinada fortuna de aquella casa, sus ojos se posaron en mí. Ella miró fijamente y dijo en voz baja: "¿Es real?"

—Soy yo, Pip. El señor Jaggers me entregó su nota ayer, y no he perdido tiempo. "Gracias. Gracias".

Cuando llevé otra de las sillas andrajosas a la chimenea y me senté, noté una nueva expresión en su rostro, como si me tuviera miedo.

—Quiero —dijo ella— seguir con el tema que me mencionaste la última vez que estuviste aquí, y demostrarte que no soy todo piedra. Pero tal vez nunca puedas creer, ahora, que hay algo humano en mi corazón.

Cuando le dije unas palabras tranquilizadoras, extendió su trémula mano derecha, como si fuera a tocarme; pero ella lo recordó de nuevo antes de que yo entendiera la acción, o supiera cómo recibirla.

"Dijiste, hablando en nombre de tu amigo, que podrías decirme cómo hacer algo útil y bueno. Algo que te gustaría que se hiciera, ¿no es así?

"Algo que me gustaría mucho que se hiciera".

—¿Qué es?

Comencé a explicarle esa historia secreta de la asociación. No había llegado muy lejos en el asunto, cuando juzgué por su aspecto que ella estaba pensando de una manera discursiva en mí, más que en lo que yo decía. Parecía ser así; porque, cuando dejé de hablar, pasaron muchos momentos antes de que ella demostrara que era consciente del hecho.

—¿Te interrumpes —preguntó entonces, con su antiguo aire de tenerme miedo—, porque me odias demasiado como para soportar hablarme?

—No, no —respondí—, ¿cómo puede usted pensar eso, señorita Havisham? Me detuve porque pensé que no estabas siguiendo lo que dije".

—Quizá no lo fuera —respondió ella, llevándose una mano a la cabeza—. "Empieza de nuevo, y déjame mirar otra cosa. ¡Quedar! Ahora dime.

Apoyó la mano en el bastón con la firmeza que a veces le era habitual, y miró el fuego con una fuerte expresión de obligarse a prestar atención. Continué con mi explicación y le conté que había esperado completar la transacción con mis posibilidades, pero que me había decepcionado. Esa parte del asunto (le recordé) involucraba asuntos que no podían formar parte de mi explicación, porque eran los secretos de peso de otro.

-¡Bien! -dijo ella, asintiendo con la cabeza, pero sin mirarme-. —¿Y cuánto dinero es querer completar la compra?

Tenía bastante miedo de decirlo, porque me parecía una gran suma. — Novecientas libras.

"Si te doy el dinero para este propósito, ¿guardarás mi secreto como has guardado el tuyo?"

—Con la misma fidelidad.

—¿Y tu mente estará más tranquila?

"Mucho más en reposo".

—¿Eres muy infeliz ahora?

Hizo esta pregunta, todavía sin mirarme, pero en un tono inusitado de simpatía. No pude responder en ese momento, porque me falló la voz. Puso su brazo izquierdo sobre la cabeza de su bastón y suavemente apoyó su frente sobre él.

—Estoy lejos de ser feliz, señorita Havisham; pero tengo otros motivos de inquietud que cualquiera que usted conozca. Son los secretos que he mencionado".

Después de un rato, levantó la cabeza y volvió a mirar el fuego.

"Es noble que me digas que tienes otras causas de infelicidad. ¿Es verdad?

—Demasiado cierto.

—¿Puedo servirte a ti, Pip, sirviendo a tu amigo? Considerando eso hecho, ¿no hay nada que yo pueda hacer por ti mismo?

"Nada. Le agradezco la pregunta. Le agradezco aún más el tono de la pregunta. Pero no hay nada".

Pronto se levantó de su asiento y miró alrededor de la habitación arruinada en busca de medios para escribir. Allí no había ninguno, y sacó de su bolsillo un juego amarillo de tablillas de marfil, engarzadas en oro deslustrado, y escribió en ellas con un lápiz en un estuche de oro deslustrado que colgaba de su cuello.

- ¿Sigues en términos amistosos con el señor Jaggers?

—Bastante. Ayer cené con él.

"Esta es una autoridad para que él te pague ese dinero, para que lo desembolses a tu irresponsable discreción para tu amigo. No guardo dinero aquí; pero si prefiere que el señor Jaggers no supiera nada del asunto, se lo enviaré.

—Gracias, señorita Havisham; No tengo la menor objeción a recibirlo de él.

Me leyó lo que había escrito; Y era directa y clara, y evidentemente tenía la intención de absolverme de cualquier sospecha de haberme beneficiado de la recepción del dinero. Le quité las pastillas de la mano, y volvió a temblar, y tembló más cuando ella se quitó la cadena a la que estaba atado el lápiz y lo puso en la mía. Todo esto lo hizo sin mirarme.

"Mi nombre está en la primera hoja. Si alguna vez puedes escribir bajo mi nombre: "La perdono", aunque mucho tiempo después de que mi corazón roto se convierta en polvo, ¡hazlo!"

—Oh, señorita Havisham —dije—, ahora puedo hacerlo. Ha habido errores graves; y mi vida ha sido ciega e ingrata; y quiero demasiado el perdón y la dirección, para estar amargado contigo".

Volvió su rostro hacia mí por primera vez desde que lo había evitado, y, para mi asombro, puedo incluso aumentar mi terror, cayó de rodillas a mis pies; con sus manos juntas, levantadas hacia mí de la manera en que, cuando su pobre corazón era joven, fresco y sano, a menudo debían de haber sido elevadas al cielo desde el lado de su madre.

Verla con su pelo blanco y su rostro desgastado arrodillado a mis pies me dio un shock en todo mi cuerpo. Le rogué que se levantara, y la rodeé con mis brazos para ayudarla a levantarse; Pero ella sólo apretó la mano mía que estaba más cerca de su mano, y bajó la cabeza sobre ella y lloró. Nunca antes la había visto derramar una lágrima y, con la esperanza de que el alivio le hiciera bien, me incliné sobre ella sin hablar. Ya no estaba arrodillada, sino que estaba en el suelo.

—¡Oh! —exclamó ella, desesperada—. "¡Qué he hecho! ¡Qué he hecho!"

—Si quiere decir, señorita Havisham, qué ha hecho usted para herirme, permítame contestarle. Casi nada. Debería haberla amado bajo cualquier circunstancia. ¿Está casada?

—Sí.

Era una pregunta innecesaria, porque una nueva desolación en la casa desolada me lo había dicho.

"¡Qué he hecho! ¡Qué he hecho!" Se retorció las manos, se aplastó el cabello blanco y volvió a este grito una y otra vez. —¡Qué he hecho!

No supe cómo responder, ni cómo consolarla. Sabía muy bien que había hecho algo penoso al tomar a un niño impresionable para moldearlo en la forma en que su salvaje resentimiento, su afecto despreciado y su orgullo herido encontraban venganza. Pero que, al apagar la luz del día, había excluido infinitamente más; que, en la reclusión, se había recluido de mil influencias naturales y curativas; que su mente, melancólica y solitaria, se había enfermado, como lo hacen, deben y quieren todas las mentes que invierten el orden designado por su Hacedor, lo sabía igualmente bien. ¿Y podría yo mirarla sin compasión, viendo su castigo en la ruina en que estaba, en su profunda ineptitud para esta tierra en la que estaba colocada, en la vanidad de la tristeza que se había convertido en una manía maestra, como la vanidad de la penitencia, la vanidad del remordimiento, la vanidad de la indignidad y otras vanidades monstruosas que han sido maldiciones en este mundo?

Hasta que no le hablaste el otro día, y hasta que no vi en ti un espejo que me mostró lo que una vez sentí, no supe lo que había hecho. ¡Qué he hecho! ¡Qué he hecho!" Y así, de nuevo, veinte, cincuenta veces, ¡qué había hecho ella!

—Señorita Havisham —dije, cuando su grito se hubo extinguido—, puede usted apartarme de su mente y de su conciencia. Pero Estella es un caso diferente, y si alguna vez puedes deshacer cualquier pizca de lo que has hecho mal al mantener una parte de su naturaleza recta lejos de ella, será mejor hacer eso que lamentar el pasado a lo largo de cien años.

"Sí, sí, lo sé. Pero, Pip... ¡querida! Había una sincera compasión femenina hacia mí en su nuevo afecto. "¡Querida mía! Créeme esto: cuando ella vino a mí por primera vez, yo quise salvarla de una miseria como la mía. Al principio, no quise decir más".

-¡Bien, bien! -dije yo-. Eso espero.

"Pero a medida que crecía, y prometía ser muy hermosa, poco a poco fui empeorando, y con mis alabanzas, y con mis joyas, y con mis enseñanzas, y con esta figura de mí mismo siempre delante de ella, una advertencia para que retrocediera y señalara mis lecciones, le robé el corazón y puse hielo en su lugar".

—Mejor —no pude evitar decir— haberle dejado un corazón natural, incluso para que estuviera magullado o roto.

Con eso, la señorita Havisham me miró distraídamente durante un rato, y luego estalló de nuevo: ¡Qué había hecho!

"Si supieras toda mi historia", suplicó, "tendrías algo de compasión por mí y me entenderías mejor".

—Señorita Havisham —respondí con toda la delicadeza que pude—, creo que puedo decir que conozco su historia, y la he sabido desde que salí de este barrio. Me ha inspirado una gran conmiseración, y espero entenderlo y sus influencias. ¿Lo que ha pasado entre nosotros me da alguna excusa para hacerle una pregunta relativa a Estella? ¿No como es, sino como era cuando llegó aquí por primera vez?

Estaba sentada en el suelo, con los brazos apoyados en la silla andrajosa y la cabeza apoyada en ellos. Ella me miró fijamente cuando dije esto, y respondió: "Sigue".

—¿De quién era hija Estella?

Ella negó con la cabeza.

—¿No lo sabes?

Volvió a negar con la cabeza.

—¿Pero el señor Jaggers la trajo aquí, o la envió aquí?

"La traje aquí".

—¿Me contarás cómo se llegó a eso?

Ella respondió en un susurro bajo y con cautela: "Había estado encerrada en estas habitaciones mucho tiempo (no sé cuánto tiempo; ya sabes qué hora dan los relojes aquí), cuando le dije que quería una niña a la que criar y amar, y a la que salvar de mi destino. Lo había visto por primera vez cuando lo mandé a buscar para que me devastara este lugar; después de haber leído de él en los periódicos, antes de que yo y el mundo nos separáramos. Me dijo que buscaría a su alrededor a un niño tan huérfano. Una noche la trajo aquí dormida, y yo la llamé Estella.

—¿Podría preguntarle su edad, entonces?

—Dos o tres. Ella misma no sabe nada, pero que quedó huérfana y yo la adopté".

Estaba tan convencido de que esa mujer era su madre, que no quise ninguna evidencia para establecer el hecho en mi propia mente. Pero, para cualquier mente, pensé, la conexión aquí era clara y directa.

¿Qué más podía esperar hacer prolongando la entrevista? Había tenido éxito en nombre de Herbert, la señorita Havisham me había contado todo lo que sabía de Estella, yo había dicho y hecho lo que podía para tranquilizarla. No importa con qué otras palabras nos separáramos; Nos separamos.

El crepúsculo se acercaba cuando bajé las escaleras al aire natural. Llamé a la mujer que había abierto la puerta cuando entré, para que no la molestara todavía, sino que diera una vuelta por el lugar antes de salir. Porque tenía el presentimiento de que nunca volvería a estar allí, y sentí que la luz moribunda era adecuada para mi última visión de ella.

Junto al desierto de toneles por el que había caminado hacía mucho tiempo, y sobre el que la lluvia de años había caído desde entonces, pudriéndolos en muchos lugares, y dejando pantanos en miniatura y charcos de agua sobre los que estaban erizados, me dirigí al jardín en ruinas. Le di toda la vuelta; a la vuelta de la esquina donde Herbert y yo habíamos librado nuestra batalla; por los senderos por donde Estella y yo habíamos caminado. ¡Tan frío, tan solo, tan lúgubre todo!

Tomando la cervecería en mi camino de regreso, levanté el pestillo oxidado de una pequeña puerta en el extremo del jardín y entré caminando. Iba a salir por la puerta de enfrente, que ahora no era fácil de abrir, porque la madera húmeda había empezado a hincharse y a hincharse, y los goznes cedían, y el umbral estaba cubierto de hongos, cuando volví la cabeza para mirar hacia atrás. Una asociación infantil revivió con maravillosa fuerza en el momento de la ligera acción, y me pareció ver a la señorita Havisham colgada de la viga. Tan fuerte fue la impresión, que me quedé de pie bajo la viga, temblando de pies a cabeza, antes de darme cuenta de que se trataba de una fantasía, aunque sin duda estuve allí en un instante.

La tristeza del lugar y del tiempo, y el gran terror de esta ilusión, aunque fuera momentánea, me hicieron sentir un temor indescriptible al salir entre las puertas de madera abiertas donde una vez me había retorcido el pelo después de que Estella me hubiera retorcido el corazón. Al pasar al patio delantero, dudé si llamar a la mujer para que me dejara salir por la puerta cerrada con llave de la que tenía la llave, o primero subir las escaleras y asegurarme de que la señorita Havisham estaba tan segura y bien como la había dejado. Tomé el último curso y subí.

Miré hacia la habitación donde la había dejado, y la vi sentada en la silla harapienta sobre la chimenea, cerca del fuego, de espaldas a mí. En el momento en que estaba retirando la cabeza para irme en silencio, vi surgir una gran luz llameante. En el mismo instante la vi correr hacia mí, chillando, con un remolino de fuego ardiendo a su alrededor, y elevándose por lo menos tantos pies por encima de su cabeza como altura.

Llevaba puesto un abrigo de doble capa y sobre el brazo otro abrigo grueso. Que me los quité, me cerré con ella, la tiré al suelo y se los pasé por encima; que arrastré el gran mantel de la mesa con el mismo propósito, y con él arrastré el montón de podredumbre que había en medio, y todas las cosas feas que allí se refugiaban; que estábamos en el suelo luchando como enemigos desesperados, y que cuanto más la cubría, más salvajemente chillaba y trataba de liberarse, que esto ocurría lo sabía por el resultado, pero no por nada de lo que sentía, pensaba o sabía que hacía. No supe nada hasta que supe que estábamos en el suelo, junto a la gran mesa, y que en el aire humeante flotaban retazos de yesca aún encendidos, que, un momento antes, habían sido su descolorido vestido de novia.

Entonces, miré a mi alrededor y vi a los escarabajos y arañas perturbados que corrían por el suelo, y a los sirvientes que entraban con gritos sin aliento en la puerta. Todavía la sujeté a la fuerza con todas mis fuerzas, como una prisionera que pudiera escapar; y dudo que supiera quién era, o por qué habíamos luchado, o que había estado en llamas, o que las llamas se habían apagado, hasta que vi que los retazos de yesca que habían sido sus vestidos ya no estaban encendidos, sino que caían en una lluvia negra a nuestro alrededor.

Era insensible y tenía miedo de que la movieran, o incluso de que la tocaran. Mandaron a buscar ayuda, y la sostuve hasta que llegó, como si me imaginara (creo que lo hice) que, si la dejaba ir, el fuego estallaría de nuevo y la consumiría.

Cuando me levanté, al ver que el cirujano se acercaba a ella con otra ayuda, me asombré al ver que mis dos manos estaban quemadas; porque yo no tenía conocimiento de ello a través del sentido del sentimiento.

Al examinarla se dictaminó que había recibido graves heridas, pero que éstas por sí mismas estaban lejos de ser desesperadas; El peligro radicaba principalmente en el shock nervioso. Siguiendo las instrucciones del cirujano, su cama fue llevada a esa habitación y colocada sobre la gran mesa, que resultó ser muy adecuada para el vendaje de sus heridas. Cuando volví a verla, una hora más tarde, yacía en el mismo lugar donde yo la había visto golpear su bastón, y la había oído decir que algún día mentiría.

Aunque todos los vestigios de su vestido estaban quemados, según me dijeron, todavía tenía algo de su antiguo aspecto nupcial espantoso; Porque la habían cubierto hasta el cuello con algodón blanco, y mientras yacía con una sábana blanca que la cubría holgadamente, el aire fantasmal de algo que había sido y había sido cambiado todavía estaba sobre ella.

Al preguntar a los criados, me enteré de que Estella estaba en París, y el cirujano me prometió que le escribiría en el próximo correo. Tenía la intención de comunicarse únicamente con el señor Matthew Pocket, y dejarle que hiciera lo que quisiera para informar a los demás. Esto lo hice al día siguiente, a través de Herbert, tan pronto como regresé a la ciudad.

Hubo un momento, esa noche, en que ella habló serenamente de lo que había sucedido, aunque con cierta vivacidad terrible. Hacia la medianoche comenzó a divagar en su habla; y después de eso, poco a poco se fue asentando en que ella dijo innumerables veces en voz baja y solemne: «¡Qué he hecho!» Y luego: "Cuando ella vino por primera vez, quise salvarla de una miseria como la mía". Y luego: "Toma el lápiz y escribe debajo de mi nombre: '¡La perdono!'". Nunca cambió el orden de estas tres frases, pero a veces omitió una palabra en una u otra de ellas; nunca poner una palabra más, sino siempre dejar un espacio en blanco y pasar a la siguiente palabra.

Como no podía hacer ningún servicio allí, y como tenía, más cerca de casa, esa razón apremiante de ansiedad y miedo que ni siquiera sus vagabundeos podían borrar de mi mente, decidí, en el transcurso de la noche, que regresaría en el coche de la mañana, caminando una milla más o menos, y siendo llevado lejos de la ciudad. Por eso, a eso de las seis de la mañana, me incliné sobre ella y toqué sus labios con los míos, tal como decían, sin detenerse por ser tocados: "Toma el lápiz y escribe debajo de mi nombre: 'La perdono'".

CAPÍTULO L.

Me habían vendado las manos dos o tres veces por la noche, y otra vez por la mañana. Mi brazo izquierdo estaba bastante quemado hasta el codo y, menos gravemente, tan alto como el hombro; era muy doloroso, pero las llamas se habían puesto en esa dirección, y me sentí agradecido de que no fuera peor. Mi mano derecha no estaba tan quemada, pero podía mover los dedos. Estaba vendado, por supuesto, pero mucho menos inconveniente que mi mano y brazo izquierdos; los que llevaba en cabestrillo; y yo sólo podía llevar mi abrigo como una capa, suelto sobre los hombros y abrochado al cuello. El fuego me había arrebatado el pelo, pero no la cabeza ni la cara.

Cuando Herbert hubo ido a Hammersmith y vio a su padre, volvió a verme a nuestros aposentos y dedicó el día a atenderme. Era la más amable de las enfermeras, y en determinados momentos se quitaba las vendas, las sumergía en el líquido refrigerante que se mantenía a punto, y se las volvía a poner, con una ternura paciente por la que yo estaba profundamente agradecida.

Al principio, mientras permanecía quieto en el sofá, me resultó dolorosamente difícil, podría decir imposible, deshacerme de la impresión del resplandor de las llamas, de su prisa y ruido, y del feroz olor a quemado. Si me quedaba dormido un minuto, me despertaban los gritos de la señorita Havisham y ella corría hacia mí con toda esa altura de fuego sobre su cabeza. Este dolor de la mente era mucho más difícil de combatir que cualquier dolor corporal que sufriera; y Herbert, al ver eso, hizo todo lo posible por mantener mi atención ocupada.

Ninguno de los dos habló del barco, pero los dos pensamos en él. Eso se hizo evidente por el hecho de que evitamos el tema, y por el hecho de que acordamos, sin acuerdo, hacer de mi recuperación del uso de mis manos una cuestión de tantas horas, no de tantas semanas.

Mi primera pregunta cuando vi a Herbert fue, por supuesto, si todo iba bien río abajo. Como él respondió afirmativamente, con perfecta confianza y alegría, no reanudamos el tema hasta que el día se estaba desvaneciendo. Pero luego, cuando Herbert cambió las vendas, más a la luz del fuego que a la luz exterior, volvió a ella espontáneamente.

—Anoche me senté con Provis, Händel, dos buenas horas.

—¿Dónde estaba Clara?

—¡Querida cosita! —dijo Herbert—. "Estuvo arriba y abajo con Gruffandgrim toda la noche. Él estaba perpetuamente pegado al suelo en el momento en que ella se fue de su vista. Sin embargo, dudo que pueda resistir mucho tiempo. Con el ron y la pimienta, y la pimienta y el ron, creo que su pegging debe estar a punto de terminar.

—¿Y entonces te casarás, Herbert?

¿Cómo puedo cuidar de la querida niña de otra manera? Extiende tu brazo sobre el respaldo del sofá, mi querido niño, y yo me sentaré aquí y me quitaré la venda tan gradualmente que no sabrás cuándo llegará. Me refería a Provis. ¿Sabes, Händel, que mejora?

Le dije que pensé que se había ablandado la última vez que lo vi.

"Así que lo hiciste. Y así es. Anoche se mostró muy comunicativo y me contó más de su vida. ¿Recuerdas que se interrumpió aquí por una mujer con la que había tenido grandes problemas.—¿Te hice daño?

Había empezado, pero no bajo su toque. Sus palabras me habían dado un sobresalto.

—Lo había olvidado, Herbert, pero lo recuerdo ahora que hablas de ello.

"¡Bueno! Entró en esa parte de su vida, y es una parte oscura y salvaje. ¿Te lo cuento? ¿O te preocuparía justo ahora?

"Dímelo por todos los medios. Cada palabra".

Herbert se inclinó hacia delante para mirarme más de cerca, como si mi respuesta hubiera sido más apresurada o más ansiosa de lo que podía explicar. —¿Tu cabeza está fría? —dijo, tocándola.

—Muy bien —dije—. Dígame lo que ha dicho Provis, mi querido Herbert.

—Parece —dijo Herbert—, que se ha quitado una venda de la manera más encantadora, y ahora viene la fresca, que te hace encogerte al principio, mi pobre amigo, ¿no es así? Pero pronto será cómodo: parece que la mujer era una mujer joven, y una mujer celosa, y una mujer vengativa; vengativo, Händel, hasta el último grado.

—¿Hasta qué último grado?

—Asesinato.—¿Da demasiado frío a ese lugar tan sensible?

"No lo siento. ¿Cómo asesinó? ¿A quién asesinó?

—Vaya, puede que el hecho no mereciera un nombre tan terrible —dijo Herbert—, pero ella fue juzgada por ello, y el señor Jaggers la defendió, y la reputación de esa defensa hizo que su nombre fuera conocido por primera vez a Provis. Era otra mujer, más fuerte, la víctima, y había habido un forcejeo, en un granero. Quién lo comenzó, o cuán justo fue, o cuán injusto, puede ser dudoso; pero no es dudoso cómo terminó, porque la víctima fue encontrada estrangulada".

—¿La mujer fue traída culpable?

—No; fue absuelta.—¡Mi pobre Händel, te he hecho daño!

—Es imposible ser más amable, Herbert. ¿Sí? ¿Qué más?

"Esta joven absolvió y Provis tenía un hijo pequeño; un niño pequeño al que Provis le tenía mucho cariño. En la tarde de la misma noche en que el objeto de sus celos fue estrangulado, como te digo, la joven se presentó ante Provis por un momento, y juró que destruiría al niño (que estaba en su poder), y que nunca más lo volvería a ver; luego desapareció.—Allí está el peor brazo cómodamente en el cabestrillo una vez más, y ahora no queda más que la mano derecha, que es un trabajo mucho más fácil. Puedo hacerlo mejor con esta luz que con una más fuerte, porque mi mano es más firme cuando no veo las pobres manchas de ampollas con demasiada claridad.—¿No crees que tu respiración se ve afectada, mi querido muchacho? Parece que respiras rápido".

—Quizá sí, Herbert. ¿Cumplió la mujer su juramento?

"Ahí llega la parte más oscura de la vida de Provis. Lo hizo".

"Es decir, él dice que ella lo hizo".

—Por supuesto, mi querido muchacho —replicó Herbert, en tono de sorpresa, y se inclinó de nuevo hacia delante para mirarme más de cerca—. "Lo dice todo. No tengo más información".

—No, desde luego.

—Ahora bien, si —prosiguió Herbert— había tratado mal a la madre del niño, o si había tratado bien a la madre del niño, Provis no lo dice; Pero ella había compartido unos cuatro o cinco años de la miserable vida que él nos describió junto a la chimenea, y parece haber sentido lástima por ella y paciencia hacia ella. Por lo tanto, temiendo que se le llamara a declarar acerca de esta niña destruida, y así ser la causa de su muerte, se ocultó (por mucho que se afligía por la niña), se mantuvo en la oscuridad, como él dice, fuera del camino y fuera del juicio, y solo se habló vagamente de un cierto hombre llamado Abel. de quien surgieron los celos. Después de la absolución, ella desapareció, y así perdió al niño y a la madre del niño".

—Quiero preguntar...

—Un momento, mi querido muchacho, y ya lo he hecho. Ese genio maligno, Compeyson, el peor de los sinvergüenzas entre muchos sinvergüenzas, sabiendo que se había mantenido fuera del camino en ese momento y de sus razones para hacerlo, por supuesto que después mantuvo el conocimiento sobre su cabeza como un medio de mantenerlo más pobre y trabajarlo más duro. Anoche quedó claro que esto era un punto de animosidad de Provis.

—Quiero saber —dije—, y en particular, Herbert, si le avisó a usted cuándo ocurrió esto.

—¿Particularmente? Permítanme recordar, entonces, lo que dijo al respecto. Su expresión era: «Hace una veintena de años, y muy inmediatamente después de que me incorporé a Compeyson». ¿Qué edad tenías cuando te lo encontraste en el pequeño cementerio?

"Creo que en mi séptimo año".

—Sí. Había sucedido unos tres o cuatro años, dijo, y usted le trajo a la mente a la niña tan trágicamente perdida, que tendría más o menos su edad.

—Herbert —dije después de un breve silencio, apresuradamente—, ¿puedes verme mejor a la luz de la ventana o a la luz del fuego?

—A la luz de la hoguera —respondió Herbert, acercándose de nuevo—.

"Mírame".

—Te miro, mi querido muchacho.

"Tócame".

—Te toco, mi querido muchacho.

—¿No temes que tenga fiebre o que mi cabeza esté muy desordenada por el accidente de anoche?

—No, mi querido muchacho —dijo Herbert, después de tomarse un tiempo para examinarme—. "Estás bastante emocionado, pero eres tú mismo".

"Sé que soy bastante yo mismo. Y el hombre que tenemos escondido río abajo es el padre de Estella.

CAPÍTULO LI.

No puedo decir qué propósito tenía yo cuando me dedicaba a rastrear y probar la paternidad de Estella. Pronto se verá que la cuestión no se me presentaba en una forma distinta hasta que me la presentó una cabeza más sabia que la mía.

Pero cuando Herbert y yo hubimos mantenido nuestra trascendental conversación, me asaltó una febril convicción de que debía investigar el asunto, de que no debía dejarlo descansar, sino de que debía ver al señor Jaggers y llegar a la pura verdad. Realmente no sé si sentí que lo hice por el bien de Estella, o si me alegré de transferir al hombre en cuya conservación estaba tan preocupada algunos rayos del interés romántico que me había rodeado durante tanto tiempo. Tal vez esta última posibilidad sea la más cercana a la verdad.

De todos modos, no se me podía impedir salir a Gerrard Street esa noche. Las declaraciones de Herbert de que, si lo hacía, probablemente quedaría postrado e inútil, cuando la seguridad de nuestro fugitivo dependiera de mí, contuvieron por sí solas mi impaciencia. En el entendimiento, reiterado una y otra vez, de que, pasara lo que pasara, iba a ir a ver al señor Jaggers al día siguiente, al final me comprometí a guardar silencio, a que me cuidaran de mis heridas y a quedarme en casa. A la mañana siguiente, muy temprano, salimos juntos, y en la esquina de la calle Giltspur, junto a Smithfield, dejé a Herbert para que se dirigiera a la City y me dirigiera a Little Britain.

Había ocasiones periódicas en las que el señor Jaggers y Wemmick revisaban las cuentas de la oficina, marcaban los comprobantes y ponían todo en orden. En estas ocasiones, Wemmick llevaba sus libros y papeles a la habitación del señor Jaggers, y uno de los empleados del piso de arriba bajaba a la oficina exterior. Al encontrar a semejante empleado en el puesto de Wemmick esa mañana, supe lo que estaba pasando; pero no lamentaba tener al señor Jaggers y a Wemmick juntos, ya que Wemmick se enteraría entonces de que yo no había dicho nada que le comprometiera.

Mi aspecto, con el brazo vendado y el abrigo suelto sobre los hombros, favorecía mi objetivo. Aunque había enviado al señor Jaggers un breve relato del accidente tan pronto como llegué a la ciudad, ahora tenía que darle todos los detalles; Y la especialidad de la ocasión hizo que nuestra conversación fuera menos seca y dura, y menos estrictamente regulada por las reglas de la evidencia, de lo que había sido antes. Mientras describía el desastre, el señor Jaggers permanecía de pie, como era su costumbre, frente al fuego. Wemmick se reclinó en su silla, mirándome, con las manos en los bolsillos del pantalón y el bolígrafo colocado horizontalmente en el poste. Los dos brutales elencos, siempre inseparables en mi mente de los procedimientos oficiales, parecían estar considerando congestivamente si no olían el fuego en el momento presente.

Terminada mi narración y agotadas sus preguntas, presenté entonces la autorización de la señorita Havisham para recibir las novecientas libras para Herbert. Los ojos del señor Jaggers se hundieron un poco más en su cabeza cuando le entregué las tabletas, pero al poco tiempo se las entregó a Wemmick, con instrucciones de girar el cheque para su firma. Mientras se hacía, yo miraba a Wemmick mientras escribía, y el señor Jaggers, balanceándose y balanceándose sobre sus botas bien lustradas, me miraba. —Lo siento, Pip —dijo, mientras yo me guardaba el cheque en el bolsillo, después de haberlo firmado—, que no hagamos nada por *ti*.

—La señorita Havisham tuvo la amabilidad de preguntarme —repliqué— si no podía hacer nada por mí, y le dije que no.

—Todo el mundo debería saber lo que hace —dijo el señor Jaggers—. Y vi que los labios de Wemmick formaban las palabras "propiedad portátil".

—*No* le habría dicho que no, si hubiera sido usted —dijo el señor Jaggers—; "Pero cada hombre debe conocer mejor su propio negocio".

—El asunto de todo hombre —dijo Wemmick en tono de reproche hacia mí— es la propiedad portátil.

Como pensaba que había llegado el momento de proseguir con el tema que tenía en mi corazón, dije, volviéndome hacia el señor Jaggers:

Sin embargo, le pregunté algo a la señorita Havisham, señor. Le pedí que me diera alguna información relativa a su hija adoptiva, y me dio todo lo que poseía".

—¿Lo hizo? —preguntó el señor Jaggers, inclinándose hacia delante para mirarse las botas y luego enderezándose. "¡Ajá! No creo que lo hubiera hecho si hubiera sido la señorita Havisham. Pero *ella* debería conocer mejor lo que hace.

—Sé más de la historia del hijo adoptivo de la señorita Havisham que la propia señorita Havisham, señor. Conozco a su madre.

El señor Jaggers me miró inquisitivamente y repitió: —¿Madre?

"He visto a su madre en estos tres días".

—¿Sí? —dijo el señor Jaggers—.

—Y usted también, señor. Y la has visto aún más recientemente.

—¿Sí? —dijo el señor Jaggers—.

—Quizá yo sepa más de la historia de Estella que tú —dije—. También conozco a su padre.

Cierta interrupción que el señor Jaggers hizo en su actitud —era demasiado dueño de sí mismo para cambiar de actitud, pero no pudo evitar que se detuviera de manera indefinible— me aseguró que no sabía quién era su padre. Esto lo había sospechado con fuerza por el relato de Provis (como Herbert lo había repetido) de que se había mantenido a oscuras; lo que deduje en el hecho de que él mismo no era cliente del señor Jaggers hasta unos cuatro años más tarde, y cuando no podía tener ninguna razón para reclamar su identidad. Pero antes no podía estar seguro de esta inconsciencia por parte del señor Jaggers, aunque ahora estaba bastante seguro de ello.

"¡Entonces! ¿Conoce usted al padre de la joven, Pip? -dijo el señor Jaggers-.

—Sí —respondí—, y su nombre es Provis, de Nueva Gales del Sur.

Incluso el señor Jaggers se sobresaltó cuando dije esas palabras. Era el más leve sobresalto que se le podía escapar a un hombre, el más cuidadosamente reprimido y el más pronto controlado, pero él arrancó, aunque lo hizo parte de la acción de sacar su pañuelo de bolsillo. No puedo decir cómo Wemmick recibió el anuncio; porque tenía miedo de mirarle en ese momento, no fuera a ser que la agudeza del señor Jaggers descubriera que había habido alguna comunicación desconocida para él entre nosotros.

—¿Y en qué se basa, Pip —preguntó el señor Jaggers, muy fríamente, mientras se detenía con el pañuelo hasta la mitad de la nariz—, Provis hace esta afirmación?

—No lo ha conseguido —dije yo—, y nunca lo ha conseguido, y no sabe ni cree que su hija exista.

Por una vez, el poderoso pañuelo de bolsillo falló. Mi respuesta fue tan inesperada que el señor Jaggers se guardó el pañuelo en el bolsillo sin completar la actuación habitual, se cruzó de brazos y me miró con severa atención, aunque con un rostro inmóvil.

Entonces le conté todo lo que sabía, y cómo lo sabía; con la única reserva de que le dejé para que dedujera que yo sabía por la señorita Havisham lo que en realidad sabía por Wemmick. De hecho, fui muy cuidadoso en cuanto a eso. Tampoco miré hacia Wemmick hasta que terminé todo lo que tenía que contar, y estuve un rato en silencio con la mirada del señor Jaggers. Cuando por fin volví los ojos en dirección a Wemmick, descubrí que había descolgado su bolígrafo y estaba concentrado en la mesa que tenía delante.

—¡Ja! —dijo por fin el señor Jaggers, mientras se acercaba a los papeles que había sobre la mesa—. —¿En qué punto estaba, Wemmick, cuando entró el señor Pip?

Pero no podía tolerar que me echaran de esa manera, y le hice un llamamiento apasionado, casi indignado, para que fuera más franco y varonil conmigo. Le recordé las falsas esperanzas en las que había caído, el tiempo que habían durado y el descubrimiento que había hecho, e insinué el peligro que pesaba sobre mi espíritu. Me presenté a mí mismo como digno de un poco de confianza de su parte, a cambio de la confianza que acababa de impartirle. Le dije que no lo culpaba, ni sospechaba de él, ni desconfiaba de él, pero quería que me asegurara la verdad. Y si me preguntaba por qué la quería, y por qué creía que tenía derecho a ella, le diría, por poco que le importaran esos sueños tan pobres, que yo había amado a Estella mucho y por mucho tiempo, y que, aunque la había perdido y debía vivir una vida de luto, lo que le concernía a ella estaba todavía más cerca y más querido para mí que cualquier otra cosa en el mundo. Y al ver que el señor Jaggers permanecía inmóvil y silencioso, y al parecer bastante obstinado, bajo esta súplica, me volví hacia Wemmick y le dije: —Wemmick, sé que eres un hombre de buen corazón. He visto tu agradable hogar, y a tu anciano padre, y todas las formas inocentes, alegres y juguetonas con las que refrescas tu vida de negocios. ¡Y le ruego que diga unas palabras por mí al señor Jaggers, y que le represente que, considerando todas las circunstancias, debería ser más abierto conmigo!

Nunca he visto a dos hombres mirarse de manera más extraña que el señor Jaggers y Wemmick después de este apóstrofe. Al principio, me cruzó el recelo de que Wemmick sería despedido instantáneamente de su empleo; pero se derritió cuando vi que el señor Jaggers se relajaba en algo parecido a una sonrisa, y Wemmick se volvía más audaz.

—¿Qué es todo esto? —preguntó el señor Jaggers. —¿Tú con un padre anciano y tú con modales agradables y juguetones?

—¡Bien! —replicó Wemmick—. "Si no los traigo aquí, ¿qué importa?"

—Pip —dijo el señor Jaggers, poniendo su mano sobre mi brazo y sonriendo abiertamente—, este hombre debe de ser el impostor más astuto de todo Londres.

—Ni una pizca —replicó Wemmick, cada vez más audaz—. —Creo que eres otro.

De nuevo intercambiaron sus extrañas miradas, cada uno aparentemente todavía desconfiado de que el otro lo estuviera acogiendo.

—¿*Tiene usted* un hogar agradable? —dijo el señor Jaggers—.

—Ya que no interfiere con los negocios —replicó Wemmick—, que así sea. Ahora, miro a usted, señor, no me extrañaría que estuviera planeando y tramando tener una casa propia y agradable un día de estos, cuando esté cansado de todo este trabajo.

El señor Jaggers asintió con la cabeza retrospectivamente dos o tres veces, y de hecho exhaló un suspiro. —Pip —dijo—, no hablaremos de «pobres sueños»; tú sabes más de estas cosas que yo, pues tengo una experiencia mucho más reciente de esa clase. Pero ahora sobre este otro asunto. Te voy a poner un caso. ¡Mente! No admito nada".

Esperó a que yo declarara que yo entendía perfectamente que él había dicho expresamente que no admitía nada.

—Ahora, Pip —dijo el señor Jaggers—, plantee este caso. Supongamos el caso de que una mujer, en las circunstancias que usted ha mencionado, mantuviera a su hijo oculto y se viera obligada a comunicar el hecho a su asesor jurídico, cuando éste le declaró que debía saber, teniendo en cuenta la libertad de su defensa, cuál era la situación de ese niño. Pongamos el caso de que, al mismo tiempo, tenía un fideicomiso para encontrar un niño para que una excéntrica dama rica lo adoptara y lo criara.

—Le sigo, señor.

"Pongamos el caso de que él vivía en una atmósfera de maldad, y que todo lo que veía de los niños era que eran engendrados en grandes cantidades para una destrucción segura. Pongamos el caso de que a menudo veía a niños juzgados solemnemente en un bar criminal, donde eran retenidos para ser vistos; Ponga el caso de que él sabía habitualmente que eran encarcelados, azotados, transportados, descuidados, expulsados, calificados en todos los sentidos para el verdugo, y que crecían para ser ahorcados. Pongamos el caso de que casi todos los niños que veía en su vida diaria de negocios tenían razones para considerarlos como un engendro, para convertirse en los peces que iban a llegar a su red, para ser perseguidos, defendidos, abandonados, huérfanos, atormentados de alguna manera.

—Le sigo, señor.

—Piensa en el caso, Pip, de que aquí había una niña bonita del montón que podía salvarse; a quien el padre creyó muerto, y no se atrevió a hacer alboroto; en cuanto a quién, sobre la madre, el consejero legal tenía este poder: "Sé lo que hiciste, y cómo lo hiciste. Viniste tal y tal, hiciste tal y tal cosa para desviar las sospechas. Te he seguido a través de todo y te lo cuento todo. Parte con el niño, a menos que sea necesario presentarlo para despejarte, y entonces se producirá. Entrega al niño en mis manos, y haré todo lo posible para llevarte de encima. Si usted es salvo, su hijo también es salvo; Si te pierdes, tu hijo aún está salvado". Que se haya hecho esto, y que la mujer fue absuelta".

—Te entiendo perfectamente.

—¿Pero que no lo admito?

—Que no lo admitas. Y Wemmick repitió: "No hay admisiones".

—Ponle el caso, Pip, de que la pasión y el terror de la muerte habían sacudido un poco el intelecto de la mujer, y que cuando fue puesta en libertad, se espantó y se apartó de los caminos del mundo, y acudió a él para ser protegida. Supongamos que él la acogió, y que mantuvo a raya la vieja naturaleza salvaje y violenta cada vez que veía un indicio de que estallaba, afirmando su poder sobre ella a la antigua usanza. ¿Comprendes el caso imaginario?

—Bastante.

"Ponga el caso de que el niño creció y se casó por dinero. Que la madre aún vivía. Que el padre aún vivía. Que la madre y el padre, desconocidos el uno para el otro, vivían a tantas millas, estadios, yardas si se quiere, el uno del otro. Que el secreto seguía siendo un secreto, excepto que te habías enterado de él. Preséntate este último caso con mucho cuidado.

—Sí.

"Le pido a Wemmick que se lo exponga a *sí mismo con mucho cuidado*".

Y Wemmick dijo: "Sí, quiero".

"¿Por amor de quién revelarías el secreto? ¿Para la del padre? Creo que no sería mucho mejor para la madre. ¿Para la de la madre? Creo que si ella hubiera hecho algo así, estaría más segura donde estaba. ¿Para la de la hija? Creo que no le serviría de nada establecer su parentesco para información de su marido, y arrastrarla de nuevo a la desgracia, después de una fuga de veinte años, bastante segura de que duraría toda la vida. Pero añádele el caso de que la hubieras amado, Pip, y de que la hubieras convertido en el tema de esos «pobres sueños» que, en un momento u otro, han estado en la cabeza de más hombres de los que crees probables, entonces te aseguro que sería mejor que te cortaras —y lo harías mucho antes, cuando lo hubieras pensado bien— esa mano izquierda vendada tuya con tu mano derecha vendada. y luego pasarle el helicóptero a Wemmick allí, para cortarlo también".

Miré a Wemmick, cuyo rostro era muy serio. Se tocó gravemente los labios con el dedo índice. Yo hice lo mismo. Jaggers hizo lo mismo. —Y ahora, Wemmick —dijo éste entonces, volviendo a su actitud habitual—, ¿en qué punto se encontraba usted cuando entró el señor Pip?

Permaneciendo un rato de pie, mientras trabajaban, observé que las extrañas miradas que se habían lanzado el uno al otro se repetían varias veces, con la diferencia de que cada uno de ellos parecía sospechoso, por no decir consciente, de haberse mostrado bajo una luz débil y poco profesional ante el otro. Por esta razón, supongo, ahora eran inflexibles el uno con el otro; El señor Jaggers era muy dictatorial, y Wemmick se justificaba obstinadamente cada vez que quedaba el más mínimo punto en suspenso por un momento. Nunca los había visto en tan malos términos; porque, en general, se llevaban muy bien juntos.

Pero ambos se sintieron felizmente aliviados por la oportuna aparición de Mike, el cliente con el gorro de piel y la costumbre de limpiarse la nariz con la manga, a quien había visto el primer día de mi aparición entre aquellas paredes. Este individuo, que, en su propia persona o en la de algún miembro de su familia, parecía estar siempre en problemas (lo que en ese lugar significaba Newgate), llamó para anunciar que su hija mayor había sido detenida bajo sospecha de robo. Mientras comunicaba esta melancólica circunstancia a Wemmick, con el señor Jaggers de pie magistralmente frente al fuego y sin tomar parte en los procedimientos, los ojos de Mike brillaron con una lágrima.

—¿A qué se refiere? —preguntó Wemmick con la mayor indignación. —¿Por qué vienes aquí lloriqueando?

—Yo no fui a hacerlo, señor Wemmick.

—Lo hiciste —dijo Wemmick—. "¿Cómo te atreves? No estás en condiciones de venir aquí, si no puedes venir aquí sin farfullar como un mal bolígrafo. ¿A qué te refieres con eso?

—Un hombre no puede evitar sus sentimientos, señor Wemmick —suplicó Mike—.

—¿Su qué? —preguntó Wemmick, bastante salvaje. "¡Di eso otra vez!"

—Mire ahora, mi hombre —dijo el señor Jaggers, avanzando un paso y señalando la puerta—. "Sal de esta oficina. No tendré sentimientos aquí. Sal de aquí".

—Te sirve bien —dijo Wemmick—, vete.

De modo que el desdichado Mike se retiró muy humildemente, y el señor Jaggers y Wemmick parecieron haber restablecido su buen entendimiento, y se pusieron a trabajar de nuevo con un aire de alegría como si acabaran de almorzar.

CAPÍTULO LII.

De Little Britain fui, con mi cheque en el bolsillo, a casa del hermano de la señorita Skiffins, el contable; y el hermano de la señorita Skiffins, el contable, fue directamente a Clarriker's y me trajo a Clarriker, tuve la gran satisfacción de concluir ese arreglo. Era lo único bueno que había hecho, y lo único completo que había hecho, desde que me informaron por primera vez de mis grandes expectativas.

Al informarme Clarriker en aquella ocasión de que los asuntos de la Cámara progresaban a paso firme, que ahora podría establecer una pequeña sucursal en el Este, que era muy necesaria para la extensión del negocio, y que Herbert, en su nueva capacidad de socio, saldría y se haría cargo de ella, descubrí que debía haberme preparado para separarme de mi amigo. a pesar de que mis propios asuntos habían estado más arreglados. Y ahora, en efecto, sentía como si mi última ancla se aflojara y pronto me llevarían los vientos y las olas.

Pero había recompensa en la alegría con la que Herbert volvía a casa una noche y me contaba estos cambios, sin imaginar que no me daba ninguna noticia, y esbozaba cuadros etéreos de sí mismo conduciendo a Clara Barley al país de las mil y una noches, y de mí saliendo a reunirme con ellos (con una caravana de camellos, Creo), y de todos nosotros remontando el Nilo y viendo maravillas. Sin ser optimista en cuanto a mi propia participación en esos brillantes planes, sentí que el camino de Herbert se estaba despejando rápidamente, y que el viejo Bill Barley no tenía más que apegarse a su pimienta y ron, y su hija pronto estaría felizmente provista.

Habíamos entrado en el mes de marzo. Mi brazo izquierdo, aunque no presentaba síntomas malos, tardó tanto en sanar en su curso natural que todavía no podía ponerme un abrigo. Mi brazo derecho estaba tolerablemente restaurado; desfigurado, pero bastante útil.

Un lunes por la mañana, cuando Herbert y yo estábamos desayunando, recibí por correo la siguiente carta de Wemmick.

"Walworth. Graba esto tan pronto como lo leas. A principios de la semana, o digamos el miércoles, podrías hacer lo que sabes, si te sientes dispuesto a intentarlo. Ahora arde".

Cuando se lo mostré a Herbert y lo eché en el fuego, pero no antes de que ambos lo hubiéramos aprendido de memoria, pensamos qué hacer. Porque, por supuesto, mi condición de discapacitado ya no podía mantenerse fuera de la vista.

—Lo he pensado una y otra vez —dijo Herbert—, y creo que conozco un camino mejor que tomar un barco del Támesis. Por ejemplo, Startop. Un buen tipo, una mano hábil, cariñosa con nosotros, entusiasta y honorable.

Había pensado en él más de una vez.

—Pero, ¿cuánto le dirías tú, Herbert?

"Es necesario decirle muy poco. Que suponga que se trata de una simple locura, pero secreta, hasta que llegue la mañana; entonces hazle saber que hay una razón urgente para que subas a bordo y te vayas. ¿Vas con él?

—Sin duda.

—¿Dónde?

Me había parecido, en las muchas consideraciones ansiosas que había dado al punto, casi indiferente a qué puerto nos dirigíamos —Hamburgo, Rotterdam, Amberes—, el lugar significaba poco, de modo que estaba fuera de Inglaterra. Cualquier vapor extranjero que se interpusiera en nuestro camino y nos llevara lo haría. Siempre me había propuesto a mí mismo llevarlo río abajo en el bote; ciertamente mucho más allá de Gravesend, que era un lugar crítico para la búsqueda o la investigación si había sospechas. Como los vapores extranjeros salían de Londres más o menos en la época de la marea alta, nuestro plan sería bajar por el río por una marea baja anterior y quedarnos en algún lugar tranquilo hasta que pudiéramos llegar a uno. El tiempo en que uno de nosotros estaría, dondequiera que estuviera, podría calcularse con bastante exactitud, si hiciéramos averiguaciones de antemano.

Herbert asintió a todo esto, y salimos inmediatamente después del desayuno para proseguir nuestras investigaciones. Descubrimos que un vapor para Hamburgo era probablemente el que mejor se adaptaría a nuestro propósito, y dirigimos nuestros pensamientos principalmente a ese barco. Pero anotamos qué otros vapores extranjeros saldrían de Londres con la misma marea, y nos convencimos de conocer la complexión y el color de cada uno. Luego nos separamos por unas horas: yo, para obtener de inmediato los pasaportes que fueran necesarios; Herbert, para ver a Startop en su alojamiento. Los dos hicimos lo que teníamos que hacer sin ningún obstáculo, y cuando nos volvimos a encontrar a la una en punto, lo informamos que estaba hecho. Yo, por mi parte, estaba preparado con pasaportes; Herbert había visto Startop, y estaba más que listo para unirse.

Esos dos tirarían de un par de remos, nos acomodamos, y yo dirigiría; Nuestro encargado sería el de la niñera, y se callaría; Como la velocidad no era nuestro objetivo, debíamos dejar paso lo suficiente. Acordamos que Herbert no volvería a casa a cenar antes de ir a Mill Pond Bank esa noche; que no debía ir allí mañana por la noche, martes; que preparara a Provis para bajar a unas escaleras que estaban cerca de la casa, el miércoles, cuando nos viera acercarnos, y no antes; que todos los arreglos con él se concluyeran ese lunes por la noche; y que no se le comunicara más de ninguna manera, hasta que lo tomáramos a bordo.

Comprendidas estas precauciones por los dos, me fui a casa.

Al abrir la puerta exterior de nuestros aposentos con mi llave, encontré una carta en la caja, dirigida a mí; Una carta muy sucia, aunque no mal escrita. Había sido entregado en mano (por supuesto, desde que salí de casa), y su contenido era el siguiente:

Si no tienes miedo de venir a los viejos pantanos esta noche o mañana a las nueve, y de venir a la pequeña esclusa junto al horno de cal, será mejor que vengas. Si quieres información sobre *tu tío Provis*, será mejor que vengas y no se lo digas a nadie, y no pierdas tiempo. *Debes venir solo.* Llévate esto contigo".

Ya había tenido suficiente carga en mi mente antes de recibir esta extraña carta. Qué hacer ahora, no sabría decirlo. Y lo peor era que debía decidir rápidamente, o perdería el coche de la tarde, que me llevaría a tiempo para esta noche. Mañana por la noche no podía pensar en ir, porque sería demasiado cercano a la hora del vuelo. Y de nuevo, por lo que yo sabía, la información ofrecida podría tener alguna relación importante con el vuelo en sí.

Si hubiera tenido tiempo suficiente para reflexionar, creo que aún debería haber ido. Apenas teniendo tiempo para reflexionar, pues mi reloj me indicaba que el coche salía a media hora, resolví irme. Desde luego, no habría ido, de no ser por la referencia a mi tío Provis. Eso, gracias a la carta de Wemmick y a la ajetreada preparación de la mañana, cambió la balanza.

Es tan difícil llegar a poseer claramente el contenido de casi cualquier carta, con una prisa violenta, que tuve que leer esta misteriosa epístola de nuevo dos veces, antes de que su mandato de ser secreto entrara mecánicamente en mi mente. Cediendo a ella de la misma manera mecánica, dejé una nota a lápiz para Herbert, diciéndole que, como me iba a marchar tan pronto, no sabía por cuánto tiempo, había decidido apresurarme a ir y volver, para averiguar por mí mismo cómo le iba a la señorita Havisham. Apenas tuve tiempo de coger mi abrigo, cerrar los aposentos y dirigirme a la cochería por los cortos caminos. Si hubiera tomado un carro de caballos y hubiera ido por las calles, habría errado mi puntería; Yendo como lo hice, cogí el coche justo cuando salía del patio. Yo era el único pasajero en el interior, que se alejaba con la paja hasta las rodillas, cuando volví en mí.

Porque realmente no había sido yo mismo desde que recibí la carta; Me había desconcertado tanto, como consecuencia de la prisa de la mañana. Las prisas y el aleteo de la mañana habían sido grandes; porque, a pesar de haber esperado a Wemmick durante mucho tiempo y con ansiedad, su insinuación había llegado por fin como una sorpresa. Y entonces empecé a preguntarme por estar en el coche, y a dudar de si tenía suficientes razones para estar allí, y a considerar si debía salir ahora mismo y regresar, y a argumentar en contra de prestar atención a una comunicación anónima, y, en resumen, a pasar por todas esas fases de contradicción e indecisión a las que supongo que muy pocas personas apresuradas son ajenas. Aun así, la referencia a Provis por su nombre lo dominaba todo. Razoné como ya lo había hecho sin saberlo, si eso es razonamiento, en caso de que le sucediera algún daño por mi no partida, ¿cómo podría perdonarme a mí mismo?

Había oscurecido antes de que bajáramos, y el viaje me pareció largo y monótono a mí, que podía ver poco de él en el interior, y que no podía salir en mi estado de incapacidad. Evitando el Jabalí Azul, me alojé en una posada de poca reputación al final de la ciudad y pedí algo de cenar. Mientras se preparaba, fui a Satis House y pregunté por la señorita Havisham; Todavía estaba muy enferma, aunque se la consideraba algo mejor.

Mi posada había formado parte de una antigua casa eclesiástica, y cenaba en una pequeña sala común octogonal, como una pila bautismal. Como no pude cortar mi cena, el viejo propietario con una calva brillante lo hizo por mí. Al entrar esto en conversación, tuvo la amabilidad de entretenerme con mi propia historia, por supuesto, con la característica popular de que Pumblechook fue mi primer benefactor y el fundador de mi fortuna.

—¿Conoce usted al joven? —pregunté.

-¡Conócele! -repitió el ventero-. "Desde que era... sin altura en absoluto".

—¿Volverá alguna vez a este barrio?

-¡Ay!, vuelve -dijo el ventero-, a sus grandes amigos, de vez en cuando, y le da la espalda al hombre que le hizo.

—¿Qué hombre es ese?

-Aquel de quien hablo -dijo el ventero-. - Señor Pumblechook.

—¿No es ingrato con nadie más?

-Sin duda lo sería, si pudiera -replicó el ventero-, pero no puede. ¿Y por qué? Porque Pumblechook lo hizo todo por él.

—¿Lo dice Pumblechook?

-¡Dilo así! -replicó el ventero-. "Él no tiene ninguna llamada para decirlo".

—¿Pero lo dice él?

-Convertiría la sangre de un hombre en vino blanco si se le oyera hablar de ello, señor -dijo el ventero-.

Pensé: "Sin embargo, Joe, querido Joe, nunca lo dices. Joe, longevo y cariñoso, nunca *te* quejas. ¡Ni tú, dulce Biddy!

—Tu apetito se ha tocado como por un accidente —dijo el posadero, mirando el brazo vendado bajo mi abrigo—. "Pruebe con una parte más tierna".

—No, gracias —respondí, apartándome de la mesa para cavilar sobre el fuego—. "No puedo comer más. Por favor, llévatelo".

Nunca me había golpeado tan vivamente, por mi ingratitud hacia Joe, como a través del descarado impostor Pumblechook. Cuanto más falso es, más verdadero Joe; cuanto más malo era él, más noble Joe.

Mi corazón se sintió profunda y muy merecidamente humilde mientras reflexionaba sobre el fuego durante una hora o más. Las campanadas del reloj me despertaron, pero no de mi abatimiento o remordimiento, y me levanté, me abroché el abrigo al cuello y salí. Anteriormente había buscado en mis bolsillos la carta, para poder referirme a ella de nuevo; pero no pude encontrarlo, y me inquietó pensar que debía de haber caído en la paja del coche. Sabía muy bien, sin embargo, que el lugar señalado era la pequeña esclusa junto al horno de cal en los pantanos, y la hora nueve. Me dirigí ahora hacia las marismas, sin tiempo que perder.

CAPÍTULO LIII.

Era una noche oscura, aunque la luna llena salió cuando salí de las tierras cercadas y me desmayé en los pantanos. Más allá de su línea oscura había una cinta de cielo despejado, apenas lo suficientemente ancha como para sostener la gran luna roja. A los pocos minutos había salido de aquel campo despejado, entre las montañas de nubes.

Soplaba un viento melancólico y los pantanos eran muy lúgubres. A un extraño le habrían resultado insoportables, e incluso para mí eran tan opresivos que vacilé, casi inclinado a volver. Pero yo los conocía bien, y podría haber encontrado mi camino en una noche mucho más oscura, y no tenía excusa para regresar, estando allí. Así que, habiendo llegado allí contra mi inclinación, seguí adelante contra ella.

La dirección que tomé no fue la de mi antiguo hogar, ni la de los convictos. Le di la espalda a los lejanos Hulks mientras caminaba y, aunque podía ver las viejas luces a lo lejos en los bancos de arena, las veía por encima de mi hombro. Conocía el horno de cal tan bien como conocía la vieja batería, pero estaban a kilómetros de distancia; De modo que, si una luz hubiera estado encendida en cada punto esa noche, habría habido una larga franja del horizonte en blanco entre las dos motas brillantes.

Al principio, tuve que cerrar algunas puertas detrás de mí, y de vez en cuando quedarme quieto mientras el ganado que yacía en el camino se levantaba y tropezaba entre la hierba y los juncos. Pero al cabo de un rato parecía que tenía todo el piso para mí solo.

Pasó otra media hora antes de que me acercara al horno. La cal ardía con un olor lento y sofocante, pero los fuegos se habían apagado y dejado, y no se veían obreros. Cerca de allí había una pequeña cantera de piedra. Estaba directamente en mi camino, y había sido trabajado ese día, como lo vi por las herramientas y los túmulos que estaban tirados por ahí.

Al salir de la excavación al nivel del pantano, pues el áspero sendero lo atravesaba, vi una luz en la vieja esclusa. Aceleré el paso y llamé a la puerta con la mano. Esperando alguna respuesta, miré a mi alrededor, notando cómo la esclusa estaba abandonada y rota, y cómo la casa, de madera con techo de tejas, no resistiría a la intemperie por mucho más tiempo, si es que lo estaba ahora, y cómo el barro y el cieno estaban cubiertos de cal, y cómo el vapor asfixiante del horno se deslizaba hacia mí de una manera fantasmal. Todavía no había respuesta, y volví a llamar. Todavía no había respuesta, y probé el pestillo.

Se elevó bajo mi mano y la puerta cedió. Al mirar hacia adentro, vi una vela encendida sobre una mesa, un banco y un colchón sobre una cama de camión. Como arriba había un desván, pregunté: «¿Hay alguien aquí?», pero ninguna voz respondió. Entonces miré mi reloj y, al ver que eran más de las nueve, volví a llamar: —¿Hay alguien aquí? Como todavía no había respuesta, salí a la puerta, indeciso sobre qué hacer.

Empezaba a llover rápido. Al no ver nada más que lo que ya había visto, volví a entrar en la casa y me quedé al abrigo de la puerta, mirando hacia la noche. Mientras pensaba que alguien debía de haber estado allí últimamente y que pronto volvería, o la vela no estaría encendida, se me ocurrió ver si la mecha era larga. Me volví para hacerlo, y ya había tomado la vela en mi mano, cuando se apagó por un violento estruendo; y lo siguiente que comprendí fue que había sido atrapado en una fuerte soga que corría, arrojado sobre mi cabeza por detrás.

—Ahora —dijo una voz reprimida con un juramento—, ¡te tengo a ti!

"¿Qué es esto?" —exclamé, forcejeando—. "¿Quién es? ¡Ayuda, ayuda, ayuda!"

No solo mis brazos estaban apretados a mis costados, sino que la presión sobre mi brazo malo me causaba un dolor exquisito. A veces, la mano de un hombre fuerte, a veces el pecho de un hombre fuerte, se apoyaba en mi boca para amortiguar mis gritos, y con un aliento caliente siempre cerca de mí, luchaba inútilmente en la oscuridad, mientras estaba fuertemente atado a la pared. —Y ahora —dijo la voz reprimida con otro juramento—, ¡vuelve a llamar, y yo te haré cargo de ti en un abrir y cerrar de ojos!

Desmayado y enfermo por el dolor de mi brazo herido, desconcertado por la sorpresa, y sin embargo consciente de la facilidad con que esta amenaza podía ser ejecutada, desistí y traté de aliviar mi brazo, aunque fuera poco. Pero estaba demasiado apretado para eso. Sentí como si, después de haber sido quemado antes, ahora estuviera siendo hervido.

La súbita exclusión de la noche, y la sustitución de la oscuridad negra en su lugar, me advirtió que el hombre había cerrado un postigo. Después de andar a tientas un poco, encontró el pedernal y el acero que quería, y comenzó a encender una luz. Me fijé en las chispas que caían entre la yesca, y sobre las cuales él respiraba y respiraba, cerilla en mano, pero sólo podía ver sus labios y la punta azul de la cerilla; incluso esos, pero de manera irregular. La yesca estaba húmeda, no era de extrañar, y una tras otra las chispas se apagaron.

El hombre no tenía prisa y volvió a golpear con el pedernal y el acero. A medida que las chispas caían espesas y brillantes a su alrededor, pude ver sus manos y toques en su rostro, y pude distinguir que estaba sentado e inclinado sobre la mesa; pero nada más. De pronto volví a ver sus labios azules, respirando en la yesca, y entonces un destello de luz brilló y me mostró a Orlick.

A quién había buscado, no lo sé. Yo no lo había buscado. Al verlo, sentí que me encontraba en una situación peligrosa y mantuve mis ojos en él.

Encendió la vela de la cerilla encendida con gran deliberación, dejó caer la cerilla y la apagó. Luego apartó la vela de la mesa, para poder verme, y se sentó con los brazos cruzados sobre la mesa y me miró. Me di cuenta de que estaba atado a una robusta escalera perpendicular a pocos centímetros de la pared, un elemento fijo allí, el medio de subir al desván de arriba.

—Ahora —dijo, después de que nos hubiéramos examinado el uno al otro durante algún tiempo—, te tengo a ti.

"Desátame. ¡Déjame ir!"

"¡Ah!", replicó, "te dejaré ir. Te dejaré ir a la luna, te dejaré ir a las estrellas. Todo a su debido tiempo".

—¿Por qué me has atraído aquí?

—¿No lo sabes? —dijo él, con una mirada mortal—.

—¿Por qué me has atacado en la oscuridad?

"Porque tengo la intención de hacerlo todo yo mismo. Uno guarda un secreto mejor que dos. ¡Oh enemigo, enemigo!"

Su disfrute del espectáculo que le ofrecí, mientras permanecía sentado con los brazos cruzados sobre la mesa, sacudiendo la cabeza hacia mí y abrazándose a sí mismo, tenía una malignidad que me hizo temblar. Mientras lo observaba en silencio, metió la mano en la esquina que tenía a su lado y tomó una pistola con una culata encuadernada en latón.

—¿Lo sabe usted? —dijo, haciendo ademán de apuntarme—. "¿Sabes dónde lo viste antes? ¡Habla, lobo!"

—Sí —respondí—.

"Me costaste ese lugar. Lo hiciste. ¡Habla!"

—¿Qué otra cosa podía hacer?

"Lo hiciste, y eso sería suficiente, sin más. ¿Cómo te atreviste a interponerte entre mí y una joven que me gustaba?

—¿Cuándo lo hice?

"¿Cuándo no lo hiciste? Fuiste tú, como siempre, quien le dio mala fama a la vieja Orlick.

"Te lo diste a ti mismo; Lo ganaste para ti mismo. No podría haberte hecho ningún daño, si tú no te hubieras hecho nada.

"Eres un mentiroso. Y usted se tomará la molestia y gastará todo el dinero para echarme de este país, ¿verdad? -dijo, repitiendo mis palabras a Biddy en la última entrevista que tuve con ella-. "Ahora, te diré un dato. Nunca ha merecido tanto la pena que me sacaras de este país como esta noche. ¡Ah! ¡Si fuera todo tu dinero veinte veces dicho, hasta el último mantón, farden! Mientras me sacudía su pesada mano, con la boca gruñendo como la de un tigre, sentí que era verdad.

—¿Qué me vas a hacer?

-Me voy -dijo, bajando el puño sobre la mesa con un fuerte golpe, y levantándose a medida que el golpe caía para darle mayor fuerza-, ¡voy a quitarte la vida!

Se inclinó hacia delante mirándome, aflojó lentamente la mano y se la pasó por la boca como si se le hiciera la boca agua, y volvió a sentarse.

Siempre estuviste en el camino del viejo Orlick desde que eras un niño. Tú te desvías de su camino esta noche. Él no tendrá más contigo. Estás muerto.

Sentí que había llegado al borde de mi tumba. Por un momento miré desesperadamente alrededor de mi trampa en busca de alguna posibilidad de escapar; Pero no había ninguno.

—Más que eso —dijo, cruzando de nuevo los brazos sobre la mesa—, no dejaré ni un trapo tuyo, ni un hueso tuyo en la tierra. Pondré tu cuerpo en el horno, llevaría dos de ellos a hombros, y, que la gente suponga lo que quiera de ti, nunca sabrán nada.

Mi mente, con una rapidez inconcebible, siguió todas las consecuencias de tal muerte. El padre de Estella creería que yo lo había abandonado, que se lo llevarían, que moriría acusándome; incluso Herbert dudaría de mí cuando comparara la carta que le había dejado con el hecho de que sólo había llamado a la puerta de la señorita Havisham por un momento; Joe y Biddy nunca sabrían lo arrepentido que me había sentido esa noche, nadie sabría nunca lo que había sufrido, lo sincero que había querido ser, la agonía por la que había pasado. La muerte que estaba delante de mí era terrible, pero mucho más terrible que la muerte era el temor de ser mal recordado después de la muerte. Y tan rápidos eran mis pensamientos, que me vi despreciado por las generaciones no nacidas, los hijos de Estella y sus hijos, mientras las palabras del desdichado aún estaban en sus labios.

-Ahora, lobo -dijo-, antes de que te mate como a cualquier otra bestia, que es lo que pienso hacer y por lo que te he atado, te miraré bien y te haré un buen aguijón. ¡Oh enemigo!"

Había pasado por mis pensamientos volver a pedir ayuda; aunque pocos podían conocer mejor que yo la soledad del lugar y la falta de esperanza de la ayuda. Pero mientras se regodeaba en mí, me sostenía una detestación desdeñosa hacia él que selló mis labios. Por encima de todas las cosas, resolví que no le suplicaría, y que moriría haciendo una última y pobre resistencia a él. Suavizados como estaban mis pensamientos sobre todos los demás hombres en esa terrible extremidad; suplicando humildemente el perdón, como lo hice, al Cielo; Derretido en el corazón como estaba, por la idea de que no me había despedido, y que nunca podría despedirme de aquellos que me eran queridos, o podría explicarme ante ellos, o pedir su compasión por mis miserables errores, sin embargo, si hubiera podido matarlo, incluso al morir, lo habría hecho.

Había estado bebiendo y tenía los ojos rojos e inyectados en sangre. Alrededor de su cuello estaba colgada una botella de hojalata, como a menudo había visto su carne y bebida colgada a su alrededor en otros días. Se llevó la botella a los labios y bebió de ella un trago ardiente; y olí los espíritus fuertes que vi brillar en su rostro.

—¡Lobo! —dijo, cruzando de nuevo los brazos—, el viejo Orlick te va a contar algo. Fuiste tú, como lo hiciste con tu hermana arpía.

De nuevo, mi mente, con su antigua rapidez inconcebible, había agotado todo el tema del ataque a mi hermana, su enfermedad y su muerte, antes de que su discurso lento y vacilante hubiera formado estas palabras.

—Has sido tú, villano —dije—.

—Te aseguro que fue obra tuya, te aseguro que se hizo a través de ti —replicó él, cogiendo la pistola y dando un golpe con la culata al aire vacío que había entre nosotros—. "Me encuentro con ella por detrás, como me encuentro contigo esta noche. ¡*Se* lo doy! La dejé por muerta, y si hubiera habido un horno de cal tan cerca de ella como ahora lo hay cerca de ti, no habría vuelto a la vida. Pero no advirtió al viejo Orlick como lo hizo; Fuiste tú. Tú eras el favorito, y él era intimidado y golpeado. El viejo Orlick intimidaba y golpeaba, ¿eh? Ahora lo pagas tú. Lo hiciste; Ahora lo pagas tú".

Volvió a beber y se volvió más feroz. Al inclinar la botella, vi que no quedaba gran cantidad en ella. Comprendí claramente que se estaba manipulando con su contenido para acabar conmigo. Sabía que cada gota que contenía era una gota de mi vida. Sabía que cuando me convirtiera en parte del vapor que se había deslizado hacia mí poco antes, como mi propio fantasma de advertencia, él haría lo que había hecho en el caso de mi hermana: apresurarse a ir a la ciudad y ser visto encorvado por allí bebiendo en las tabernas. Mi mente rápida lo persiguió hasta la ciudad, hizo una imagen de la calle con él en ella, y contrastó sus luces y su vida con el pantano solitario y el vapor blanco que se arrastraba sobre él, en el que debería haberme disuelto.

No se trataba sólo de que yo hubiera podido resumir años y años y años mientras él decía una docena de palabras, sino que lo que él decía me presentaba imágenes, y no meras palabras. En el estado excitado y exaltado de mi cerebro, no podía pensar en un lugar sin verlo, o en personas sin verlas. Es imposible exagerar la viveza de estas imágenes, y, sin embargo, yo estaba tan concentrado, todo el tiempo, en él mismo —¡quién no estaría decidido a que el tigre se agachara para saltar!— que supe de la menor acción de sus dedos.

Cuando hubo bebido por segunda vez, se levantó del banco en el que estaba sentado y apartó la mesa. Luego, tomó la vela y, tapizándola con su mano asesina para iluminarme, se quedó frente a mí, mirándome y disfrutando de la vista.

"Lobo, te diré algo más. Era el viejo Orlick cuando te caíste en las escaleras aquella noche.

Vi la escalera con sus lámparas apagadas. Vi las sombras de las pesadas barandillas de la escalera, proyectadas por la linterna del vigilante en la pared. Vi las habitaciones que nunca volvería a ver; aquí, una puerta entreabierta; Allí, una puerta cerrada; todos los muebles de alrededor.

—¿Y por qué estaba allí el viejo Orlick? Te diré algo más, lobo. Tú y ella me *habéis* expulsado de este país, en lo que se refiere a conseguir una vida fácil en él, y me he puesto manos a la obra con nuevos compañeros y nuevos amos. Algunos de ellos escriben mis cartas cuando yo quiero que se escriban, ¿te importa?... ¡escribe mis cartas, lobo! Escriben a cincuenta manos; No son como escabullirte, como escribe, solo uno. He tenido una mente firme y una voluntad firme de tener tu vida, desde que estuviste aquí en el entierro de tu hermana. No he visto una manera de ponerte a salvo, y te he buscado para conocer tus entresijos. Porque, se dice el viejo Orlick, «¡De un modo u otro lo tendré!» ¡Qué! Cuando te busco, encuentro a tu tío Provis, ¿eh?

Mill Pond Bank, y Chinks's Basin, y el Old Green Copper Rope-walk, ¡todo tan claro y llano! En sus habitaciones, con la señal que había terminado, la linda Clara, la buena mujer maternal, el viejo Bill Barley a cuestas, todo a la deriva, como en la rápida corriente de mi vida que se precipita hacia el mar.

"¡*Tú* con un tío también! Vaya, yo te conocí en casa de Gargery, cuando eras un lobo tan pequeño que podría haber cogido tu weazen entre este dedo y el pulgar y haberte arrojado muerto (como pensaba hacer, en raras ocasiones, cuando te veo merodeando entre los pollards un domingo), y entonces no habías encontrado tíos. ¡No, tú no! Pero cuando el viejo Orlick vino a oír que tu tío Provis había llevado la pierna de hierro que el viejo Orlick había recogido, limada, en estas mallas hacía muchos años, y que se mantuvo a su lado hasta que dejó caer a tu hermana con ella, como un buey, como si quisiera dejarte caer a ti... ¿eh?... cuando venga a oír eso... ¿eh?

En su salvaje burla, encendió la vela tan cerca de mí que aparté la cara para salvarla de las llamas.

—¡Ah! —exclamó riendo, después de hacerlo de nuevo—, ¡el niño quemado teme el fuego! El viejo Orlick sabía que te habían quemado, el viejo Orlick sabía que te estabas llevando a tu tío Provis, el viejo Orlick era rival tuyo y sabía que vendrías esta noche. Ahora te diré algo más, lobo, y esto termina todo. Los hay que son tan buenos para tu tío Provis como lo ha sido el viejo Orlick para ti. ¡Que los cuide, cuando haya perdido a su sobrina! Que los guarde, cuando nadie no pueda encontrar un harapo de la ropa de su querido pariente, ni un hueso de su cuerpo. Hay quienes no pueden y que no quieren tener a Magwitch —¡sí, sé el nombre!— vivo en la misma tierra que ellos, y que han tenido información tan segura de él cuando estaba vivo en otra tierra, como que no podía ni debía dejarlo sin saber y ponerlos en peligro. Son ellos los que escriben a cincuenta manos, y eso no es como escabullirte como si escribieras solo una. —¡Ware Compeyson, Magwitch y la horca!

Volvió a encender la vela hacia mí, fumándome la cara y el pelo, y cegándome por un instante, y volvió su poderosa espalda mientras volvía a colocar la luz de la mesa. Había pensado en una oración, y había estado con Joe, Biddy y Herbert, antes de que él se volviera hacia mí de nuevo.

Había un espacio libre de unos pocos pies entre la mesa y la pared opuesta. Dentro de este espacio, ahora se encorvaba hacia atrás y hacia adelante. Su gran fuerza parecía asentarse sobre él más fuerte que nunca, mientras lo hacía con las manos sueltas y pesadas a los costados, y con los ojos frunciendo el ceño. No me quedaba ni un ápice de esperanza. A pesar de lo salvaje que era mi prisa interior, y de lo maravillosa que era la fuerza de las imágenes que pasaban a mi lado en lugar de pensamientos, podía comprender claramente que, a menos que él hubiera resuelto que yo estaba a punto de perecer a punto de desaparecer de todo conocimiento humano, nunca me habría dicho lo que me había contado.

De repente, se detuvo, sacó el corcho de su botella y lo tiró. A pesar de lo ligero que era, lo oí caer como una caída en picado. Tragó lentamente, inclinando la botella poco a poco, y ya no me miraba más. Las últimas gotas de licor las vertió en la palma de su mano y las lamió. Luego, con una súbita oleada de violencia y maldiciendo horriblemente, arrojó la botella y se agachó; y vi en su mano un martillo de piedra con un mango largo y pesado.

La resolución que había tomado no me abandonó, porque, sin pronunciar una sola palabra vana de súplica, grité con todas mis fuerzas y luché con todas mis fuerzas. Solo podía mover mi cabeza y mis piernas, pero hasta ese punto luché con toda la fuerza, hasta entonces desconocida, que había dentro de mí. En el mismo instante oí gritos de respuesta, vi figuras y un destello de luz que entraban por la puerta, oí voces y tumultos, y vi a Orlick emerger de una lucha de hombres, como si fuera agua cayendo, despejar la mesa de un salto y volar hacia la noche.

Después de un rato en blanco, descubrí que estaba tendido sin ataduras, en el suelo, en el mismo lugar, con la cabeza apoyada en la rodilla de alguien. Mis ojos estaban fijos en la escalera contra la pared, cuando volví en mí, se habían abierto antes de que mi mente la viera, y así, cuando recobré la conciencia, supe que estaba en el lugar donde la había perdido.

Demasiado indiferente al principio, incluso para mirar a mi alrededor y averiguar quién me sostenía, estaba acostado mirando la escalera, cuando se interpuso entre mí y ella un rostro. ¡La cara del chico de Trabb!

—¡Creo que está bien! —dijo el muchacho de Trabb con voz seria—. —¡Pero no es simplemente pálido!

Al oír estas palabras, el rostro del que me apoyaba miró hacia el mío, y vi que mi partidario era...

—¡Herbert! ¡Gran Cielo!"

—En voz baja —dijo Herbert—. —Suavemente, Händel. No seas demasiado ansioso".

—¡Y nuestro viejo camarada, Startop! —exclamé, mientras él también se inclinaba sobre mí—.

—Acuérdate de lo que nos va a ayudar —dijo Herbert—, y mantén la calma.

La alusión me hizo saltar; aunque volví a caer por el dolor en el brazo. —El tiempo no ha pasado, Herbert, ¿verdad? ¿Qué noche es esta noche? ¿Cuánto tiempo llevo aquí? Porque yo tenía un extraño y fuerte recelo de que había estado acostado allí mucho tiempo, un día y una noche, dos días y dos noches, más.

"El tiempo no ha pasado. Todavía es lunes por la noche.

—¡Gracias a Dios!

—Y mañana martes, martes, tenéis que descansar —dijo Herbert—. —Pero no puedes evitar gemir, mi querido Händel. ¿Qué dolor tienes? ¿Puedes ponerte de pie?

—Sí, sí —dije—, puedo caminar. No tengo más daño que en este brazo palpitante".

Lo dejaron al descubierto e hicieron lo que pudieron. Estaba violentamente hinchado e inflamado, y apenas podía soportar que lo tocaran. Pero rompieron sus pañuelos para hacer vendajes nuevos, y los volvieron a colocar cuidadosamente en el cabestrillo, hasta que pudimos llegar a la ciudad y obtener alguna loción refrescante para ponerle. Al cabo de un rato habíamos cerrado la puerta de la oscura y vacía esclusa, y estábamos atravesando la cantera en nuestro camino de regreso. El muchacho de Trabb —ahora el joven crecido de Trabb— iba delante de nosotros con una linterna, que era la luz que yo había visto entrar por la puerta. Pero la luna estaba dos horas más alta que la última vez que había visto el cielo, y la noche, aunque lluviosa, era mucho más clara. El vapor blanco del horno pasaba de nosotros a medida que pasábamos, y como antes había pensado en una oración, ahora pensaba en una acción de gracias.

Suplicando a Herbert que me dijera cómo había acudido en mi auxilio, cosa que al principio se había negado rotundamente a hacer, pero había insistido en que me quedara callado, me enteré de que, a toda prisa, había dejado la carta abierta en nuestros aposentos, donde él, volviendo a casa para traer consigo a Startop, a quien había encontrado en la calle de camino hacia mí. Lo encontré, muy poco después de que me fuera. Su tono le inquietaba, y más aún por la contradicción que había entre él y la apresurada carta que le había dejado. Su inquietud aumentaba en lugar de disminuir, después de un cuarto de hora de reflexión, se dirigió a la oficina de entrenadores con Startop, quien se ofreció como voluntario para hacer averiguaciones sobre cuándo se hundiría el próximo entrenador. Al descubrir que el coche de la tarde se había ido, y descubrir que su inquietud se convertía en una alarma positiva, a medida que los obstáculos se interponían en su camino, resolvió seguirlo en una silla de posta. Así que él y Startop llegaron al Jabalí Azul, esperando encontrarme allí, o tener noticias de mí; pero, al no encontrar ninguno de los dos, se fue a casa de la señorita Havisham, donde me perdieron. Luego regresaron al hotel (sin duda en la época en que yo estaba escuchando la popular versión local de mi propia historia) para refrescarse y conseguir a alguien que los guiara por las marismas. Entre las tumbonas bajo el arco del Jabalí se encontraba el chico de Trabb —fiel a su antigua costumbre de estar en todas partes donde no tenía nada que hacer—, y el chico de Trabb me había visto pasar de la casa de la señorita Havisham en dirección a mi comedor. De este modo, el muchacho de Trabb se convirtió en su guía, y con él se dirigieron a la esclusa, aunque por el camino de la ciudad hacia los pantanos, que yo había evitado. Ahora bien, a medida que avanzaban, Herbert pensó que, después de todo, yo podría haber sido llevado allí para hacer algún encargo genuino y útil que cuidara de la seguridad de Provis, y, pensando que en ese caso la interrupción debía ser maliciosa, dejó a su guía y a Startop en el borde de la cantera, y siguió solo, dando la vuelta a la casa dos o tres veces. esforzándose por cerciorarse de si todo estaba bien en su interior. Como no podía oír más que los sonidos confusos de una voz grave y áspera (esto fue mientras mi mente estaba tan ocupada), incluso al final comenzó a dudar de si yo estaba allí, cuando de repente grité en voz alta, y él respondió a los gritos, y entró corriendo, seguido de cerca por los otros dos.

Cuando le conté a Herbert lo que había ocurrido en la casa, él estaba a favor de que nos presentáramos inmediatamente ante un magistrado de la ciudad, a altas horas de la noche, y que obtuviéramos una orden judicial. Pero ya había considerado que tal proceder, al detenernos allí, o obligarnos a regresar, podría ser fatal para Provis. No había forma de negar esta dificultad, y renunciamos a todos los pensamientos de perseguir a Orlick en ese momento. Por el momento, dadas las circunstancias, hemos considerado prudente tomar el asunto a la ligera con el muchacho de Trabb; quien, estoy convencido, se habría visto muy afectado por la decepción, si hubiera sabido que su intervención me salvó del horno de cal. No es que el hijo de Trabb fuera de naturaleza maligna, sino que tenía demasiada vivacidad y que estaba en su constitución querer variedad y excitación a expensas de cualquiera. Cuando nos separamos, le ofrecí dos guineas (que parecían coincidir con sus puntos de vista) y le dije que lamentaba haber tenido alguna vez una mala opinión de él (que no le impresionó en absoluto).

Como el miércoles estaba tan cerca, decidimos volver a Londres esa noche, a las tres en la calesa; más bien, porque entonces estaríamos alejados antes de que se empezara a hablar de la aventura de la noche. Herbert consiguió una botella grande de cosas para mi brazo; y a fuerza de tener estas cosas tiradas sobre él toda la noche, pude soportar su dolor en el viaje. Era de día cuando llegamos al Templo, y me fui de inmediato a la cama, y me quedé en cama todo el día.

Mi terror, mientras yacía allí, de caer enfermo y quedar incapacitado para el día siguiente, era tan abrumador que me pregunto si no me incapacitó por sí mismo. Lo habría hecho, con toda seguridad, en conjunción con el desgaste mental que había sufrido, de no ser por la tensión antinatural que sufría el día siguiente. Tan ansiosamente esperado, cargado de tales consecuencias, sus resultados tan impenetrablemente ocultos, aunque tan cercanos.

Ninguna precaución podría haber sido más obvia que la de abstenernos de comunicarnos con él ese día; Sin embargo, esto volvió a aumentar mi inquietud. A cada paso y a cada ruido me sobresaltaba yo, creyendo que lo habían descubierto y se lo habían llevado, y que éste era el mensajero que me lo decía. Me persuadí a mí mismo de que sabía que se lo habían llevado; que había algo más en mi mente que un miedo o un presentimiento; que el hecho había ocurrido, y yo tenía un conocimiento misterioso de él. A medida que pasaban los días y no llegaban malas noticias, a medida que el día se cerraba y caía la oscuridad, mi temor de quedar incapacitado por una enfermedad antes de mañana por la mañana se apoderó de mí por completo. Mi brazo ardiente palpitaba, y mi cabeza ardiente palpitaba, y me imaginé que comenzaba a vagar. Conté hasta números altos, para asegurarme, y repetí pasajes que conocía en prosa y verso. A veces sucedía que, en la mera fuga de una mente fatigada, me dormitaba unos instantes o me olvidaba; entonces me decía a mí mismo con un sobresalto: "¡Ahora ha llegado, y me estoy volviendo delirante!"

Me mantuvieron muy callado todo el día, y mantuvieron mi brazo constantemente vendado, y me dieron bebidas refrescantes. Cada vez que me quedaba dormido, me despertaba con la idea que había tenido en la esclusa, de que había pasado mucho tiempo y que la oportunidad de salvarlo se había esfumado. A eso de la medianoche me levanté de la cama y fui a ver a Herbert, con la convicción de que había estado dormido durante veinticuatro horas y que el miércoles había pasado. Era el último esfuerzo agotador de mi inquietud, porque después de eso dormí profundamente.

Amanecía el miércoles cuando miré por la ventana. Las luces parpadeantes de los puentes ya eran pálidas, el sol que se acercaba era como un pantano de fuego en el horizonte. El río, todavía oscuro y misterioso, estaba atravesado por puentes que se volvían fríamente grises, con aquí y allá en la parte superior un toque cálido del ardor en el cielo. Mientras miraba a lo largo de los tejados agrupados, con torres de iglesias y torres que se elevaban en el aire inusualmente claro, el sol se levantó, y un velo pareció extenderse desde el río, y millones de destellos estallaron en sus aguas. De mí también pareció correrse un velo y me sentí fuerte y bien.

Herbert yacía dormido en su cama, y nuestro antiguo compañero de estudios yacía dormido en el sofá. No podía vestirme sin ayuda; pero encendí el fuego, que aún estaba encendido, y preparé un poco de café para ellos. A su debido tiempo, ellos también se pusieron en marcha fuertes y sanos, y admitimos el aire agudo de la mañana en las ventanas, y miramos la marea que todavía fluía hacia nosotros.

—Cuando cambien las nueve —dijo Herbert alegremente—, cuídanos y prepárate, tú allá en Mill Pond Bank.

CAPÍTULO LIV.

Era uno de esos días de marzo en los que el sol calienta y el viento sopla frío: cuando es verano a la luz y al invierno a la sombra. Llevábamos nuestros chaquetones y yo cogí una bolsa. De todas mis posesiones terrenales, no tomé más que las pocas cosas necesarias que llenaban la bolsa. A dónde podría ir, qué podría hacer, o cuándo podría regresar, eran preguntas completamente desconocidas para mí; ni tampoco fastidié mi mente con ellos, porque estaba totalmente puesta en la seguridad de Provis. Solo me pregunté por un momento que pasaba, mientras me detenía en la puerta y miraba hacia atrás, en qué circunstancias alteradas volvería a ver esas habitaciones, si es que alguna vez lo hacía.

Bajamos hasta las escaleras del Templo, y nos quedamos allí merodeando, como si no estuviéramos decididos a ir sobre el agua. Por supuesto, me había ocupado de que el barco estuviera listo y todo en orden. Después de una pequeña muestra de indecisión, que no había nadie que viera excepto las dos o tres criaturas anfibias que pertenecían a las escaleras de nuestro Templo, subimos a bordo y soltamos amarras; Herbert en la proa, yo al timón. Era entonces cerca de la marea alta, las ocho y media.

Nuestro plan era este. Como la marea empezaba a bajar a las nueve, y permanecía con nosotros hasta las tres, teníamos la intención de seguir arrastrándonos después de que hubiera cambiado, y remar contra ella hasta que oscureciera. Entonces estaríamos bien en esos largos tramos por debajo de Gravesend, entre Kent y Essex, donde el río es ancho y solitario, donde los habitantes de la ribera son muy pocos, y donde hay tabernas solitarias esparcidas aquí y allá, de las cuales podríamos elegir una como lugar de descanso. Allí, teníamos la intención de quedarnos allí toda la noche. El vapor para Hamburgo y el vapor para Rotterdam zarparían de Londres a eso de las nueve de la mañana del jueves. Sabríamos a qué hora esperarlos, según el lugar donde estuviéramos, y llamaríamos a los primeros; de modo que, si por casualidad no nos llevaban al extranjero, tendríamos otra oportunidad. Conocíamos las señas de identidad de cada embarcación.

El alivio de estar por fin ocupado en la ejecución del propósito fue tan grande para mí que me resultó difícil darme cuenta de la condición en que me había encontrado unas horas antes. El aire fresco, la luz del sol, el movimiento del río y el propio río en movimiento, el camino que nos acompañaba, que parecía simpatizar con nosotros, animarnos y animarnos, me refrescaban con nuevas esperanzas. Me sentí mortificado de ser de tan poca utilidad en el bote; Pero había pocos remeros mejores que mis dos amigos, y remaban con una brazada constante que iba a durar todo el día.

En aquella época, el tráfico de vapor en el Támesis estaba muy por debajo de su extensión actual, y los barcos de los marineros eran mucho más numerosos. De barcazas, carboneros de vela y comerciantes de cabotaje, había tal vez tantos como ahora; pero de los barcos de vapor, grandes y pequeños, ni un diezmo, ni una vigésima parte de tantos. A pesar de lo temprano que era, había muchos barcos de remolcado yendo de aquí para allá esa mañana, y muchas barcazas que bajaban con la marea; La navegación del río entre puentes, en un bote abierto, era un asunto mucho más fácil y común en aquellos días que en éstos; Y nos pusimos en marcha entre muchos esquifes y zarpes a paso ligero.

Pronto pasamos el viejo puente de Londres, y el viejo mercado de Billingsgate, con sus barcos de ostras y holandeses, y la Torre Blanca y la Puerta del Traidor, y nos encontramos entre las hileras de la navegación. Allí estaban los vapores Leith, Aberdeen y Glasgow, cargando y descargando mercancías, y mirando inmensamente alto fuera del agua a medida que pasábamos a nuestro lado; Allí, había carboneros por veintenas y veintenas, con los carboneros lanzándose desde los escenarios en la cubierta, como contrapesos a las medidas de carbón que se balanceaban hacia arriba, que luego se agitaban por el costado en barcazas; aquí, en sus amarres, estaba el vapor de mañana para Rotterdam, del que tomamos buena nota; y mañana vendremos a Hamburgo, bajo cuyo bauprés cruzamos. Y ahora yo, sentado en la popa, podía ver, con el corazón palpitando más rápido, el banco de Mill Pond y las escaleras de Mill Pond.

—¿Está ahí? —preguntó Herbert.

—Todavía no.

"¡Correcto! No debía bajar hasta que nos viera. ¿Puedes ver su señal?

"No me va bien de aquí; pero creo que lo veo.—¡Ahora lo veo a él! Tira de ambos. Fácil, Herbert. ¡Remos!"

Tocamos ligeramente las escaleras por un momento, y él estaba a bordo, y nos pusimos en marcha de nuevo. Llevaba consigo una capa de barco y una bolsa de lona negra; Y se parecía a un piloto de río como mi corazón hubiera deseado.

—¡Querido muchacho! —dijo, poniendo su brazo sobre mi hombro, mientras tomaba asiento—. "Fiel querido muchacho, bien hecho. ¡Gracias, gracias!"

De nuevo entre las gradas de la navegación, entrando y saliendo, evitando los cables de cadena oxidados, los hawsers de cáñamo deshilachados y las boyas que se balanceaban, hundiéndose por el momento flotando cestas rotas, esparciendo astillas de madera flotantes y afeitándose, cortando escoria flotante de carbón, dentro y fuera, bajo el mascarón de proa del *Juan de Sunderland* que pronunciaba un discurso a los vientos (como hacen muchos Juanes), y la *Betsy de Yarmouth,* con una firme formalidad en el pecho y sus ojos nudosos que salían dos pulgadas de su cabeza; entrando y saliendo, martillos yendo en los astilleros de los constructores de barcos, sierras yendo a la madera, motores chocando yendo a cosas desconocidas, bombas yendo en barcos agujereados, cabrestantes yendo a la mar, y criaturas marinas ininteligibles rugiendo maldiciones sobre los baluartes a los encendedores demandados, Entraba y salía, por fin al río más claro, donde los muchachos de los barcos podían meter sus defensas, ya no pescando en aguas turbulentas con ellas por la borda, y donde las velas engalanadas podían volar al viento.

En las escaleras a las que lo habíamos llevado al extranjero, y desde entonces, había mirado con recelo en busca de cualquier señal de que se sospechaba de nosotros. No había visto ninguno. Ciertamente no habíamos estado, y en ese momento no fuimos atendidos ni seguidos por ningún barco. Si nos hubiera esperado algún bote, habría corrido a la orilla y la habría obligado a continuar, o a hacer evidente su propósito. Pero nos mantuvimos firmes sin ninguna apariencia de molestia.

Llevaba puesta su capa de barco y, como ya he dicho, parecía una parte natural de la escena. Era notable (pero tal vez la miserable vida que había llevado lo explicaba) que él fuera el menos ansioso de todos nosotros. No se mostró indiferente, pues me dijo que esperaba vivir para ver a su caballero como uno de los mejores caballeros de un país extranjero; no estaba dispuesto a ser pasivo o resignado, según yo lo entendía; Pero no tenía la noción de encontrarse con el peligro a mitad de camino. Cuando le sobrevino, se enfrentó a él, pero tenía que llegar antes de que él mismo se preocupara.

—Si supieras, querido muchacho —me dijo—, lo que es estar aquí sentado aquí más tiempo, mi querido muchacho, y fumar, después de haber estado día tras día entre cuatro paredes, me envidiarías. Pero no sabes lo que es".

—Creo que conozco las delicias de la libertad —respondí—.

—Ah —dijo él, meneando la cabeza con gravedad—. "Pero tú no lo sabes igual que yo. Debes haber estado bajo llave, querido muchacho, para saberlo igual que yo, pero yo no voy a estar bajo.

Se me ocurrió como incoherente que, por cualquier idea de dominio, él debería haber puesto en peligro su libertad, e incluso su vida. Pero reflexioné que tal vez la libertad sin peligro era demasiado, aparte de todos los hábitos de su existencia, para ser para él lo que sería para otro hombre. No estaba muy lejos, ya que dijo, después de fumar un poco:

"Verás, querido muchacho, cuando estaba allá, al otro lado del mundo, siempre estaba mirando hacia este lado; y me vino fatal estar allí, a pesar de que yo era cada vez más rico. Todo el mundo sabía que Magwitch, y Magwitch podía venir, y Magwitch podía irse, y nadie se preocuparía por él. No son tan fáciles con respecto a mí aquí, querido muchacho, no lo serían, al menos, si supieran dónde estoy.

—Si todo va bien —dije—, dentro de unas horas volverás a estar perfectamente libre y a salvo.

—Bueno —replicó él, respirando profundamente—, eso espero.

—¿Y eso cree?

Mojó la mano en el agua sobre la borda del bote y dijo, sonriendo con ese aire suavizado que no era nuevo para mí:

—Sí, supongo que así lo creo, querido muchacho. Nos desconcertaría ser más tranquilos y tranquilos de lo que somos en la actualidad. Pero... es un fluir tan suave y agradable a través del agua, p'raps, que me hace pensarlo... estaba pensando a través de mi humo en ese momento, que no podemos ver hasta el fondo de las próximas horas más de lo que podemos ver hasta el fondo de este río lo que atrapo. Y sin embargo, no podemos contener su marea más de lo que yo puedo contener esto. Y se me ha escapado de los dedos y se ha ido, ¿ves!", levantando su mano chorreante.

—De no ser por tu rostro, creo que estabas un poco abatido —dije—.

—¡Ni un poquito, querido muchacho! Viene de fluir tan silenciosamente, y de eso ondeando en la proa del bote haciendo una especie de melodía de domingo. A lo mejor soy un poco mayor.

Se metió la pipa en la boca con una expresión imperturbable y se sentó tan sereno y contento como si ya estuviéramos fuera de Inglaterra. Sin embargo, era tan sumiso a un consejo como si hubiera estado en constante terror; porque, cuando corrimos a tierra a buscar algunas botellas de cerveza en el bote, y él iba a salir, le insinué que creía que estaría más seguro donde estaba, y dijo: —¿Y tú, querido muchacho? —y volvió a sentarse en silencio—.

El aire se sentía frío en el río, pero era un día luminoso y el sol era muy alentador. La marea corría fuerte, me cuidé de no perderme nada de ella, y nuestra brazada constante nos llevó completamente bien. Poco a poco, a medida que bajaba la marea, perdíamos cada vez más los bosques y colinas más cercanos, y descendíamos más y más entre las orillas fangosas, pero la marea todavía nos acompañaba cuando estábamos frente a Gravesend. Como nuestra carga estaba envuelta en su capa, pasé a propósito a uno o dos botes de la Aduana flotante, y así salir para coger la corriente, al lado de dos barcos de emigrantes, y bajo la proa de un gran transporte con tropas en el castillo de proa que nos miraban. Y pronto la marea comenzó a aflojar, y los barcos que estaban anclados se balancearon, y pronto todos se habían balanceado, y los barcos que estaban aprovechando la nueva marea para subir al estanque comenzaron a apiñarse sobre nosotros en una flota, y nos mantuvimos bajo la orilla, tan lejos de la fuerza de la marea como pudimos. Manteniéndose cuidadosamente alejado de las aguas poco profundas y los bancos de lodo.

Nuestros remeros estaban tan frescos, a fuerza de haberla dejado llevar de vez en cuando con la marea durante uno o dos minutos, que un cuarto de hora de descanso resultó ser tan completo como quisieran. Desembarcamos entre unas piedras resbaladizas mientras comíamos y bebíamos lo que teníamos consigo, y mirábamos a nuestro alrededor. Era como mi propio país pantanoso, llano y monótono, y con un horizonte borroso; mientras el río sinuoso giraba y giraba, y las grandes boyas flotantes sobre él giraban y giraban, y todo lo demás parecía varado y quieto. Porque ahora el último de la flota de barcos estaba alrededor del último punto bajo al que nos habíamos dirigido; y la última barcaza verde, cargada de paja, con una vela marrón, la había seguido; y algunos mecheros de lastre, con la forma de la primera imitación tosca de un barco de un niño, yacían en el lodo; y un pequeño faro achaparrado sobre pilotes abiertos, estaba lisiado en el barro sobre zancos y muletas; Y estacas viscosas sobresalían del barro, y piedras viscosas sobresalían del barro, y puntos de referencia rojos y marcas de marea sobresalían del barro, y un viejo embarcadero y un viejo edificio sin techo se deslizaban en el barro, y todo a nuestro alrededor era estancamiento y lodo.

Empujamos de nuevo y nos dirigimos de la manera que pudimos. Ahora era un trabajo mucho más duro, pero Herbert y Startop perseveraron, y remaron y remaron y remaron hasta que se puso el sol. Para entonces, el río nos había levantado un poco, de modo que podíamos ver por encima de la orilla. Allí estaba el sol rojo, en el nivel bajo de la orilla, en una neblina púrpura, que se profundizaba rápidamente en negro; y allí estaba el solitario pantano llano; Y a lo lejos se alzaban las colinas, entre las cuales y nosotros no parecía haber vida, salvo aquí y allá, en primer plano, una gaviota melancólica.

Como la noche caía rápidamente, y como la luna, al estar más llena, no salía temprano, celebramos un pequeño consejo; Breve, porque era evidente que nuestro rumbo era detenernos en la primera taberna solitaria que pudiéramos encontrar. Así que volvieron a empuñar los remos y yo busqué cualquier cosa que se pareciera a una casa. Así que aguantamos, hablando poco, durante cuatro o cinco millas aburridas. Hacía mucho frío, y una carbonera que pasaba junto a nosotros, con su fuego de galera humeando y ardiendo, parecía una casa cómoda. La noche era tan oscura a esta hora como lo sería hasta la mañana; y la luz que teníamos, parecía provenir más del río que del cielo, ya que los remos en su inmersión golpeaban algunas estrellas reflejadas.

En este momento sombrío, evidentemente todos estábamos poseídos por la idea de que nos seguían. A medida que la marea subía, aleteaba pesadamente a intervalos irregulares contra la orilla; Y cada vez que llegaba un sonido así, uno u otro de nosotros estaba seguro de que se ponía en marcha y miraba en esa dirección. Aquí y allá, la corriente había desgastado la orilla hasta convertirse en un pequeño arroyo, y todos sospechábamos de esos lugares y los mirábamos con nerviosismo. A veces, "¿Qué era esa onda?", uno de nosotros decía en voz baja. U otro: "¿Es eso un barco allá?" Y después caíamos en un silencio sepulcral, y yo me sentaba impaciente a pensar con qué inusitado ruido hacían los remos en las paletas.

Al fin divisamos una luz y un techo, y poco después corrimos junto a una pequeña calzada hecha de piedras que habían sido recogidas con fuerza. Dejando el resto en el bote, bajé a tierra y descubrí que la luz estaba en la ventana de una taberna. Era un lugar bastante sucio, y me atrevo a decir que no desconocido para los aventureros contrabandistas; Pero había un buen fuego en la cocina, y había huevos y tocino para comer, y varios licores para beber. Además, había dos habitaciones con cama doble, «tal como eran», dijo el propietario. En la casa no había más compañía que el propietario, su esposa y una criatura masculina canosa, el «Jack» de la pequeña calzada, que estaba tan viscoso y manchado como si también hubiera estado en aguas bajas.

Con este ayudante, bajé de nuevo a la barca, y todos bajamos a tierra, y sacamos los remos, el timón, el gancho y todo lo demás, y la subimos para pasar la noche. Preparamos una muy buena comida junto al fuego de la cocina, y luego repartimos las habitaciones: Herbert y Startop ocuparían una; Yo y nosotros nos encargamos el uno al otro. Encontramos el aire tan cuidadosamente excluido de ambos, como si el aire fuera fatal para la vida; y había más ropa sucia y cajas de música debajo de las camas de lo que yo hubiera pensado que poseía la familia. Pero nos considerábamos acomodados, a pesar de todo, para un lugar más solitario que no hubiéramos podido encontrar.

Mientras nos consolábamos junto al fuego después de comer, el Jack, que estaba sentado en un rincón y que tenía puesto un par de zapatos hinchados, que había exhibido mientras comíamos nuestros huevos y tocino, como reliquias interesantes que había tomado unos días antes de los pies de un marinero ahogado arrastrado a tierra, me preguntó si habíamos visto una galera de cuatro remos subiendo con la marea. Cuando le dije que no, me dijo que ella debía de haber bajado en ese momento, y sin embargo, "también se fue de allí".

—Por una razón u otra —dijo el Jack—, deben de haberlo pensado mejor, y se han ido.

—¿Una galera de cuatro remos, dijiste? —dije yo—.

—Un cuatro —dijo el gato—, y dos niñeras.

—¿Han desembarcado aquí?

"Pusieron una jarra de piedra de dos galones para un poco de cerveza. Me habría gustado tomar yo mismo la cerveza —dijo el Jack—, o ponerle un poco de físico traqueteante.

—¿Por qué?

—Sé por qué —dijo el Jack—. Hablaba con voz fangosa, como si mucho barro le hubiera entrado en la garganta.

—Cree —dijo el posadero, un hombre débilmente meditativo y de ojos pálidos, que parecía confiar mucho en su Jack—, que cree que fueron, lo que no fueron.

—*Sé* lo que pienso —observó el Jack—.

—¿Crees que somos Custom, Jack? —dijo el posadero.

—Sí —dijo el Jack—.

—Entonces te equivocas, Jack.

"¡YO SOY!"

En el sentido infinito de su respuesta y en su ilimitada confianza en sus opiniones, el Jack se quitó uno de sus zapatos hinchados, lo miró, tiró algunas piedras en el suelo de la cocina y se lo volvió a poner. Lo hizo con el aire de un Jack que tenía tanta razón que podía permitirse hacer cualquier cosa.

—¿Y qué crees que han hecho con los botones, Jack? —preguntó el posadero, vacilando débilmente.

—¿Han terminado con los botones? —replicó la jota. "Los tiré por la borda. Los envolvió. Los sembró, para que salieran de una pequeña ensalada. ¡Terminado con sus botones!"

—No seas descarado, Jack —protestó el posadero de un modo melancólico y patético—.

—Un oficial de la Aduana sabe lo que tiene que hacer con sus botones —dijo el Jack, repitiendo la odiosa palabra con el mayor desprecio—, cuando se interponen entre él y su propia luz. Un cuatro o dos sentados no van colgando y revoloteando, subiendo con una marea y bajando con otra, y tanto con como contra otra, sin que haya Custom 'Us en el fondo de ella. Diciendo lo cual salió con desdén; y el ventero, no teniendo a quién responder, le pareció impracticable proseguir con el asunto.

Este diálogo nos inquietó a todos, y a mí me inquietó mucho. El viento lúgubre murmuraba alrededor de la casa, la marea aleteaba en la orilla y tuve la sensación de que estábamos enjaulados y amenazados. Una galera de cuatro remos que flotaba de una manera tan inusual que atraía esta atención era una circunstancia desagradable de la que no podía deshacerme. Cuando hube inducido a Provis a subir a la cama, salí con mis dos compañeros (Startop ya conocía el estado del caso) y celebré otro consejo. Si debíamos quedarnos en la casa hasta casi la hora del vapor, que sería alrededor de la una de la tarde, o si debíamos zarpar temprano por la mañana, era la cuestión que discutimos. En general, consideramos que lo mejor era permanecer donde estábamos, hasta una hora más o menos de la hora de llegada del vapor, y luego seguir su rastro y dejarse llevar fácilmente por la marea. Habiéndonos acomodado para hacer esto, regresamos a la casa y nos fuimos a la cama.

Me acosté con la mayor parte de mi ropa puesta y dormí bien durante unas horas. Cuando desperté, el viento se había levantado, y el letrero de la casa (el barco) crujía y golpeaba, con ruidos que me sobresaltaron. Levantándome suavemente, pues mi pupila dormía profundamente, miré por la ventana. Dominaba la calzada donde habíamos izado nuestro bote, y, cuando mis ojos se adaptaron a la luz de la luna nublada, vi a dos hombres que la miraban. Pasaron por debajo de la ventana, sin mirar nada más, y no bajaron al desembarcadero, que pude distinguir que estaba vacío, sino que atravesaron el pantano en dirección al Nore.

Mi primer impulso fue llamar a Herbert y mostrarle a los dos hombres que se marchaban. Pero reflexionando, antes de entrar en su habitación, que estaba en la parte trasera de la casa y contigua a la mía, que él y Startop habían tenido un día más duro que yo, y estaban fatigados, me abstuve. Al volver a mi ventana, pude ver a los dos hombres moviéndose sobre el pantano. A la luz de esto, sin embargo, pronto los perdí y, sintiendo mucho frío, me acosté a pensar en el asunto y volví a dormirme.

Nos levantamos temprano. Mientras caminábamos de un lado a otro, los cuatro juntos, antes del desayuno, consideré oportuno contar lo que había visto. Una vez más, nuestro equipo fue el menos ansioso del grupo. Era muy probable que los hombres pertenecieran a la Aduana, dijo en voz baja, y que no pensaran en nosotros. Traté de persuadirme de que era así, como, en efecto, podía serlo fácilmente. Sin embargo, propuse que él y yo nos alejáramos juntos hasta un punto lejano que pudiéramos ver, y que el bote nos llevara a bordo allí, o tan cerca como fuera posible, alrededor del mediodía. Considerándose esto una buena precaución, poco después del desayuno, él y yo nos pusimos en marcha, sin decir nada a la taberna.

Fumaba su pipa mientras avanzábamos, y a veces se detenía para darme una palmada en el hombro. Se habría supuesto que era yo quien estaba en peligro, no él, y que él me estaba tranquilizando. Hablábamos muy poco. A medida que nos acercábamos al punto, le rogué que permaneciera en un lugar protegido, mientras yo continuaba con el reconocimiento; porque era hacia allí donde los hombres habían pasado en la noche. Él obedeció, y yo seguí solo. No había ningún bote cerca de la punta, ni ningún bote cerca de él, ni había señales de que los hombres hubieran embarcado allí. Pero, lo cierto es que la marea estaba alta y podría haber algunas huellas bajo el agua.

Cuando se asomó a lo lejos desde su refugio, y vio que yo le hacía señas con el sombrero para que subiera, se reunió conmigo, y allí nos esperamos; A veces tumbados en la orilla, envueltos en nuestros abrigos, y a veces moviéndonos para calentarnos, hasta que veíamos que nuestro barco se acercaba. Subimos a bordo con facilidad y remamos hacia la pista del vapor. A esa hora no faltaban más que diez minutos para la una, y nos pusimos a buscar su humo.

Pero era la una y media cuando la vimos fumar, y poco después vimos detrás de ella el humo de otro vapor. Como venían a toda velocidad, preparamos las dos bolsas y aprovechamos la oportunidad para despedirnos de Herbert y Startop. Todos nos habíamos estrechado la mano cordialmente, y ni los ojos de Herbert ni los míos estaban del todo secos, cuando vi una galera de cuatro remos salir disparada de debajo de la orilla, un poco más adelante de nosotros, y remar por el mismo camino.

Un tramo de costa se había interpuesto aún entre nosotros y el humo del vapor, a causa de la curva y el viento del río; Pero ahora era visible, viniendo de frente. Llamé a Herbert y a Startop para que se mantuvieran a la vanguardia de la marea, para que ella pudiera vernos acostados por ella, y conjuré a Provis a que se quedara quieto, envuelto en su capa. Él respondió alegremente: "Confía en mí, querido muchacho", y se sentó como una estatua. Entretanto, la galera, que estaba muy bien manejada, nos había cruzado, nos dejó subir con ella y se puso a su lado. Dejando el espacio suficiente para el juego de los remos, ella se mantuvo a su lado, a la deriva cuando nosotros íbamos a la deriva y tirando una brazada o dos cuando tiramos. De los dos montantes, uno sostenía los cabos del timón y nos miraba atentamente, al igual que todos los remeros; el otro modelo estaba envuelto, al igual que Provis, y parecía encogerse y susurrar alguna instrucción al timonel mientras nos miraba. No se dijo una palabra en ninguno de los dos barcos.

Al cabo de unos minutos, Startop pudo averiguar qué vapor era el primero, y me dio la palabra «Hamburgo» en voz baja, mientras nos sentábamos cara a cara. Se acercaba a nosotros muy rápidamente, y el golpeteo de sus bufones se hacía cada vez más fuerte. Sentí como si su sombra estuviera absolutamente sobre nosotros, cuando la galera nos saludó. Le respondí.

—Allí tienes un transporte de vuelta —dijo el hombre que sostenía las líneas—. "Ese es el hombre, envuelto en la capa. Su nombre es Abel Magwitch, o Provis. Detengo a ese hombre y le pido que se rinda y que tú te ayudes.

En el mismo momento, sin dar ninguna dirección audible a su tripulación, corrió la galera fuera de nosotros. Habían dado un golpe de repente, habían metido los remos, habían corrido hacia nosotros y se aferraban a nuestra borda, antes de que nos diéramos cuenta de lo que estaban haciendo. Esto causó una gran confusión a bordo del vapor, y oí que nos llamaban, y oí la orden dada de detener los remos, y oí que se detenían, pero sentí que se abalanzaba sobre nosotros irresistiblemente. En el mismo momento, vi al timonel de la galera poner su mano en el hombro de su prisionero, y vi que ambos botes se balanceaban con la fuerza de la marea, y vi que todos los tripulantes a bordo del vapor corrían hacia adelante muy frenéticamente. Sin embargo, en el mismo momento, vi al prisionero levantarse, inclinarse sobre su captor y arrancar la capa del cuello del encogido modelo de la galera. Todavía en el mismo momento, vi que el rostro descubierto era el rostro del otro convicto de hace mucho tiempo. Sin embargo, en el mismo momento, vi que la cara se inclinaba hacia atrás con un terror blanco que nunca olvidaré, y escuché un gran grito a bordo del vapor, y un fuerte chapoteo en el agua, y sentí que el bote se hundía debajo de mí.

No fue más que por un instante que me pareció luchar con mil presas de molino y mil destellos de luz; Un instante después, me llevaron a bordo de la galera. Herbert estaba allí, y Startop estaba allí; Pero nuestro bote había desaparecido y los dos convictos se habían ido.

Con los gritos a bordo del vapor, y el furioso soplar de su vapor, y su marcha, y nuestra marcha, al principio no pude distinguir el cielo del agua o la orilla de la orilla; Pero la tripulación de la galera la enderezó con gran rapidez, y, tirando de ciertos golpes rápidos y fuertes, se echó sobre sus remos, todos los hombres mirando en silencio y ansiosamente el agua de popa. De pronto se vio en ella un objeto oscuro, que se dirigía hacia nosotros con la marea. Nadie habló, pero el timonel alzó la mano, y todo el agua retrocedió suavemente, y mantuvo el bote recto y firme frente a él. A medida que se acercaba, vi que era Magwitch, nadando, pero no nadando libremente. Lo subieron a bordo y al instante lo esposaron por las muñecas y los tobillos.

La galera se mantuvo firme, y se reanudó la silenciosa y ansiosa vigilancia del agua. Pero el vapor de Róterdam se acercó y, al parecer, sin comprender lo que había sucedido, se acercó a gran velocidad. En el momento en que lo llamaron y lo detuvieron, ambos vapores se estaban alejando de nosotros, y nosotros subíamos y bajábamos en una estela de agua turbulenta. La vigía se mantuvo, mucho después de que todo volviera a estar en calma y los dos vapores se hubieran ido; Pero todo el mundo sabía que ahora era inútil.

Al fin nos dimos por vencidos y nos dirigimos a la orilla hacia la taberna que acabábamos de abandonar, donde fuimos recibidos con no poca sorpresa. Allí pude encontrar algo de consuelo para Magwitch, que ya no era Provis, que había recibido una herida muy grave en el pecho y un corte profundo en la cabeza.

Me dijo que creía que se había metido debajo de la quilla del vapor y que había sido golpeado en la cabeza al levantarse. La herida en el pecho (que le dolía mucho la respiración) creyó haberla recibido contra el costado de la galera. Añadió que no pretendía decir lo que podría o no haberle hecho a Compeyson, pero que, en el momento en que puso la mano sobre su capa para identificarlo, ese villano se había levantado tambaleándose y retrocedido tambaleándose, y ambos habían ido por la borda juntos, cuando el súbito arrebatarlo (a Magwitch) de nuestro bote, y el empeño de su captor por mantenerlo en ella, nos había hecho zozobrar. Me dijo en un susurro que habían caído ferozmente abrazados el uno al otro, y que había habido una lucha bajo el agua, y que él se había desenganchado, se había lanzado y se había alejado nadando.

Nunca tuve ninguna razón para dudar de la exactitud de lo que me dijo. El oficial que dirigía la galera dio el mismo relato de que se habían ido por la borda.

Cuando le pedí permiso a este oficial para cambiar la ropa mojada del prisionero comprando cualquier ropa de repuesto que pudiera conseguir en la taberna, se lo hizo de buena gana, simplemente observando que debía hacerse cargo de todo lo que su prisionero tenía a su disposición. De modo que la libreta que había estado en mis manos pasó a manos del oficial. Además, me dio permiso para acompañar al prisionero a Londres; pero me negué a conceder esa gracia a mis dos amigos.

El gato del barco recibió instrucciones sobre el lugar donde se había hundido el ahogado, y se dedicó a buscar el cuerpo en los lugares donde era más probable que llegara a tierra. Su interés en su recuperación me pareció mucho mayor cuando escuchó que tenía puestas medias. Probablemente, se necesitaron alrededor de una docena de hombres ahogados para equiparlo por completo; Y esa puede haber sido la razón por la que las diferentes prendas de su vestimenta se encontraban en diversas etapas de decadencia.

Permanecimos en la taberna hasta que cambió la marea, y entonces el Magwitch fue llevado a la cocina y subido a bordo. Herbert y Startop debían llegar a Londres por tierra, tan pronto como pudieran. Tuvimos una triste despedida, y cuando ocupé mi lugar al lado de Magwitch, sentí que ese era mi lugar en adelante mientras él viviera.

Por ahora, mi repugnancia hacia él se había desvanecido; y en la criatura perseguida, herida y encadenada que sostenía mi mano entre las suyas, sólo vi a un hombre que había querido ser mi benefactor, y que se había sentido afectuoso, agradecido y generoso hacia mí con gran constancia a lo largo de una serie de años. Sólo veía en él a un hombre mucho mejor de lo que había sido para Joe.

Su respiración se volvió más difícil y dolorosa a medida que avanzaba la noche, y a menudo no podía reprimir un gemido. Traté de apoyarlo en el brazo que podía usar, en cualquier posición fácil; pero era espantoso pensar que no podía lamentar en el fondo que él estuviera gravemente herido, ya que era incuestionablemente mejor que muriera. No podía dudar de que aún vivían, suficientes personas capaces y dispuestas a identificarlo. No podía esperar que fuera tratado con indulgencia. Aquel que había sido presentado de la peor manera en su juicio, que desde entonces había salido de la cárcel y había sido juzgado de nuevo, que había regresado de la cárcel condenado a cadena perpetua y que había ocasionado la muerte del hombre que fue la causa de su arresto.

Al regresar hacia el sol poniente que habíamos dejado atrás el día anterior, y cuando el torrente de nuestras esperanzas parecía volverse, le dije lo triste que me sentía al pensar que él había vuelto a casa por mi bien.

—Querido muchacho —contestó—, estoy muy contento de aprovechar mi oportunidad. He visto a mi hijo, y puede ser un caballero sin mí.

No. Había pensado en eso, mientras estábamos allí uno al lado del otro. No. Aparte de mis propias inclinaciones, ahora comprendía la insinuación de Wemmick. Preví que, al ser condenado, sus posesiones serían confiscadas a la Corona.

-Mira, querido muchacho -dijo-, es mejor que no se sepa que un caballero me pertenece ahora. Solo ven a verme como si vinieras por casualidad a Wemmick. Siéntate donde pueda verte cuando me lo jure, por última de muchas veces, y no te pido más.

—Nunca me moveré de tu lado —dije—, cuando se me permita estar cerca de ti. ¡Quiera Dios, seré tan fiel a ti como tú lo has sido a mí!"

Sentí que su mano temblaba mientras sostenía la mía, y él apartó la cara mientras yacía en el fondo del bote, y escuché ese viejo sonido en su garganta, ahora suavizado, como todo el resto de él. Menos mal que había tocado este punto, porque puso en mi mente lo que de otro modo no habría pensado hasta demasiado tarde: que nunca tendría que saber cómo habían perecido sus esperanzas de enriquecerme.

CAPÍTULO LV.

Al día siguiente fue llevado al Tribunal de Policía, y habría sido juzgado de inmediato, pero era necesario llamar a un viejo oficial del barco-prisión del que había escapado para que dijera su identidad. Nadie lo dudaba; pero Compeyson, que había tenido la intención de deponerlo, se tambaleaba con las mareas, muerto, y sucedió que no había en ese momento ningún funcionario de prisiones en Londres que pudiera dar las pruebas requeridas. Había ido directamente a ver al señor Jaggers a su casa privada, a mi llegada durante la noche, para recabar su ayuda, y el señor Jaggers, en nombre del prisionero, no admitió nada. Era el único recurso; porque me dijo que el caso debía terminar en cinco minutos cuando el testigo estuviera allí, y que ningún poder en la tierra podría impedir que fuera contra nosotros.

Le comuniqué al señor Jaggers mi designio de mantenerlo en la ignorancia sobre el destino de su riqueza. El señor Jaggers se mostró quejumbroso y enfadado conmigo por haber «dejado que se me escapara de las manos», y dijo que debíamos conmemorarlo poco a poco, y tratar de conseguir algo de ello. Pero no me ocultó que, aunque podía haber muchos casos en los que no se exigiera el decomiso, no había circunstancias en este caso que lo convirtieran en uno de ellos. Lo entendí muy bien. Yo no estaba emparentado con el forajido, ni unido a él por ningún lazo reconocible; No había puesto su mano en ningún escrito o acuerdo a mi favor antes de su aprehensión, y hacerlo ahora sería ocioso. No tenía ningún derecho, y finalmente resolví, y siempre acaté la resolución, que mi corazón nunca se enfermaría con la tarea desesperada de tratar de establecer uno.

Parecía haber razones para suponer que el informante ahogado había esperado una recompensa de esta confiscación, y había obtenido algún conocimiento exacto de los asuntos de Magwitch. Cuando su cuerpo fue encontrado, a muchos kilómetros de la escena de su muerte, y tan horriblemente desfigurado que sólo era reconocible por el contenido de sus bolsillos, las notas seguían siendo legibles, dobladas en un estuche que llevaba. Entre ellos figuraban el nombre de una casa bancaria en Nueva Gales del Sur, donde había una suma de dinero, y la designación de ciertas tierras de considerable valor. Ambas fuentes de información estaban en una lista que Magwitch, mientras estaba en prisión, le dio al señor Jaggers, de las posesiones que suponía que yo debía heredar. Su ignorancia, pobre hombre, le servía al fin; nunca desconfió de que mi herencia estaba a salvo, con la ayuda del señor Jaggers.

Después de tres días de retraso, durante los cuales la fiscalía de la corona se puso a esperar la presentación del testigo desde el barco-prisión, el testigo llegó y completó el caso fácil. Se comprometió a llevar a cabo su juicio en las próximas sesiones, que se celebrarían en un mes.

Fue en esta época oscura de mi vida cuando Herbert regresó a casa una noche, bastante abatido, y dijo:

—Mi querido Händel, me temo que pronto tendré que dejarte.

Como su compañero me había preparado para eso, me sorprendió menos de lo que pensaba.

—Perderemos una buena oportunidad si pospongo ir a El Cairo, y mucho me temo que tendré que ir, Händel, cuando más me necesites.

"Herbert, siempre te necesitaré, porque siempre te amaré; pero mi necesidad no es mayor ahora que en otro momento".

"Estarás tan solo".

—No tengo tiempo para pensar en eso —dije—. Sabes que siempre estoy con él en la medida del tiempo que me permito, y que estaría con él todo el día, si pudiera. Y cuando me alejo de él, sabéis que mis pensamientos están con él".

La espantosa condición en que fue llevado fue tan espantosa para los dos, que no podríamos referirnos a ella con palabras más claras.

—Mi querido amigo —dijo Herbert—, que la perspectiva cercana de nuestra separación, porque está muy cerca, sea mi justificación para preocuparte por ti mismo. ¿Has pensado en tu futuro?

—No, porque he tenido miedo de pensar en un futuro.

"Pero la tuya no puede ser desestimada; de hecho, mi querido Händel, no hay que descartarlo. Me gustaría que entraras en ella ahora, en lo que respecta a unas pocas palabras amistosas, conmigo.

—Lo haré —dije—.

—En esta sucursal nuestra, Händel, debemos tener un...

Vi que su delicadeza evitaba la palabra correcta, así que dije: "Un oficinista".

- Un oficinista. Y espero que no sea en absoluto improbable que se expanda (como se ha expandido un empleado conocido suyo) hasta convertirse en socio. Y ahora, Händel, en resumen, mi querido muchacho, ¿quieres venir a verme?

Había algo encantadoramente cordial y atractivo en la manera en que, después de decir «Ahora, Händel», como si se tratara del grave comienzo de un portentoso exordio comercial, había abandonado de repente ese tono, había extendido su mano honesta y había hablado como un colegial.

—Clara y yo hemos hablado de ello una y otra vez —prosiguió Herbert—, y la querida muchachita me ha rogado esta noche, con lágrimas en los ojos, que te diga que, si vas a vivir con nosotros cuando nos reunamos, hará todo lo posible por hacerte feliz y por convencer al amigo de su marido de que él también es su amigo. ¡Deberíamos llevarnos tan bien, Händel!

Le di las gracias de todo corazón, y le di las gracias de todo corazón, pero le dije que aún no podía asegurarme de unirme a él como tan amablemente me ofreció. En primer lugar, mi mente estaba demasiado preocupada para poder asimilar el tema con claridad. En segundo lugar... ¡Sí! En segundo lugar, había algo vago que persistía en mis pensamientos y que saldrá a la luz muy cerca del final de esta ligera narración.

—Pero si creyera, Herbert, que podría, sin perjudicar su negocio, dejar la cuestión abierta por un momento...

—Por un tiempo —exclamó Herbert—. "¡Seis meses, un año!"

—No tanto como eso —dije yo—. Dos o tres meses a lo sumo.

Herbert se alegró mucho cuando nos dimos la mano por este acuerdo, y dijo que ahora podía armarse de valor para decirme que creía que debía irse al final de la semana.

—¿Y Clara? —pregunté.

—La querida cosita —replicó Herbert— se aferra obedientemente a su padre mientras le dure; Pero no durará mucho. La señora Whimple me confía que sin duda irá.

—Por no decir una cosa insensible —dije—, no puede hacer nada mejor que irse.

—Me temo que hay que admitirlo —dijo Herbert—; "Y entonces volveré por la querida cosita, y la querida cosita, y entraré tranquilamente en la iglesia más cercana. ¡Recordar! La bendita querida no proviene de ninguna familia, mi querido Händel, y nunca miró en el libro rojo, y no tiene ni idea de su abuelo. ¡Qué fortuna para el hijo de mi madre!

El sábado de esa misma semana, me despedí de Herbert, lleno de brillante esperanza, pero triste y apesadumbrado de dejarme, mientras él estaba sentado en uno de los vagones de correo del puerto. Entré en un café para escribir una pequeña nota a Clara, diciéndole que se había ido, enviándole su amor una y otra vez, y luego se había ido a mi casa solitaria, si merecía ese nombre; porque ahora no era mi hogar, y yo no tenía hogar en ninguna parte.

En la escalera me encontré con Wemmick, que bajaba después de una aplicación infructuosa de sus nudillos a mi puerta. No lo había visto solo desde el desastroso resultado de la tentativa de huida; Y había venido, a título personal y privado, a decir algunas palabras de explicación en referencia a ese fracaso.

—El difunto Compeyson —dijo Wemmick— había llegado poco a poco a la mitad de los negocios regulares que ahora se tramitaban; y fue por la plática de algunos de su pueblo en problemas (algunos de su pueblo siempre estaban en problemas) que escuché lo que hice. Mantuve los oídos abiertos, pareciendo tenerlos cerrados, hasta que escuché que él estaba ausente, y pensé que ese sería el mejor momento para hacer el intento. Sólo puedo suponer ahora que era parte de su política, como hombre muy astuto, engañar habitualmente a sus propios instrumentos. Espero que no me culpe, señor Pip. Estoy seguro de que traté de servirte con todo mi corazón".

—Estoy tan seguro de ello, Wemmick, como usted puede estarlo, y le agradezco sinceramente todo su interés y amistad.

"Gracias, muchas gracias. Es un mal trabajo -dijo Wemmick, rascándose la cabeza-, y le aseguro que hace mucho tiempo que no estoy tan destrozado. Lo que veo es el sacrificio de tanta propiedad portátil. ¡Querida mía!"

—*Lo que yo* pienso, Wemmick, es el pobre dueño de la propiedad.

—Sí, sin duda —dijo Wemmick—. Por supuesto, no puede haber ninguna objeción a que sientas lástima por él, y yo mismo pondría un billete de cinco libras para sacarlo de allí. Pero lo que miro es esto. Habiendo estado el difunto Compeyson con él de antemano en la noticia de su regreso, y estando tan decidido a llevarlo ante la justicia, no creo que hubiera podido salvarse. Mientras que, la propiedad portátil ciertamente podría haberse salvado. Esa es la diferencia entre la propiedad y el dueño, ¿no lo ves?

Invité a Wemmick a subir las escaleras y refrescarse con un vaso de grog antes de caminar hacia Walworth. Aceptó la invitación. Mientras bebía su moderada ración, dijo, sin nada que lo precediera, y después de haber parecido bastante inquieto:

—¿Qué piensa de mi intención de tomarme unas vacaciones el lunes, señor Pip?

—Vaya, supongo que no has hecho tal cosa en estos doce meses.

—Estos doce años, lo más probable —dijo Wemmick—. "Sí. Me voy a tomar unas vacaciones. Más que eso; Voy a dar un paseo. Más que eso; Voy a pedirte que me acompañes a dar un paseo".

Estaba a punto de excusarme, como si no fuera más que un mal compañero en ese momento, cuando Wemmick se me anticipó.

—Conozco sus compromisos —dijo—, y sé que está usted fuera de sí, señor Pip. Pero si *pudieras* complacerme, lo tomaría como una amabilidad. No es una caminata larga, y es temprana. Digamos que puede que te ocupe (incluido el desayuno en el paseo) de ocho a doce. ¿No podrías estirar un punto y lograrlo?"

Había hecho tanto por mí en varias ocasiones, que era muy poco lo que podía hacer por él. Le dije que podía hacerlo, que lo lograría, y él estaba tan complacido por mi aquiescencia, que yo también estaba complacido. A petición suya particular, quedé en visitarlo en el castillo a las ocho y media de la mañana del lunes, y así nos separamos por el tiempo.

Puntual a mi cita, llamé a la puerta del castillo el lunes por la mañana, y fui recibido por el propio Wemmick, que me pareció más ajustado que de costumbre y con un sombrero más elegante. En el interior, había dos vasos de ron y leche preparados, y dos galletas. El anciano debió de estar revuelto por la alondra, porque, al echar una ojeada a la perspectiva de su dormitorio, observé que su cama estaba vacía.

Cuando nos hubimos fortalecido con el ron, la leche y las galletas, y salimos a dar el paseo con esa preparación de entrenamiento encima, me sorprendió considerablemente ver a Wemmick tomar una caña de pescar y ponérsela al hombro. -¡Vaya, no vamos a pescar! -dije yo. -No -replicó Wemmick-, pero me gusta pasear con uno.

A mí me pareció extraño; sin embargo, no dije nada y nos pusimos en marcha. Nos dirigimos hacia Camberwell Green, y cuando estábamos cerca, Wemmick dijo de repente:

"¡Hola! ¡Aquí hay una iglesia!"

No había nada muy sorprendente en eso; pero, de nuevo, me quedé bastante sorprendido cuando dijo, como si estuviera animado por una idea brillante:

"¡Entremos!"

Entramos, Wemmick dejó su caña de pescar en el porche y miramos a nuestro alrededor. Mientras tanto, Wemmick hurgaba en los bolsillos de su abrigo y sacaba allí algo del papel.

-¡Hola! -exclamó-. "¡Aquí hay un par de pares de guantes! ¡Vamos a ponérnoslos!"

Como los guantes eran guantes blancos de cabritilla y como la oficina de correos se había ensanchado hasta su máxima extensión, empecé a tener mis fuertes sospechas. Se fortalecieron en certeza cuando vi a los ancianos entrar por una puerta lateral, escoltando a una dama.

—¡Hola! —exclamó Wemmick—. "¡Aquí está la señorita Skiffins! Vamos a tener una boda".

Aquella discreta doncella iba vestida como de costumbre, con la diferencia de que ahora se dedicaba a sustituir sus guantes verdes de cabritilla por unos blancos. El anciano también estaba ocupado en preparar un sacrificio similar para el altar de Himen. El anciano caballero, sin embargo, experimentó tantas dificultades para ponerse los guantes, que Wemmick se vio en la necesidad de ponerlo de espaldas a una columna, y luego ponerse detrás de la columna y alejarse de ellas, mientras yo, por mi parte, sujetaba al anciano caballero por la cintura, para que pudiera presentar una resistencia igual y segura. A fuerza de este ingenioso plan, sus guantes se pusieron a la perfección.

Al aparecer entonces el escribano y el clérigo, nos colocaron en orden en aquellas barandillas fatales. Fiel a su idea de que parecía hacerlo todo sin preparación, oí a Wemmick decirse a sí mismo, mientras sacaba algo del bolsillo de su chaleco antes de que comenzara el servicio: «¡Hola! ¡Aquí hay un anillo!"

Actué en calidad de padrino o padrino del novio, mientras que un pequeño abridor de banco flácido con un sombrero suave como el de un bebé, fingía ser el amigo íntimo de la señorita Skiffins. La responsabilidad de delatar a la dama recayó en el anciano, lo que llevó a que el clérigo se escandalizara involuntariamente, y así sucedió. Cuando él dijo: «¿Quién da a esta mujer para que se case con este hombre?», el anciano caballero, que no sabía en lo más mínimo a qué punto de la ceremonia habíamos llegado, se quedó de pie muy amablemente radiante ante los diez mandamientos. A lo que el clérigo volvió a decir: "¿Quién da a esta mujer para que se case con este hombre?" Estando el anciano caballero todavía en un estado de inconsciencia estimable, el novio exclamó con su voz acostumbrada: -Ahora bien, P. anciano, ya lo sabes; ¿Quién da?" A lo que el anciano respondió con gran brío, antes de decir que él daba: "¡Está bien, John, está bien, mi hijo!" Y el clérigo se detuvo de tal manera sombría, que por el momento tuve dudas de si nos casaríamos por completo ese día.

Sin embargo, todo estaba completamente hecho, y cuando salíamos de la iglesia, Wemmick quitó la cubierta de la pila bautismal, metió en ella sus guantes blancos y volvió a ponerse la cubierta. La señora Wemmick, más atenta al futuro, se metió los guantes blancos en el bolsillo y asumió su verde. —*Ahora*, señor Pip —dijo Wemmick, echando triunfalmente al hombro la caña de pescar mientras salíamos—, permítame preguntarle si alguien supondría que esto es una fiesta de bodas.

El desayuno se había pedido en una pequeña taberna agradable, a una milla más o menos de distancia, en el terreno que se elevaba más allá del verde; Y había una tabla de bagatela en la habitación, por si quisiéramos desdoblar nuestras mentes después de la solemnidad. Era agradable observar que la señora Wemmick ya no desenrollaba el brazo de Wemmick cuando éste se adaptaba a su figura, sino que se sentaba en una silla de respaldo alto contra la pared, como un violonchelo en su estuche, y se sometía a ser abrazada como lo habría hecho ese melodioso instrumento.

Tomamos un desayuno excelente, y cuando alguien rechazó algo en la mesa, Wemmick dijo: "Proporcionado por contrato, ya sabes; ¡No le tengas miedo!" Bebí para la nueva pareja, bebí para los ancianos, bebí para el castillo, saludé a la novia al despedirme y me hice tan agradable como pude.

Wemmick bajó a la puerta conmigo, y volví a estrecharle la mano y le deseé alegría.

—¡Gracias! —dijo Wemmick, frotándose las manos—. "Es una administradora de aves de corral, no tienes idea. Tendrás algunos huevos, y juzgarás por ti mismo. ¡Digo, señor Pip!", llamándome y hablando en voz baja. "Esto es un sentimiento de Walworth, por favor".

"Lo entiendo. No hay que mencionarlo en la Pequeña Bretaña -dije-.

Wemmick asintió. - Después de lo que dijiste el otro día, es como si el señor Jaggers no lo supiera. Podría pensar que mi cerebro se estaba ablandando, o algo por el estilo.

CAPÍTULO LVI.

Permaneció en la cárcel muy enfermo durante todo el intervalo que transcurrió entre su comparecencia para el juicio y la próxima ronda de las sesiones. Se había roto dos costillas, le habían herido uno de los pulmones y respiraba con gran dolor y dificultad, que aumentaba día a día. Era una consecuencia de su dolor que hablaba tan bajo que apenas se le oía; por lo tanto, hablaba muy poco. Pero siempre estaba dispuesto a escucharme; y se convirtió en el primer deber de mi vida decirle y leerle lo que sabía que debía oír.

Estando demasiado enfermo para permanecer en la prisión común, fue trasladado, después del primer día más o menos, a la enfermería. Esto me dio oportunidades de estar con él que de otra manera no podría haber tenido. Y de no haber sido por su enfermedad, lo habrían puesto en grilletes, porque se le consideraba un decidido violador de prisiones, y no sé qué más.

Aunque lo veía todos los días, era por poco tiempo; Por lo tanto, los espacios que se repetían regularmente en nuestra separación eran lo suficientemente largos como para registrar en su rostro cualquier ligero cambio que ocurriera en su estado físico. No recuerdo haber visto alguna vez en ella algún cambio para mejor; Se consumió, y poco a poco se fue debilitando y empeorando, día tras día, desde el día en que la puerta de la prisión se cerró tras él.

El tipo de sumisión o resignación que mostraba era el de un hombre que estaba agotado. A veces tenía la impresión, por sus modales o por una o dos palabras susurradas que se le escapaban, de que reflexionaba sobre la cuestión de si podría haber sido un hombre mejor en mejores circunstancias. Pero nunca se justificó con una insinuación que tendiera en ese sentido, ni trató de torcer el pasado para sacarlo de su forma eterna.

Sucedió en dos o tres ocasiones, en mi presencia, que una u otra de las personas que lo atendían aludieron a su desesperada reputación. Una sonrisa cruzó entonces su rostro, y volvió sus ojos hacia mí con una mirada confiada, como si estuviera seguro de que yo había visto algún pequeño toque redentor en él, incluso hace tanto tiempo como cuando era un niño. En cuanto a todo lo demás, era humilde y contrito, y nunca le vi quejarse.

Cuando llegaron las sesiones, el Sr. Jaggers hizo que se presentara una solicitud para el aplazamiento de su juicio hasta las siguientes sesiones. Obviamente se hizo con la seguridad de que no podría vivir tanto tiempo, y fue rechazada. El juicio se inició de inmediato, y cuando lo llevaron a la barra, lo sentaron en una silla. No se puso ninguna objeción a que me acercara al muelle, por fuera de él, y tomara la mano que él me tendía.

El juicio fue muy corto y muy claro. Se dijeron las cosas que se podían decir de él: cómo había adoptado hábitos industriosos y había prosperado legal y respetablemente. Pero nada podía desmentir el hecho de que había regresado y estaba allí en presencia del Juez y del Jurado. Era imposible juzgarlo por eso, y hacer otra cosa que declararlo culpable.

En aquella época, era costumbre (como aprendí de mi terrible experiencia de aquellas sesiones) dedicar un día final a la aprobación de las sentencias, y hacer un efecto final con la sentencia de muerte. De no ser por la imagen indeleble que mi recuerdo tiene ahora ante mí, apenas podría creer, incluso mientras escribo estas palabras, que vi a treinta y dos hombres y mujeres presentados ante el Juez para recibir esa sentencia juntos. El primero de los treinta y dos era él; sentado, para que pudiera respirar lo suficiente como para mantener la vida en él.

Toda la escena comienza de nuevo en los vivos colores del momento, hasta las gotas de la lluvia de abril en las ventanas del patio, brillando con los rayos del sol de abril. Acorralados en el banquillo de los acusados, mientras yo estaba de nuevo fuera de él en la esquina con su mano en la mía, estaban los treinta y dos hombres y mujeres; Algunos desafiantes, otros aterrorizados, algunos sollozando y llorando, algunos cubriendo sus rostros, algunos mirando sombríamente a su alrededor. Se habían oído gritos entre las reclusas; Pero se habían acallado, y se había producido un silencio. Los alguaciles con sus grandes cadenas y sus narices, otros vagabundos y monstruos, pregoneros, ujieres, una gran galería llena de gente, un numeroso público teatral, observaban solemnemente cómo los treinta y dos y el juez se enfrentaban solemnemente. Entonces el Juez se dirigió a ellos. Entre las desdichadas criaturas que tenía ante sí, a las que debía señalar para que se dirigieran especialmente, había una que casi desde su infancia había sido un delincuente contra las leyes; quienes, después de repetidos encarcelamientos y castigos, habían sido finalmente condenados al destierro por un período de años; y que, en circunstancias de gran violencia y audacia, había logrado escapar y había sido condenado de nuevo al exilio de por vida. Por un tiempo, parecería que ese hombre miserable se había convencido de sus errores, cuando estaba lejos de los escenarios de sus antiguas ofensas, y que había vivido una vida pacífica y honesta. Pero en un momento fatal, cediendo a aquellas propensiones y pasiones, cuya indulgencia lo había convertido durante tanto tiempo en un azote para la sociedad, había abandonado su refugio de descanso y arrepentimiento, y había regresado al país donde estaba proscrito. Al ser denunciado en este punto, había logrado durante un tiempo eludir a los oficiales de justicia, pero al fin fue apresado en el acto de huir, se había resistido a ellos, y había causado la muerte de su denunciante, a quien se conocía toda su carrera. El castigo señalado para su regreso a la tierra que lo había expulsado, siendo la muerte, y siendo su caso este caso agravado, debe prepararse para morir.

El sol entraba por las grandes ventanas del patio, a través de las brillantes gotas de lluvia sobre los cristales, y formaba un amplio haz de luz entre las dos y media y el Juez, uniendo a ambos, y tal vez recordando a algunos de los presentes cómo ambos pasaban, con absoluta igualdad, al Juicio mayor que conoce todas las cosas. y no puede equivocarse. Levantándose por un momento, con una mota distintiva en su rostro en este camino de luz, el prisionero dijo: "Mi Señor, he recibido mi sentencia de muerte del Todopoderoso, pero me inclino ante la tuya", y se sentó de nuevo. Hubo un poco de silencio, y el juez continuó con lo que tenía que decir a los demás. Entonces todos fueron formalmente condenados, y algunos de ellos fueron apoyados, y algunos de ellos salieron con una mirada demacrada de valentía, y unos pocos asintieron a la galería, y dos o tres se dieron la mano, y otros salieron a masticar los fragmentos de hierba que habían tomado de las hierbas dulces que yacían por ahí. Fue el último de todos, porque tuvo que ser ayudado a levantarse de su silla, y a ir muy despacio; Y me tomó de la mano mientras se retiraban todas las demás, y mientras el público se levantaba (arreglándose los vestidos, como lo harían en la iglesia o en cualquier otro lugar), y señalaba a este criminal o a aquel, y sobre todo a él y a mí.

Esperé fervientemente y oré para que muriera antes de que se hiciera el Informe del Registrador; pero, en el temor de que se demorara, esa noche comencé a escribir una petición al Ministro del Interior de Estado, exponiendo lo que sabía de él y cómo era que había regresado por mi bien. Lo escribí tan ferviente y patéticamente como pude; y cuando lo terminé y lo envié, escribí otras peticiones a los hombres de autoridad que esperaba que fueran los más misericordiosos, y redacté una para la Corona misma. Durante varios días y noches después de que fue sentenciado, no descansé más que cuando me quedé dormido en mi silla, pero estaba completamente absorto en estas apelaciones. Y después de haberlos enviado, no pude alejarme de los lugares donde estaban, sino que sentí como si estuvieran más esperanzados y menos desesperados cuando yo estaba cerca de ellos. En esta inquietud irracional y dolor de la mente, vagaba por las calles de una noche, deambulando por las oficinas y casas donde había dejado las peticiones. Hasta el día de hoy, las cansadas calles del oeste de Londres en una fría y polvorienta noche de primavera, con sus filas de mansiones severas y cerradas, y sus largas filas de lámparas, me resultan melancólicas por esta asociación.

Las visitas diarias que podía hacerle se acortaron y se le mantuvo más estricto. Al ver, o imaginar, que se sospechaba que yo tenía la intención de llevarle veneno, pedí que me registraran antes de sentarme junto a su cama, y le dije al oficial que siempre estaba allí, que estaba dispuesto a hacer cualquier cosa que le asegurara la unicidad de mis designios. Nadie fue duro con él ni conmigo. Había que cumplir con el deber, y se hizo, pero no con dureza. El oficial siempre me aseguraba que estaba peor, y algunos otros prisioneros enfermos en la habitación, y algunos otros prisioneros que los atendían como enfermeras enfermas, (malhechores, pero no incapaces de bondad, ¡gracias a Dios!) siempre se unían en el mismo informe.

A medida que pasaban los días, me daba cuenta cada vez más de que se acostaba plácidamente mirando el techo blanco, con una ausencia de luz en su rostro hasta que alguna palabra mía lo iluminaba por un instante, y luego volvía a apagarse. A veces era casi incapaz de hablar, entonces me respondía con ligeras presiones en mi mano, y llegué a comprender muy bien lo que quería decir.

El número de los días había aumentado a diez, cuando vi en él un cambio mayor del que había visto hasta entonces. Sus ojos se volvieron hacia la puerta y se iluminaron cuando entré.

—Querido muchacho —me dijo, mientras me sentaba junto a su cama—, pensé que llegabas tarde. Pero sabía que no podías ser eso.

—Es justo el momento —dije—. Lo esperé en la puerta.

"Siempre esperas en la puerta; ¿No es así, querido muchacho?

"Sí. Para no perder ni un momento del tiempo".

"Gracias, querido chico, gracias. ¡Que dios te bendiga! Nunca me has abandonado, querido muchacho.

Le estreché la mano en silencio, porque no podía olvidar que una vez había tenido la intención de abandonarlo.

—Y lo mejor de todo —dijo—, es que te has sentido más cómodo conmigo desde que estaba bajo una nube oscura que cuando brillaba el sol. Eso es lo mejor de todo".

Estaba acostado boca arriba, respirando con gran dificultad. Hiciera lo que hiciera, y aunque me amara, la luz abandonaba su rostro una y otra vez, y una película cubría la plácida mirada del techo blanco.

—¿Te duele mucho hoy?

—No me quejo de ninguno, querido muchacho.

"Nunca te quejas".

Había pronunciado sus últimas palabras. Sonrió, y comprendí que su tacto significaba que deseaba levantar mi mano y ponerla sobre su pecho. Lo dejé allí, y él volvió a sonreír y puso ambas manos sobre él.

El tiempo asignado se agotó, mientras estábamos así; pero, al mirar a mi alrededor, encontré al director de la prisión de pie cerca de mí, y susurró: "No es necesario que te vayas todavía". Le di las gracias con gratitud y le pregunté: "¿Podría hablarle, si puede oírme?"

El gobernador se hizo a un lado y le hizo señas al oficial para que se alejara. El cambio, aunque se hizo sin ruido, apartó la película de la plácida mirada al techo blanco, y él me miró con el mayor afecto.

—Querida Magwitch, por fin tengo que decírtelo. ¿Entiendes lo que te digo?

Una suave presión en mi mano.

"Una vez tuviste un hijo, al que amaste y perdiste".

Una presión más fuerte en mi mano.

"Ella vivió y encontró amigos poderosos. Ella está viva ahora. Es una dama y muy guapa. ¡Y la amo!"

Con un último y débil esfuerzo, que habría sido inútil de no ser porque yo cedió a él y lo ayudé, me llevó la mano a los labios. Luego, lo dejó hundirse suavemente sobre su pecho de nuevo, con sus propias manos apoyadas en él. La plácida mirada al techo blanco regresó, y desapareció, y su cabeza cayó silenciosamente sobre su pecho.

Consciente, pues, de lo que habíamos leído juntos, pensé en los dos hombres que subieron al Templo a orar, y supe que no había mejores palabras que pudiera decir junto a su cama, que "¡Oh Señor, ten misericordia de aquel pecador!"

CAPÍTULO LVII.

Ahora que estaba completamente abandonado a mí mismo, di aviso de mi intención de abandonar las cámaras del Templo tan pronto como mi arrendamiento pudiera determinarlo legalmente, y mientras tanto arrendarlas. Al instante puse billetes en las ventanas; porque yo estaba endeudado y apenas tenía dinero, y comencé a alarmarme seriamente por el estado de mis asuntos. Más bien debería escribir que me habría alarmado si hubiera tenido la energía y la concentración suficientes para ayudarme a tener una percepción clara de cualquier verdad más allá del hecho de que estaba cayendo muy enfermo. La tensión tardía sobre mí me había permitido posponer la enfermedad, pero no alejarla; Sabía que ahora se me venía encima, y sabía muy poco más, e incluso era descuidado en cuanto a eso.

Durante uno o dos días, me tumbé en el sofá o en el suelo, en cualquier lugar, según me hundiera, con la cabeza pesada y los miembros doloridos, sin propósito ni fuerza. Entonces llegó una noche que parecía de gran duración, y que rebosaba de ansiedad y horror; y cuando por la mañana traté de sentarme en mi cama y pensar en ello, descubrí que no podía hacerlo.

Si realmente había estado en Garden Court en la oscuridad de la noche, buscando a tientas el bote que suponía que estaba allí; si dos o tres veces había vuelto en mí en la escalera con gran terror, sin saber cómo me había levantado de la cama; si me había encontrado encendiendo la lámpara, poseído por la idea de que él subía las escaleras y que las luces estaban apagadas; si me había acosado indeciblemente la conversación, la risa y los gemidos distraídos de alguien, y había sospechado a medias que esos sonidos eran de mi propia creación; si había habido un horno de hierro cerrado en un rincón oscuro de la habitación, y una voz había gritado, una y otra vez, que la señorita Havisham estaba consumiendo dentro de él, eran cosas que traté de arreglar conmigo mismo y poner en cierto orden, mientras yacía esa mañana en mi cama. Pero el vapor de un horno de cal se interponía entre ellos y yo, desordenándolos a todos, y fue por fin a través del vapor cuando vi a dos hombres que me miraban.

—¿Qué quieres? —pregunté, sobresaltándome; —No te conozco.

—Bien, señor —replicó uno de ellos, inclinándose y tocándome el hombro—, este es un asunto que usted arreglará pronto, me atrevo a decir, pero está arrestado.

—¿Cuál es la deuda?

—Ciento veintitrés libras, quince, seis. Relato de joyero, creo.

—¿Qué hacer?

—Será mejor que vengas a mi casa —dijo el hombre—, tengo una casa muy bonita.

Hice algún intento de levantarme y vestirme. La siguiente vez que los atendí, estaban un poco alejados de la cama, mirándome. Todavía yacía allí.

-Ya ves mi estado -dije yo-. Yo iría contigo si pudiera; pero, en realidad, soy completamente incapaz. Si me llevas de aquí, creo que moriré por el camino.

Tal vez ellos respondieron, o argumentaron el punto, o trataron de animarme a creer que yo era mejor de lo que pensaba. Puesto que sólo penden en mi memoria de este delgado hilo, no sé lo que hicieron, excepto que se abstuvieron de quitarme.

Que tenía fiebre y me evitaban, que sufría mucho, que a menudo perdía la razón, que el tiempo parecía interminable, que confundía existencias imposibles con mi propia identidad; que yo era un ladrillo en la pared de la casa, y sin embargo suplicaba que se me liberara del lugar vertiginoso donde me habían puesto los constructores; que yo era una viga de acero de una gran máquina, que chocaba y giraba sobre un abismo, y que, sin embargo, imploraba en mi propia persona que se detuviera la máquina y se me quitara mi parte en ella; Que pasé por estas fases de la enfermedad, lo sé por mi propia memoria, y de alguna manera lo supe en ese momento. Que a veces luchaba con personas reales, en la creencia de que eran asesinos, y que comprendía de repente que tenían la intención de hacerme bien, y luego se hundiría exhausto en sus brazos, y permitiría que me dejaran acostar, también lo supe en ese momento. Pero, sobre todo, sabía que había una tendencia constante en todas estas personas, que, cuando yo estaba muy enfermo, presentaban toda clase de transformaciones extraordinarias del rostro humano, y eran muy dilatadas en tamaño, sobre todo, digo, sabía que había una tendencia extraordinaria en todas estas personas, tarde o temprano, para establecerse en la semejanza de Joe.

Después de haber pasado el peor punto de mi enfermedad, comencé a notar que, si bien todas sus otras características cambiaban, esta característica constante no cambiaba. Quienquiera que se acercara a mí, todavía se asentó en Joe. Abrí los ojos en la noche y vi, en el gran sillón junto a la cama, a Joe. Abrí los ojos durante el día y, sentado en el asiento de la ventana, fumando su pipa en la ventana abierta a la sombra, todavía vi a Joe. Pedí una bebida refrescante, y la querida mano que me la dio era la de Joe. Me dejé caer en la almohada después de beber, y el rostro que me miraba con tanta esperanza y ternura era el rostro de Joe.

Por fin, un día, me armé de valor y dije: "¿*Es* Joe?"

Y la querida y vieja voz del hogar respondió: "Lo que se airea, viejo amigo".

"¡Oh, Joe, me rompes el corazón! Mírame enojado, Joe. Golpéame, Joe. Háblame de mi ingratitud. ¡No seas tan bueno conmigo!"

De hecho, Joe había recostado la cabeza en la almohada que tenía a mi lado y me había rodeado el cuello con el brazo, contento de que yo lo conociera.

—Que, querido Pip, viejo —dijo Joe—, tú y yo hemos sido amigos alguna vez. Y cuando estés lo suficientemente bien como para salir a dar un paseo, ¡qué alondras!

Después de lo cual, Joe se retiró a la ventana y se quedó de espaldas a mí, secándose los ojos. Y como mi extrema debilidad me impedía levantarme e ir hacia él, me quedé allí tendido, susurrando penitentemente: "¡Oh Dios, bendícelo! ¡Oh Dios, bendiga a este gentil hombre cristiano!"

Los ojos de Joe estaban rojos la siguiente vez que lo encontré a mi lado; pero yo estaba sosteniendo su mano, y ambos nos sentimos felices.

—¿Hasta cuándo, querido Joe?

—¿Cuánto tiempo ha durado tu enfermedad, querido viejo?

—Sí, Joe.

—Estamos a finales de mayo, Pip. Mañana es primero de junio.

—¿Y has estado aquí todo ese tiempo, querido Joe?

—Muy cerca, viejo. Porque, como le dije a Biddy, cuando la noticia de que estabas enfermo te llegó por carta, que fue traída por correo, y siendo antes soltero, ahora está casado, aunque mal pagado por mucho tiempo de paseo y de calzado, pero la riqueza no era un objeto de su parte, y el matrimonio era el gran deseo de su corazón...

"¡Es tan encantador escucharte, Joe! Pero te interrumpo en lo que le dijiste a Biddy.

—Lo cual sería —dijo Joe—, que cómo podrías estar tú entre extraños, y cómo tú y yo hemos sido siempre amigos, un sabio en un momento así no resulte inaceptable. Y Biddy, su palabra fue: 'Ve a él, sin pérdida de tiempo'. Ésa —dijo Joe, resumiendo con su aire judicial— eran las palabras de Biddy. Ve a verlo -dijo Biddy- sin pérdida de tiempo. En resumen, no le engañaría mucho -añadió Joe, después de una breve reflexión grave- si le representara que las palabras de esa joven eran: «sin perder un minuto de tiempo».

Allí Joe se interrumpió y me informó de que debía hablar conmigo con gran moderación, y que debía alimentarme un poco en determinados momentos frecuentes, tanto si me sentía inclinado a ello como si no, y que debía someterme a todas sus órdenes. Así que le besé la mano y me quedé callada, mientras él procedía a escribir una nota a Biddy, con mi amor en ella.

Evidentemente, Biddy le había enseñado a Joe a escribir. Mientras yacía en la cama mirándolo, me hizo, en mi estado de debilidad, llorar de nuevo de placer al ver el orgullo con que se dedicaba a escribir su carta. Mi cama, despojada de sus cortinas, había sido trasladada, conmigo sobre ella, a la sala de estar, como la más espaciosa y grande, y la alfombra había sido retirada, y la habitación se mantenía siempre fresca y saludable día y noche. En mi propio escritorio, arrinconado y lleno de botellitas, Joe se sentó a su gran trabajo, eligiendo primero un bolígrafo de la bandeja como si fuera un cofre de grandes herramientas, y arremangando las mangas como si fuera a empuñar una palanca o un mazo. Era necesario que Joe se agarrara pesadamente a la mesa con el codo izquierdo, y que sacara la pierna derecha hacia atrás, antes de que pudiera empezar; y cuando empezaba, hacía cada brazada descendente tan despacio que podría haber sido de seis pies de largo, mientras que en cada brazada ascendente podía oír el chisporroteo de su pluma extensamente. Tenía la curiosa idea de que el tintero estaba a su lado, donde no estaba, y movía constantemente la pluma en el espacio, y parecía bastante satisfecho con el resultado. De vez en cuando, tropezaba con algún obstáculo ortográfico; pero, en general, se llevaba muy bien; Y después de haber firmado con su nombre, y de haberse quitado con los dos dedos índices una mancha final del papel hasta la coronilla, se levantó y se paseó alrededor de la mesa, probando el efecto de su actuación desde varios puntos de vista, tal como yacía allí, con una satisfacción sin límites.

Para no inquietar a Joe hablando demasiado, aunque yo hubiera podido hablar mucho, aplazar la pregunta por la señorita Havisham hasta el día siguiente. Negó con la cabeza cuando le pregunté si se había recuperado.

—¿Está muerta, Joe?

—Ya ves, viejo —dijo Joe, en tono de protesta, y a modo de ir escalando poco a poco—, yo no iría tan lejos como para decir eso, porque eso es mucho lo que hay que decir; Pero ella no es...

—¿Viviendo, Joe?

—Eso es más o menos donde está —dijo Joe—; "Ella no está viva".

—¿Se demoró mucho tiempo, Joe?

—Arter te has puesto enfermo, más o menos como lo que podrías llamar (si te lo ponen) una semana —dijo Joe—; Todavía decidido, por mi razón, a llegar a todo poco a poco.

—Querido Joe, ¿te has enterado de lo que ha sido de su propiedad?

—Bueno, viejo —dijo Joe—, parece que ella ha dejado la mayor parte de él, que quiero decir que lo ha atado, a la señorita Estella. Pero ella había escrito un pequeño mimo de su puño y letra uno o dos días antes del accidente, dejando cuatro mil dólares al señor Matthew Pocket. ¿Y por qué, suponéis, por encima de todas las cosas, Pip, que ella le dejó a él esos cuatro mil dólares? —A causa del relato que Pip hizo de él, el dicho Matthew. Biddy me ha dicho que la escritura - dijo Joe, repitiendo el giro legal como si le hiciera un bien infinito-, cuenta de él el dicho Matthew. ¡Y cuatro mil, Pip!

Nunca supe de quién sacó Joe la temperatura convencional de las cuatro mil libras; Pero parecía que la suma de dinero le resultaba más grande, y tenía un gusto manifiesto en insistir en que fuera genial.

Este relato me dio una gran alegría, ya que perfeccionó lo único bueno que había hecho. Le pregunté a Joe si había oído si alguno de los otros parientes tenía algún legado.

—La señorita Sarah —dijo Joe—, tiene veinticinco libras de piel de peranio para comprar pastillas, a causa de su biliosidad. La señorita Georgiana tiene veinte libras de pluma. Señora... ¿cómo se llaman esas bestias salvajes con jorobas, viejo?

—¿Camellos? —pregunté, preguntándome por qué era posible que quisiera saberlo.

Joe asintió. —Señora Camellos —con lo que comprendí que se refería a Camila—, tiene cinco libras de piel para comprar juncos y ponerla de buen humor cuando se despierte por la noche.

La exactitud de estos recitales era lo suficientemente obvia para mí, como para darme una gran confianza en la información de Joe. —Y ahora —dijo Joe—, todavía no eres tan fuerte, viejo, como para que hoy puedas tragar más ni una palada más. El viejo Orlick ha sido un reventón de abrir una vivienda.

—¿De quién? —pregunté.

—No, te lo reconozco, sino lo que sus modales son dados a la fanfarronería —dijo Joe, en tono de disculpa—; De todos modos, la casa de un inglés es su castillo, y los castillos no deben ser destruidos, excepto cuando se hacen en tiempo de guerra. Y a pesar de los defectos de su parte, era un hombre de maíz y semillas en su corazón".

—¿Es la casa de Pumblehook la que ha sido allanada, entonces?

—Eso es, Pip —dijo Joe—; "Y le quitaron la caja, y le quitaron la caja, y bebieron su vino, y participaron de sus bromas, y le abofetearon la cara, y le tiraron de la nariz, y lo ataron a su cama, y le dieron una docena, y le llenaron la boca de flores anuales para que gritara. Pero conocía a Orlick, y Orlick está en la cárcel del condado.

Con estos enfoques llegamos a una conversación sin restricciones. Tardé en recobrar fuerzas, pero poco a poco me fui debilitando menos, y Joe se quedó conmigo, y me imaginé que volvía a ser el pequeño Pip.

Porque la ternura de Joe estaba tan bellamente proporcionada a mi necesidad, que yo era como un niño en sus manos. Se sentaba y me hablaba con la antigua confianza, con la antigua sencillez y con la antigua manera protectora y poco asertiva, de modo que yo creía a medias que toda mi vida, desde los días de la vieja cocina, había sido uno de los problemas mentales de la fiebre que se había ido. Lo hacía todo por mí, excepto las tareas domésticas, para las que había contratado a una mujer muy decente, después de pagar a la lavandera a su primera llegada. —Lo que te aseguro, Pip —solía decir para explicar esa libertad—; "La encontré golpeando la cama de invitados, como un barril de cerveza, y sacando las plumas de un balde, para venderlas. A continuación, ella te habría dado unos golpecitos, y se lo habría llevado contigo para acostarlo sobre él, y luego se habría llevado las brasas de las soperas y los platos de pesca, y el vino y los licores de tus botas de agua.

Esperábamos con ansias el día en que saliera a dar un paseo, como una vez habíamos esperado con ansias el día de mi aprendizaje. Y cuando llegó el día, y un carruaje abierto entró en el callejón, Joe me envolvió, me tomó en sus brazos, me llevó hasta él y me metió dentro, como si todavía fuera la pequeña criatura indefensa a la que tan abundantemente había dado de la riqueza de su gran naturaleza.

Y Joe se sentó a mi lado, y nos fuimos juntos al campo, donde la abundante vegetación estival ya estaba en los árboles y en la hierba, y los dulces aromas del verano llenaban todo el aire. Resultó que era domingo, y cuando miré la hermosura que me rodeaba, y pensé en cómo había crecido y cambiado, y cómo se habían formado las pequeñas flores silvestres, y las voces de los pájaros se habían fortalecido, de día y de noche, bajo el sol y bajo las estrellas, mientras yo yacía ardiendo y revolcándome en mi cama, El mero recuerdo de haber ardido y arrojado allí fue como un freno a mi paz. Pero cuando oí las campanadas de los domingos y miré a mi alrededor un poco más a la belleza que se extendía, sentí que no estaba lo suficientemente agradecido, que estaba demasiado débil aún para ser siquiera eso, y apoyé mi cabeza en el hombro de Joe, como la había dejado mucho tiempo atrás, cuando me había llevado a la Feria o a donde no. Y era demasiado para mis jóvenes sentidos.

Al cabo de un rato me llegó la compostura, y hablamos como solíamos hablar, tumbados en la hierba de la vieja Batería. No hubo cambio alguno en Joe. Exactamente lo que había sido a mis ojos entonces, seguía estando en mis ojos; Tan sencillamente fiel como simplemente correcto.

Cuando regresamos, y él me levantó y me cargó —¡con tanta facilidad!— a través del patio y por las escaleras, pensé en aquel memorable día de Navidad en que me había llevado a través de los pantanos. Todavía no habíamos hecho ninguna alusión a mi cambio de fortuna, ni yo sabía cuánto de mi historia tardía conocía él. Ahora dudaba tanto de mí mismo, y depositaba tanta confianza en él, que no podía cerciorarme de si debía referirme a ello cuando él no lo hacía.

—¿Has oído, Joe —le pregunté aquella noche, después de pensarlo más detenidamente, mientras fumaba su pipa en la ventana—, quién era mi patrón?

—Lo hice —replicó Joe—, como si no fuera la señorita Havisham, viejo amigo.

—¿Te has enterado de quién era, Joe?

"¡Bueno! Escuché como si fuera una persona la que envió a la persona que te dio los billetes de banco en el Jolly Bargemen, Pip.

—Y así fue.

—¡Asombroso! —exclamó Joe de la manera más plácida—.

—¿Te enteraste de que estaba muerto, Joe? —pregunté en seguida, cada vez con creciente desconfianza.

—¿Cuáles? ¿A él como le envió los billetes, Pip?

—Sí.

—Creo —dijo Joe, después de meditar largo rato y mirar con cierta evasión al asiento de la ventana—, que según *he* oído decir eso, él iba en una u otra dirección en esa dirección.

- ¿Has oído algo de sus circunstancias, Joe?

—No es partickler, Pip.

—Si quieres oír, Joe... —estaba empezando, cuando Joe se levantó y se acercó a mi sofá—.

—Mira, viejo —dijo Joe, inclinándose sobre mí—. "Siempre el mejor de los amigos; ¿No somos nosotros, Pip?

Me dio vergüenza responderle.

—Muy bien, entonces —dijo Joe, como si yo *le hubiera* contestado—; "Está bien; Eso está acordado. Entonces, ¿por qué entrar en temas, viejo amigo, que entre dos segundos deben ser siempre innecesarios? Hay temas suficientes como entre dos sech, sin los innecesarios. ¡Señor! ¡Pensar en tu pobre hermana y en sus Rampages! ¿Y no te acuerdas de Tickler?

—Claro que sí, Joe.

—Mira, viejo —dijo Joe—. Hice lo que pude para que tú y Tickler estuvierais en aprietos, pero mi poder no siempre estuvo a la altura de mis inclinaciones. Porque cuando tu pobre hermana tuvo la intención de enamorarse de ti, no fue tanto -dijo Joe, en su tono argumentativo favorito- que ella también se enamoró de mí, si yo me opongo a ella, sino que siempre se enamoró de ti con más fuerza. Me di cuenta de eso. No es un agarrar el bigote de un hombre, ni siquiera un movimiento o dos de un hombre (a lo que tu hermana fue muy bienvenida), lo que hace que un hombre se desanime de sacar a un niño pequeño del castigo. Pero cuando ese niñito se deja caer en un pesadez más pesada para agarrar el bigote o sacudirse, entonces ese hombre se levanta naturalmente y se dice a sí mismo: '¿Dónde está el bien que estás haciendo? Te concedo que veo el 'brazo', dice el hombre, 'pero no veo el bien. Le ruego, señor, por lo tanto, que saque lo bueno'".

—¿Dice el hombre? Observé, mientras Joe esperaba a que yo hablara.

—Dice el hombre —asintió Joe—. —¿Tiene razón, ese hombre?

"Querido Joe, siempre tiene la razón".

—Bien, viejo —dijo Joe—, entonces acata tus palabras. Si siempre tiene razón (lo que en general es más probable que esté equivocado), tiene razón cuando dice esto: Suponiendo que alguna vez te guardaste algún pequeño asunto para ti mismo, cuando eras un niño pequeño, lo guardaste principalmente porque sabías que el poder de J. Gargery para separarte a ti y a Tickler en pedazos no estaba completamente a la altura de sus inclinaciones. Por lo tanto, no pienses más en ello como si estuviera entre dos segundos, y no dejes que pasemos comentarios sobre temas necesarios. Biddy se metió en líos conmigo antes de que me marchara (porque soy casi terriblemente torpe), ya que debería verlo bajo esta luz, y, viéndolo bajo esta luz, como debería decirlo así. Ambas cosas -dijo Joe, encantado con su lógica disposición-, una vez hechas, ahora esto es para ti, un verdadero amigo, dime. A saber. No debes exagerar en ello, pero debes tener tu cena, tu vino y tu agua, y debes ser puesto entre las sábanas.

La delicadeza con que Joe abordó este tema, y el dulce tacto y la bondad con que Biddy, que con su ingenio de mujer me había descubierto tan pronto, lo había preparado para ello, causaron una profunda impresión en mi mente. Pero no podía entender si Joe sabía lo pobre que era yo y cómo mis grandes esperanzas se habían disuelto, como nuestras propias brumas pantanosas ante el sol.

Otra cosa en Joe que no pude entender cuando comenzó a desarrollarse, pero de la que pronto llegué a una triste comprensión, era esta: a medida que me volvía más fuerte y mejor, Joe se volvía un poco menos cómodo conmigo. En mi debilidad y en mi total dependencia de él, el querido hombre había caído en el viejo tono y me llamaba por los viejos nombres, el querido «viejo Pip, viejo amigo», que ahora eran música en mis oídos. Yo también había caído en las viejas costumbres, solo feliz y agradecida de que él me lo permitiera. Pero, imperceptiblemente, aunque me aferré a ellos, el control de Joe sobre ellos comenzó a aflojarse; y mientras me maravillaba de esto, al principio, pronto comencé a comprender que la causa de ello estaba en mí, y que la culpa era toda mía.

¡Ah! ¿No le había dado a Joe ninguna razón para dudar de mi constancia y pensar que en la prosperidad me volvería frío con él y lo rechazaría? ¿No le había dado al inocente corazón de Joe ningún motivo para sentir instintivamente que, a medida que me fortaleciera, su control sobre mí sería más débil, y que sería mejor que lo aflojara a tiempo y me dejara ir, antes de que yo me alejara?

Fue en la tercera o cuarta ocasión en que salí a caminar por los Jardines del Templo apoyado en el brazo de Joe, que vi este cambio en él muy claramente. Habíamos estado sentados a la luz del sol, mirando el río, y por casualidad dije mientras nos levantábamos:

—¡Mira, Joe! Puedo caminar con bastante fuerza. Ahora, me verás caminar de regreso por mí mismo.

—Que no se exceda, Pip —dijo Joe—; -pero me alegraré mucho de veros capaz, señor.

La última palabra me rechinó; pero ¡cómo iba a protestar! No caminé más allá de la puerta de los jardines, y luego fingí estar más débil de lo que estaba, y le pedí a Joe su brazo. Joe me lo dio, pero se quedó pensativo.

Yo, por mi parte, también estaba pensativo; porque la mejor manera de controlar este cambio creciente en Joe era una gran perplejidad para mis pensamientos arrepentidos. Que me avergonzaba decirle exactamente cómo me habían colocado y a qué había llegado, no trato de ocultarlo; pero espero que mi renuencia no haya sido del todo indigna. Sabía que querría ayudarme con sus pocos ahorros, y sabía que no debía ayudarme, y que no debía permitir que lo hiciera.

Fue una noche reflexiva con los dos. Pero, antes de irnos a la cama, había decidido que esperaría hasta mañana, siendo mañana domingo, y que comenzaría mi nuevo curso con la nueva semana. El lunes por la mañana hablaría con Joe de este cambio, dejaría a un lado este último vestigio de reserva, le contaría lo que tenía en mis pensamientos (ese segundo aún no había llegado), y por qué no me había decidido a ir a Herbert, y entonces el cambio sería conquistado para siempre. A medida que yo despejaba, Joe lo hacía, y parecía como si él también hubiera llegado a una resolución con simpatía.

Tuvimos un día tranquilo el domingo, y cabalgamos hacia el campo, y luego caminamos por los campos.

—Me siento agradecido de haber estado enfermo, Joe —dije—.

—Querido viejo Pip, viejo amigo, ya está usted a punto de recapacitar, señor.

"Ha sido un momento memorable para mí, Joe".

—Algo parecido a mí, señor —replicó Joe—.

"Hemos pasado un tiempo juntos, Joe, que nunca podré olvidar. Hubo días, lo sé, que olvidé por un tiempo; pero nunca los olvidaré".

—Pip —dijo Joe, que parecía un poco apurado y preocupado—, ha habido alondras. Y, querido señor, lo que ha sido entre nosotros, ha sido.

Por la noche, cuando me había ido a la cama, Joe entró en mi habitación, como lo había hecho durante toda mi recuperación. Me preguntó si estaba seguro de que estaba tan bien como por la mañana.

—Sí, querido Joe, bastante.

—¿Y siempre hay un grupo cada vez más fuerte, viejo?

—Sí, querido Joe, con firmeza.

Joe me dio unas palmaditas en el hombro con su gran mano buena y dijo, con lo que me pareció una voz ronca: —¡Buenas noches!

Cuando me levanté por la mañana, renovado y más fuerte aún, estaba lleno de mi resolución de contárselo todo a Joe, sin demora. Se lo diría antes de desayunar. Me vestía de inmediato e iba a su habitación y lo sorprendía; porque era el primer día que me levantaba temprano. Fui a su habitación y él no estaba. No solo no estaba allí, sino que su caja había desaparecido.

Entonces me apresuré a la mesa del desayuno, y en ella encontré una carta. Este fue su breve contenido:

—No quiero entrometerme, me he marchado, porque estás bien de nuevo, querido Pip, y lo harás mejor sin ti

JO.

"P.D. Siempre el mejor de los amigos".

Adjunto a la carta había un recibo por la deuda y los costos por los que había sido arrestado. Hasta ese momento, había supuesto en vano que mi acreedor se había retirado, o había suspendido el procedimiento hasta que yo estuviera completamente recuperado. Nunca había soñado con que Joe hubiera pagado el dinero; pero Joe lo había pagado, y el recibo estaba a su nombre.

¿Qué me quedaba ahora, sino seguirle a la querida y vieja fragua, y allí exponerle mi revelación y mi penitente protesta contra él, y allí aliviar mi mente y mi corazón de ese reservado Segundo, que había comenzado como algo vago que permanecía en mis pensamientos, y se había convertido en un propósito establecido?

El propósito era ir a ver a Biddy, mostrarle lo humilde y arrepentido que había vuelto, decirle cómo había perdido todo lo que una vez había esperado, recordarle nuestras viejas confidencias en mi primera vez infeliz. Entonces yo le decía: "Biddy, creo que una vez te caí muy bien, cuando mi corazón errante, incluso mientras se alejaba de ti, estaba más tranquilo y mejor contigo de lo que ha estado desde entonces. Si puedes quererme solo la mitad de bien una vez más, si puedes aceptarme con todos mis defectos y decepciones en mi cabeza, si puedes recibirme como a un niño perdonado (y de hecho lo siento tanto, Biddy, y tengo tanta necesidad de una voz silenciosa y una mano tranquilizadora), espero ser un poco más digno de ti de lo que fui... No mucho, pero sí poco. Y, Biddy, te corresponderá a ti decidir si trabajaré en la fragua con Joe, o si intentaré alguna otra ocupación en este país, o si nos iremos a un lugar lejano donde me espere una oportunidad que dejé de lado, cuando se me ofreció, hasta que supiera tu respuesta. Y ahora, querida Biddy, si puedes decirme que vas a ir por el mundo conmigo, seguramente harás que sea un mundo mejor para mí, y que yo sea un hombre mejor por ello, y me esforzaré por hacer que sea un mundo mejor para ti.

Tal era mi propósito. Después de tres días más de recuperación, bajé al antiguo lugar para ponerlo en ejecución. Y cómo aceleré es todo lo que me queda por contar.

CAPÍTULO LVIII.

Las noticias de mi gran fortuna, después de haber sufrido una fuerte caída, habían llegado a mi lugar natal y a sus alrededores antes de que yo llegara allí. Encontré al Jabalí Azul en posesión de la inteligencia, y descubrí que había producido un gran cambio en el comportamiento del Jabalí. Mientras que el Jabalí había cultivado mi buena opinión con cálida asiduidad cuando yo entraba en la propiedad, el Jabalí se mostraba excesivamente frío sobre el tema ahora que yo estaba saliendo de la propiedad.

Era de noche cuando llegué, muy fatigado por el viaje que tantas veces había hecho con tanta facilidad. El jabalí no pudo meterme en mi dormitorio habitual, que estaba ocupado (probablemente por alguien que tenía expectativas), y sólo pudo asignarme una habitación muy indiferente entre las palomas y las tumbonas del patio. Pero tuve un sueño tan profundo en ese alojamiento como en el alojamiento más superior que el Jabalí podría haberme dado, y la calidad de mis sueños era casi la misma que en el mejor dormitorio.

Temprano en la mañana, mientras preparaba mi desayuno, paseé por Satis House. Había carteles impresos en la puerta y en pedazos de alfombra que colgaban de las ventanas, anunciando una venta en subasta de los muebles y efectos domésticos la semana próxima. La casa en sí iba a ser vendida como materiales de construcción viejos, y derribada. El lote 1 estaba marcado con letras varillas encaladas en la cervecería; LOTE 2 en esa parte del edificio principal que había estado cerrada durante tanto tiempo. Otros lotes estaban marcados en otras partes de la estructura, y la hiedra había sido derribada para dejar espacio para las inscripciones, y gran parte de ella se arrastraba en el polvo y ya estaba marchita. Al detenerme un momento en la puerta abierta y mirar a mi alrededor con el aire incómodo de un extraño que no tenía nada que hacer allí, vi al empleado del subastador caminando sobre los toneles y reprendiéndolos para que un compilador de catálogos, bolígrafo en mano, les diera información a un compilador de catálogos, que había hecho un escritorio temporal con la silla de ruedas que tantas veces había empujado al son de Old Clem.

Cuando volví a desayunar en el café del Jabalí, encontré al señor Pumblechook conversando con el propietario. El señor Pumblechook (que no había mejorado su aspecto por su última aventura nocturna) me estaba esperando, y se dirigió a mí en los siguientes términos:

"Joven, lamento verte humillado. Pero, ¡qué más se podía esperar! ¡Qué otra cosa se podía esperar!"

Mientras extendía su mano con un aire magníficamente indulgente, y como yo estaba destrozado por la enfermedad y no era capaz de pelear, la tomé.

—William —dijo el señor Pumblechook al camarero—, pon un panecillo en la mesa. ¡Y se ha llegado a esto! ¡Se ha llegado a esto!"

Fruncí el ceño y me senté a desayunar. El señor Pumblechook se paró junto a mí y me sirvió el té, antes de que pudiera tocar la tetera, con el aire de un benefactor que estaba decidido a ser fiel hasta el final.

—William —dijo el señor Pumblechook con tristeza—, pon la sal. En tiempos más felices", dirigiéndose a mí, "¿Creo que tomaste azúcar? ¿Y tomaste leche? Lo hiciste. Azúcar y leche. William, trae un berro.

—Gracias —dije brevemente—, pero no como berros.

—No te los comes —replicó el señor Pumblechook, suspirando y asintiendo con la cabeza varias veces, como si lo hubiera esperado, y como si la abstinencia de berros fuera coherente con mi caída—. —Cierto. Los sencillos frutos de la tierra. No. No hace falta que traigas ninguno, William.

Seguí con mi desayuno, y el señor Pumblechook continuó de pie junto a mí, con la mirada perdida y la respiración ruidosa, como siempre hacía.

—¡Poco más que piel y hueso! —musitó el señor Pumblechook, en voz alta—. "Y, sin embargo, cuando se fue de aquí (puedo decir con mi bendición), y extendí ante él mi humilde reserva, como la abeja, ¡estaba tan regordete como un melocotón!"

Esto me recordó la maravillosa diferencia entre la manera servil en que él había ofrecido su mano en mi nueva prosperidad, diciendo: «¿Puedo?» y la ostentosa clemencia con la que acababa de exhibir los mismos cinco dedos gordos.

—¡Ja! —prosiguió, entregándome el pan y la mantequilla—. —¿Y si vas a ver a José?

—En el nombre del cielo —dije, disparando a pesar de mí mismo—, ¿qué te importa adónde voy? Deja esa tetera en paz.

Fue el peor camino que pude haber tomado, porque le dio a Pumblechook la oportunidad que quería.

—Sí, joven —dijo, soltando el asa del artículo en cuestión, retirándose uno o dos pasos de mi mesa y, hablando en nombre del posadero y del camarero de la puerta—, dejaré esa tetera en paz. Tienes razón, joven. Por una vez tienes razón. Me olvido de mí mismo cuando me intereso tanto por tu desayuno, como para desear que tu cuerpo, agotado por los efectos debilitantes de la prodigiosidad, sea estimulado por el alimento oleoso de tus antepasados. Y, sin embargo -dijo Pumblechook, volviéndose hacia el posadero y el camarero, y señalándome con la mano extendida-, éste es el que he tenido siempre en sus días de feliz infancia. No me digas que no puede ser; ¡Te digo que este es él!"

Un murmullo de los dos respondió. El camarero parecía estar particularmente afectado.

—Éste es él —dijo Pumblechook—, tal como yo he viajado en mi carreta. Este es él, tal como lo he visto sacado a mano. Este es él hasta la hermana de la que fui tío por matrimonio, ya que su nombre era Georgiana M'ria de su propia madre, ¡que lo niegue si puede!

El camarero parecía convencido de que yo no podía negarlo, y que le daba al estuche un aspecto negro.

—Joven —dijo Pumblechook, girando la cabeza hacia mí a la antigua usanza—, usted parece ir a ver a José. ¿Qué me importa a mí, me preguntas, a dónde vas? Le digo, señor, que usted va a ver a José.

El camarero tosió, como si modestamente me invitara a superar eso.

—Ahora —dijo Pumblechook, y todo esto con un aire exasperante, diciendo en nombre de la virtud lo que era perfectamente convincente y concluyente—, te diré lo que tienes que decirle a José. Aquí está presente Escuderos del Jabalí, conocido y respetado en esta ciudad, y aquí está William, que su padre se llamaba Potkins, si no me engaño.

—No es así, señor —dijo William—.

—En su presencia —prosiguió Pumblechook—, te diré, joven, lo que tienes que decirle a José. Dices: "José, hoy he visto a mi primer benefactor y al fundador de mi fortún. No voy a dar nombres, José, pero por eso se complacen en llamarlo a la ciudad, y yo he visto a ese hombre.

—Juro que no lo veo aquí —dije—.

—Di lo mismo —replicó Pumblechook—. "Digamos que dijiste eso, y incluso José probablemente traicionará la sorpresa".

—Ahí lo confundes —dije yo—. Lo sé mejor.

—Dice usted —prosiguió Pumblechook—, José, yo he visto a ese hombre, y ese hombre no le guarda malicia a usted ni a mí me guarda malicia. Él conoce tu carácter, José, y conoce bien tu testarudez e ignorancia; y él conoce mi carácter, José, y conoce mi falta de gratitoode. Sí, Joseph —dice usted —aquí Pumblechook sacudió la cabeza y la mano hacia mí—, él conoce mi total deficiencia de gratificación humana. *Él* lo sabe, José, como nadie puede saberlo. *Tú* no lo sabes, José, que no tienes vocación de saberlo, pero ese hombre sí'".

A pesar de su ventoso, me asombró mucho que tuviera la cara de hablar así con la mía.

"Te dice: 'José, me dio un pequeño mensaje, que ahora voy a repetir. Fue que, al ser humillado, vio el dedo de la Providencia. Él reconoció ese dedo cuando vio a José, y lo vio claramente. Pintó este escrito, José. *Recompensa de ingratitoode a su primer benefactor, y fundador de Fortun's.* Pero ese hombre dijo que no se arrepentía de lo que había hecho, José. De nada. Fue correcto hacerlo, fue amable hacerlo, fue benévolo hacerlo, y lo volvería a hacer'".

—Es una lástima —dije con desdén, al terminar mi interrumpido desayuno— que el hombre no dijera lo que había hecho y lo que volvería a hacer.

—¡Escuderos del Jabalí! Pumblechook se dirigía ahora al posadero: —¡Y William! No tengo inconvenientes en que menciones, ya sea en la parte alta o en el centro de la ciudad, si tal fuera su deseo, que fue correcto hacerlo, amable al hacerlo, benévolo al hacerlo, y que lo volvería a hacer.

Con estas palabras el Impostor los estrechó a ambos de la mano, con aire, y salió de la casa; dejándome mucho más asombrado que deleitado por las virtudes de ese mismo "ello" indefinido. Yo no tardé mucho en salir de la casa, y cuando bajé por la calle principal le vi en la puerta de su tienda a un grupo selecto, que me honraba con miradas muy desfavorables cuando pasaba por el lado opuesto del camino.

Pero era más agradable recurrir a Biddy y a Joe, cuya gran paciencia brillaba más que antes, si podía ser, contrastada con este descarado pretendiente. Me acerqué a ellos lentamente, porque mis miembros estaban débiles, pero con una sensación de alivio creciente a medida que me acercaba a ellos, y una sensación de dejar atrás la arrogancia y la falsedad cada vez más atrás.

El clima de junio era delicioso. El cielo estaba azul, las alondras volaban sobre el maíz verde, pensé que todo ese campo era mucho más hermoso y pacífico de lo que nunca había sabido que era. Muchas imágenes agradables de la vida que llevaría allí, y del cambio para mejor que vendría en mi carácter cuando tuviera a mi lado un espíritu guía, cuya fe sencilla y clara sabiduría hogareña había demostrado, seducían mi camino. Despertaron en mí una tierna emoción; porque mi corazón se había ablandado con mi regreso, y se había producido tal cambio, que me sentía como alguien que se esforzaba en volver a casa descalzo de un viaje lejano, y cuyas andanzas habían durado muchos años.

La escuela donde Biddy era maestra nunca la había visto; pero el pequeño callejón por el que entré en el pueblo, para tranquilidad, me llevó más allá. Me decepcionó descubrir que ese día era feriado; no había niños allí, y la casa de Biddy estaba cerrada. Alguna idea esperanzadora de verla, ocupada en sus deberes diarios, antes de que ella me viera, había estado en mi mente y fue derrotada.

Pero la fragua estaba a muy poca distancia, y me dirigí hacia ella bajo las dulces limas verdes, escuchando el tintineo del martillo de Joe. Mucho después de haberlo oído, y mucho después de que me hubiera imaginado que lo había oído y no lo había encontrado más que una fantasía, todo estaba en silencio. Allí estaban los tilos, y allí estaban los espinos blancos, y allí estaban los castaños, y sus hojas crujían armoniosamente cuando me detuve a escuchar; pero el tintineo del martillo de Joe no estaba en el viento de pleno verano.

Casi temiendo, sin saber por qué, llegar a la vista de la fragua, la vi al fin, y vi que estaba cerrada. Ni el resplandor del fuego, ni la lluvia de chispas brillantes, ni el rugido de los fuelles; Todos callados, y quietos.

Pero la casa no estaba desierta, y el mejor salón parecía estar en uso, porque había cortinas blancas ondeando en su ventana, y la ventana estaba abierta y alegre de flores. Me dirigí suavemente hacia ella, con la intención de espiar por encima de las flores, cuando Joe y Biddy se pararon frente a mí, tomados del brazo.

Al principio, Biddy lanzó un grito, como si creyera que era mi aparición, pero al cabo de un momento estaba en mi abrazo. Lloré al verla, y ella lloró al verme; Yo, porque se veía tan fresca y agradable; ella, porque me veía tan gastado y blanco.

—Pero querida Biddy, ¡qué inteligente eres!

—Sí, querido Pip.

"¡Y Joe, qué inteligente *eres*!"

—Sí, querido Pip, viejo amigo.

Los miré a los dos, de uno a otro, y luego...

—¡Es el día de mi boda! —exclamó Biddy en un arrebato de felicidad—, ¡y estoy casada con Joe!

Me habían llevado a la cocina y yo había recostado la cabeza sobre la vieja mesa. Biddy se llevó una de mis manos a los labios, y el toque restaurador de Joe estuvo en mi hombro. —Lo cual él advirtió que no era lo suficientemente fuerte, querida, para sorprenderse —dijo Joe—. Y Biddy dijo: "Debería haberlo pensado, querido Joe, pero estaba demasiado feliz". ¡Ambos estaban tan felices de verme, tan orgullosos de verme, tan conmovidos por mi llegada a ellos, tan encantados de que yo hubiera venido por accidente para completar su día!

Mi primer pensamiento fue de gran gratitud por no haber transmitido nunca esta última esperanza desconcertada a Joe. ¡Cuántas veces, mientras estuvo conmigo en mi enfermedad, se me había subido a los labios! ¡Cuán irrevocable habría sido su conocimiento de ello si hubiera permanecido conmigo sólo una hora más!

—Querida Biddy —le dije—, tienes el mejor marido del mundo entero, y si hubieras podido verlo junto a mi cama, lo habrías hecho... Pero no, no podrías amarlo mejor de lo que lo haces.

—No, no podría —dijo Biddy—.

¡Y, querido Joe, tienes a la mejor esposa del mundo entero, y ella te hará tan feliz como incluso tú mereces ser, querido, bueno, noble Joe!

Joe me miró con un labio tembloroso y se llevó la manga a los ojos.

Y Joe y Biddy, ya que habéis ido a la iglesia hoy, y estáis en caridad y amor con toda la humanidad, recibid mi humilde agradecimiento por todo lo que habéis hecho por mí, y por todo lo que tan mal he pagado. Y cuando te digo que me voy dentro de una hora, porque pronto me voy al extranjero, y que no descansaré hasta que haya trabajado por el dinero con el que me has mantenido fuera de la cárcel y te lo hayas enviado, no pienses, queridos Joe y Biddy, que si pudiera pagarlo mil veces, ¡Supongo que podría cancelar un centavo de la deuda que tengo contigo, o que lo haría si pudiera!

Ambos se derritieron con estas palabras, y ambos me rogaron que no dijera nada más.

"Pero debo decir más. Querido Joe, espero que tengas hijos a los que amar, y que algún hombrecito se siente en este rincón de la chimenea en una noche de invierno, que te recuerde a otro hombrecito que se ha ido de allí para siempre. No le digas, Joe, que fui ingrato; no le digas, Biddy, que fui poco generoso e injusto; sólo dile que os honré a los dos, porque los dos erais tan buenos y tan sinceros, y que, como hijo vuestro, le dije que sería natural que él creciera siendo un hombre mucho mejor que yo.

—No voy a ir —dijo Joe por detrás de la manga— a decirle que no piensa de esa naturaleza, Pip. Ni Biddy tampoco. Ni tampoco nadie que no lo sea.

"Y ahora, aunque sé que ya lo han hecho con sus propios corazones bondadosos, ¡por favor díganme, ambos, que me perdonan! ¡Te ruego que me oigas decir estas palabras, para que pueda llevarme conmigo el sonido de ellas, y entonces podré creer que puedes confiar en mí y pensar mejor de mí en el tiempo venidero!

—¡Oh, querido Pip, viejo —dijo Joe—, Dios sabe, como yo te perdono, si tengo algo que perdonar!

"¡Amén! ¡Y Dios sabe que lo hago!", repitió Biddy.

Ahora permítame subir y mirar mi vieja cuartita, y descansar allí unos minutos a solas. Y luego, cuando haya comido y bebido contigo, acompáñame hasta el poste del dedo, queridos Joe y Biddy, antes de que nos despidamos.

Vendí todo lo que tenía, y aparté todo lo que pude, para un convenio con mis acreedores, que me dieron tiempo suficiente para pagarles en su totalidad, y salí y me uní a Herbert. Al cabo de un mes, dejé Inglaterra, y a los dos meses era empleado de Clarriker and Co., y a los cuatro meses asumí mi primera responsabilidad indivisa. Porque la viga que cruzaba el techo del salón de Mill Pond Bank había dejado de temblar bajo los gruñidos del viejo Bill Barley y estaba en paz, y Herbert se había marchado para casarse con Clara, y yo me quedé a cargo de la Sucursal Oriental hasta que él la trajera de vuelta.

Pasaron muchos años antes de que yo fuera socio de la Casa; pero yo vivía felizmente con Herbert y su esposa, y vivía frugalmente, y pagaba mis deudas, y mantenía una correspondencia constante con Biddy y Joe. No fue hasta que llegué a ser tercero en la Firma, que Clarriker me traicionó con Herbert; pero luego declaró que el secreto de la asociación de Herbert había estado demasiado tiempo en su conciencia, y que debía contarlo. Así lo contó, y Herbert quedó tan conmovido como asombrado, y el querido amigo y yo no fuimos los peores amigos por el largo ocultamiento. No debo dejar que se suponga que alguna vez fuimos una gran casa, o que hicimos acuñaciones de dinero. No estábamos en un gran negocio, pero teníamos un buen nombre, y trabajábamos para nuestras ganancias, y nos iba muy bien. Debíamos tanto a la siempre alegre laboriosidad y prontitud de Herbert, que a menudo me preguntaba cómo había concebido esa vieja idea de su ineptitud, hasta que un día me iluminó la reflexión de que tal vez la ineptitud nunca había estado en él, sino en mí.

CAPÍTULO LIX.

Hacía once años que no veía a Joe ni a Biddy con mis ojos corporales, aunque ambos habían aparecido a menudo en mi imaginación en el Este, cuando, una tarde de diciembre, una o dos horas después del anochecer, puse suavemente la mano en el pestillo de la vieja puerta de la cocina. Lo toqué tan suavemente que no me oyeron, y miré sin ser visto. Allí, fumando su pipa en el viejo lugar a la luz de la chimenea de la cocina, tan sano y fuerte como siempre, aunque un poco gris, estaba sentado Joe; y allí, cercado en la esquina con la pierna de Joe, y sentado en mi pequeño taburete mirando el fuego, estaba... ¡Yo otra vez!

—Le hemos dado el nombre de Pip por tu bien, querido viejo —dijo Joe, encantado, cuando tomé otro taburete al lado del niño (pero *no* le alboroté el pelo)—, y esperábamos que creciera un poco como tú, y creemos que lo hará.

Yo también lo pensé, y a la mañana siguiente lo llevé a dar un paseo, y hablamos inmensamente, entendiéndonos a la perfección. Y lo llevé al cementerio de la iglesia, y lo puse en cierta lápida allí, y él me mostró desde esa elevación qué piedra era sagrada para la memoria de Philip Pirrip, difunto de esta parroquia, y también Georgiana, esposa de los de arriba.

—Biddy —le dije cuando hablé con ella después de la cena, mientras su hijita dormía en su regazo—, tienes que darme a Pip un día de estos; o prestarle, en todo caso.

—No, no —dijo Biddy con dulzura—. "Debes casarte".

—Eso dicen Herbert y Clara, pero no creo que lo haga, Biddy. Me he instalado tanto en su casa, que no es nada probable. Ya soy un soltero bastante viejo".

Biddy miró a su hija y se llevó la manita a los labios, y luego puso la buena mano matrona con la que la había tocado en la mía. Había algo en la acción, y en la ligera presión del anillo de boda de Biddy, que tenía una elocuencia muy bonita.

—Querido Pip —dijo Biddy—, ¿estás seguro de que no te preocupas por ella?

—Oh, no, creo que no, Biddy.

"Dímelo como un viejo, viejo amigo. ¿Te has olvidado de ella?

"Mi querida Biddy, no he olvidado nada en mi vida que haya tenido un lugar principal allí, y poco que haya tenido algún lugar allí. Pero ese pobre sueño, como solía llamarlo una vez, ya pasó, Biddy, ¡todo se ha ido!

Sin embargo, mientras decía esas palabras, supe que secretamente tenía la intención de volver a visitar el sitio de la vieja casa esa noche, solo, por su bien. Sí, aun así. Por el bien de Estella.

Había oído hablar de ella como una persona que llevaba una vida muy infeliz y que estaba separada de su marido, que la había tratado con gran crueldad y que se había hecho bastante famoso como una mezcla de orgullo, avaricia, brutalidad y mezquindad. Y yo había oído hablar de la muerte de su marido, a consecuencia de un accidente como consecuencia de los malos tratos que había infligido a un caballo. Esta liberación le había ocurrido unos dos años antes; por lo que yo sabía, estaba casada de nuevo.

La hora temprana de la cena en Joe's me dejó tiempo de sobra, sin prisa en mi charla con Biddy, para caminar hasta el viejo lugar antes de que oscureciera. Pero, con el vagabundeo en el camino para mirar objetos viejos y pensar en viejos tiempos, el día había declinado bastante cuando llegué al lugar.

Ya no quedaba ninguna casa, ni cervecería, ni edificio alguno, excepto el muro del viejo jardín. El espacio despejado había sido cercado con una valla tosca, y al mirar por encima de ella, vi que parte de la vieja hiedra había echado raíces de nuevo, y estaba reverdeciendo en montículos bajos y tranquilos de ruinas. Una puerta de la valla estaba entreabierta, la abrí y entré.

Una niebla fría y plateada había velado la tarde, y la luna aún no se había levantado para dispersarla. Pero las estrellas brillaban más allá de la niebla, y la luna se acercaba, y la noche no estaba oscura. Pude averiguar dónde había estado cada parte de la vieja casa, y dónde había estado la cervecería, y dónde estaban las puertas, y dónde estaban los barriles. Así lo había hecho, y estaba mirando a lo largo del desolado paseo del jardín, cuando vi una figura solitaria en él.

La figura se mostró consciente de mí, a medida que avanzaba. Se había estado moviendo hacia mí, pero se detuvo. Al acercarme, vi que era la figura de una mujer. A medida que me acercaba aún más, estaba a punto de alejarse, cuando se detuvo, y me dejó acercarme a él. Entonces, vaciló, como si estuviera muy sorprendido, y pronunció mi nombre, y yo grité:

—¡Estella!

"Estoy muy cambiado. Me pregunto si me conoces.

La frescura de su belleza había desaparecido, pero su indescriptible majestuosidad y su indescriptible encanto permanecían. Esas atracciones en él, ya las había visto antes; lo que nunca había visto antes, era la luz triste y suavizada de los ojos una vez orgullosos; lo que nunca había sentido antes era el tacto amistoso de la mano una vez insensible.

Nos sentamos en un banco que estaba cerca, y le dije: "Después de tantos años, ¡es extraño que nos volvamos a encontrar así, Estella, aquí donde fue nuestro primer encuentro! ¿Vuelves a menudo?

"No he vuelto a estar aquí desde entonces".

—Ni yo.

La luna comenzó a salir, y pensé en la plácida mirada del techo blanco, que había desaparecido. La luna comenzó a salir, y pensé en la presión que ejercía sobre mi mano cuando pronuncié las últimas palabras que había oído en la tierra.

Estella fue la siguiente en romper el silencio que se produjo entre nosotros.

"Muy a menudo he esperado y tenido la intención de volver, pero muchas circunstancias me lo han impedido. ¡Pobre, pobre viejo lugar!

La niebla plateada fue tocada con los primeros rayos de la luz de la luna, y los mismos rayos tocaron las lágrimas que caían de sus ojos. Sin saber que yo los veía, y disponiéndose a vencerlos, dijo en voz baja:

—¿Te preguntabas, mientras caminabas, cómo llegó a quedar en este estado?

—Sí, Estella.

"La tierra me pertenece. Es la única posesión a la que no he renunciado. Todo lo demás se ha ido de mí, poco a poco, pero he conservado esto. Fue el tema de la única resistencia resuelta que hice en todos estos miserables años".

—¿Se va a construir sobre ella?

"Por fin, lo es. Vine aquí para despedirme de ella antes de que cambie. ¿Y tú —dijo con una voz de conmovedor interés para un vagabundo—, ¿vives todavía en el extranjero?

—Todavía.

—¿Y lo hará bien, estoy seguro?

"Trabajo muy duro para ganarme la vida lo suficiente y, por lo tanto, sí, me va bien".

—Muchas veces he pensado en ti —dijo Estella—.

—¿Y tú?

"Últimamente, muy a menudo. Hubo un largo y duro tiempo en que mantuve lejos de mí el recuerdo de lo que había tirado a la basura, cuando ignoraba por completo su valor. Pero como mi deber no ha sido incompatible con la admisión de ese recuerdo, le he dado un lugar en mi corazón".

"Siempre has ocupado tu lugar en mi corazón", respondí.

Y volvimos a quedarnos en silencio hasta que ella habló.

-No pensaba yo -dijo Estella- que me despediría de vos despidiéndome de este lugar. Estoy muy contento de hacerlo".

—¿Te alegras de separarte de nuevo, Estella? Para mí, la despedida es algo doloroso. Para mí, el recuerdo de nuestra última despedida ha sido siempre triste y doloroso".

-Pero tú me dijiste -replicó Estella con mucha seriedad-: «¡Que Dios os bendiga, que Dios os perdone!» Y si pudiste decirme eso entonces, no vacilarás en decírmelo ahora, ahora, cuando el sufrimiento ha sido más fuerte que todas las demás enseñanzas, y me ha enseñado a comprender lo que solía ser tu corazón. Me he doblado y roto, pero, espero, en una mejor forma. Sé tan considerado y bueno conmigo como lo fuiste, y dime que somos amigos.

—Somos amigas —dije, levantándome e inclinándome sobre ella, mientras ella se levantaba del banco—.

—Y seguiremos amigos separados —dijo Estella—.

Tomé su mano entre las mías y salimos del lugar en ruinas; y, así como las nieblas de la mañana se habían levantado hacía mucho tiempo cuando salí de la fragua, así también las nieblas de la tarde se levantaban ahora, y en toda la amplia extensión de luz tranquila que me mostraban, no vi sombra de otra separación de ella.